LIA SCOTT

STURMJAHRE

Ein Gefühl von Unendlichkeit

ROMAN

FISCHER Taschenbuch

Aus Verantwortung für die Umwelt hat sich der S. Fischer Verlag
zu einer nachhaltigen Buchproduktion verpflichtet.
Der bewusste Umgang mit unseren Ressourcen, der Schutz unseres Klimas
und der Natur gehören zu unseren obersten Unternehmenszielen.

Gemeinsam mit unseren Partnern und Lieferanten setzen wir uns
für eine klimaneutrale Buchproduktion ein, die den Erwerb von
Klimazertifikaten zur Kompensation des CO_2-Ausstoßes einschließt.

Weitere Informationen finden Sie unter: www.klimaneutralerverlag.de

 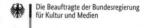

Originalausgabe
Erschienen bei FISCHER Taschenbuch
Frankfurt am Main, Mai 2023

© 2023 S. Fischer Verlag GmbH,
Hedderichstr. 114, D-60596 Frankfurt am Main

Redaktion: Ilona Jaeger

Satz: Pinkuin Satz und Datentechnik, Berlin
Druck und Bindung: CPI books GmbH, Leck
Printed in Germany
ISBN 978-3-596-70776-8

In Flanders fields the poppies blow
Between the crosses, row on row,
That mark our place; and in the sky
The larks, still bravely singing, fly
Scarce heard amid the guns below.

We are the dead. Short days ago
We lived, felt dawn, saw sunset glow,
Loved, and were loved, and now we lie
In Flanders fields.

Take up our quarrel with the foe:
To you from failing hands we throw
The torch; be yours to hold it high.
If ye break faith with us who die
We shall not sleep, though poppies grow
In Flanders fields.

»*In Flanders Fields*« *Lieutenant Colonel John McCrae, 1915*

TEIL EINS

Ende November 1917

Der große Krieg wütet bereits seit über drei Jahren. Das erste Mal in der Geschichte stehen Schotten und Engländer Seite an Seite gegen einen gemeinsamen Feind. Fast neun Millionen Männer des Königreichs, viele aus einfachen Verhältnissen, sind aufgebrochen, um ihr Land, die Freiheit und die Krone gegen einen gefürchteten Feind zu verteidigen. Mit nichts als einer rudimentären militärischen Ausbildung wurden sie verschifft und in die Hölle des Krieges gestoßen. Wer jetzt noch lebt, hat sich verändert. Aus den Bauernjungen, die aus Ehrgefühl und Abenteuerlust aufbrachen, wurden Männer, die vom Krieg gezeichnet sind.

Der zermürbende Stellungskrieg hat sich festgefahren, und ein Ende ist nicht in Sicht.

Doch auch in der Heimat kämpfen die Menschen ums Überleben. Frauen müssen ohne Ehemänner, Väter und Brüder zurechtkommen. Krankenschwestern stehen an vorderster Front auf dem Festland oder versorgen den schier endlosen Strom an Verwundeten in England und Schottland. Sorge, Erschöpfung und Aufopferung sind zum Normalzustand für eine ganze Generation geworden.

Mit Willenskraft und Leidenschaft sucht sie nach ihrem Weg in eine Zukunft nach dem Krieg.

Es sind Jahre der Sehnsucht und der starken Gefühle. Denn die Liebe keimt auch in den widrigsten Zeiten.

Kapitel 1

Die hellen Schreie der Küstenseeschwalben kündigten den Sommer an. Bonnie saß im satten Gras und drehte den Stängel einer Wildblume zwischen den Fingerspitzen. Sie sog die laue Luft in ihre Lungen und ließ den Blick über die Steilklippen schweifen. Das Rauschen des Meeres bildete die Hintergrundmusik dieser Region. In verlässlicher Gleichmäßigkeit schlugen die Wellen gegen die roten Felsen, wie um den Takt des Lebens entlang der Küste vorzugeben. Sie schloss die Lider und lauschte dem Summen einer Biene.

»Bonnie, du kommst zu spät zum Dienst«, drang wie aus weiter Entfernung eine Stimme zu ihr. Dann kroch Kälte an ihren Beinen hinauf.

Sie schlug die Augen auf und sah Juliana vor sich stehen, die Bonnies Bettdecke in den Händen hielt. Unter den Augen ihrer Zimmergenossin und Arbeitskollegin prangten dunkle Schatten, die genau wie der Abdruck, den die kürzlich abgesetzte Haube auf Julianas hellbraunen Haaren hinterlassen hatte, auf deren Nachtschicht verwiesen.

Bonnie setzte sich auf und zog fröstelnd das Nachthemd bis zu den Knöcheln hinunter. Sie war nicht an Schottlands Küsten. Ganz im Gegenteil, ihre Heimat schien so weit von London entfernt zu sein wie ein anderes Leben. Und es war auch nicht Frühsommer, sondern ein weiterer trüber Novembertag, der gerade begann.

»Ich habe dich schon vor über einer halben Stunde geweckt, ehe ich zum Frühstück gegangen bin«, sagte Juliana und schüttelte den Kopf. »Wirst du etwa krank?« Sie musterte ihre Arbeitskollegin mit dem geübten Blick einer Krankenschwester. »Du bist doch sonst schon immer vor der Zeit auf.«

Plötzlich war Bonnie hellwach und sprang aus dem Bett. Sie musste erneut eingenickt sein. »Wann beginnt meine Schicht?«, rief sie und stürzte zum Waschtisch.

Juliana warf die Decke zurück auf die durchgelegene Matratze. »Dein Dienst hat bereits vor zehn Minuten angefangen.«

»Mist!« Bonnie tauchte die Hände in das eisige Wasser in der weißen Porzellanschale und wusch ihr Gesicht. Auf ihrer Haut verspürte sie ein beißendes Prickeln.

Kaum hatte sie sich abgetrocknet, reichte Juliana ihr die sorgsam auf einem Bügel aufgehängte Schwesterntracht. Während Bonnie diese anzog, entledigte Juliana sich ihrer eigenen und kroch in ihr Bett, das Bonnies gegenüberstand. Meist sahen sie und ihre beiden Mitbewohnerinnen sich nur kurz zwischen den Schichten; die eine stand auf, die andere ging schlafen. So war es schon seit Jahren beinahe tagein und tagaus.

»Dann gibt es heute wohl kein Frühstück«, murmelte Bonnie, band ihre Haare zusammen und steckte in Windeseile die Haube darauf fest. Einen ganzen Vormittag ohne etwas im Magen durchzuhalten, würde hart werden, doch sie hatte es sich selbst zuzuschreiben, dass sie spät dran war. Eine gute Tasse Tee wäre bei der Kälte, die in dem kleinen Schlafzimmer herrschte, eine wahre Wohltat, dachte Bonnie, während sie den Sitz der Haube im Spiegel kontrollierte. Obwohl sie gerade erst aufgestanden war, sah sie heute kaum wacher aus als Juliana nach der Nachtschicht. Bonnie zwickte sich in die Wangen, um wenigstens etwas Farbe auf ihre blasse Haut zu zaubern, auch wenn diese schnell wieder verschwinden würde.

Ihre Zimmergenossin gähnte und nahm ein Bündel vom Nachttisch. »Ich habe noch Kekse, vielleicht hast du nachher ein paar ruhige Minuten.«

Bonnie griff danach. »Ruhige Minuten?«

Juliana zog eine Grimasse und sank ins Kissen. »Ehe ich es vergesse: Dr. Wright verlangt nach dir.«

»Was will er denn?« Bonnie ließ die in braunes Papier eingeschlagenen Kekse in der Schürzentasche verschwinden.

»Ich habe keine Ahnung, ich sollte es dir nur ausrichten.« Juliana hatte die Augen bereits geschlossen, während sie die letzten Worte murmelte.

»Ich gehe gleich zu ihm. Schlaf gut«, sagte Bonnie, schlüpfte in die Schuhe und öffnete die Zimmertür. Dann rauschte sie die knarzenden Treppen hinunter bis ins Erdgeschoss des Second London General Hospital. Sie eilte die Gänge entlang. Die Wände warfen das klappernde Geräusch ihrer Absätze zurück, und Bonnie wich einem Patienten auf Krücken aus, der gerade von einer ihrer Kolleginnen gezeigt bekam, wie er mit der Gehhilfe richtig umzugehen hatte. Schon jetzt, am frühen Vormittag, drang aus dem Untergeschoss, in dem die Küche untergebracht war, der Geruch nach Brühe herauf und ließ Bonnies Magen knurren. »Nicht jetzt«, zischte sie ihm zu und bemühte sich, nicht an die Kekse in ihrer Schürze zu denken.

Vor Dr. Wrights Tür blieb sie stehen, schob einige lose Strähnen unter ihre Haube und überprüfte den Sitz ihrer

Tracht. Sicherlich verriet ihre schnelle Atmung Bonnies holprigen Start in den Tag. Ausgerechnet heute, da sie sich verspätet hatte, wurde sie auch noch unverzüglich in das Zimmer des Stationsarztes gerufen. Was wollte er nur von ihr? Bonnie schnaufte durch, um nicht nach Luft schnappend ins Zimmer zu stolpern, und klopfte an.

»Kommen Sie herein«, hörte sie Dr. Wrights nasale Stimme durch das Holz.

Sie öffnete und trat ein. Bonnie überlegte, ob sie sich für das Gespräch lieber setzen sollte, während der grauhaarige Mann die Augen weiterhin auf Patientenakten gerichtet hielt.

Doch da nahm er schon die Brille ab und sah zu ihr hinüber. »Schwester Bonnie«, begrüßte er sie.

»Guten Morgen, Sir.« Ihre Finger griffen in den Stoff ihrer Schürze. »Es tut mir leid, dass ich heute zu spät zum Dienst erscheine, ich war wohl etwas übermüdet«, setzte sie an.

Dr. Wright kniff die Augen zusammen und lächelte schließlich, worauf sich ein Kranz aus Falten an seinen Schläfen bildete. »Deshalb habe ich Sie nicht kommen lassen.«

War es zu früh, erleichtert zu sein? Ihre Finger ließen den Stoff los. »Weshalb haben Sie nach mir geschickt?«, fragte Bonnie und ging fieberhaft die letzten Tage durch, um etwas zu finden, das sie womöglich verpatzt haben könnte. Dr. Wright bat selten Krankenschwestern in sein Büro, und wenn er es tat, dann war es für gewöhnlich kein gutes Zeichen. Erst kürzlich war eine seit wenigen Wochen hier tätige junge Kollegin heulend aus dieser Tür gestürzt. Das Mädchen war unerfahren, kaum ausgebildet und von den Zuständen hier überwältigt gewesen. Bonnie war nicht entgangen, wie ihre Hände gezittert hatten, wenn sie die Leiber der frisch eingelieferten und notdürftig versorgten Soldaten waschen sollte. Das Gemisch aus getrocknetem Schlamm, geronnenem Blut und Wochen altem Schmutz abzubekommen, konnte eine belastende und zugleich übelriechende Angelegenheit sein. Doch es war nun mal notwendig und eine Aufgabe für weniger qualifiziertes Personal. Oft genug war es den Männern unangenehm, die Prozedur über sich ergehen zu lassen, umso wichtiger war eine unbeschwerte Herangehensweise der Pflegerinnen. Sie nahmen die Veteranen hier in Empfang und waren deren erster Kontakt mit der Heimat nach dem oft langen Einsatz auf dem Festland. Eine freundliche Miene und einige belebende Sätze, ja vielleicht sogar ein Scherz, konnten den Männern das Ankommen und den Umgang mit ihrer Verwundung und ihrem Zustand erleichtern. Bonnie hatte das Mädel seit jenem Tag nicht mehr gesehen, vielleicht war sie in die Küche versetzt worden. Oder man hatte sie nach Hause geschickt. Bonnie verspürte Mitgefühl, doch vermutlich war es so das Beste für alle. Man musste dafür gemacht sein, den Alltag in einem Krankenhaus auszuhalten. Oder sich schlicht daran gewöhnen und die Zähne zusammenbeißen, bis man alles besser wegsteckte.

Ein noch breiteres Lächeln zog sich über den Mund des Mannes. »Sie erledigen Ihre Arbeit, wie mir berichtet wird, sehr gewissenhaft.«

Das unerwartete Kompliment tat gut, erklärte jedoch nicht, was der Stationsarzt von ihr wollte. Bonnie nickte und zwang sich, geduldig zu sein. »Danke, Sir.«

»Wir hatten eine unruhige Nacht.« Er seufzte und rieb sich über die Augen. Dr. Wright wirkte noch erschöpfter als üblich. Trotz seines fortgeschrittenen Alters hatte er, wie etliche andere Ärzte, den Ruhestand aufgeschoben, um sein

Land in dieser schwierigen Zeit zu unterstützen. Er lehnte sich zurück und verschränkte die Arme vor der Brust. »Gestern Nachmittag wurden einige Soldaten der Royal Scots eingeliefert.«

Schotten. Bonnie presste die Lippen aufeinander, während sie versuchte, im Gesicht des Arztes zu lesen.

»Ich habe in den letzten Jahren mehr Verwundete gesehen, als ich zählen kann. Viele gebrochene Männer und unzählige, die wütend waren.« Er machte eine Pause und schüttelte den Kopf. »Hin und wieder auch Wahnsinnige.«

»Ich weiß«, sagte Bonnie leise. Auch sie hatte diese Männer erlebt. Sie gepflegt, ihnen zugehört und, wenn nötig, deren Hand gehalten. Nach Feierabend ließ sie sich hin und wieder Briefe diktieren, die ihre Patienten ihren Ehefrauen oder Eltern schickten. Bonnie hatte oft genug einen Einblick in das Seelenheil verwundeter Soldaten erhalten, um die vielfältigen Reaktionen darauf zu kennen.

Dr. Wright räusperte sich und stützte die Ellenbogen auf das Pult. Seine braunen Augen musterten sie trotz seiner Müdigkeit wach. »Aber solch einen Haufen habe ich nie zuvor gesehen. Einige können es kaum erwarten, gleich wieder auf den Kontinent zurückgeschickt zu werden, nachdem man sie gerade erst zusammengeflickt hat. Und manche derjenigen, die nicht mehr tauglich sind, wollen es nicht akzeptieren. Elf Männer, und einer schaut finsterer drein als der andere.« Er machte eine Pause. »Wir mussten sie in ein gemeinsames Zimmer legen, weil die anderen Patienten sich keinen Raum mit ihnen teilen wollten. Die Betten stehen eng an eng und die Stimmung ist angespannt.« Dr. Wright schüttelte das ergraute Haupt. »Das sind nicht mehr die Jungen vom Lande, die damals auf die Schiffe verfrachtet wurden. Ich habe mir ihre Unterlagen angesehen, und sie sind allesamt von Anfang an dabei. Ein eingeschworener Haufen, einige von ihnen sind an der Front erwachsen geworden, und vermutlich mussten sie zusehen, wie fast alle ihrer Kameraden der ursprünglichen Einheit gefallen sind. Und nun hat es sie selbst erwischt.« Eine erneute Pause folgte, und in Bonnies Gedanken nahmen die Männer, über die er sprach, Gestalt an. »Einer von der Bande macht noch mehr Probleme als der Rest. Gleich nach seiner Ankunft hat er einen Assistenzarzt am Kragen gepackt. Er drohte ihm Gewalt an, wenn der ihm nicht die Bescheinigung ausstellte, dass er wieder in den Kampfeinsatz könnte.« Der Arzt beugte sich vor. »Dieser Kerl hat einen Arm verloren!«, erklärte er und schüttelte erneut den Kopf. »Mir scheint es, als sei er so etwas wie der Anführer der Truppe, aber den Unterlagen nach steht er im Rang nicht über den anderen. Im Gegenteil: Mehrere Verwarnungen sind hier aufgelistet, und wenn ich die knappen Notizen richtig deute, gilt er als Unruhestifter, auch wenn er durchaus taktisches Geschick gezeigt haben soll. Ich habe mir das alles angesehen, um zu entscheiden, ob wir die Kerle hier überhaupt behandeln können, wenn sie ihr Benehmen denn nicht ändern werden, oder ob wir eine andere Lösung brauchen.«

Bonnie überlegte fieberhaft, weshalb Dr. Wright sie hatte kommen lassen und warum er ihr all dies erzählte. Nachzufragen wagte sie nicht.

»Ihre Kolleginnen weigern sich, dieses Zimmer zu betreten. Die Halunken haben zwei der Schwestern heute Nacht vertrieben, eine weitere in den frühen Morgenstunden. Doch diese Männer brauchen, auch wenn sie es nicht einsehen, dringend die richtige Behandlung.« Mit der Hand deutete er auf eine der Akten. »Der mit dem amputierten Arm hat womöglich eine Entzündung, da der Verband nun schon längst hätte gewechselt werden sollen, und wenn er Pech hat, wird er nicht nur einen Arm, sondern bald auch sein Leben verloren haben, wenn er nicht schnellstens richtig versorgt wird.«

Bonnie nickte. Wundbrand war ein Gegner, den sie alle fürchteten. Zu oft hatten sie schon gegen ihn verloren. »Und weil ich die einzige Schottin im Krankenhaus bin, hoffen Sie, dass diese Kerle mich das tun lassen?«, erriet Bonnie den Gedankengang ihres Vorgesetzten.

Dr. Wright brummte bestätigend. »Man hört es nicht nur, man sieht Ihnen Ihre Herkunft auch auf den ersten Blick an.« Seine Augen huschten über ihre Schwesternhaube, die heute sicherlich nicht so ordentlich angesteckt war wie üblich.

Bonnie schalt sich in Gedanken dafür, noch einmal eingedöst zu sein. Der Oberschwester würde es nicht entgehen, und Bonnie konnte sich auf einen Rüffel einstellen.

»Eine Sache habe ich schon angeordnet: Die Männer werden so schnell wie möglich nach Schottland verlegt, sobald ein weiterer Transport möglich ist«, sprach er weiter. »Sehen Sie zu, dass Sie die dringend notwendige Wundpflege vornehmen können, und überzeugen Sie Ihre Landsleute davon, möglichst keine Ärzte mehr zu bedrohen. Ich würde ungern die Militärpolizei einschalten, nach allem, was diese Kerle für ihr Land getan haben.«

»Natürlich, Sir.« Bonnie machte auf dem Absatz kehrt und griff nach der Türklinke.

»Zimmer 213. Wenn es nicht anders geht, dann werden die Männer fixiert!«, rief er ihr hinterher, während sie auf den Flur trat.

»Der Tag wird immer besser«, murmelte Bonnie. Sie packte einen der Kekse aus und steckte ihn sich in den Mund, dann ging sie zu den Metallwagen hinüber, auf denen vorbereitetes Verbandsmaterial, Medikamente und verschiedene Salben lagen.

Rose, eine ihrer Kolleginnen, trat neben sie. »Hat der Chef dir die Schotten zugeteilt?«, fragte sie, und ein mitleidiges Lächeln zeichnete sich auf ihren Lippen ab.

Bonnie schluckte das staubtrockene Gebäck hinunter. »Einer muss es ja machen, und vermutlich hat Dr. Wright recht und diese grässlich roten Haare und mein Dialekt werden mir dabei helfen«, sagte sie und zwinkerte Rose zu. »Und ansonsten dürfen wir die Männer festschnallen lassen, das ist auch schon länger nicht mehr vorgekommen. Eine echte Abwechslung, will ich meinen«, sagte Bonnie lachend.

Ihre Kollegin kicherte und hob die Hände. Gekonnt wickelte sie einige der widerspenstigen Strähnen, die ein zweites Mal unter Bonnies Haube herausgerutscht waren, um einen Finger und steckte sie zurück. »Pass gut auf«, zischte sie. »Einer von diesen Highlandern hat mir vorhin einen Klaps auf den Hintern gegeben. Alleine deshalb hätten sie es schon verdient, fixiert zu werden. Wäre ich nicht im Dienst gewesen, hätte ich ihm eine gescheuert. Stattdessen müssen sie jetzt alle länger auf ihr Schmerzmittel warten. Das wird dem Kerl hoffentlich eine Lehre sein, eine Schwester so zu behandeln.« Rose schnappte sich eine Bettpfanne und verschwand in einem der Krankenzimmer.

»Na, das kann ja heiter werden«, flüsterte Bonnie, zählte die Tabletten und Spritzen durch und schob den Rolltisch auf das ausgeblichene Schild mit der Nummer 213 zu.

Bonnie drückte die Klinke herunter, gab der Tür einen Schubs und stieß mit der Hüfte den Tisch ins Zimmer. Sie ließ ihren Blick durch den Raum schweifen und bemühte sich, die süßlich verbrauchte Luft zu ignorieren. Ein gellender Pfiff durchbrach die Stille, und gleich darauf war Gejohle zu hören. Bonnie unterdrückte ein Stöhnen und streckte den Rücken durch. Sie zwang sich zu einem professionellen Lächeln. Nicht zu freundlich, um ihre neuen Patienten nicht auf unangemessene Ideen zu bringen, aber dennoch liebenswürdig genug, um eine angenehme Stimmung zu verbreiten, während sie sich ein Bild von der Situation machte.

»Na, Süße, willst du jetzt dein Glück versuchen?«, rief einer der Soldaten ihr zu. Sein Bein steckte in einem Gips und war an einer Halterung gesichert.

Bonnie beachtete ihn nicht, da er wohl kaum fähig wäre aufzustehen, und sah sich weiter um.

Der Mann im vorletzten Bett auf der rechten Seite lag mit dem nackten Rücken zu ihr. Ein Verband zog sich über seine linke Schulter. Bei keinem der anderen Männer war ein amputierter Arm zu erkennen.

Bonnie steuerte zielstrebig mit dem quietschenden Tisch auf ihn zu. Wenn der Stationsarzt richtiglag, und dies hier der Anführer der Bande war, würde sie ihn sich als Erstes vornehmen. Gleich zu Anfang die härteste Nuss zu knacken, erschien ihr eine gute Idee zu sein.

Bonnie spürte die Blicke der Männer auf sich, als sie neben das Bett trat.

Der Soldat lag auf der Seite, sie konnte sein Gesicht nicht sehen, da sein Kopf von einer dicken Bandage bedeckt wurde. Dennoch ahnte sie, dass er wach war. Zu angespannt wirkte sein Körper, scheinbar bereit, jeden Moment aufzuspringen.

Sie legte die Fingerspitzen der linken Hand auf seine Haut, um mit der rechten den Verband zu lösen. »In Ordnung, Soldat, ich schaue mir das hier jetzt an und versorge die Wunde, damit Sie bald wieder zu Hause sein und einen guten schottischen Whisky trinken können«, sprach sie leise auf ihn ein und versuchte nicht wie üblich, ihre landestypische Aussprache zu unterdrücken.

Kurz spürte sie, wie seine Muskeln unter ihren Fingern zuckten. »Du hattest schon immer die sanftesten Hände«, brummte er. »Viel zu schade für meine Freunde hier.«

Bonnie biss sich auf die Unterlippe und schloss die Augen. Bewegungslos ruhten ihre Hände auf ihm. Das konnte nicht sein. Wie hoch war die Wahrscheinlichkeit? Und doch war ihr bei Dr. Wrights Erwähnung der Royal Scots ein Schauer über den Rücken gelaufen. Endlich schaffte sie es, wieder zu atmen, und öffnete die Lider. »Warum habe ich mir nicht denken können, dass nur du so dumm sein kannst? Hast du wirklich einen Arzt bedroht, damit er dich mit einem Arm zurück aufs Festland schickt?«, stieß sie hervor und schmeckte die Tränen auf ihrer Zunge.

»Einer ist mehr als genug«, sagte er und drehte sich auf den Rücken. In seinen Mundwinkeln zuckte ein Grinsen. »Heulst du wegen des Arms?«

Unfähig etwas zu sagen beugte sich Bonnie vor, schlang die Arme um ihn und küsste seine verschwitzte Stirn. Wie lange war es her? Jahre waren vergangen, die sich wie ein halbes Leben anfühlten. Wieder erklang Johlen, doch sie beachtete es nicht.

Für einen verschwindend kurzen Moment berührten seine Lippen sanft ihre Wangen, so wie er sie damals zum Abschied geküsst hatte. Dann legte sich seine Hand in ihren

Nacken. »Sorg dafür, dass sie mich zurückschicken. Verstanden?«, zischte er.

Bonnie stemmte sich hoch und sah in das eine Auge, das nicht von dem Verband bedeckt war. »Willst du Dickschädel auch noch den anderen Arm verlieren, Archie?« Nun war auch ihr danach, einen Schotten zu ohrfeigen. Und sie würde es sich sogar erlauben können, da dieser Mistkerl ihr deswegen ganz sicher keine Probleme bereiten würde. Dennoch verschob Bonnie die Sache zumindest für den Moment. Sie sollte sich ihrer Tracht angemessen verhalten.

»Du weißt, warum ich zurück muss«, brachte er hervor, und sein Blick lag starr auf ihr.

Bonnie zog die Nase hoch und nickte leicht. Natürlich wusste sie, was er meinte. Doch niemand würde einen Mann mit nur einem Arm in den Kampf schicken. Nicht einmal Archie Dennon konnte so etwas durchsetzen.

»Hübsches Mädchen hast du da«, rief ein Kerl zwei Betten weiter. »Hättest uns ruhig mal von ihr erzählen können. Ich bin mir sicher, das hätte die ein oder andere Wache angenehmer gemacht.«

Bonnie sah strafend zu ihm hinüber. »Herrgott, das ist mein Bruder, also sparen Sie sich Ihre Anzüglichkeiten.«

»Halbbruder«, ergänzte Archie, wie er es immer tat, wenn ihre Familienverhältnisse zur Sprache kamen.

»Das ist ja noch besser. Mein Verband muss auch gewechselt werden, Süße.« Der Soldat deutete auf seinen Bauch und grinste.

»Keiner rührt meine Schwester an.« Archie kniff das Auge zusammen und sah die Bettreihen entlang, als wollte er von jedem einzelnen seiner Kameraden eine Bestätigung, dass sie ihn verstanden hatten.

»Halbschwester, meinst du wohl«, murmelte Bonnie.

»Aye. Schon gut. Ist nur ewig her, dass wir so ein hübsches Mädel gesehen haben.« Beschwichtigend hob der Kerl die Hände.

Bonnie nutzte die Ablenkung und machte sich wieder an Archies Verband zu schaffen. Der Geruch, den ihr Bruder verströmte, versprach nichts Gutes.

Er zuckte kaum merklich zusammen.

»Wann wurde das das letzte Mal frisch verbunden?«, fragte sie beim Anblick der geröteten Naht.

»Vor ein paar Tagen«, gab er unwillig zu.

»Das muss jeden Tag gereinigt werden, wenn es nicht zu faulen anfangen soll.« Da die Operation eindeutig nicht mehr als drei oder vier Tage zurücklag, schloss Bonnie, dass der Verband kein einziges Mal gewechselt worden war, weil Archie sich wie ein Halbwilder aufgeführt hatte.

»Die Zeit habe ich nicht.« Er griff nach ihrem Handgelenk und drückte es ein wenig zu fest.

»Du wirst in diesem Krieg nicht mehr kämpfen«, sagte sie energisch. »Die Wunde nicht behandeln zu lassen, wird daran nichts ändern, es wird dich höchstens ins Grab bringen. Das muss dir doch klar sein!«

»Ich muss rausfinden, ob Ian das Gefecht überstanden hat«, murmelte Archie und senkte den Blick.

Vor Bonnies Augen erschienen rote Haare und Sommersprossen. Und das freche Gesicht, das sie in ihren Träumen aufsuchte. Ganz so, wie es auch Archies Antlitz getan hatte.

»Ian lebt«, sagte sie mehr zu sich selbst als zu ihm.

»Und damit das so bleibt, muss ich zurück.« Er schaute sie erneut eindringlich an. »Ich habe Ma geschworen, auf ihn aufzupassen.«

»Das hast du rund drei Jahre lang getan.« Ihre Finger fuhren durch seine schwarzen Haare und überprüften den Sitz des Kopfverbands. »Er ist unser Bruder, und er kommt zu uns zurück. Du kennst ihn doch: Ian hat mehr Glück als Verstand. Lass uns einfach beten, dass das auch weiterhin so bleibt.«

Bonnie beobachtete, wie er die Zähne zusammenbiss und gleich darauf das Gesicht schmerzhaft verzog.

»Ist dein Auge verletzt?«, fragte sie und hoffte inständig, dass Archie zumindest seine Sehfähigkeit behalten hatte. Der Schock, dass ihr Bruder einen Arm verloren hatte, drohte sie zu überwältigen. Auch wenn sie an derlei Verwundungen gewöhnt war, fühlte es sich in diesem Fall anders an. Es war persönlich. Und es schmerzte. Ebenso wie die Sorge um Ian. Sie durfte nicht daran denken, dass ihr kleiner Bruder tot sein könnte. So lange sie keinen Brief erhalten hatten, in dem genau das stand, wollte sie den Gedanken verdrängen so gut es ging.

Archie schüttelte den Kopf und sank ins Kissen zurück. »Nur das Lid und die Wange.«

»Ich schaue mir das trotzdem gleich an. Du hast Glück gehabt.« Aufmunternd lächelte sie ihn an.

»Ich habe einen Arm verloren und liege hier. Das soll Glück sein?«

»Der Kopf wäre schlimmer gewesen.« Bonnie gluckste. Auch wenn ihr Bruder es in diesem Moment nicht wahrhaben wollte, so war eine Verletzung ein Segen. Sie wusste, dass viele Männer dafür beteten, verwundet und in die Heimat zurückgeschickt zu werden. »Besser verwundet als tot«, hatte sie in den vergangenen Jahren unzählige Male von Patienten gehört. Sie gab etwas Salbe auf einen Wattebausch und tupfte die Stelle ab, an der sich bis vor wenigen Tagen noch der zweite Arm ihres Bruders befunden hatte. »Was ist denn überhaupt passiert?«

»Eine Granate. Mehrere Splitter haben den Arm und die Arterie zerfetzt, und einer hat das Gesicht erwischt«, berichtete Archie nüchtern. »Hab mir den Arm selbst abgebunden, um nicht zu verbluten. Bis man uns endlich aufgelesen und rausgeschleppt hatte, war die Blutversorgung schon zu lange unterbrochen, und dieser Metzger von einem Arzt hat ihn mir abgenommen.«

»Er hat immerhin ordentliche Arbeit geleistet.« Die Amputation war sorgfältig ausgeführt worden, das hatte Bonnie gleich erkannt. Nur die Pflege seitdem ließ zu wünschen übrig.

»Der macht ja auch den ganzen Tag nichts anderes, als mit seiner Säge zu spielen«, knurrte Archie. »Du kannst dir nicht vorstellen, was da vor sich geht.« Er wandte den Blick ab.

Sie legte ihre Handfläche an seine Wange. Wie gerne sie ihn erneut umarmen würde, doch sicherlich wäre dies Archie vor seinen Kameraden nicht recht. Wobei es ihn vermutlich auch ohne diese gestört hätte. Die kantigen Gesichtszüge ihres Bruders und seine gerunzelte Stirn hatten stets einen unnahbaren Eindruck gemacht, aber eigentlich war er tief, sehr tief in seinem Innern ein guter Kerl. Doch nun lag in Archies Blick etwas, das sie erschaudern ließ. Der Krieg hatte ihn unweigerlich verändert, und sie vermochte zu diesem Zeitpunkt nicht abzuschätzen, wie sehr. Bonnie riss sich zusammen und griff nach einem frischen Verband. In diesem Moment war es sein Körper, der ihrer Fürsorge bedurfte, die Seele würde wohl oder übel warten müssen. Sie musste sich beeilen, um alle Männer zügig zu versorgen. »Es ist vorbei, Archie.«

»Es wird nie vorbei sein. Für keinen von uns. Jetzt tu, was du tun musst, und lass uns nicht darüber reden«, sagte er leise und drehte ihr erneut den Rücken zu.

* * * * *

Connor rappelte sich auf und rutschte, so weit sein Bein es zuließ, näher an das Kopfende des Bettes, um sich dort anzulehnen. Er betrachtete frustriert den weißen Vorhang, der zugezogen zwischen seinem und Archies Bett hing und ihm den Blick auf das versperrte, was er seit einigen Minuten hörte. Die engelsgleiche Stimme klang weich und warm, und dennoch waren ihre Antworten schlagfertig. *Archies Schwester.* Connor streckte sich, konnte den Stoff jedoch nicht erreichen. Er fluchte und lehnte sich ins Kissen zurück. Hätte einer der Kameraden nur nicht die letzte Krankenschwester verschreckt. Vor einigen Stunden hatte diese den Vorhang zugezogen, um Connor zu verarzten, war dann aber, noch ehe sie überhaupt damit angefangen hatte, mit einer Schimpftirade aus dem Raum verschwunden. Die Schmerzmittel hatte sie natürlich mitgenommen, was sein Oberschenkel mit einem pochenden Brennen quittierte.

Halbgeschwister, hatte Archie vorhin ergänzt, als die Frau selbstsicher einen der Soldaten in die Schranken gewiesen hatte. Vielleicht erklärte dieser Umstand, dass beide so gegensätzliche Persönlichkeiten hatten, wie Connor herauszuhören glaubte. Archie, das Raubein, der vor nichts zurückschreckte und sich grundsätzlich an der Grenze zur Selbstzerstörung bewegte, und dieses zauberhafte Wesen, von dem er bisher nur die Stimme kannte. Wie sie wohl aussah?

Als Archie die Granate erwähnt hatte, die für seinen fehlenden Arm verantwortlich war, hatte Connor die Augen geschlossen. Es war *seine* Granate gewesen. Für ihn bestimmt und nicht für Archie. Und nun lagen sie beide hier und Connor wusste, wie viel dieser Umstand seinem Weggefährten abverlangte. Zwar hatten Archie und seine Schwester leise gesprochen, dennoch hatte Connor jedes Wort verstanden. Archie wollte zurück zu Ian. Zu dem aufgekratzten jungen Kerl, der, als der Krieg begann, mehr Junge als Mann gewesen war und den sie während des Gefechts bei Cambrai aus den Augen verloren hatten. Obwohl sein Kamerad es mehr als einmal probiert hatte, hatten sie keine Informationen zu Ian und den anderen erhalten. Waren überhaupt noch welche von ihnen übrig, oder waren die Männer in diesem Zimmer der traurige Rest des neunten Bataillons?

Archie und er waren mit letzter Kraft verwundet in Deckung gekrochen und hatten dort ausgeharrt, während um sie herum weiter der Kampf tobte. Irgendwann hatte ein Kamerad ihnen seinen Wasserkanister zugeworfen und war gleich darauf wieder verschwunden. Bis zur Dunkelheit hatten sie in einer Ruine gelegen und Connor hatte längst seinen Frieden damit gemacht, dass nun alles vorbei war. So schlimm hatte er es gar nicht gefunden. Vermutlich hatte er schon seit jenem Augusttag, an dem er sich früh morgens bei den Royal Scots eingeschrieben hatte, damit gerechnet, dass so sein Ende aussehen würde.

Um Archies willen hatte Connor trotzdem auf Rettung gehofft, auch wenn ihm nach einer Weile klargeworden war, dass es für dessen Arm keine mehr geben würde. Und dann waren sie doch noch aufgelesen und auf Tragen gepackt worden, nachdem die Mörsergeräusche weiter entfernt dröhnten und sich die gegnerische Artillerie auf einen anderen Bereich einschoss. Connor hatte geglaubt, vor Schmerz das Bewusstsein verlieren zu müssen. Vielleicht war es sogar so gewesen. Die folgenden Stunden waren in seiner Erinnerung verschwommen. Außer ein paar Bildfetzen von blutverschmierten Kitteln, einer Spritze, die endlich die Erlösung von den Schmerzen brachte, und den Schreien um ihn herum, war alles verschwunden. Auch von den nächsten zwei Tagen wusste Connor nicht mehr viel, was vermutlich ein Segen war.

Er schüttelte den Kopf und betrachtete das Bein, das erst vor wenigen Tagen in einem in Frankreich aus dem Boden gestampften Krankenhaus operiert worden war. Die klobige Schiene machte einen Positionswechsel beinahe unmöglich. »Vermutlich werden Sie nie wieder rennen können«, hatte der Chirurg ihm mit knappen Worten prognostiziert. »Vielleicht sogar nicht einmal richtig gehen.« Dass man ihm das Bein nicht direkt an Ort und Stelle abgenommen hatte, war einzig und allein dem glücklichen Umstand geschuldet, dass gerade einer dieser Röntgenwagen vor dem Krankenhaus geparkt war. Connor wusste nicht viel über Marie Curie, noch weniger über Radiologie, doch so wie er es verstanden hatte, verdankte er dieser Frau die Tatsache, dass er noch beide Beine besaß. Vor dem Einsatz der *Petites Curies*, dieser mit neuester Technik ausgestatteten Fahrzeuge, hatte man nicht lange gefackelt und verletzte Gliedmaßen im Zweifelsfall einfach abgenommen. Und das viel zu oft, da man die Art der Verletzung im Durcheinander der ganzen verwundeten Soldaten, die in einem unaufhörlichen Strom von der Front antransportiert wurden, nicht genau hatte einschätzen können. Noch immer geschah es täglich unzählige Male. Connor hingegen war der Luxus zuteilgeworden, geröntgt zu werden und dann auch noch auf dem Tisch eines Chirurgen zu landen. Er schmunzelte. Was man in einem Krieg so als Luxus empfand! Seine Finger strichen über die saubere weiße Bettdecke, die auf jeden Fall einen darstellte. Ebenso wie das Essen, das ihnen hier serviert wurde. Wer die Schmerzen einigermaßen aushalten konnte, stürzte sich wie ein Raubtier auf die Teller.

Doch die Stimmung war gedrückt. Vermutlich empfand fast jeder von ihnen seine Verletzung als Schande. In der ersten Zeit hatten die meisten sich eine kleine, saubere Schusswunde und damit das Ticket nach Hause gewünscht. Sie hätten mit einem steifen Arm oder einem leichten Humpeln für den Rest ihres Lebens nur zu gerne im Tausch für die Heimkehr gezahlt. Connor war es jedoch anders ergangen. Und Archie sowieso. Der hatte, kaum dass er neben ihm aus der Narkose erwacht war, aufstehen und nach Ian suchen wollen. Das ganze Lazarett hatte er zusammengebrüllt, bis eine Krankenschwester verschnupft versprach, die Namen aller Patienten zu überprüfen. Doch Ian war nicht darunter gewesen. Also hatte Archie erst recht das Bett verlassen und zu ihrer Einheit zurückkehren wollen.

Schließlich hatten ihm die Ärzte in regelmäßigen Abständen etwas gespritzt, und so richtig war Archie erst wieder im Zug zu sich gekommen, in den man sie nach der Überfahrt des Ärmelkanals verfrachtet hatte. Sein Kamerad hatte sich mit einem Schwall an Beschimpfungen bei jedem, der ihm unter die Nase kam, für seine Rückkehr auf die Insel bedankt. Vielleicht konnte seine Schwester ja verhindern, dass man sie dank Archie noch woandershin verfrachtete. In einen abgelegenen Kellerraum des Krankenhauses oder sonst wohin. Auch so schon war die Stimmung hier im Zimmer angespannt, ja beinahe explosiv. Schmerzen und gekränkter Stolz waren eine gefährliche Mischung, und so manch einer hatte sich, nachdem er erst einmal den anfänglichen Schock der Front verwunden hatte, geschworen, bis zum Ende durchzuhalten. Einige der Kameraden hatten gehofft, dabei zu sein, wenn sie diesen beschissenen Krieg endlich gewinnen sollten.

Connor hingegen beschäftigten ganz andere Gedanken. Er streckte den Arm aus und schob seine Finger zwischen den Stäben der Schiene unter den Verband. Das ständige Jucken machte ihn fast verrückt, doch vermutlich lag das auch an der längst überfälligen Reinigung der Wunden. Während er sich ausgiebig den Oberschenkel rieb, blickte er aus dem Fenster. *England*. Nie hatte Connor vorgehabt, diesen Teil des Königreichs zu betreten. Und nun lag er hier und alles, was er von seinem Bett aus durch die Scheibe erkennen konnte, war der graue, unwirsche Londoner Himmel.

»Eine Narbe wird dir bleiben«, hörte er die weiche Stimme nebenan und dann ein helles Lachen. »Du hast schon immer etwas verwegen ausgesehen, aber jetzt passt dein Gesicht endgültig zu deinem Charakter.«

Ein Grinsen zog sich über Connors Lippen.

»Ein Mann muss nicht schön sein«, knurrte Archie.

»Das warst du auch noch nie«, reizte sie ihn weiter. »Sofern deine Freunde ihre Finger bei sich behalten, werde ich mir nun den Rest von euch ansehen«, sprach sie so laut, dass Connor klar war, dass die Worte an seine Kameraden und auch an ihn gerichtet waren.

»Sie werden handzahm sein«, versprach Archie.

Connor kniff die Augen zusammen und lauschte auf ihre Schritte. Als er aufsah, erblickte er eine schmale Frau, die beinahe verloren wirkte in der voluminösen Schwesterntracht aus einem blauen Kleid und einer weißen Schürze. Das leuchtende hellrote Haar, das nur am Ansatz der Haube zu erkennen war, fesselte seinen Blick. Wie sehr diese Farbe ihn an die Heimat erinnerte. Französinnen hatten selten rotes Haar, wie er festgestellt hatte, und dies hier musste abgesehen von dem einiger Kameraden das erste seit Jahren sein, das er sah. Es schimmerte im Licht der Deckenleuchte und zog seinen Blick magisch an.

Ohne ihn anzusehen, griff sie nach dem Krankenblatt und überflog die Zeilen, die er in den letzten Tagen so oft gelesen hatte, als müsste er sich immer wieder versichern, dass der Arzt ihm tatsächlich eine Handvoll Splitter aus dem Bein gezogen hatte.

Dann lächelte sie ihn flüchtig an, klappte die Schiene auseinander und schnitt mit einer Schere den Verband auf.

Bis gerade eben hatten ihn noch das Jucken und die Schmerzen beinahe in den Wahnsinn getrieben, vor allem, weil er schon seit Ewigkeiten keine Schmerzmittel mehr eingenommen hatte. Aber jetzt war alles, was er spürte, ein Kitzeln in der Magengegend. Connor war unfähig, die grünblauen Augen unter den schmalen und reizend geschwungenen Brauen nicht anzustarren.

Leichtfüßig eilte sie zum Rolltisch, um neue Materialien zusammenzusuchen. Archies Schwester sah diesem kein Stück ähnlich, aber sie erinnerte Connor schmerzlich an jemand anderes.

»Sie sehen aus wie Ian«, entfuhr es ihm. Sogar ihre Bewegungen glichen in ihrer Geschicklichkeit denen ihres Bruders. Es war geradezu verblüffend. Connor hatte anfangs kaum glauben wollen, dass Archie und der deutlich jüngere Ian tatsächlich verwandt waren. Sie waren ihm so gegensätzlich wie Sonne und Mond erschienen, was wohl daran lag, dass sie ebenfalls Halbgeschwister waren. Und doch war da diese Verbindung zwischen den Brüdern zu spüren gewesen, die Connor hin und wieder melancholisch gestimmt hatte.

Ihre Hände hielten einen Augenblick lang inne, dann sah sie zu ihm. »Dass ich Ian ähnlich sehe, höre ich nicht zum ersten Mal.«

Connor verfluchte sich innerlich, einen derart blöden Spruch gemacht zu haben. Natürlich wusste diese Frau, dass sie ihrem Bruder auffallend glich. »Entschuldigung, das war unpassend«, beeilte er sich zu sagen.

Sie setzte ein liebenswürdiges Lächeln auf und Connor war froh, dass er lag und nicht stand, da er sonst vermutlich weiche Knie bekommen hätte. *Weiche Knie – du Versager kannst nicht einmal mehr stehen.* Scharf sog er Luft ein.

»Sie kennen Ian also«, begann sie, während sie vorsichtig seine Wunden abtupfte.

Das Brennen war leichter auszuhalten, wenn er in ihr Gesicht blickte. Vermutlich war alles im Leben besser zu ertragen, wenn man eine solche Aussicht genoss.

»Hat bei meinem Bruder endlich der Bartwuchs eingesetzt?« Sie linste ihn frech an.

»Ich fürchte, das wird bei Ian nichts mehr.« Das erste Mal seit Tagen lachte Connor und es tat verdammt gut. Doch ihre Frage erinnerte ihn auch an etwas. Er fuhr prüfend mit der Hand über seine Wangen. Es wurde dringend Zeit, dass er sich rasierte.

Als ihr Blick auf ihm ruhte, hatte er Mühe, nicht wegzusehen. Verlegen verschränkte er die Arme vor der Brust. Er konnte nicht nur sein Bein, sondern seinen kompletten Körper riechen. Wann hatte er sich überhaupt das letzte Mal gründlich gewaschen? Ein Eimer Wasser und ein Lappen wären nach dem langen Transport eine wahre Wohltat. Der Gestank in diesem Zimmer war infolge all der Wunden und des Fieberschweißes einiger Kameraden kaum auszuhalten. Leider hatte sich seine Nase auch nach Jahren in modrigen Schützengräben nicht an üble Gerüche gewöhnt.

»Ich bringe Rasierzeug und Waschschüsseln, sobald ich diese Heldenwunden versorgt habe«, sagte sie, als hätte sie seine Gedanken erraten, »ihr habt es wirklich dringend nötig.« Mit der Spitze des Zeigefingers fuhr sie kaum merklich seitlich der Nähte an seinem Oberschenkel entlang. »Heilt gut«, stellte sie fest und deckte die Stellen ab, die nach ihrer Berührung zu glühen schienen.

»Wie lange dauert es, bis ich es belasten kann?«, fragte Connor, um sich von unangemessenen Gedanken abzulenken.

»Wochen. Mindestens.« Routiniert wickelte sie einen frischen Verband um seinen Oberschenkel und befestigte die Schiene wieder.

»Was muss ich tun, damit es schneller geht?« Er stützte sich auf den Ellenbogen auf und beugte sich zu ihr. »Wenn Archie zurückgeht, gehe ich mit«, flüsterte er.

Sie runzelte die Stirn und brachte ihr Gesicht so nahe an seins, dass Connor ihren Duft nach Seife und Frühling einatmen konnte. »Archie geht nach Hause und nirgendwohin sonst«, sprach sie mit gesenkter Stimme. »Nicht einmal er wird es mit nur einem Arm zurück an die Front schaffen.«

Sie schwieg einen Moment, blieb aber weiterhin neben ihm.

Connor lauschte auf ihre Atemzüge und genoss erneut ihren Wohlgeruch.

»Warum wollen Sie unbedingt zurück in den Krieg? Reicht ein zerfetztes Bein nicht aus?«, fragte sie.

»Ich gehe dorthin, wo Archie hingeht«, sagte er leise.

»Wissen Sie, wem Sie da folgen?« Sie klang amüsiert und gleichzeitig besorgt.

»Nur zu genau.«

»Na, dann ist gut.« Sie rückte von ihm ab und der Duft verschwand mit ihr. Vom Tisch nahm sie eine neue Infusion und befestigte sie an der Halterung seines Bettes. »Was machen die Schmerzen, Connor?«

»Sie haben sich meinen Namen gemerkt«, stellte er lächelnd fest.

»Ich merke mir die Namen all meiner Patienten, Private Connor Fletcher vom neunten Bataillon der Royal Scots.« Aus den Augenwinkeln betrachtete sie ihn einen Moment lang. »Also, was ist mit den Schmerzen?«

»Sind verdammt stark«, gab er zu.

Sie nickte, kramte in der Tasche ihrer Schürze und spritzte ein Mittel in seinen Zugang. »Sollte bald erträglicher werden.« Sie notierte etwas auf seinem Krankenblatt, dann wandte sie sich rasch um und schien zum nächsten Patienten gehen zu wollen.

»Warten Sie!«

Sie wandte sich zu ihm um. »Brauchen Sie noch etwas?«

»Ihren Namen.«

»Bonnie«, sagte sie und schmunzelte.

»Dann vielen Dank, Schwester Bonnie.«

Kaum war sie an das Bett gegenüber geeilt, wurde der Vorhang neben ihm geräuschvoll zur Seite gezogen und Archie starrte ihn mit seinem einen Auge an.

»Was ist?«, fragte Connor betont gelassen.

»Das ist meine Schwester«, knurrte sein Kamerad und hatte denselben wilden Blick, den Connor bei Archie schon so oft in den letzten Jahren gesehen hatte.

»Sie sind immer die Schwestern von jemandem«, gab er zurück. »Du müsstest das doch am allerbesten wissen, oder liege ich falsch?« Ganz sicher war Archie kein Kind von Unschuld, auch wenn er jetzt einen auf großer Bruder machte. Doch Bonnie kam Connor nicht so vor, als ob sie auf irgendjemandes Hilfe angewiesen wäre.

Archies Auge wurde noch ein wenig schmaler. »In ein paar Tagen kommen wir hier raus. Lass Bonnie so lange in Ruhe oder du erlebst eine Seite an mir, die du noch nicht kennst.«

Selbst mit nur einem Arm flößte Archie Respekt ein. Und dieser Mann hatte ihm das Leben gerettet. »Schon gut.« Connor lehnte sich zurück ins Kissen und sah hinüber zu Fred, der sich mit einem Strahlen auf den Lippen von Bonnie untersuchen ließ. Verdammt, war das ein himmlisches Geschöpf!

»Augen an die Decke, Soldat«, brummte Archie.

Connor stöhnte und tat, wie ihm geheißen, auch wenn Archie nicht befugt war, ihm Weisungen zu erteilen, da sie beide kein Interesse daran gehabt hatten, es über den Rang eines Private hinaus zu etwas bei den Royal Scots zu bringen. Längst hatte sich Bonnies Bild in seine Gedanken eingebrannt. Grinsend verschränkte er die Arme im Nacken.

* * * * *

Der Tag war lang und anstrengend gewesen, so wie jeder andere in den vergangenen Jahren. Neben der Versorgung von Archie und seinen Kameraden hatte Bonnie unzählige andere Aufgaben zu erledigen gehabt; sie musste Instrumente sterilisieren, Bettpfannen leeren, Medikamente austeilen und was sonst noch alles anfiel. Beim Lunch hatte sie sich ausgehungert über ihren Teller hergemacht und war gleich darauf zurück zur Station geeilt. Wie schon am Morgen klopfte sie jetzt, am späten Nachmittag, an Dr. Wrights Tür.

»Ja bitte?«

Sie straffte die Schultern und trat in den mit dunklen und wuchtigen Holzmöbeln eingerichteten Raum ein.

Eine elektrische Schreibtischlampe erhellte die Unterlagen in Dr. Wrights Händen und er nahm die Lesebrille ab. »Schwester Bonnie.« Er bedeutete ihr, sich auf einen der abgenutzten Stühle vor dem breiten Schreibtisch zu setzen.

Bonnie nahm Platz. »Haben Sie einen Augenblick, Sir?«

»Haben die Schotten Ihnen Probleme bereitet wie allen anderen auch?« Mit gerunzelten Augenbrauen betrachtete er sie.

»Nein, nichts dergleichen.«

»Sehr gut.« Er nickte. »Was kann ich für Sie tun?«

Bonnie sah auf ihre Finger, die ineinander verschlungen in ihrem Schoß lagen. »Wie sich herausgestellt hat, ist dieser Verrückte mit dem amputierten Arm mein Bruder«, sagte sie leise.

»Ihr Bruder?« Überraschung zeichnete sich auf dem Gesicht des Stationsarztes ab. Dann schlug er eine der Akten auf. »Archibald Dennon. Er hat einen anderen Zunamen als

Sie, dabei sind Sie unverheiratet.« Es war Dr. Wright anzusehen, wie er versuchte, aus der Information schlau zu werden.

»Meine Mutter war zweimal verheiratet«, erklärte Bonnie. Dass drei der Kinder ihrer Ma den Nachnamen Dennon trugen, während Bonnie und die zwei jüngsten Ian und Tommy Macay hießen, war selbst in ihrem Heimatort den meisten Leuten zu kompliziert, weshalb von ihnen im Allgemeinen als den *Dennons* gesprochen wurde. Bonnie hatte es aufgegeben, jeden zu korrigieren, und es akzeptiert. Doch hier war sie schlicht Schwester Bonnie.

»Na, Ihr Bruder scheint mir jedenfalls gut zu den *Dandy Ninth* zu passen.« Ein Lachen drang aus der Brust des Arztes.

Anscheinend war der Ruf des neunten Bataillons inzwischen sogar bis nach London durchgedrungen. In ihrer Heimat war man mächtig stolz auf die *Dandy Ninth*, doch wann immer Bonnie etwas in der Zeitung über das Bataillon las, krampfte sich ihr Magen zusammen. Es schien ihr, als sei ausgerechnet diese Einheit der Royal Scots an den schlimmsten Schlachten beteiligt und die Verluste waren ein ums andere Mal entsprechend hoch. Irgendwann hatte sie einfach aufgehört, in ihrer knappen Freizeit einen Blick auf die Nachrichten zu werfen. Dort stand, wie heldenhaft sich die britischen Truppen bewährten, doch Bonnie sah die Wahrheit und deren schreckliche Folgen tagtäglich mit ihren eigenen Augen. Propaganda wirkte bei ihr schon lange nicht mehr. Alle waren kriegsmüde und es leid, dass dieser Krieg kein Ende nehmen wollte.

»Und wird Archibald sich von jetzt an benehmen?«, riss Dr. Wright sie aus ihren Gedanken.

»Das kann ich Ihnen nicht versprechen. Archie hat unseren jüngeren Bruder bei Cambrai zurückgelassen und sich in den Kopf gesetzt, wieder an die Front zu gehen, was natürlich völliger Unfug ist.«

Dr. Wright fuhr sich durch die grauen Haare. »Ich verstehe«, murmelte er.

»Deshalb wollte ich fragen, ob es möglich wäre, dass ich die Männer auf dem Transport nach Edinburgh begleite, um sicherzustellen, dass Archie auch dort ankommt und nicht unterwegs verschwindet.« Sie wagte nicht, ihn anzusehen. »Ich bin selbstverständlich bereit, dafür die Urlaubstage zu verwenden, die ich noch nicht genommen habe«, fügte sie hastig hinzu, in der Hoffnung, einen Deal anzubieten, den der Arzt annehmen würde.

»Das sollte sich einrichten lassen«, sagte er. »Sie wissen, wie chronisch unterbesetzt die Ambulanzzüge sind. Einige der Männer sind ernsthaft verletzt und ich hätte ein besseres Gefühl, wenn sie unter Ihrer Aufsicht reisen.« Er lehnte sich in dem Ledersessel zurück und als Bonnie aufsah, schienen seine wachen Augen in den ihren lesen zu wollen. »Sie sind als Freiwillige hier. Vielleicht wird es Zeit, ebenfalls nach Hause zu gehen?«

Hatte sie sich verhört? Bonnie richtete sich auf und musterte den älteren Mann. »Sie brauchen mich nicht mehr?«

»Wir brauchen jede Hand. Vor allem die von Frauen, die wie Sie schon vor Ausbruch des Kriegs als Krankenschwester gearbeitet und eine entsprechende Ausbildung haben«, sagte Dr. Wright.

»Und warum bieten Sie mir die Heimkehr dennoch an?«

»Weil Ihr Bruder jetzt wieder da ist. Und Sie schon seit über zweieinhalb Jahren bei uns sind. Waren Sie seitdem überhaupt wieder im Norden?«

»Im vergangenen Jahr für eine Woche«, sagte Bonnie. Es war ein trauriger Besuch in der Heimat gewesen, bei dem sie sich unentwegt daran erinnert fühlte, was fehlte: ihre Brüder. Doch hatte es ihr gutgetan, ihre Ma und die anderen zu sehen. Und etwas Kraft zu schöpfen.

»Sie haben ohne Frage Ihren Anteil für diese Sache gegeben.«

Diese Sache. Dieser verflucht abscheuliche Krieg mit allem, was er mit sich brachte. Statt zu Hause in ihrem Dorf Kinder zu entbinden und Hausbesuche zu machen, schuftete sie in diesen Mauern täglich bis zur Erschöpfung. Aber daran würde sich so schnell nichts ändern. »Ich muss weiter hier arbeiten, bis der Krieg endlich gewonnen ist«, gab Bonnie entschieden zurück.

»Sie müssen?« Dr. Wright legte den Kopf schief und wieder schien er in sie hineinsehen zu wollen.

»Bis alle meine Brüder zu Hause sind«, sagte Bonnie.

»Wie viele Brüder haben Sie an der Front?« Dies war längst kein übliches Gespräch zwischen Arzt und Schwester, aber es war ein vertrauensvoller Austausch, der sich in diesem Moment merkwürdig gut anfühlte. Vielleicht lag es daran, dass dieser Mann eine väterliche Ruhe ausstrahlte und Bonnie es nicht gewohnt war, einen Vater zu haben.

»Jetzt noch zwei. Mein jüngerer Bruder ist mit Archie ausgerückt und der Älteste von uns ist ...«, sie hielt inne und runzelte die Stirn. »Um ehrlich zu sein, habe ich keine Ahnung, wo Keillan gerade steckt.«

»Drei Söhne und eine Tochter im Dienst für unser Land. Ihre Eltern müssen stolz sein, gleichzeitig aber vor Sorge umkommen.« Sein Blick wanderte zu einem Bilderrahmen auf seinem Schreibtisch.

Bonnie reckte sich etwas und erkannte einen jungen Mann auf dem Foto. »Ist das Ihr Sohn?«

Dr. Wright brummte bestätigend. »Robert arbeitet in Frankreich in einem Feldlazarett.« Seine Augen fanden die ihren wieder. »Und Sie wollen tatsächlich erneut verlängern? Haben Sie das mit Ihrer Familie besprochen?«

»Meine Mutter kennt meine Meinung«, versicherte Bonnie. »Sie bekommt mit Archie einen von uns zurück, das muss vorerst genügen.«

Dr. Wright nickte und Bonnie las Anerkennung in seinem Blick. »Wollen Sie sich zumindest nach Edinburgh versetzen lassen? Dann wären Sie etwas näher bei Ihrer Familie.«

Grüne Hügel und felsige Klippen tauchten vor Bonnies geistigem Auge auf – ganz so, wie sie es erst heute Morgen im Halbschlaf gesehen hatte. Beinahe glaubte sie, den Wind zu riechen, der über das Meer kam. War es an der Zeit, das Second London General Hospital zu verlassen? »Ist das denn möglich?«, fragte Bonnie und nahm wahr, wie ihre Stimme flatterte. Sie hatte sich einst bewusst für eine Stelle in London beworben und es hin und wieder bereut. Damals hatte es sich richtig angefühlt, allerdings hatte sie auch nicht geahnt, wie lange sie hier sein würde.

»Wir wollen Sie ungern verlieren, aber ich finde, Sie haben es sich durch Ihr beherztes Anpacken verdient. Ich werde ein Telegramm an die Kollegen in Craigleith schicken und fragen, ob sie Verwendung für Sie hätten. Ihr Bruder und seine Leute werden dorthin ins Second Scottish General Hospital verlegt, da die Männer des neunten Bataillons, ebenso wie Sie, Schwester Bonnie, aus der Gegend rund um Edinburgh stammen. Die Kollegen dort werden Sie sicherlich gerne aufnehmen.« Er zwinkerte ihr zu. »Sie wissen so gut wie ich, dass auch die Krankenhäuser in Schottland jede Krankenschwester benötigen, die sie kriegen können.«

Eine Welle an Gefühlen überrollte Bonnie. Wie lange hatte sie ihre Ma und die anderen nicht mehr gesehen? Dieser schreckliche Krieg, unter dessen Härte die Zivilbevölkerung vor allem auf dem Festland litt, schien einfach kein Ende zu nehmen. Und auch die Schotten spürten die Folgen. Ihr kleiner Heimatort Foxgirth lag östlich von Edinburgh in Haddingtonshire. Sie würde ihre Familie hin und wieder besuchen können. »Danke.« Mehr brachte sie nicht heraus.

»Alles Gute für Sie.« Dr. Wright nickte ihr zu.

Allem Anschein nach war längst entschieden, dass sie zukünftig in der Heimat arbeiten würde. Bonnie trat aus dem Raum und atmete, nachdem sie die Tür geschlossen hatte, tief ein. Wieder brannten ihre Augen, wie am Morgen, als sie Archies unverkennbar raue Stimme vernommen hatte. *Archie.* Im Laufschritt stürzte sie den Gang entlang und lief in das Krankenzimmer der schottischen Soldaten. Statt unangemessenen Sprüchen und grimmigen Blicken empfingen sie Gesichter, die bei ihrem Anblick lächelten. Bonnie ging an den anderen Betten vorüber und auf das ihres Bruders zu.

Archie lag auf dem Rücken und schien zu schlafen. Als sie sich auf den Rand der Matratze setzte, griff seine Hand nach ihrer. Langsam öffnete er sein unverletztes Auge und betrachtete sie.

»Wie geht es dir?«, fragte sie.

»Will die ganze Zeit meinen Arm bewegen, bis mir schließlich einfällt, dass er irgendwo in französischem Schlamm verrottet.«

»Das klingt furchtbar, Archie«, tadelte sie ihn.

»Stimmt aber nun mal. Wahrscheinlich haben schon Fliegen ihre Eier drin abgelegt und in Kürze wird er zu einem Festmahl für die Maden werden.«

Bonnie schüttelte sich. »Ist ja auch egal. Ich habe jedenfalls großartige Nachrichten: Ich werde euch begleiten!«, platzte es aus ihr heraus.

Stöhnend schob er den Oberkörper hoch. »Wohin?«

»Nach Hause natürlich. So wie es aussieht, werde ich für den Rest des Krieges nach Edinburgh versetzt.«

Archie presste die Zähne aufeinander und fixierte einen imaginären Punkt an der Wand. »Diese Mistkerle lassen mich nicht zurück.«

Bonnie war sich sicher, dass es keine Frage, sondern eine Feststellung war. »Dein Einsatz ist vorbei, Soldat.« Mit der Hand fuhr sie über eins seiner Beine, die sich unter der dünnen Decke abzeichneten.

»Dann komm du auch mit nach Hause«, stieß er hervor.

»Mir stehen noch zwei Wochen Urlaub zu, die werde ich nehmen, um dich die erste Zeit daheim zu versorgen. Danach werde ich nach Edinburgh gehen.«

»Hast du nicht inzwischen genug Bettpfannen geleert?« In seiner Stimme lag Spott. Archie war verletzt, das spürte Bonnie. Nicht der fehlende Arm war das Problem, sondern sein Geist.

Sie ignorierte den Spruch über ihre Arbeit und lächelte. »Du kennst unseren Pakt. Es ist noch nicht vorbei.«

»Ich habe ihn bereits gebrochen.« Seine Lippen wurden schmal und sein Blick wurde noch fester.

»Das hast du nicht, das war höhere Gewalt. Und jetzt kommst du nach Hause und tust, was es dort zu tun gibt. Die anderen werden dich brauchen.«

»Ich habe wohl keine andere Wahl.« Frustration zeichnete

sich auf Archies Gesicht ab, doch offensichtlich waren ihre Worte zu ihm durchgedrungen.

Erleichterung machte sich in Bonnie breit. Sie hatte schon befürchtet, Archie notfalls eine Beruhigungsspritze verpassen zu müssen, um ihn bewusstlos nach Norden zu bringen. »Vermutlich geht es schon übermorgen los. Dann werden sie euch dort noch etwas im Krankenhaus behalten und anschließend nach Hause schicken.«

Ihr Bruder ließ den Blick über seine Kameraden schweifen. »In alle Winde verstreuen werden wir uns. Nach all der Zeit«, flüsterte er. »Kannst du uns was zum Schreiben organisieren, damit wir unsere Adressen austauschen können? Auch wenn wir uns vermutlich nie wiedersehen werden, erscheint es mir richtig.«

»Das mache ich natürlich.« Bonnie sah auf das Bett neben ihm, das Connor gehörte.

Dieser schien das Gespräch zu verfolgen und runzelte die Stirn. Beinahe enttäuscht stellte sie fest, dass Connor das Rasierzeug tatsächlich benutzt hatte. Die rostroten Bartstoppeln, die vorhin noch in Kontrast zu seinem hellbraunen Haar gestanden hatten, waren verschwunden. Ihr Blick streifte die kräftigen Schultern, die sich unter seinem schlichten Hemd mit dem ausgefransten Kragen abzeichneten. Obwohl es November war, wies seine Haut eine Restbräune auf.

Sie selbst wurde nie braun, höchstens so rot wie ein gekochter Krebs. Aber für eine Frau galt es auch als unschicklich, braungebrannt zu sein. Ihre ältere Schwester Blaire scherte sich um diesen Umstand allerdings wenig und setzte sogar im Hochsommer keinen Hut auf. Doch Blaire war auch nicht rothaarig wie sie und musste keine Zunahme der

Sommersprossen fürchten, so wie Bonnie. Abwesend sah sie auf den Knick in Connors Nasenrücken.

»Schau ihn nicht so an«, raunte Archie und zupfte an ihrer Schürze. »Ist unziemlich für ein Mädel, einen Mann so unverhohlen anzustarren.«

»Ich bin kein Mädchen mehr und ich starre nicht, sondern wollte nur sehen, ob er fiebert«, log Bonnie und legte die Handfläche auf die Stirn ihres Bruders. »Du jedenfalls hast noch immer leicht erhöhte Temperatur und das gefällt mir nicht.«

»Zu schade, dass deine Kräuter weit entfernt in unserem Haus sind.« Er lachte heiser auf.

Tee mit Birkenrinde wäre in diesem Fall das Richtige gewesen. Bonnie seufzte, stand auf und ging in die Mitte des Raums. »Ich habe jetzt Feierabend und komme erst morgen früh wieder. Ich konnte die Nachtschwester überzeugen, euch zu versorgen. Es kostet mich eine Flasche Gin, damit sie sich hier hinein traut, also benehmt euch gefälligst.« Streng sah sie von einem zum anderen. »In ein paar Tagen fahren wir zusammen nach Hause und ihr müsst sie ihre Arbeit machen lassen. Wer Wundbrand bekommt, bleibt hier.«

Zustimmendes Brummen war aus den Betten zu vernehmen, und Archie grinste sie an.

Ja, nicht nur ihr Bruder hatte die Fähigkeit, sich durchzusetzen. Zweieinhalb Jahre täglichen Umgangs mit Soldaten hatten ihr Selbstvertrauen herausgefordert und gestärkt. Das würde auch Archie noch zu spüren bekommen, vermutete Bonnie. Nach all der Zeit würden sie ihre Beziehung neu ordnen müssen, zweifelsohne hatte ein jeder von ihnen sich verändert. Doch für heute war sie einfach froh, ihn lebend vor sich zu sehen und ihn ihrer Ma zurückbringen zu können.

Der Wind fuhr durch ihre Haare, und Bonnie atmete die belebend kühle Luft ein. Da sie im Krankenhausgebäude in einem der Schwesternzimmer lebte, gab es wenig Gelegenheit, es zu verlassen. Mit dem Fahrrad nach jeder Schicht eine Runde durch Chelsea zu drehen, war zu einem alltäglichen Ritual für sie geworden, sofern das Wetter es zuließ. War es zu windig, ging sie stattdessen auf dem Gelände des St. Mark's College spazieren, auf dem das Second London General Hospital zum Kriegsbeginn 1914 eingerichtet worden war. Leider gelang es ihr nicht immer, die Gedanken an ihre Arbeit während der Fahrt abzuschütteln. Heute war wieder einer dieser Tage, an dem sie kaum zum Verschnaufen gekommen war. Bonnie sehnte sich nach Wasser und Seife, um die Spuren der Schicht von ihrer Haut zu waschen. Wenigstens hatte es heute nicht nach Tod gerochen. Daran würde sie sich nie gewöhnen.

Sie trat ein wenig schneller in die Pedale und genoss das Gefühl, die King's Road geradezu entlangzusausen. Ihre Kolleginnen in den Feldlazaretten mussten diesen Geruch täglich ertragen. Das Schlimmste an Bonnies Arbeit war, wenn die Ambulanzzüge mit den Massen an Verwundeten hereinrollten. Um diese schneller entladen zu können, war zu Beginn des Krieges die Westseite des Gebäudes teilweise eingerissen worden, um einen direkten Zugang zur Plattform des Chelsea Bahnhofs zu ermöglichen. Die Männer kamen meist aus Frankreich und Belgien und an ihren Kleidern haftete noch der Schlamm der Front, der die furchtbaren Verwundungen überdeckte und oft verschlimmerte. Wer einigermaßen transportfähig war, wurde auf dem Festland umgehend auf ein Schiff verladen und dann in einen der langen Züge gepackt, um sie schnellstmöglich in britische Krankenhäuser zu bringen. Oft genug waren die Verletzungen schwerwiegender als gedacht; entsprechend häufig war es zu spät für eine rettende Operation.

Bonnie konnte sich kaum ausmalen, wie furchtbar die Zustände in den Feldlazaretten waren und wie hilflos sich die Schwestern angesichts der Flut an verletzten Männern fühlen mochten. Was sie hier in London zu sehen bekamen, war nur die Spitze des Eisbergs. Die Anzahl der Betten hatte während der Kriegsjahre zugenommen, und so verfügte das Second London General Hospital inzwischen über einhundertsiebzig Betten für Offiziere und ganze neunhundertvierundsiebzig für Soldaten. Natürlich kannte Bonnie die Zahlen genau, hatte sie doch miterlebt, wie es nach und nach mehr geworden waren, und noch wurden die Betten nicht wieder weniger.

Bonnie stand auf, um kräftiger in die Pedale zu treten. Ihre Gedanken wanderten zurück zu der Zeit, als sie den Entschluss gefasst hatte, nicht in Foxgirth zu bleiben, sondern sich wie ihre Brüder freiwillig zu melden und in die Ferne zu ziehen. Jedoch hatte sie ihrer Ma damals versprechen müssen, nicht auf dem Festland an der Front zu arbeiten. Und wie immer war Archie derjenige gewesen, der in dieser Sache das letzte Wort gehabt hatte. Alleine, dass sie Schottland verließ, um in London zu helfen, dürfte ihm nicht gepasst haben. Doch als Bonnie die Bewerbung schrieb, waren ihre Brüder längst in Frankreich gewesen. Dabei war sie eine erwachsene Frau, und doch hatte er sich in den Wochen, bevor die Brüder aufgebrochen waren, aufgeführt, als sei sie noch immer das kleine Mädchen, das er früher auf seinem Rücken getragen hatte. Gerade so, wie er es vorhin schon wieder gemacht hatte. Trotzdem hatte Bonnie sich durchgesetzt und getan, was sich richtig angefühlt hatte. Sie hatte geglaubt, dass es hier in der Hauptstadt Englands mehr Verwundete und daher auch mehr Bedarf an Schwestern wie ihr geben würde. Wenn sie den Truppen schon nicht aufs Festland hatte folgen können, hatte sie wenigstens an den Ort in Großbritannien gewollt, wo sie am meisten von Nutzen sein konnte. Doch längst waren vielerorts Krankenhäuser wie dieses eröffnet worden, um den nicht enden wollenden Strom an Verletzten zu versorgen. Gut möglich, dass es wirklich an der Zeit war, ihrer Berufung wieder in der Heimat nachzugehen, nach der sie sich regelmäßig sehnte.

Ihr Umzug nach London damals war nicht das erste Mal gewesen, dass Bonnie für ihre Leidenschaft eingetreten war. Die gute Ausbildung, die ihr in Edinburgh zuteilgeworden war, hatte vor Jahren kurzzeitig den Familienfrieden bedroht. Dass sie dafür unbedingt in die Stadt gehen wollte, hatte Archie seinerzeit ebenfalls nicht behagt. Es war eines der wenigen Male gewesen, in denen sich der ältere Keillan gegen Archie aufgelehnt und Bonnie bei ihrer Entscheidung unterstützt hatte. Natürlich hatte Bonnie ihre Familie und Foxgirth während der Ausbildung am *Queen Victoria Jubilee Institut for Nurses* schmerzlich vermisst, so wie jetzt auch. Dennoch hatte Bonnie nur ein Ziel gehabt: sich so viel Wissen als Krankenschwester anzueignen wie irgend möglich. Die beste Schule dafür war nun mal in Edinburgh gewesen und so hatte Bonnie getan, was für ihren Traum nötig war.

Ihr Gedankenkarussell gelangte wieder in der Gegenwart an. Und in dieser lag Archie, als wäre es ein schlechter Witz des Schicksals, in ihrem Krankenhaus und hatte die Hälfte seiner Spannweite eingebüßt. Aber er lebte immerhin.

Bonnie sprang ab und schob das Fahrrad neben die Tür. Mit müden Beinen stieg sie die Treppe bis in den dritten Stock zu den Schwesternunterkünften hinauf. Die alten Holzstufen quietschten bei jedem Schritt. Schon im Flur empfing sie der Geruch nach Abendessen. Jetzt erst bemerkte sie, wie sehr ihr Magen inzwischen erneut nach Nahrung verlangte. Aber vorher musste sie sich waschen und diese schrecklich ausladende Tracht mit den Spuren des Tages loswerden. Leise öffnete Bonnie die Tür zu dem Zimmer, das sie sich mit Juliana und Meredith teilte, und schlich hinein. Die Vorhänge waren zugezogen und Bonnie erkannte nur die Umrisse der Möbel, doch da es bereits dämmerte, machte es keinen Sinn, diese zu öffnen. Rasch entzündete sie eine Öllampe auf ihrem Nachttisch. Gleich darauf erhellte ein zuckendes Licht den Raum.

Ihre Kolleginnen lagen beide in den Betten und schliefen. Vermutlich hatte Juliana den kompletten Tag verschlafen, da sie diese Woche für die Nachtschicht eingeteilt war. Meredith hingegen half gerade aus, wann immer sie gebraucht wurde, und war andauernd auf dem Sprung. Kein Wunder, dass die Müdigkeit sie um diese Zeit übermannte.

Auf Zehenspitzen trat Bonnie an den Waschtisch und legte die Tracht ab. Sie rieb die Seife über ihre Hände, bis sie schäumte, und griff dann nach dem Waschlappen, um sich gründlich abzuschrubben.

»Hab von deinem Bruder gehört«, ließ Juliana von ihrem Bett verlauten. Bonnie hörte ein Gähnen.

Also war ihre Freundin doch zumindest beim Lunch gewesen. Und natürlich hatte der Tratsch schon die Runde gemacht.

»*Einer* ist zurück.« Bonnie betrachtete sich in dem kleinen runden Wandspiegel mit den Verfärbungen, die das Gesicht immer ein wenig verzerrten. Sie sah ebenso müde aus, wie sie sich fühlte. Vermutlich brachte es kaum etwas, sich noch einmal in die Wangen zu kneifen. Der Waschlappen plumpste ins Seifenwasser und Bonnie trocknete sich ab.

»Die haben Meredith letzte Nacht ganz schön zugesetzt.« Ihre Freundin kicherte. »Sie ist, kurz nachdem du heute Morgen hinausgestürzt bist, motzend ins Zimmer gestampft und hat deine Landsleute mit den ausgefallensten Schimpfwörtern bedacht, die ich je gehört habe. Die kamen geradewegs aus der Gosse, sage ich dir. Dabei ist sie doch aus gutem Hause.« Wieder kicherte sie und selbst Bonnie konnte sich ein Schmunzeln nicht verkneifen. »Sind bei euch alle Männer so?«, fragte Juliana.

Im Unterhemd ging Bonnie durchs Zimmer und nahm einen Rock und eine Bluse aus ihrer Schublade in der wackeligen Kommode. »Nein, nicht alle Schotten sind wie mein Bruder und seine Kumpels«, sagte sie lachend, »sonst würde wohl keine Schottin heiraten, und wir alle würden aussterben. Aber diese Kerle haben einiges hinter sich.«

»So wie alle, die zurückkommen.« Juliana setzte sich auf.

Bonnie zog sich die Bluse über. »Ich glaube, das Essen ist fertig, wir sollten schnell hingehen, ehe alles weg ist«, schlug sie vor, um das Thema zu beenden. Für heute wollte sie nicht mehr über Archie, Schotten oder den Krieg reden. Sie wollte einfach nur etwas Gutes essen und dann in ihr Kopfkissen sinken.

Juliana gähnte erneut, stand auf und fuhr sich mit den Händen durch die vom Schlaf zerzausten Haare, hatte mit dem Ordnungsversuch jedoch wenig Erfolg. Dann lief sie zur Tür.

Bonnie folgte ihr. Ehe sie das Zimmer verließ, sah sie sich einen Augenblick darin um. Sie würde diesen deprimierend kahlen Raum nicht vermissen, die Freundinnen, die sie im General gefunden hatte, jedoch umso mehr.

Kapitel 2

Irgendwo schlug eine Granate ein. Connor spürte die Wucht der Erschütterung, die den Boden vibrieren ließ. Dem Einschlag folgten die Schreie der verletzten und sterbenden Soldaten. Es war kaum zu ertragen. Mörserfeuer dröhnte in seinen Ohren. Nur mit Mühe hielt er sich auf den Beinen und sah sich hinter einer halb eingefallenen Mauer geduckt um. Er hörte Rufe, doch die Befehle gingen fast vollständig in dem Lärm unter, der um ihn herum herrschte. Connor erblickte die Kirche inmitten der Ruinen von Fontaine. Rote Haare und blaugrüne Augen blitzten zwischen dem Staub auf, ehe sie wieder verschwanden. Keuchend sah Connor sich nach der Person um, zu der sie gehörten. War es Ian gewesen oder Bonnie? Ein bedrohliches Zischen näherte sich. Connors Beine verweigerten ihren Dienst. Welche Richtung war richtig? Aus den Augenwinkeln nahm er einen Schatten wahr, der sich gegen seinen Körper warf und ihn mit dem Druck der Detonation auf den harten Boden schleuderte. Der Knall war ohrenbetäubend und im gleichen Moment zog sich ein heftiger Schmerz durch Connors Bein. In seinem Mund schmeckte er Staub. Der Schatten lag stöhnend auf ihm und rutschte dann zur Seite. Connor starrte auf Archies dreckverschmiertes Gesicht. Blut sickerte aus einer offenen Wunde an seinem Oberarm und vermischte sich mit dem Schlamm, der auf seinem Hemd haftete. Archie wand sich und stöhnte. Connor musste ihm helfen, doch als er sich aufsetzen wollte, glaubte er, sein Bein würde zerbersten und er stieß einen Schmerzensschrei aus.

Ein Ziehen im Gesicht ließ ihn hochfahren. Im fahlen Licht des dämmernden Morgens stand Archie über ihn gebeugt. »Entspann dich. Du bist auf englischem Boden«, brummte er und drückte Connor mit der Hand zurück ins Kissen. »Zwar nicht so gut wie schottischer Boden, aber immerhin besser als Scheißflandern.«

Connor fuhr sich durch die schweißnassen Haare und über sein Gesicht. »Hast du mir etwa eine Ohrfeige verpasst?«, murrte er. Seine Wange kribbelte.

»Hast 'nen Albtraum gehabt und bist nicht aufgewacht.« Archie sank neben ihm auf die Matratze und betrachtete ihn. »Welches Gefecht war es?«

»Das letzte. Der Tag, an dem du deinen Arm verloren hast«, sagte Connor matt und deutete auf das Glas auf dem Nachttisch. Natürlich hatte er in Wahrheit keinen Ian und erst recht keine Bonnie vor der Detonation gesehen. Was zum Teufel wollte ihm sein Unterbewusstsein mit so einem Traum sagen? Vermutlich auch nicht mehr als mit den unzähligen anderen, die ihn zuverlässig jede Nacht heimsuchten.

Archie griff nach dem Glas und reichte es ihm. »Es wird besser werden mit der Zeit. Das wird zumindest immer gesagt. Keine Ahnung, ob es stimmt.« Er klang nicht so, als ob er sich seine Worte selbst auch nur für eine Sekunde abnehmen würde.

Mehr als ein Nicken brachte Connor nicht zustande. Er stürzte das Wasser gierig hinunter. In den vergangenen Jahren hatten sie Dinge gesehen, die sie sich nicht einmal hatten vorstellen können. Und doch hatten sie es aus dieser Hölle herausgeschafft. Zwar waren sie beide verwundet, aber immerhin lagen sie nicht in flachen Gräbern verscharrt wie unzählige Kameraden. Connor wusste nicht, wie viele Kuhlen er ausgehoben und wie viele eiskalte Leiber er in diese gebettet hatte. Manchmal waren es auch nur Teile davon gewesen. Eben das, was von einem Mann nach einer Granate übrig blieb. Ihm kamen die Mohnblumen in den Sinn, die wie ein Zeichen des Trostes im Sommer auf den unzähligen Grabstellen der Schlachtfelder erblühten. Rot wie das Blut, das die Soldaten vergossen hatten. Er hatte keine Ahnung, ob es den Mohn dort auch schon vor dem Krieg gegeben hatte. Jetzt jedenfalls gab es ihn, und es jagte ihm einen Schauer über den Rücken, daran zu denken. Er fokussierte seine Gedanken auf etwas anderes. »Deine Schwester«, setzte er an.

Archies Gesicht verfinsterte sich. »Bonnie geht dich nichts an«, zischte er.

»Das meine ich auch nicht.« Connor reichte ihm das leere Glas und stützte sich auf die Ellenbogen. »Deine Schwester hat erzählt, dass sie uns schon bald nach Schottland bringen. Die von uns, die nicht mehr wehrfähig sind, dürfen heim.« Er grinste Archie an. »Du und ich, wir sind beide untauglich.«

»Zumindest, was die Royal Scots angeht«, brummte sein Kamerad.

»Ich werde nicht daheim in Edinburgh bleiben, sondern mit dir mitgehen.« Connor sah in Gedanken die verdreckten Straßen der Stadt vor sich, in denen er sein ganzes Leben verbracht hatte und die ihn letztlich in diesen Krieg getrieben hatten.

Leise genug, um die anderen nicht zu wecken, und dennoch mit seinem unverkennbar rauen Ton lachte Archie auf.

»Du gehst dorthin, wo du herkommst, Connor. Unsere Wege werden sich trennen, sobald sie uns entlassen. Wir werden füreinander nicht mehr sein als eine blasse Erinnerung, wenn wir unseren Enkeln in Jahrzehnten von unserer Zeit als Soldaten erzählen.«

Connor sah in das dunkelbraune Auge seines Kameraden. »Du hast mir das Leben gerettet«, erinnerte er Archie.

»Jeder hat in diesem Krieg irgendjemandem das Leben gerettet. So ist das nun mal. Wir haben keine Strichliste geführt und fangen heute wohl kaum damit an.«

»So ist es aber nicht für mich.« Connor packte ihn am Arm. »Ich komme mit dir mit, bis Ian zurück ist. Nehme seinen Platz ein. Ich kann mit dir arbeiten, ganz gleich, was es zu tun gibt.«

»Ich brauche keine Hilfe.« Archie schüttelte seine Hand ab.

»Du hast nur noch einen Arm.«

»Und du kannst nicht mehr laufen.«

»Ich werde wieder laufen. Wenn auch nur, um diesem überheblichen Arzt zu zeigen, dass er falschlag.« Connor blickte zur Seite und überlegte. »Was macht ihr eigentlich dort bei euch? Schafe züchten?«

»So ähnlich.«

»Dann werde ich wohl eine Weile Schafe züchten.« Als Zeichen, dass sein Entschluss feststand und er sich nicht davon würde abbringen lassen, verschränkte er die Arme.

»Das ist eine ganz dumme Idee. Geh zurück und tu das, was auch immer du vorher getan hast. Such dir ein hübsches Mädel und genieß, dass du noch am Leben bist. Mach ein paar Kinder und dank Gott dafür, dass er deinen Arsch verschont hat.«

»Ist es das, was du vorhast?«, fragte Connor. Fast klang Archies Vorschlag verführerisch. So schnell ließ Connor sich allerdings nicht von seinem Vorhaben abbringen.

»Es ging um *dich*«, brummte sein Kamerad.

»Und ich habe meine Entscheidung getroffen. Das mit dem Mädel und den Kindern läuft wohl kaum weg.«

»Du wirst nicht mitkommen«, knurrte Archie.

»Kannst ja versuchen, mich davon abzuhalten. Was wetten wir, dass ich deiner entzückenden Schwester eure Adresse entlocke?«

»Du wirst Bonnie nicht ansprechen.« Mit seinem typischen festen Blick verlieh Archie seinen Worten Nachdruck.

»Wenn ich bei dir bin und mit dir arbeite, kann ich Schwester Bonnie leider nicht in ihrem neuen Krankenhaus in Edinburgh aufsuchen, um sie auf einen Tee einzuladen«, überlegte Connor laut. »Ist zwar wirklich schade, aber mein Ehrgefühl erwartet von mir, bei dir meine Schuld abzuleisten.«

»Das würdest du nicht tun«, brummte Archie und zog die Braue hoch.

»Bonnie auf einen Tee einladen?« Connor runzelte demonstrativ die Stirn. »Vielleicht gehen wir doch besser gleich ins Lichtspielhaus, dort lässt es sich hervorragend schmusen, wenn ich mich recht erinnere.«

»In Ordnung! Du kannst mitkommen«, knurrte Archie. »Aber wehe, du versuchst zu schmusen oder sonst was.«

»Na also.« Connor zwinkerte ihm zu. »Das wird ein Spaß werden, Kamerad.«

»Meine Familie ist etwas ungewöhnlich.« Angespannt betrachtete Archie ihn. »Ist vielleicht anders, als du es dir vorstellst.« Es klang wie ein halbherziger Versuch, ihn doch noch von seinem Plan abzubringen.

»Ich habe keine Familie, daher weiß ich auch nicht, was gewöhnlich ist.« Dass Bonnie durchaus selbstbewusst auftrat und kein Blatt vor den Mund zu nehmen schien, war Connor längst aufgefallen. Selten hatte er eine Frau erlebt, die einem Mann derart Paroli bot – noch dazu einem wie Archie. Und die Kameraden hatte Bonnie ebenfalls längst um ihre hübschen Finger gewickelt. Jeder von ihnen gehorchte aufs Wort, wenn sie den Raum betrat. Diese Frau machte klare Ansagen, und genau das machte Connor neugierig. Doch es ging ihm nicht um Bonnie, auch wenn er sie eben schamlos für seine Zwecke eingesetzt hatte. Er hatte eine Schuld zu begleichen und würde tun, was immer dafür nötig war. So wie es aussah, bedeutete das, Schafe in einem kleinen verschlafenen Nest zu versorgen, bis Ian den Weg nach Hause finden sollte.

Archies Hand legte sich einen Moment lang auf seine Schulter. »Das gibt ja einen schönen Anblick: ein Mann mit nur einem Arm und einer, dessen Bein nichts mehr taugt.« Er schüttelte den Kopf und schlurfte zu seinem Bett.

Connor beobachtete, wie Archie sich hinlegte und an die Decke starrte. Nach über drei Jahren sollten sie einfach wieder zurück ins normale Leben. Doch was wäre, wenn der Krieg sie derart verändert hatte, dass sie kein normales Leben würden führen können? Wenn sie die Schatten, die Albträume und die Gesichter von sterbenden Männern nie loswerden sollten? Wenn die Dinge, die sie getan hatten, ihre Herzen vergiften würden? Und was sollte dieses normale Leben überhaupt sein? Seines war jedenfalls nie auch nur ansatzweise gewöhnlich gewesen. Damals, als er sich für den Einsatz eingeschrieben hatte, war Connor überzeugt gewesen, nie zurückzukehren. Und jetzt war er plötzlich hier und freute sich nicht das kleinste bisschen, bald in die Heimat zu reisen. Vielleicht wäre es doch besser gewesen, einfach zu sterben. War das nicht von Anfang an das gewesen, womit er gerechnet, nein, worauf er gesetzt hatte? »Das war dann wohl nichts«, brummte Conner leise und schüttelte den Kopf über sich selbst.

Auf einmal wurde die Tür aufgestoßen und das Quietschen eines Rolltischs war zu hören. Die Schwester, die die Nachtschicht übernommen hatte, versorgte sie gut, sprach jedoch nur das Nötigste mit ihnen. Und Connor konnte es ihr nicht verdenken.

Er blickte sich um und sah die, auf die er gehofft hatte. *Bonnie*. Mit klappernden Schuhsohlen ging sie durch das Zimmer und öffnete das Fenster. Als die kühle Morgenluft sein Bein umspielte, streifte ihn ihr Blick.

»Guten Morgen, Jungs, ich habe wunderbare Neuigkeiten«, trällerte sie und zwinkerte ihm zu, ehe sie zurück an den Rollwagen trat.

Bettdecken raschelten und Gemurmel war zu hören.

»Morgen früh fährt tatsächlich der Transport ab. Ihr werdet endlich wieder saubere Luft atmen, guten Whisky trinken und die schönsten Mädchen der Welt sehen!« Sie drehte sich strahlend einmal um ihre eigene Achse und schien in der aufkommenden Freude seiner Kameraden zu baden.

Jubelschreie erklangen und einige applaudierten. Bei seinen Kameraden, von denen einige wie er nur schwer akzeptieren konnten, nicht mehr tauglich zu sein, setzte schließlich doch noch die Vorfreude auf die Heimat ein.

»Das schönste Mädchen der Welt haben wir *hier* vor uns«, raunte er Archie zu und lachte auf, als dieser drohend die Hand erhob.

»Wenn du dich für die Rettung deines Hinterteils bedanken willst, pass gut auf deine Finger auf«, knurrte Archie.

Bonnie kam auf ihren Bruder zu und machte sich an dessen Verband zu schaffen. »Ich schreibe Ma nachher, dass sie uns bald wiedersieht, gut möglich, dass der Brief noch vor uns in Foxgirth ankommt. Das hängt wohl davon ab, wann sie dich entlassen.«

Connor rührte sich nicht und beobachtete jede ihrer routinierten Bewegungen. Man sollte eigentlich nicht lauschen, das wusste er, aber er konnte es einfach nicht lassen.

»Das tust du nicht«, sagte Archie.

»Ma wird sich freuen, es wird ihr guttun«, hielt Bonnie dagegen.

»Dann weiß sie, dass ich verwundet bin und Ian alleine auf dem Festland ist. Die Sorge wird ihre Freude überschatten.«

»Du willst einfach ohne Vorankündigung daheim aufkreuzen? Ma wird einen Schock bekommen, wenn sie sieht, dass ihr Sohn einen Teil seines Körpers verloren hat.«

Archies Lachen ging in ein Husten über, weshalb seine Schwester gleich darauf seine Temperatur überprüfte.

»Du kennst unsere Ma, die haut so schnell nichts um«, röchelte Archie.

Bonnie zuckte mit den Schultern. »Das stimmt auch wieder.«

»Wir werden einer mehr sein«, sagte Archie leise, aber Connor konnte es dennoch hören.

Angespannt wartete Connor auf Bonnies Reaktion.

»Was meinst du?«

»Connor hat es sich in den Kopf gesetzt, uns zu begleiten.«

Ihre Augen wanderten zu ihm. Einen Moment zu lange sah sie ihn an und lächelte dann flüchtig. »Ich habe dich gewarnt«, rief sie ihm zu und schüttelte den Kopf. »Du hast keine Ahnung, auf was du dich mit diesem Kerl einlässt. Er wird dich über kurz oder lang in Schwierigkeiten bringen.« Offensichtlich hatte Bonnie entschieden, da Connor sie begleiten würde, nun ungezwungener mit ihm umzugehen und nicht wie die strenge Krankenschwester, als die sie sich bei den anderen Patienten gab. Und das war ihm nur mehr als recht.

Connor schmunzelte über ihre Aussage. Bonnie schätzte ihn falsch ein, wenn sie glaubte, dass er Archie brauchte, um in Schwierigkeiten zu geraten. Doch sie hatte auch keine Ahnung, was für ein Mann Connor Fletcher vor dem Krieg gewesen war. *Zeit, herauszufinden, was für ein Kerl du nach dem Krieg bist.* Es wollte ihm einfach nicht gelingen, den Blick von ihr abzuwenden.

»Dann habt ihr ja beide richtig Glück, dass ich noch zwei Wochen lang eure Wunden versorgen kann.« Ihr Lachen schallte hell durch den Raum und Connor betrachtete die seligen Gesichter seiner Kameraden. Nicht nur er hatte sich hoffnungslos in diesen Klang verliebt.

* * * * *

Bonnie glaubte, ihr Kopf würde jeden Moment zerspringen. Mit deutlich zu viel Gin hatten sie und die anderen Schwestern am Abend zuvor auf ihren Wechsel an das schottische Krankenhaus angestoßen. Das alles hier, die grauen Straßen, die unzähligen gleich aussehenden und etwas trostlos wirkenden Reihenhäuser in der Nachbarschaft und natürlich das Krankenhaus und das weitläufige College waren in den letzten Jahren ihr Leben gewesen. In dem abgenutzten

Koffer, der vor ihrer Zimmertür stand, lag alles sorgsam verstaut, was sie damals aus Schottland mitgebracht hatte, und wartete nun darauf, dass sie endlich wieder gen Norden fuhr. Eine der Schwesterntrachten hatte Bonnie nur als Erinnerung eingepackt, in Edinburgh würde man ihr eine neue Ausstattung zuteilen. Ein letztes Mal fuhr sie mit dem Fahrrad um das Grundstück, betrachtete die mächtigen Bauten und die Steinmauern und genoss den Fahrtwind in ihrem Gesicht. Sie war extra eine Stunde eher aufgestanden, um sich von Chelsea zu verabschieden. Um einen Moment der Ruhe für sich zu haben, ehe ihre Zeit hier der Vergangenheit angehörte und sich neue Herausforderungen auftun würden.

Wie sehr sie sich nach dem Geruch Schottlands sehnte. Hier wehte der Wind höchstens den Gestank der schwelenden Schornsteine heran. Gut, in Edinburgh würde die Luft auch nicht allzu sauber sein, doch sie hatte immerhin ihre Urlaubstage, an denen sie am Strand spazieren gehen und endlich einmal wieder die Wellen hören konnte. Und sie würde die salzige Luft in ihre Lungen einsaugen und sich daran erinnern, dass irgendwann, in hoffentlich nicht zu ferner Zukunft, dieser Luxus wieder zu ihrem Leben gehören sollte. Dann, wenn alles ausgestanden war und endlich die Zukunft beginnen und sie wieder zu Hause sein würde. Noch wagte Bonnie kaum, daran zu denken. Das Hier und Jetzt war zu bestimmend.

Nur mit Mühe hatte sie dem Wunsch widerstanden, ihrer Mutter von Archies Verwundung und seiner Rückkehr zu schreiben. Noch bestand die Möglichkeit, dass die Behörden Ma darüber informierten, doch momentan dauerten diese Prozesse länger als üblich. Es gab zu viele Tote, die gemeldet werden mussten und alle beteiligten Stellen waren hoffnungslos überlastet. Bonnie hoffte, dass niemals ein derartiger Brief über einen ihrer Brüder geschrieben werden sollte. Hastig verscheuchte sie die beklemmende Sorge um Ian. Ihrem kleinen Bruder ging es gut. Das musste es einfach!

Sie lenkte das Fahrrad in die Einfahrt und stellte es an der Hauswand ab. Früher war sie mit ihrem eigenen daheim als Gemeindekrankenschwester zu den abgelegenen kleinen Höfen gefahren, um sich dort um die Kranken oder um schwangere Frauen zu kümmern. Oft genug hatte eine Geburt sie mitten in der Nacht dazu gezwungen, sich bei Wind und Wetter über die Hügel zu kämpfen. Wie ihr das alles fehlte. Der erste Schrei des Lebens war Musik in Bonnies Ohren. Und das Lächeln auf den Gesichtern der Mütter die Wiedergutmachung für durchgearbeitete Nächte. Glücksmomente wie diese gab es im Krankenhaus selten. Dafür viel zu viele, in denen sie glaubte, ihr Herz würde brechen. Irgendwann würde alles erneut so werden wie vor dem großen Krieg. Immer wieder sagte sie sich diese Worte vor und hoffte, dass es stimmte. Heute jedoch war ein guter Tag. Gleich würden sie gen Norden aufbrechen, wo sie alle hingehörten.

Bonnie stand auf und hielt sich an einer der Metallstangen fest, mit denen die Betten an beiden Seiten des Zugabteils übereinander befestigt waren. Seit mehreren Stunden waren sie schon unterwegs und mit jeder Minute, die verging, schmerzte ihr Rücken mehr, da sie sich den Männern in der unteren Bettreihe nur gebeugt zuwenden konnte. Wie Dr. Wright prophezeit hatte, war der Zug hoffnungslos unterbesetzt. Die Pflegerinnen und Krankenschwestern kamen mit der Arbeit kaum hinterher. Auf an die fünfhundert Patienten kamen nur drei Ärzte, die Bonnie kaum zu Gesicht bekam. Der Anstand erforderte es von ihr, dass sie sich nicht nur um ihren Bruder und dessen Kameraden kümmerte, sondern auch ihr Möglichstes tat, um in den anderen Waggons auszuhelfen. Rechts und links lagen die Verwundeten in schmalen Etagenbetten übereinander. An den Holzdecken der Waggons waren elektrische Lampen angebracht und ein schmaler Gang ermöglichte es, zwischen den längs entlang der Wände angebrachten Lagerstätten hindurchzugehen. Jeder Patient hatte zumindest Kissen, die die Fahrt etwas erträglicher machten und eine Filzdecke als Schutz vor den Temperaturen. Bonnie jedoch kam gar nicht dazu zu frösteln, vielmehr sammelten sich Schweißperlen in ihrem Haaransatz, als sie sich einmal mehr an den Betten entlanghangelte, um zu sehen, ob ein Patient versorgt werden musste.

Nur mit Nachdruck hatte sie Archie dazu gebracht, an seinem Platz zu bleiben. Angesichts der kürzlich erfolgten Amputation ging es ihrem Bruder überraschend gut. *Zu gut.* Zwar war er durch den hohen Blutverlust und den daraus resultierenden Eisenmangel noch blass um die Nase und etwas wackelig auf den Beinen, doch nichts konnte ihn davon abhalten zu türmen, wenn er es sich denn in den Kopf gesetzt hatte. Ihrem Bruder traute sie alles zu. Zur Sicherheit kontrollierte Bonnie, ob er noch dort war, wo sie ihn vor einer Stunde zurückgelassen hatte. Eine Zigarette im Mundwinkel, starrte Archie aus dem winzigen Fenster unter dem Zugdach. In regelmäßigen Abständen trat Rauch aus seinen Nasenlöchern aus. Er ignorierte Bonnie, als sie an ihm vorbeiging, und sie ahnte, dass er noch immer mit der Rückkehr haderte. Doch zu erkennen, was in ihrem Bruder vorging, war nie leicht gewesen. Archie war eigensinnig und ließ sich nur ungern in die Karten sehen. Scheinbar hatte sich dieser Umstand auch in den vergangenen Jahren nicht geändert.

Im Zug wurden sie alle kräftig durchgeschüttelt, erst recht in den Kurven, die Bonnie stets unvorbereitet erwischten. Vorhin wäre sie um ein Haar auf dem Schoß eines Patienten gelandet und hatte sich im letzten Moment noch an der Pritsche darüber abfangen können. Natürlich hatte es bei ihren Patienten für Gelächter gesorgt, und Bonnie hatte einfach mitgelacht. Um ehrlich zu sein war sie aber froh, ihrer Arbeit ansonsten auf festem Boden nachgehen zu können und dafür nicht tagtäglich durch das Land rumpeln zu müssen.

Connor lag einige Betten weiter in der unteren Reihe. Auch wenn er sich genau wie seine Kameraden nicht beschwerte, zeugte seine verbissene Miene von den Schmerzen, die er in seinem Bein haben musste.

Bonnie arbeitete sich zu ihm vor und kniete sich neben ihn. »Was macht das Bein?«

Ein müdes Lächeln zeigte sich auf seinen Lippen. »Bin froh, wenn wir endlich ankommen.«

Sie kramte in ihrer Tasche und reichte ihm das Schmerzmittel. »Ein paar Stunden müsst ihr noch durchhalten.« Ihr Blick schweifte über die Körper, die in den anderen Betten ruhten, bis zu dem schmalen Burschen, der weiter hinten lag, einen Dudelsack auf dem Schoß. »Euer Piper ist unglaublich jung«, flüsterte Bonnie.

»Aiden schwört, er sei bei Eintritt in die Royal Scots neunzehn gewesen, aber ich vermute, er war nicht älter als sechzehn«, sagte Connor und schielte zu seinem jungen Kameraden.

Vor der Abfahrt hatte Bonnie dem Burschen in den Kilt

geholfen. »Diesen Stoff habe ich getragen, als ich das Land verlassen habe, und auch bei jedem Gefecht hatte ich ihn an. Nun werde ich ihn tragen, wenn ich nach Hause zurückkehre«, hatte Aiden gesagt und dabei über beide Wangen gestrahlt. Seine Aufregung war ansteckend gewesen und Bonnie hatte sich in diesem Moment leicht wie schon lange nicht mehr gefühlt.

»Ich verstehe nicht, warum ein Junge wie er in den Krieg zieht, nur um Dudelsack zu spielen.« Bonnie schüttelte den Kopf und kontrollierte den Verband an Connors Bein.

»*Nur* um Dudelsack zu spielen?« Seine Stimme klang scharf und die hochgezogenen Augenbrauen verrieten ihr, dass sie etwas gesagt hatte, das Connor nicht gefiel. Connor war ein großer, kräftig gebauter Mann, und die Worte schienen in seiner Brust zu vibrieren, jetzt, da er verärgert war.

»Ich meine …«, setzte Bonnie an und suchte nach den richtigen Worten. »Warum sollte man sich dieser Gefahr aussetzen? Während vorne die Kämpfe toben, stehen die Pipers irgendwo und spielen?« So sehr sie den Stolz ihrer Landsleute auf die schottische Kultur nachvollziehen konnte, verstand sie einfach nicht, wie sich die Dudelsackspieler einem solchen Risiko aussetzen konnten. Das musste Connor doch einsehen.

»Der Piper steht in der vordersten Reihe«, sagte er und wirkte noch immer empört. »Wenn du glaubst, es bräuchte Mut, sich bis an die Zähne bewaffnet ins Niemandsland aufzumachen, dann überleg mal, wie viel Willen ein Mann aufbringen muss, um das Ganze unbewaffnet zu wagen.« Er verschränkte die Arme und sah sie mit einem tadelnden Ausdruck an.

»Die Pipers sind nicht bewaffnet?« Bonnie sprach leise,

damit die anderen es nicht mitbekamen. »Das war mir nicht bewusst.«

»So ist es.«

»Warum um Himmels willen bringt man Männer nur in solch eine Gefahr?« Es wollte ihr nicht in den Kopf, dass einer wie dieser schmale Aiden, dessen Mutter sicherlich zu Hause vor Sorge umkam, unbewaffnet mitten in ein Gefecht stakste, um aus Nationalstolz sein Instrument zu spielen.

»Weil es den anderen Mut macht«, brummte Connor.

»Und das ist wirklich so?« Natürlich liebte sie die Klänge ihrer Heimat, doch sollten diese tatsächlich einen Effekt auf die Motivation im Kampfgetümmel haben?

Connor wandte den Blick ab. Er räusperte sich und senkte die Stimme. »An unserem ersten Tag an der Somme glaubte ich, nicht mehr weiter zu können.« Er blickte sie an und in Bonnie krampfte sich etwas zusammen. »Nie werde ich den 23. Juli 1916 vergessen. Wir sollten eine Attacke mit der 51. Division beim Deville Wald ausführen. Seit gut einer Woche tobten die Kämpfe schon, als wir dort ankamen. Wir hatten zuvor bei Ypern gekämpft und fast eineinhalb Jahre Gefechte hinter uns. Wir waren längst nicht mehr grün hinter den Ohren, aber wir hatten natürlich alle gehört, was am 1. Juli geschehen war, und du kannst mir glauben, dass wir die Hosen gestrichen voll hatten.«

Connor sprach vom schwärzesten Tag in der Geschichte der britischen Armee. Man hatte angenommen, die deutschen Stellungen mit einem sieben Tage und Nächte währenden Artilleriebeschuss zerstört zu haben, und den Soldaten gesagt, dass es nicht viel mehr als ein Spaziergang sei, die Anlagen der Gegenseite einzunehmen. Doch als die Männer aus den Gräben kletterten, hatte sie die Hölle auf Erden erwartet. Der Artilleriebeschuss hatte kaum etwas ausgerichtet, zu tief waren die Deutschen eingegraben gewesen. Die größtenteils neuen Rekruten der Briten waren auf erfahrene gegnerische Soldaten gestoßen. Es war ein Desaster gewesen, das alleine an diesem Tag zwanzigtausend britische Soldaten das Leben kostete. Fast doppelt so viele Verwundete hatte es zu versorgen gegeben. Bonnie war kaum dazu gekommen, die Geschehnisse in der Zeitung nachzulesen, so verrückt war es im Krankenhaus zugegangen, doch sie hatte die Männer gepflegt, die zurückgekommen waren. Was diese erzählt hatten, war nicht in der Berichterstattung zu finden gewesen. Und es hatte Bonnie dazu gebracht, Gewalt nur noch mehr zu verabscheuen als schon zuvor.

Bonnie bemerkte, dass sie ihre Hand auf Connors Arm gelegt hatte.

Einen Augenblick lang betrachtete er diese, dann sprach er weiter. »Wir kamen als Unterstützung für die 31. Division hinzu und bekamen den Befehl, die Bajonette an den Gewehren zu befestigen. Wenn dieses Kommando kommt, dann weißt du, dass es übel wird.« Er sah sie an und schüttelte den Kopf. »Ich hatte nicht geglaubt, mit dem Bajonett auf den Gegner losgehen zu müssen. Das ist der reinste Wahnsinn, schlimmer geht es kaum.« Er machte eine Pause und sammelte sich. »Wir mussten über unzählige leblose Körper steigen, sie lagen einfach überall. Alles unsere Männer. Es war neblig an dem Tag, daran erinnere ich mich noch. Von dem Wald waren nur noch Baumstümpfe übrig, die unwirklich in die Höhe ragten. Die Luft dröhnte von den Detonationen der Mörsergranaten und von Schreien. Um mich herum fielen die Männer um wie die Fliegen. Meine Beine brannten, irgendwann bin ich über einen toten Soldaten gestolpert.« Er hielt inne und fuhr sich über das Gesicht, das erneut einen rostroten Bartschatten zeigte. »Der Körper muss dort schon Tage gelegen haben, so wie andere auch. Mir wurde schlagartig klar, dass ich vermutlich nicht einmal auf ein Grab zu hoffen brauchte, wenn es mich jetzt erwischen würde. Unzählige, die verwundet wurden, schafften es nie aus dem Niemandsland heraus.« Bonnie hörte, wie er Luft holte. »Die Hand, in der ich das Gewehr hielt, zitterte. Ich bekam sie nicht mehr unter Kontrolle. Weiterzugehen bedeutete mit hoher Wahrscheinlichkeit, erschossen zu werden, umzukehren, dass ich von unseren eigenen Leuten an die Wand gestellt werde. Ich saß in der Falle, und mein Körper wollte mir nicht mehr gehorchen. In diesem Moment war ich am Ende und entschied, dass ich einfach auf meine Kugel warten würde. Warum herauszögern, was unausweichlich ist? Ich wollte die Arme ausbreiten und den Tod annehmen, damit es endlich vorbei war.« Connor sah sie aus den Augenwinkeln an. »Nicht gerade heldenhaft, aber so ist es nun mal gewesen.«

»Ich habe viele solcher Geschichten gehört in den letzten Jahren, du brauchst keine Scheu zu haben, mir das alles zu erzählen.« Sie lächelte und drückte seinen Arm. Keine dieser Geschichten würde sie je vergessen. Auch nicht die Traurigkeit in Connors Blick. Und die in denen der anderen Männer.

Er nickte kaum merklich. »Da hockte ich nun und um mich herum schlugen die Geschosse ein. Ich war mir ganz sicher, dass ich diesen Boden nicht mehr lebend verlassen würde. Kaum ein Mann stand noch. Unser Sergeant war gleich zu Beginn verwundet worden und niemand hatte das Kommando. Es war ein Irrsinn, weiter auf die gegnerischen Maschinengewehre zuzulaufen, und doch hatten wir keine Wahl.« Er lachte leise. »Also abgesehen davon, sich erschießen zu lassen, wozu ich mich ja eigentlich gerade entschlossen hatte. Und dann plötzlich höre ich einen Dudelsack, und Aiden taucht aus den Schwaden auf. Die Augen fest nach vorne gerichtet, stapfte er einige Meter von mir entfernt einfach weiter. Ich kann dir nicht sagen, ob es die Klänge waren, die mich in diesem Moment dazu gebracht haben aufzustehen, weil ich Schottland doch noch einmal sehen wollte, oder der Anblick dieses kleinen Höllenhundes, der einfach weiterlief, egal, was um ihn herum geschah. Ich habe mich aufgerafft und konnte mich in einen Krater retten, in dem Archie und Ian hockten.« Connor schüttelte den Kopf. »Es war wie ein Zeichen des Himmels, dass ich ausgerechnet diese beiden in dem Durcheinander gefunden habe. Meine Zeit war wohl noch nicht gekommen, und ich entschied mich, das Sterben noch eine Weile aufzuschieben.«

Bonnie versuchte, nicht daran zu denken, wie sich ihre Brüder inmitten des Kampfes in einem Loch verschanzten und nur hatten darum beten können zu überleben. Wobei Archie mit Sicherheit nicht einmal in dieser Situation ein Gebet über die Lippen gebracht hatte. Sie wandte ihre Aufmerksamkeit wieder Connor zu. »Wegen Aiden hast du weitergekämpft. Kaum zu glauben, dass der Junge die Schlacht unbeschadet überstanden hat.«

»Das hat er nicht.« Connor schob die Arme hinter den Kopf und betrachtete sie. »Ein paar Minuten später hat eine Kugel seinen Fuß getroffen, und er konnte nicht mehr gehen. Also saß er da und spielte, bis ihn irgendjemand hinausschleppte.«

Sie sollte etwas sagen, doch ihr fehlten die Worte. Was dieser Bursche in seinem jungen Leben schon alles erlebt und gesehen haben musste, es verschlug ihr die Sprache.

»Sie wollten Aiden nach Hause schicken, aber er hat sich geweigert. Also haben die Ärzte den Fuß so gut es ging zusammengeflickt und nach vier Wochen war er wieder bei uns«, erzählte Connor weiter. »Der Bursche hätte dafür einen Orden verdient, wenn du mich fragst.«

»Und letztlich hat es ihn doch noch schlimmer erwischt«, murmelte Bonnie.

»Wir haben an diesem Tag so viele Kameraden verloren. Mit Hunderten sind wir in dieses Gefecht aufgebrochen, und nur eine Handvoll von uns kam raus.« Connor ließ ein Brummen hören. »Wenn Archie nicht gewesen wäre, hätten wir es vermutlich ebenfalls nicht geschafft. Nach einer Weile packte er Ian, zog ihn an sich und flüsterte ihm was ins Ohr. Dann nickte er mir zu und auf sein Kommando sind wir raus aus dem Loch und so lange über den Boden gekrochen, bis wir außerhalb der Reichweite des Gegners waren. Wir konnten noch zwei Kameraden mit Verwundungen auflesen, aber der Rest ...« Connor schloss die Augen. »Wir wurden abgelöst und als wir am Tag danach abmarschierten, war unser Bataillon nur noch ein Schatten seiner selbst. Wir hatten nicht einmal mehr unsere eigenen Pipers, sondern wurden von dem einer anderen Einheit hinausbegleitet.« Connor lachte trocken auf. »Er spielte *The Flower of the Woods* und es kam mir denkbar unpassend vor. Kurz danach wurden die freien Plätze von Männern aus anderen Einheiten aufgefüllt und es ging weiter. Einfach immer weiter und weiter. Bis Cambrai jedenfalls, dann war für uns elf hier der Einsatz vorbei.«

So oft hatte Bonnie diesen Erzählungen schon gelauscht, und doch berührte es sie bei Connor noch mehr als sonst. Vielleicht, weil er bei ihren Brüdern gewesen war und sie durch ihn einen Einblick in die Erlebnisse von Ian und Archie bekam. Archie würde nie darüber sprechen, da war sie sich sicher. Zumindest nicht mit ihr. Connors warme hellbraune Augen ruhten auf ihren, als wollte er überprüfen, ob er richtig daran getan hatte, sich ihr zu öffnen.

Mit einer Aufwallung von Mitgefühl sah sie hinüber auf das engelsgleiche Gesicht von Aiden. *Engelsgleich.* Bonnies Nasenflügel blähten sich, als sie auf die blasse Haut starrte. *Bitte nicht.* Sie krabbelte eilig über den Boden bis zu Aidens Bett. Hektisch suchte sie den Puls an seinem Hals. *Nichts.* Bonnie riss die Decke beiseite. Mit zitternden Fingern zog sie eine Schere aus ihrer Manteltasche und schnitt Aidens Verband auf, um seinen Bauch abzutasten.

»Bonnie!« Archies Stimme drang wie aus der Ferne zu ihr, doch sie konzentrierte sich nur auf das, was sie unter ihren Handflächen spürte, auch wenn es längst keinen Sinn mehr hatte. Die Ursache zu ergründen würde nichts ändern.

»Bonnie!« Ihr Bruder fiel neben ihr auf die Knie. »Was ist mit ihm?«

Hilflos kämpfte sie gegen das Brennen in ihren Augen an und schüttelte den Kopf.

Archie senkte den Blick und schlug mit der Faust auf den Metallboden.

Das bedauernde Raunen der anderen Männer ging unter im Brummen des Zuges. Als Bonnie sich umdrehte, blickte sie in leere Gesichter.

»Wie konnte das nur passieren?«, murmelte Archie und legte den Dudelsack auf Aidens Kilt, dessen Risse und Löcher von all jenem zeugten, was sein Träger erlebt hatte.

»Ich vermute, dass durch den Transport eine Naht im Bauchraum aufgegangen ist und er innere Blutungen bekommen hat.« Bonnie schluckte und sog die verbrauchte Luft ein. »Jedenfalls spüre ich Flüssigkeit unter der Bauchdecke.«

»Er war so verdammt knapp davor, nach Hause zu kommen.« Archie rappelte sich auf, wankte zu Connors Bett und hockte sich davor. Auch wenn ihr Bruder es niemals zugeben würde, war Bonnie sich sicher, dass er die tröstende Nähe seines Kameraden suchte. Die beiden waren auf den ersten Blick ein ungleiches Paar. Connors Charakter schien ihr ausgeglichener als der ihres Bruders. Nicht so aufbrausend wie Archies. Auch optisch waren sie recht gegensätzlich. Der große Connor, der geradezu ein Bild von einem Mann war. Auch wenn sein Gesicht nach all dem, was sie hinter sich hatten, eine gewisse Härte widerspiegelte, so lag in seinem Blick etwas Weiches, durch das Bonnie in ihm vom ersten Moment an einen guten Mann erkannt hatte. Die Augen logen nie, immerhin waren sie der Spiegel zur Seele.

Archie hingegen war durchschnittlich groß, drahtig gebaut, und auch wenn es ihr schwerfiel, ihren Bruder auf diese Art zu bewerten, ganz sicher gutaussehend mit seinen dunklen Augen, in denen stets ein Funkeln lag, und den markanten Gesichtszügen. Allerdings war die Leichtigkeit aus seiner Mimik gewichen, die damals, als er mit fünfundzwanzig Jahren aufgebrochen war, noch hin und wieder darin gelegen hatte. Ihr Bruder war immer seinem Alter voraus gewesen und hatte früh die Verantwortung für die Familie übernommen. Ihr Bruder war geschickt und hatte stets ein Gespür für Geschäfte bewiesen. Archie hatte Chancen erkannt, die anderen Menschen entgingen. Ob es noch immer so war? In diesem Moment, in dem er wie ein Häufchen Elend bei seinem Kameraden kauerte, zweifelte Bonnie daran. Sie schluckte. Dass es nie wieder werden würde wie einst, selbst wenn all ihre Brüder den Krieg überleben sollten, wurde ihr erst jetzt wirklich bewusst. Die Schatten dieser schlimmen Jahre würden bis in die Zukunft reichen. Aus den Augenwinkeln sah sie, wie Connor sich mit dem Handrücken über die Wange fuhr und von ihr wegsah.

Sorgsam deckte sie den schmalen Körper und das helle Gesicht mit der Decke zu. Der Junge würde seine Heimat nicht mehr sehen. Und nie wieder mit dem Dudelsack die Luft zum Schwingen bringen.

Wie sehr sie diesen Krieg und alles, was er mit sich brachte, verachtete! Eines von unzähligen Leben war ausgelöscht, bevor es richtig begonnen hatte. Warum nur war ihr nicht aufgefallen, dass mit dem Burschen etwas nicht stimmte? Bonnie presste die Lippen aufeinander und legte die Hände auf die kratzige Decke, unter der ein Held ihres Landes lag. Doch selbst wenn sie es bemerkt hätte, wäre sie nicht in der Lage gewesen, Aiden zu helfen. Einzig ein Chirurg wäre fähig gewesen, sein Leben zu retten. Bonnie rutschte an den Mann auf der anderen Seite des Gangs heran und kontrollierte seine Temperatur. Auch er schien mit den Tränen zu kämpfen und wich ihrem Blick aus. An den Tod gewöhnte man sich nie. Diese Männer kannten ihn bestens und doch hatten sie vermutlich geglaubt, ihn längst hinter sich gelassen zu haben, aber er begleitete auch diese Fahrt.

Bonnie linste zu Archie hinüber, der zusammengesackt auf dem Boden hockte und das Gesicht in der Hand verbarg, während die von Connor auf seiner Schulter verharrte. Ihr Bruder sah in Aiden sicherlich ein Stück von Ian, der sich damals mit gerade einmal zwanzig Jahren unbedingt hatte freiwillig melden wollen. Bonnie hatte mit Engelszungen auf Ian eingeredet, doch es war schwer gewesen, stichhaltige Gegenargumente zu finden, während sich mit Keillan der Älteste von ihnen eingeschrieben hatte, der auch noch andauernd davon gesprochen hatte, dass es die Freiheit zu verteidigen galt. Keillan war der anständigste Mann, den sie kannte, und sie hatte stets zu ihm aufgesehen. Natürlich hatte er seinen Teil beitragen wollen. Aber warum auch noch Ian? Keillan hatte nicht daran gedacht, was seine Worte bei seinem kleinen abenteuerlustigen Bruder anrichten würden. Und er war ebenso geschockt wie sie gewesen, als Ian sich klammheimlich ebenfalls freiwillig gemeldet hatte. Als er es bemerkte, war es schon zu spät gewesen, und Keillan hatte schwer an der Schuld getragen, ihn ungewollt angestiftet zu haben. Ohne Ian, das hatte Bonnie immer vermutet, wäre Archie niemals aufgebrochen. Als sie ihn damals gefragt hatte, ob es der Aufruf des Königs gewesen war, der ihn dazu gebracht hatte, als dritter Bruder auch noch zu unterschreiben, hatte Archie trocken aufgelacht und gebrummt: »Der König geht mir am Arsch vorbei.« Dann hatte er ihr mit einer Geste bedeutet, dass er nicht weiter darüber sprechen wollte, und Bonnie hatte es unterlassen, weiter nachzuhaken.

Sie sah zurück zu der unscheinbaren Decke, die den jungen Körper Aidens verbarg. Sie wollte raus aus dieser rumpelnden Eisenkiste und schreien, bis ihr der Hals brannte. All ihre Wut und Traurigkeit aus sich hinausbefördern und endlich einmal alleine sein. Doch sie musste sich zusammenreißen.

Kapitel 3

Während zwei Männer Connor in der Dunkelheit des späten Abends auf einer Trage zum Krankenhausgebäude des Second Scottish General Hospital trugen, entdeckte er Bonnie, die im Scheinwerferlicht auf dem Boden neben Aidens abgedecktem Körper kniete. Dass sie ihrem Patienten auch noch über dessen Tod hinaus ihre Aufmerksamkeit schenkte und sich trotz des Trubels und des langen Arbeitstags einige Minuten nahm, um seiner zu gedenken, rührte Connor. Diese Menschlichkeit zu sehen, tat gut nach all den unmenschlichen Momenten der vergangenen Jahre. Zum ersten Mal hatte er über das gesprochen, was sie erlebt hatten. Er hatte geglaubt, nie auch nur ein Wort darüber verlieren zu können, doch dann hatte Bonnie neben ihm gesessen, und es war nur so aus ihm herausgesprudelt. Waren es ihre Finger auf seinem Arm gewesen, die ihm den Mut dazu verliehen hatten? Connor wusste es nicht, doch es hatte gutgetan. Die zarte Berührung war Archie zum Glück entgangen. Es war, als hätte Connor für einen Moment einen Teil der Last von seinen Schultern ablegen können. Und dann war Aiden gestorben. Während der letzten Stunden der Fahrt hatte niemand gesprochen, selbst dann nicht, als sie die Grenze überquerten. Statt voller Euphorie hatten sie die Heimat mit schweren Herzen erreicht.

Connor hielt sich die Hand über die Augen, als die Männer ihn in den hell beleuchteten Flur und schließlich in ein Krankenzimmer hievten. Kaum, dass er auf das Bett gerutscht war, entdeckte er Archie, der mit dem Rücken zu ihm auf dem zweiten Bett hockte.

»Wann bist du so weit, hier abzuhauen?«, brummte sein Kamerad und drehte sich um.

»Sobald sie mir Krücken geben.«

»Gut. Ich sage Bonnie, sie soll sich darum kümmern, und dann verschwinden wir.« Archie machte sich am Hosenknopf zu schaffen und schob den Stoff nach unten. »Merkwürdig, wieder Hosen zu tragen«, brummte er und warf sie auf einen Stuhl.

Während des Einsatzes hatten sie beinahe durchgängig ihre Kilts getragen und Connor hatte sich auf Bonnies Anraten hin auch für die Reise dazu entschieden. Im Notfall war es so leichter, an die Verletzungen zu gelangen, falls es unterwegs Probleme geben sollte. Abgesehen davon war es ein Kraftakt, mit dem steifen Bein in eine Hose zu kommen. Sollte er es in den nächsten Tagen schaffen, wäre es möglich, die Schiene darüber anzulegen. Connor hatte vor, es morgen auszuprobieren. Hosen hatten sie in all der Zeit nur dann angehabt, wenn es derart matschig gewesen war, dass sie Gummistiefel in den Gräben hatten tragen müssen. Diese hatten furchtbar an den nackten Waden gescheuert, weshalb die Soldaten ausnahmsweise Hosen erhalten hatten.

Er, der Stadtmensch, hatte vor seinem Eintritt in die Royal Scots nicht ein einziges Mal im Leben einen Kilt getragen. Und so hatte er befürchtet, sich im französischen Winter sprichwörtlich den Hintern und andere empfindliche Körperregionen abzufrieren. Doch es war so gewesen, wie sie es ihnen gesagt hatten: Man gewöhnte sich daran. Die Haut an den Beinen war wie die an den Händen unempfindlicher geworden und für die Gesundheit war das Tragen eines Kilts bei den mangelnden Hygienemöglichkeiten in den Gräben ein Segen gewesen. Er fuhr mit der Hand über den groben Stoff. »Ich kann nicht glauben, dass der Krieg für uns zu Ende sein soll.« Connor beobachtete, wie Archie sich umständlich das Hemd auszog und sich dann auf der Matratze ausstreckte. Es schnürte ihm jedes Mal die Luft ab, wenn er den Verband an der Stelle sah, wo Archie der Arm direkt an der Schulter abgenommen worden war. Sein Kamerad hatte sich nicht ein einziges Mal über dieses Schicksal beklagt, was es für Connor nur noch schwerer machte zu akzeptieren, dass einzig und allein er für Archies Zustand verantwortlich war.

»Warum hast du dich damals freiwillig gemeldet?«, fragte Archie und sank ins Kopfkissen.

Die Frage kam überraschend. *Ich wollte einfach nur weg.* »Weil ich das Richtige tun wollte?«, brummte er und hörte selbst, dass es wenig überzeugend klang.

Archie nickte. »Und war es das Richtige?«

»Das werden wir vielleicht nie erfahren.« Sie hatten noch nie über ihre Beweggründe gesprochen, in diesen Krieg zu ziehen. Er hatte jedoch einen Verdacht, warum Archie es getan hatte, obwohl er mit seinem eigensinnigen Charakter nicht ins Militär passte. »Warum hast du es getan?«

Archie brummte und rieb sich übers Gesicht. »Ich wollte es nicht. Keinen Moment lang habe ich daran geglaubt, dass es ein Spaziergang werden würde, wie es überall hieß. Dass dieser Krieg innerhalb von Monaten zu gewinnen wäre.« Er lachte auf. »Und doch habe ich mich eingeschrieben.«

»Weil deine Brüder es getan haben.« Connor nickte. Er hatte sich längst einen Reim auf all das gemacht. Dass Archie seinen kleinen Bruder liebte, war nicht zu übersehen. Allerdings äußerte sich diese brüderliche Liebe weniger in Form freundlicher Worte als mehr dadurch, dass Archie Ian niemals aus den Augen ließ. Oft genug hatte er Ian während eines Gefechts am Kragen gepackt und in Deckung gezogen, woraufhin der Bursche sich mit wilden Flüchen revanchiert hatte. Auf Ian zu achten, war auch für Connor selbstverständlich geworden. Wann immer Archie anderweitig eingesetzt wurde, übernahm er es, den Aufpasser zu spielen. Sehr zum Verdruss des übermütigen Ian, der jede Gelegenheit nutzte, sich der Aufsicht seines Bruders zu entziehen. Einmal hatte Ian sich für einen riskanten Auftrag gemeldet, während Archie mit einem Botengang beauftragt war. Als Archie zurückgekommen war und davon erfahren hatte, bedachte er Connor mit einer Schimpftirade, schnappte sich seine Ausrüstung und folgte der kleinen Truppe entgegen den Befehlen. Es hatte Archie eine Rüge eingebracht und den Missmut seines Vorgesetzten, der den aufmüpfigen Soldaten eh schon mit Argusaugen beobachtete. Allerdings überlebten die Sergeants und Lieutenants der *Dandy Ninth* selten lange und wurden regelmäßig ersetzt – ein Umstand, der Archie wohl das ein oder andere Mal vor schwerwiegenden Folgen bewahrt hatte.

»Keillan war der Erste von uns«, fuhr Archie fort. »Sein beschissenes Ehrgefühl hat ihn dazu gebracht, sich einzuschreiben.« Er lachte heiser auf. »Er hat es nicht für die Krone getan, sondern wegen des Unrechts, das Menschen angetan wurde«, sagte er mit bedeutungsschwerer Stimme, die wohl Keillans darstellen sollte.

»Dein großer Bruder hat einen guten Charakter«, brummte Connor. »Im Gegensatz zu uns.«

Archie grinste. »Keillan geht stets bedacht und strukturiert vor. Daher war er ein Gewinn für die Royal Scots. Einen wie ihn verschwendet man nicht in niedriger Position wie uns. Du weißt ja, er ist inzwischen Second Lieutenant bei der Artillerie.«

Connor nickte. Während Archie und er nie auch nur die Absicht hatten, mehr als Privates zu sein, hatte Keillan sich wohl perfekt ins Militär eingefügt. Oft genug hatte Archie während der Bombardements der Artillerie, die über ihre Köpfe hinwegflogen und den Boden zum Erzittern brachten, ein Lächeln auf den Lippen getragen. »Mein Bruder heizt ihnen ein«, hatte er dann gesagt. Und in der Tat war Keillan für eine Weile zeitgleich irgendwo an der Somme stationiert gewesen. Archie, Ian und er in den Schützengräben, Keillan weiter hinten. Gesehen hatten sie sich dennoch nie. »Gott kämpft an der Seite der besseren Artillerie«, kam ihm der Spruch von Napoleon Bonaparte in den Sinn. Vielleicht war es tatsächlich so.

Connor konzentrierte sich wieder auf das Gespräch. Selten kam es vor, dass Archie derart viel von sich preisgab. Er wollte die Gelegenheit nicht verstreichen lassen, mehr über seinen Kameraden zu erfahren, an dessen Seite er die vergangenen Jahre verbracht hatte und über den er doch kaum etwas wusste. »Keillan hat sich also eingeschrieben. Und dann?«

»Dann hat Ian es ihm nachgetan«, knurrte Archie. »Natürlich wollte er zur Infanterie – weil dort der ganze Spaß stattfindet.«

»Spaß?« Connor hob den Kopf und sah zu ihm hinüber.

»Ians Worte, nicht meine. Ich habe geahnt, was für ein beschissener Krieg das werden wird, aber Ian wollte ja nicht auf mich hören. Er hat nur das Abenteuer gesehen, das jenseits von Foxgirth auf ihn wartet. So wie viele andere dumme Kerle ebenfalls. Keillan hat deshalb mit seinem Platz bei der Artillerie gehadert, da er dadurch von Ian getrennt werden würde, und er wusste, was das bedeutet. Natürlich kannte er unseren kleinen Bruder gut genug: Ian kennt keine Gefahr, das hast du ja selbst erlebt. Ihn mit seinem jugendlichen Übermut im Griff zu behalten, ist alles andere als einfach. Für unsere Ma war das eine schlimme Zeit.«

»Und dann hast du dich eingeschrieben.« Es war in der Tat so, wie Connor es vermutet hatte.

»Ich habe Ma versprochen, ein Auge auf Ian zu haben, und Keillan davon überzeugt, seinen Weg zu gehen. Nie war meinem Bruder etwas so wichtig wie dieser Einsatz. Auch wenn ich es nicht nachvollziehen konnte, war es mir klar. Keillan gehört zur Artillerie und jetzt macht er dort Karriere, während ich froh sein kann, nicht vor dem Militärgericht gelandet zu sein.« Archies Lachen dröhnte durch den Raum.

»Es war wohl knapp davor, das ein oder andere Mal«, bestätigte Connor schmunzelnd. Er dachte an den Tag zurück, als er Archie begegnet war, damals im August 1914 in der St. Annes Mälzerei in Leith, die als Ausbildungszentrum diente und für sie die erste Station in diesem Krieg sein sollte. An die tausend Männer hatten zur Lunchzeit auf den Böden gesessen, da es nicht genug Tische gab. Und es war allgemein bekannt, dass die Letzten leer ausgingen. Connor hockte mit seiner Portion an der Wand, als ein Mann sichtlich angetrunken in die Halle schwankte und Radau veranstaltete, weil es kein Essen mehr gab. Gerade als er so laut wurde, dass ein Offizier sich umdrehte, war Connor aufgesprungen, hatte den Kerl zur Seite gezogen und ihm die Hälfte seiner Ration angeboten. So war Archie Dennon in sein Leben gestolpert. Am Tag danach hatte Connor auch Ian kennengelernt und von da an hielten sie sich gegenseitig den Rücken frei. Connor wusste nicht, wo Archie den Alkohol damals aufgetrieben hatte, doch es war ein Wunder, dass er nicht schon während der Grundausbildung rausgeworfen wurde.

»Ich kann mich noch wie gestern an den Moment erinnern, als Ian, Keillan und ich das letzte Mal vor Keillans Ausschiffung zusammen waren«, sinnierte Archie und sein Blick wanderte ins Nichts. »›Sei sein Schatten‹, hat Keillan mir an diesem Tag zugeflüstert.« Archie sah zu ihm. »Das waren die letzten Worte meines großen Bruders und zur Abwechslung wollte ich sogar mal auf ihn hören.«

Wieder zog sich Connors Magen zusammen. Die Schuld, die Brüder entzweit zu haben, würde er nie wiedergutmachen können. »Ian wird zurückkommen«, sagte er mehr zu sich selbst als zu Archie.

»Wenn dieser verfluchte Krieg endlich irgendwann enden wird.«

»Hast du Schmerzen?«, fragte Connor. Für sein Bein war der Transport die reine Folter gewesen.

»Die Narbe in meinem Gesicht brennt wie Feuer«, murmelte Archie. »Und ständig will ich meine Finger bewegen oder es juckt. Meine Wahrnehmung spielt mir einen Streich. Bonnie sagt, das sollte sich bessern. Hoffentlich ist das so, denn wie zum Teufel behandelt man einen nicht vorhandenen Arm?«

Connor atmete tief durch. Sie beide kamen als verdammte Krüppel zurück. Ihm sah man dank der Krücken auf hundert Meter an, dass er sich dumm angestellt hatte. Im Feldlazarett hatte ihm eine Krankenschwester gesagt, dass er nun ein Held sei. Was heldenhaft daran war, sich zu verletzen und deshalb nach Hause geschickt zu werden, wollte Connor nicht einleuchten. Und sicher fühlte Archie wie er.

Connor sah sich in dem Raum mit den weiß gestrichenen Wänden und dem glänzenden Boden um. Es war klein und vermutlich eigentlich für Offiziere gedacht, da einfaches Fußvolk wie sie in der Regel kein Zweibettzimmer bekam. Immerhin war nicht alles schlecht an ihrer momentanen Situation. »Ein Zimmer nur für uns beide. Wie lange ist es her, dass wir so viel Platz hatten?«

»Das haben wir bestimmt Bonnie zu verdanken. Oder in meiner Krankenakte steht, dass ich diesen Assistenzarzt ein kleines bisschen bedroht habe, und sie haben uns ein eigenes Zimmer gegeben, damit wir von den anderen weit weg sind«, grummelte er. »Die Laken riechen nach Stärke und so verflucht sauber.« Die Decke raschelte, als Archie sie über sich zog. »Wir sind zu Hause, Connor.«

»Zumindest in Schottland«, murmelte er, dann schloss Connor die Augen.

Das Krankenhaus hatte einen Ambulanzwagen zur Verfügung gestellt, um sie nach Foxgirth zu bringen, was deutlich angenehmer war, als die Strecke mit einer Kutsche zu bewältigen. Offensichtlich war man über die angekündigte neue Krankenschwester so erfreut, dass ihnen dieser Luxus zuteilwurde. Die holprige Fahrt setzte seinem Bein zu, doch Connor hielt den Blick auf die offene Rückseite des Transporters gerichtet. Statt zu den Straßen zurückzukehren, in denen er aufgewachsen war, brachte jede Minute, die verging, ihn weiter von diesen weg. Es fühlte sich erleichternd an, noch eine Schonfrist gewonnen zu haben, ehe er sich seinem alten Leben würde stellen müssen. Er brauchte Zeit zum

Nachdenken und hoffte, diese in dem kleinen Ort, von dem Archie ihm erzählt hatte, zu finden. Bald müsste er eine Entscheidung treffen. Die Idee, den Krieg und seine Verwundung als Chance zu nutzen, um sich abzusetzen, ging Connor seit den Tagen im Feldlazarett nicht aus dem Kopf. Seine Ehre und ein alter Schwur verlangten von ihm, nach Edinburgh zurückzukehren. Doch war das alles ein Leben wert, das er nicht führen wollte? Vor der Abfahrt nach Schottland hatten sie alle ihre Adressen notiert. Connor hatte nicht gewusst, was er auf den Zettel schreiben sollte. Schließlich hatte er einfach *Foxgirth* daraufgesetzt, obwohl er nie zuvor an dem Ort gewesen war. Zumindest für eine Weile würde er dort zu finden sein, und das musste ausreichen.

Trotz der niedrigen Temperaturen und des grauen Himmels war der Anblick, der sich ihm bot, eine Wohltat. Sattes grünes Gras säumte die schmale Landstraße dort, wo Schafe hinter Mauern oder Hecken grasten. Auf den brachliegenden Flächen hingegen wiegten sich die gelb gewordenen kniehohen Halme der Wiesen im Wind. Wie Wellen fuhr dieser über die Landschaft. Die trockenen dunkelbraunen Stiele der Wildblumen aus dem vergangenen Sommer riefen in Connor ein Gefühl der Vergänglichkeit hervor. Die hügelige Gegend östlich von Edinburgh war in der Tat so schön, wie er gehört hatte. Sie durchfuhren kleine Ortschaften, in denen kaum etwas los war, und passierten vereinzelte und weit verstreute Höfe. Ab und an erhaschte Connor einen Blick auf das schäumende Meer, ehe die Straße wieder ein wenig landeinwärts führte. Auch wenn sie ihn die meiste Zeit nicht sehen konnten, so war der Firth of Forth, der Meeresarm, an dem auch Edinburgh lag und der östlich in die Nordsee mündete, nie fern.

Bonnie schien beinahe von innen heraus zu strahlen, seit sie das Krankenhaus verlassen hatten. Unablässig sah auch sie hinaus und spielte gedankenversunken mit den Fingern an ihren offenen Haaren herum. Das erste Mal, seit er sie kannte, trug sie weder Schwesternhaube noch Tracht. Stattdessen hatte sie einen schlichten Wollrock an, der ihrer schmalen Statur schmeichelte und einen dunkelgrauen Mantel. Ein fröhliches buntes Stricktuch lag als Schutz vor der Kälte und dem Wind über ihren Schultern. Sie sah noch bezaubernder aus als in der Arbeitsbekleidung, wie Connor feststellte. Bonnies Vorfreude auf ihr Zuhause war ansteckend, auch wenn er den Ort, an den sie reisten, nicht kannte.

Selbst Archies Miene wirkte milder als üblich und das trotz der langen roten Narbe, die sich von seinem linken Auge über seine Wange bis zum Kinn zog. Am Morgen, als Bonnie Archies Verband abgenommen hatte, hielt Connor die Luft bei seinem Anblick an. Bonnie hatte richtiggelegen: Zu niemandem passte eine solche Narbe besser als zu Archie Dennon.

»Wir sind gleich da«, rief sie aus und strahlte ihren Bruder an. »Ich hoffe, alle sind zu Hause. Bestimmt ist Tommy inzwischen noch größer geworden«, plauderte sie ausgelassen, und Connor genoss es, ihre Aufregung zu beobachten.

»Wenn wir da sind, trinken wir ein gut gefülltes Glas Whisky«, brummte Archie ihm zu. »Hab, kurz bevor wir ausgerückt sind, ein Fass abgefüllt.«

»Du brennst selbst?« Connor zog die Augenbrauen hoch. Ein Whisky klang allerdings verdammt gut nach den Strapazen der letzten Tage. Und dieses Mal würden sie ihn nicht trinken, um den nötigen Mut aufzubringen, aus dem Schützengraben zu klettern. Die britische Regierung hatte die Männer stets mit Whisky oder Rum versorgt, damit diese sich überhaupt in den Kugelhagel hinauswagten. An anderen wichtigen Dingen hingegen hatte es ihnen regelmäßig gemangelt.

Archie deutete mit dem Kopf nach vorne.

Connor folgte seinem Blick. Ein Cottage aus Naturstein und mit einem schwarzen Steinschindeldach, umgeben von Wiesen und hüfthohen Mauern, tauchte am Rand des Weges auf. Weiter hinten waren dunkelrote Steilklippen zu erkennen und noch ein Stück weiter das aufgewühlte Meer. Es war ein geradezu majestätischer, wenn auch sicherlich sehr windiger Ort für eine Behausung.

Als sie näher kamen, stellte er fest, dass an dem Häuschen, abgesehen von seiner Lage, nichts majestätisch war. Doch es erschien ihm einladend und heimelig. Einst mussten die Wände des Hauses im Gelb des hierzulande verwendeten Sandsteins gestrahlt haben, mit dem auch Edinburgh gebaut wurde, doch über die Jahrzehnte waren sie dunkler geworden. Es war nicht groß, mit einer weiß gestrichenen Tür in der Mitte und jeweils zwei schmalen Fenstern rechts und links, deren Sprossen ebenfalls weiß waren. Alles in allem schien das Haus gut in Schuss zu sein, anders als so manch baufällige Baracke, an der sie in den letzten Stunden vorübergekommen waren. Immer wieder wurden Häuser einfach aufgegeben, deren Bewohner ihr Glück in Städten wie Edinburgh und Glasgow suchten, weshalb die Wohnverhältnisse dort immer beengter wurden. Vor allem in den schlechten Gegenden hausten die Menschen unter gesundheitsgefährdenden Bedingungen, zwischen feuchten Wänden, mit Unrat und Ratten an jeder Ecke und ansteckenden Krankheiten, die grassierten. Und genau so war er einst aufgewachsen. Ein solches Cottage hingegen erschien Connor im Vergleich dazu wie ein Himmelreich.

Aus dem seitlich angebauten Kamin stieg heller Rauch auf, der nach der kalten Fahrt Wärme versprach. Einige blattlose Rosenbüsche rankten sich an der Mauer vor dem Haus hinauf. Rechts lagen eine Scheune und eine Weide, und auch links des Hauses waren Wiesen von schiefen Mauern begrenzt. Connor suchte nach den Schafen, entdeckte jedoch nur ein einzelnes geschecktes Pferd und eine Kuh.

Mit einem Ruck hielt der Transporter an und Connor konnte einen Blick auf einen kleinen, aber ordentlichen Vorgarten werfen. Obwohl ihr anzusehen war, dass sie am liebsten sofort zur Haustür gerannt wäre, half Bonnie ihm hinunter. Der Fahrer setzte ihren Koffer vor dem Gartentor ab und lehnte die beiden fleckigen Rucksäcke von Archie und Connor daneben, dann knatterte der Wagen davon.

Einen Augenblick lang standen sie nur dort und starrten auf das Haus. Und obwohl Connor es nie zuvor gesehen hatte, war auch er ergriffen von der Situation. Gerade als Archie den ersten Schritt durch das Tor setzte, flog die Haustür auf und jemand stürzte heraus. Connor kniff die Augen zusammen. War das eine Frau in Hosen? Ehe er Gelegenheit hatte, sie genauer anzusehen, rannte sie zu Archie, sprang mit einem Schrei auf ihn und umklammerte ihn mit Armen und Beinen. Archie taumelte und fiel schließlich rückwärts hin, während die Frau auf ihm landete. Sie rappelte sich auf und starrte ihn an. »Verflucht, Archie, du hast da was in Frankreich vergessen!«, rief sie aus und deutete auf den schlaff am Boden liegenden Ärmel seines Hemdes.

»Ist mir noch gar nicht aufgefallen«, brummte er und gab der Frau mit seiner verbliebenen Hand einen Stoß.

Sie rutschte lachend neben ihn. Als sie Bonnie erblickte, trat ein breites Grinsen auf ihre Lippen. Sie stand auf und zog Archie ebenfalls hoch. Dann umarmte sie Bonnie, und Connor bemerkte ihre feuchten Augen, ehe die Frau sich an Archie schmiegte, der fluchend den Dreck von seinem Hemd klopfte, dann aber den Arm um sie legte.

Hatte Archie es tatsächlich fertiggebracht, einen ganzen Krieg lang eine Ehefrau vor ihm zu verheimlichen? Niemals wäre Connor auf die Idee gekommen, dass sein Kamerad verheiratet wäre. Doch auch er hatte seine Geheimnisse gut gehütet.

Die Frau löste sich aus der Umarmung und sah nun mit hochgezogenen Augenbrauen zu Connor herüber. »Stellst du uns vor?«, fragte sie Archie.

Dieser nickte und grummelte: »Connor Fletcher, ebenfalls aus dem neunten Bataillon, er wird für eine Weile bei uns bleiben.« Dann deutete er auf die Frau. »Blaire, meine Zwillingsschwester, die sich in den vergangenen Jahren nicht geändert hat, wie mir scheint.«

So ist das also. Connor reichte ihr die Hand, die sie mit einem beeindruckend festen Griff annahm.

»Ihr zwei gebt ja ein Bild ab.« Sie sah zwischen Archies Arm und seinem Bein hin und her. Als sie auflachte, war die Ähnlichkeit zu Archies Lachen nicht zu überhören.

»Glaub mir, das ist uns mehr als bewusst«, gab Connor zurück.

»Na dann, willkommen bei den Dennons!« Sie verpasste ihm einen Schlag gegen den Oberarm und wandte sich ab.

»Ist deine Schwester immer so?«, flüsterte er seinem Kameraden zu. Nie hatte er so eine Frau erlebt.

»Glaub mir, das war noch Blaires gutes Benehmen.« Stöhnend warf sich Archie seinen Rucksack über die unverletzte Schulter und packte den von Connor, um ihn hinter sich her zu schleifen.

»Ist Ma da?«, rief Bonnie und eilte auf das Haus zu.

»Sie sammelt gerade Kräuter, müsste aber bald zurück sein«, antwortete Blaire und schnappte sich Bonnies Koffer. Sicherlich gab es auf der ganzen Welt keine Schwestern, die unterschiedlicher waren, überlegte Connor. Alles an den beiden Frauen stand in klarem Gegensatz zueinander. Bonnie mit ihrem sanften Wesen, ihrer zarten Statur und dem entzückenden Lächeln. Blaire hingegen war deutlich größer, bewegte sich energisch wie Archie und schien eine ebenso vorlaute Klappe zu haben wie ihr Zwillingsbruder.

Connor schmunzelte und folgte den anderen mit den Krücken.

»Archie, bring die Rucksäcke zur Hintertür, das muss erst alles gründlich ausgekocht werden, damit wir uns kein Ungeziefer ins Haus holen«, rief Bonnie ihrem Bruder zu.

Archie nickte und stapfte weiter.

Bonnie führte Connor durch einen Gang in eine Küche mit weiß getünchten Wänden. Ein gewaltiger Holztisch thronte vor einer ausladenden Eckbank. Der Holzofen sorgte für eine wohltuende Wärme und ein gusseiserner Topf verströmte den Duft eines herzhaften Eintopfs.

Augenblicklich lief ihm das Wasser im Mund zusammen, doch noch war es sicherlich nicht an der Zeit fürs Abendessen. Es konnte höchstens früher Nachmittag sein, doch auf der Fahrt war Connor das Zeitgefühl abhandengekommen und der bewölkte Himmel gab ebenfalls keinen Aufschluss über die Tageszeit.

Wie gemütlich dieser Raum wirkte. Connor fühlte sich

auf Anhieb wohl. Als Mann aus der Stadt war er noch nie in einem einsam gelegenen Cottage wie diesem gewesen. Zwar hatte er sich bisher keine Gedanken darüber gemacht, wie das Leben auf dem Land wohl wäre, doch was er hier sah, gefiel ihm zu seiner eigenen Überraschung. Zumindest auf den ersten Blick. Alles, was ihn umtrieb, war plötzlich weit weg. Ob er das auch noch denken würde, sobald er Mist schaufeln musste, wusste er nicht.

»Setz dich lieber«, forderte Bonnie ihn auf.

Connor folgte ihrer Anweisung und beobachtete, wie sie sich lächelnd in dem Raum umsah. Die dunkle Holzdecke war niedrig, gerade hoch genug, dass ein Mann hier stehen konnte.

Beinahe hüpfend lief Bonnie auf einen wuchtigen Schrank zu und öffnete die Türen. Unzählige Gläser und Flaschen mit den unterschiedlichsten Inhalten standen dort säuberlich aufgereiht.

»Was ist das alles?«

»Das sind alles Mittel, die meine Mutter und ich für die Geburtshilfe und die Versorgung der Kranken benötigen.« Sie nickte und schloss den Schrank. Offensichtlich war sie zufrieden mit dem, was sie dort vorgefunden hatte.

»Du bist Hebamme?«, fragte er.

Sie lächelte gedankenverloren. »Ja. Vieles, was ich weiß, habe ich von meiner Mutter gelernt. Solange ich im Krankenhaus arbeite, übernimmt Ma hier für mich.«

»Du hast früher neue Leben auf die Welt gebracht, doch jetzt siehst du Menschen sterben«, murmelte Connor und schluckte. Jeder hatte einen Preis für diesen Krieg zu bezahlen.

»Ja, so ist es.« Sie nahm einen Teekessel und füllte Wasser

aus einem Krug hinein, um ihn gleich darauf auf den Herd zu stellen. »Es ist eine Ehre, dabei zu sein, wenn ein Mensch seinen ersten Atemzug macht. Aber das ist es auch, einen letzten Atemzug zu begleiten.« Unruhig schielte sie aus dem Fenster. Es war offensichtlich, dass sie es kaum erwarten konnte, endlich ihre Mutter zu sehen.

Stattdessen hörte Connor draußen Archie und Blaire, die sich laut unterhielten, und immer wieder vernahm er ein kratziges Lachen. »Die beiden passen zueinander«, entfuhr es ihm, während er sein Bein massierte. Die Reise war lang und unangenehm gewesen und doch war es wunderbar, endlich nicht mehr zu liegen.

»Sie lieben und sie hassen sich. Vermutlich ist Blaire ohne Archie fast wahnsinnig geworden vor Langeweile und dennoch wette ich, dass sie sich spätestens morgen in den Haaren liegen werden.« Bonnie nahm eine Dose vom Fensterbrett und streute etwas, das wie getrocknete Kräuter aussah, in den Kessel.

»Und wo habt ihr eure Schafe?«

»Welche Schafe?« Bonnie drehte sich um und sah ihn fragend an.

»Ihr seid doch Schafbauern«, gab er zurück.

»Hat Archie dir das erzählt?« Sie sah ihn überrascht an.

»So in der Art.«

»Wir haben keine Schafe«, informierte Bonnie ihn. »Glaube Archie besser nie etwas, so halte ich es auch.«

Und womit sollte er seinem Kameraden dann helfen, um die Schuld zu begleichen, die er mit sich herumtrug? Archie und diese verrückte Blaire stapften laut diskutierend in den Raum und ließen sich auf der anderen Seite auf der Bank nieder. Unauffällig sah Connor sich Blaire genauer an. Sie trug ein Tuch über ihren Haaren, die am Hinterkopf zu einem recht kurzen Zopf gebunden waren und deren dunkelbraune, fast schwarze Farbe der von Archies Schopf ähnelte. Connor hatte bisher kaum Frauen in Hosen gesehen. Allerdings stand Blaire ihre Kleidung ausgezeichnet, wie er zugeben musste. Er hatte Bonnie bereits für auffallend selbstbewusst gehalten, doch Blaire gab ihm Rätsel auf. Hatte Archie nicht angedeutet, dass seine Familie ungewöhnlich war? Hatte er damit gemeint, dass hier die Frauen die sprichwörtlichen Hosen anhatten? Archie jedoch würde sich nie einer Frau unterordnen, da war Connor sich sicher. Archie ordnete sich niemandem unter. Er lehnte sich zurück und versuchte, sich zu entspannen. Es lag noch genug Zeit vor ihm, um die Familienverhältnisse der Dennons zu entschlüsseln. Etwas sagte ihm jedoch, dass seine Zeit hier nicht wie vermutet langweilig werden würde. Nicht, dass Connor etwas gegen Langeweile und Ruhe einzuwenden gehabt hätte, es erschien ihm hingegen geradezu verlockend nach den vergangenen Jahren. Aber in diesem Haus herrschten Sitten, die gute Unterhaltung versprachen. Auch wenn er nicht einen Moment lang gezögert hätte, um seinen Platz mit Ian zu tauschen, hatte Connor sich vorgenommen, das Beste aus der Situation zu machen.

Bonnie trug den Kessel zum Tisch und reichte jedem eine Tasse. Sie setzte sich auf einen der Holzstühle ihm gegenüber und strahlte in die Runde. »Und wo ist Tommy?«

»Hat noch im Pub zu tun.« Blaire blies in ihre Tasse. »Warum habt ihr nicht geschrieben, dass ihr kommt?«

»Archie wollte es nicht«, sagte Bonnie und sah mit einem vielsagenden Blick zu ihrem Bruder.

»Hättest es dennoch tun sollen«, murrte Blaire.

Ein Schatten huschte außen am Fenster vorbei und Bonnie sprang auf. Mit aufgerissenen Augen starrte sie auf die offene Tür und hielt sich am Küchentisch fest. Dann erschien ein rundliches Gesicht im Türrahmen. Als die ältere Frau die Menschen im Raum erblickte, rutschte ihr der bis oben hin mit Grünzeug gefüllte Weidenkorb aus der Hand. »Mein Kind«, rief sie und lief auf Bonnie zu, um sie stürmisch an sich zu drücken.

»Hallo, Ma«, flüsterte Bonnie mit tränenerstickter Stimme und Connor musste schlucken.

Die Frau sah zu ihm und entdeckte schließlich Archie. »Mein Gott. Du bist zurück«, stammelte sie und schloss einen Moment lang die Augen. Dann forderte sie ihren Sohn mit einem Zeichen auf, zu ihr zu kommen.

Archie ging zu ihr und gab ihr einen Kuss auf die Wange, während sie die Arme um ihn legte. Connor konnte erkennen, wie sein Freund dem Blick seiner Mutter auswich. Zum ersten Mal wirkte Archie unsicher. Er rang um Fassung.

Verlegen sah Connor weg. Er hatte kein Recht, hier zu sein. Dieser Moment war zu intim für einen Fremden wie ihn. Und doch glaubte er, die Umarmung der Frau selbst zu spüren. Es war lange her, dass er von seiner Mutter umarmt worden war. So lange, dass er sich kaum an das Gefühl erinnerte.

Die Blicke der Mutter wanderten über die Narbe an Archies Gesicht und dann den schlaff herabhängenden Ärmel entlang. »Wird er wieder?«, wandte sie sich an Bonnie, die daraufhin energisch nickte.

Nun reckte sich die Mutter, um ihn auf die Stirn zu küssen. Connor glaubte, einen Anflug von Sorge in ihrem Gesicht zu erkennen. »Und Ian?«

»Ist noch drüben«, brachte Archie hervor und hatte sichtlich Mühe, sich zu beherrschen.

Connor wollte aus der Küche stürzen, sammelte sich jedoch wieder.

Sie nickte, zupfte ihre helle Bluse zurecht und setzte sich an den Tisch. Einen Augenblick lang sah sie nur auf die Tischplatte, dann auf Connor. »Und wen haben wir hier?«

Er beugte sich vor und hielt ihr die Hand hin. »Connor Fletcher. Ich habe mit Archie gedient. Freut mich, Sie kennenzulernen, Mrs. Dennon.«

»Dennon war der Name meines ersten Mannes. Mein jetziger und der meiner jüngeren Kinder ist Macay, aber jeder nennt mich beim Vornamen.« Ein warmes Lachen drang aus ihrer Brust. »Sag einfach Mairead zu mir, Junge.« Sie tätschelte seine Hand und deutete auf die Krücken neben der Bank. »Du bist ebenfalls verwundet?« Mairead beugte sich ein wenig vor, um auf sein Bein zu sehen, das unter dem Tisch verborgen war.

»Archie und Connor brauchen die richtige Wundversorgung.« Bonnie setzte sich auf den Stuhl neben ihre Ma. »Daher hatte Archie die Idee, Connor könnte hier eine Weile wohnen.« Sie warf ihrem Bruder einen Blick zu, woraufhin Archie ihr kaum merklich zunickte. So war das also mit Geschwistern. Man half sich gegenseitig, die Eltern zu überzeugen.

Gespannt wartete Connor auf die Reaktion der älteren Frau.

Mairead lächelte. »In diesem Haus war es lange Zeit viel zu ruhig für meinen Geschmack. Du wirst oben im Zimmer der Jungen schlafen.«

»Nur heute Nacht«, brummte Archie und verzog sich

wieder auf den Platz neben Blaire. »Connor kann ab morgen einen der Räume im Pub haben.«

»Warum das denn?«, wollte Blaire wissen. »Wir haben schon mehr Leute unter diesem Dach gehabt.«

»Er wird mir dort nützlicher sein.« Archie kniff die Augen zusammen und sah erst ihn an, dann Bonnie.

Du willst mich nicht in der Nähe deiner Schwester haben. Connor lehnte sich zurück und hob die Hände. »Mir ist jeder Schlafplatz recht.« Zu gerne hätte er gewusst, von was für einem Pub sein Kamerad da sprach. Blaire hatte diesen schon zuvor erwähnt, und Connor entschied sich, zu einem späteren Zeitpunkt nachzufragen.

»Ich muss noch die Tiere versorgen«, sagte Blaire seufzend, zwängte sich an Archie vorbei und stakste aus dem Raum.

»Und ich zeige dir was.« Mit dem Kopf bedeutete Archie, ihm zu folgen.

»Ihr seid doch eben erst angekommen«, protestierte Bonnie. »Die Wunden müssen versorgt werden, und ihr solltet essen.«

»Wir werden etwas in den Magen bekommen, aber der Eintopf hat noch Zeit.« Archie zwinkerte ihm zu, und Connor folgte ihm auf den Krücken zur Hintertür.

»Und was machen wir jetzt?« Genüsslich sog er die intensive Landluft ein und schloss die Augen, um sich ganz auf den Wind in seinen Haaren zu konzentrieren. Dann sah er sich um. Eine Grasfläche und ein Gemüsegarten lagen in herbstlicher Trostlosigkeit vor ihm. Jenseits der äußeren Steinmauer befand sich die Klippe, die er vom Transporter aus gesehen hatte. Jedenfalls vermutete er das, denn dahinter war nur noch der Himmel und das aufgewühlte Meer zu erkennen.

Zu gerne wollte er das schiefe Tor in der Begrenzungsmauer durchqueren und hinuntersehen. Doch noch traute er sich einen so weiten Gang über unebene Wiese nicht zu.

»Das Fass, von dem ich dir erzählt habe, ist im Schuppen.« Archie lacht heiser auf. »Wird Zeit, dass es geöffnet wird.«

»Eine ausgezeichnete Idee.« Connor arbeitete sich ein Stück über das Gras zu dem kleinen Gebäude vor.

Mit Schwung zog sein Kamerad die Holztür auf und starrte hinein. »Dieses Miststück!«, brüllte er, stapfte in den schummrigen Raum und presste dann die Zähne aufeinander. »Ich drehe ihr den Hals um!«

Connor folgte ihm, doch alles, was er entdecken konnte, waren einige Rechen und Hacken für die Feldarbeit.

»Ich habe ihr nur diese eine Aufgabe gegeben«, polterte Archie und trat gegen die Seitenwand.

»Wem?«

»Blaire!«, spuckte er beinahe den Namen seiner Zwillingsschwester aus. »Blaire sollte dafür sorgen, dass das Fass noch da ist, wenn ich zurückkomme. Und jetzt ist sogar die komplette Brennanlage weg! Sie hat den ganzen Scheiß verkauft, obwohl ich ihr gesagt habe, wo sie Geld findet, wenn sie welches für die Familie braucht.« Wutschnaubend stürmte er aus dem Schuppen und auf die Scheune zu. »Blaire!«, donnerte seine Stimme durch den Wind.

Connor hüpfte, so schnell es ihm mit den Krücken möglich war, hinter ihm her. Er kannte den Zustand, in dem Archie sich befand, nur zu gut. In dieser Verfassung wäre er bereit, jeden niederzuwalzen, der ihm in den Weg käme. Bei jedem seiner ausladenden Hopser fragte Connor sich besorgt, ob Blaire in ernster Gefahr schwebte. Noch durchschaute er die Beziehung der Geschwister nicht. Das ein oder andere

Mal war Archie in Raufereien geraten und Connor hatte so manches Mal gerade noch rechtzeitig eingreifen können, um schlimmere Folgen für seinen Kameraden zu verhindern. Doch würde Archie auch seiner Schwester an den Kragen gehen? Eigentlich konnte er sich das nicht vorstellen, doch wer wusste schon, was in dieser Familie üblich war.

Archie stapfte in den Stall und brüllte schon wieder. Als Connor die Scheune endlich erreichte, saß Blaire auf dem Melkschemel neben einer Kuh und lauschte ungerührt den Flüchen und Beschuldigungen ihres Bruders, der ihr vorwarf, einem Soldaten das genommen zu haben, nach dem er sich während seines Einsatzes am meisten gesehnt hatte: seinen verfluchten schottischen Whisky. Die Adern an Archies Schläfen traten hervor, und er starrte seine Schwester an. Er schien nicht vorzuhaben, mit der Schreierei aufzuhören. Seine Gesichtsfarbe passte sich mit jeder Sekunde, die verstrich, mehr dem Rotton der Narbe an.

Connor wollte eingreifen, doch Blaire wirkte unbesorgt. In Seelenruhe stand sie auf und ging auf die Pferdebox zu. An einem Strick führte sie das kräftige, schwarz-weiß gescheckte Pferd heraus und zu einer Kutsche.

»Was zur Hölle machst du jetzt?«, brüllte Archie und beobachtete, wie seine Schwester das Pferd anspannte.

»Bist du fertig?«, gab sie zurück und verdrehte die Augen.

Sein Kamerad wollte etwas sagen, stemmte dann aber nur den Arm in die Seite und grummelte.

»Hinauf mit euch.« Blaire deutete auf die Kutsche.

»Was soll der Mist?«, brummte Archie.

»Ich glaube nicht, dass der mit dem Bein weiter als zwanzig Schritte kommt«, sagte Blaire mit einem Seitenblick auf Connor.

»Das fürchte ich auch«, antwortete Connor.

»Mein Whisky!«, zischte Archie.

»Ich muss dir was zeigen. Also entspann dich und rauf auf die Kutsche mit dir.« Sie schob das breite Holztor auf.

Fluchend stieg Archie auf die Ladefläche und hielt ihm die Hand hin. Connor sah, wie Blaire sichtlich amüsiert beobachtete, wie Archie ihm ungeschickt mit seinem einen Arm half hinaufzuklettern. Einmal mehr schwor Connor sich, alles zu tun, um sein Bein wieder richtig nutzen zu können.

Blaire hingegen war mit einem Satz auf dem Kutschbock und schnalzte mit der Zunge, woraufhin das Pferd sich schnaubend in Bewegung setzte.

»Hast du eine Idee, wo sie uns hinbringt?«, fragte Connor, während er die Aussicht auf die wilde Landschaft genoss. Das Farmhaus hatten sie vor rund zehn Minuten hinter sich gelassen. Prüfend sah er zum Himmel. Bald musste die Dämmerung einsetzen und dann würde es endlich diesen himmlisch duftenden Eintopf geben.

»Keine Ahnung, aber was ich weiß, ist, dass ich ihr gleich ihren dürren Hals umdrehen werde.«

»Es war nur ein Fass.« Connor schlug Archie auf den Oberschenkel.

»Es ist mehr als nur ein Fass. Blaire hat sich nicht an das gehalten, was ich ihr gesagt habe.« Mit den Fingern fuhr er die Narbe an seiner Wange nach.

»Und du erwartest immer, dass alle auf dich hören.« Connor nickte. »Verstehe.«

»Ich habe mich hier seit jeher um alles gekümmert. Kaum bin ich weg, macht jeder, was er will«, knurrte Archie und sah sich um. »Zur Hölle, Weib, fährst du etwa zur alten Kapelle?«, schrie er seiner Schwester zu.

»Genieß doch einfach die Fahrt«, gab Blaire lachend zurück und schien weiterhin nicht im Geringsten vom Wutausbruch ihres Bruders eingeschüchtert zu sein.

Connor vermutete daher, dass sie Archies Temperament besser als er einzuschätzen wusste, was ihn in der Tat dazu brachte, die Fahrt zu genießen und sich umzusehen. Der Weg führte über einige wenige kleine Hügel hinauf und hinab. Immer wieder konnte er etwas entfernt die Schreie der Möwen hören, was bedeutete, dass sie sich nach wie vor in direkter Nähe zur Küste aufhalten mussten.

Kurz darauf ließ Blaire das Pferd tatsächlich vor einer uralt wirkenden Kapelle anhalten, deren Wände längst grau waren und aus Steinen in verschiedenen Größen bestanden. Eigentlich erschien sie Connor zu groß, es war schon fast eine richtige Kirche und der abgelegene Ort kam ihm etwas merkwürdig vor. Doch dann fiel sein Blick auf das glänzende Meer, das sich hier wieder unverhofft in einiger Entfernung zeigte. Es war ein wirklich hübsches Plätzchen und damit vermutlich gerade richtig, um dem Herrn für seine Schöpfung zu danken, die sich hier so überbordend präsentierte.

Blaire hüpfte vom Kutschbock und lief mit beschwingten Schritten zur breiten Eingangstür, vor der sie auf ihn und Archie wartete.

»Mach endlich den Mund auf!«, fuhr Archie sie an, während sie einen Schlüssel aus der Hosentasche zog und ins Schloss steckte. Klirrend fiel die Kette, die die Türgriffe verschlossen hatte, auf die abgenutzten Steinstufen.

Blaire verpasste der Holztür einen Stoß, die quietschend aufflog.

Hatte Connor Archie jemals sprachlos erlebt? Wie in Zeitlupe betrat sein Kamerad den hohen Raum und starrte auf eine abenteuerlich anmutende Anlage und Dutzende Fässer, die im hinteren Bereich an der Wand aufgereiht waren. »Was zum Teufel ist das hier?«, murmelte Archie.

Connor folgte ihm zögernd. Es war offensichtlich, was an diesem Ort geschah, doch auch ihm fiel es schwer, das Ausmaß der Konstruktion zu erfassen.

»Was du hier siehst, ist die Dennon-Brennerei«, verkündete Blaire mit einem breiten Grinsen.

Archie hob die Hand und schien etwas sagen zu wollen, ließ sie aber wieder sinken. Er ging um die Anlage herum, die aus Rohren, einem Brennofen und einem gewaltigen Tank bestand.

»Das hast *du* aufgebaut?«, fragte Connor und betrachtete Blaires glühende Wangen.

»Zusammen mit Tommy, unserem jüngsten Bruder.«

Archie näherte sich ihnen wieder und schüttelte den Kopf. »Wie hast du das alles bezahlt?«

Blaire schielte auf ihre Schuhe. »Hab mir was vom Familiengeld geliehen«, murmelte sie und wirkte nun nicht mehr ganz so selbstsicher wie bisher. »Also fast alles, um ehrlich zu sein. Und das, was Tommy hier und da mit Aushilfsarbeiten verdient hat, haben wir ebenfalls reingesteckt.«

»Das war für Notfälle«, brach es aus Archie heraus. »Nicht dafür, dass du hier eine Brennerei aufbaust, weil du Langeweile hast!«

Blaire schnappte nach Luft und zog die Augenbrauen zusammen. »Ja, ich hatte Langeweile. Und das nur deshalb, weil du nicht wolltest, dass ich nach Glasgow gehe, um meinen Beitrag zum Krieg zu leisten.«

»Du meinst, um für einen jämmerlichen Stundenlohn vierzehn Stunden am Tag in einer Munitionsfabrik zu stehen, während wir dich hier gebraucht hätten, um alles am Laufen zu halten?«, brummte Archie.

Langsam, aber sicher hatte Connor den Eindruck, dass die Geschwister nicht friedlich auseinandergegangen waren.

»Es wäre immerhin etwas gewesen.« Missmutig stellte Blaire sich breitbeinig vor Archie auf und sah ihm fest in die Augen. »Ja, ich habe mir was von dem Geld genommen, aber nur, weil ich wusste, dass die Sache sich auszahlen wird.«

»So viel Whisky können wir im Pub nicht verkaufen. Alleine was du für das Getreide gezahlt haben musst!« Archie sah sich fassungslos um. »Was sollen wir mit Dutzenden von Fässern anfangen?«

»Denk nach, Archie, du bist doch sonst nicht auf den Kopf gefallen.« Da war es, das Blitzen in ihren Augen, das er auch bei Archie so oft gesehen hatte. Interessiert verfolgte Connor den Schlagabtausch der beiden.

»Was hast du dir nur dabei gedacht?« Sein Kamerad rieb sich mit der Hand über den Nacken.

»Sobald der Krieg endlich vorbei ist und all die Männer nach Hause kommen, werden sie Whisky wollen. Viel Whisky. Um zu vergessen, was sie erlebt haben.«

Connor lehnte sich auf die Krücken und nickte Archie zu. Was Blaire da sagte, klang ziemlich einleuchtend. Ein Blick zu Archie verriet ihm, dass dieser ähnlich dachte.

»Viele Destillerien haben in den letzten Jahren nicht die üblichen Mengen herstellen können. Überall fehlen Arbeitskräfte. Weniger Whisky, der produziert wird, und sehr bald eine erhöhte Nachfrage, sobald der Krieg rum ist.« Blaire reckte das Kinn vor. »Ich habe mir Geld genommen und es investiert. Und Tommy und ich haben uns hier den Hintern abgearbeitet, um das alles aufzubauen.« Sie deutete auf die Anlage. »Wir waren sechs Tage lang unterwegs, um das Teil in Glasgow abzubauen und hierher zu bringen, weil der ursprüngliche Besitzer in Frankreich gefallen war und seine Frau das Geld brauchte. Und dann haben wir noch einmal zwei Wochen gebaucht, um es aufzubauen und alles zu verschweißen.«

»Warum in einer Kapelle?«, rutschte Connor die Frage heraus.

Sie zuckte mit den Schultern. »Gibt hier kein anderes Gebäude, das geeignet wäre. Die Kapelle wird seit dem Bau der neuen Kirche vor zehn Jahren drüben im Ort nicht mehr genutzt. Also habe ich sie vom Presbyterium gepachtet.«

»Und die wissen, was du hier machst?«

»Sie denken, ich lagere hier Getreide.« Blaire zwinkerte ihrem Bruder zu. »In welcher Form das Getreide ist, wurde nicht besprochen.«

»Aber Pastor Gilroy weiß, was du treibst«, stellte Archie fest und presste die Zähne aufeinander.

»Natürlich, du kennst ihn ja – Gilroy bekommt alles mit. Aber im Gegenzug kriegt er so viel von unserem Whisky, wie er trinken kann.«

Schallend lachte Archie auf. »Das wird den alten Kerl ins Grab bringen.«

Blaire zuckte mit den Schultern. »Seit ich das hier mache, kommt es noch öfter vor, dass er während des Gottesdienstes das Gleichgewicht verliert.«

»Wie dem auch sei.« Archie atmete tief durch. »Es bleibt weiter das Problem, wie wir das hier verkaufen sollen.«

»Ihr werdet einen Zwischenhändler brauchen. Solche Mengen könnt ihr nicht selbst loswerden«, sagte Connor.

»Allerdings.« Archie stöhnte. »Ich werde mir was einfallen lassen. So wie immer.«

»Da ist noch was für dich.« Mit schnellen Schritten ging Blaire zur rechten Wand und klopfte mit der Handfläche auf ein Fass, das ein wenig kleiner als die anderen war. »Dein Whisky von damals. Die Hütte haben wir fürs Gemüse gebraucht, ehe wir es in den Kartoffelkeller geschleppt haben.«

»Wenigstens in einer Sache hast du auf mich gehört.« Archie schüttelte den Kopf und schien sich geschlagen zu geben. »Schaffen wir das Teil nach Hause.«

Blaire grinste ihn an. »Solltest du dich nicht bei mir entschuldigen für all die wilden Flüche, die du mir an den Kopf geworfen hast?«

Archie nickte und legte den Arm um sie. »Bist wohl doch keine so üble Schwester«, brummte er.

Blaire zwinkerte Connor zu. »Freundlicher kann mein Bruder nicht sein«, sagte sie lachend und lehnte den Kopf einen Augenblick lang an Archies Schulter.

Connor beobachtete, wie die beiden Geschwister das Fass nach draußen rollten und dann mit Hilfe eines Bretts auf die Kutsche wuchteten. Blaire zog von oben, während Archie sich dagegenstemmte und es so hinaufbugsierte. Connor war sich sicher, dass Bonnie ihren Geschwistern eine ordentliche Strafpredigt gehalten hätte, wenn sie das Schauspiel mitbekommen hätte. Archies Miene verriet ihm, dass sein Freund nur so tat, als würde er kaum Schmerzen verspüren.

Blaire griff nach den Zügeln und Connor nahm seinen Platz wieder ein. Rumpelnd fuhr das Gefährt über den Schotterweg zurück.

Connor war trotz des Ziehens in seinem Bein mit den Gedanken woanders. »Ich kann dir vielleicht helfen, einen Zwischenhändler zu finden«, raunte er. »Lass uns in den nächsten Tagen in Ruhe darüber reden.« Er wusste nicht, ob er bereit war, sich der Vergangenheit zu stellen, aber er kannte die richtigen Leute. Und er hatte Archie versprochen, ihm zu helfen. Genau das würde er tun, auch wenn es bedeuten sollte, dass er damit seine Chance, einfach abzuhauen, aufs Spiel setzte. Was Blaire hier aufgebaut hatte, war beeindruckend und würde den Dennons als Absicherung dienen. Immerhin war Archie nun ein Invalide, und ob Keillan und Ian heimkehren würden, stand in den Sternen. Connor ermahnte sich, die Dinge nicht so pessimistisch zu sehen, doch tief in seinen Inneren wusste er, dass den Dennons möglicherweise bis auf den jüngsten Sohn kein Mann bleiben könnte, der fähig wäre, richtig zu arbeiten.

Archie nickte und fuhr mit der Hand beinahe zärtlich über die Wölbung des Fasses.

Connor lachte bei dem Anblick auf, und der Wind trug den Hall seiner Stimme davon. »Deine Schwester ist ein Teufelsweib.«

»Wäre ein guter Mann geworden. Ist stattdessen eine Frau, die dich in den Wahnsinn treibt.«

»Ihr seid wirklich eine ungewöhnliche Familie. Vor allem eure Frauen ...« Er schüttelte den Kopf.

»Die lassen sich nichts sagen, glaub mir, ich habe es versucht und längst aufgegeben. Das haben sie von unserer Ma. Aber um ehrlich zu sein, schafft es hin und wieder Probleme.

Manche Leute mögen es nicht, wenn Weibsbilder sich derart aufführen. Blaire eckt mit ihrer vorlauten Art allzu oft an. Bonnie hingegen kann sich fast alles erlauben. Sie ist eine großartige Krankenschwester, und die Menschen hier vertrauen ihr.«

»Und was ist mit dir?«

Archie zog die Augenbrauen hoch. »Was soll mit mir sein?«

»Was sagen die Leute über dich?«

»Das will ich gar nicht wissen.« Archie lachte. »Ich mache, was ich für richtig halte, und alles andere ist mir gleichgültig.«

»Eigentlich ist es doch eine verflucht gute Idee, die Blaire da hatte.« Connor kam nicht umhin, Blaires Arbeitseifer zu bewundern. Scheinbar verfügte Archies Zwillingsschwester nicht nur über Weitsicht, sondern auch über den nötigen Schneid umzusetzen, was sie sich in den Kopf setzte. Ein derartiger technischer Sachverstand bei einer Frau überraschte ihn. Er selbst hatte keine Ahnung, wie genau so eine Anlage denn überhaupt funktionierte, gestand er sich ein.

»Ich gebe es ungern zu, doch ich bin beeindruckt.« Archie sah über seine Schulter auf den Rücken seiner Schwester und in seinen Mundwinkeln zuckte ein Lächeln.

»Du hast sie vermisst«, flüsterte Connor.

»Jeden Tag. Aber wenn du Blaire das sagst, reiße ich dir die Zunge heraus.«

Connor schmunzelte und sah auf die dunkelgrauen Wolken, die der Wind über den Himmel trieb. Bei was für einer Familie war er hier nur gelandet?

* * * * *

Länger als notwendig wusch Bonnie die Blechtassen in der Spülwanne aus.

»Du drückst dich davor, es mir zu sagen«, hörte sie hinter sich die Stimme ihrer Mutter.

Sie drehte sich um und beobachtete, wie Mairead die gesammelten Kräuter zu kleinen Büscheln sortierte, um sie dann mit einer Schnur zusammenzubinden.

»Was meinst du?«

Ohne ihre Arbeit zu unterbrechen, seufzte ihre Ma leise. »Dass du im Gegensatz zu Archie nicht dauerhaft zurückgekommen bist.«

Bonnie trocknete sich die Hände am Rock ab und ging zum Tisch. »Nein Ma, das bin ich wirklich nicht. Aber ich habe mich nach Edinburgh versetzen lassen.« Sie rutschte neben sie auf die Bank und griff nach einem Thymianbüschel, um daran zu riechen. Der Duft weckte in ihr eine flüchtige Erinnerung an Sonnenstrahlen und das Geräusch summender Bienen. Bonnie konzentrierte sich wieder auf die Gegenwart. »Du wirst wohl noch eine Weile länger die Neugeborenen entbinden müssen.«

»Da gibt es nicht viel zu tun.« Ihre Mutter blickte auf den Tisch. »Nie hatten wir so wenige Geburten. Zu viele Männer sind nicht dort, wo sie hingehören. Und beinahe jede Woche höre ich von neuen Gefallenen.«

»Keillan und Ian sind bisher nicht dabei.« Bonnie legte eine Hand auf die ihrer Mutter und spürte die allmählich dünn werdende Haut unter ihren Fingern. »Nicht mehr lange, dann ist es vorbei«, murmelte sie, ohne selbst an ihre Worte zu glauben. Alle hatten damals angenommen, dass sie bereits in weniger als einem Jahr siegreich aus diesem Krieg hervorgehen würden. Nie hatten sie sich mehr geirrt.

»Dann kommst auch du zurück«, sprach ihre Mutter mit fester Stimme.

»Das werde ich. Versprochen.«

»Du wirst dich vor Arbeit nicht retten können.« Warm und voll lachte Mairead auf. »Ich bin mir sicher, es wird jede Menge Kinder geben, sobald die Männer erst wieder hier sein werden.«

Bonnie unterdrückte ein Grinsen. Niemand kannte die menschliche Natur besser als ihre Ma mit all ihrer Lebenserfahrung. Sie betrachtete ihre wettergegerbte Haut und die langen, zu einem Knoten gebundenen Haare. Sie waren inzwischen fast vollständig grau, nur einige letzte schwarze Strähnen hielten sich hartnäckig. Als sie ihre Ma das letzte Mal gesehen hatte, hatte das Schwarz noch überwogen. Sicher kam dies von den Sorgen, die ihre Mutter sich um die Söhne machte – und um sie.

»Ich sollte Archies und Connors Rucksäcke auspacken und ihre Sachen waschen. Die beiden haben kein einziges sauberes Kleidungsstück mehr«, wechselte Bonnie das Thema.

»Und dann werden wir alle beisammensitzen, essen und lachen.« Ihre Ma lächelte sanft und wickelte geübt ein weiteres Büschel zusammen, um es später an den Haken in den Deckenbalken zu befestigen. Bonnie kannte jedes der Kräuter; ihre Wirkung auf Krankheiten oder ihre Nützlichkeit unter einer schweren Geburt und später im Wochenbett. Das hier mussten die letzten Stängel sein, die vor dem nahenden Winter zu finden gewesen waren. Ihre Ma sah müde aus, doch es gab keine andere Möglichkeit, als dass sie erneut den Platz in der Gemeinde einnahm, den sie erst zwei Jahre vor dem Krieg in Bonnies Hände übergeben hatte.

»Und nach dem Essen schaffen wir den Zuber in die Küche und dann könnt ihr baden.« Mairead schmunzelte und die Falten um ihren Mund vertieften sich. »Du brauchst ebenfalls dringend ein Bad, Tochter.«

»Die letzten Tage waren anstrengend«, verteidigte Bonnie sich und musste dennoch lachen. Sie roch tatsächlich beinahe so übel wie die Männer.

Als sich die Dunkelheit zum ersten Mal seit ihrer Rückkehr über die Landschaft senkte, stand Bonnie über dem Waschbrett und rieb den Schweiß und den Dreck der Front aus den abgewetzten Hemden. Die Socken hatte sie in den Ofen geworfen, hier war jede Mühe vergebens. Sicherlich lagen in Keillans Kiste im Obergeschoss noch welche, die Archie und Connor anziehen konnten, oder sie würden sich eben neue in dem kleinen Gemischtwarenladen in Foxgirth besorgen müssen. Unter dem Schnauben des Pferdes näherte sich die Kutsche, und Bonnie entdeckte darauf ihre Schwester und die Männer. Wohin waren die drei nur so schnell nach ihrer Ankunft verschwunden? Früher als vorhergesagt, hatte sie vorhin Archie hinter dem Haus schreien gehört und dann war die Kutsche davongerumpelt. Wenn Archie hier schrie, dann steckte grundsätzlich ihre Schwester dahinter. Die beiden waren schlimmer als ein unglücklich verheiratetes Ehepaar und doch hatten sie eine innige Verbindung. Die Beziehung der Zwillinge war für Außenstehende kaum zu durchschauen, selbst ihr fiel es bisweilen schwer, aus dem Verhalten ihrer Geschwister schlau zu werden.

Blaire zog die Zügel an, und die Männer rutschten ungeschickt von der Ladefläche. Es würde noch einige Zeit ins Land gehen, bis die beiden sich an den Zustand ihrer Körper gewöhnen würden. Doch ihre Erfahrung in der Krankenpflege ließ Bonnie zuversichtlich sein, dass dies früher oder später passieren würde.

Während ihre Schwester das Pferd zum Stall lenkte, stapften Archie und Connor auf sie zu. Archie warf ihr ein knappes Lächeln zu, ging aber an ihr vorbei ins Haus. Connor hingegen blieb stehen. Auf seiner Stirn hatte sich Schweiß gebildet, den Bonnie trotz der aufziehenden Dunkelheit erkennen konnte. »Ist das unsere Kleidung?«, brummte er.

Mit einem Nicken bestätigte sie seine Frage.

»Das ist nicht notwendig. Meine Arme funktionieren einwandfrei, und ich habe diese Stofffetzen wer weiß wie oft unter ganz anderen Umständen gewaschen.«

Bonnie richtete sich auf und trocknete ihre Hände an der Schürze. »Dann genieß es, dass es ausnahmsweise jemand anderes für dich erledigt. Dieser Service ist nur eine einmalige Sache. Sozusagen ein Willkommensgeschenk.« Sie trat näher an ihn heran und fuhr mit einem Finger über seine Stirn. »Der Schweiß gefällt mir nicht.« Hoffentlich kündigte sich bei Connor nicht erneut ein Fieber an. »Ich mische dir nachher einen Tee, den du in den nächsten Tagen trinken wirst. Und nach dem Bad gebe ich euch ein Öl für die Wunden.«

»Wieso tust du das alles?«, fragte er und sah sie mit einem Blick an, den sie nicht recht deuten konnte. »Wir sind nicht mehr im Krankenhaus und du bist zu nichts verpflichtet.«

»Es liegt mir im Blut. Und es ist mein Beitrag, so wie ihr euren geleistet habt.«

»Du heilst, während wir getötet haben«, brummte er und atmete schwer aus. Ohne ein weiteres Wort humpelte er durch die Haustür.

Archie hatte sich verändert, das war nicht zu übersehen.

Er war Bonnie in den vergangenen Tagen oftmals abwesend erschienen und seine Miene war finsterer als jemals zuvor. Und ganz sicher hatten die Erlebnisse auch Connor verändert. Während sie die Wäsche sorgfältig an der Leine befestigte, erwischte Bonnie sich dabei, wie sie darüber nachdachte, wie Connor wohl vor dem Krieg gewesen war. In der letzten Nacht vor der Heimreise hatte sie nach den Männern sehen wollen und schon vor der Tür des Krankenzimmers Schreie gehört. In Sorge war sie hineingestürzt und hatte Archie auf der Bettkante neben Connor entdeckt. »Albträume«, hatte ihr Bruder gezischt und Connor an den Schultern gepackt, um ihn zu beruhigen. »Die hat jeder von uns.« Und dann hatte er Bonnie aus dem Zimmer gescheucht.

Sie nahm sich vor, etwas Beruhigendes in den Tee zu mischen und Connor nichts davon zu sagen. Vielleicht würde es ihr sogar gelingen, Archie zu überzeugen, ebenfalls davon zu trinken. Es irritierte sie, dass Connor hier war. Nicht, dass es sie gestört hätte, dafür war seine Art zu angenehm, doch was war mit seiner Familie, die ihn sicherlich schrecklich vermisste? Warum war er hier bei ihrer anstatt bei seiner eigenen? Warum zog er es vor, an Archies Seite zu bleiben? Sie kannte ihn zu kurz, um ihn offen darauf anzusprechen. Und es ging sie wohl auch nichts an, ermahnte Bonnie sich in Gedanken. Sie sollte ihre Neugierde besser im Zaum halten.

Bonnie griff nach der Blechwanne und kippte sie um, so dass sich das ausgeschüttete gräuliche Waschwasser gluckernd im Gras verteilte. Ihr Magen verlangte inzwischen lauthals nach dem Abendessen, und sie beeilte sich, in die Küche zu laufen. Dort stellte sie erfreut fest, dass bereits alle am Tisch saßen und sich die Schalen füllten. Blaire musste die Hintertür genommen haben und flüsterte über irgendwas mit Archie. Fast war es wie früher. Bonnie rutschte neben ihre Schwester, die auffallend gut gelaunt wirkte. Auch in Bonnie breitete sich in diesem Moment eine wohlige Zufriedenheit aus. Heute war ein guter Tag.

Während sie aßen, erkannte Bonnie, wie der Blick ihrer Ma immer wieder über die Gesichter am Tisch glitt. Ein Teil der Familie war zurück, wenn auch nicht alle. Mairead ließ den Löffel sinken und wandte sich an Connor: »Hast du keine Mutter, die sehnsüchtig auf dich wartet, Junge?«

Bonnie lächelte in sich hinein. Dass ihre Mutter einen so großen Mann wie Connor mit »Junge« ansprach, konnte nur bedeuten, dass er ihr auf Anhieb sympathisch war und ihre mütterliche Fürsorge weckte. Und natürlich wagte ihre Mutter es im Gegensatz zu ihr, ihn frei von der Leber auf seine Anwesenheit hier anzusprechen. So war ihre Ma eben.

»Keine Mutter und keinen Vater«, gab er zurück und kaute gierig weiter.

»Geschwister?«

»Eines als Säugling verstorben, ein zweiter Bruder mit fünf an einer Grippe, die Mutter bald darauf. Vermutlich aus Gram und gebrochenem Herzen. Mein Vater hat sich davongestohlen, da war ich noch grün hinter den Ohren. Nur ich bin übrig.« Connors Stimme hatte einen Ton, als zähle er irgendwelche Fakten auf, die nichts mit ihm zu tun hatten.

Bonnie schluckte und hatte das Bedürfnis, etwas zu sagen, doch die richtigen Worte fielen ihr nicht ein. Was sagte man zu einem Mann, der seine ganze Familie verloren hatte? Betrübt starrte sie in ihre Suppe. Wie es wohl war, ganz alleine zu sein? Keinen Platz zu haben, zu dem man nach solch einem Albtraum zurückkehren konnte.

»Kinder sollten nicht vor ihren Eltern sterben«, sprach

ihre Ma und schenkte Connor einen warmen Blick. »Und wo stammst du her?«

»Edinburgh«, murmelte er abwesend.

»Ein Stadtmensch.« Mairead nickte und ließ ihn nicht aus den Augen. »Und dorthin willst du auch zurück?«

»Ich habe Verpflichtungen«, sagte Connor scheinbar ausweichend, sah dann aber doch auf und wirkte etwas milder. »Danke, dass ich mich hier eine Weile erholen kann. Und wie ich gehört habe, kommen wir heute sogar noch in den Genuss eines Bads.« Er zwinkerte ihrer Mutter zu und löffelte weiter.

»Ich nehme an, die beiden sind verlaust?«, fragte ihre Ma sie.

Bonnie nickte. »Das sind alle, die aus Frankreich kommen. Wir haben sie im Krankenhaus dagegen behandelt, aber die Pulver wirken kaum. Und sie kratzen sich nach wie vor.«

»Dann tun wir unser ätherisches Öl ins Wasser, das wird die Plagegeister vertreiben.«

»Ist ja widerlich!«, rief Blaire und rückte ein Stück von Archie weg und näher an Bonnie heran. »Wenn ich das geahnt hätte, hätte ich dich nicht umarmt.« Sie machte eine Geste, als wollte sie ihren Bruder von sich wegscheuchen und verzog das Gesicht.

»Stell dich nicht so an«, brummte Archie. »In den Schützengräben wimmelt es nur so von Läusen und die machen auch vor den oberen Rängen nicht halt.« Er lachte schallend auf. »Connor, erinnerst du dich an Sergeant Brockman?«

Connor schüttelte sich unwillkürlich und verzog das Gesicht. »Allerdings«, brummte er und schluckte einen Bissen hinunter. Dann lehnte er sich zurück und begann zu erzählen. »Das Einzige, was die Blutsauger einigermaßen in Schach hält, ist, die Kleidung täglich auf links zu ziehen und mit einer Münze oder besser noch einem Stück erhitzten Metall die Eier an den Nähten zu entfernen.« Nun lachte er ebenfalls, und Bonnie hing an seinen Lippen. Dieser Mann hatte eine wunderbare Art zu erzählen. Vielleicht lag es an seiner tiefen Stimme. Was auch immer es war, es war jedenfalls wunderbar, ihm zu lauschen. »Sergeant Brockman hat statt einer Münze seine Zähne benutzt. Er nahm seinen Kilt oder das Hemd, hat die Nähte an den Schneidezähnen entlanggezogen, und man konnte das Knacken der Eier hören. Es war wirklich eklig, und wir haben ihn hinter seinem Rücken den Läusekönig genannt.«

Blaire fehlten ausnahmsweise einmal die Worte und sie schüttelte nur mit bleichem Gesicht den Kopf.

Bonnie sah zu ihrer Ma. »Wir machen besser die doppelte Menge Öl in den Zuber, sicher ist sicher.« Auf keinen Fall sollten sich die Plagegeister hier im Cottage einnisten. Läuse waren kaum wieder loszuwerden, wenn sie sich erst ausgebreitet hatten. »Und ihr beiden werft eure Kleidung zum Fenster raus, ehe ihr in den Zuber steigt, dann wird sie morgen ebenfalls ausgekocht. So werden die Betten hoffentlich verschont bleiben.«

»Die Wunden bleiben über Wasser und ich möchte selbst einen Blick darauf werfen, auch wenn ich mir sicher bin, dass Bonnie die Sache gut im Griff hat«, sprach ihre Mutter in einem Tonfall, der keinen Widerspruch zuließ. »Und die Frau kommt als Erstes in die Wanne, wir sind hier keine Barbaren.«

Connors Augen blitzten auf und wanderten zu ihr.

Bonnie senkte den Blick und versuchte, sich auf den Eintopf zu konzentrieren. Es war nicht ungewöhnlich, dass sich ein Patient in eine Schwester verguckte, und bei Connor schien dies ohne Frage der Fall zu sein. Wie viele Soldaten hatten sie in den vergangenen Jahren auf die gleiche Art angesehen, wenn sie ihre Wunden versorgte oder sie wusch? Ausgezehrte Kerle, die sich nach Nähe sehnten. Doch mehr als ein Lächeln konnten sie von ihr nicht erwarten. Bonnie hatte sich nie, wie manch andere ihrer Kolleginnen, Hals über Kopf in einen von ihnen verliebt. Eine Liebe, die unter solchen Umständen entstand, konnte im wahren Leben nicht bestehen, so sah es Bonnie. Oder zumindest nur selten. Selbst die Tatsache, dass Connor mit seinem rötlichen Bart und dem leichten Knick im Nasenrücken in der Tat eine Ausstrahlung hatte, der sie sich nicht so leicht entziehen konnte, änderte nichts an ihrer Überzeugung.

Als sie aufsah, ruhte Archies Blick auf ihr.

Bonnie hielt ihm stand. Ihr Bruder konnte nicht ihre Gedanken lesen, auch wenn er es vielleicht glaubte.

Kapitel 4

So musste es im Himmel sein. Connor lehnte den Hinterkopf an den Rand des Badezubers und schloss die Augen. Auf der anderen Seite lag sein Bein auf dem Holz auf. Auch wenn nicht viel Wasser eingefüllt war, damit die heilenden Wunden nicht mit diesem in Kontakt kamen, war das Bad eine reine Wohltat. Die Hitze drang in seinen Körper und schien die Erinnerung an die Winter in den Schützengräben vertreiben zu wollen. Und zu allem Überfluss hatte *sie* bis eben in diesem Wasser gelegen.

Genüsslich atmete er den leichten Seifenduft ein, den er bei der ersten Begegnung mit Bonnie gerochen hatte, und der ihn nun geradezu einlullte. Archie und er hatten eine Münze geworfen und damit ausgemacht, wer das Recht hatte, als Erster ins Wasser zu steigen. Offensichtlich war sein Kamerad nicht der Meinung, dass Gästen diese Ehre gebührte. Mit schmalen Augen hatte Archie auf die Zahl geschielt, die verkündete, dass er dieses Mal der Letzte sein würde. Und dass er mit dem dreckigen Badewasser von Connor vorliebnehmen musste. Connor lachte in sich hinein.

Und dann war Bonnie mit rosigen Wangen und von der Feuchtigkeit gekräuselten Haaren in frischer Bekleidung aus der Küche gekommen, während er und Archie in dem winzigen Wohnzimmer nebenan gewartet hatten. Auch wenn die Räume klein waren, so war dieses Gebäude doch größer als die meisten, die er auf der Fahrt gesehen hatte. Irgendwie hatte es diese Familie zu einem zumindest annehmbaren Lebensstandard gebracht. Auch die Küche war bestens mit Lebensmitteln bestückt, alles war gepflegt und ordentlich. Das Haus war zwar schon älter, aber hier und da waren Spuren durchgeführter Renovierungen zu erkennen. An der Rückseite stapelten sich Brennholz und Kohlen für den Winter bis unters Dach. Die Dennons kamen gut zurecht. Und das sogar ohne Mann im Haus. Zu gerne wollte Connor wissen, was mit den beiden Männern von Mairead geschehen war. Doch er hatte es nicht gewagt, Archie darauf anzusprechen. Noch nicht. Er setzte sich auf und griff nach dem Glasfläschchen, das Mairead ihm vor dem Bad in die Hand gedrückt hatte. »Auf Nimmerwiedersehen, ihr Läuse«, murmelte er und schüttete den Inhalt ins Wasser. Der sanfte Seifengeruch wurde augenblicklich von einem Aroma überdeckt, das Connor an harzige Baumrinde erinnerte. Jedoch roch es deutlich besser als die wenig nützlichen Mittel, die an der Front eingesetzt wurden.

Connor ließ sich wieder in die Wärme zurücksinken. Seine Gedanken wanderten zurück zu Bonnie und ihrer hellen Haut. Es war gefährlich, an sie zu denken, und aussichtslos noch dazu. Nicht nur, weil Archie ihm klar gesagt hatte, was er davon hielt, sondern auch, weil ein Leben auf Connor wartete, das im Gegensatz zu allem stand, was Bonnie wichtig zu sein schien. Und doch konnte er nicht anders, als ihren Anblick heraufzubeschwören und diesen himmlischen Duft, durch den er sich dieser Frau näher fühlte, als ihm guttat.

Die Tür sprang auf, und reflexartig bedeckte er seinen Schritt mit den Händen. Mit aufgerissenen Augen stand ein junger Kerl vor ihm und starrte ihn an. *Rote Haare und*

Sommersprossen – Tommy. Das hier musste der jüngste Spross der Familie sein. Seine Bewegungen wirkten etwas ungelenker als die von Ian, doch Tommy schien auch noch nicht ganz raus aus der Pubertät zu sein.

»Wer bist du denn?«, brachte dieser hervor und sah sich irritiert um.

»Connor. Ein Freund von Archie.«

Jegliche Farbe wich aus Tommys Gesicht. »Archie ist hier?«, stammelte er.

Connor deutete auf den Flur. »Er sitzt nebenan.«

Der Junge, den er höchstens auf achtzehn schätzte, stürzte hinaus, und gleich darauf waren Freudenschreie zu hören.

Connor lauschte dem Aufruhr. Wann hatte er das letzte Mal einen so verflucht guten Tag erlebt? Nach dem Bad würden sie endlich das Whiskyfass öffnen und den Geschmack von Schottland auf ihren Zungen haben.

»Bist du noch im Wasser?«, hörte er eine Stimme, deren Klang er sich nicht entziehen konnte. Bonnie musste direkt neben der offenen Tür stehen; der Stoff ihres Rockes lugte etwas hinter dem Rahmen hervor.

»Ja, es ist einfach zu wunderbar, um es zu beenden«, gab er zurück und ließ die Hände zur Sicherheit dort, wo sie waren.

»Dein Kreislauf ist noch schwach, komm lieber raus.« Sie streckte den Arm aus und warf ein Paar Socken und eines der langen Hemden ins Zimmer, die man unter dem Kilt trug. Das Sockenpaar rollte unter den Tisch, da Bonnie es blind geschleudert hatte, während das Hemd nur die halbe Strecke schaffte. »Ich warte hier«, sagte sie, während durch die geschlossene Wohnzimmertür weiterhin die aufgeregten Stimmen der anderen zu hören waren.

»Danke.« Connor griff nach einem löchrigen Tuch, das

neben dem Zuber lag, und stand mit seinem gesunden Bein auf, um sich abzutrocknen.

»Tommy ist so groß geworden«, sagte sie. »Ich habe ihn zwar letztes Jahr während meines Urlaubs gesehen, aber es ist nicht nur die Größe. Seine ganze Art …« Sie brach ab. »Ich habe wohl einiges verpasst. Darunter auch die Jugend meines jüngsten Bruders. Bis dieser Krieg rum ist, wird Tommy wohl endgültig erwachsen sein. Fast ist er es ja schon«, seufzte sie.

»Viele sind in seinem Alter ausgerückt und werden nie heimkehren. Ein Glück, dass Tommy damals zu jung war«, brummte Connor. Immerhin hatte Mairead sich somit nicht von all ihren Söhnen verabschieden müssen. Er wollte gar nicht daran denken, wie es sein musste, sich um gleich drei seiner Kinder zu sorgen. An das Hemd zu gelangen, gestaltete sich ohne die Krücken, die an der Wand lehnten, etwas schwieriger, doch schließlich streifte er es sich über. »Ich bin angezogen«, informierte er Bonnie. Die Socken zu erreichen versuchte er erst gar nicht. Diese würde er mit einer Krücke unter dem Tisch hervorbefördern, sobald die Schiene wieder an seinem Bein war.

Erst jetzt trat Bonnie hinein und öffnete den Schrank mit den unzähligen beschrifteten Gläsern. Zielstrebig griff sie nach einem und stellte es auf den Tisch. »Setz dich.«

Nur zu gerne folgte er ihrer Aufforderung, spürte jedoch ein leichtes Unbehagen, als Bonnie sich vor ihn hinkniete und die Narben an seinem Oberschenkel begutachtete. Fahrig zupfte er das Hemd zurecht, in der Sorge, es könnte mehr entblößen, als ihm oder ihr recht gewesen wäre.

Ein amüsiertes Lächeln erschien auf Bonnies Lippen, doch sie kommentierte seine Reaktion nicht. Stattdessen öffnete sie das Glas und tauchte zwei Fingerspitzen in die Flüssigkeit darin, um gleich darauf über die roten Nähte auf seiner Haut zu fahren.

Er spürte ein Kribbeln in seiner Magengegend. Fasziniert beobachtete er ihre schmalen Finger, die über seine Narben zu tanzen schienen. Dann räusperte er sich. »Zu was ist das nütze?«

»Wenn die Stellen sich verhärten, wirst du im schlechtesten Fall dauerhaft Schmerzen haben. Ab jetzt wendest du dieses Öl mindestens einmal täglich an und trägst es so auf, wie ich es gerade mache.«

Du machst das so viel besser, als ich es je könnte. Connor genoss jede ihrer sanften Berührungen. »Und was für ein Öl ist das genau?«

»Das willst du nicht wissen«, gab Bonnie lachend zurück.

»Dann muss es ja aus was besonders Widerlichem hergestellt werden.«

Wieder gluckste sie und es war ohne Frage der schönste Klang, den er je gehört hatte. »Nein, deshalb sage ich das nicht.« Bonnie stand auf und schraubte das Glas zu. »Wenn du es unbedingt wissen willst: Es ist ein Öl, das wir den Schwangeren geben, damit sie sich als Vorbereitung auf die Niederkunft den Damm einreiben können. Dieser muss unter der Geburt viel Druck aushalten. Weiche Haut reißt weniger stark.«

Geplättet sah Connor sie an. Wie natürlich Bonnie über Dinge sprach, die sonst kein Mann zu hören bekam. Für diese Frau waren die Vorgänge des menschlichen Körpers etwas, mit dem sie täglich zu tun hatte und vor dem sie keine Scheu empfand. Connor räusperte sich. »So genau hätte ich es vermutlich nicht wissen müssen.«

Bonnie sah ihn ernst an. »Ihr Männer seid für diese Kinder verantwortlich, ihr solltet auch verstehen, was das für den Körper einer Frau bedeutet«, sagte sie und stemmte die Hände in die Hüften.

Connor betrachtete sie beinahe mit Ehrfurcht. Was war das nur für eine beeindruckende Frau. Sie blies ihm hier gerade den Marsch, und es gefiel ihm tatsächlich. »Da hast du wohl recht.«

»Selbstverständlich habe ich das.« Mit dem Fuß beförderte sie die Socken unter dem Tisch hervor, reichte sie ihm und ging zur Tür. »Ich sage Archie, dass er an der Reihe ist, und dann muss ich ganz dringend noch mal meinen kleinen Bruder drücken, bis ihm die Luft wegbleibt.« Sie gluckste. »Das werde ich heute und morgen bestimmt noch öfter machen, auch wenn Tommy sich jedes Mal lauthals beschwert.«

Während Connor sich die Socken überzog, waren nebenan die aufgekratzten Stimmen der Geschwister zu hören. Neiderfüllt stellte er fest, wie sehr er sich selbst über so eine Begrüßung gefreut hätte. Doch das einzige Wiedersehen, das ihm bevorstand, hatte er aufgeschoben. Praktischerweise bot sein Versprechen an Archie ihm die Gelegenheit, dies auch weiterhin zu tun. Wäre da nur nicht die Sache mit dem Whisky. Connor seufzte und blickte sich in der Küche um. An diesem Ort sollte es möglich sein, sich über einiges klarzuwerden und einen Plan zu machen.

Archie stapfte hinein und tunkte den Finger ins Badewasser. »Ist nur noch lauwarm«, murrte er. »Hast es ja ganz schön lange genossen.«

Connor grinste ihn an. »In vollen Zügen.« Er schnappte sich die Krücken und hopste in den Flur. »Mach hin, damit wir unseren Whisky trinken können!«

Archie rief ihm einen Fluch hinterher und Connor lachte brummelnd. Er würde sich so lange hinter dem Haus auf die Bank setzen und etwas seinen Gedanken nachhängen. Vielleicht half ihm das Meeresrauschen ja dabei, diese zu ordnen.

Die Decke des schmalen Schlafzimmers unter dem Dach war so niedrig, dass man dort nicht aufrecht stehen konnte. Und doch war der Raum mit den vier schmalen Betten, jedes mit einer Kiste als Nachttisch, in der die persönlichen Dinge ihrer Besitzer verstaut lagen, und der Kerze darauf, mehr als gemütlich. Wie als schlechten Witz des Schicksals hatte Mairead Connor das Bett von Ian zugeteilt, das direkt neben dem von Tommy stand. An der anderen Wand lag Archie und das letzte Bett gehörte Keillan. Keiner wusste, wo der älteste Bruder sich in diesem Moment befand, oder ob er überhaupt noch atmete. Was leider auch für Ian galt. Auch wenn das Fehlen der zwei Söhne die Familie selbst an einem Tag, an dem ein anderer nach Hause gekommen war, belastete, war die herzliche und für Connor ungewohnt ausgelassene Stimmung in dem Haus wohltuend. Mairead schien ihn ebenso umsorgen zu wollen, wie sie es mit Archie tat, dem sie, wie sie verkündet hatte, am nächsten Tag alle linken Ärmel kürzen würde, damit er endlich nicht mehr so bedauernswert aussähe. Nur eine Mutter konnte glauben, dass einer wie Archie bedauernswert aussah.

Der Wind pfiff um das Dach und mischte sich ins gleichmäßige Schnarchen der Brüder. Das zweite Schlafzimmer lag direkt nebenan, und dort schliefen Bonnie und ihre Mutter, während Blaire auf einer schmalen Pritsche im Wohnzimmer ruhte. Nur wenige Meter trennten ihn von der niedlichen Bonnie, die doch eine unüberbrückbare Distanz darstellten.

Ob sie ihn wohl leiden konnte? Sie war freundlich zu ihm, doch das war sie auch zu seinen Kameraden gewesen. Ach, es spielte keine Rolle. Seufzend drehte Connor sich auf die Seite, so gut sein Bein ihm die Bewegung gestattete. Noch immer war er das Gestell nicht losgeworden, das sein Bein in der richtigen Position hielt. Aber Bonnie hatte Connor erklärt, dass sie es bald testweise abnehmen würde, damit seine Muskeln sich regenerieren konnten und das Bein hoffentlich nicht für den Rest seines Lebens steif bleiben würde.

»Das wird es nicht«, hatte Connor gebrummt und Bonnie »So so« geantwortet und geschmunzelt. »Ja wirklich. Du wirst es noch sehen«, hatte er auf seinem Standpunkt beharrt.

»Ich hoffe es für dich. Aber ich werde längst im Krankenhaus sein, wenn du den ersten Schritt machst«, war ihre Antwort gewesen, und dann hatte sie ihm gezeigt, wie er mit den Krücken die enge Treppe zum Schlafzimmer hinaufkam.

Connor schloss die Augen. Er musste nur noch herausfinden, wann genau er endlich den ersten Schritt wagen durfte.

Nach einer dampfenden Portion Porridge, die sie in der Wärme der einfachen Küche eingenommen hatten, stellte Bonnie Connors Rucksack in den Flur. Archie wollte ihn in diesen mysteriösen Pub bringen, in dem er von nun an wohnen sollte. Ein wenig schüchtern sah sie Connor an. »Wir werden uns sicher bald wieder begegnen«, sagte sie schnell und verschwand ins obere Stockwerk.

Tommy trug das Gepäck zur Kutsche, die vor dem Haus stand und auf dessen Kutschbock Archie ungeduldig hin und her rutschte.

»Melde dich, wenn du etwas brauchst.« Mairead steckte ihm einen Stoffbeutel in die Brusttasche seines Hemdes. »Trink jeden Tag mindestens eine große Kanne von dem Tee und vergiss nicht, das Öl aufzutragen.«

»Danke für alles.« Ihre Fürsorge rührte Connor.

»Schon gut, Junge.« Mairead fuhr ihm über den Arm und schenkte ihm ein breites Lächeln.

Connor humpelte zur Kutsche und ließ sich von Tommy auf die Ladefläche helfen.

Dann sprang der Bursche auf den Kutschbock und wollte die Zügel aufnehmen.

»Geht auch mit einem Arm.« Energisch griff Archie nach den Ledersträngen. »Wir fahren zuerst zur Kapelle und laden ein Fass auf. Dann geht's zum Pub«, erklärte er.

»Ziemlich beeindruckend, was Blaire und ich da aufgebaut haben, oder?« Der Stolz in Tommys Stimme war nicht zu überhören. Genau wie Bonnie erinnerte Tommy Connor jedes Mal an Ian, wenn er ihn ansah. Nur dass Ian sich deutlich geschickter bewegte. Nie hatte Connor einen Kerl gesehen, der schneller laufen konnte als Ian. Vermutlich war das einer der Gründe, warum Ian die Zeit an der Somme heil überstanden hatte. Flink wie ein Wiesel bewegte sich der Rotschopf auf dem Schlachtfeld und konnte dazu auch noch verflucht gut zielen. Und doch fehlte ihm jetzt die Rückendeckung seines großen Bruders. Connor biss die Zähne aufeinander und warf einen letzten Blick auf das Haus, in dem er seit einer gefühlten Ewigkeit die erste Nacht ohne Albträume verbracht hatte. Oben, hinter der winzigen Scheibe des Frauenschlafzimmers, glaubte er einen rötlichen Schatten zu sehen. Reflexartig hob er die Hand zu einem letzten Gruß. Ob Bonnie es gesehen hatte?

Archie sprang vom Kutschbock und reichte Connor seine Hand als Stütze. Dann wandte er sich an seinen Bruder. »Such ein paar Männer, um das Fass abzuladen. So schwer, wie das Aufladen war, befürchte ich, wir zerschlagen es eher, als das wir es heil hinter die Theke bekommen.« Für einen Moment sah sein Kamerad sich um und schien all die Kleinigkeiten in dem Ort in sich aufzunehmen, den er so lange nicht mehr gesehen hatte. »Und sag allen, sie sollen verbreiten, dass ich wieder hier bin und der Whisky heute Abend aufs Haus geht.«

»Wird gemacht.« Tommy flitzte los und verschwand in einer Seitenstraße.

Die kurze Hauptstraße von Foxgirth bestand aus festgefahrener Erde. Sicherlich verwandelte sich diese bei heftigem Regen in ein Schlammbad. An ihr entlang reihten sich kleinere und auch einige wenige mittelgroße Häuser aneinander und weiter hinten konnte Connor das Schaufenster des Gemischtwarenladens und wohl einzigen Geschäfts des Ortes erkennen. Hammerschläge drangen an sein Ohr, vermutlich musste es in einer der wenigen Seitenstraßen eine Schmiede geben. Wie friedlich dieser Ort wirkte und damit so anders als die heruntergekommenen Straßen, in denen er einst gelebt hatte. Kein Müll lag vor den Häusern und die Novemberluft roch frisch anstatt nach Kohlerauch. Connor wandte seine Aufmerksamkeit dem Gebäude zu, vor dem sie standen. Mit zwei ganzen Stockwerken und, wie Connor vermutete, einem Speicher unter dem hohen Dach, hob es sich von den anderen Häusern nicht nur durch die kunstvollen Steinverzierungen über den Fenstern ab. Über der Tür prangte eine Steinplatte, die auf die Erbauung des Hauses im Jahr 1881 hinwies. Die breite Glastür mit den grün angestrichenen Sprossen zeigte, dass es sich hier nicht um ein Wohnhaus handelte, ebenso wie das daneben befestigte Holzschild mit den Öffnungszeiten. Die Sandsteinplatten vor dem Eingang erinnerten ihn an Edinburgh. Abgesehen davon erschien es Connor hier wie eine andere Welt. Und diese war besser, daran zweifelte er keine Sekunde lang.

»Na, komm schon«, forderte Archie ihn ungeduldig auf. Als sie durch die Eingangstür traten, hing der Geruch nach altem Zigarettenrauch und schalem Bier in der Luft. Auf der rechten Seite befand sich ein dunkler Holztresen, hinter dem sich unzählige Flaschen auf Regalbrettern aufreihten. Links standen mehrere Tische und weiter hinten war ein freier Platz, dessen glatter Dielenboden sich ausgezeichnet zum Tanzen eignen musste. Einmal mehr wurde Connor klar, welche Auswirkungen sein verletztes Bein haben würde.

»Verdammt, was habe ich diesen Ort vermisst!« Archie lachte heiser und fuhr mit der Hand über das glänzende Holz der Theke.

»Und das ist euer Laden?«, fragte Connor beeindruckt. Warum hatte Archie all die Zeit nur so wenig über sich erzählt? Allerdings musste er zugeben, dass er selbst auch nicht gerade ein offenes Buch gewesen war.

»Allerdings. Und ich habe hier noch viel vor.«

»Wie zum Teufel kommt man nur zu so einem Haus?«, rutschte es ihm heraus.

»Mein alter Herr hat es gewonnen«, murmelte Archie und trat hinter die Theke. Er griff nach einer Flasche Gin, die knallend auf dem Tresen aufkam. Dann stellte er zwei Gläser dazu, öffnete mit den Zähnen den Flaschendeckel und schenkte großzügig ein.

Connor lehnte sich gegen einen Hocker und umfasste ein Glas. »Gewonnen?«

Ein anerkennendes Grinsen zog sich über die Lippen seines Kameraden. »Mein Vater war kein guter Mann, aber ein verflucht cleverer Kartenspieler.« Archie nahm einen Schluck und sah sich um. »Hat das alles hier in mehreren Partien seinem vorherigen Besitzer abgeluchst. Der arme Mistkerl war spielsüchtig und wollte einfach nicht einsehen, dass mein Vater zu gerissen für ihn war.«

So ein Vater klang ganz nach Archie und Blaire. »Was ist mit ihm passiert?«

»Der Pub hat ihm nicht gutgetan. Hat zu viel getrunken und sich nicht mehr unter Kontrolle gehabt. Irgendwann lag er tot in dem kleinen Bach zwischen dem Ort und unserem Haus.«

»Ertrunken«, murmelte Connor und schüttelte den Kopf.

Archie zuckte mit den Schultern. »Ich bin überzeugt, dass da jemand nachgeholfen hat.«

Connor musterte seinen Kameraden. »Und wer?«

»Ziemlich sicher die Familie, der der Pub früher gehört hat. Aber das wird wohl nie aufgeklärt werden und es spielt auch keine Rolle mehr. Ist lange her, und ich war damals noch ein Kind.« Archie machte eine Pause und ließ seinen Blick schweifen. »Der Kerl, der meinen Vater vermutlich nachts in den Bach gestoßen hat, ist mittlerweile auch längst tot. Wenn er es wirklich getan hat, dann hat es ihm kein Glück gebracht.«

»Wie ging es danach weiter?« Meist endete es böse, wenn der Vater starb und Frau und Kinder allein zurückließ. Die Armenhäuser waren voll von solch bedauernswerten Geschichten. Connor versuchte, sich Mairead als junge Frau vorzustellen. Auch jetzt noch strahlte sie eine Kraft aus, die ihn beeindruckte.

»Ma hat weiter als Krankenschwester gearbeitet, sich nebenbei um den Pub gekümmert und einen Barmann eingestellt. Sie war immerzu auf den Beinen. Ich kann mich nicht erinnern, irgendwann gesehen zu haben, wie sie sich ausgeruht hat.« Archie sah an ihm vorbei in eine längst vergangene Zeit. Dann fand sein Freund zurück in die Gegenwart. »Als ich alt genug war, habe ich die Leitung übernommen und den Pub zum Mittelpunkt des Lebens in dieser Gegend gemacht. Wir hatten die besten Feiern. Allerdings hat Ma mir vor ein paar Monaten geschrieben, dass der Kerl, den ich eingestellt hatte, um mich zu vertreten, seine Sachen gepackt hat und verschwunden ist. Das Geschäft hier lohnt sich nicht mehr so in diesen Zeiten, aber ich bin mir sicher, ich kann es wiederbeleben, jetzt da ich zurück bin. Tommy ist vorübergehend eingesprungen und hat oft ausgeschenkt, aber der hat eigentlich genug damit zu tun, Ma zur Hand zu gehen und mit Blaire, der verdammten Whiskyprinzessin, ihr Gebräu zu panschen. Wenn ich nicht jeden Abend hinter dem Tresen stehen will, brauche ich Hilfe. Zwar sind die Mädels noch da, aber hier den Laden zu schmeißen ist eigentlich nicht ihre Aufgabe.« Wieder setzte Archie das Glas an und nahm einen großen Schluck. »In der nächsten Zeit kannst du aushelfen und die Mädels und mich unterstützen.«

Connor wollte gerade nachfragen, von welchen Mädels Archie sprach, da vernahm er flinke Schritte auf der Treppe. Zwei Frauen kamen die Stufen im hinteren Teil des Erdgeschosses heruntergeeilt und liefen auf sie zu. Eine von ihnen trug ein Kleinkind seitlich auf der Hüfte. Ihre knapp schulterlangen gewellten braunen Haare bewegten sich bei jedem Schritt und mit geweiteten Augen sah sie unter einem frechen Pony hervor. »Ich habe nicht geglaubt, dass ich diese Stimme noch mal hören würde!«, rief sie und rannte hinter den Tresen, wo sie Archie einen Kuss auf die Wange schmatzte und ihn an sich drückte. Connor konnte erkennen, dass sie mit den Tränen kämpfte, als sie einen Schritt zurücktrat. »Himmel, dein Gesicht sieht ja furchtbar aus«, ließ sie verlauten und starrte dann betroffen auf den abgeschnittenen und säuberlich vernähten Hemdsärmel. »Ein Segen, dass du noch lebst«, flüsterte sie und blinzelte die Feuchtigkeit aus ihren Augen.

»Vika«, murmelte Archie. »Tut gut, dich zu sehen.« Er beugte sich vor und betrachtete den Jungen auf ihrem Arm. »Und du hast dich damals also im Bauch versteckt, als ich weggegangen bin.« Connor glaubte, ein Lächeln auf seinem Gesicht zu sehen. »Wie heißt der Bursche?«, wollte sein Kamerad wissen.

Die Frau wich seinem Blick aus. »Archibald. Wir rufen ihn Arch.«

Connor hielt den Atem an. Die Luft surrte förmlich vor Anspannung.

»Du hast ihn nach mir benannt?«, fragte Archie leise und sein Blick ruhte auf dem auffallend hübschen Gesicht der Frau.

Sie nickte nur.

Sah Archie in diesem Moment zum ersten Mal seinen Sohn? Was sich hier abspielte, erschloss sich Connor nicht. Ebenso wenig, in welcher Beziehung sein Kamerad zu dieser Frau stand.

Archie fuhr mit der Hand über die dunklen Locken des Kindes. »Hallo, kleiner Arch«, brummte er schließlich.

Erleichterung war in Vikas Blick zu erkennen.

Archie sah an ihr vorbei zu der zweiten Frau, die Vika gefolgt war. »Geht's dir gut, Shona?«

Strahlend trat die dunkelblonde Frau mit den feinen Gesichtszügen auf ihn zu und gab Archie ebenfalls einen Kuss. *Du glücklicher Mistkerl*. Im Gegensatz zu der schlicht gekleideten Vika trug sie ein auffallendes Kleid, das hier und da ein wenig zu eng saß und nur zu gut erahnen ließ, was sich darunter befand. Es musste ewig her sein, dass er eine Frau in so einer Aufmachung gesehen hatte. Ihre Haare waren kunstvoll frisiert, was sie viel Zeit gekostet haben musste.

»Schlechten Leuten wie dir und mir geht's immer gut«, flötete sie und lachte ausgelassen. »Wie gefällt dir mein Neffe?«

Also waren die Frauen Schwestern. In Foxgirth lebten allem Anschein nach allerhand unterschiedliche Schwestern, stellte Connor amüsiert fest. Er sah von einer zur anderen und fühlte sich ertappt, als sich beide gleichzeitig ihm zuwandten.

»Und wen hast du uns mitgebracht?«, wollte Shona wissen.

»Connor Fletcher. Er wird 'ne Weile im unteren Zimmer wohnen und uns etwas zur Hand gehen. Kümmert euch gut um ihn.«

»Kannst dich auf uns verlassen«, sagte Shona. »Ich muss nachher unbedingt mit dir reden«, flüsterte sie, aber Connor vernahm die Worte dennoch. »Zum Glück bist du zurück. Sonst hätte es hier bald Probleme gegeben.«

Archie nickte ihr zu und wandte sich dann ab.

Vika sah Archie weiterhin scheinbar gedankenverloren an. Zitterte ihre Unterlippe, oder bildete Connor es sich nur ein?

Shona griff sie am Arm und zog sie mit sich. Beide Frauen

gingen auf den Flur zu, der sich seitlich der Treppe in den ersten Stock erstreckte. »Wir beziehen Connor das Bett«, rief Vika über ihre Schulter. Ehe sie durch die Tür verschwand, sah sie erneut zu Archie und lächelte dann.

»Du versuchst, die Puzzleteile zusammenzusetzen«, brummte Archie sichtlich amüsiert.

»Du hast nicht erwähnt, dass du ein Kind hast«, rief Connor ihm in Erinnerung.

»Hat auch niemand gesagt, dass ich der Vater bin, wenn ich mich nicht irre.« Archie stützte sich mit dem Ellenbogen auf den Tresen und fuhr sich über die Stelle, an der der andere Arm abgetrennt worden war.

»Wer ist dann der Vater?«

»Das geht dich wohl kaum etwas an«, antwortete Archie.

»Wenn du nicht mit Vika verheiratet bist, wieso lebt sie dann hier?«, bohrte Connor nach. Irgendetwas an den Umständen in diesem Haus war merkwürdig.

Archie blickte zu der Tür, hinter der die beiden Frauen verschwunden waren. »Vika kocht hier für die Gäste und Shona …« Archie hielt inne und sah ihn aus den Augenwinkeln an. »Shona kümmert sich um gewisse andere Dienstleistungen.«

»Du meinst …?« Connor zog die Augenbrauen hoch.

»Shona ist eine Prostituierte, Connor. Ist das so schwer zu erraten?«

»Du verdienst dein Geld mit Prostitution?«, entfuhr es ihm etwas zu laut.

Archie warf ihm einen vernichtenden Blick zu. »Schätzt du mich etwa so ein?« In einem Zug leerte er das Glas und stellte es knallend hin. »Hab Shona vor Jahren bei einem Aufenthalt in Glasgow kennengelernt«, erzählte er. »Ich war dort, um neue Stühle für den Pub zu kaufen, aber natürlich hätte es die auch hier in der Gegend gegeben. Ich war gerade einundzwanzig, und die Wahrheit ist, dass ich mir Glasgow ansehen wollte. Etwas erleben und so.«

Connor nickte.

»Abends bin ich was trinken gegangen und zufällig in der Bar gelandet, in der Shona damals öfter nach Kundschaft gesucht hat.« Archie schmunzelte unbewusst, und Connor konnte diesen Moment bildhaft vor sich sehen. »Na, jedenfalls hatte sie Ärger mit so einem Kerl, es wurde ungemütlich, und keiner hat ihr geholfen.«

Connor zog die Augenbrauen hoch. »Wetten, ich weiß, was du gleich sagen wirst?«

Archie zuckte mit den Schultern. »Hab mich drum gekümmert, hätte ich es etwa auch ignorieren sollen? Zum Dank hat Shona mich auf ein Ale eingeladen und mir im Laufe des Abends von ihrem Wunsch erzählt, aus der Stadt und von den miesen Bedingungen dort wegzukommen. Also habe ich ihr gesagt, dass ich jemanden suche, der den Pub sauber hält und dass es ungenutzte Zimmer gibt.«

»Und was war mit Vika?«

Archie sah in sein Glas. »Von ihrer kleinen Schwester hat Shona mir erst später erzählt, als wir schon vor dem runtergekommenen Haus geparkt hatten, in dem die beiden lebten. Vermutlich hatte sie befürchtet, dass ich einen Rückzieher machen würde.« Archie sah ihn eindringlich an. »Shona ist sechs Jahre älter als Vika und hat sich immer für sie verantwortlich gefühlt. Sie hat keine andere Möglichkeit gesehen, um genug Geld für sie beide zu verdienen. Und jetzt ...« Er machte eine fahrige Bewegung mit der Hand. »Jetzt ist es einfach so, und ihr Ruf ist längst dahin.«

»Wie ging es an jenem Abend weiter?«, fragte Connor.

»Eine halbe Stunde später saßen die beiden auf der Ladefläche meiner Kutsche.« Archie sah zum Flur. »Vika war damals gerade achtzehn und hat mir einige Zeit lang nicht über den Weg getraut. Doch dann ist sie nach und nach aufgetaut, hat kurz nach ihrer Ankunft begonnen für die Gäste zu kochen, und seitdem wohnen die beiden hier. Ich kann mich auf Vika und Shona verlassen, was das Haus angeht, sie halten alles sauber, und im Gegenzug können sie hier kostenlos wohnen. Vika bietet ihre Mahlzeiten an, und Shona kann sich hin und wieder etwas Geld hinter der Theke verdienen und ist so nicht mehr gezwungen, jeden Scheißkerl als Kunden zu akzeptieren. Wenn es mal Ärger gibt, greife ich ein, ansonsten habe ich mit der Sache nichts zu tun und halte mich raus.«

»Und was haben die Leute hier dazu gesagt?«

Archies Lachen dröhnte durch den Raum. »Die Ehefrauen von Foxgirth verfluchen mich vermutlich dafür, dass ich eine Prostituierte in ihren Ort gebracht habe. Sagen wir es so: Shonas Geschäfte laufen für sie zufriedenstellend, wie ich vermute.«

»Und was ist jetzt mit Vika?«

Scheinbar gleichgültig sah Archie ihn an. »Was soll mit ihr sein?«

»Sie ist nicht verheiratet …«

»Nein, das ist sie nicht.«

»Aber sie hat das Kind nach dir benannt.«

»Ja, das hat sie.« Abwesend starrte Archie erneut auf die Tür.

»Und du magst sie.« Connor hielt Archies finsterem Blick stand.

»Ich schätze Vika. Sie ist klüger, als die meisten glauben.«

»Und Shona?« Connor wollte informiert sein über die Frauen, mit denen er sich in der nächsten Zeit das Haus teilen sollte.

Archie rieb sich übers Gesicht. »Wenn du mal das Bedürfnis hast, Flandern für eine Stunde zu vergessen, dann ist Shona die Richtige dafür.«

»Das wird nicht nötig sein«, antwortete Connor rasch. Nein, er hatte ganz und gar nicht den Drang, sich in das Bett der erstbesten Frau zu werfen. Auch wenn es zu lange her war, dass er die Wärme eines anderen Körpers als den seiner Kameraden während der verflucht kalten französischen und belgischen Winter gespürt hatte. Die Körperwärme hatte sie vor Erfrierungen geschützt und war doch alles andere als angenehm gewesen. Das unvergleichliche Gefühl von weiblicher Haut hingegen war in seiner Erinnerung beinahe gänzlich verblasst.

»Mach, was immer du willst, ich bin der Letzte, der es sich erlaubt zu urteilen.« Archie stellte die leeren Gläser zur Seite. »Heute Abend wird hier ein Zeichen gesetzt. Der Laden wird zum Bersten voll sein.«

»Und welches Zeichen soll das sein?«

»Dass hier endlich wieder alles so laufen wird, wie es sein sollte.« Archie schien vor Anspannung beinahe zu platzen. »Was habe ich diesen Geruch vermisst«, rief er und sah sich einmal mehr um.

Connor lachte auf. »Und ich dachte wirklich, du wärst ein Schaffarmer.«

»Sehe ich denn aus wie einer?«

»Überhaupt nicht, Kamerad. Überhaupt nicht.«

Connor lehnte an der hinteren Wand des großen Barraums und beobachtete das Treiben. Das Stimmengewirr summte in seinen Ohren. Archie hatte richtiggelegen: Der Pub war voller Menschen. Die meisten schienen Farmer und Fischer zu sein, zumindest ließ ihre abgenutzte Kleidung darauf schließen. Der Krieg forderte nicht nur den Soldaten viel ab, auch die Zivilbevölkerung hatte ihr Päckchen zu tragen. Einige Männer schienen ebenfalls gedient zu haben, jedenfalls entdeckte er hier und da entsprechende Hinweise. Ein amputiertes Bein, fehlende Finger und – Connor lief es kalt den Rücken hinunter – Entstellungen in Gesichtern, die von Giftgas hervorgerufen wurden. Connors Einheit hatte das Glück gehabt, dem ersten Einsatz von Chlorgas der Deutschen bei Ypern nur um Haaresbreite zu entgehen. Tags darauf hatten sie die Folgen anhand unzähliger toter kanadischer Soldaten gesehen. Inzwischen wurden noch schlimmere Wirkstoffe als Senfgas eingesetzt. Und diese verätzten auch die Haut, nicht nur die Lungen. Es war eine besonders menschenverachtende Form der Kriegsführung, geradewegs aus den Tiefen der Hölle. Noch immer sah Connor nachts die dunkelgelben Wolken vor sich, die wie ein Monster die Landschaft verschluckten.

Er zwang sich, erneut den Stimmen zu lauschen, um sich abzulenken. Die Atmosphäre war derart ausgelassen, dass er kaum glauben konnte, dass wohl jeder in diesem Raum jemanden kannte, der in diesem Moment im Einsatz oder längst gefallen war. Und doch war es gut, dass die Leute um ihn herum das Leben feierten, auch wenn es ihm selbst schwerfiel, es ihnen gleich zu tun.

Vika und Shona hatten ihm das Zimmer hergerichtet und die dicke Staubschicht auf den Möbeln entfernt, während

Connor sich mit dem kleinen Arch beschäftigt hatte. Ein pausbäckiges Kind mit einer ständig laufenden Rotznase und roten Wangen. Connor wollte nicht an die Kinder denken, die unter diesem Krieg litten oder sogar ihr Leben verloren. Und doch konnte er beim Blick in Archs Gesicht an nichts anderes denken als die zahllosen Leben, die viel zu früh endeten.

»Na, gefällt dir, was du siehst?«, hörte er eine aufgekratzte Stimme neben sich. Blaire schob sich neben ihn und lehnte sich ebenfalls an. Sie trug ihre gewellten dunklen Haare offen und nicht wie bisher meist unter einem fleckigen Tuch versteckt. Fast schon konnte man sie für hübsch halten, doch dafür erinnerte ihn ihr Gesicht zu sehr an das seines Kameraden.

»Er scheint ganz in seinem Element zu sein.« Connor deutete auf Archie, der neben dem Tresen stand und ständig mit irgendjemandem sprach und sein raues Lachen hören ließ.

»Archie hat sein kleines Königreich wieder. Sicherlich hat er nicht geglaubt, noch einmal hier zu stehen.«

»Königreich?« Connor zog die Augenbrauen hoch.

»Archie ist so etwas wie der König von Foxgirth. Zumindest war er das mal.«

Ehe Connor nachfragen konnte, was sie damit meinte, öffnete sich die Eingangstür und mehrere Männer traten ein.

Blaire sog hörbar die Luft ein und verschränkte die Arme. Connor entging nicht der Blick, den Archie den Männern zuwarf, genauso wenig wie die finsteren Minen, mit denen sie diesen beantworteten.

Mit festen Schritten gingen sie auf Archie zu, und das Stimmengewirr nahm mit einem Schlag merklich ab. Keiner tat es offen, doch die meisten Leute sahen verstohlen zur Bar.

»Was ist hier los?«, flüsterte Connor.

Blaire zuckte mit den Schultern. »Alte Geschichten. Allerdings wurde Archies Abwesenheit von dem ein oder anderen ausgenutzt, der glaubt, eine offene Rechnung mit ihm zu haben.« Sie schüttelte den Kopf und lachte auf. »Ich wette, die waren sich sicher, den Scheißkerl nie wieder zu sehen.«

Archie schritt um den Tresen herum und streckte den Rücken durch. Dann nickte er den Männern zu.

»Sieh an. Du hast tatsächlich überlebt«, rief einer von ihnen in den Raum.

»Sieht ganz so aus«, gab Archie zurück.

»Aber ohne Einbußen hat es wohl nicht geklappt«, sagte ein anderer und zeigte auf den fehlenden Arm.

»Halt die Klappe, Willie. Wir zwei haben was zu klären. Komm mit mir nach hinten ins Büro und dann besprechen wir das.«

Connor beobachtete, wie sich der Mann, den Archie angesprochen hatte, ebenfalls zu seiner ganzen Größe aufbaute. Ein wenig überragte er Archie, und doch machte sein Kamerad diesen Umstand mit seiner unbeugsamen Ausstrahlung wett.

»Wüsste nicht, was es da zu besprechen gibt. Und auch nicht, wie du von jetzt an deinen Willen hier durchsetzen willst.« Amüsiert sah der Kerl auf Archies abgetrennten Hemdsärmel.

»Verdammt«, zischte Blaire. »Das geht nicht gut aus.«

Gemächlich öffnete Archie den obersten Knopf seines Hemdes.

»Was hat er vor?«, brummte Connor.

»Sich seine Krone zurückholen.«

Connor löste sich von der Wand und verlagerte sein Gewicht auf die Krücken. Er humpelte an den Menschen vorbei, die das Reden inzwischen komplett eingestellt hatten, auf Archie zu.

Noch ehe Connor bei ihm angelangte, führte sein Kamerad den ersten Schlag aus. Präzise und ohne zu zögern traf Archies Faust das Jochbein des Mannes. Schreie schallten durch die Luft, doch noch mischte sich keiner ein.

Fluchend beeilte Connor sich, das Geschehen zu erreichen.

Dieser Willie erwiderte den Angriff, und Archie taumelte rückwärts gegen den Tresen.

Es war offensichtlich, dass Archie noch nicht ausreichend Gefühl für seinen veränderten Körper hatte. Und doch stürzte er sich mit diesem unvergleichbar wilden Ausdruck auf Willie. Der landete unsanft auf dem Boden und Archie auf ihm. In erstaunlicher Geschwindigkeit gelang es seinem Freund, sich aufzurappeln und erneut auf seinen Widersacher einzuschlagen.

Connor nahm wahr, wie sich zwei andere Männer der eben eingetroffenen Gruppe ebenfalls auf Archie zubewegten. Einer packte Archie am Kragen und trat ihm in den Rücken.

Keine Sekunde später traf ihn das Ende von Connors Krücke am Kopf. Connor schleuderte die zweite Krücke weg, griff sich den Mann und drehte ihn um. Wie lange war es her, dass er einen vernünftigen Faustkampf erlebt hatte? Er schlug zu und genoss den Schmerz an seiner Hand. Die Bewegungen saßen auch nach Jahren noch. *Gelernt ist eben gelernt.*

* * * * *

Bonnie konnte sich kaum auf dem Kutschbock halten, so aufgeregt war sie. Tommy war endlich zurückgekommen, um sie zum Pub zu fahren, und Bonnie konnte es nicht erwarten, all die vertrauten Gesichter wiederzusehen. Blaire hatte sich schon am Nachmittag verzogen und irgendwas von einem Projekt gemurmelt und erklärt, dass sie anschließend direkt zu Archies Feier laufen würde. Bonnie lächelte Tommy an, der den Kragen seiner Jacke zum Schutz gegen den Wind hochgeschlagen und sich die Schiebermütze tief in die Stirn gezogen hatte. Seit sie ihn das letzte Mal gesehen hatte, musste er mindestens einen Kopf gewachsen sein. Langsam, aber sicher wurde auch aus dem jüngsten Spross der Familie ein Mann. Jeder wuchs mit seinen Aufgaben. Und Tommy war in den letzten Jahren der Mann im Haus gewesen. Zwar nicht dem Alter, aber den Verpflichtungen nach. Sie schmiegte sich an seine Schulter, woraufhin er seinen Arm auf ihrem Bein ablegte.

»Es ist schön, dass du wieder hier bist«, sagte er und linste unter der Kappe hervor.

»Ich freue mich auch. Hoffentlich ist das alles bald vorbei und wir können endlich wieder unser normales Leben führen.«

»Habe schon ganz vergessen, wie das war«, gab Tommy zurück.

»Ich fürchte, ich auch.« Bonnie zog das dicke Wolltuch zurecht, das über ihrer Schulter lag, als die ersten Häuser des Ortes in Sicht kamen. Für den heutigen Abend hatte sie sich besonders viel Mühe gegeben, ihre hellroten Locken zu bändigen. Sie hatte sogar Ohrstecker aus ihrem kleinen Schmuckkästchen herausgesucht und es fühlte sich großartig an, sich endlich mal wieder hübsch zu machen. Keine

Tracht, die jede Persönlichkeit unterdrückte. Zwar trug sie ihre Arbeitsbekleidung mit Stolz, aber ein Abend wie heute schrie förmlich danach, sich herauszuputzen. Und das hatte Bonnie auch getan.

Sie fuhren über die Hauptstraße von Foxgirth, und Bonnie ließ alles auf sich wirken. Alles schien wie immer. Die Hausfassaden, die vertrauten Straßen und die flackernden Lichter hinter den Fensterscheiben, die Gemütlichkeit versprachen.

Tommy ließ das Pferd vor dem Pub anhalten und half ihr herunter.

Bonnie legte den Kopf schief. »Hörst du das auch?«

Seine Augenbrauen zogen sich zusammen. Poltern und Rufe drangen aus der angelehnten Tür. Mit einem Satz sprang Tommy die Stufen hinauf und stürzte hinein.

Bonnie eilte hinter ihm her und hatte inmitten der ganzen Personen in dem stickigen Raum Mühe, etwas zu erkennen.

Diese Wahnsinnigen. Sie schlug sich eine Hand vor den Mund und starrte auf das Getümmel vor ihr.

Archie stieg gerade von einem Mann herunter, dessen Gesicht von Blut bedeckt war, der sie aber dennoch an Willie Glenn erinnerte, und rangelte nun mit einem, der ihm eben einen Schlag auf den Hinterkopf versetzt hatte.

Wenige Schritte weiter schlug Connor, auf eine Krücke gestützt, auf einen anderen Kerl ein, der sich heftig wehrte.

Bonnie zuckte zusammen. Ein Tritt gegen seinen Oberschenkel würde reichen, um dafür zu sorgen, dass Connor sein Bein nie wieder belasten könnte. Ihr Blick wanderte zurück zu Archie, auf dessen hellem Hemd sich an der Amputationsstelle dunkelrote Flecken bildeten. Bonnie machte einen Schritt nach vorne, um sich zwischen die Männer zu werfen, als eine Hand sie am Arm packte und zurückzog.

»Wenn sie es jetzt nicht klären, wird es sich in ein paar Tagen wiederholen«, zischte Blaire.

»Verstehst du nicht, was passieren kann?«, schrie sie ihrer Schwester zu, doch die legte beide Hände an Bonnies Wangen.

»Sieh weg, wenn du es nicht aushalten kannst. Archie wird dich eher aus dem Weg schleudern, als auf dich zu hören.«

Bonnie wandte sich wieder der Auseinandersetzung zu. Ihre Knie zitterten, und ihre Finger krampften sich zusammen. Der Mann, mit dem Archie kämpfte, war Leroy, Willies jüngerer Bruder. Also war es vermutlich tatsächlich Willie, der in einer Blutlache am Boden lag.

Ein harter Schlag traf Archie an der Wange, direkt dort, wo die dunkelrote Narbe verlief.

Bonnie wollte die Augen niederschlagen und konnte doch nicht wegsehen.

Gerade als Tommy sich ebenfalls ins Getümmel stürzen wollte, griff Blaire ihn im Nacken und zog ihn zu Bonnie. »Halte dich da raus, die beiden haben das im Griff«, rief sie und ließ Tommy nicht los.

Ihr Bruder fluchte, hörte aber auf sie und feuerte Archie nun stattdessen lauthals an.

Mit wildem Blick stieß Archie seinen Arm nach vorne und packte den Hals seines Gegners. So sehr dieser auch darauf einschlug, ihr Bruder hielt ihn weiter fest umklammert.

Einen Moment glaubte Bonnie, Archie würde dem Mann die Luft abdrücken, doch schließlich ließ er los, und Leroy sackte röchelnd auf den Boden. Aus den Augenwinkeln nahm sie wahr, wie Connor erneut ausholte und den anderen Kerl niederstreckte.

Endlich war es vorbei. Kein Laut war zu hören. Die Leute

starrten mit aufgerissenen Augen auf die Beteiligten, und niemand rührte sich.

Archie machte einen Schritt zurück und drehte sich um sich selbst. »Den Männern, die hier leben und die momentan nicht hier sind, weil sie für unser Land kämpfen«, setzte er mit tiefer, lauter Stimme an, »sollte der nötige Respekt entgegengebracht werden. Solange sie nicht in Gräbern liegen, sind sie nach wie vor ein Teil dieser Gemeinde. Und das bedeutet, dass wir ihren Platz ehren und für sie freihalten sollten.« Zustimmendes Raunen war zu hören, als er mit Verachtung im Blick auf Willie herabsah. »Die, die kämpfen und sich freiwillig gemeldet haben, sind wahre Männer. Nicht so wie die, die deren Abwesenheit ausnutzen.«

Pfiffe ertönten, und einige klatschten.

Bonnie schüttelte den Kopf. Archie mochte sich wie alle durch den Krieg verändert haben, aber er konnte noch immer Menschen dazu bringen zu tun, was er wollte. Sie hingen an seinen Lippen und sahen ihn bewundernd oder furchtsam an. Und auch wenn Bonnie danach war, Archie eine zu scheuern, weil er sich in solch eine Gefahr gebracht hatte, und kein Zweifel bestand, dass ihr Bruder die Schlägerei angezettelt hatte, stimmte dennoch jedes Wort, das er sagte.

»Nachdem das geklärt ist«, rief Archie und streckte seinen Arm nach oben, »lasst uns feiern! Bedient euch am Whisky, lacht, tanzt und singt. Tut es für die, die heute nicht hier sind!«

Um sie herum erhob sich Stimmengewirr und Lachen. Tommy lief hinter den Tresen und begann auszuschenken. Irgendwo sang tatsächlich jemand, und einige Männer, die zu Willies Freundeskreis gehörten, schleppten die Verwundeten unter dem Gelächter der Anwesenden nach draußen.

»Der verdammte König ist zurück«, flüsterte Blaire ihr ins Ohr, und aus der Stimme ihrer Schwester waren sowohl Stolz als auch die übliche Rivalität der Zwillinge herauszuhören.

»Jetzt fällt mir wieder ein, wie das hier so ist«, murmelte Bonnie.

»Wenn ihr noch mal so eine Nummer abzieht, muss ich euch danach wieder ins Krankenhaus bringen, um euch zusammenflicken zu lassen«, schimpfte Bonnie und betrachtete den Oberkörper ihres Bruders. Unter dem Gemaule der beiden Männer hatte sie Archie und Connor ins Büro des Pubs diktiert, um sich die Wunden anzusehen. An einer Stelle an Archies Schulter war die bereits heilende Naht aufgeplatzt und Bonnie war gerade dabei, einen Druckverband anzulegen. Hier und da kündigten dunkle Schimmer auf seiner Haut Blutergüsse an. Doch Archie wirkte wenig besorgt, nein, er sah mehr als zufrieden mit sich aus. »Um was ging es überhaupt?«, wollte sie wissen.

»Shona hat mir erzählt, dass Willie und seine Leute sich hier in den letzten Monaten wie die Eigentümer des Pubs aufgeführt haben. Anscheinend hat Willie mehr als einmal gesagt, dass wir eh nicht zurückkommen werden, und er dafür sorgen wird, dass das Haus wieder an seine Familie geht.« Er machte eine Pause und zog die Augenbrauen zusammen. »Das konnte ich nicht einfach auf sich beruhen lassen, Bonnie. Mache Dinge müssen geklärt werden.« Er lachte heiser auf. »Schätze mal, das ist Connor und mir gelungen.«

Bonnie seufzte. Zwischen den Dennons und den Glenns gab es seit jeher Reibereien, was damit zusammenhing, dass Archies Vater Willies damals den Pub abgeluchst hatte. Und

Willie und Archie bemühten sich gleichermaßen, die alte Fehde weiterhin aufrechtzuerhalten. Bonnie fand diesen Kleinkrieg, der jetzt schon in der zweiten Generation geführt wurde, mehr als bedenklich, und eine Prügelei konnte sie selbst unter diesen Umständen nicht gutheißen. Jede Auseinandersetzung konnte mit Worten besser gelöst werden als mit Fäusten. Natürlich sah Archie das anders. Wie oft hatte sie ihren Bruder wohl schon nach einer Schlägerei verarztet? Es mussten Dutzende Male gewesen sein.

Bonnie wusste Shona kaum einzuschätzen. Dass ihr Bruder ausgerechnet diese Frau im Pub einquartiert hatte, war ihr ein Rätsel. Und natürlich war es kein Geheimnis, womit Shona ihren Lebensunterhalt verdiente. Plötzlich waren Shona und die einige Jahre jüngere Vika hier gewesen, und Archie hatte so getan, als ob es das Selbstverständlichste überhaupt wäre. Und dann war Vika damals, kurz vor Kriegsausbruch, mit einem Mal in anderen Umständen gewesen, obwohl sie unverheiratet war. Sie selbst hatte Vika damals untersucht und deren Verdacht bestätigt, worauf Vika leise einige Tränen verdrückt hatte und dann aufgestanden und gegangen war. Sie seufzte. Bonnie musste zugeben, dass ihr, wie vermutlich auch den meisten anderen Bewohnern von Foxgirth, der Gedanke gekommen war, Vika würde vielleicht ebenfalls das Gewerbe ausüben. Sie hatte Vika damals versprochen, die Schwangerschaft zu betreuen, doch dann war der Krieg ausgebrochen, und Bonnie hatte sich berufen gefühlt, die Heimat zu verlassen. Mairead hatte das Kind schließlich entbunden. Ein kleiner Arch war es geworden, wie ihre Ma ihr geschrieben hatte, und Bonnie war sich nicht sicher, was dieser Name zu bedeuten hatte. Aber das ging sie nichts an. Ein Kind war ein Grund zur Freude, egal, unter welchen Umständen es auf die Welt kam. Es war jedenfalls gut möglich, dass Vika doch nichts mit der Lebensführung ihrer Schwester gemein hatte, und schlicht und einfach wegen eines Mannes vergessen hatte, was sich gehörte. Mit gerunzelter Stirn betrachtete Bonnie ihren Bruder. Natürlich hätte es sich für diesen Mann gehört, zu seiner Verantwortung zu stehen und Vika noch vor der Niederkunft zu heiraten. Doch vielleicht war er stattdessen ausgerückt und hatte sich seiner Pflicht entzogen. Seufzend steckte sie seinen Verband fest und tupfte die Narbe in Archies Gesicht ab.

Auf jeden Fall wollte sie den kleinen Jungen, den wohl jeder hier für Archie Dennons Bastard hielt, unbedingt bald sehen. »Du hast noch nie einen süßeren Burschen gesehen«, hatte Mairead ihr geschrieben. Ausgerechnet ihre Ma, die in ihrem Leben unzähligen Kindern auf diese Welt geholfen hatte. Doch vielleicht lag es auch schlicht daran, dass sie bisher keines davon für ihren Enkel gehalten hatte. Natürlich sprach ihre Mutter diesen Gedanken nicht aus, dennoch war es unschwer zu erraten, woher die Begeisterung für Vikas Bengel kam. Bonnie versetzte Archie zum Abschluss einen Klaps auf den Hinterkopf, den dieser mit einem Grinsen kommentierte.

Dann trat sie an Connor heran, der auf dem abgewetzten Sessel im Büro des Pubs saß. »Hose runter«, forderte sie ihn auf. Heute Morgen hatte der Mann es zum ersten Mal in eine solche hineingeschafft und es allem Anschein nach gleich zum Anlass genommen, sich so zu benehmen, als stecke sein Bein nicht dennoch weiterhin in einer Schiene.

Connor schmunzelte, als er die Schiene ablegte, den Hosenknopf öffnete und den Stoff hinunterschob.

Bonnie löste den Verband, während die Tür geöffnet wurde.

Shona kam herein und sah sich neugierig um. Ihr Blick fiel auf Connors Narben, die wie ein Mosaik die Haut seines Oberschenkels überzogen. »Kann ich helfen?«, fragte sie und lächelte ihm bedauernd zu.

»Habe alles im Griff«, antwortete Bonnie schroffer als gewollt, während sie das Bein abtastete.

Sichtlich gekränkt verschwand die Frau im Flur.

»Eifersüchtig?«, flüsterte Connor so leise, dass Archie es nicht hören konnte, und sah sie herausfordernd an.

»Das hättest du wohl gerne«, gab Bonnie zurück. »Aber wie du sicher weißt, ist Wundversorgung nicht Shonas Spezialgebiet.« Bonnie konnte sich einen bissigen Unterton nicht verkneifen. Warum nur reagierte sie so empfindlich? Ihre Hände sagten ihr, dass Connor mehr Glück als Verstand gehabt hatte. Im Gegensatz zu seinem Gesicht hatte das Bein nichts abbekommen. Seufzend griff sie nach dem feuchten Lappen und begann, sein Gesicht zu reinigen. Seit sie aus London weg waren, hatte Connor sich nicht mehr rasiert und langsam, aber sicher bildete sich ein Bart an seinen Wangen. Das dunkle Rot des Blutes vermischte sich mit dem Kupferton seiner Gesichtsbehaarung. Einmal mehr fiel ihr der Knick in seinem Nasenrücken auf. »Hat deine Nase das schon vor dem Krieg abbekommen?«, fragte Bonnie.

Er nickte und sah sie nicht an. »Ist 'ne Weile her.«

»Und die Narbe an der Augenbraue?«

»Die auch.« Seine Stimme war mit einem Mal ungewohnt abweisend. Vermutlich eine Prügelei, die nicht zu seinen Gunsten ausgegangen war, schloss Bonnie daraus, tupfte etwas Salbe auf die Stellen und warf dann den Lappen auf Archies Schreibtisch. »Ich nehme an, ihr könnt das hier selbst aufräumen«, ließ sie mit Blick auf das Verbandsmaterial verlauten. »Es scheint euch ja hervorragend zu gehen, so wie ihr euch eben aufgeführt habt.« Ohne auf eine Antwort zu warten, ging sie hinaus und an die Bar, wo Tommy ihr ein Glas Gin mit einem »Willkommen zurück, Schwesterherz!« hinschob.

»Ich fürchte, mein Urlaub wird aufregender als gedacht«, antwortete Bonnie und nahm einen kleinen Schluck. Etwas Alkohol konnte sie nach all der Aufregung tatsächlich gebrauchen, auch wenn sie selten trank.

Blaire setzte sich neben ihr auf einen Barhocker, stemmte ihre Ellenbogen auf den Tresen und stützte den Kopf auf die Hände. »Und, alles in Ordnung mit den beiden?«

»Sie werden es wohl überleben.«

»Nun ist das geklärt und hoffentlich wieder für 'ne Weile Ruhe.« Blaire sah sie aus den Augenwinkeln an und runzelte die Stirn. »Was weißt du über Connor?«

Bonnie stellte das Glas ab und wich ihrem Blick aus. »Was meinst du?« War ihrer Schwester etwa aufgefallen, dass der Mann sich für sie interessierte?

»Ich weiß nicht genau. Hat er zufällig mal erwähnt, was er vor dem Krieg gemacht hat?«

Nein, Blaire war blind auf diesem Auge. Für eine Frau hatte sie nur wenig Intuition, wenn es um zwischenmenschliche Dinge ging. »Ich habe keine Ahnung«, sagte Bonnie wahrheitsgetreu. »Warum fragst du?«

»Die Art, wie Connor zugeschlagen hat«, setzte sie an.

»Du meinst, wie er auf der Krücke hing?« Bonnie lachte auf. Lag das schon am Gin, oder war der Anblick im Nachhinein tatsächlich beinahe amüsant gewesen? Immerhin war außer einem baldigen Bluterguss hier und da nicht viel passiert, und Archies Naht würde hoffentlich dennoch gut heilen. Und wenn nicht, dann geschah es ihrem Bruder ganz recht, wenn es noch einmal genäht werden musste. Vielleicht tat Archie eine solche Lektion sogar gut.

»Das ist es ja«, begann Blaire erneut. »Der Mann kann kaum stehen und hat dennoch derart gezielt ausgeholt.« Sie gab Tommy ein Zeichen, ihr ebenfalls ein Glas zu bringen. »Erinnert mich an die Boxer, die Tommy und ich in Glasgow gesehen haben.«

»Jetzt, wo du es sagst«, meldete sich Tommy zu Wort und reichte Blaire auch einen Gin. »Connor versteht wohl wirklich was vom Faustkampf.«

Verdutzt sah Bonnie von einem zum anderen. »Ihr wart in Glasgow? Wann?«

»Spielt keine Rolle«, antwortete Blaire hastig, und Tommy trollte sich ans andere Ende der Bar. »Jedenfalls haben wir die Gelegenheit genutzt, um einen Boxkampf anzusehen, und etwas Geld gesetzt.« Ein breites Grinsen zog sich über das Gesicht ihrer Schwester. »Wir haben sogar ganz ordentlich gewonnen.«

»Komm auf den Punkt, Blaire«, forderte Bonnie sie auf. Natürlich war sie nicht begeistert davon, dass Blaire einen jungen Burschen zu so einer Veranstaltung mitnahm. Ganz zu schweigen davon, dass es sich für eine Frau ebenfalls wenig ziemte, und derlei Kämpfe in Bonnies Augen furchtbar waren.

»Connor kämpft wie ein Boxer, abgesehen von der unweigerlich fehlenden Beinarbeit.« Blaire nickte nachdrücklich.

»An dir ist wirklich ein Kerl verlorengegangen«, nuschelte Bonnie und sah nachdenklich in ihr Glas. »Connor hat alte Verletzungen, die zu dem passen, was du sagst.« Sollte Blaire mit ihrer Vermutung richtigliegen? Bonnie wusste nichts über diesen Mann, der plötzlich in ihrem Leben aufgetaucht war und wie eine Klette an ihrem Bruder hing.

»Warum ist er hier?«, fragte Blaire, als hätte sie Bonnies Gedanken gelesen.

Bonnie erinnerte sich an ihr Gespräch im Krankenhaus. »Connor hat gesagt, er würde dahin gehen, wohin Archie geht.«

»Da muss doch was dahinterstecken.« Mit schmalen Augen starrte Blaire an die Wand. »Dass Archie ihn hier einquartiert und ihn im Pub schlafen lässt, ohne zu befürchten, dass er den Laden leerräumt und einfach verschwindet, wundert mich, um ehrlich zu sein. Du kennst unseren Bruder: Er vertraut kaum jemandem.« Blaire zog eine Schnute. »Und er hat kein Wort darüber verloren, warum Connor hier ist, obwohl ich ihn darauf angesprochen habe. Dabei haben wir selten Geheimnisse voreinander.«

»Du weißt nicht, wie das mit Soldaten ist, die zusammen gedient haben. Sie werden für den Rest ihres Lebens ein Band haben, das unzertrennbar ist«, sinnierte Bonnie. Sie hatte viele tiefe Freundschaften im Krankenhaus gesehen. Der schmächtige Piper der Einheit erschien vor ihrem inneren Auge, und sie dachte daran, wie tief getroffen die Männer von seinem Tod gewesen waren. Vielleicht war Blaire ja auch schlicht ein wenig eifersüchtig auf Archies neuen Begleiter. Doch Blaire schien merkwürdig beschäftigt zu sein, jedenfalls war sie heute fast den ganzen Tag unterwegs gewesen, und als Bonnie ihre Ma auf Blaires Verbleib angesprochen hatte, hatte diese nur mit den Schultern gezuckt und »Du kennst deine Schwester doch« geantwortet.

»Vielleicht irre ich mich auch, und es ist so, wie du es sagst, und die beiden sind einfach Freunde.« Blaire griff nach ihrem Glas und verschwand in der Menschenmenge.

»So wird es sein«, murmelte Bonnie zu sich selbst. Und doch war da dieses ungute Gefühl, dass ihr etwas entging. Archie hatte nicht erfreut gewirkt, dass Connor sich an seine Fersen geheftet hatte. Aber Bonnie hatte angenommen, dass es ihrem Bruder lediglich darum ging, den Mann möglichst weit von ihr fernzuhalten, weil Archie mal wieder den Beschützer spielen wollte. Was, wenn Archie einen ganz anderen Grund hatte?

Eineinhalb Stunden später spürte Bonnie die Wirkung des Gins tatsächlich und fühlte sich so wohl und leicht wie schon lange nicht mehr. Sie hatte mit unzähligen Leuten geredet, die sich nach ihrer Zeit in England erkundigt hatten und wissen wollten, ob sie endgültig wieder da sei. Es war nicht zu übersehen, dass die Menschen in diesem Ort nicht nur ihre Fähigkeiten als Hebamme und Krankenschwester, sondern auch sie vermissten, und das rührte Bonnie. Die Gemeinschaft in kleinen Orten wie Foxgirth war eng. Die meisten Familien lebten hier schon seit Generationen, und man kannte sich. Archie schien die Schmerzen in seiner Wunde mit Whisky zu betäuben und war ausgelassen wie selten. Aus einiger Entfernung beobachtete sie, wie er Geschichten erzählte, und eine Gruppe von Männern an seinen Lippen hing. Wenigstens für heute Abend hatte Archie vergessen, dass er eigentlich an Ians Seite sein wollte. Wenn sie doch nur endlich von Ian hören würden!

Bonnie lauschte den Stimmen und dem Lachen. Ihr Bruder wusste nur zu genau, was den Menschen hier gefehlt hatte. Sicherlich hatte es seit seiner Abreise keine Feier dieser Art gegeben. Vor einigen Minuten hatte er sogar Blaire zu einem Tanz genötigt, begleitet von dem Gesang einiger alter

Männer. Unbeholfen war ihre Schwester über die Dielen gestolpert, bis Archie sie wenig charmant gegen Shona ausgetauscht und Bonnie ein Kichern nicht hatte unterdrücken können.

Ein Dudelsack ertönte, und einer der Ortsältesten trat mit würdevollen Schritten in die Mitte des Barraums. Die Menschen um ihn herum wichen zur Seite und stellten die Gespräche ein. Jeder lauschte den Tönen, die ihnen so viel bedeuteten. *The Flower of Scotland*.

Bonnie blickte sich um und entdeckte Connor, der mit angespanntem Gesicht auf den Dudelsackspieler starrte, sich dann umdrehte und durch den Flur zur Hintertür humpelte.

War es der Gin, der sie dazu brachte, ihm zu folgen? Als ihr die kalte Nachtluft entgegenschlug, bereute Bonnie es, ihr Tuch nicht geholt zu haben.

Connor lehnte an einem leeren Fass im Hinterhof und sah sie überrascht an.

Einen Augenblick lang zögerte sie, dann trat sie zu ihm. »Ist alles in Ordnung?«

Er atmete schwer ein und reckte das Gesicht zum Himmel. »Ich kann diese Töne nicht mehr hören, ohne dass es mir eiskalt über den Rücken läuft«, sagte er leise.

»Weil du dazu ins Gefecht gezogen bist?«, fragte sie vorsichtig.

Er nickte. »Wenn du dir Archie anschaust, dann siehst du, dass es bei ihm eine ganz gegensätzliche Wirkung hat. Bei ihm bringt der Dudelsack das Blut zum Rauschen und versetzt ihn in einen Zustand, in dem er glaubt, er könnte Bäume ausreißen. Sein Körper reagiert beinahe automatisch darauf. Er hat es sich aus der Not heraus antrainiert, um zu überleben.«

»Und was löst es bei dir aus?«

»Ich sehe Bilder, die ich nicht sehen will. Rieche Gerüche, die niemand jemals riechen sollte. Und ich vernehme die Schreie.« Er lächelte müde. »Ich fürchte, ich werde nie wieder Dudelsack hören können, ohne das Gefühl zu haben, mich übergeben zu müssen.«

»Das wird schwierig in diesem Land.« Unwillkürlich legte sie ihm eine Hand auf die Schulter und spürte, wie seine Wärme wohlig hineinkroch.

»Ich habe dich beobachtet«, brummte Connor.

»Was meinst du?« Eilig zog Bonnie die Hand weg und hielt die Luft an.

»Den ganzen Abend schon kommen immer wieder Männer zu dir und strahlen über das ganze Gesicht, wenn sie mit dir reden. Man könnte glauben, die Sonne ginge auf, wenn sie dich erblicken. Die Menschen hier mögen dich.«

Bonnie entspannte sich etwas. Connor hatte sie nicht auf eine unangenehme Art beobachtet, lediglich erkannt, was ihr immer widerfuhr, sobald sie nach Foxgirth kam. »Das sind die Ehemänner der Frauen, denen ich bei der Niederkunft geholfen habe. Wenn du einem Vater sein neugeborenes Kind in den Arm legst, wird er dir das nie vergessen.«

»So in etwa habe ich es vermutet.« Er lehnte sich zu ihr herüber und schien etwas sagen zu wollen, ließ es jedoch sein und schüttelte kaum merklich den Kopf. Ganz bestimmt war es besser, dass er sich dagegen entschieden hatte auszusprechen, was auch immer ihm auf der Zunge gelegen hatte.

Sollte sie ihn auf Blaires Verdacht ansprechen? Bonnie musterte ihn unauffällig. Trotz seines Einsatzes und der vermutlich mageren Kost war Connor noch immer stattlich gebaut. Sah so ein Boxer aus? Sein abgenutztes Hemd spannte sich über breite Schultern, und auch die Oberarme waren durchaus kräftig. Bonnie schüttelte den Kopf. Warum dachte sie über Connors Körper nach? War es wirklich nur wegen Blaires Worten? Seit wann bitte schön sah sie einen Mann auf *diese* Art an? Was war nur mit ihr los? *Der Gin.* Ganz sicher war der Gin daran schuld.

»Ist was?« Er sah sie mit hochgezogenen Augenbrauen an.

»Habe nur nachgedacht«, antwortete Bonnie ausweichend und horchte in die Nacht hinein. »Ich glaube, der Dudelsack ist verstummt. Sollen wir wieder reingehen?«

Er nickte. »Du zitterst schon, nicht, dass du dich meinetwegen noch erkältest.«

Bonnie ging voraus und hielt ihm die Tür auf.

Im Vorbeigehen beugte Connor sich zu ihr hinab. »Wenn dieses verfluchte Bein in Ordnung wäre, würde ich dich zum Tanzen auffordern.«

»Und Archie würde deshalb erneut eine Schlägerei anzetteln.« Bonnie überspielte ihre Nervosität mit einem Lachen.

»Das wäre es allemal wert«, brummte Connor und steuerte auf die Theke zu.

Bonnie spürte die Hitze in ihrem Gesicht. Man konnte diesen Kerl fast gernhaben, was auch immer ihn nach Foxgirth geführt hatte.

Kapitel 5

Bonnie folgte dem schmalen Pfad hinunter zum Strand. Ihre Schuhe sanken im Sand ein, und sie schloss einen Moment lang die Augen. Wie sehr sie die salzige Luft ihrer Heimat vermisst hatte. Es musste gegen neun Uhr morgens sein. Nach der Feier und dem späten Zubettgehen brummte ihr ein wenig der Kopf, doch durch den zügigen Spaziergang war es schon etwas besser geworden. Gierig sog sie Luft in ihre Lungen und lief erneut los. Da die Ebbe langsam einsetzte, wurde der Geruch der angespülten Seetangblätter intensiver, je näher sie dem sonst von der Gischt bedeckten Teil des Strandes kam. Der Wind trieb dicke Wolken über den Horizont, und hier und da blitzte die Sonne hindurch und beschien die wilde und sturmgepeitschte Landschaft der Küste. Dunkelgrüne Grasbüschel hoben sich im Wechselspiel aus Licht und Schatten von den dunkelgrauen Felsenbänken ab, die sich weitläufig über den Strand und bis ins Wasser hinein zogen.

Bonnie hielt auf den ausgeblichenen Holzsteg zu, an dem mehrere Fischerboote vertäut waren, von denen die ersten bereits beinahe auf dem Trockenen lagen. Zwei Frauen säuberten auf einem Brett Fische. Als sie Bonnie bemerkten, ließ die jüngere Frau ihr Messer sinken, raffte ihren Rock und rannte auf Bonnie zu. Auch Bonnie beschleunigte ihre Schritte und stieß einen Freudenschrei aus. Ein wenig vom Steg entfernt trafen sie aufeinander. Bonnie schlang ihre Arme um Christies Nacken und drückte ihr Gesicht ins Tuch, mit dem diese ihre Haare schützte. Ihre Heimat roch nach Salz und ihre beste Freundin nach Fisch.

Barfuß und mit schlammigen Zehen lachte Christie sie an. »Hab schon gehört, dass du wieder da bist.«

»Und Ma hat mir davon erzählt.« Bonnie deutete auf den unübersehbar gerundeten Bauch.

Christie strich sich über die abgenutzte Leinenbluse und ein rosa Schimmer überzog ihre Wangen. »Das dauert noch eine Weile, aber wir freuen uns.«

Die ältere Frau, die inzwischen ebenfalls bei ihnen angelangt war, lächelte Bonnie zu und entblößte dabei einen fehlenden Schneidezahn.

»Guten Morgen, Mrs. Doles, geht es Ihnen gut?«, erkundigte Bonnie sich bei der Mutter ihrer Freundin.

»Das Alter macht mir zunehmend zu schaffen, aber der Fang heute war gut«, sagte diese mit breitem Akzent und hielt das Fischmesser hoch. »Nehmt euch ein paar Minuten, ich mache derweil weiter.«

»Gott sei Dank, meine Füße bringen mich um«, flüsterte Christie und ließ sich in den Sand fallen.

Bonnie hockte sich neben sie und fuhr mit der Hand die Wade ihrer Freundin entlang. »Deine Knöchel sind ziemlich geschwollen«, stellte sie fest. »Hast du deshalb trotz der niedrigen Temperaturen keine Schuhe an?«

»Ich bekomme sie nicht mehr zu. Und du kennst mich: Ich liebe es, den Sand und das Wasser unter meinen Füßen zu spüren.«

Natürlich wusste Bonnie um diese Eigenheit der Fischerstochter. Christie kannte keine Kälte, worum Bonnie sie stets während der unwirtlichen Wintermonate beneidet hatte. Dennoch nahm sie sich vor, Christies Wassereinlagerungen bis zu ihrer Abfahrt nach Edinburgh im Blick zu behalten und Mairead zur Sicherheit darauf hinzuweisen, damit diese nach Christie sah. Wobei ihre Ma das vermutlich so oder so tat.

»Du hast gar nicht geschrieben, dass du kommst«, sagte Christie mit gespielter Entrüstung.

»Hat sich kurzfristig durch Archies Heimkehr ergeben.« Bonnie stützte sich auf die Hände und reckte ihr Gesicht dem seltenen Sonnenschein entgegen, der für einen kurzen Moment die Wolken durchbrach. Sicherlich würde ihr Mantel nachher feucht sein, doch dieser Moment war es einfach wert, dass man hier saß und ihn genoss.

»Hab schon gehört, was gestern Abend im Pub los war«, sagte Christie und lachte auf. »Jetzt fehlt nur noch der Rest der Bande und dann wird hier endlich wieder was los sein.« Sie senkte ihre Stimme, offensichtlich in der Sorge, dass ihre Mutter etwas hören konnte. »Es war ohne dich kaum auszuhalten. Ich dachte, ich würde vor Langeweile eingehen.«

»Du bist frisch verheiratet.« Bonnie schielte auf den Bauch ihrer Freundin. »So langweilig scheint es ja nicht gewesen zu sein.«

Ein verschämtes Grinsen zog sich über Christies Lippen. »Aber bestimmt nicht annähernd so spannend wie London.« Ihr Blick schweifte über das Meer in die Ferne. »Wie ist es dort?«

»In London?«

»Natürlich in London. Ich werde dort wohl nie hinkommen, also musst du mir alles ganz genau erzählen.«

»Ich habe nicht viel gesehen außerhalb des Krankenhauses«, gestand Bonnie. Natürlich hatte sie vor ihrer Abreise geglaubt, die schönsten Ecken der Großstadt entdecken zu können, doch dann waren da all die Verwundeten gewesen. Und im Laufe der Zeit waren es immer mehr geworden. Hin und wieder hatten die Schwestern einen Tag frei gehabt, doch Bonnie hatte es vorgezogen, auch an diesen Tagen zu helfen, oder aber sie war so müde gewesen, dass sie die meiste Zeit im Bett verbracht hatte. In einem Café zu sitzen und Kuchen zu essen, während ihre Brüder in Schützengräben lagen, hatte sich falsch angefühlt. Vielleicht war sie manchmal etwas zu streng mit sich selbst. In Edinburgh würde sie auf genug Ausgleich zum Alltag achten. Wer wusste denn schon, wie lange sie noch durchhalten mussten.

»Und, hast du einen netten Soldaten kennengelernt?«, wollte Christie mit einem scheinbar gleichgültigen Unterton wissen.

»Ich war nicht dort, um einen Mann zu finden.« Strafend sah Bonnie ihre Freundin an, prustete jedoch gleich darauf los. »Es gab schon einige nette, die noch nettere Komplimente gemacht haben.«

»Und da war keiner für dich dabei?« Ein mitleidiger Ausdruck erschien auf Christies Gesicht.

»Ich mache das nicht, um zu heiraten«, erinnerte Bonnie sie. »Allerdings haben im letzten halben Jahr gleich zwei Schwestern ehemalige Patienten geheiratet. Bei einer Hochzeit war ich sogar Trauzeugin.«

»Dann besteht für dich ja doch noch Hoffnung«, entfuhr es der Fischertochter. »Was ist das eigentlich für ein Kerl, den Archie da mitgebracht hat?«

Bonnie zog die Augenbrauen hoch. Offensichtlich hatte der Dorfklatsch die Neuigkeit in Windeseile verbreitet. Ein neues Gesicht in Foxgirth würde hier jeden interessieren, erst recht, wenn es sich mit Archie rumtrieb.»Connor. Ein Kamerad meines Bruders«, führte Bonnie aus, was Christie sicherlich längst wusste.

»Connor«, hauchte Christie den Namen in den Wind. »Und wie ist er so?«

»Du bist furchtbar«, beschwerte Bonnie sich. Sie war nicht extra bis an diese abgelegene Stelle gelaufen, um über Connor zu sprechen. Wie lange hatten Christie und sie sich nicht mehr gesehen? Und jetzt sollten Männer tatsächlich das Einzige sein, worüber sie sprachen? Seufzend sank sie etwas weiter in den Sand.»Connor scheint nett zu sein, aber das spielt keine Rolle. Ich werde nicht lange genug hier sein, um ihn kennenzulernen.«

»Du gehst zurück nach London?«, rief ihre Freundin aus und schüttelte den Kopf.»Wer hilft mir dann, dieses Kind auf die Welt zu bringen?«

»Die gleiche Frau, die schon dich entbunden hat – meine Ma.« Bonnie machte eine Pause und ließ Sand durch ihre Finger rieseln, so wie sie es als kleines Mädchen stundenlang getan hatte.»Ich gehe für den Rest des Krieges ans Second Scottish General Hospital in Edinburgh.«

»Ich mag deine Ma, dennoch wäre es mir lieber, wenn du mein erstes Kind holst.« Christie zog eine Schnute.

Ein Seufzen drang aus Bonnies Brust. Wie gerne wollte sie genau das tun. Doch es gab Dinge, die Vorrang hatten. Und es würde ganz bestimmt nicht Christies letztes Kind bleiben. »Vielleicht haben wir Glück, und der Krieg endet vorher«, murmelte sie.

»Das sollte er langsam. Die Zeiten sind hart.«

»Kommt ihr zurecht?« Bonnie musterte den löchrigen

Rock ihrer Freundin. Die Doles hatten noch nie viel gehabt, doch das hatten hier die wenigsten. Der Krieg brachte zusätzliche Entbehrungen mit sich.

»Es geht schon«, antwortete Christie und zuckte mit den Schultern. »Nächstes Jahr wollen Gavan und ich ein Zimmer an das Cottage meiner Eltern anbauen. Wir haben beide keine Lust mehr, mit ihnen unter dem Dach zu wohnen. Natürlich wäre uns ein eigenes Haus lieber, aber daran ist einfach nicht zu denken.« Sie legte sich die Hand über die Augen, sah aufs Wasser und hob einen Arm zum Gruß.

Bonnie folgte ihrem Blick und entdeckte an einem der Boote am Steg zwei Männer. Christies Vater und ihr Mann waren dabei, das Gefährt, mit dem sie dem Meer ihr bescheidenes Auskommen abrangen, auszubessern. Bonnie kramte in dem Korb, den sie mitgebracht hatte, und reichte ihrer Freundin eine Münze. »Ich möchte für die Familie kochen und keiner hat besseren Fisch als ihr.«

Zögernd steckte Christie das Geld ein und nickte.

* * * * *

Mit einem Lappen in der Hand humpelte Connor auf Krücken um die Theke. Wie unendlich lange selbst das Wischen des Tresens mit dem verletzten Bein dauerte. Fluchend warf er den Lappen in den Eimer und sah sich um. Vika und Shona hatten den Morgen damit verbracht, den Barraum zu putzen, während er die Flaschen im Regal neu bestückte, die Tommy aus dem Lager geschleppt hatte. Der kleine Arch saß auf dem Boden und spielte mit einigen Steinen, während Vika die Stühle um die Tische aufreihte. Die dunklen Strähnen fielen ihr schweißnass ins Gesicht. Connor vermutete, dass die beiden Frauen vorhatten, Archies Auftrag, sich um ihn zu kümmern, gewissenhaft zu befolgen. Jedenfalls war ihm von Vika Frühstück und Tee serviert worden, sobald er nach seiner ersten Nacht in diesem Haus sein Zimmer verlassen hatte. Die Aufmerksamkeit, die Vika und Shona ihm zuteilwerden ließen, und die Arbeit, die er ihnen damit machte, waren ihm unangenehm.

»Ich muss dringend die Kochwäsche im Hof auswringen und aufhängen. Könntest du wohl derweil nach Arch sehen? Heißes Wasser und ein kleines Kind vertragen sich nicht gut.« Unsicher sah Vika ihn an.

»Natürlich. Geh nur, wir verstehen uns schon.« Connor humpelte hinüber und setzte sich auf einen Stuhl in der Nähe des Jungen. Seine Augen folgten Vika zur Hintertür. Diese Frau war durch und durch gutherzig. Connor kannte sie kaum, jedoch war dieser Umstand nicht zu übersehen. Auch Shona kam ihm viel zu anständig für ihre Tätigkeit vor. Früher in der Stadt hatte er sich über derlei Dinge keine Gedanken gemacht. Wenn man wusste, wie man die betreffenden Frauen erkannte, konnte man sie dort beinahe überall entdecken. Doch hier, in diesem abgelegenen Ort, passte es nicht recht ins Bild. Und es störte Connor aus irgendeinem Grund.

Ein Stein kullerte über den Boden und landete vor seinem Fuß. Arch sah ihn gespannt an. Connors Gesichtszüge entspannten sich. Mit der Krücke stieß er den Stein zurück, direkt vor die Beine des Kindes. Der Junge quietschte auf, schrie »Noch mal!« und schleuderte den großen Kiesel erneut. Einige Male wiederholten sie das Spiel, ehe das Läuten der Glocke über der Tür zu hören war.

Connor sah sich um und blickte in funkelnde blaugrüne

Augen. Verdammt, was freute er sich, dieses Gesicht zu sehen! »Guten Morgen, Schwester Bonnie«, brummte er und parierte den nächsten Stein.

Bonnie lächelte flüchtig und trat dann auf den Jungen zu, vor dem sie in die Hocke ging. »Du musst der kleine Arch sein, von dem ich gehört habe«, flötete sie und fuhr dem Kind über die Locken.

Arch reichte ihr einen der Steine und lachte begeistert. »Deiner«, sagte er.

»Ich danke dir, Arch.« Bonnie steckte den Stein ein und schenkte dem Kind ein Lächeln, das Connor berührte. Ob Bonnie mehr darüber wusste, warum das Kind den Namen ihres Bruders trug? Der Verdacht, dass Archie sehr wohl der Vater des Kleinen war, ließ Connor nicht los. Erst recht nicht, seit er gestern vor der Feier beobachtet hatte, wie Archie das Kind huckepack durchs Haus getragen und dabei so gelöst wie selten gewirkt hatte.

Bonnie stand auf und sah sich um. »Wo ist Vika?«

»Sie kümmert sich im Hinterhof um die Wäsche.«

Bonnie nickte und trat an den Tisch, neben dem er saß. Dann stellte sie darauf einen Weidenkorb ab und begann, den Inhalt auszuräumen.

»Was ist das?« Ein deftiger Geruch stieg Connor in die Nase.

»Fisch und Kartoffeln.«

»Du bringst mir Essen?« Er hob das Tuch von der Blechschale. »Sieht gut aus.«

»Du musst gesund werden und ich nehme nicht an, dass du dich hier an den Herd stellst.«

»Shona wärmt gerade Reste von gestern in der Küche auf«, sagte Connor, während er sich mit den Fingern ein

Stück Kartoffel in den Mund schob. »Aber ich wette, das hier ist viel besser.« Er lachte auf. »Ich habe keine Ahnung, wann ich das letzte Mal frischen Fisch gegessen habe.«

»Ist heute Morgen noch im Meer geschwommen«, sagte Bonnie, reichte ihm eine Gabel aus dem Korb und setzte sich auf einen Stuhl gegenüber. »Und was machst du hier so den ganzen Tag?«, fragte sie.

»Ach, dies und jenes. Und auf den kleinen Mann hier aufpassen.« Der Fisch schmeckte noch besser, als er duftete. Diese Frau konnte also auch kochen. Connor reichte dem Kind eine Kartoffel und erntete dafür ein Jauchzen. »Und du?« An ihren Schuhen hatte er Spuren von Sand entdeckt. Wie gerne er mit Bonnie am Strand entlangschlendern und beobachten würde, wie der Wind durch ihre Haare fuhr. Aber wegen der Krücken war daran nicht zu denken. *Und wegen Archie.* Missmutig schluckte er den Bissen in seinem Mund hinunter. Warum nur faszinierte ausgerechnet Bonnie ihn so? Die einzige Frau weit und breit, die für ihn nicht in Frage kam. Und natürlich passte sie auch nicht zu ihm oder zu seinem Leben. Oder vielmehr Connor nicht zu ihrem.

»Ich habe Besuche bei ehemaligen Patienten gemacht«, erzählte sie und spielte abwesend mit den Fingern an dem Tuch herum, mit dem sie das Essen warm gehalten hatte.

»Und dann bist du extra in den Ort gelaufen, um mir Essen zu bringen«, stellte er fest und grinste sie an.

»Ich musste eh herkommen, um nach einer sehr lieben alten Frau zu sehen, also bilde dir nicht zu viel darauf ein«, wies sie ihn zurecht. »Wer weiß, ob sie noch lebt, wenn ich wieder nach Hause komme«, fügte Bonnie leise hinzu.

»Du könntest auch einfach hierbleiben«, schlug Connor vor.

Bonnie schüttelte heftig den Kopf. »In Edinburgh wird jede helfende Hand gebraucht.«

Edinburgh. Bonnie würde in seiner Stadt leben und arbeiten. Doch während er in all den Jahren dort nicht eine Sache gemacht hatte, auf die er stolz sein konnte, würde sie Männern wie ihm die nötige Pflege zuteilwerden lassen. Und Connor wünschte sich selbstsüchtig, sie in seiner Nähe zu behalten.

Mit einem Teller in der Hand tippelte Shona auf sie zu und sah von ihm zu Bonnie und dann auf das Essen vor ihm. Shona presste die Lippen aufeinander, und Connor unterdrückte ein Seufzen. »Bin schon versorgt, Shona. Aber ich werde das«, er deutete auf ihre Hände, »liebend gerne heute Abend essen.«

»Entschuldige, ich wusste nicht, dass du für Connor kochst«, setzte Bonnie an.

»Auftrag von Archie. Wir sollen uns um Connor kümmern«, zischte die blonde Frau der Krankenschwester zu und machte auf dem Absatz kehrt.

Bonnies Augen wurden schmal und folgten Shona. Dann sah sie mit einem Blick, den Connor nicht deuten konnte, zu ihm. Schlagartig wurde ihm klar, was Bonnie durch den Kopf gehen musste. »Shona kümmert sich nur um das Essen«, brachte Connor hervor und machte eine abwehrende Geste. »Nicht mehr.«

»Das geht mich nichts an.« Ruckartig stand Bonnie auf und zog ihm die inzwischen leere Schale weg. Dann warf sie diese und das Handtuch in den Korb.

»Willst du nicht noch etwas bleiben?«, wagte er einen Vorstoß, um noch einmal ihr Lächeln zu sehen, erntete jedoch nur ein Kopfschütteln. Ohne ein weiteres Wort verschwand

Bonnie nach draußen. Als die Tür zuschlug, bimmelte die Glocke darüber unpassend fröhlich. »Scheiße!«

Schuldbewusst sah Connor zu Arch. »Das hast du nicht gehört, kleiner Mann! Verrate mich nur nicht, ja?« Natürlich würde Bonnie ihm kein Wort glauben. Er wohnte hier mit einer Prostituierten unter einem Dach und war selbst ungebunden. Eine Frau mit Bonnies Menschenkenntnis musste ihre eigenen Schlüsse ziehen. Sie glaubte ihm nicht, das hatte er ihr deutlich angesehen. Und ihr Argwohn war ganz und gar nicht unbegründet, hatte Shona ihm doch am Abend zuvor mit einem eindeutigen Hinweis eine gute Nacht gewünscht. Falls er nicht schlafen könne, wisse er ja, wo ihr Zimmer sei, hatte sie gesagt und dabei ein bezauberndes Lächeln aufgesetzt.

Connor rieb sich über den Bart. Er schlief nie gut. Schon seit der Zeit an der Somme nicht mehr. Aber daran würde auch keine Frau etwas ändern.

Am Nachmittag tauchten endlich Archie und Tommy auf und versprachen etwas Abwechslung nach den einsamen Stunden im Pub. Viel lieber hätte Connor das Familienleben in dem kleinen Cottage genossen, doch sein Freund hatte ihn nun einmal hier einquartiert, und Connor hatte jeden Grund, Archies Entscheidung zu respektieren. Die Stimmung seines Freundes war ausgelassen, was daran lag, dass tatsächlich ein kurzer Brief von Ian angekommen war, in dem sich dieser nach dem Befinden seines Bruders erkundigte, da er nur die Information erhalten hatte, dass Archie verwundet und in die Heimat geschickt worden war. Ian hatte ihr letztes gemeinsames Gefecht überlebt, und Connor spürte förmlich, wie ein Teil der Last von seinen Schultern fiel.

»Einunddreißig Fässer hat diese Wahnsinnige gefüllt«, rief

Archie kurz nach dem Eintreten aus und verschwand direkt hinter der Theke, um sich dort einen Whisky einzuschenken.

»Hab sie selbst gezählt«, murmelte er in sein Glas und nahm einen Schluck.

»Und du hast keine Ahnung, was du damit machen sollst.« Wenn alle Kriegsheimkehrer so bechern würden wie sein Kamerad, dann sollte sich mit Blaires Whisky tatsächlich ein Vermögen machen lassen, überlegte Connor.

»In den Orten ringsherum gibt es ein paar Pubs, aber mehr als ein oder zwei Fässer werden die nicht auf einmal kaufen. Und Blaire produziert fröhlich weiter und hat heute Morgen erst eine neue Ladung angesetzt.«

Connor sah zu Tommy, der der Unterhaltung folgte und sichtlich stolz auf das war, was seine Schwester und er in der Abwesenheit des Bruders auf die Beine gestellt hatten.

»Ich müsste dich unter vier Augen sprechen«, raunte Connor Archie zu.

Sein Freund verengte die Augen und deutete dann auf die Bürotür. »Stell auf jeden Tisch eine Flasche, Tommy. Wer genug setzt, darf heute Abend ein paar Gläser aufs Haus trinken«, wies Archie seinen Bruder an.

»Was ist heute Abend?« Connor versuchte, mit Archies schnellen Schritten mitzuhalten, als dieser zum Büro stapfte.

»Haben eben eine Runde durch die Gegend gedreht und alle informiert, dass hier heute Abend Karten gespielt wird.«

»Du verlierst keine Zeit, den Laden wieder in Schwung zu bringen.« Amüsiert ließ Connor sich in den Sessel vor dem Schreibtisch fallen, während Archie dahinter Platz nahm und eine Zigarette aus der Schachtel in seiner Jacke fischte.

»Ich muss Geld reinbekommen und du weißt ja: Das Haus gewinnt immer.«

»Natürlich.«

»Also, was gibt's?« Während er das Streichholz an der Tischplatte entzündete, musterte ihn sein Kamerad.

»Du brauchst einen Zwischenhändler für den Whisky«, sagte Connor.

»Ich weiß. Allerdings nehmen die nur Fässer von bekannten Destillerien an.« Archie inhalierte und blies den Rauch in die Luft. Schimmernd brach sich darin das wenige Licht, das durch das kleine Fenster in den Raum drang. »Ich zerbreche mir deswegen den Kopf, seit ich entdeckt habe, was Blaire da verzapft hat.«

Connor schob energisch alle Zweifel weg, die er ebenfalls seither mit sich herumtrug. »Wie wichtig ist es dir, den Whisky zu verkaufen? Ich meine, du könntest ihn auch einfach lassen, wo er ist, und bei Gelegenheit das ein oder andere Fass verkaufen.«

»Es stimmt schon, dass da viel Geld mit zu machen ist. Und Blaire hat dafür den Großteil der Familienersparnisse ausgegeben. Ich wäre dumm, wenn ich mir die Möglichkeit entgehen lasse. Das könnte der Anfang von einer großen Sache sein. Ich muss an meine Familie denken.« Archie machte eine Pause. »Uns ist es nicht immer gut gegangen hier. Meine Mutter hat gleich zwei Männer verloren und hatte das Haus voller Kinder. Sie hat sich für uns halb totgearbeitet damals. Ich werde nicht zulassen, dass wir noch mal hungern werden«, brummte er. »Abgesehen davon hat Blaire endlich eine Beschäftigung gefunden, die sie begeistert, und sie würde mir wohl den Kopf abreißen, wenn sie damit aufhören soll. Ich kann mir nicht vorstellen, dass wir diese Frau jemals verheiratet bekommen, also ist es nicht verkehrt, wenn sie selbst etwas verdienen kann. Und ich muss zugeben, so langsam steckt mich ihre Euphorie an.«

Connor wollte nicht sagen, was er gleich sagen würde. Und doch musste er es tun. »Ich kann da was organisieren«, brachte er hervor.

Archie runzelte die Stirn und lehnte sich auf die Schreibtischplatte, auf der sich Unterlagen und Rechnungen stapelten, die noch aus der Zeit vor dem Krieg zu sein schienen. Zumindest deutete die dicke Staubschicht darauf hin. Generell herrschte in dem Raum ein beachtliches Chaos. »Du kennst jemanden?«

Unter seiner Handfläche spürte Connor die Bartstoppeln, als er über sein Gesicht rieb. »Wir müssen nach Edinburgh.«

»Und dort ist jemand, der uns die Fässer abkauft?« Archies Augen wurden schmal.

»Ich erkläre es dir, wenn wir dort sind.«

Die Antwort war unzureichend. Missmutig zog Archie erneut an der Zigarette. »Ist ein langer Weg.«

»Willst du das Zeug loswerden und Gewinn machen?«

Archie nickte kaum merklich und schien zu überlegen. »Wir können Bonnie begleiten, wenn sie abreist. Das Krankenhaus hat veranlasst, dass sie mit einem Ambulanzwagen abgeholt wird. Ich bin sicher, für ein paar Groschen nimmt uns der Fahrer ebenfalls mit. Die Frage ist nur, wie wir wieder nach Hause kommen?« Er sah auf Connors Bein. »Schaffst du das überhaupt?«

»Wird schon gehen.« Archie hatte keinen blassen Schimmer, wie viel Überwindung es Connor kostete, diesen Vorschlag zu machen. »Was die Heimfahrt angeht, habe ich eine Idee. Überleg dir die Sache noch mal genau. Wenn wir das

Treffen durchziehen, dann gibt es kein Zurück mehr«, sagte er mit Nachdruck.

»Mit wem zum Teufel willst du dich dort treffen?«, entfuhr es Archie.

»Mit der Vergangenheit.« Connor seufzte und beugte sich vor. »Tu mir einen Gefallen und erklär im Gegenzug Bonnie, dass ich nichts mit Shona habe. Ich fürchte, sie glaubt mir nicht.«

Archie lachte schallend auf und seine Augen glänzten feucht. »Ich soll meiner Schwester sagen, dass du es nicht mit einer Prostituierten treibst?«

»Das wäre hilfreich.«

»Und sicherlich ein interessantes Gespräch.« Archies Lachen erstarb. »Allerdings soll meine Schwester glauben, was sie will, da sie für dich tabu ist.«

»Schon klar.« Frustriert verschränkte Connor die Arme vor der Brust. Und dennoch wollte er, dass Bonnie ihm glaubte.

»Sie ist das Goldstück unserer Familie«, setzte Archie an und nahm einen letzten Zug, ehe er den Stummel im Aschenbecher ausdrückte. »Ich kenne niemanden, der so gut ist wie Bonnie.« Er sah ihn an. »Bist du gut, Connor?«

»Du weißt, keiner von uns ist das«, gab er leise zurück. Diesmal konnte er die Schuld nicht auf den Krieg schieben. Schon davor war er alles andere als gut gewesen. Und ohne Frage unwürdig, auch nur an eine Frau wie Bonnie zu denken.

»Dir und deiner Rückendeckung würde ich mein Leben anvertrauen, aber nicht das Herz meiner Schwester.« Archie lehnte sich zurück und schwang die Füße auf den Tisch. Während er in eine gemütlichere Position rückte, ließ er Connor nicht aus den Augen.

»Irgendwann wird ein Mann kommen und ihr Herz gewinnen«, prophezeite Connor.

»Bisher haben es viele versucht, und keiner hat es geschafft. Und jeder muss erst einmal an mir vorbei.« Archie grinste ihn breit an.

»Du bist ein Mistkerl«, brummte Connor.

»Das muss ich sein, wenn ich will, dass meine Familie eine gute Zukunft hat.« Er stand auf und stapfte zur Tür. »Und jetzt lass uns die Bar vorbereiten. Sobald es dunkel wird, geht der Spaß los.«

Connor wuchtete sich auf die Krücken. All die Jahre lang hatte er sich gefragt, an wen Archie ihn erinnerte. Jetzt wusste er es endlich. Und es bereitete ihm Sorgen. Archie mit seinem passenden Gegenspieler zusammenzubringen war entweder die beste oder die dämlichste Idee überhaupt.

* * * * *

Bonnie stieg in den Naturkeller hinab, dessen Eingang hinter dem Cottage lag. Der Geruch nach feuchter Erde stieg ihr in die Nase, während sie sich umsah. Die Kerze in ihrer Hand tauchte die unebenen, mit Lehm verputzten Wände in ein flackerndes Licht. Kisten und Säcke mit Gemüse stapelten sich an jeder freien Stelle. Natürlich war dieser Raum jedes Jahr vor Wintereinbruch gut gefüllt, doch in diesem erschien er ihr voller zu sein als üblich. Sicherlich wollte ihre Ma in Kriegszeiten auf Nummer sicher gehen und hatte dem Gemüsegarten so viel Nahrung abgerungen wie irgend möglich. Es war beruhigend zu wissen, dass die Familie gut durch die kalte Jahreszeit kommen würde. Jeder fürchtete sich davor, dass doch noch Rationierungen ausgerufen werden würden.

Längst waren manche Waren schwerer zu bekommen als früher. Bonnie trat auf eine Holzkiste zu und schob mit der Hand den Sand zur Seite, um die darin gelagerten Karotten freizulegen. Einige hob sie in ihren Korb und klaubte dann Kartoffeln aus einer weiteren Kiste zusammen. Solange Bonnie hier war, wollte sie ihrer Ma etwas Arbeit abnehmen und den Eintopf fürs Abendessen aufsetzen.

Mit dem schweren Korb kletterte sie aus dem Keller heraus und löschte die Kerze. Am Horizont braute sich eine dunkle Regenfront zusammen, und Bonnie setzte sich auf die Holzbank an der Hauswand, um den Anblick des aufgewühlten Meeres einen Augenblick lang zu genießen. Der Wind nahm zu und brachte ihre Haare durcheinander, doch Bonnie nahm es kaum wahr. Warum nur hatte sie so schlechte Laune, seit sie am Mittag aus dem Ort zurückgekehrt war? Sie presste die Lippen aufeinander und schalt sich in Gedanken selbst. Es war wegen Connor. Natürlich war es seinetwegen. Bonnie hatte die Verärgerung in Shonas Blick gesehen, als diese sie im Pub entdeckte. Archie hatte die Mädchen beauftragt, sich um Connor zu kümmern – was auch immer das bedeuten sollte. Es ging sie nichts an, und es sollte ihr egal sein, was dort vor sich ging, doch das war es nicht. Und dann hatte Connor sich beeilt zu sagen, dass zwischen ihm und Shona nichts war, und damit Bonnies Gedanken erraten, was sie peinlich berührt hatte. Wie sehr es sie ärgerte, dass ihr der Missmut so deutlich anzusehen gewesen war. Glaubte Connor nun, dass sie eifersüchtig war? Am Ende meinte dieser Kerl auch noch, dass sie tatsächlich Interesse an ihm hätte.

Bonnie konnte nur den Kopf über ihr Verhalten schütteln. Warum hatte sie nicht einfach ignoriert, was dort vorging, und ihre Verstimmung für sich behalten? Stattdessen war sie aufgesprungen und hinausgestürmt und hatte den ganzen Rückweg mit der Hand den Henkel des Korbes gedrückt, bis die Weidenstängel unter ihren Fingern bedenklich zu knacken begannen. Connor Essen zu bringen, war eine Schnapsidee gewesen. Hatte sie wirklich für ihn mitgekocht, aus Sorge um seine Gesundheit, oder hatte sie es nicht vielmehr als Vorwand genutzt, um ihn besuchen zu können, nachdem er ihr bei der Feier im Pub zugeraunt hatte, am liebsten mit ihr tanzen zu wollen? Bonnie hatte sich vorgenommen, professionelle Distanz zu Connor zu wahren, doch dann hatte er im Hinterhof von seinen Gefühlen gesprochen, und Bonnie hatte gespürt, wie sehr ihn all das mitgenommen hatte, was er erlebt hatte. Warum berührte sie das ausgerechnet bei diesem Mann so? Sie hatte doch viele ähnliche Geschichten während der Jahre in London gehört. »Du dummes Huhn«, flüsterte sie zu sich selbst und stand auf, um ins Haus zu gehen.

In der Küche saß Blaire und kritzelte etwas auf ein Blatt. Als sie Bonnie erblickte, faltete sie das Papier hektisch zusammen und ließ es in ihrer Hosentasche verschwinden. Was genau trieb ihre Schwester eigentlich den ganzen Tag? Der Gemüsegarten war längst für den Winter vorbereitet, und außer die wenigen Tiere zu versorgen, hatte Blaire, die Haushaltsaufgaben gekonnt ignorierte, kaum etwas zu tun, und doch war sie meist unterwegs und wirkte beinahe abgehetzt. Und immer hing Tommy mit ihr herum und fuhr regelmäßig mit ihr auf der Kutsche davon. Bonnie stellte den Korb auf dem Tisch ab und schob ihn vor ihre Schwester. »Es gibt Kartoffeln zu schälen«, sagte sie und nahm ein Messer von der Arbeitsplatte.

Blaire stöhnte theatralisch und nahm es entgegen. Ungeschickt begann sie, die Kartoffeln zu bearbeiten. »Ich muss nachher in den Pub, sobald das Abendessen vorbei ist.«

»Ach ja?« Bonnie machte sich daran, das Stück Speck zu zerteilen, das sie im Ort gekauft hatte.

»Heute Abend wird Karten gespielt und ich habe vor zu gewinnen.« Blaire sah aus den Augenwinkeln zu Bonnie. »Komm doch auch mit, es ist Samstag, und du solltest dringend wieder etwas Spaß haben.«

Auf keinen Fall wollte Bonnie Connor heute noch einmal begegnen, wo sie sich so kindisch aufgeführt hatte. »Ich möchte morgen ganz früh bei Christie vorbeigehen, um Schwangerschaftsvorsorge zu machen«, beeilte Bonnie sich, einen Vorwand zu finden. »Außerdem war doch gestern erst die Feier. Ich verstehe gar nicht, dass ihr heute schon wieder genug Energie habt, euch erneut zu treffen. Ich bin nur müde und muss zusehen, dass ich meine Aufgaben dennoch erledige.«

»Das Leben besteht nicht nur aus Arbeit, Bonnie.« Blaire sah sie tadelnd an. »Du bist nur einmal jung, vergiss das nicht.«

»Unsere Brüder verbringen ihre besten Jahre im Schlamm an der Front«, zischte Bonnie. »Da fällt es mir schwer, mich zu amüsieren und so zu tun, als wäre alles in Ordnung.«

Blaire ließ das Messer sinken. »Glaubst du, das täte ich?«

»Keine Ahnung, was du tust, Blaire, ich sehe dich ja kaum.«

Ihre Schwester schien etwas sagen zu wollen, starrte dann aber verbissen auf die Kartoffeln.

Bonnie seufzte. Blaire und sie waren grundverschieden, doch sie liebte ihre große Schwester mit all ihren Eigenheiten. Und ganz sicher war es für Blaire schwer, seit Jahren in Foxgirth auf die Rückkehr der anderen Geschwister zu warten. Monatelang hatte ihre Schwester mit Archie vor dessen Abreise darüber gestritten, warum sie nicht in einer der Munitionsfabriken arbeiten konnte. Doch auch, wenn Archie wie immer etwas zu sehr auf seinem Standpunkt beharrt hatte, so hatte er dennoch recht gehabt: Blaire musste hierbleiben wegen Ma und Tommy. Mairead war nicht mehr die Jüngste und brauchte Unterstützung mit dem Land und den Tieren, und Tommy war damals einfach noch zu jung gewesen. »Ich will mich nicht mit dir streiten«, flüsterte Bonnie und lächelte ihrer Schwester zu.

»Nicht jeder von uns kann tun, was er für richtig hält«, antwortete Blaire. »Aber ich bin ganz sicher nicht untätig, falls du das glaubst.«

»Das habe ich auch nicht angenommen.« Bonnie trat an den Tisch und setzte sich. »Wenn du nicht hier wärst, dann hätte ich nicht nach London gehen können.«

Blaire sagte nichts und nickte nur.

Bonnie begann, die Karotten zu schneiden. Sie ahnte das Dilemma ihrer Schwester: Blaire war nicht wie die meisten Frauen. Sie hatte scheinbar kein Interesse daran, zu heiraten und Kinder zu bekommen. Allerdings war sie auch nicht den wenigen Berufen zugetan, die sich Frauen in dieser Gegend anboten. Blaire hatte nicht wie sie den Drang, Menschen zu pflegen, und mit Sicherheit wäre sie eine furchtbare Lehrerin geworden. Die Frage, was sie mit ihrem Leben anstellen sollte, musste ihre Schwester belasten. Doch ob ein Job in einer Fabrik Blaire wirklich gefallen hätte? Ihr fiel es ebenso schwer, sich unterzuordnen, wie Archie. Vermutlich hätte man sie dort schon nach kürzester Zeit hochkantig rausgeworfen. Blaire war grundsätzlich nur einen dummen Spruch vom nächsten Ärger entfernt. Und dieser Ärger heftete an Blaires Stiefelsohlen wie klebriges Pech. Oft genug bekam sie sich mit dem ein oder anderen Pubbesucher in die Haare, dem die Anwesenheit einer Frau zu später Stunde nicht passte.

Um vollends gegen die Regeln des guten Geschmacks zu verstoßen, verzichtete Blaire nur am Sonntag darauf, Hosen zu tragen, doch auch dann tat sie es nur für den Kirchenbesuch. Sofern sie denn überhaupt in die Kirche ging. Wie die Maus das Loch fand Blaire meistens einen Vorwand, um sich davor zu drücken. Ihre Ma ließ es ihr einzig deshalb durchgehen, weil sie selbst nicht wirklich religiös war und die Kirche nur aufsuchte, damit die Nachbarn nicht schlecht über sie sprachen. Vermutlich gab es in Foxgirth kein unchristlicheres Haus als dieses, doch dafür mangelte es hier nie an Wärme und Hilfsbereitschaft. Einigen Leuten reichte es allerdings nicht, dass ihre Ma, und später auch Bonnie selbst, sich stets nach allen Kräften um die Kranken kümmerte und sich bei Wind und Wetter zu jeder Niederkunft aufmachte. Ihre Ma war, ebenso wie ihre Kinder, nicht auf den Mund gefallen. Mehr als einmal hatte sie sich einen Mann vorgeknöpft, wenn die Frau erneut eine schwere Niederkunft oder Komplikationen im Wochenbett hatte, und unverhohlen gefordert, dass er sich zurücknehmen möge, um sie nicht erneut in diese Gefahr zu bringen. Und wehe, einer wagte es mit Gottes Willen zu argumentieren, da konnte ihre Ma so richtig deutlich werden.

Bonnie schmunzelte. Der Ruf der Familie war wirklich nicht der beste, doch keiner von ihnen störte sich daran. Und nur wenige wagten es, lauter als hinter vorgehaltener Hand darüber zu sprechen. Dafür war Archie zu einflussreich in diesem Ort. Ihr Bruder hatte stets die Finger bei jedem Geschäft im Spiel, das getätigt wurde. Wie er das schaffte, war Bonnie schleierhaft. Doch irgendwie bekam Archie immer mit, wenn es die Chance auf einen lohnenden Deal gab.

»Ich hoffe, du gewinnst heute Abend«, sagte Bonnie.

»Darauf kannst du Gift nehmen.« Blaire lachte kratzig auf und warf eine Kartoffel in den Topf.

Kapitel 6

Der Vorhang wurde aufgerissen und Connor schreckte hoch. Vor dem Fenster waren dunkle Haare zu erkennen und eine Hose, die ihrer Besitzerin viel zu gut stand.

»Was willst du denn hier?«, brummte er mit trockener Kehle und gähnte geräuschvoll.

»Ma schickt mich, um dich zum Mittagessen abzuholen. Sonntags isst die Familie zusammen.« Blaire wandte sich um und betrachtete ihn amüsiert.

»Und ich gehöre zur Familie?«

»Vorübergehend.«

»Wo ist Archie?« Mühsam schob Connor sein verwundetes Bein auf die Bettkante.

»Der pennt auch noch. Deshalb hat sie mich geschickt. War wohl noch gut was los gestern, nachdem ich gegangen bin?«

Connor rieb sich die Schläfen. Der Abend war verrückt gewesen. Von überall her waren Männer gekommen, um Geld und Ehre zu verspielen, und Archie hatte guten Umsatz gemacht. Dabei war Connor sicher, dass diese Männer das Geld besser in Essen für ihre daheim wartende Kinderschar investiert hätten. Blaire hatte ordentlich abkassiert und war clever genug gewesen, den Moment zu erkennen, an dem sie mit Kartenspielen aufhören und heimgehen sollte. Er selbst war jedoch erst mitten in der Nacht ins Bett gefallen, nachdem auch der letzte Gast gegangen war.

Connor fuhr über sein Bein. Es fühlte sich heiß an, wie es seit der Verwundung hin und wieder der Fall war. Vermutlich war es ratsam, heute mehr Luft an die Narben zu lassen. Er deutete auf den Rucksack, der neben dem Fenster lag. »Kannst du mir meinen Kilt geben?«

Blaire beugte sich hinunter, wühlte den karierten Stoff heraus und warf ihm diesen zu. Ein Grinsen zuckte in ihren Mundwinkeln, während er den Kilt anzog und das Hemd in den Bund stopfte.

»Du hältst nicht viel von Privatsphäre, oder?«, brummte Connor.

»Stell dich nicht so an. Du bist ja nicht nackt.« Blaire griff nach seiner Weste, die auf der Stuhllehne lag, und reichte ihm diese ebenfalls.

Dies war ohne Frage die ungewöhnlichste Frau, der er je begegnet war. Dass sie einfach in sein Zimmer marschiert war, verstieß gegen jede Anstandsregel. Und nun sah sie ihm auch noch ohne rot zu werden beim Ankleiden zu, was eigentlich nur bedeuten konnte, dass Blaire alles andere als unbedarft war, wenn es um das andere Geschlecht ging. Connor unterdrückte ein Grinsen. Ob Archie wohl wusste, dass Blaire vielleicht nicht vorhatte zu heiraten, aber bestimmt schon die ein oder andere Erfahrung mit einem Mann gesammelt hatte, so selbstsicher wie sie sich in diesem Moment benahm? Vermutlich nicht. Und Connor hatte nicht vor, Archie mit der Nase darauf zu stoßen.

Er griff nach den Krücken und humpelte zur Waschschüssel. Das Wasser war eisig kalt. Immerhin machte ihn die kurze Wäsche wach. Er trocknete sich ab und knöpfte die Weste zu. Dann drehte er sich zu Blaire um, die sich im Zimmer umsah. »Wie spät ist es eigentlich?«

»Schon fast Zeit fürs Mittagessen.« Sie ging auf die Tür zu und hielt sie ihm auf.

Als er in den Flur trat, kam Shona die Treppe hinunter. »Blaire?« Sie sah zwischen ihm und der Frau hin und her.

»Morgen Shona«, antwortete Blaire.

»Was machst du denn hier?«

»Connor wecken«, verkündete Blaire laut und schob ihn auf die Eingangstür zu. »Die sieht aber sauer aus«, flüsterte sie.

»Was meinst du?« Connor wollte sich noch einmal umdrehen, um zu Shona zu sehen, doch Blaire schüttelte den Kopf und öffnete die breite Eingangstür, vor der die Kutsche stand.

Sie kletterte auf den Kutschbock und zog ihn am Arm nach oben. »Ich schätze, Shona meint, ich wäre aus einem anderen Grund in deinem Zimmer gewesen.« Sie ließ das kratzige Lachen hören, das ihn so sehr an Archies erinnerte.

»Na wunderbar. Wenn Archie das mitbekommt, bin ich tot.«

»Ach was. Archie weiß, dass ich auf mich selbst aufpassen kann. Und nimm es nicht persönlich, aber so gewinnend finde ich dich, um ehrlich zu sein, nicht.«

Connor ignorierte die Spitze. Es galten also anscheinend unterschiedliche Regeln für Blaire und Bonnie. »Und du meinst, dieser Gedanke stört Shona?« Tatsächlich hatte die Frau säuerlich geklungen, doch ohne Blaires Hinweis hätte Connor nicht weiter darüber nachgedacht.

»Vielleicht findet Shona ja, dass es endlich Zeit für einen Ehemann wird?«

»Und du glaubst, sie denkt dabei an mich?«, entfuhr es ihm etwas zu laut.

»Wirkt auf mich so. An deinem Tisch hat sie gestern Abend deutlich häufiger vorbeigesehen, und wenn sogar mir so etwas auffällt, dann will das was heißen. Man kann es Shona nicht verübeln. Es kommen selten neue Männer in den Ort, und momentan sind viele auf dem Festland. Bei ihrer Vergangenheit und ihrem Ruf muss Shona wohl jede Chance nutzen, würde ich meinen.« Blaire schnalzte mit der Zunge, und das Pferd setzte sich in Bewegung.

»Und was zum Teufel soll ich jetzt machen?« Auf keinen Fall wollte er Probleme mit einer der Frauen bekommen, mit denen er sich vorübergehend das Haus teilte.

»Hängt davon ab, ob du Interesse hast, würde ich sagen.«

»Das habe ich nicht.« Er presste die Kiefer aufeinander.

»Mittelschwergewicht, oder?« Aus den Augenwinkeln musterte Blaire ihn.

Connor hatte Schwierigkeiten, ihren Gedankensprüngen zu folgen. Als ihm klarwurde, was Blaire ausgesprochen hatte, zuckte er zusammen. »Was meinst du?«

»Du hast gekämpft«, sagte sie.

»Das haben wir alle.«

»Nicht im Krieg. Im Ring.«

»Keine Ahnung, wie du darauf kommst.« Er wich ihrem Blick aus und zog die Augenbrauen zusammen. Nicht einmal Archie hatte Ahnung von dem, was Blaire ihm hier einfach so auf den Kopf zusagte. Woher wusste sie von seiner Vergangenheit und vor allem: Was genau wusste sie?

»Dann eben nicht.« Blaire schob das Kinn vor und lenkte das Pferd aus dem Ort heraus.

Der kühle Wind wehte wohltuend um Connors Bein. Wie schön und zugleich wild dieser Landstrich doch war. Es war hügelig, hier und da gab es schmale Waldstreifen und fast überall grasten Schafe. Die Steinmauern entlang des Weges, die die Weiden trennten, waren meist verwittert, schief und von längst vergangenen Generationen gebaut worden. Wie eine Erinnerung an Menschen, die vor seiner Zeit gelebt hatten, und von denen sonst nichts geblieben war.

Er würde keine von seinen Händen gebaute Mauer hinterlassen, schoss es Connor in den Kopf. Er würde nichts hinterlassen. Beinahe sein ganzes Leben hatte er in dreckigen Großstadtstraßen in schlechter Gesellschaft verbracht. Stinkende Schornsteine, Unrat an jeder Ecke und zu viele Zigaretten waren der Geruch seiner Vergangenheit, während seine Lungen hier die reine Natur atmeten. Sicherlich war das Leben für die Menschen hier draußen auch nicht leichter als das in der Stadt, doch es musste besser für den Geist sein. Nie hatte Connor darüber nachgedacht, wie die Struktur in diesen kleinen Orten war. Dass ausgerechnet sein Freund eine zentrale Rolle in dieser Gemeinschaft zu spielen schien, überraschte ihn. Und auch was die Familie anging, beugten sich offensichtlich alle Archies Willen. Doch warum war diese Feststellung so unerwartet für ihn? Schon an der Front hatte Archie trotz seines niedrigen Rangs den Respekt aller genossen und die Männer in brenzligen Situationen angeführt. Auch wenn sein Kamerad offensichtlich kein Interesse daran gehabt hatte, im Rang aufzusteigen, so hatte er doch oft genug die Zügel übernommen. »Kann ich dich was fragen?«, murmelte er.

»Was denn?« Blaire sah ihn neugierig an.

»Keillan ist doch der älteste Bruder. Wenn ich es richtig einschätze, ist dennoch Archie das unangefochtene Familienoberhaupt?«

Blaire kräuselte die Nase. »Unangefochten wohl nicht, zumindest nicht, was mich angeht. Aber grundsätzlich ist es schon so, wie du sagst.« Sie machte eine Pause und sah auf das Meer hinaus, das gerade für eine kurze Strecke hinter einer Biegung auftauchte. »Keillan ist zwar zwei Jahre älter als Archie und ich, aber er hat einen ganz anderen Charakter als dein Kamerad.« Connor erkannte ein verträumtes Lächeln auf Blaires Gesicht. »Keillan ist durch und durch anständig und wesentlich einfühlsamer als Archie. Er kann Unfrieden in der Familie nicht ausstehen und versucht immer zu vermitteln. Ähnlich wie Bonnie. Archie braust wie ein Wirbelsturm durchs Leben, während Keillan versucht, alles zusammenzuhalten.«

»Du musst ihn vermissen.«

»Wir alle vermissen Keillan und Ian, und wir haben Archie vermisst. Dieser Krieg zerreißt Familien, und die Chancen stehen nicht gut, dass wir je wieder komplett sein werden.« Sie kaute auf der Unterlippe und starrte auf die Zügel in ihrer Hand.

Auf ihn wartete keine Familie. Nur Menschen, die er nicht wiedersehen wollte. Den Schmerz und die Sorge, die der Krieg in der Dennon-Familie hervorrufen musste, konnte Connor kaum nachempfinden. Aber er sah die Verzweiflung. In diesem Moment stand sie Blaire ins Gesicht geschrieben.

»Du warst ebenfalls im gleichen Bataillon wie Ian«, sagte sie.

»Das war ich.«

»Und wie stellt er sich an?« Sie zuckte hilflos mit den Schultern. »Also, wenn es ernst wird?«

»Hab nie jemanden gesehen, der im Gefecht geschickter ist.« Connor lächelte ihr aufmunternd zu. »Das ist mein Ernst. Der Bursche ist auf zack.«

»Obwohl ich ein paar Jahre älter bin, habe ich Ian beim Fangenspielen als Kind so gut wie nie erwischt«, sinnierte Blaire, und ihre Miene entspannte sich.

»Das kann ich mir lebhaft vorstellen.« Wie es sein musste, mit so vielen Geschwistern aufzuwachsen? Die einzigen Erinnerungen an seine eigenen waren verschwommen und kaum mehr als das Bild des Familiengrabs, das sich in seinen Kopf eingebrannt hatte. Für einen Grabstein war kein Geld übrig gewesen, und so war die Stelle nicht markiert worden. In den Bereichen der Mittellosen wurden die Toten dicht aneinander bestattet, und man konnte sich schon glücklich schätzen, nicht in einem Massengrab zu landen. Aber so oder so hatte Connor sich nach dem Tod seiner Mutter nicht mehr auf den Friedhof gewagt.

»Wir haben länger nichts mehr von Keillan gehört«, murmelte Blaire. »Und wissen nicht einmal, wo er momentan steckt.«

»Die Feldpost wird überlastet sein, nehme ich an«, bemühte Connor sich, sie zu beruhigen. »Von Ian kam ja ein Brief und bestimmt wird bald einer von Keillan folgen.«

Blaire nickte und deutete nach vorne auf das Hausdach, das hinter dem Hügel auftauchte. »Sind gleich da, ich hoffe, du hast Hunger. Ma hat heute einen ganzen Berg zubereitet.«

»Mit Hunger kann ich dienen. Nach dem Fraß im Einsatz ist jedes normale Essen ein Festessen für mich.«

Mairead kam strahlend auf ihn zu und wischte ihre Hände an der verdreckten Küchenschürze ab. Warm legten sich ihre Arme um ihn. »Wie geht es dir, Junge, was macht das Bein?«

Mit der gleichen Selbstverständlichkeit, mit der Bonnie sich jedes Mal an ihm zu schaffen machte, wenn sie seine

Wunde versorgte, zog die ältere Frau den Kilt nach oben und kontrollierte den Sitz der Schiene.

»Fühlt sich heute etwas warm an«, gab Connor zu.

»Juckt es auch?«, fragte sie nach und schob den Verband ein wenig zur Seite.

Er nickte.

»Es heilt. Ich finde, es sieht vielversprechend aus. Trinkst du den Tee?«

»Jeden Tag.«

»Dann ist gut. Mindestens eine Kanne, mehr schadet nicht.«

»Wann kann ich das Bein wieder belasten?« Diese verdammten Krücken trieben ihn langsam, aber sicher in den Wahnsinn.

Tadelnd sah Mairead ihn an. »Das wird noch eine Weile dauern. Nach dem, was Bonnie mir erzählt hat, wurden mehrere Muskeln durchtrennt. Eigentlich ist es ein Wunder, dass die Knochen kaum etwas abbekommen haben.«

Ich hatte einen guten Schutzschild. Connor presste die Zähne aufeinander und sog den verführerischen Duft in der Küche ein. »Das riecht himmlisch«, sagte er und erntete dafür erneut ein Strahlen.

»Lamm. Weil es unser erster gemeinsamer Sonntag mit Archie und dir ist.«

Wie selbstverständlich sie ihn im gleichen Atemzug wie ihren Sohn nannte, rührte Connor. »Kann es kaum erwarten«, sagte er wahrheitsgetreu.

»Es dauert noch etwas, bis es fertig ist, und Blaire«, sie sah an ihm vorbei zu ihrer Tochter, »muss erst Archie aus dem Bett befördern. Eigentlich hätte er sich heute in der Kirche blicken lassen sollen, aber er ist erst im Morgengrauen singend die Treppe hochgestolpert. Immerhin konnte ich meine anderen Kinder dazu bewegen, mich zu begleiten.« Sie schüttelte den Kopf. »Setz dich doch so lange auf die Bank hinter dem Haus«, schlug Mairead vor.

»Das werde ich machen.« Er zwinkerte ihr zu. »Ich glaube, bei Archie kann die Kirche auch nichts mehr ausrichten.«

Mairead tätschelte seinen Arm. »Das befürchte ich ebenfalls.« Dann ging sie wieder in die Küche.

Connor stapfte zu der schmalen Tür hinter den Treppenstufen und trat hinaus. Mit Nadel und Faden in der einen und einem Hemd in der anderen Hand saß Bonnie auf der Bank und war in die Arbeit vertieft. Die wenigen Sonnenstrahlen, die es durch den bewölkten Himmel schafften, ließen ihr Haar leuchten. »Guten Morgen.«

Sie sah überrascht zu ihm auf. »Wohl eher Mittag«, kommentierte sie und wandte sich wieder dem Stoff zu.

»Darf ich?« Mit der Hand deutete er neben sie.

»Natürlich.«

Wenig geschickt plumpste er neben Bonnie und beobachtete, wie ihre Finger gekonnt einen Knopf annähten. Als sie fertig war, legte sie den Stoff ab und runzelte die Stirn, ohne ihn anzusehen. »Wegen gestern«, begann sie leise. »Das geht mich nichts an, ich hätte nicht so kindisch reagieren und einfach gehen sollen.«

Connor betrachtete die unzähligen Sommersprossen auf Bonnies zierlicher Nase. Wie gerne er sie alle zählen würde, doch vermutlich würde das den halben Tag dauern, und so lange wollte Bonnie wohl kaum in seiner Nähe verweilen. »Bitte glaub mir, dass ich nicht vorhabe, Shonas Dienste in Anspruch zu nehmen. So ein Mann bin ich nicht.« War das Erleichterung in ihrem Blick?

»Was für ein Mann bist du denn, Connor?« Frech grinste Bonnie ihn an, und sein Magen zog sich zusammen. So ein Spruch passte mehr zu Blaire als zu Bonnie. Und doch stand ihr dieser kecke Ausdruck ausgezeichnet.

Einer, der verrückt nach dir ist. »Ich weiß nicht, wie wirke ich denn?«

»Wie einer, der sich gerne in Schwierigkeiten bringt«, beschrieb sie ihn überraschend treffend.

Connor lachte auf. »Wie kommst du da drauf?«, hakte er nach.

»Ist es nicht so, dass Archie dir strengstens untersagt hat, dich mit mir zu beschäftigen?«

Mit angehaltenem Atem zog er die Augenbrauen hoch. »Du weißt davon?«

Sie lachte hell auf. »Ich kenne meinen Bruder.«

»Und vermutlich hältst du dich immer an seine Anweisungen«, antwortete er und legte den Kopf zurück, um die seltene Sonne in seinem Gesicht zu genießen, da sich die Wolken etwas verzogen hatten.

»Das hätte Archie wohl gerne, aber ich treffe meine eigenen Entscheidungen.« In ihren Augen lag ein Funkeln.

Ein wenig lehnte er sich zu ihr hinüber. »Betrifft das auch mich?«

»Bisher bist du für mich ein Patient wie jeder andere«, antwortete sie ein wenig zu schnell.

»Bisher?« Er zeigte auf den Stoff in ihrer Hand. »Das ist mein Hemd, ich würde es unter Hunderten erkennen. Ich habe es bei Cambrai getragen, und wenn mich nicht alles täuscht, war es über und über mit Blutflecken von mir und Archie bedeckt.« Er machte eine Pause und starrte auf den Stoff, der ihm kein Glück gebracht hatte. Connor hatte angenommen, dass Bonnie es entsorgt hatte. Er wusste nicht einmal, warum er es überhaupt im Lazarett in seinen Rucksack gestopft hatte. Es wegzuwerfen, war ihm seltsam falsch erschienen. Nun, da Bonnie sich so damit bemühte, würde er es weiterhin behalten. »Wäschst du die Hemden all deiner Patienten und nähst ihnen Knöpfe an?«

Sie fuhr mit abwesendem Blick über den Stoff. »Ich wollte mit den Flecken wohl den Krieg auswaschen. Und ich dachte, du hättest es vielleicht gern als Erinnerung. Immerhin hättet ihr an diesem Tag sterben können.«

»Wie schön es wäre, wenn sich der Krieg aus unseren Gedanken waschen ließe«, murmelte er. Wie er es genoss, hier mit ihr zu sitzen. Dieser Moment war seltsam perfekt. Wie es wohl wäre, mit einer Frau wie Bonnie an solch einem friedlichen Ort zu leben? Die einfachen Freuden zu genießen, Tag für Tag. Und Nacht für Nacht. Er betrachtete sie unauffällig, und ein Ziehen ging durch seinen Magen. Ja, so ließe sich wohl die Unendlichkeit aushalten. Er rutschte ein wenig an sie heran, gerade so, dass sein Arm ihre Schulter berührte. »Danke für alles«, brummte er.

Bonnie hielt den Atem an und sah auf seinen Arm. »Wie du weißt, gehe ich hier schon bald wieder weg.«

»Der Krieg wird nicht ewig andauern, auch wenn es so scheint.«

»Und du wirst ebenfalls irgendwann in dein eigentliches Leben zurückkehren.«

»Du suchst Gründe, um dich nicht in mich zu vergucken«, flüsterte Connor.

Ein Kichern drang aus ihrer Brust. »Du glaubst, ich würde mich in dich vergucken?«

»Du bist schon dabei.« Connor legte den Kopf schief

und wartete, bis sie unsicher zu ihm aufsah. »Oder irre ich mich?«

Gerade als sie etwas sagen wollte, flog die Tür auf und Archie trat gähnend heraus. »Verflucht war das ein wilder Abend gestern!«, rief er und steckte sich eine Zigarette zwischen die Lippen. Während er sie anzündete, sah er zu Connor. »Abstand halten, Soldat«, murmelte er.

Connor unterdrückte einen Fluch und rutschte demonstrativ etwas beiseite.

»Weißt du, Archie, ich kann ganz gut auf mich selbst aufpassen.« Bonnie sprang auf und funkelte ihn an. »Das habe ich in London geschafft, und das schaffe ich auch hier. Behandle mich nicht wie ein kleines Kind, wenn ich die Arbeit einer Frau mache!«

»Du bist meine kleine Schwester«, stieß Archie hervor.

»Und?« Angriffslustig trat sie auf ihren Bruder zu. »Bald werde ich in Edinburgh sein und einmal mehr meine eigenen Entscheidungen treffen. Dein Arm mag lang sein, aber bis nach Edinburgh reicht er nicht.« Ohne eine Antwort abzuwarten, stürmte sie ins Haus und warf die Tür knallend hinter sich zu.

»So einen Ausbruch hätte ich von Bonnie nicht erwartet«, sagte Connor und bemühte sich, seine Belustigung nicht zu zeigen. Er war sich fast sicher, dass Bonnie eben mit ihm geflirtet hatte. Ja, das hatte sie. Ganz eindeutig.

»Du kennst Bonnie nicht«, grummelte Archie und nahm neben ihm Platz. »Sie hat das gleiche Feuer in sich wie alle Kinder unserer Mutter. Nur dass es bei ihr länger braucht, bis es auflodert.« Aus den Augenwinkeln sah Archie ihn an. »An dem Tag, an dem du Bonnie anfasst, verschwindest du hier.«

»Erwartest du von mir, dass ich auf dich höre, weil ich dir

etwas schulde?« Archies Übergriffigkeit frustrierte Connor zunehmend. Er hatte nicht vor, Bonnie *anzufassen*, oder was auch immer Archie glaubte. Aber dass Archie sich so aufspielte, reizte ihn.

»Du schuldest mir nichts, das habe ich dir mehr als einmal gesagt«, antwortete sein Kamerad.

»Und wir beide wissen, dass das nicht stimmt«, brummte Connor und atmete tief durch. Wie beschissen es war, eine Schuld auf seinen Schultern zu tragen, die er nie hatte spüren wollen. Aber er würde dafür bezahlen und das sogar schon sehr bald.

»Du tust, was du für richtig hältst, und ich tue das, was für meine Familie richtig ist.« Versöhnlich hielt Archie ihm die halb gerauchte Zigarette hin.

Connor nickte, griff danach und inhalierte. »Das hier ist ein wunderbares Fleckchen Erde«, sagte er und sah auf die nahe Küste.

»Das ist es, und drinnen wartet ein noch wunderbareres Essen auf uns.« Archie reichte ihm die Hand.

Ob er es wollte oder nicht, mit diesem Kerl würde er sich den Rest seines Lebens verbunden fühlen. Connor streckte den Arm aus und ließ sich hochziehen.

*****

»Dieser Mistkerl«, fauchte Bonnie und setzte sich neben Blaire auf die Eckbank.

»Ich nehme an, du redest von Archie?«

»Ich habe es satt, dass er mich andauernd bevormundet.«

Blaire lachte leise. »Das hat er doch schon immer getan, aber bisher hat es dich nicht wirklich gestört.«

»Das war früher.« Bonnie nahm die Tasse Tee entgegen, die Mairead ihr reichte.

»Und was ist jetzt anders?«, fragte ihre Schwester.

»Alles ist anders. Ich bin es. Und unser Leben. Und doch tut er so, als hätte sich nichts geändert.« Bonnie trank vorsichtig einen Schluck. Der Geschmack von Minze und Fenchel breitete sich frisch in ihrem Mund aus – die Lieblingsmischung ihrer Ma und zudem eine gute Vorbereitung für den Magen angesichts des reichlichen Mittagessens, das ihnen bevorstand. »Ich habe zweieinhalb Jahre lang in London gelebt und bin in der Zeit gut ohne seine Meinung ausgekommen. Und das war auch während der Ausbildung so.«

»Aber das hat Archie nicht mitbekommen«, warf Mairead ein, während sie eine Schale dampfender Kartoffeln auf den Tisch stellte.

»Und doch habe ich dort hart angepackt, und er tut so, als sei ich noch immer das naive Mädchen von früher.«

Maireads Lachen schallte durch die Küche. »Du warst vielleicht mal ein Mädchen, aber naiv warst du ganz sicher nie.«

Bonnie lächelte ihre Mutter an. Ja, vermutlich war sie das nie gewesen. Schon mit zehn Jahren hatte Bonnie damit begonnen, ihrer Ma zu helfen, Menschen zu pflegen, und sie hatte dadurch auch die Schattenseiten des Lebens kennengelernt. Ihre Hände hatten zu früh geborene Kinder gehalten und ihre Augen den Schmerz im Blick der Mütter gesehen. Mehr als einmal war sie schon als Kind dabei gewesen, wenn ein alter Mensch seinen Lebensatem aushauchte. »Ich war vielleicht nicht naiv, aber ich konnte Archies Bevormundung damals besser ertragen«, relativierte sie ihre Aussage.

»Vielleicht liegt es auch daran, dass du einfach erschöpft

bist«, überlegte Mairead und legte ihre Hand auf Bonnies Arm. »Ich möchte mir gar nicht vorstellen, was du in diesem Krankenhaus alles gesehen hast.«

Bilder von verwundeten Soldaten mit schmerzverzerrten Gesichtern blitzten in Bonnies Erinnerung auf. Von grässlichen Wunden, schlaffen und blutleeren Extremitäten. Sie schluckte und legte ihre Hände um die tröstlich warme Tasse.

»Lass dir von Archie nichts gefallen, so wie ich.« Blaire tätschelte ihr den Rücken. »Du hast den Vorteil, dass du süß bist. Du weißt doch eigentlich ganz genau, wie du Archie um den Finger wickeln kannst, um zu bekommen, was du willst.« Sie machte eine Pause und schien zu überlegen. »Worum ging es eigentlich?«

»Ist egal«, antwortete Bonnie hastig.

Aus dem Flur waren Schritte zu hören, und die beiden Männer traten ein, gefolgt von Tommy, den Bonnie schon den ganzen Morgen über nicht mehr gesehen hatte. Wo trieb sich ihr kleiner Bruder nur andauernd herum? »Sag nichts«, flüsterte sie Blaire zu, die verschwörerisch nickte.

»Selten hat ein Essen besser gerochen«, lobte Connor Mairead, während er umständlich auf die Bank neben Blaire rutschte.

»Ma ist die beste Köchin weit und breit. Ich wette, in der Stadt bekommt ihr kein annähernd so gutes Lamm in Kräutermarinade«, sagte Archie und setzte sich ebenfalls.

Bonnie sah zu Tommy, der sich die Hände über der Spülschüssel wusch, während ihre Mutter einen schweren Schmortopf aus dem Ofen zog. Roch es hier nach Whisky? Auf dem Hemd ihres Bruders waren feuchte Flecken zu erkennen. Hatte Tommy etwa angefangen zu trinken? Unzufrieden verschränkte Bonnie die Arme vor der Brust. Kaum war Archie zurück, schien er einen schlechten Einfluss auf den jüngsten Bruder zu haben. Dass Archie es gerade ständig mit dem Whisky übertrieb, war verständlich bei dessen Sorge um Ian, doch es war in Bonnies Augen bereits bedenklich. Und jetzt auch noch Tommy?

»Greift zu«, eröffnete Mairead die Mahlzeit.

Connor und Archie stürzten sich beinahe auf die Speisen und luden sich die Teller voll. Zögernd nahm auch Bonnie sich etwas und musterte Tommy. Ihr jüngster Bruder wirkte nicht betrunken, und doch stank er wie der Pub am Morgen nach einer Feier.

»Connor und ich werden Bonnie nach Edinburgh begleiten und zwei Tage weg sein«, sagte Archie.

»Kommt nicht in Frage!«, entfuhr es Bonnie. »Ich kann ja wohl noch alleine mit dem Krankenhaustransporter fahren.«

Ihr Bruder hob die Hände. »Hat nichts mit dir zu tun, wir haben da was Geschäftliches zu erledigen.«

Was wollten die beiden ausgerechnet in Edinburgh? Bonnie zog die Augenbrauen zusammen. So ganz war sie nicht überzeugt, dass Archie nicht einfach nur ihre neue Wirkungsstätte überprüfen wollte.

»Hat das was mit dem Whisky zu tun?«, hörte sie die Stimme ihrer Ma. Seelenruhig schnitt Mairead das Fleisch auf ihrem Teller.

»Du weißt davon?« Blaire starrte ihre Mutter mit offenem Mund an.

»Was weiß sie?« Fragend sah Bonnie sich am Tisch um.

Jeder hielt den Kopf gesenkt, und scheinbar wussten alle bis auf sie, worum es ging.

»Ihr glaubt doch nicht wirklich, dass mir so etwas entgehen würde.« Ihre Ma schob sich die Gabel in den Mund und schüttelte den Kopf.

»Könntet ihr mich mal bitte aufklären?«, forderte Bonnie sie auf und vergaß über ihrer Neugierde sogar das hervorragende Essen auf dem Teller vor ihr.

Mairead schluckte gemächlich, legte die Gabel zur Seite und faltete die Hände im Schoß. »Blaire und Tommy haben in der alten Kapelle eine Brennerei aufgebaut. Und wie ich annehme, sind sie damit durchaus erfolgreich.«

»Ihr habt *was*?« Bonnie starrte zu Tommy, der sie entschuldigend angrinste.

»Wie hast du das herausgefunden?«, wollte Blaire wissen.

»Du glaubst doch nicht, dass ich nicht mitbekomme, wenn du bei allen Bauern im Umkreis die Restbestände an Gerste aufkaufst und dich mit Tommy jeden Tag hier wegschleichst, ohne mir zu sagen, was ihr treibt, um dann wie eine Kneipe stinkend zurückzukommen.« Sie machte eine Pause und lachte auf. »Und dann ist eines Nachmittags Pastor Gilroy hier stockbetrunken aufgetaucht und hat nach Whisky verlangt. Als ich ihm ein Glas von dem einschenkte, den ich im Laden gekauft hatte, brüllte er, dass er von dem will, den du in der Kapelle herstellst.«

»Dieser alte Säufer kann seinen Mund einfach nicht halten«, fluchte Blaire.

»Euer Whisky scheint gut zu sein«, stellte Mairead fest.

»Wie viel habt ihr denn?«, fragte Bonnie nach. Bedeutete die Sache mit der Brennerei, dass sie dieses komische zusammengebastelte Ding nutzten, das Archie vor dem Krieg im Schuppen hinter dem Haus zusammengesteckt hatte? Dieses Klappergestell konnte man kaum Brennerei nennen.

»Einunddreißig Fässer.« Begeisterung blitzte in Archies

Augen auf. »Die wollen wir in Edinburgh verkaufen. Wenn das gut läuft, baue ich die Produktion aus.«

»Ich?« Blaire warf ihm einen finsteren Blick zu.

»Wir«, verbesserte Archie sich. »Blaire wird den Whisky herstellen, und ich kümmere mich um die Logistik. Vermutlich werde ich beim Einkauf des Getreides besser handeln können als sie.«

Blaire murmelte irgendetwas und schien nicht begeistert davon zu sein, dass Archie ihr Verhandlungsgeschick in Frage stellte.

»Ihr wollt eine richtige Destillerie aufbauen?« Bonnie spürte, wie ihr Kinn nach unten klappte. Es ging hier eindeutig nicht um Archies Minianlage, das war ihr inzwischen klar.

»Dennon-Whisky. Wie klingt das?« Selbstzufrieden grinste Archie in die Runde.

»Muss so was nicht eigentlich der Familienrat entscheiden?«, fragte sie. Bevor die Familie sich in solch ein waghalsiges Unternehmen stürzte, sollten zumindest alle Punkte bedacht werden. Und warum musste es ausgerechnet Alkohol sein?

»Du hast keine Vorstellung, wie viel Geld wir damit machen können«, brummte Archie.

»Was sagst du dazu?«, fragte Bonnie an ihre Ma gerichtet.

Maireads Blick wanderte zur Wand und schien sich aus der Gegenwart zu entfernen. »Ich kann euch gar nicht sagen, wie oft ich in eurer Kindheit nicht wusste, wie ich euch alle satt bekommen soll. Die Zeiten waren immer hart, und das werden sie auch bleiben.« Ihr Blick fand zurück in die Gegenwart und begegnete Bonnies. »Ich will nie wieder ein hungriges Kind in dieser Familie sehen. Und eines Tages werdet ihr alle selbst Kinder haben. Meinen Enkeln soll es besser gehen.« Sie machte eine theatralische Pause. »Meinen Segen habt ihr. Aber passt auf, dass ihr euch damit nicht in Schwierigkeiten bringt.«

»Wir haben den Pub, der hat uns immer über Wasser gehalten«, protestierte Bonnie. »Keillan und Ian können sich Arbeit suchen, sobald sie zurück sind.«

»Was sollen sie machen?«, blaffte Archie. »Fisch fangen so wie dein Vater und dabei ersaufen?«

Bonnie nahm wahr, wie Connor zusammenzuckte.

Maireads Augen wurden schmal. »Rede nicht so, Junge.«

»Aber es ist doch die Wahrheit. Was sollen sie sonst schon machen? Nach Glasgow gehen und für einen Hungerlohn am Fließband arbeiten?« Frustriert knallte ihr Bruder seine Gabel auf den Tisch. »Und was, wenn sie wie ich auch nicht ohne Verluste zurückkommen?« Er deutete auf seinen Arm. »Ich kann den Pub auch mit nur einem Arm am Laufen halten und mich um den Vertrieb des Whiskys kümmern. Aber viele andere Möglichkeiten habe ich so nicht.«

Bonnies Blick wanderte zu Connor. Mit aufeinandergepressten Zähnen starrte dieser auf seinen Teller. Was war da nur mit diesen beiden los? Noch immer gelang es ihr nicht, die Beziehung der Männer zu durchschauen. Aber allem Anschein nach verband sie mehr als nur Freundschaft. Und Connor wirkte nicht begeistert von der Sache mit dem Whisky. Wusste er etwas, das ihr entging?

»Und was, wenn sie gar nicht mehr zurückkommen?«, setzte Archie erneut an.

»Sag so etwas nie wieder«, flüsterte Mairead. »Sie werden heimkommen. Alle beide.«

»Das hoffe ich natürlich.« Archie atmete tief ein und sah

in die Runde. »Das ist unsere Chance, ob wir es wollen oder nicht. Blaire war geschickt genug, die Anlage neu aufzubauen, und ich bin mir sicher, sie und Tommy werden einen weiteren Kessel schweißen können.«

»Sollte kein Problem sein«, bestätigte Blaire mit roten Wangen. Bonnie entging nicht, wie sie aufgekratzt neben ihr auf der Bank herumrutschte. Offensichtlich hatte ihre Schwester endlich etwas gefunden, was ihren für eine Frau ungewöhnlichen Fähigkeiten entsprach.

»Ich habe dabei kein gutes Gefühl«, unternahm Bonnie einen letzten Anlauf und fing einen Blick von Connor auf, der ihr aber wie eine stille Zustimmung vorkam.

»Lasst uns abstimmen.« Archie stützte sich auf der Tischplatte ab. »Wer ist dafür, dass wir versuchen, in dieses Geschäft einzusteigen?«

Bonnie beobachtete, wie alle Arme außer ihrem und Connors nach oben schnellten. Sogar ihre Ma hob die Hand.

»Gegenstimmen?«, fragte Archie und sah zu Bonnie.

»Ich enthalte mich«, sagte sie und reckte das Kinn vor.

Archies Handfläche sauste klatschend auf das Holz hinab. »Dann gilt es. Wir gründen unsere eigene Destillerie!« Hungrig biss er von einer Kartoffel ab. »Vika kann hervorragend zeichnen. Ich werde sie bitten, ein Logo für uns zu entwerfen. Dann soll der Schmied uns nach ihrer Vorlage ein Brennsiegel für die Fässer gießen.«

»Du machst keine halben Sachen«, brummte Connor. Ein tiefes Lachen drang aus seiner Brust. »Ist das bei Familien immer so am Sonntagstisch?«

»Bei uns schon«, antwortete Blaire und zuckte mit den Schultern. »Eigentlich war es heute sogar ungewöhnlich harmonisch.«

Wieder lachte er und lockte damit auch bei Bonnie ein Lächeln hervor. »Ich habe mir diese Familiensache immer ganz anders vorgestellt, aber ich muss sagen, das hier gefällt mir.« Dann fiel Connor ebenfalls über sein Essen her.

»Warte erst mal ab, bis meine anderen Söhne wieder hier sind«, entgegnete Mairead. »Dann ist endlich wieder richtig Leben im Haus.«

»Da wird Connor schon nicht mehr hier sein«, brachte Archie hervor.

Irritiert sah Bonnie zwischen ihm und Connor hin und her. Was entging ihr nur?

»Darf ich mich setzen?« Connor deutete neben sie auf das Sofa, dessen Sprungfedern durch die Polsterung zu spüren waren.

»Du kannst es wagen, aber vermutlich wird Archie dich hier ziemlich schnell wieder verjagen.« Bonnie konnte ein Kichern nicht unterdrücken.

»Der ist mit Blair zur Kapelle gefahren, um den Ausbau der Anlage durchzusprechen.«

Bonnie stöhnte auf und ließ den Socken sinken, obwohl sie das peinlich große Loch noch nicht fertig gestopft hatte. »Ich kann mir schon vorstellen, wie die beiden sich gegenseitig befeuern und Pläne schmieden.«

»Warum bist du gegen diese Geschäftsidee?«, fragte er neugierig.

»Du meinst abgesehen davon, dass den Menschen zu viel Alkohol nicht guttut?«

Er rieb sich über den Bart und dachte einen Moment lang nach. »Jeder muss seine eigenen Entscheidungen treffen. Sie werden niemanden zwingen, sich zu betrinken.«

»Mag sein, aber ich habe einfach Sorge, dass diese Beschäftigung ungute Folgen haben könnte.«

»Und was zum Beispiel?« Connor hatte offensichtlich nicht vor lockerzulassen.

»Archie hat ein Talent dafür, sich in Schwierigkeiten zu bringen. Er fühlt sich beinahe magisch angezogen von Menschen, die nicht von der besten Sorte sind. Und wenn er nun mit Whisky handeln wird, ist die Chance groß, dass er sich auf die Falschen einlässt.«

Er sah sie mit einem harten Ausdruck an. »Und wer wären die falschen Leute?«

Bonnie zuckte mit den Schultern. »Leute, die es nicht so eng mit dem Gesetz sehen, zum Beispiel.«

Connor kniff die Augen zusammen, brauchte einen Moment, ehe er antwortete. »Selbst wenn er das tut, ist er vermutlich clever genug, um entsprechend damit umzugehen.«

Bonnie lachte auf. Doch es war kein amüsiertes Lachen. Eher ein hohles, weil ihr eigentlich danach war, ihren Frust herauszuschreien. »O ja, Archie ist clever. Vermutlich der cleverste Mann, der mir je begegnet ist. Und genau das macht ihn so anfällig für riskante Unternehmungen. Er kommt auf Ideen, auf die andere niemals kommen würden.«

Connor lehnte sich zurück und rutschte in eine bequemere Position. »Wenn ich eins über deinen Bruder weiß, dann, dass er nicht aufgibt, wenn er sich etwas in den Kopf gesetzt hat.«

Bonnie nahm den Socken auf und steckte die dicke Stopfnadel hinein. »Kannst du mir einen Gefallen tun?«, fragte sie.

»Jeden, den du willst.«

»Pass auf, dass Archie in Edinburgh nichts Dummes anstellt.«

Connors Lächeln verschwand. Stattdessen runzelte er die Stirn. Suchte er nach der passenden Antwort? Warum konnte dieser Kerl nicht einfach aussprechen, dass er ihren Bruder im Auge behalten würde? »Werde sehen, was ich tun kann«, antwortete er und sah sie nicht an.

»Das klingt ja sehr vielversprechend.« Bonnie schüttelte den Kopf. »Du bist doch ein guter Kerl, sorg einfach dafür, dass Archie keinen Mist baut.«

Noch immer sah Connor sie nicht an. »Was bringt dich auf die Idee, dass ich ein guter Kerl bin?«

Schon wieder ließ sie den Socken auf ihren Rock sinken. »Das sagt mir meine Menschenkenntnis«, überlegte Bonnie. »Ich spüre es einfach.«

»Lass uns besser das Thema wechseln.«

Mit Sicherheit machte Connor sich für das, was er während des Kriegs getan hatte, Vorwürfe. Zu gut kannte sie die Gewissensbisse, die die Heimkehrer verfolgten. Sanft legte sie ihre Hand auf seinen Arm. »Was machen die Albträume?«

Überrascht sah er auf. »Woher weißt du davon?«

»Ich habe es im Krankenhaus mitbekommen, als ich spät am Abend in euer Zimmer gekommen bin.«

Er wirkte peinlich berührt. »Ist besser, seit ich hier bin. Vielleicht liegt es an der Luft.«

»Oder an den beruhigenden Kräutern, die ich in deine Teemischung gegeben habe.«

»Und du hast mir nichts davon gesagt?«

»Ich wollte sehen, ob es wirkt, auch wenn du nichts davon weißt.«

»Hmm.« Er nickte. »Es ist besser. Nicht weg, aber leichter auszuhalten.«

»Gib dir Zeit.«

Connor suchte ihren Blick. »Wenn wir schon bei unangenehmen Themen sind: Was genau hat Archie da vorhin über deinen Vater erzählt?«

Bonnies Lippen öffneten sich leicht, ehe sie diese wieder aufeinanderpresste und zur offenen Tür blickte, doch von ihrer Ma war nichts zu sehen. Mairead mochte es nicht, wenn von dieser Sache gesprochen wurde, die passiert war, als sie alle noch Kinder gewesen waren. Es schmerzte sie noch immer, das spürte Bonnie. Sie senkte die Stimme. »Meine Mutter hatte das Pech, gleich beide Ehemänner auf eine dramatische Weise zu verlieren.«

»Ja, Archie hat von seinem Vater erzählt.«

Wenn ihr Bruder mit Connor über den vermutlich gewaltsamen Tod seines Vaters gesprochen hatte, dann musste er diesen Mann mehr mögen, als er es zeigte, überlegte Bonnie. »Etwa zwei Jahre später kam mein Vater in diesen Ort. Ich weiß nicht genau, woher er stammte, jedenfalls war er wohl auf einer Art Wanderschaft durchs Land unterwegs. Eines Tages klopfte er hier an die Tür und bat gegen Arbeit um ein Essen.«

Connor lachte. »Lass mich raten: Mairead hat ihn ebenso herzlich aufgenommen wie mich?«

Ein Lächeln huschte über Bonnies Gesicht. Ja, ihre Ma war herzensgut und half, wo immer es ging. »So in etwa, nehme ich an. Ohne Mann im Haus und mit drei kleinen Kindern gab es hier auch viel zu tun. Also blieb mein Pa länger als geplant, hat Ausbesserungen am Dach vorgenommen und Ma geholfen, wo er konnte.«

»Und dann?« Connor wirkte sichtlich interessiert.

Bonnie zuckte mit den Schultern. »Er ist nie wieder gegangen. Sie haben geheiratet und neun Monate später war ich da, ein Jahr darauf Ian. Mein Vater hat sich als Fischer etwas dazuverdient und hin und wieder im Pub gearbeitet, denn meine Mutter wurde für ihre Krankenpflege meistens nur in Naturalien bezahlt.« So war es auch Bonnie vor der Zeit in London ergangen. Nicht selten war sie nach einer Geburt mit einem Korb voller Fisch oder Wurzelgemüse nach Hause gekommen. »Jedenfalls war es an einem Tag sehr stürmisch. Kein Fischer ging bei solch einem Wetter raus aufs Meer. Mein Vater hat aber darauf bestanden, es dennoch zu tun.« Sie atmete tief ein und sah sich als siebenjähriges Mädchen, wie sie mit ihren älteren Geschwistern die Küste absuchte, dann hatten auch die Leute aus dem Ort geholfen. Keiner hatte verstanden, warum ihr Vater rausgefahren war. Connor ließ ihr Zeit und schwieg. »Gegen Abend wurde eine Meile von hier sein Boot angespült, doch von meinem Vater fehlte jede Spur.«

»Das tut mir leid«, murmelte er. Connor hatte seine ganze Familie verloren. Wenn jemand diesen Schmerz nachvollziehen konnte, dann er.

»Ganz Foxgirth hat nach ihm gesucht, und Ma hat gehofft, ihn zumindest beerdigen zu können. Doch sein Körper ist nie angespült worden.«

»War Tommy damals schon auf der Welt?«

Bonnie schüttelte den Kopf. »Ma war mit ihm schwanger. Ein Nachzügler, wie sie ihn immer nannte.«

»Sechs Kinder und kein Mann«, brummte Connor. »Sie muss eine sehr starke Frau sein.«

»Das ist sie. Die stärkste, die ich kenne. Und vieles von

dem, was ich kann, habe ich von ihr gelernt. Sie hat mir beigebracht, Kinder zu entbinden und Krankheiten zu behandeln. Mir jede Heilpflanze und ihre Wirkung erklärt und dafür gesorgt, dass ich Salben und Öle anmischen kann. Als ich älter war, wurde mir klar, dass ich dennoch eine richtige Ausbildung brauchte. Die Zeiten haben sich geändert; es von der Mutter zu erlernen, reicht heute nicht mehr aus. Also habe ich mich beworben und wurde vom Royal Infirmary in Edinburgh angenommen.« Bonnie dachte an die dreijährige Ausbildungszeit zurück, bei der sie mit der modernen Medizin und Krankenpflege vertraut gemacht worden war. »Danach habe ich als Pflichtübung das Hebammentraining hinter mich gebracht, denn Ma hatte mich, was das anging, bereits vortrefflich ausgebildet. Aber ich wollte einen Abschluss vom Queen Victoria Jubilee Institute for Nurses, um offiziell als Distrikt-Krankenschwester dieser Gegend arbeiten zu können.«

Connor sah sie mit geweiteten Augen an. »Das klingt nach einer unglaublich guten Ausbildung, die du erhalten hast.« Bonnie hörte die Anerkennung in seiner Stimme.

Sie lächelte beschämt. Doch in der Tat hatte sie die besten Qualifikationen, die eine Krankenschwester erlangen konnte. Es waren anstrengende Jahre gewesen, aber sie hatte an ihrem Traum festgehalten. Auch gegen Archies Willen, der sie vermutlich am liebsten in dem kleinen Cottage eingeschlossen hätte.

»Wir haben also viele Jahre zeitgleich in Edinburgh gelebt«, sagte Connor. Er legte seine Hand auf ihre. Erst jetzt bemerkte Bonnie, dass sie noch immer seinen Arm berührte. Seine hellbraunen Augen blickten sie warm an, und für einen Moment genoss sie diese Nähe. »Ich muss diesen Socken fertig bekommen, damit ich ordentliche Sachen für Edinburgh habe.« Sie riss sich von seinen Augen los und befreite ihre Finger.

»Dann werde ich einfach hier sitzen und dir zusehen.«

»Ist dir das nicht zu langweilig?«

Connor schmunzelte. »Ich glaube, ich habe in den vergangenen Jahren genug Aufregung für ein ganzes Leben gehabt. Und abgesehen davon ist dein Anblick alles andere als langweilig.«

Bonnie lächelte in sich hinein. Connor konnte es einfach nicht lassen, mit ihr zu flirten, und so langsam wollte sie auch gar nicht mehr, dass er damit aufhörte.

TEIL ZWEI

Dezember 1917

Kapitel 7

War es noch zu früh, um ein Glas zu trinken? Connor starrte auf das Regal mit den Flaschen hinter der Theke. Die ruhigen Stunden, ehe der Betrieb am Abend losging, zogen sich jeden Tag mehr. In diesem Ort war einfach nichts los. Ab und zu fuhr eine Kutsche die trostlose Hauptstraße entlang, und einige Frauen waren unterwegs, um Besorgungen zu machen. Archie trieb sich tagsüber mit Blaire bei der Kapelle herum, um ihr neues Unternehmen zu planen, und Connor saß hier fest und konnte nichts weiter tun, als Däumchen zu drehen. Mit seinem Bein war er eine Belastung und weniger eine Hilfe für seinen Kameraden. Frustriert blickte er auf das Hosenbein, das sich über dem Verband spannte. Wenn er es nur wenigstens ein wenig belasten dürfte, würde er sich zumindest die Gegend ansehen können. Wie gerne er zu dem kleinen Cottage hinüberlaufen wollte. *Zu Bonnie.* Seit Sonntag hatte er sie nicht mehr gesehen und inzwischen war schon Donnerstag. Noch knapp eine Woche und sie würde ihren Dienst im Second Scottish General Hospital antreten und ihn mit Sicherheit bei all der Arbeit schnell vergessen.

Wieder betrachtete Connor die Flaschen. Warum trank er nicht einfach, wenn es doch sonst nichts zu tun gab? Darüber nachzudenken, wie verflucht beschissen seine Situation war, brachte ihn auch nicht weiter. Er rappelte sich auf und stützte sich auf die Krücken. Ehe er den ersten Schritt machen konnte, sprang die Tür auf, und ein magerer Junge mit roten Wangen stürzte hinein. Suchend sah er sich um. »Ist Archie da?«, rief er und schnappte nach Luft, während er sich mit dem Arm Schweißperlen von der Stirn wischte. Connor glaubte, in dem Kind den Sohn des Gemischtwarenhändlers zu erkennen.

»Kommt später«, brummte Connor dem etwa achtjährigen Burschen zu.

»Dann muss ich zu ihm rauslaufen.« Der Junge wollte auf dem Absatz kehrtmachen.

»Halt!«, hielt Connor ihn auf. Irgendetwas stimmte hier nicht. »Was ist los?«

Der Bursche hatte einen zerknirschten Gesichtsausdruck und zog einen Umschlag aus der Hosentasche. »Die Post kam eben, und es ist auch ein Brief für Mrs. Dennon dabei gewesen.«

Mit zusammengekniffenen Augen starrte Connor auf den Stempel des Briefes. *Kriegsministerium.* Übelkeit stieg in ihm auf. Langsam humpelte er auf den Jungen zu und nahm ihm den Brief ab. Dann griff er in seine Tasche und hielt ihm eine Münze hin. »Die ist dafür, dass du deinen Vater überzeugst, mich zu den Dennons zu fahren. Sag ihm, ich werde ihn dafür gut bezahlen.«

»Natürlich, Sir.« Der Bursche schnappte sich die Münze und flitzte aus der Tür.

Mit zitternder Hand legte Connor den Brief auf der Theke ab und griff nach dem Whisky. Nach mehreren Schlucken aus der Flasche steckte er den Brief ein und humpelte nach draußen, um dort auf den Händler zu warten. Nur mühsam hielt er sich aufrecht. Was in seiner Hosentasche steckte, war eine verheerende Nachricht, daran bestand kein Zweifel.

Vor ihm tauchte Ians sommersprossiges Gesicht mit dem unverkennbar rotzigen Grinsen auf. *Ian oder Keillan.* Das Schicksal eines der Brüder verbarg sich in dem Umschlag. Auf keinen Fall würde er Mairead so eine Nachricht von einem Kind überbringen lassen.

Das Rumpeln der Kutsche des Händlers zog seine Aufmerksamkeit auf sich. Das Gesicht des Mannes sprach Bände. Jeder wusste, was diese Briefe bedeuteten. Connor nickte ihm grimmig zu und stieg auf den Kutschbock. Wortlos fuhren sie auf die schmale Landstraße.

Als Connor in seine Westentasche griff, um dem Mann Geld zu reichen, wehrte dieser ab.

»Verfluchte Vergeudung von Leben, dieser Krieg«, knurrte der Händler.

Mehr als ein Nicken brachte Connor nicht zustande. Kaum, dass das Haus in Sichtweite gekommen war, hatte sich seine Kehle zugeschnürt. Er atmete tief ein, dann ging er auf die Haustür zu, die gerade offen stand, um frische Luft in das alte Gemäuer zu lassen. Aus der Küche war Stimmengewirr zu hören. Die Krücken kamen scharrend auf dem abgenutzten Holzboden auf und begleiteten seine Schritte in den Raum.

»Connor, wie schön, dich zu sehen«, empfing Mairead ihn und wollte aufstehen, doch er bedeutete ihr, sitzen zu bleiben.

Die komplette Familie saß um den Tisch versammelt mit Teetassen vor sich, und nie war Connor sich so fehl am Platz vorgekommen. Auch wenn er sich nur zu gerne eingebildet hatte, zumindest vorübergehend zu den Dennons zu gehören, so führte ihm dieser Moment die Realität vor

Augen: Er hatte keine Familie. Er wusste nicht einmal, an welche Adresse das Kriegsministerium seine Todesnachricht geschickt hätte. Vermutlich wäre sein Name nur auf einer der Hunderten Listen aufgeführt worden, die die Zeitungen abdruckten.

Alle Gespräche verstummten. Offensichtlich sprach seine Miene Bände.

Archie beobachtete ihn mit gerunzelter Stirn. »Was ist los?«, fragte er ungewohnt leise.

Connor griff in die Hosentasche und spürte das Papier zwischen den Fingern. »Kam eben vom Kriegsministerium.«

Mairead sackte in sich zusammen und verbarg ihr Gesicht in den Handflächen. Keiner rührte sich. Mit schreckgeweiteten Augen sahen sie ihn an. Archie wirkte wie festgefroren. Keine Regung war bei ihm zu erkennen. Connors Blick wanderte zu Bonnie. Ihre zitternde Unterlippe drohte ihm das Herz zu brechen. Wollte denn keiner diesen verfluchten Brief öffnen? Ihm die Last abnehmen, die er in der Hand hielt?

Connor rieb sich über den Bart und lehnte sich an den Küchenschrank. Keiner von ihnen war dazu fähig. Nicht einmal Archie. Also zwang er sich, den Umschlag aufzureißen. Sein Mund fühlte sich unnatürlich trocken an, während er die Worte las. Erneut sah er auf und blickte die Familie an. Den Schmerz in Maireads Blick würde er nie vergessen. Ebenso wenig wie den seiner eigenen Mutter, als sie damals das Baby beerdigt hatten. Er hatte lange nicht mehr an jenen Tag gedacht, vermutlich hatte er ihn beinahe schon vergessen. Doch jetzt sah er den tristen Friedhof vor sich, die Gerippe der blattlosen Bäume an diesem Wintertag und die rot geweinten Augen seiner Ma.

Wieder starrte Connor auf die Zeilen in seiner Hand.

»Keillan wurde bei Cambrai als vermisst gemeldet«, sagte er tonlos.

Archie und Ian hatten nicht einmal gewusst, dass der dritte Bruder ebenfalls an den Gefechten in der Region beteiligt gewesen war. Doch so oft, wie Einheiten aufgeteilt und neu zusammengelegt wurden, war es beinahe unmöglich, mit Sicherheit zu sagen, wer wo kämpfte. Also hatte Keillan ihnen einmal mehr aus der Entfernung Rückendeckung gegeben, aber dieses Mal hatte es ihnen allen kein Glück gebracht.

Archie sprang auf und stürmte hinaus. Wenige Sekunden später hörte Connor vor dem Haus einen Schrei, der ihm fast das Blut in den Adern gefrieren ließ. Er stürzte ans Fenster und sah, wie sein Kamerad an der Steinmauer vor dem Haus lehnte. Archies Brustkorb hob und senkte sich schnell, während er sich die oberen Knöpfe des Hemds aufriss. Dann verschwand er durch das Tor.

Connor drehte sich um und brachte es kaum über sich, die anderen anzusehen.

»Ich sehe nach Archie«, flüsterte Blaire, legte ihrer Mutter eine Hand auf die Schulter und verschwand.

»Vermisst bedeutet nicht tot, oder?«, flüsterte Tommy.

Doch, meistens schon. »Keillan könnte noch leben«, sagte Connor und fühlte sich wie ein Lügner.

Der Junge schluckte und rieb sich über die Wange.

»Ich brauche etwas Ruhe.« Mairead stand auf und ging zur Treppe. Ihr Gesicht war gespenstisch blass.

Tommy schien etwas sagen zu wollen, sprang aber dann auf und lief ebenfalls nach oben.

Nur noch Bonnie saß auf der Bank. Ihre zitternden Finger suchten Halt in ihrem Leinenrock.

Connor verspürte Hilflosigkeit. Was sagte man in so einem Moment? Seufzend legte er den Brief auf die Arbeitsplatte und humpelte auf sie zu.

Ohne ihn anzusehen, rutschte sie zur Seite, um ihm Platz zu machen.

Connor setzte sich neben sie und lehnte die Krücken gegen den Tisch. »Es tut mir so leid.« Mehr brachte er nicht heraus.

Sie zog die Nase hoch und nickte. Die Tränen, die über ihre helle Haut rannen, versetzten ihm einen Stich. Er wollte mit dem Daumen über ihre Wange streichen, doch er wäre lediglich fähig gewesen, damit die Tränen, nicht aber den Schmerz zu entfernen. Und doch musste er etwas tun. Ruckartig legte er den Arm um sie und zog sie an sich heran.

Schluchzend warf Bonnie sich an seine Brust und vergrub ihr Gesicht in seinem Hemd. Ihre Hände krallten sich in seine Oberarme, und ihre Kraft überraschte ihn.

Seine Hände fuhren immer und immer wieder über ihren Rücken, bis er glaubte, sie würden heiß werden. Connor ließ ihr Zeit und wartete ab, bis das Zucken ihres Körpers weniger wurde.

Plötzlich schob sie sich von ihm weg und wischte sich mit der Hand über die Wangen. Wie unglücklich sie aussah, mit den rot geweinten Augen und der rosa Nasenspitze.

Augenblicklich wollte er sie erneut an sich ziehen, und sei es nur, um diesen Anblick nicht aushalten zu müssen.

»Sag mir ehrlich, was du denkst«, bat sie mit tränenerstickter Stimme.

Was sollte er ihr sagen? Dass vermisst in der Regel gefallen bedeutete? Womöglich war Keillan einer Granate zum Opfer gefallen, und es war schlicht kein Körper mehr da gewesen, den man hätte bergen können. »Ich weiß nicht mehr als du«, murmelte er.

»Keillan ist tot, oder?« Plötzlich klang sie ruhig. Beinahe gefasst.

»Vermutlich.« Mit der Hand fuhr Connor über die feuchte Stelle an seinem Hemd, die ihre Tränen aufgesogen hatte.

»Ich muss mich um die anderen kümmern.« Sie wollte aufstehen, doch ihr Körper schien ihr nicht zu gehorchen, und so blieb sie in sich zusammengefallen hocken. »Ich muss ...«, murmelte sie erneut.

»Bleib etwas hier«, forderte Connor sie auf. »Du kümmerst dich immer um alle anderen. Denk an dich. Tu das, was dir jetzt hilft«, sagte er.

Bonnie zögerte. Dann rutschte sie wieder an ihn heran. »Kannst du mich noch mal in den Arm nehmen?«, flüsterte sie.

Connor zog sie einmal mehr fest an sich. Er konnte die Situation nicht ändern, aber er würde Bonnie geben, was er geben konnte. Er würde sie zumindest für diesen Moment vor der Außenwelt schützen. Es war, als wären sie für diese Umarmung gemacht worden. Wie zwei Puzzleteile fügten sie sich ineinander. Connor glaubte geradezu mit Bonnie zu verschmelzen und eine Weile nahm er nichts um sich herum wahr.

Irgendwann war draußen Hufgetrappel zu hören, und er kam wieder zu sich. Durch das Fenster sah er Archie, der auf dem Pferd davonritt. Kurz darauf tauchte Blaire in der Küchentür auf. Einen Moment lang betrachtete sie ihn und Bonnie, dann eilte sie ins Wohnzimmer gegenüber und schloss die Tür. Connor senkte den Kopf und drückte seine Lippen auf Bonnies Haare.

Augenblicklich entwand sie sich ihm und sah ihn mit aufgerissenen Augen an. »Hast du mich gerade geküsst?«

Erst jetzt wurde ihm klar, was er getan hatte. Wie konnte er nur? In so einem Moment! »Ist einfach passiert. Bitte entschuldige.« Was verdammt nochmal hatte er sich nur gedacht?

Sie nickte schwach. »Es war schön«, hauchte sie zu seiner Überraschung und zeigte trotz der verheulten Augen den Anflug eines Lächelns. Langsam reckte sie ihr Kinn nach oben und schloss die Augen. Wollte Bonnie etwa, dass er sie küsste? So richtig? Jetzt in dieser Situation?

Connor zögerte, aber es war zu verlockend. Er lehnte sich vor, und seine Lippen berührten die ihren. So sanft es ihm möglich war, küsste er sie und atmete den Geruch nach Seife und Kräutern ein. Dann zog er sich zurück. Nie war ihm etwas schwerer gefallen und doch musste es sein.

Fragend sah Bonnie ihn an.

»Das ist nicht der richtige Zeitpunkt. Du bist verletzt«, sagte er mit leiser Stimme.

Augenblicklich ordnete sie ihre Haare mit weiterhin zittrigen Fingern. »Du hast recht. Ich sehe besser nach Ma.« Ohne ihn anzuschauen, rutschte sie auf der Bank um den Tisch herum und lief zur Treppe.

»Archie wird mir den Kopf abreißen«, brummte Connor vor sich hin. Wie hatte das nur passieren können?

* * * * *

Beide hatten sie kaum ein Wort gesagt. Es war nicht notwendig auszusprechen, was sie fühlten. Ihre Ma saß unter der schrägen Decke auf ihrem Bett und starrte in die Flamme der Kerze, die sie vorhin für Keillan angezündet hatte. Das Wachs war an dieser herabgelaufen und getrocknet.

Bonnie betrachtete das Muster, das sich seitlich der Kerze

gebildet hatte. Seufzend stand sie auf. »Ruf mich, wenn du etwas brauchst«, sagte sie und schloss dann die Tür. Sie blickte in das Zimmer ihrer Brüder, trat mit unsicheren Schritten ein und fand sich vor Keillans Bett wieder. Ordentlich, als würde er jeden Moment zurückkommen, lag auf diesem der dicke Quilt, den Mairead vor vielen Jahren für ihren ältesten Sohn genäht hatte. Bonnie sank auf die Matratze und strich mit der Hand über den Stoff. Wie sehr sie Keillan in diesem Moment vermisste. Mehr als sonst sehnte sie sich nach ihrem ältesten Bruder, der ihr immer eine Art väterlicher Ratgeber gewesen war. Ihm hatte sie sich stets am nächsten gefühlt. Er war ihr von all ihren Geschwistern am ähnlichsten und verstand sie. »Bitte komm zurück«, flüsterte Bonnie und vergrub das Gesicht in den Händen. Erneut verspürte sie den Wunsch, in den Arm genommen zu werden. So wie vorhin von Connor. Plötzlich hatte sie Nähe gebraucht und Connor hatte ihr diese gegeben. Sie schluckte und sah durch einen Tränenschleier auf das Bett von Ian. Wo war er in diesem Moment? Ian hatte keine Ahnung von dem Drama, das seine Familie erschütterte. Vermutlich war es ein Segen.

Gegen ihren Willen wanderten Bonnies Gedanken zu Connor zurück. Sie kannte diesen Mann kaum, und doch war da das Verlangen gewesen, ihn zu küssen. Hatte Connor recht, und es war nur eine Reaktion auf die furchtbare Nachricht über Keillan? Wenn ja, warum hatten sich dann die Härchen an ihren Armen aufgestellt, als er sie beinahe scheu geküsst hatte? Verguckte sie sich tatsächlich in den Kameraden ihres Bruders? Doch selbst wenn es so war, es war aussichtslos. Nicht nur Archie stand ihnen im Weg, sondern auch ihr Versprechen, so lange als Krankenschwester zu arbeiten, bis ihre Brüder wieder zu Hause waren. Erneut schluckte sie. So wie es jetzt aussah, würde Keillan nie wieder heimkehren. Die Vorstellung, dass ihr geliebter großer Bruder womöglich für alle Zeiten in einem Grab auf dem Festland lag und sie ihm noch nicht einmal die letzte Ehre erweisen konnte, brachte sie fast um den Verstand.

Bonnie sprang auf und rannte die Treppe hinunter. Sie konnte es keine Minute länger im Haus aushalten. Die Angst um Keillan und Ian schnürte ihr die Luft ab. Nie zuvor war sie derart überwältigend gewesen. Bonnie warf sich das dicke Wolltuch über die Schultern und lief durch die Hintertür über die Wiese und auf die Steilklippe dahinter zu. Sie stieg die alte fast senkrecht abfallende Holztreppe entlang der Felsen hinunter, bis ihre Schuhe im groben Sand einsanken. Unerbittlich fuhr der Wind in ihre Haare, doch Bonnie achtete nicht darauf. Nach einigen Schritten fiel sie auf den Boden und zog die Knie an sich heran. Hier draußen konnte niemand ihre Tränen sehen.

»Darf ich mich setzen?«

Bonnie sah auf in Connors sorgenvolles Gesicht. »Ich habe dich nicht kommen gehört«, flüsterte sie. Sie hatte kein Gefühl dafür, wie lange sie schon hier saß. Ihr Rock war feucht, und Sand klebte daran. Die Ebbe war jedenfalls längst vorüber. Nach und nach war das Wasser näher an sie herangekrochen, doch hatte es die magische Grenze etwas vor ihr nicht überschritten. Weit hinten konnte sie das Ufer auf der anderen Seite des Firth of Forth erblicken. So oft hatte sie sich als Mädchen vorgestellt, wie es dort wohl aussehen mochte. Irgendwo dort, auf der anderen Seite des Wassers, war ihre Mutter in Fife aufgewachsen. Vielleicht wollte ihre Ma die alte Heimat noch einmal sehen? Wenn dieser

Krieg und alles, was er mit sich brachte, vorüber wäre, nahm sie sich vor, würde sie mit ihr über die Forth Bridge hinüberfahren und die Gegend endlich mit eigenen Augen anschauen. Und sollte Keillan noch leben, dann sollte er ebenfalls mitkommen. Am besten die ganze Familie. Es wäre ihr erster Urlaub. Vielleicht wäre es möglich, mit der Überquerung der 1890 fertiggestellten Brücke zumindest einen Teil von alldem loszulassen, was sie erlebt hatten.

Connor plumpste neben sie in den Sand und holte sie zurück in die beängstigende Gegenwart. Er brachte das verletzte Bein in eine angenehme Position. »Archie ist noch weg«, sagte er und blickte mit zusammengezogenen Augenbrauen aufs Meer.

»Er wird sich irgendwo betrinken.« Jeder hatte eine andere Art, mit Schmerz umzugehen. Und Archie würde Whisky in sich hineinschütten, bis er alles um sich herum vergaß. So gut kannte Bonnie ihn und einen Augenblick lang wünschte sie sich, dem Alkohol ebenso zugetan zu sein, um sich betäuben zu können.

»Ich sollte ihn suchen, aber er hat das Pferd mitgenommen, und ohne die Kutsche komme ich nicht weit.« Verbissen sah Connor auf sein Bein.

»Du kannst ihm jetzt nicht helfen.« Bonnie lächelte und bemühte sich, nicht auf die Lippen zu sehen, die sie so zärtlich berührt hatten.

»Ich muss dir was sagen«, begann er. Connors Augenbrauen zogen sich noch ein wenig mehr zusammen. »Vielleicht ist das hier der schlechteste Moment dafür, aber ich muss es einfach loswerden.« Er atmete hörbar durch. »Es ist meine Schuld, dass Archie seinen Arm verloren hat und Ian jetzt auf sich alleingestellt ist.«

Irritiert von dem plötzlichen Themenwechsel bemühte Bonnie sich, Connors Worten zu folgen. »Was genau meinst du?«

Er fuhr sich mit der Hand über den Nacken. »Archie hat mich mit seinem Körper vor einer Granate geschützt«, sagte er leise.

»Das hat er mir nicht erzählt.« Sie suchte Connors Blick, doch er wich ihr aus.

»Das habe ich mir gedacht. Aber ich finde, du solltest es wissen, ehe du«, er brach ab und griff mit der Hand in den Sand, »damit du entscheiden kannst, ob du dennoch von mir geküsst werden willst.«

Bonnie versuchte, sich einen Reim aus dem zu machen, was Connor zu bedrücken schien. »Was hat das eine mit dem anderen zu tun?«

Endlich sah er sie an. »Meinetwegen hat Archie seinen Arm verloren, und meinetwegen ist Ian ohne Rückendeckung dort.« Frustration schwang in Connors Stimme mit.

»Du machst dir Vorwürfe.« Sie nickte. Ja, dieser Mann sah in diesem Moment ganz so aus, als trüge er das Gewicht der ganzen Welt auf seinen Schultern. Schuld konnte schwer wiegen, das hatte sie bei ihren Patienten oft gespürt.

»Natürlich. Wie auch nicht?«, fragte er unwirsch und ballte die Hand mit dem Sand.

»Wenn Archie nicht verletzt worden wäre, hätte ihn vielleicht inzwischen eine Kugel erwischt. Gut möglich, dass er nur deshalb diesen Krieg überlebt hat«, überlegte Bonnie.

»Das wissen wir nicht.« Seine Kiefermuskeln spannten sich an, während er ihr Gesicht betrachtete. Es war fast so, als wollte er, dass sie ihn ebenfalls dafür verantwortlich mache.

»Genau, das wissen wir nicht. Es bringt keinem etwas, wenn du dich deshalb quälst. Alles geschieht so, wie es geschehen muss. Gott hat entschieden, was passiert. Also solltest du versuchen, es zu akzeptieren.«

Connor lachte trocken auf. »Ich habe dort viel gesehen, aber Gott ganz sicher nicht.«

Welche Bilder mussten sich hinter dieser in Falten gelegten Stirn eingebrannt haben? Bonnie wollte ihm Nähe geben, so wie er sie ihr vorhin geschenkt hatte. Und doch wagte sie es nicht, ihn zu berühren. Noch immer verwirrte sie, was zwischen ihnen vorgefallen war. Nur wenige Männer hatten sie bisher geküsst, und Bonnie hatte nie ihr Herz dabei verloren. Aber bei Connor gab es etwas, das sie berührte. Sie wollte ihm wenigstens etwas Zuversicht spenden. »Falls du dich gesorgt hast, ich würde dir deshalb Vorwürfe machen, dann glaub mir, dem ist nicht so. Ich kenne Archie und er hat genau das getan, was sich für ihn in diesem Moment richtig angefühlt hat.«

»Es war nur eine instinktive Reaktion. Da war keine Zeit, die Folgen abzuwägen«, hielt Connor dagegen. »Ich bin sicher, er bereut es längst.«

Erklärte das die Spannung, die sie zwischen den Kameraden wahrnahm? »Hast du deshalb darauf bestanden, mit zu uns zu kommen? Willst du eine Schuld begleichen?«

Er nickte und schluckte schwer. »Ich habe Archie gesagt, ich würde ihm helfen, bis Ian zurück ist.«

»Und dann gehst du wieder«, folgerte Bonnie. Schon wieder war da dieses Gefühl von Verlust. Vermutlich würde sie Keillan nie wiedersehen, auch Ian steckte nach wie vor irgendwo in einem Schützengraben. Und Connor würde eines Tages seine Sachen packen und gehen.

Statt einer Antwort umfasste seine Hand die ihre.

Bonnie ließ ihn gewähren und sah auf das aufgewühlte Meer hinaus. Wie sie dieses Fleckchen Erde liebte. Hier hatten sie an warmen Sommertagen gebadet, obwohl das Wasser der Nordsee selbst dann noch empfindlich frisch war. Als Kinder hatten sie geglaubt, dass dieser kleine Strand ihrer Familie gehören würde, bis Mairead ihnen erklärte, dass sie niemanden kannte, der einen Strand besaß. Das Stück Land um das Haus oben, ja, das gehörte ihnen. Und auch, wenn nie jemand anderes hierher kam, weil der einzige Zugang die Treppe war, die Bonnies Großvater einst an der Klippe hinunter gebaut hatte, so gehörte ihnen dieses wunderbare Fleckchen doch nicht. In ihrem Herzen war es dennoch immer *ihr* Strand gewesen. An diesen Ort kam Bonnie seit jeher, wenn in ihrem Inneren ein Sturm wütete. Beinahe war es, als würde der Wind ihre schlechten Gedanken und Gefühle davontragen. Nur dieses Mal wollte es nicht klappen. Wieder und wieder sah sie Keillan vor sich, wie er damals zum Abschied die Hand hob, während sie ihre Ma umarmte und ihm nachblickte. Keillan war nicht wie Ian voller Euphorie aufgebrochen und auch nicht fluchend wie Archie. Keillan hatte einfach getan, was er für richtig hielt, was sein Gewissen von ihm verlangte. Und jetzt hatte er allem Anschein nach mit seinem Leben dafür bezahlt.

Als sich die Dämmerung über den Horizont senkte, löste Connor seine Hand von ihrer. »Du bist schon ganz kalt, wir sollten besser zurückgehen«, brummte er.

Bonnie nickte, stand auf und klopfte ihren Rock ab. Sie hatte jegliches Zeitgefühl verloren. Wie lange hatten sie hier gesessen? Sie beobachtete, wie sich seine Krücken in den Sand bohrten, und sah zu der steilen Treppe entlang der Klippe. »Wie bist du nur da runtergekommen?«, fragte sie Connor und sah mit einem flauen Gefühl im Magen nach oben.

»Ich hätte mir fast das Genick gebrochen, aber Blaire meinte, du würdest immer hierherkommen, wenn du Ruhe brauchst.«

»Blaire hat dir gesagt, wo ich bin?«

»Sie hat uns in der Küche gesehen und mir den Hinweis gegeben.«

»Dann ahnt sie, dass wir ...«, Bonnies Stimme brach.

»Dass wir was?« Herausfordernd sah er sie an.

»Ich weiß es nicht, Connor. Ich brauche Zeit, um nachzudenken.«

Ein Lächeln zog sich über seine Lippen. »Die sollst du haben.« Er runzelte die Stirn und sah in den wolkenverhangenen Himmel. »Wird sie es Archie sagen?«

»Nein, das wird sie nicht. Dafür kennt Blaire ihn zu gut.«

»Er wird mir den Kopf abreißen, wenn er erfährt, dass ich dich geküsst habe.« Connors Blick ruhte auf ihr.

»Ich kann meine eigenen Entscheidungen treffen. Irgendwann wird Archie das einsehen müssen. Und es war nur ein Kuss.«

»Nur ein Kuss?«, platzte es aus Connor heraus.

Bonnie hob beschwichtigend die Hände. »So habe ich das nicht gemeint.« Sie hakte sich bei ihm unter und führte ihn zur Treppe. Heute wollte sie nicht weiter über diesen Kuss sprechen, der alles in ihr zum Kribbeln gebracht hatte.

Die Stufen hochzukommen, war dann noch schwieriger als erwartet. Connor fluchte wie ein Kesselflicker und war kurz davor, die Krücken hinunterzuschleudern. Bonnie musste ihm versprechen, das er die Schiene morgen testweise abnehmen konnte, während sie versuchte, ihn von hinten anzuschieben. Endlich erreichten sie die Küche, wo Mairead und Blaire gerade das Abendessen auftischten.

»Habt ihr Archie gesehen?«, erkundigte sich Connor und setzte sich auf einen Stuhl.

»Hockt in der Scheune bei seinem Fass und lässt sich volllaufen«, sagte Blaire.

»Ich werde sehen, ob ich ihn überreden kann, etwas zu essen.« Bonnie drückte ihrer Mutter einen Kuss auf die eingefallene Wange und eilte hinaus. Es war schon dunkel. Sie bahnte sich ihren Weg durch den brausenden Wind zur Scheune und schlüpfte durch die Seitentür.

Im Schein einer Petroleumlampe hockte ihr Bruder an das Fass gelehnt mit einem Glas in der Hand. Bernsteinfarben schimmerte die Flüssigkeit darin.

»Es gibt gleich Essen«, sagte sie.

»Hab keinen Hunger.« Demonstrativ setzte Archie mit einer fahrigen Bewegung das Glas an, wobei etwas Whisky auf seine Jacke schwappte. Die Schieberkappe saß schief auf seinem Kopf, und die am Oberkopf etwas längeren Haare klebten an seiner Stirn. Wann würde ihr Bruder sich endlich von dieser Militärfrisur trennen und aufhören, sich den Nacken auszurasieren? Bei Connor wuchsen die Haare langsam nach, doch Archie schien sich beinahe durch den Haarschnitt an sein vergangenes Soldatenleben zu klammern. Fühlte er sich seinen Brüdern so näher?

»Archie«, flüsterte Bonnie und setzte sich zu ihm auf den staubigen Boden. »Vielleicht ist alles gut mit Keillan.«

Archie bedeutete ihr, nicht weiterzusprechen. »Du kannst dir das Chaos dort nicht vorstellen«, nuschelte er undeutlich und nahm einen weiteren Schluck.

»Ich habe die Folgen gesehen. Ich kann es mir besser ausmalen, als mir lieb ist.«

»Du bist eine gute Krankenschwester. Ich hätte mich längst bei dir bedanken sollen«, lallte er. »Du kennst mich, ich mache so etwas viel zu selten.«

War das so etwas wie ein Kompliment? Offensichtlich war Archie nicht so wütend aufgrund der Situation, wie Bonnie es erwartet hatte, sondern er schien vielmehr nachdenklich. Seine Gesichtszüge wirkten beinahe sanft. Die Schutzmauer, die ihn sonst umgab, schien ausnahmsweise weg zu sein. Vielleicht war es der richtige Moment, um mit ihm zu sprechen und ihn etwas abzulenken?

»Connor hat mir erzählt, wie du deinen Arm verloren hast.« Sie wollte herausfinden, was Archie darüber dachte. Gut möglich, dass dies die einzige Chance bleiben würde, ihm etwas zu entlocken.

»Es ist, wie es ist«, sagte Archie bedeutungsschwer.

»Connor glaubt, du würdest bereuen, dass du ihn beschützt hast.«

Archies Augen waren im Schein der Lampe noch dunkler als üblich und die Narbe auf seiner Haut war deutlich zu erkennen. »Dieser dumme Kerl.« Er grummelte. »Ich würde es wieder genauso machen.«

»Alles andere hätte mich gewundert.« Bonnie nahm allen Mut zusammen. »Du weißt, dass er von Schuldgefühlen aufgefressen wird?«

»Was geht dich das an?« Finster blickte er sie an.

»Ich versuche nur zu verstehen, was das mit euch beiden ist. Seid ihr Freunde oder verbindet euch nur dieser eine Moment?«

Archie leerte den Rest seines Glases in einem Zug. Hustend drückte er den Rücken durch. »Ich weiß nicht, was eine Freundschaft genau ausmacht. Aber ich nenne Connor in meinen Gedanken einen Freund.«

Das überraschte Bonnie. Archie sprach von Connor stets als seinem Kameraden. Das Wort Freund hatte er bisher nicht benutzt. Aber eine Sache verstand sie nach wie vor nicht. »Du wolltest ihn nicht mit zu uns nehmen, habe ich recht?«

Archie schüttelte den Kopf, sah von ihr weg. »Ist schwerer zu vergessen, wenn er hier ist.«

»Was meinst du?« Sie rutschte näher an ihn heran.

»Das sind Kriegsgeschichten. Glaube nicht, dass du das hören willst.«

»Ich habe eine Menge davon gehört, ich halte das aus.« Auffordernd nickte Bonnie ihm zu.

»Ich hab das nie jemandem erzählt. Nur Connor weiß davon«, begann er und machte sich ungeschickt an dem Fass zu schaffen, um sein Glas erneut zu füllen.

Bonnie nahm es ihm ab und ließ etwas Whisky hineinlaufen.

Archie griff danach, ehe er sich wieder in seine ursprüngliche Position fallen ließ. »Ich hab auf einen von uns geschossen.«

Die Gleichgültigkeit in seiner Stimme passte nicht zu seinen Worten.

Bonnie nahm ihm den Whisky aus der Hand und trank selbst einen Schluck. »Sicherlich kann das im Durcheinander eines Gefechts passieren«, versuchte sie, ruhig zu antworten, obwohl ihr das Herz bis zum Hals schlug.

»Es war mit Absicht.« Ohne eine Regung zu zeigen, sah Archie sie an.

»Du hast mit Absicht auf einen britischen Soldaten geschossen?« Bonnies Magen zog sich zusammen.

»Auf einen Schotten aus meiner Division«, führte Archie aus.

»Warum nur?«

Archie fegte die Kappe zur Seite und fuhr sich mit der Hand durch die rabenschwarzen Haare. »Wir sollten feindliche Schützengräben einnehmen. Nachdem das Schlimmste vorbei war, sind Connor und ich durch einen geschlichen, um sicherzustellen, dass sich dort keine Deutschen mehr verstecken. In der Nähe war Geschrei zu hören, also haben wir hinausgespäht und beobachtet, wie zwei von unseren Jungs drei Deutsche mit vorgehaltenen Gewehren aus einem Graben klettern ließen.« Er machte eine Pause und Bonnie hielt die Luft an. »Die drei hatten sich ergeben und hielten die Hände über den Kopf.« Er presste die Lippen aufeinander, ehe er weitersprach. »Der eine aus unserer Truppe ist durchgedreht. Es war ein furchtbarer Tag und jeder von uns hat Kameraden fallen gesehen. Da entwickelst du eine Wut, die du dir nicht vorstellen kannst. Es treibt dich in den Wahnsinn.« Er schloss die Lider.

»Was hat er getan?«, fragte Bonnie mit zitternder Stimme.

»Einem der Deutschen einen Kopfschuss verpasst. Der Kerl sackte einfach zusammen und die beiden anderen waren bleich wie Schnee.« Archie öffnete die Augen wieder. »Der andere Schotte hat versucht, ihn davon abzuhalten, und wir konnten hören, wie er auf ihn einschrie, die Gefangenen zu übergeben, so wie es Vorschrift sei. Aber er hat seine Waffe ein zweites Mal angehoben.« Archie schaute sie aus blutunterlaufenen Augen an. »Ich hatte genauso einen Scheißhass auf diese Kerle, aber man erschießt keinen Mann, der sich ergeben hat. Irgendwo muss man eine Grenze ziehen, um seine Menschlichkeit zumindest ein kleines Stück weit zu bewahren, und das war meine. Es ging so schnell. Ehe ich nachdenken konnte, habe ich mein Gewehr angelegt und abgedrückt.«

»Du hast ihn erschossen?« Nur mit Mühe brachte Bonnie die Worte über die Lippen.

»Natürlich nicht. Ich habe auf sein Bein gezielt«, brummte Archie empört. »Ich habe genug Männer getötet, ich brauche nicht noch einen Strich mehr auf der Liste, um in der Hölle zu landen.«

Bonnie atmete hörbar aus. »Gott sei Dank. Und was ist dann passiert?«

Archie lachte trocken auf. »Mir wurde schlagartig klar, was ich da getan hatte. Ich sah mich schon vor dem Militärgericht und konnte mich nicht mehr rühren. Sie hätten mich vor einem Erschießungskommando an die Wand gestellt, das stand außer Frage. Connor hat mich gepackt, mich in den Graben zurückgezogen und mich hinter sich her geschleift, bis wir weit genug weg waren.«

»Damit keiner erfährt, dass du es warst.«

»Ich wollte mich stellen und sagen, was ich getan hatte. Aber Connor hat auf mich eingeredet, mir eingebläut zu bleiben, wo ich bin, und ist dann zurück. Er hat den Trägern Bescheid gegeben, damit sie unseren Kameraden dort rausholen, und behauptet, er hätte einen deutschen Soldaten gesehen, der gefeuert hat. Natürlich hat das keiner in Frage gestellt.«

»Und was ist dann mit dem Schotten passiert?«

»Hat ihm 'ne Freikarte in die Heimat eingebracht.«

Erleichterung breitete sich in ihr aus. »Machst du dir Vorwürfe?« Bonnie griff nach seiner Hand, doch Archie schüttelte diese ab.

»Nein. Ich würde es wieder tun. Ebenso wie die Sache mit Connor.« Wieder lachte er rau, ehe er sie ernst ansah. »Wenn Connor nicht gewesen wäre, hätte mich das gesamte Bataillon als Verräter angesehen, und vermutlich wäre mir der Prozess gemacht worden. Dann hätte ich Ian schon viel früher zurückgelassen.«

»Deshalb hast du also zugestimmt, Connor mit zu uns zu nehmen?«

»Ich war seit der Grundausbildung jeden Tag mit diesem Kerl zusammen und weiß doch nichts über ihn. Wir haben nie über unser Leben vor dem Krieg geredet, weil es einen nur an das erinnert, was man verlieren könnte. Aber ich bin mir ziemlich sicher, dass Connor vor etwas davonläuft. Er hat sich wie Ian und ich geweigert, zwischendurch den uns zustehenden Heimaturlaub zu nehmen. Ian und ich waren uns einig, dass wir Ma nicht einen weiteren Abschied zumuten wollten, und haben unsere Erholungszeit in Frankreich verbracht – mit Connor. Ich habe keine Ahnung, warum er nicht nach Hause wollte, und habe ihn auch nie danach gefragt. Und weil er sich vorwirft, dass ich den verfluchten Arm verloren habe, kommt er nicht zur Ruhe. Ich glaube, er muss über einiges nachdenken, auch wenn ich nicht weiß, über was. Also habe ich zugelassen, dass er uns begleitet.«

»Connor läuft vor etwas davon? Bist du dir sicher?« Sie verkrampfte die Hände in ihrem Schoß.

»Ist nur ein Gefühl. Aber ich konnte mich immer auf meine Intuition verlassen. Connor wollte nicht zurück nach Schottland, ebenso wie ich. Ich nicht wegen Ian, aber ich habe keinen Schimmer, was sein Grund dafür ist.« Archie machte eine Pause und sah sie mit glasigem Blick an. »Was kann so schlimm sein, dass man lieber im Krieg bleibt?«

Bonnie spürte, wie ein Schauer über ihren Rücken lief. Sie lehnte sich ebenfalls gegen das Fass. »Connor ist ein guter Kerl«, murmelte sie mehr zu sich selbst.

»Mach keine Dummheiten, Bonnie.«

»Das sagst ausgerechnet du?« Sie legte den Kopf an seine Schulter.

Archie griff nach ihrer Hand und fuhr mit dem Daumen darüber. »Connor passt nicht zu dir.«

»Lass uns nicht darüber sprechen, Archie. Nicht heute.«

Zustimmend drückte er ihre Hand.

»Sollen wir ins Haus gehen?«, wagte Bonnie einen Vorstoß.

»Nur noch ein paar Minuten. Ich brauche noch einen Moment, um Mas Blick zu ertragen.«

»Es bricht mir das Herz«, flüsterte sie.

Statt einer Antwort küsste er sie auf die Stirn, so wie es Keillan früher getan hatte.

Bonnie schloss die brennenden Augen und lauschte in die Stille hinein.

Mit einem Knarren wurde die Seitentür aufgeschoben und Blaire trat auf sie zu. »Ich dachte, du würdest Archie holen, stattdessen hockt ihr jetzt beide hier«, rief sie und stemmte die Hände in die Hüften.

»Wir sind deprimiert«, verteidigte Bonnie sich.

»Das sind wir alle.«

»Setz dich doch zu uns«, schlug Archie vor und hielt ihr das Glas hin.

»Damit Ma mitbekommt, wie wir alle betrunken sind?« Blaire schüttelte den Kopf. »Reißt euch zusammen.«

Bonnie schielte zu Archie hinüber. »Sie hat recht. Wir sollten ins Bett und uns ausschlafen.«

»Tommy hat Connor zum Pub gefahren«, berichtete ihre Schwester. »Connor wollte hierbleiben, um uns beizustehen, aber Ma hat ihm gesagt, dass wir das schon hinbekommen. Und das sollten wir auch.« Sie hielt Bonnie eine Hand hin und zog sie hoch. Dann tat sie das Gleiche bei Archie, doch der drehte nur den Kopf weg.

»Lass ihn, er ist nicht zu überzeugen«, sagte Bonnie.

Blaire seufzte und ging neben ihrem Bruder auf die Knie. Sie legte die Hände an seine Wangen, und einen Moment lang sahen sie sich schweigend an. Als Blaire die Hände sinken ließ, nickte Archie und rappelte sich taumelnd auf.

Immer wieder war Bonnie verwundert darüber, wie sich die beiden auch ohne Worte verstanden. Selbst jetzt, nachdem sie sich Jahre nicht gesehen hatten, war es beinahe so, als könnten sie die Gedanken des anderen lesen. Blaire schnappte sich Archies Arm und legte sich diesen über die Schulter. Im Vorbeigehen zwinkerte sie Bonnie zu.

Bonnie folgte ihnen in die Dunkelheit. Sie wollte sich nur noch unter der Bettdecke vergraben und ihren trüben Gedanken nachhängen.

Kapitel 8

Connor hielt den Blick auf die Zeilen gerichtet, die vor seinen Augen verschwammen. Unter dem Tresen ballte er die Hände zu Fäusten. Er schnappte sich die Zeitung und wuchtete sich auf die Krücken. Zwar hatte Bonnie ihm die Schiene vor ein paar Tagen abgenommen, damit er seine Muskeln allmählich etwas dehnen konnte, doch noch immer durfte er das Bein nicht belasten, und es war zu seinem Verdruss tatsächlich steif. Er humpelte auf die Tür des Büros zu und versetzte ihr einen Stoß.

Archie sah von einigen Bestellzetteln auf, die ausgebreitet auf dem Schreibtisch vor ihm lagen. »Was ist?«

Connor feuerte die Zeitung auf die Tischplatte und ließ sich in den Sessel fallen. »War alles umsonst. Der ganze Scheiß für nichts und wieder nichts.«

Archie griff danach und betrachtete die Titelseite. »Ein Bericht über die Schlachten bei Cambrai«, murmelte er und überflog die Zeilen.

»Schätzungsweise fünfzigtausend Mann Verlust bei den Deutschen und fünfundvierzigtausend bei uns«, brummte Connor und rieb sich über den Bart. »Sie schreiben, es hätte sich keine Veränderung der Gesamtsituation daraus ergeben.« Er lachte auf. »So viel zur ersten großen Panzeroffensive, die die deutschen Stellungen durchbrechen sollte.«

»Verdammt.« Archie wischte die Zeitung vom Tisch und

kramte die Zigaretten aus seiner Westentasche heraus. Nachdem er eine angezündet hatte, stand er auf und reichte sie Connor, um sich dann ebenfalls eine anzustecken. »Hätte den verfluchten Arm lieber für einen Sieg gegeben als für ein Unentschieden.«

»Fünfundneunzigtausend Mann tot.« Connor inhalierte und stieß den Rauch aus. »Was für ein Wahnsinn!«

Archie nickte und lehnte sich gegen den Schreibtisch. »So hat es sich auch angefühlt.« Dann musterte er Connor. »Bonnie hat mir letzte Woche erzählt, dass du dir noch immer Vorwürfe machst«, begann er.

Connor presste die Zähne aufeinander. Es würde niemals aufhören. Erst recht nicht, wenn Ian fallen sollte.

»Ich habe ihr berichtet, was damals bei Ypern passiert ist. Die Sache mit dem Schotten.« Wach blickte Archie ihn an.

»Du hast es Bonnie gesagt?« Connor sah den Moment vor sich, als Archie blitzschnell das Gewehr angelegt und der Schuss in seinen Ohren gedröhnt hatte. Den Schrecken, der damals in seinen Körper gefahren war, würde er nie vergessen. Archie hatte es zwar schon zuvor immer wieder fertiggebracht, in die Klemme zu geraten, doch auf einen Kameraden zu schießen, war eine selten blöde Dummheit gewesen. Und doch hatte Connor verstanden, was in ihm vorgegangen war. »Warum hast du das getan?«

»Weil du ihr gesagt hast, dass du mir etwas schuldest.« Mit der Zigarette zwischen den Lippen beugte Archie sich zu ihm hinunter und brachte sein Gesicht nahe an Connors heran. »Hör endlich auf, so einen Scheiß zu erzählen. Ich schulde dir ebenso viel. Wir sind quitt.«

»Das sind zwei verschiedene Dinge«, brach es aus Connor heraus.

»Du bist ein verdammter Sturkopf«, fluchte Archie und ging wieder zu seinem Stuhl hinter den Schreibtisch. Nachdem er sich gesetzt hatte, hob er einen Zettel hoch.

»Was ist das?«, wollte Connor wissen.

»Ich hab ausgerechnet, was wir vermutlich mit dem Whisky verdienen. Ist eine ordentliche Summe. Du verhilfst mir mit deinen Kontakten dazu und dann ist die Schuld, die du zu haben glaubst, endgültig beglichen.«

»Du willst Ians Leben mit Geld aufwiegen?« Das konnte nicht Archies Ernst sein.

»Ich habe zwar versucht, mich während der Gefechte in Ians Nähe aufzuhalten, aber wir beide wissen, dass ich damit das Schicksal nicht hätte beeinflussen können. Du weißt ja, wie wir immer gesagt haben: Wenn eine Kugel deinen Namen trägt, dann ist es so. Natürlich wäre mir wohler, bei ihm zu sein, doch letztlich können nur Ian selbst und eine gehörige Portion Glück dafür sorgen, alles zu überleben. Das sehe ich nun mit etwas Abstand ein.«

»Ich bleibe trotzdem hier, bis er wieder da ist.« Demonstrativ lehnte Connor sich zurück. »Kannst ja versuchen, mich rauszutragen mit deinem einen Arm.«

»Ich sag's doch: verdammter Sturkopf.«

Connor zog erneut an der Zigarette. Archie hatte ihm eben ein Friedensangebot gemacht. Er wollte, dass sie den Krieg und all die Dinge, die damit verbunden waren, hinter sich ließen. Und dennoch war er sich ziemlich sicher, dass Archie seine Meinung in Bezug auf Bonnie nicht geändert hatte. Zwei Tage noch und sie würden nach Edinburgh fahren. Und Connor hatte keine Ahnung, wann er Bonnie wieder begegnen würde oder ob überhaupt. Seit dem Kuss hatten sie sich nur zweimal kurz gesehen, als sie sein Bein begutachten wollte. Doch da Archie anwesend gewesen war, hatte Connor keine Chance gehabt, sie erneut darauf anzusprechen. Aber es war auch nicht der richtige Zeitpunkt dafür. Die Sorge um Keillan hing wie eine dunkle Wolke über der Familie. Und Connor beschäftigte zusätzlich die baldige Rückkehr in Edinburghs Straßen.

Ein Klopfen riss ihn aus seinen Gedanken.

»Herein!«, rief Archie und stand auf.

Als der Sohn des Gemischtwarenhändlers in den Raum trat, glaubte Connor, ein Rauschen in seinen Ohren zu hören. Der Brief, den die dünnen Finger des Jungen umklammerten, war nicht zu übersehen. »Mein Pa wollte, dass ich den sofort herbringe«, sagte er und trat unsicher auf Archie zu.

Mehr als ein Nicken brachte sein Kamerad nicht zustande. So schnell, wie er gekommen war, verschwand der Junge wieder und überließ sie der unerträglichen Stille. Es war schmerzhaft zu beobachten, wie Archie mit seiner einen Hand versuchte, den Umschlag zu öffnen, und ihn schließlich mit den Zähnen aufriss.

Connors Fingernägel bohrten sich in das Leder des Sessels, während sein Freund auf den Zettel starrte.

»Er lebt.« Archie sackte auf den Stuhl und fuhr sich über das Gesicht. »Keillan ist in Kriegsgefangenschaft, aber er lebt.« Ein Seufzen entfuhr ihm.

»Gott sei Dank.« Connor stand auf und drückte die Zigarette in den Aschenbecher. »Ist der Brief vom Kriegsministerium oder von ihm?«

Ein Lächeln zuckte in Archies Mundwinkeln. »Von Keillan. Er ist schon seit knapp drei Wochen in dem Lager und hat den Brief bei der ersten Gelegenheit aufgegeben. Vermutlich hat sich die Versendung in die Länge gezogen.«

Connor schluckte. Wäre die Nachricht von Keillan eher angekommen, wäre den Dennons viel erspart geblieben. Immerhin ließen beide Seiten es zu, dass Gefangene Briefe schrieben, auch wenn diese inhaltlich überprüft und gelegentlich passagenweise geschwärzt wurden.

Archie sprang auf. »Ich muss sofort heim.« Er stürzte zur Tür.

»Ich komme mit.« Connor folgte ihm und zog sich neben Archie auf den Kutschbock. Wie er sich danach sehnte, die Freude auf Bonnies Gesicht zu sehen. Es würde der bezauberndste Anblick seines Lebens sein, da war er sich sicher.

Alle saßen sie in der Küche beisammen. Wie gut die ausgelassene Stimmung tat. Es war nicht sein Bruder, nein, Connor kannte Keillan noch nicht einmal. Und dennoch war es auch für ihn einer der besten Momente, die er je erlebt hatte. Mit roten Wangen nippte Bonnie an dem Wein, den Mairead zur Feier des Tages geöffnet hatte. Die selige Zufriedenheit auf dem Gesicht der alten Frau gab Connor das Gefühl, das alles gut werden würde.

Seit Tagen trieb ihn die bevorstehende Rückkehr nach Edinburgh um. Und es war gut möglich, dass er die Stadt nie wieder verlassen würde. Diese Entscheidung lag in der Hand eines anderen Mannes. Nichts wünschte Connor sich sehnlicher, als noch etwas mehr Zeit hier draußen auf dem Land zu verbringen. Selbst wenn Bonnie dann schon im Krankenhaus wäre.

Immer wieder suchte ihr Blick seinen, und Connor konnte die Augen nicht von Bonnies zart geschwungenem Mund abwenden. Mit der Zungenspitze leckte sie sich einmal mehr den Wein von den Lippen, was in ihm ein Feuer entfachte.

Wie gerne hätte er den Wein weggeküsst, bis sich der Geschmack mit Bonnies in seinem Mund vermengen würde. Er unterdrückte ein Seufzen und versuchte, sich auf das Tischgespräch zu konzentrieren, doch es war unmöglich. »Hast du eine Zigarette?«, brummte er Archie zu, der ihm daraufhin sein Päckchen reichte. Connor steckte es sich in die Westentasche und stand auf. Beim Hinaushumpeln warf er Bonnie einen Blick zu in der Hoffnung, dass sie diesen verstand.

Draußen schlug ihm kühle Nachtluft entgegen. Der Mond war kaum hinter den dichten Dezemberwolken zu erkennen und eine fast vollständige Dunkelheit umfing ihn, als er sich auf die Bank hinter dem Haus setzte.

Leise öffnete sich die Tür und ein Schatten kam auf ihn zu. Ihr Geruch, der sich in den Wind mischte, ließ Connors Herz heftiger schlagen.

»Wie hast du das geschafft, ohne dass Archie dir gefolgt ist?«, flüsterte er.

»Hab erklärt, mal zu müssen. So dreist, dass er mir aufs Plumpsklo folgt, ist nicht einmal mein Bruder.« Sie kicherte und setzte sich neben ihn. Kaum merklich streifte ihr Arm den seinen.

»Ich freue mich so für dich und deine Familie.« In der Dunkelheit suchte er nach Bonnies Augen und konnte sie nur erahnen.

»Noch ist Keillan nicht hier, aber er lebt. Sobald ich in Edinburgh bin, werde ich zusehen, dass ich ihm Essenspakete schicke.«

Connor nickte, obwohl sie es nicht sehen konnte. Der Krieg dauerte inzwischen lange genug an, so dass sich bei der Versorgung der britischen Kriegsgefangenen so etwas wie eine Routine eingespielt hatte. Gemeinnützige Organisationen schickten Pakete mit haltbaren Lebensmitteln an die Lager, was die Deutschen zuließen, da es ihnen die Möglichkeit gab, bei der Versorgung der Gefangenen noch weiter zu sparen. Die Familien, die es sich leisten konnten, sendeten ihren Angehörigen eigene, bessere Päckchen.

»Ich möchte dich schon den ganzen Abend küssen«, gestand Connor und hielt den Atem an. Bonnies Blicke in der Küche hatten ihr Interesse verraten, doch war er sich unsicher, ob sie sich auch erneut seine Nähe wünschte.

»Du solltest schnell machen, ehe hier ein einarmiger Mistkerl auftaucht.« Sie rutschte an ihn heran und die Wärme ihres Körpers kroch durch seine Kleidung.

Connors Hände suchten ihren Kopf. Zärtlich fuhr er durch Bonnies Haare. War es zu glauben, dass dieses wunderbare Wesen ausgerechnet von ihm geküsst werden wollte? Er fand ihren Mund und bemühte sich, nicht so stürmisch zu sein, wie sein Körper es forderte. In Bonnies Küssen glaubte er, Schüchternheit zu spüren. Er schmeckte den Wein auf ihren Lippen und liebkoste sie vorsichtig.

Zaghaft öffnete sie den Mund ein wenig und ließ ihn hinein.

Mit einem Brummen zog er Bonnie an sich heran und presste seine Brust gegen ihre. Ihre Finger, die über seine Schultern glitten, fühlten sich so gut an. Zu gerne wollte er mehr, doch Bonnie war keine der Frauen, mit denen er früher gelegentlich unverbindlich zusammen gewesen war. Bonnie war anders. Nicht nur ihr Körper, auch ihr Herz schrie geradezu heraus, dass sie noch nie auf diese Art berührt wurde. Es kostete ihn all seine Willenskraft, von ihr abzulassen. Connors Fingerspitzen wanderten über ihre Wangen, und er glaubte, trotz der Dunkelheit ein Lächeln zu erkennen. »Ich hoffe, ich war nicht zu stürmisch«, flüsterte er.

»Nein, es war wunderbar«, hauchte sie und schmiegte ihren Kopf an seinen Hals. »Ich habe mir geschworen, mich nie in einen Patienten zu verlieben«, sagte sie leise.

Erwartung durchzuckte seinen Körper. »Gilt das noch immer?«

»Ich fürchte, ich bin dabei, meinen Schwur zu brechen«, murmelte sie, und Connor spürte, wie ihre Nasenspitze seine Haut streifte.

Ich habe mich längst Hals über Kopf in dich verliebt. Er legte die Arme noch ein wenig fester um ihren schmalen Rücken. Übermorgen würden sie gemeinsam nach Edinburgh reisen, und es konnte gut sein, dass er diese Frau danach nie wiedersehen würde. Beinahe schon griff die Vergangenheit mit ihren unerbittlichen Klauen nach ihm. Alles, worauf er hoffen konnte, war eine Schonfrist und etwas mehr Zeit in Foxgirth. Doch selbst dann würde Bonnie weit von ihm entfernt im Krankenhaus arbeiten. Dieser Kuss, eingebrannt in seine Erinnerung, würde alles sein, was ihm von ihr blieb. »Ich möchte dich ungern loslassen, aber wir sollten hineingehen, ehe Archie etwas mitbekommt«, flüsterte Connor in ihr Ohr und atmete den Duft ihrer Haare ein.

»Du hast recht.« Sie löste sich von ihm und stand auf. Einen flüchtigen Moment lang drückte ihre Hand seine. »Wenn dieser Krieg vorüber ist, sollten wir uns unterhalten.« Ihre Stimme zitterte beinahe. »Wenn du mich dann noch nicht vergessen hast«, fügte sie hinzu.

»Ich werde dich niemals vergessen.« Auf die Krücken gestützt, zog er sie noch einmal an sich und rang ihren Lippen einen letzten Kuss ab. Doch dieses Gespräch würde es niemals geben, das war ihm klar. Der Vorwurf, in Bonnie falsche Erwartungen geweckt zu haben, nagte an ihm. Doch Connor entschied sich, für heute nicht mehr darüber nachzudenken. Dieser Abend war der beste seit Ewigkeiten und er wollte ihn voll und ganz auskosten.

Connors Sorge, dass Archie etwas ahnen könnte, war unbegründet gewesen. Offensichtlich mit sich und der Welt im Reinen saß sein Kamerad mit glasigen Augen und verstrubbelten Haaren am Tisch und unterhielt sich ausgelassen mit Blaire und Tommy. Er schien sogar zu zufrieden, um ihr gemeinsames Zurückkommen zu bemerken. Mairead hatte die Küche inzwischen verlassen, und Connor nahm an, dass sie sich ins Bett zurückgezogen hatte. Wie sehr er der liebenswürdigen Frau eine Nacht wünschte, in der sie sich nicht um Keillan sorgte. Noch immer schlief Connor besser als bisher, ob es tatsächlich an Bonnies Teemischung lag, die er gewissenhaft trank? Die schrecklichen Bilder, die seine Träume heimsuchten, waren hier weniger intensiv. In ihm regte sich die Hoffnung, dass er tatsächlich irgendwann wieder erholsame Nächte haben würde.

Bonnies Wangen glühten. Und sie taten es seinetwegen. Sie setzte sich neben Tommy und griff nach dem Weinglas.

Connor ließ sich neben Blaire auf die Bank sinken und zwang sich, den Blick von Bonnie abzuwenden.

»Dein Glück, dass Archie zu abgelenkt ist, um zu bemerken, dass du nicht nach Rauch, sondern nach unserer Schwester riechst«, flüsterte Blaire und grinste verräterisch.

»Wirst du deinen Mund halten?«, gab er leise zurück und starrte ihr fest in die dunkelbraunen Augen.

»Sie sieht glücklich aus, findest du nicht?« Blaires Blick

wanderte zu Bonnie, die selig an ihrem Glas nippte. »Solange du sie glücklich machst, werde ich nichts sagen.« Sie holte Luft und neigte sich ein wenig näher zu ihm heran. Im Gegensatz zu Bonnie roch Blaire nach einer Mischung aus Stroh und Wildnis. »Wenn du sie unglücklich machst, bekommst du es mit mir zu tun. Dann ist Archie dein kleinstes Problem.«

Connor zog die Augenbrauen hoch und lachte dumpf auf. Hatte er sich unbedingt in eine Frau vergucken müssen, die derart viele Beschützer um sich hatte? Dass mit Blaire genauso wenig zu spaßen war wie mit Archie, stand außer Frage. Längst hatte Connor die Umrisse des Messers entdeckt, das sie stets in ihrer Hosentasche trug. Er war Männer gewöhnt, die verborgene Waffen trugen. Doch bei einer Frau hatte er dies nie beobachtet, und Blaires Grinsen versprach die gleiche Verrücktheit, die auch in Archies Adern pulsierte. »Werde mich benehmen«, brummte er und boxte sie in die Seite, woraufhin sich ihre Anspannung in einem Lachen auflöste.

Blaire schlug mit der Handfläche auf die Tischplatte und stand auf. »Ich werde unseren Gast zum Pub fahren, ihr habt alle inzwischen zu viel intus«, verkündete sie lauthals und bedeutete Connor aufzustehen. Bonnie sah zu ihm, und Connor zwinkerte ihr zu.

»Du hast mindestens so viel getrunken wie ich«, protestierte Archie.

»Und wie wir wissen, vertrage ich mehr als du.« Demonstrativ leerte Blaire den Weinrest in ihrem Glas in einem Zug, ehe sie zur Tür lief.

»Bin nur aus der Übung!«, rief Archie ihnen lallend hinterher. »Wir sammeln dich übermorgen für die Fahrt nach Edinburgh ein, Connor«, setzte er hinzu. »Ich habe morgen hier zu tun und komme nicht in den Pub. Mach du die Abendschicht mit den Mädels, in Ordnung?« Trotz des beschwingten Abends dachte sein Kamerad noch immer ans Geschäft.

»Ist gut«, gab Connor zurück. Wahrscheinlich war dies sein letzter Moment in diesem Haus. Vermutlich würde er keine Gelegenheit haben, Bonnie vor der Abfahrt noch einmal zu sehen. Connor trat durch die Eingangstür, die Blaire für ihn offen hielt. »Weißt du, dass du die merkwürdigste Frau bist, der ich je begegnet bin?«, sagte er, als er an ihr vorbeihüpfte. Erleichtert stellte er fest, dass die Wolken sich verzogen hatten, und der Mondschein die Landschaft ein wenig erhellte. Er hatte schon überlegt, wie Blaire gedachte, ansonsten den Weg in den Ort zu finden.

»Wenn du das sagst, Champion.« Sie eilte auf die Kutsche zu, während Connor sich nicht von der Stelle rühren konnte.

Eiskalt lief es ihm über den Rücken. »Wie hast du mich eben genannt?«, brüllte er ihr nach.

Blaire drehte sich um, und ihre gelockten Haare wippten um ihr Gesicht. »Ich finde, das ist ein passender Spitzname für dich.«

Langsam setzte er sich in Bewegung. »Wie kommst du darauf?«, fragte er angespannt.

»Das wissen wir doch beide.« Sie neigte den Kopf und beobachtete, wie er auf sie zukam. »Oder nicht?«

Connor presste die Zähne aufeinander und kletterte auf die Kutsche. »Nenn mich nie wieder so«, knurrte er.

»Schon gut.« Beschwichtigend hob sie die Hände. »Krieg dich wieder ein, ich ziehe dich doch nur auf.«

Champion. Wie sehr dieses Wort ihn an früher erinnerte. An die Zeit, bevor er getötet hatte.

Wie selbstverständlich griff Blaire in seine Westentasche und zog das Päckchen heraus. »Ich klaue die Archie auch immer, wenn er es nicht mitbekommt«, sagte sie und beförderte Streichhölzer aus der Hosentasche. Auffordernd hielt sie ihm eine Zigarette hin.

Wortlos griff Connor danach und senkte seinen Kopf zu der Flamme, die Blaire entzündet hatte.

Versöhnlich grinste sie ihn im flackernden Licht an und nahm sich ebenfalls eine.

Connor drehte sich um und sah ein letztes Mal auf die erleuchteten Fenster des Hauses.

»Es wird ein Leben nach dem Krieg geben«, sagte Blaire in die Dunkelheit. »Und vielleicht sogar eine Zukunft für dich und Bonnie.«

»Nein, das wird es nicht«, gab er zurück und sah von dem Cottage weg. Er hätte Bonnie nicht küssen dürfen, doch er hatte sich seit dem Kuss in der vergangenen Woche in jeder freien Sekunde nach mehr gesehnt. Nachts sah er sie vor sich, was eine willkommene Abwechslung zu seinen üblichen Träumen war. Und doch war es ein Fehler gewesen. Er machte Fehler am laufenden Band und nun gab er Bonnie Hoffnung auf etwas, das unmöglich war. Warum hatte er nicht einfach auf Archie gehört und sich die Frau aus dem Kopf geschlagen? Connor stöhnte leise. Weil sie ihn verzauberte und er sich in ihrer Gegenwart so gut fühlte wie nie zuvor. Doch Bonnie hielt ihm den Spiegel vor, auch wenn sie es nicht ahnte. Es war, als wäre sie das Licht und er der Schatten. Hätte er seine Vergangenheit nicht schon zuvor bereut, so hätte Bonnie ihn dazu gebracht, dies zu tun. Es gab nur eine Chance auf einen gemeinsamen Weg mit Bonnie, aber das Versprechen, bei Archie seine Schuld zu begleichen, machte diese zunichte. Sobald er mit Archie nach Edinburgh fahren würde, bestand keine Möglichkeit mehr auf ein glückliches Ende für sie beide. Oder ein freies Leben. Es nützte nichts, darüber nachzugrübeln. Er hatte Archie sein Wort gegeben. Und er musste seine Schuld begleichen, ehe sie ihn erdrückte.

* * * * *

Bonnie lag im Bett und lauschte den gleichmäßigen Atemzügen ihrer Mutter. Einmal mehr hatte sie ihren Koffer gepackt. Bereit für den Arbeitsbeginn im Second Scottish General Hospital stand er neben dem Schrank. Der Schlaf wollte sich heute einfach nicht einstellen, und sie wusste nur zu gut, woran das lag. Oder vielmehr an wem. Wann immer sie die Augen schloss, glaubte sie, Connor zu spüren. Nie zuvor hatte ein Mann sie auf diese Art geküsst. Zärtlich und doch zum Bersten angespannt hatte Connor sie berührt, und Bonnie hatte sich in seiner Nähe verloren. Ihre Finger wanderten über ihre Lippen, und sie versuchte, sich an das Gefühl zu erinnern, das Connor auf ihnen hinterlassen hatte. So wie ein Kamin diese wohlige Hitze ausstrahlte, die man an einem kalten Tag auf den ausgestreckten Handflächen genoss, war Connors Wärme in sie hineingekrochen. Auch wenn sie sich auf das neue Krankenhaus und die Arbeit dort freute, war alles, woran sie seit gestern Abend denken konnte, Connor. Und sie sehnte sich nach mehr. Archie würde ihnen während der Fahrt morgen keine Gelegenheit lassen, alleine zu sein. Keiner vermochte abzuschätzen, wie lange der Krieg noch dauern würde. Noch immer war kein Ende absehbar und langsam, aber sicher verlor Bonnie die Zuversicht, dass er jemals enden würde.

Es würden noch Monate vergehen, bis sie Connor wiedersehen konnte. Vielleicht auch mehr.

Bonnie hielt die Luft an und setzte sich auf. Sie konnte nicht einfach gehen. Zumindest noch ein einziges Mal wollte sie von Connor gehalten werden und seinen heißen Atem auf ihrem Gesicht spüren. Und sie sehnte sich nach mehr als nur Küssen, wenn sie ehrlich war. Dieser Gedanke überraschte sie und ließ sie erröten. Auf einmal hielt sie es im Bett nicht mehr aus.

Sie griff nach den dicken Wollsocken neben dem Bett und zog sie über. Zweifelnd sah sie an dem Nachthemd hinab. Es musste längst nach Mitternacht sein, sicherlich würde sie niemand sehen. Und wenn, dann sollte der lange Wintermantel ihre Bekleidung verdecken. Würde man sie doch sehen, musste man annehmen, dass sie auf dem Weg zu einem Patienten war. Sie gab sich einen Ruck, es zu riskieren. Auf Zehenspitzen schlich sie am Bett ihrer Ma vorbei und öffnete vorsichtig die Zimmertür. Aus dem Raum der Brüder drang Schnarchen. Bonnie eilte die Treppe hinunter, schlüpfte in den Mantel und wickelte sich einen Schal um.

Als sie sich zu den Schuhen hinabbeugte, hörte sie im Wohnzimmer die Holzdielen knacken. »Zieh die erst draußen an«, flüsterte Blaire. »Und geh hinten raus, die Hintertür schließt leiser.«

Bonnie richtete sich auf und drehte sich zum Schatten ihrer Schwester um. »Danke«, gab sie kaum hörbar zurück.

»Hab mich hier oft genug rausgeschlichen.« Ein gedämpftes Lachen war zu hören. »Aber wenn du in zwei Stunden nicht wieder da bist, komme ich dich suchen.«

»Nicht nötig, ich werde nicht lange bleiben«, beeilte Bonnie sich zu sagen.

Ihre Schwester verschwand wieder im Wohnzimmer und Bonnie drehte vorsichtig den Schlüssel im Türschloss. Dann stieg sie in die Schuhe und rannte über die Wiese zur Scheune, um das Fahrrad zu holen, mit dem sie früher zu den Hausbesuchen gefahren war. Es aus dem dunklen Stall heraus zu schieben, war umständlich, doch es gelang ihr, ohne Lärm zu verursachen. Immerhin beleuchtete der Vollmond den Weg in den Ort. Bonnie wickelte sich den Schal enger um den Hals und stieg auf.

Zaudernd starrte sie auf das Fenster an der Seitenwand des Pubs. Wollte sie wirklich tun, was ihr noch vor einer halben Stunde wie eine gute Idee vorgekommen war? Was genau hatte sie eigentlich vor? Wollte sie sich tatsächlich einfach nur von Connor verabschieden oder bedeutete ihr heftig pochendes Herz, dass sie sich so viel mehr wünschte? Sie schloss die Augen und klopfte an die Scheibe. Mit angehaltenem Atem lauschte sie und klopfte erneut. Der Vorhang wurde zur Seite gezogen, dann öffnete sich das Fenster. Ungläubig sah Connor zu ihr herab. »Ist was passiert?«, fragte er besorgt.

»Nein, es ist alles gut.«

Er stützte sich aufs Fensterbrett auf und runzelte die Stirn. »Was machst du hier, Bonnie?«

Unsicherheit breitete sich in ihr aus. »Ich wollte mich verabschieden.« Sie sah zur Seite. »War wohl eine dumme Idee.«

»Vielleicht nicht unbedingt das, was eine anständige junge Dame mitten in der Nacht tun sollte.«

Bonnie schob das Kinn vor. »Soll ich wieder gehen?«

Er grummelte. »Ich schließe dir vorne auf«, antwortete er mit warmer Stimme und trat vom Fenster zurück.

»Nein, nicht«, flüsterte sie. »Ich möchte nicht, dass die Mädchen das mitbekommen. Shona kann ihren Mund nicht halten und wird es Archie brühwarm erzählen, und dann ist hier der Teufel los.«

Connor lehnte sich wieder auf die Fensterbank. »Vermutlich hast du recht.«

»Hilf mir rein.« Auffordernd streckte sie sich.

»Du bringst uns in Schwierigkeiten, Bonnie.« Mit festem Griff packte Connor sie an den Armen und zog sie hoch.

Bonnie kletterte hindurch und kam vor ihm zum Stehen. Schnell senkte sie den Blick. Connor trug kein Hemd und seine Haut schimmerte im fahlen Mondlicht. Was genau hatte sie ihm noch mal sagen wollen? Innerlich fluchend versuchte sie, sich an die Worte zu erinnern, die sie sich auf der Fahrt hierher zurechtgelegt hatte. Doch in ihrem Kopf schien nichts als Leere zu sein.

»Es ist schön, dass du gekommen bist.« Er fasste nach ihrem Mantel und zog sie zu sich heran.

Kaum spürte sie seine Brust an ihrer Wange, verschwand jegliche Schüchternheit. Genüsslich atmete sie seinen Geruch ein und schlang die Arme um ihn.

Connors Lippen wanderten über ihre Haare bis zu ihren Wangen und fanden schließlich ihr Ziel. Innig küsste er sie und musste sich dabei an der Wand abstützen, um ohne die Krücken nicht das Gleichgewicht zu verlieren.

»Setz dich lieber«, sagte Bonnie und half ihm bis zum Bett.

»Ich sage es ja: Du bringst uns in Schwierigkeiten«, brummte Connor.

»Vielleicht bin ich es leid, immer nach den Spielregeln zu spielen!« Ja, es gehörte sich nicht, sich zu einem Mann zu schleichen und Intimitäten auszutauschen, aber taten das nicht viele Leute im Geheimen? Warum sollte ausgerechnet sie ein Vorbild an gutem Benehmen sein? »Diese Zeit ist so furchtbar, ich brauche einfach etwas, das mich zumindest für eine kurze Weile glücklich macht.« Ihr standen arbeitsreiche Monate, vielleicht sogar Jahre in Edinburgh bevor. Wenigstens heute wollte sie nur an sich und ihr Verlangen denken.

»Und ich mache dich glücklich?«, fragte Connor leise.

»Ja, das tust du. Auch wenn mir nicht klar ist, wie du das schaffst.« Bonnie lachte nervös.

»Ich weiß es eigentlich besser, aber ich kann dir einfach nicht widerstehen«, brummte Connor und schob seine Hand zwischen den Knöpfen ihres Mantels hindurch auf ihr Nachthemd.

Bonnie legte den Zeigefinger auf seinen Mund. »Nicht denken, Connor. Nur fühlen.« Ihre Lippen glitten seinen Hals hinab. Unter ihren Handflächen spürte sie die kräftige Muskulatur seiner Arme. Auch wenn sie ihn kaum sehen konnte, entstand in ihrer Vorstellung ein Bild von seinem Körper.

Connor knöpfte ihren Mantel auf und half ihr heraus. Hektisch wickelte Bonnie den Schal ab und ließ ihn neben das Bett fallen. Mit der Hand drückte er sie auf die Matratze, und warm drang seine Körperwärme durch den Leinenstoff ihres Hemds, als er sich auf sie schob. Immer wieder küssten sie sich, und Bonnie glaubte, jedes Zeitgefühl zu verlieren. Zu sehr genoss sie es, seinen Bart auf ihrer Haut zu spüren. Überall wo dieser über sie glitt, hinterließ er ein Prickeln. Ihren Oberschenkel entlang schob sich Connors Hand unter ihr Hemd. Reflexartig drückte sie die Beine ein wenig zusammen. Connor hielt inne. Er murmelte einen Fluch, dann sank sein Kopf neben ihr auf die Matratze. »Warst du schon mal auf diese Art mit einem Mann zusammen?«, fragte er leise.

»Nein«, gab sie mit bebender Stimme zu. »Aber ich möchte es. Ich möchte dich.« Wie viel Mut es kostete, diese Worte auszusprechen. Sie gab es nicht nur vor ihm zu, sondern auch vor sich: Sie wollte Connor. Und das sogar, obwohl er ihr Patient war und sie damit ihren Schwur brach. Nie zuvor hatte sie solch ein Brennen in sich gefühlt. Die Vorstellung, nach dem Krieg herausfinden zu können, ob Connor womöglich wirklich der Mann war, mit dem sie sich eine Zukunft vorstellen konnte, würde ihr die Kraft geben, alles zu überstehen und durchzuhalten.

Connor seufzte und rollte sich neben sie. »Das geht nicht, Bonnie.«

»Was … wieso?« Sie brach ab und schnappte nach Luft. Beschämt setzte sie sich auf und zog ihr Hemd zurecht. »Und warum nicht?«, fragte sie getroffen nach.

»Archie hat mir das Leben gerettet«, sagte er. »Dafür kann ich seiner Schwester nicht die Jungfräulichkeit nehmen.«

Einen Moment dauerte es, bis Bonnie seine Worte verinnerlicht hatte. »Was geht meinen Bruder meine Jungfräulichkeit an?«, zischte sie.

»Abgesehen davon, dass Archie mich dafür umbringen würde, revanchiert man sich nicht auf diese Art für sein Leben.« Er setzte sich ebenfalls auf und schüttelte den Kopf.

»Wenn ich also schon einmal mit einem Mann zusammen gewesen wäre, hättest du kein Problem damit?«, fragte Bonnie schneidend.

»Das nehme ich an. Zumindest wäre die Schuld, die ich damit auf mich laden würde, nicht ganz so schwerwiegend.«

Hatte sie richtig gehört? Connor sprach tatsächlich von Schuld im Zusammenhang mit ihr.

Er griff nach ihrer Hand, doch Bonnie schüttelte sie ab.

»Es tut mir leid, dass ich mich bisher gut benommen habe«, fauchte sie. Noch nie hatte sie den Wunsch verspürt, einem Mann auf diese Art nahe zu sein. Und dabei hatte es selbst auf dem Land nicht an Möglichkeiten dazu gemangelt. Ganz abgesehen von den jungen Ärzten im Krankenhaus, die häufig hinter den Schwestern her waren. Bisher hatte sie sich aufgespart, sich nun ausgerechnet nach Connors Berührungen gesehnt. Und jetzt wollte sie dieser Kerl gar nicht haben. Es war demütigend! Bonnie sprang auf und klaubte Schal und Mantel vom Boden auf.

»Geh nicht.« Erneut griff Connor nach ihr und umfasste ihren Arm.

»Es ist besser, wenn ich verschwinde.« Sie schluckte die Tränen hinunter.

»Ich mag dich sehr, Bonnie«, flüsterte Connor.

»Offensichtlich nicht genug.« Sie befreite sich aus seinem Griff und ging zum Fenster. »Sonst wäre dir mein Bruder egal.«

»Es ist nicht nur Archie!«, rief er und stand ebenfalls auf, um auf einem Bein zu ihr zu hüpfen. »Wenn wir das tun, dann gibt es kein Zurück mehr. Es würde dir zu viel bedeuten.«

»Und du willst nicht, dass es viel bedeutet.« Gegen ihren Willen bahnten sich die Tränen ihren Weg.

»Ich kann dir nicht geben, was du dir wünschst. Und ich will nicht, dass du mich danach hasst, weil wir nicht zusammen sein können.«

Bonnie schluckte. Connor wollte sie wirklich nicht. Er wünschte sich keine Zukunft mit ihr. Hatte sie sein Interesse derart falsch gedeutet?

»Du kennst mich nicht wirklich. Wenn du es tätest, würdest du nicht in mein Bett wollen«, fuhr er fort.

»Das ist meine Entscheidung.« So schnell sie konnte, schlüpfte sie in den Mantel. »Aber es meint ja immer jeder, über mich bestimmen zu müssen. Auch wenn es euch überrascht: Ich kann durchaus für mich selbst denken!« Bonnie rutschte aufs Fensterbrett und sprang hinunter.

»Es tut mir leid«, hörte sie seine Stimme, während sie aufs Fahrrad stieg.

»Mir auch.« Bonnie trat in die Pedale und untersagte sich zu weinen. Niemals wollte sie wegen eines Mannes heulen, doch nun tat sie es, während sie in die Dunkelheit davonfuhr.

Kapitel 9

Du warst schnell zurück gestern Nacht«, flüsterte Blaire und musterte sie.

Bonnie sah zu Archie, doch der war damit beschäftigt, seinen Haferschleim zu verdrücken. »Ist nicht gut gelaufen«, gab sie leise zurück.

»Soll ich ihn für dich verprügeln?« Ein Grinsen zog sich über die Lippen ihrer Schwester.

»Meinst du Connor oder Archie?«

Blaire zuckte mit den Schultern. »Gerne beide, falls dir das hilft.«

Müde lächelte sie Blaire zu. »Danke fürs Angebot, aber ich fürchte, selbst das würde meine Stimmung nicht heben.«

»Such dir einen Kerl in Edinburgh. Einen wohlhabenden Patienten oder so. Mit deinem Gesicht sollte das kein Problem sein«, schlug Blaire vor.

»Ich habe bisher keinen Mann gebraucht, ich werde auch in Zukunft keinen brauchen.« Finster sah Bonnie in den Tee.

»Für manche Dinge sind sie durchaus nütze«, witzelte Blaire. »Kopf hoch, du wirst schon bald mehr Ablenkung haben, als dir lieb sein wird.«

»Bist du sicher, dass du alles eingepackt hast, Bonnie?«, rief ihre Mutter vom Herd herüber.

»Ja, Ma.«

»Wann wollte euch der Fahrer abholen?«

»Kann jeden Moment kommen.« Bonnie leerte ihre Tasse und stand auf. Es machte keinen Sinn, den Abschied länger hinauszuzögern. Doch viel unangenehmer war die Vorstellung, gleich auf Connor zu treffen.

Archie sprang ebenfalls auf. »Ich hole deinen Koffer.«

»Das kann ich gut alleine«, zischte Bonnie und ging an ihm vorbei, während Archie überrascht die Augenbrauen hochzog. Seinetwegen hatte Connor zu viel Angst, sie in sein Bett zu lassen. Oder aber er wollte schlichtweg keine Jungfrau, was für Bonnie noch viel schlimmer zu ertragen war, weil Connor nun um diesen Zustand wusste und sie dämlich unerfahren wirken musste mit ihren vierundzwanzig Jahren. Auf beide Männer war sie gleichermaßen wütend. Archie sollte endlich aufhören, sich in ihr Leben einzumischen, und Connor – Bonnie hielt auf der Treppe an und atmete tief ein – Connor zog es vor, sich von Archie sagen zu lassen, was er tun sollte. Kaum zu glauben, dass dieser Mann in einem Krieg gedient hatte und nun vor einem einarmigen Größenwahnsinnigen kuschte. »Beide in einen Sack stecken und mit dem Knüppel draufhauen«, flüsterte sie einen der Lieblingssprüche ihrer Ma.

Gerade als sie ins Zimmer trat, hörte sie Schritte auf der Treppe. »Was ist denn noch?«, platzte es aus ihr heraus. Sie fuhr herum und sah, wie Blaire eintrat und die Tür schloss.

»Du siehst nicht gut aus, Schwesterchen. So kann ich dich nicht fahren lassen.« Sie bedeutete Bonnie, sich auf das Bett zu setzen, was sie nur unwillig tat. Blaire rutschte neben sie. »Raus mit der Sprache: Was ist gestern passiert?«

Bonnie spürte Hitze in ihrem Gesicht. Sie konnte nicht aussprechen, was vorgefallen war. Wobei Blaire vielleicht in der Tat etwas Nützliches zu sagen hatte. Immerhin hatte ihre Schwester gestern Nacht zugegeben, sich selbst aus dem Haus geschlichen zu haben. »Bist du noch Jungfrau?«, fragte Bonnie leise und wagte es nicht, sie anzusehen.

Blaire lachte kratzig, ehe sie sich auf den Knien aufstützte. »Du warst es jedenfalls noch, als du gestern losgegangen bist, oder?«, fragte sie.

Bonnie nickte.

»Und bist du es heute auch noch?«

Sie nickte erneut.

Blaire stöhnte theatralisch. »Muss ich dir jetzt alles aus der Nase ziehen? Du weißt, dass du mir vertrauen kannst. Wenn du drüber reden willst, dann solltest du dich beeilen, ehe ihr abgeholt werdet.«

»Connor wollte nicht ...«

»Herrje.« Blaire legte einen Arm um sie und tätschelte ihre Schulter. »So wie der Kerl dich anguckt, hatte ich angenommen, er sei bis über beide Ohren in dich verschossen.«

»Das dachte ich auch. Aber offensichtlich nicht stark genug, um Archie zu vergessen«, zischte Bonnie.

»Na ja«, Blaire sah sie mitleidig an, »ich glaube, Archie würde schon ausrasten, wenn er etwas davon mitbekommt.«

»Und Connor hat nicht genug Mut, um für uns einzustehen, was nur bedeuten kann, dass er mich nicht liebt.« Bonnie zog die Nase hoch.

»Vielleicht hat er auch noch andere Gründe, die wir nicht kennen.«

»Was meinst du?« Plötzlich war Bonnie hellwach.

»Der Kerl verbirgt was, da bin ich mir sicher.«

»Und was?« Das Gespräch damals mit Archie kam ihr in den Sinn. Nun vermutete Blaire also ebenfalls, dass Connor Geheimnisse hatte.

»Ich kann es dir nicht sagen. Es ist nur ein Gefühl.«

Bonnie sah sie zweifelnd an. »Seit wann hast du ein Gespür für Männer?«

»Ich habe mir mit einem die Gebärmutter geteilt, falls du das vergessen hast«, hielt ihre Schwester dagegen.

»Archie ist nicht wie andere Männer. Archie ist ...« Bonnie brach ab, ehe sie etwas aussprach, das man über den eigenen Bruder nicht sagen sollte. Auch wenn sie Archie liebte, konnte sie ihn heute nicht leiden. »Es hat keinen Sinn, weiter darüber zu grübeln. Ich muss gleich Connor unter die Augen treten und vergessen, dass ich ihn und Archie am liebsten ohrfeigen möchte.« Sie seufzte. »Das ist so peinlich, das kannst du dir gar nicht vorstellen. Connor weiß, dass ich gestern zu ihm gefahren bin, um ... und er wollte mich nicht.«

»Würde den beiden vielleicht ganz guttun, wenn du ihnen eine knallst.« Blaire lachte leise und zog sie an sich. »Ich werde dich vermissen.«

»Ich dich auch.« Selten benahm sich Blaire wie eine große Schwester, aber heute gab sie sich Mühe, und Bonnie wusste es zu schätzen.

»Und du wirst keine Schwäche zeigen, wenn du Connor nachher siehst, hast du verstanden?« Blaire drehte Bonnies Gesicht zu ihrem. »Denk daran, wo du herkommst, und vergiss diesen Mann!«

Bonnie nickte und musste schon wieder die Nase hochziehen. Für einen Moment lang drückte sie ihr Gesicht an Blaires Bluse, dann atmete sie tief ein. »Ich bin bereit.«

»So ist es gut.« Blaire stand auf und schnappte sich den Koffer. »Vielleicht fällt der mir gleich versehentlich auf Archies Fuß«, scherzte sie.

Bonnie schmunzelte und ordnete ihre Haare. Dann streckte sie den Rücken durch und ging die Treppe hinunter.

* * * * *

Vika reichte ihm ein Bündel. »Ich habe dir und Archie ein paar Brote eingepackt, wer weiß, wann ihr wieder etwas zwischen die Zähne bekommt.«

»Danke.« Connor strich Arch über den Kopf, der auf dem Arm seiner Mutter ungeduldig zappelte. »Wir sind vermutlich vor morgen Abend zurück, wenn nicht, öffnet ihr dann rechtzeitig den Pub?«, vergewisserte Connor sich. Ob er tatsächlich zurückkommen würde, stand in den Sternen. Doch es fühlte sich beruhigend an, zumindest in diesem Moment so zu tun, als ob es so wäre.

»Natürlich. Wir kennen die Abläufe bestens.«

Wie gut Vikas Lächeln angesichts der bald bevorstehenden Begegnung mit Bonnie tat. Connor hatte kein Auge mehr zugetan, nachdem Bonnie wütend und sichtlich verletzt durch sein Fenster geflohen war. Warum zum Teufel hatte er sich nicht beherrschen können? Sie in sein Bett zu lassen, sie zu küssen und ihren Körper zu fühlen, war ein mächtiger Fehler gewesen. Stattdessen hätte es ein einfacher Kuss zum Abschied getan, der ihm die Möglichkeit gegeben hätte, über die Sache mit ihnen nachzudenken, während Bonnie im Krankenhaus arbeitete. Und seine eigenen Dinge zu regeln, sofern dies überhaupt möglich war. Auch wenn die Chancen nicht gut standen, so hoffte er heimlich darauf, eine Lösung zu finden. Nicht zuletzt wegen Bonnie. Er musste es zumindest versuchen.

Connor humpelte mit dem Rucksack zur Tür. Außer einem Hemd zum Wechseln und etwas Geld lag darin nur eine Flasche, gefüllt mit Blaires Whisky.

Ein Motorengeräusch kündigte den Transporter an und ein paar Jungs, die auf der Straße einen Ball kickten, blickten mit leuchtenden Augen auf das Fahrzeug. Soweit Connor es einschätzen konnte, sah man hier selten Autos oder Lastwagen. Zumindest hatte er in den vergangenen zwei Wochen keine gesehen. Das Fahrzeug kam vor dem Pub zum Stehen, und Archie sprang hinten heraus und nahm ihm den Rucksack ab.

»Bereit?«, fragte er mit einem Blitzen im Blick. Sein Kamerad konnte es offensichtlich kaum erwarten, einen guten Deal zu machen, doch noch ahnte Archie auch nicht, wohin Connor ihn führen würde.

»Ja«, brummte Connor und stieg auf die mit einer Plane abgedeckte Transportfläche. Rechts und links waren Holzbänke befestigt, die als Sitzgelegenheit dienten.

Connor rutschte an das Ende der einen, bis er gegenüber von Bonnie saß, die ihren Koffer wie einen Schutzschild vor den Beinen platziert hatte.

Sie sah ihn nicht an, sondern hielt die Augen fest auf die Stricknadeln in ihren Händen gerichtet. Mit zackigen Bewegungen nahm sie die Maschen auf.

Connor unterdrückte ein Stöhnen.

Archie setzte sich neben ihn und schlug an die Kabine, um dem Fahrer ein Zeichen zu geben.

Ruckelnd fuhr der Transporter los.

»Guten Morgen«, sagte Connor leise.

Bonnies Augen streiften ihn flüchtig. »Morgen.«

Es versprach eine lange und schweigsame Fahrt zu werden. Das schlechte Gewissen nagte an Connor, und er betrachtete besorgt die dunkel unterlaufenen Augen der Frau. Bonnies Lippen waren schmal und aufeinandergepresst. Ihm war danach, einen Schrei loszulassen, so sehr ärgerte er sich über sich selbst. Er hatte es tatsächlich fertiggebracht, die wohl liebenswürdigste Person, der er je begegnet war, zu erzürnen. Und Bonnie hatte jedes Recht, ihn zu hassen, er hasste sich ja selbst für das, was vorgefallen war. Doch vielleicht war es besser so. In ein paar Stunden würde Archie wissen, woher er stammte, und danach nur noch fester davon überzeugt sein, dass er für Bonnie nicht in Frage kam. Connor schloss die Augen und lehnte den Kopf gegen die Plane.

Bonnie sah andächtig zu dem Turm mit der Uhr hinauf, der über dem imposanten Haupteingang des Second Scottish General Hospital thronte, und etwas in Connor zog sich zusammen. Das große Zifferblatt an dem Sandsteingebäude zeigte kurz nach eins. Gleich sollte Bonnie vorerst, vielleicht auch für immer, aus seinem Leben verschwinden, und es gab nichts, was er tun konnte, um das zu verhindern.

»Ich trage dir noch deinen Koffer hinein«, sagte Archie und wollte sich nach Bonnies Gepäck bücken.

»Nein.« Sie drehte sich um und sah ihren Bruder fest an. »Ich kann das alleine.«

»In Ordnung.« Archie richtete sich auf und trat näher an sie heran. »Ich werde jeden Dienstag nach Dunbar reiten. Solltest du etwas brauchen, schick ein Telegramm dorthin.«

Bonnie nickte.

Sein Kamerad kramte in der Hosentasche und reichte ihr einige Scheine. »Nimm das und kümmere dich um die Pakete für Keillan. Mehr habe ich im Moment nicht, aber ich werde dir was schicken oder vorbeibringen, sobald wir den ersten Whisky verkauft haben.«

»Ich werde noch heute für das erste Päckchen Sorge tragen«, versprach Bonnie und lächelte matt.

»Na, komm schon her.« Archie griff nach ihr und zog sie an sich. Sein Gesicht sah trotz der noch immer geröteten Narbe ungewohnt weich aus, während er seine Schwester festhielt.

Connor senkte den Blick und atmete schwer aus. Wie sehr wollte er Bonnie ebenfalls in die Arme nehmen, doch sie hatte die ganze Fahrt über kein Wort mit ihm gesprochen. Und ganz sicher würde Archie einen Wutanfall bekommen und am Ende noch herausfinden, dass er beinahe mit Bonnie geschlafen hatte. Connor erwischte sich dabei, wie er sich einen Augenblick lang auszumalen versuchte, wie es wohl gewesen wäre, Bonnies Körper unter seinem zu spüren und in ihre Wärme einzutauchen. *Mach es nicht noch schlimmer, du Idiot.* Lernte er denn nichts dazu?

»Pass auf dich auf und lass es mich wissen, wenn es Probleme gibt«, brummte sein Kamerad.

»Es wird keine Probleme geben, Archie. Ich weiß, was ich tue.« Sie drückte ihm einen Kuss auf die Wange und trat zu ihrem Koffer. Doch anstatt ihn anzuheben, wandte sie sich an Connor. Hektisch streckte sie ihm die Hand entgegen. »Leb wohl, Connor«, sprach sie leise und sah ihn nicht an.

Connor griff nach der Hand und fuhr unauffällig mit seinem Daumen über ihren Handrücken. »Leb wohl?«

Endlich blickte sie zu ihm auf. »Ich nehme an, du wirst fort sein, wenn ich heimkehre.«

Sein Magen verkrampfte sich erneut. Connor wollte ihr sagen, dass sie sich wieder begegnen würden. Dass er alles dafür tun wollte. »Wir werden sehen«, war alles, was er herausbekam.

Ihre Hand befreite sich aus seiner und griff nach dem Koffer. Ohne sich noch einmal umzuschauen, lief sie auf das Eingangsportal zu. Connor beobachtete, wie ihre leuchtenden Haare hinter der breiten Tür verschwanden. Sein Blick fiel auf einen metallenen Löwenkopf, der seitlich des Eingangs an der Wand angebracht war. Es wirkte, als wollte die zu einem Fauchen verzogene Fratze ihn davon abhalten, ihr nachzugehen.

Archie trat neben ihn und schlug ihm auf die Schulter. »Das wäre geschafft. Wie mir scheint, ist das eine ganz gute Gegend hier. Bonnie sollte eh zu viel zu tun haben, um oft auszugehen. Das beruhigt mich etwas, um ehrlich zu sein.« Er lachte kehlig. »Und wie geht es jetzt weiter?«

»Wir suchen uns eine Kutsche, die uns in meine alte Gegend bringt«, sagte Connor zerstreut. Nun gab es kein Zurück mehr.

»Und wo genau bist du aufgewachsen?«

»Blackfriars Street, gleich an Cowgate grenzend«, murmelte er.

Archie sah ihn einen Moment lang prüfend an. »Wohnen da nicht nur Iren?«

Connor brummelte. Offensichtlich war die Ecke, in der er an einem lausig kalten Februarmorgen 1884 das Licht der Welt erblickt hatte, Archie ein Begriff. »Nicht nur. Damals haben dort auch die armen Schlucker aus den Highlands gelebt, die in der Hoffnung auf ein besseres Leben nach Edinburgh gekommen sind, so wie mein Vater.«

»Und war es besser?«

»Mein alter Herr pflegte zu sagen, dass es lediglich auf

eine andere Art beschissen war als seine Heimat. Dann hat er sich irgendwann aus dem Staub gemacht, und ich habe mich selbst mehr schlecht als recht durchgeschlagen.« Die winzig kleine Mietswohnung, die sie sich mit zwei anderen Familien geteilt hatten, war nichts gewesen, was man als Zuhause hätte bezeichnen können. Es war lediglich ein Ort, an dem man dicht an dicht mit zu vielen Personen auf dem Boden schlief, sich regelmäßig Krankheiten ausbreiteten und man bestenfalls nicht erfror. Und genau dort waren erst seine Geschwister und dann auch seine Ma gestorben. Ihnen war es damals ebenso dreckig gegangen wie den Iren. Die Wände waren vom Schimmel schwarz gewesen, die zerfressenen Decken, die als Nachtlager dienten, bestanden fast nur aus Löchern. Er erinnerte sich noch immer an den modrigen Geruch in dem dunklen Zimmer. Ihre Mahlzeiten hatten stets aus einer Scheibe Brot bestanden, die nur an guten Tagen frisch gewesen war. Hin und wieder gab es ein wenig Dosenmilch, die jedoch im Vergleich zu richtiger Milch nicht nahrhaft war. Es war kein Wunder, dass Kinder unter diesen Bedingungen wie die Fliegen starben. Irgendwie war er diesem Schicksal entronnen. Sein Körper hatte lange genug durchgehalten, bis sich seine Lebensumstände verbesserten. Dieses hundserbärmliche Elend hatte ihn letztlich anfällig für das gemacht, was sein Leben bis zum Krieg bestimmten sollte.

Archie nickte, als würde er seine Gedanken erahnen. »Also dann machen wir uns mal auf nach Cowgate. War noch nie da, muss ich gestehen.«

»Da hast du wenig verpasst. Ist heute nicht mehr ansatzweise so übel wie damals. Die Stadt hat viele der runtergekommenen Häuser inzwischen abgerissen. Trotzdem ist es noch immer verdammt mies, und jeder, der es sich irgendwie leisten kann, verschwindet von dort.« Connor bemühte sich, die erdrückenden Gefühle, die in ihm hochkamen, zu ignorieren.

»Klingt spaßig«, lachte Archie und schlug ihm auf die Schulter.

Die Gegend machte ganz offensichtlich mächtig Eindruck auf seinen Kameraden. Fasziniert betrachtete Archie die großen Wohnblocks, in denen die Arbeiter lebten, die kaum genug verdienten, um ihre Kinderschar satt zu bekommen. Seine Augen wanderten über die unzähligen Schornsteine. Ein jedes Zimmer mit Kamin oder Herd hatte seinen eigenen, und aus den meisten drang Rauch.

Augenblicklich fühlte Connor sich in sein altes Leben zurückkatapultiert. Er betrachtete den Unrat, der sich an den Ecken sammelte, und atmete den ungesunden Geruch seiner Vergangenheit ein.

Während der Kutschfahrt hierher hatte in seiner Brust ein Gefühlschaos gewütet. Und als er aus der Ferne einen Blick auf Castle Hill und das Edinburgh Castle erhascht hatte, zu dessen Füßen Cowgate lag, kam gegen seinen Willen das Gefühl von Heimkehr in ihm auf. Weit hinten hatte sich der Arthur's Seat aufgetan. Niemals hatte er den Hausberg seiner Stadt bestiegen. Wenn das verdammte Bein eines Tages wieder zu etwas taugen würde, nahm Connor sich einer Eingebung, nein einem Bedürfnis folgend, vor, eben dies zu tun. Ein wenig hatte dieser Gedanke ihn davon abgelenkt über Bonnie nachzudenken, die von nun an nur ein wenig weiter nördlich von hier weilen würde.

Er humpelte weiter den Bürgersteig entlang und deutete mit dem Kopf auf eine Seitenstraße. »Dorthin müssen wir.«

Archie nahm die Zigaretten aus seiner Manteltasche und steckte sich eine an. Er schien geradezu in dem Trubel der Gassen aufzublühen. Immer wieder drehte er sich um die eigene Achse, um alles in sich aufzunehmen. »Ich habe jahrelang gerätselt, ob du entweder aus richtig gutem Hause oder einem Ort wie diesem stammst. Ich konnte mich nie entscheiden. Hättest du mir heute gesagt, dass du in einer der Villen aufgewachsen wärst und deine Eltern für ihren Reichtum verabscheust, da sie dich aufs Internat geschickt haben, ich hätte es dir geglaubt.«

Connor konnte ein Lachen nicht unterdrücken. »Komme ich dir vor wie jemand, der auf einem Internat war?«

»Wie einer, der dort rausgeflogen ist und seinen Eltern Kummer bereitet hat, sich einfach nicht verheiraten lassen wollte und sich aus Trotz freiwillig gemeldet hat.« Archie grinste und zuckte mit den Schultern. »Du hast ja nie was erzählt und ich hatte verdammt viel Zeit, mir alle möglichen Szenarien auszumalen.«

»Du hättest fragen können.«

»Dann hätte ich dir auch etwas über mich erzählen müssen.«

»Vermutlich ja.« Connor schüttelte amüsiert den Kopf. »Ich bin ein wahrhaftiges Exemplar der Unterschicht. Tiefer geht es gar nicht.« Ja, es hatte eine ganze Zeitlang sogar danach ausgesehen, dass er niemals erwachsen werden und stattdessen an irgendeiner Straßenecke an einer besonders miesen Mischung aus Hunger und Kälte unbemerkt von der Welt eines Nachts krepieren würde. Dass er einst gebettelt hatte, um zu überleben, lag ihm noch heute schwer auf der Seele, und wenn er ein zerlumptes Kind eben dies tun sah, gab Connor grundsätzlich, was er entbehren konnte. Seine

Finger schlossen sich in seiner Jackentasche um einige Münzen. Er atmete durch und versuchte, sich zu fokussieren.

»Erinnerst du dich an unsere freien Tage in Frankreich?«, riss Archie ihn aus den schmerzlichen Erinnerungen, um ihn in eine andere, deutlich fröhlichere hineinzuversetzen.

»Wie könnte ich die vergessen?«, antwortete Connor. Vorübergehend aus den Schützengräben rauszukommen, war das eine gewesen, mit Archie und Ian in einem ehemaligen Hotel zu wohnen, das zur Erholung für die britischen Truppen eingerichtet worden war, stellte ein Erlebnis dar, das Connor nie vergessen würde. Der französische Wein war besser und zudem billiger als der hier in Schottland. Und jedes zweite Haus in dem verschlafenen Ort schien ein Café zu sein – nein, jedes zweite Haus in ganz Frankreich schien eines zu sein. Die einzigen Kunden der Einheimischen waren die Soldaten, Urlauber gab es natürlich längst nicht mehr. Daher waren sie mit dem besten Essen und Kaffee verwöhnt worden und abends, nach einem Gelage, das seinesgleichen suchte, in richtige Betten mit Daunendecken gefallen. »Das waren wohl die besten Tage meines Lebens« seufzte Connor und spürte ein für diesen Moment unerwartetes Lächeln auf seinen Lippen.

»Allerdings«, murmelte Archie. »Ich hatte immer darauf gehofft, Paris zu sehen, aber ich werde sicher kein zweites Mal einen Fuß nach Scheißfrankreich setzen.« Er lachte und linste in das Fenster einer Bar. »Wir sollten heute Abend einen draufmachen, was meinst du? Edinburgh ist zwar nicht Paris, aber wir haben uns das verdient. Erst recht, falls wir gleich ein gutes Geschäft machen sollten.« Archie inhalierte und nickte sich selbst zu. »Denn das werden wir, das spüre ich genau.«

»Lass uns erst mal sehen, wie der restliche Tag verläuft

und wie lange mein Bein mitmacht«, sagte Connor ausweichend. Er konnte sich wahrlich Besseres vorstellen, als sich hier auch nur eine Minute länger aufzuhalten als notwendig.

Archie nickte.

Sie bogen noch einmal ab. Es war unmöglich zu übersehen, dass die Häuser hier besser in Schuss waren als alle anderen der Gegend. Es lag auch kein Müll herum, die Hauseingänge waren gefegt, die Fenster nicht mit alten Brettern vernagelt. Sie hatten, unbemerkt von Archie, eine Grenze überschritten, und Connor musste sich zwingen weiterzugehen. Wer hier wohnte, gehörte zu den gleichen Leuten wie er einst.

Connor zog sich die Kappe tiefer in die Stirn, für den Fall, dass er jemanden treffen sollte, den er von früher kannte. Seine Augen waren fest auf das Haus am Ende der Gasse gerichtet. In goldenen Lettern prangte *The Black Bear* über der breiten Eingangstür. Die Fenster waren aufwendig verziert und aus Milchglas, damit das, was im Inneren vor sich ging, der Öffentlichkeit verborgen blieb. Doch in dieses Gebäude wagten sich die anständigen Bürger ohnehin niemals. Im Gegensatz zu den Nachbarhäusern stellte es die finanziellen Mittel seines Eigentümers geradezu obszön zur Schau mit den gereinigten, hellgelb strahlenden Sandsteinwänden und den glänzenden Stufen vor dem Eingang. Mit den Krücken über das Kopfsteinpflaster zu gehen war schwieriger als gedacht. Immer wieder rutschten sie in die Zwischenräume, und Connor fluchte innerlich.

Etwa zwanzig Schritte vor dem *The Black Bear* hielt Connor an. Seine feuchten Handflächen umgriffen das Holz der Gehhilfen.

»Sind wir da?« Archie stieß Rauch aus und sah sich erneut um. »Hier ist es gar nicht mal so übel, wie mir scheint.«

»Fast.« Er betrachtete seinen Kameraden aus den Augenwinkeln. »Du bist dir auch sicher, dass du das machen willst?«

»Ja.« Archies Stimme ließ keinen Raum für Zweifel. Er hatte seine Entscheidung getroffen und doch keine Ahnung, was auf ihn zukam.

Connor zeigte auf das Haus. »In diese Wirtschaft müssen wir.«

Archie schnippte die Zigarette weg und schaute sichtlich beeindruckt zu dem Gebäude. »Dann mal los.«

»Warte!«, hielt Connor ihn zurück.

Ungeduldig zog sein Kamerad die Augenbrauen hoch.

»Du lässt mich da drinnen verhandeln und hältst selbst den Mund, verstanden?«

Heiser lachte Archie auf. »Ich kann das ganz gut selbst, meinst du nicht?«

Connor trat direkt vor ihn. »Ich meine es ernst. Lass mich das machen, ich kenne diese Leute.«

Furchen bildeten sich auf Archies Stirn. »Mit wem genau treffen wir uns hier, Connor?«

»Sagen dir die Edinburgh Lads was?«, fragte er leise.

Unter anderen Umständen hätte ihn die Fassungslosigkeit auf Archies Gesicht amüsiert. Doch Connor war nicht zum Lachen zumute.

»Die Gang?«, entfuhr es Archie.

»Genau die.«

»Du kennst die mächtigste Gang Edinburghs?« Archie sah ihn ungläubig an.

»Schottlands. Und ja, das tue ich.«

Für einen Moment schien er zu überlegen. »Dachte nicht, dass du mich noch überraschen könntest, alter Junge.« Kehlig lachte er auf und setzte sich in Bewegung.

Connor fluchte und folgte ihm. Wie hatte er es nur wagen können zu hoffen, dass Archie einen Rückzieher machen würde?

Als sie durch die Tür in den großen Barraum hineintraten, hielt Connor sein Gesicht neben Archies. »Vergiss nicht, deinen Mund zu halten«, ermahnte er ihn noch einmal.

Archie machte eine beschwichtigende Handbewegung und sah sich um. »Hier ist ja was los.« Er blickte auf die voll besetzten Tische und die Theke. »So müsste das bei uns sein, dann hätten wir ausgesorgt. Aber dafür leben eindeutig zu wenig Leute in Foxgirth.«

Ehe Connor antworten konnte, schlug ihm jemand auf die Schulter. »Lange nicht gesehen, Champion!«, dröhnte es in seinen Ohren. Er nickte dem Mann zu, dessen Gesicht ihm nur zu vertraut war – so wie die meisten in diesem Raum.

Einige Männer drehten sich nach ihnen um. Begrüßungen wurden ihm zugerufen, und der ein oder andere stand auf, um ihm die Hand zu schütteln. Nein, man hatte ihn nicht vergessen. Mit knappen Worten antwortete Connor auf Nachfragen zu seiner Zeit in Frankreich und seiner Verwundung und arbeitete sich zur Theke vor.

»Champion?«, raunte Archie, während er ihn musterte und sich an den Tresen lehnte.

»So nennt man mich hier«, sagte Connor ausweichend und hielt nach dem Wirt Ausschau.

Mit zuckenden Mundwinkeln kam der Mann auf ihn zu. »Connor Fletcher! Hätte ja nicht gedacht, dich noch mal zu sehen«, rief er aus und wischte sich die Hände an der fleckigen Schürze ab.

»Ist *er* da?«, fragte Connor ohne Umschweife.

Der Wirt nickte. »Ist hinten im Büro. Wird sich freuen,

dich zu sehen.« Er schob ein Glas vor ihn und wollte es füllen, doch Connor hielt seine Hand darüber. »Nachher.«

Der Wirt nickte. »Ich sage Murron und Scott Bescheid.« Eilig verschwand er in einem Nebenraum.

Mit schmalen Augen hatte Archie die Unterhaltung verfolgt. »Nach wem hast du eben gefragt?«

Connor senkte seine Stimme. »Donald Mac Conallta«, sprach er den Namen aus, den er nie wieder hatte hören wollen. Doch so war das eben mit Wünschen: Sie scherten sich einen Dreck darum, was man wollte, und gingen in seinem Fall grundsätzlich nicht in Erfüllung.

»Zum Teufel!« Archie zog sich die Kappe vom Kopf und fuhr sich mit der Hand durch die Haare. »Der Boss der Lads? Dieser Mac Conallta?«

»Du hast also schon von ihm gehört«, antwortete Connor und bereute es, nicht doch einen Whisky in sich reingeschüttet zu haben.

»Ich lebe auf dem Land, aber ich bin informiert«, gab Archie zurück. »Wer hat denn auch von dem Kerl noch nichts gehört? Sein Name steht mindestens einmal im Monat in der Zeitung und meistens in keinem guten Zusammenhang.«

»Dann verstehst du jetzt, warum du gleich den Mund halten musst.« Eindringlich sah Connor ihm in die Augen.

»Wie verflucht nochmal bekommt man bitte einen Termin beim Boss der Edinburgher Unterwelt?« Archie schüttelte den Kopf und schien sich einen Reim auf die Situation machen zu wollen. »Wir können doch nicht einfach hier reinmarschieren und nach Mac Conallta fragen.«

»Ich bin einer von ihnen, Archie.«

Das Grinsen verschwand aus dem Gesicht seines Kameraden. Wie in Zeitlupe näherte Archies Mund sich Connors Ohr. »Du bist ein Lad?«, murmelte er tonlos.

»Du brauchst nicht zu flüstern«, gab Connor zurück. »Jeder hier weiß, wer dazugehört.«

Ehe Archie die Gelegenheit hatte zu antworten, kamen zwei Männer auf sie zu. Sie hielten Connor nacheinander die Hand hin. »Tut gut, dich zu sehen, Champ«, rief der eine und der andere nickte zustimmend.

»Ist 'ne Weile her«, brummte Connor. »Archie, das sind Murron und Scott.«

Mit wachen Augen reichte Archie den Männern die Hand.

»Du willst dich zurückmelden?«, fragte Murron an Connor gerichtet.

»Mein Kamerad hier und ich haben ein Angebot für Don«, trug er sein Anliegen vor. »Kann ich mit ihm sprechen?«

Murron grinste und zeigte dabei seine fauligen Zähne. Sie sahen noch schlimmer aus als vor drei Jahren. »Komm mit, er wird begeistert sein, dich zu sehen.«

Connor bedeutete Archie, ihm zu folgen, und humpelte hinter den Männern her. Durch einen dunklen Gang erreichten sie eine schwere Holztür. Alles in ihm sträubte sich dagegen, weiterzugehen. Wie oft hatte er sich hier neue Befehle geholt?

Murron klopfte an und schlüpfte hinein, während Scott sie im Blick behielt. Ein beißender Geruch nach Schweiß ging von ihm aus, und Connor wandte sich ab. Als sich die Tür wieder öffnete und sein alter Bekannter ihm bedeutete einzutreten, presste Connor die Zähne aufeinander.

»Connor Fletcher!«, hörte er eine durchdringende Stimme und zwang sich zu lächeln, als er eintrat. Hinter dem wuchtigen Schreibtisch thronte Donald Mac Conallta in seinem breiten Ledersessel und betrachtete ihn prüfend. Nichts in diesem Zimmer hatte sich verändert, stellte Connor fest. An den holzverkleideten Wänden hingen die gleichen prächtigen Gemälde, in den edlen, polierten Schränken spiegelte sich das elektrische Licht der Deckenlampe, und selbst das Muster des Berberteppichs war Connor mehr als vertraut.

Murron verließ den Raum und zog die Tür zu. Connor war sich sicher, dass er den Auftrag hatte, auf der anderen Seite mit Scott zu warten, falls er Ärger machen würde. Es verwunderte Connor nicht, immerhin hatte er mit seiner Einschreibung bei den Royal Scots Dons Zorn auf sich gezogen. Doch es war so gewesen, wie Connor vermutet hatte: Donald Mac Conallta hatte es nicht gewagt, die Aufmerksamkeit des Militärs auf sich zu lenken, indem er einen seiner Leute daran hinderte, den Dienst bei der Truppe anzutreten. Connor hatte damals das einzige Schlupfloch gefunden, und Conallta hatte seinen Gedankengang ohne Frage durchschaut. Sein Boss wusste nur zu gut, dass Connor aussteigen wollte. Und nun lieferte er sich doch freiwillig aus. Connor konnte Archie hinter sich atmen hören, der immerhin bis jetzt die Klappe hielt.

»Don. Schön, dich zu sehen.«

Der Mann mit den kantigen Gesichtszügen und dem dunklen, akkurat gestutzten Schnurrbart schaute an ihm hinab und zeigte dann auf die Stühle vor dem Schreibtisch. »Setzt euch.«

Sie folgten der Aufforderung. Einen Augenblick lang sah Connor zwischen Don und Archie hin und her. Don war es gewesen, an den Archie ihn erinnerte. Die Männer trugen den gleichen selbstsicheren Blick zur Schau, und beide waren sie clever und berechnend. Nur dass Don es mit seinem Geschäftssinn bis an die Spitze der Edinburgher Unterwelt geschafft hatte, während Archie sich bisher mit seinem kleinen Königreich begnügte. Es mussten rund zwei Jahrzehnte zwischen den beiden liegen, fast konnte man sie für Vater und Sohn halten, schoss es Connor durch den Kopf. Er fixierte das glänzende dunkle Nussbaumholz der Schreibtischplatte, um sich auf die Gegenwart zu konzentrieren, aus der er am liebsten geflüchtet wäre.

»Ich dachte schon, ich würde dein Gesicht nie wiedersehen«, sagte Don, und sein Blick ging erneut zu den Krücken.

Connors Bein, das ausgestreckt unter den Schreibtisch ragte, kribbelte unangenehm.

»Bist du endgültig zurück oder musst du wieder an die Front?«

»Offiziell untauglich.«

»Du wirst also vermutlich nicht mehr in den Ring steigen«, dachte Don laut nach.

Connor linste unauffällig zu Archie, der ihn anstarrte.

»Ring?«, formten seine Lippen lautlos.

Connor wandte sich wieder dem Mann zu, der in den letzten fünfzehn Jahren vor dem Krieg über sein Leben bestimmt hatte, und der sich gewiss gerade ausrechnete, was Connors Verletzung ihn kosten würde. Fast war Connor froh darüber, ein kaputtes Bein zu haben. »Diese Zeiten sind vorbei. Ich kann froh sein, wenn ich wieder gehen kann.«

»Verstehe.« Don stützte sich auf den Schreibtisch und zog die Augenbrauen zusammen. »Gut, dass du wieder hier bist. Ich habe zu wenige Männer, um den Laden so zu führen, wie ich es eigentlich gewohnt bin.« Mit der Hand rückte er den Kragen seines blütenweißen Hemdes zurecht, das er unter einer edel gearbeiteten Weste trug. »Haben sich noch mehr freiwillig gemeldet, nachdem du weg warst, und nicht wenige sind gefallen. Und die Zeiten sind auch für uns schwerer als früher, wie du dir vermutlich denken kannst.«

Connor schluckte die Nachfrage, wer von seinen früheren Freunden nicht mehr lebte, hinunter. »Was das angeht, muss ich dich um einen Aufschub bitten.«

»Einen Aufschub?« Dons Augen wurden schmal. »Ich kann nicht auf dich verzichten«, sagte er schneidend.

Connor deutete auf Archie. »Das ist Archie, ein Kamerad aus meinem Bataillon. Er hat mir das Leben gerettet und dafür nicht nur seinen Arm verloren, sondern auch seinen jüngeren Bruder in Frankreich zurückgelassen.« Er machte eine Pause und setzte erneut an. »Ich habe geschworen, ihn dafür zu unterstützen, bis sein Bruder wieder zu Hause ist.«

Mit einem Raunen lehnte Don sich wieder zurück. »Ihr verfluchten Soldaten mit eurer Ehre.« Wie immer, wenn Don nachdachte, zwirbelte er das rechte Ende seines an den Seiten spitz zulaufenden Oberlippenbarts zwischen Daumen und Zeigefinger.

Connor ahnte, dass er gleich etwas hören würde, das ihm widerstrebte.

»Du bist ein Mitglied der Lads, und dieser Schwur wiegt schwerer als der gegenüber deinen Kameraden«, befand Don mit eisiger Stimme.

Wie erwartet. »Don«, begann Connor. »Selbst wenn ich wollte, wäre ich dir momentan zu nichts nütze. Es dauert noch eine Weile, ehe ich mein Bein wieder belasten kann. Und ich kann dir im Gegenzug ein Geschäft anbieten, das dich entschädigen sollte.«

»Ein Geschäft?« Dons Interesse war sichtlich geweckt, und er musterte ihn mit seinen dunklen Augen.

Connor griff nach dem Rucksack, den er neben dem Stuhl abgelegt hatte, und zog die Flasche heraus. Knallend kam sie auf der Tischplatte auf.

»Was ist das?«

»Eine Kostprobe«, sagte Connor. »Nur zu.«

Einen Moment lang bewegte Don sich nicht, stand dann aber auf und nahm ein Glas von dem Rolltisch an der Bürowand, auf dem mehrere Flaschen Hochprozentiges standen. Er setzte sich wieder und füllte etwas von Blaires Whisky ein. Mit gerunzelter Stirn roch er am Glas und nahm einen Schluck. Dann einen zweiten. »Der ist gut«, befand er. »Wer hat den gebrannt?«

»Meine Leute«, hörte Connor Archies Stimme. Er warf diesem einen warnenden Blick zu, den Archie allerdings ignorierte. »Ich suche einen Zwischenhändler«, sagte sein Kamerad.

»Ich nehme an, es gibt momentan Engpässe bei deinen Lieferanten?«, warf Connor ein, um Dons Aufmerksamkeit wieder auf sich zu lenken.

Sein Boss brummte bestätigend und schwenkte das Glas in seiner Hand. »Guten Whisky wie diesen kann ich immer gebrauchen.« Er stellte das Glas ab. »Wie viel kann dein Freund liefern?«

»Zwei Dutzend Fässer für den Anfang.«

»Und dann?«

»Alle zwei Monate rund ein Dutzend. Den Rest der Produktion wird Archie einige Jahre reifen lassen, um die Qualität und damit den Wert zu erhöhen. Selbstverständlich reservieren wir dir diese Fässer ebenfalls, sofern du Interesse hast.«

»Also hätte ich vorerst den weniger guten für die Pubs.«

Er nickte, und Connor wusste, dass Dons Gehirn hinter den berechnenden Augen in diesem Moment etwas aushecke. »Wie meine Kontakte in den USA berichten, wird es dort wohl in absehbarer Zeit zu einer Prohibition kommen.«

»Hab davon in der Zeitung gelesen«, sagte Connor. »Das ist aber noch nicht entschieden.«

»Vorbereitet zu sein ist alles in diesem Geschäft.« Don drehte sich zu Archie. »Wenn du von jeder Produktion einen Teil der Fässer zurückbehältst, um ihn reifen zu lassen, kann ich den Single Malt, sofern es wirklich zu diesem Gesetz kommt, mit einem hervorragenden Gewinn über den Atlantik schmuggeln. Wenn die Prohibition erst mal durch ist, wird sie eine ganze Weile andauern, vermute ich. Eine einmalige Gelegenheit, um eine Zusammenarbeit aufzubauen.«

»Klingt nach einem guten Plan«, stimmte Archie dem Mann zu und grinste.

»Archie will nichts mit dem Schmuggel zu tun haben. Er verkauft den Whisky an dich, und was danach damit passiert, darf nicht auf ihn zurückfallen.« Archie hatte nicht die geringste Ahnung, mit wem er es hier zu tun hatte. Und Connor musste seinen Kameraden so weit von den Lads fernhalten, wie es möglich war. Dieser war viel zu anfällig für solch eine Organisation und wusste doch nicht, was es bedeutete, hier Mitglied zu sein.

»Natürlich.« Don runzelte die Stirn und nahm die Augen nicht von Archie, der seinen Blick feurig erwiderte. »Kannst du sonst noch was anbieten?«

»Gin.« Archies Mundwinkel zuckten.

Connor fuhr herum und starrte ihn an. Was zum Teufel hatte dieser Idiot vor? »Nur den Whisky«, platzte es aus ihm heraus, doch Don hob die Hand.

»Gin?«

Archie nickte. »Es hat bereits erste Versuche gegeben, doch wir kommen momentan schlecht an den nötigen Zucker. Und wenn es wie in den Zeitungen vorhergesagt bald eine Lebensmittelrationierung geben soll, ist es aussichtslos. Jedenfalls mit meinen bescheidenen Mitteln.«

»Verdammter Krieg.« Wieder zwirbelte der Boss seinen Oberlippenbart. »Für guten Gin braucht es ein Händchen. Kann ich sicher sein, dass die Qualität stimmen wird?«

»Ich habe einen Mitarbeiter mit einer ausgezeichneten Zunge, was Alkohol angeht«, erklärte Archie selbstsicher.

Blaire. Das Luder hatte sich also nicht nur an Whisky versucht. Und natürlich hatten die beiden ihm keinen Ton davon gesagt. Archie hatte den Gin als Ass in der Hinterhand behalten. *Der Sohn eines Spielers.* Connor unterdrückte ein Stöhnen.

»Den Zucker können wir beschaffen.« Don stand auf und trat erneut zu dem Tischchen an der Wand. Er griff zielstrebig nach einer Flasche. »Wenn ihr hier rankommt, haben wir einen Deal.« Er lehnte sich über den Schreibtisch und reichte Archie die Flasche Gin.

»Kein Problem.« Archie verstaute sie in seinem Rucksack.

»Und wohin liefern wir den Zucker?«, fragte Don, während er sich setzte.

»Wir holen ihn ab«, sagte Connor. Auf keinen Fall würde er zulassen, dass die Lads wussten, wo die Dennons lebten. »Wenn wir den Whisky herbringen.«

Don lachte dröhnend auf. Selbstverständlich hatte er Connors Gedankengang durchschaut. »Das soll mir recht sein.« Dann kniff er die Augen ein wenig zusammen. »Im April nimmst du wieder deinen Platz bei uns ein, falls ich dich nicht doch schon eher brauche. Bis dahin wird es deinem Bein wohl besser gehen. Haben wir uns verstanden?«

Seine Stimme ließ keinen Spielraum für Verhandlungen. Donald Mac Conallta hatte seine Entscheidung getroffen und würde diese mit allen Mitteln durchsetzen.

Das war sie gewesen, Connors letzte Chance. Wie hatte er es auch nur wagen können zu hoffen, dass ein verwundetes Bein ausreiche, um aus der Gang zu kommen? Connor streckte ihm die Hand entgegen, die Don fest ergriff.

»Dann verschwindet jetzt, ich habe noch zu tun«, dröhnte er.

»Da ist noch was«, erwiderte Connor.

»Was?«

»Der Gefallen, den du mir schuldest«, erinnerte Connor ihn.

»Du hast es nicht vergessen«, sagte Don und verschränkte die Arme. »Und was willst du?«

»Ein gutes Gespann und eine überdachte Kutsche für den Transport der Fässer.«

Don seufzte und schüttelte den Kopf. »Ich hatte gehofft, du würdest stattdessen eine meiner Töchter heiraten. Hätte es dir vorgeschlagen, sobald du deinen Platz bei uns wieder eingenommen hast.«

Connor versuchte zu erkennen, ob es ein Scherz sein sollte. »Welche denn?«

Don zuckte mit den Schultern. »Such dir eine der älteren aus. Isabella oder Sophie. Isabella versuche ich schon seit einer ganzen Weile unter die Haube zu bringen, aber das Mädel ist wählerisch. Womöglich erliegt sie ja deinem Charme.« Es zuckte in den Mundwinkeln unter dem Schnurrbart. »Ich will kräftige Enkelsöhne. Einer wie du wird dafür sorgen.«

Verdammt. Es war kein Spaß gewesen. Donald Mac Conallta hatte alles: Geld, ein gut gehendes Geschäftsmodell, einen Großteil der Polizisten des Viertels auf seiner Gehaltsliste und Ansehen. Alles, was ihm fehlte, war ein Sohn. Stattdessen hatte seine Frau sieben Töchter auf die Welt gebracht, von denen, soweit Connor wusste, bisher nur eine verheiratet war, natürlich mit Dons selbsternannter Nummer zwei. Allerdings war er auch seit Jahren nicht mehr hier gewesen. Doch eines stand fest: Nie im Leben würde er sich durch solch eine Verbindung an diesen Mann ketten. Bereits so kam er nicht von der Gang los, der er sich als Jugendlicher angeschlossen hatte.

Und abgesehen davon kannte er Isabella ein wenig mehr, als Don ahnte. Die junge Frau wagte sich als einzige der Schwestern regelmäßig hierher, um ihrem Vater einen Besuch abzustatten, und hin und wieder hatten sie bei dieser Gelegenheit einige Worte gewechselt. Einmal hatte Connor sie am Rande einer Suffragetten-Kundgebung entdeckt und sie gerade noch rechtzeitig vor Murron und Scott warnen können, die ein wenig hinter ihm auf dem Weg zu einem Auftrag waren. Don hätte es ganz sicher nicht gutgeheißen, dass sich sein Töchterchen auf solch einer Veranstaltung rumtrieb. Aber Isabella kam schon deshalb nicht in Frage, weil er Bonnie besser zuerst vergessen sollte, ehe er sich einer anderen Frau zuwandte. »So hübsch ich deine Töchter auch in Erinnerung habe, muss ich vorerst ablehnen«, setzte Connor an.

Die Gesichtszüge des Mannes verhärteten sich. »Ach ja?«

»Ich nehme die Kutsche. Damit werden wir euch in Zukunft beliefern und den Zucker transportieren.«

Don setzte erneut sein Pokerface auf. »Sollt ihr morgen

früh haben. Kommt um acht in den Hinterhof.« Dann nahm er ein Dokument vom Schreibtisch und begann zu lesen, was Connor als Zeichen deutete, dass die Unterhaltung vorüber war.

»Bis dann, Don«, brummte er und stand auf.

»April! Nicht vergessen, Champion!«, rief Don, ehe die Tür hinter ihm und Archie zufiel.

* * * * *

»Sie haben einen Abschluss vom Queen Victoria's Institute für Krankenpflege?« Der Stationsarzt sah Bonnie freundlich an.

Sie reichte ihm rasch ihre Unterlagen. »So ist es. Danach habe ich zwei Jahre lang in meinem Heimatort gearbeitet und seitdem im Second London General Hospital.«

Die Augen unter den buschigen Brauen fuhren zuckend über die Papiere. »Wunderbar. Wir sind froh, Sie bei uns begrüßen zu dürfen.«

Bonnie lächelte dem älteren Mann zu. »Ich freue mich auch, Sir.«

»Sie wissen, auf was wir uns auf dieser Station spezialisiert haben?«

Sie nickte und faltete die Hände in ihrem Schoß. »Augenverletzungen, wie mir berichtet wurde.«

»Haben Sie damit Erfahrung?«

»Nur wenig«, gab Bonnie zu. »Mein letztes Krankenhaus in London hatte zwar ebenfalls eine große Station für diese Verwundungen, doch ich habe die meiste Zeit in anderen Abteilungen gearbeitet. Aber ich lerne schnell und werde mich selbstverständlich bemühen.«

Dr. Morris nickte zufrieden. »Da bin ich mir sicher. Melden Sie sich bei Oberschwester Magret, ihr werden Sie unterstellt sein. Sie wird Ihnen Ihre Arbeitskleidung geben und Sie in Ihre Unterkunft führen. Ihr Dienst beginnt morgen früh.«

»Danke, Sir.« Bonnie verließ das Büro und machte sich auf die Suche nach dem Schwesternzimmer. Ihre Zeit an der Schwesternschule war einige Jahre her und es kam ihr vor, als sei seit damals ein ganzes Leben vergangen. Dennoch fühlte es sich gut an, wieder in Edinburgh zu sein. Noch dazu lag das Krankenhaus nicht weit vom Botanischen Garten entfernt, in dem Bonnie damals gerne ihre freien Tage verbracht hatte. Auch wenn der Park im Winter sicherlich nicht annähernd so schön sein würde wie im Sommer, konnte sie es kaum erwarten, ihn erneut zu besuchen. Abgesehen davon gab ihr die neue Arbeit Gelegenheit, die Sache mit Connor zu verdauen. Hier musste Bonnie nicht befürchten, ihm über den Weg zu laufen. Schnell scheuchte sie jeden Gedanken an ihn beiseite. Jetzt war nicht die Zeit zum Grübeln.

Sie fand den Raum nach einigem Suchen und klopfte an den Rahmen der offenen Tür.

Eine leicht untersetzte Frau sah von ihren Unterlagen auf. »Ja?«, fragte sie mit einer Stimme, die ebenso streng war wie der akkurate Dutt auf ihrem Haupt.

»Mein Name ist Bonnie Macay und ich soll mich bei Ihnen melden.«

»Ah ja, ich habe Sie schon erwartet.« Mit einer ruckartigen Bewegung stand die Frau auf, strich ihre weiße Tracht glatt und kam auf sie zu. Energisch drückte sie Bonnies ausgestreckte Hand. »Magret Bain, ich werde Sie einweisen.« Mit schnellen Schritten ging sie in den Flur hinaus, und

Bonnie hatte Mühe, ihr mit dem Koffer zu folgen. Darauf bedacht, sich den Weg zu merken, folgte sie der Frau, die die fünfzig sicherlich bereits überschritten hatte, durch die Gänge. Da die Haare der Oberschwester nicht unter einer Haube versteckt waren, regte sich in Bonnie die Hoffnung, dass hier auf dieses ihr unliebsame Kleidungsstück verzichtet wurde. Schwester Magret führte sie in eine Kammer, in der frische Schwesterntrachten in verschiedenen Größen aufgereiht hingen. Prüfend musterte sie Bonnies Figur, ehe sie gezielt nach mehreren Bügeln griff. Als sie etwas aus einem Korb nahm, das nach Hauben aussah, unterdrückte Bonnie ein Murren. Wortlos bedeutete die Oberschwester Bonnie, ihr erneut zu folgen, und verließ durch weitere Gänge, die sich verwirrend ähnlich sahen, das Hauptgebäude, um hinüber zu einem anderen zu eilen.

Bonnie sah sich in dem kleinen Raum um, der ihr zugeteilt worden war. Noch nie hatte sie ein Zimmer für sich gehabt. Erst hatte sie viele Jahre eins mit Blaire und Mairead bewohnt, ehe ihre Schwester ins Wohnzimmer des Cottage gezogen war. An der Schwesternschule und in London hatte sie sich das Zimmer mit ihren Kolleginnen geteilt. Auch wenn die Möbel alt waren, so war es sauber und ihr eigenes Reich, was eine willkommene Überraschung war.

»Ihr Dienst beginnt um sechs Uhr, dann wird die Nachtschicht abgelöst. In den ersten Tagen werden Sie einer anderen Schwester zur Hand gehen, bis ich mir sicher bin, dass Sie die Aufgaben alleine erledigen können«, erklärte Schwester Magret, ohne auch nur die Andeutung eines Lächelns zu zeigen. »Haben Sie noch Fragen?« Sie legte die Trachten über die Lehne des einzigen Stuhls.

Bonnie stellte den Koffer daneben. »Wir haben kürzlich

erfahren, dass mein ältester Bruder in einem Arbeitslager ist. Ich möchte ihm gerne Essenspakete schicken. Können Sie mir sagen, wo ich das organisieren kann?«

Bonnie glaubte zu erkennen, dass die Gesichtszüge der Frau weicher wurden. »Zwei Straßen weiter ist eine Niederlassung des Roten Kreuzes. Dort können Sie fragen, ob auch das Lager Ihres Bruders beliefert wird.« Die Oberschwester hielt inne und sah gedankenversunken auf den Boden. »Ich habe einen Neffen, der schon seit einiger Zeit in Kriegsgefangenschaft ist, und schicke ihm regelmäßig etwas.«

»Wirklich?« Bonnie trat einen Schritt auf sie zu. »Können Sie mir einen Rat geben, was Keillan außer Konserven und haltbaren Lebensmitteln noch gebrauchen könnte? Ich hatte noch keine Gelegenheit, mich darüber zu informieren.«

War das ein flüchtiges Lächeln gewesen? Oberschwester Magret nickte. »Dicke Socken, Handschuhe und eine Mütze.« Bedauernd schüttelte sie den Kopf. »Ich mag mir nicht vorstellen, dass die Männer dort unter diesen Umständen den Winter über ausharren müssen.«

Bonnie schluckte. »Ich habe bereits angefangen, für Keillan zu stricken«, sagte sie leise.

»Tabak und Zigaretten wären ebenfalls gut. Wenn er selbst kein Raucher ist, kann er es zum Tauschen nutzen.«

»Das werde ich noch mit beilegen.«

»Wenn Sie dazu erneut Fragen haben sollten, dürfen Sie sich gerne jederzeit an mich wenden.« Die Oberschwester nickte zur Bestätigung ihrer Worte. »Dann sehe ich Sie morgen um sechs. Haben Sie eine gute erste Nacht.« Mit schnellen Schritten ging sie aus dem Raum.

Bonnies Handflächen glitten über den Stoff auf der Stuhllehne. Die neuen Trachten sahen nicht so ausladend aus wie in London und versprachen mehr Bewegungsfreiheit. Eine blaue Bluse wurde unter den weißen Schürzenkleidern getragen. Sie hob eine der Hauben auf und drehte sie zwischen den Fingern. Auch diese schien zarter zu sein als die bisherigen. Vielleicht würde sie sich in diesen Arbeitskleidern wohler fühlen? Mit Schwung beförderte sie den Koffer auf die harte Matratze und öffnete ihn. Es ließ sich nicht abschätzen, wie lange sie hier leben und arbeiten würde. Doch in diesem Moment störte sie das nicht.

Trotz der Aufregung hier zu sein, geisterte Connors Gesicht durch ihre Gedanken. Und seine Berührungen. Wie gut er und Archie heute ausgesehen hatten. Beide hatten sie ihre besten Hemden und Hosen, eine Weste und lange Mäntel getragen. Archie den, den er vor dem Krieg bei seinen seltenen Besuchen der Kirche getragen hatte, und Connor den von Keillan. Auch wenn er an den Schultern etwas straff gesessen hatte, stand ihm das Kleidungsstück dennoch ausgezeichnet. *Wieso denkst du nur andauernd an ihn?*, schimpfte sie sie sich und begann, ihre Blusen, Pullover und Röcke aus dem Koffer zu räumen. Und doch wanderten ihre Gedanken augenblicklich erneut zu Connor. Er war frisch rasiert gewesen, und während der Fahrt hatte Bonnie sich auf die Wolle in ihren Händen konzentriert, um nicht an das reizende Kratzen seiner Bartstoppeln auf ihrer Haut zu denken. Doch nicht nur der rötliche Bart war verschwunden gewesen, auch Connors entspannter Blick, an den sie sich gewöhnt hatte. Stattdessen hatte Connor ebenso verbissen dreingesehen, wie es Archie üblicherweise tat, und je näher sie Edinburgh gekommen waren, desto angespannter hatte der Mann gewirkt.

»Schluss jetzt«, zischte Bonnie und trug den Stapel zur

Kommode. Sie war nicht hier, um sich über Connor Gedanken zu machen, sie war hier, um weiterhin ihren Beitrag zu leisten, und würde damit beginnen, zum Roten Kreuz zu laufen und ein Paket für ihren Bruder zu packen. Connor Fletcher war so plötzlich aus ihrem Leben verschwunden, wie er aufgetaucht war. Und vermutlich war es besser so.

* * * * *

Kaum hatten sie die Zimmertür hinter sich geschlossen, platzte es aus Archie heraus. »Was zum Teufel war das denn?«

Connor humpelte an den beiden schmalen Betten vorüber und schob den Vorhang, der nur wenig Licht in den Raum ließ, zur Seite, um auf die Straße hinunterzusehen. Das kleine Hotel gehörte ebenfalls Don, und Connor hatte diese Unterkunft bewusst gewählt. So oder so würde sein Boss ihn von anderen Lads im Auge behalten lassen, also konnte er seinen früheren Freunden die Mühe ersparen, ihn zu suchen. Bestimmt lungerte Scott an der nächsten Ecke herum und hielt schon Wache.

»Connor«, brummte Archie ungeduldig.

»Was?« Er sah über die Schulter zu seinem Kameraden, der sich auf einem der Betten ausgestreckt hatte.

»Du bist ein Lad!« Archie rieb sich über das Gesicht. »Ich begreife es noch nicht. Klingt wie ein schlechter Scherz, auch wenn sich dieser Umstand als durchaus nützlich zu erweisen scheint.«

»Die Vergangenheit lässt sich nicht ändern. Jetzt weißt du, wo ich herstamme und warum ich so wenig erzählt habe.« Er setzte sich auf das andere Bett.

»Geahnt habe ich schon, dass du etwas verbirgst, aber das hier?« Archie deutete zum Fenster und wollte damit vermutlich auf Connors früheres Leben hinweisen.

»Ich habe auch nicht gedacht, dass ich es mit dem König von Foxgirth zu tun habe.« Connor lachte und ließ sich auf den Rücken sinken.

»Keine Ahnung, warum mich die Leute so nennen«, verteidigte Archie sich und warf ihm einen vielsagenden Blick zu. »Champion ...«

Stöhnend schloss Connor die Augen. »Tu mir den Gefallen und nenn mich nicht so. Diese Zeiten sind vorbei.«

»Du hast also professionell geboxt?« Archie hatte offensichtlich nicht vor lockerzulassen.

Wenn er früher oder später eh mit der Wahrheit herausrücken musste, konnte er es auch ebenso gut gleich tun. »Don hat früh erkannt, dass ich dieses Talent habe, und dafür gesorgt, dass ich die richtige Ausbildung erhalte«, erzählte Connor und sah die baufällige Industriehalle einige Straßen weiter vor sich, in der er seine Jugendtage verbracht hatte. Sein Trainer war uralt und ein harter Knochen gewesen, aber immer fair. Zumindest so lange, wie Connor sich an seine Regeln hielt.

Inzwischen lag der Mann längst unter der Erde, und doch meinte Connor von Zeit zu Zeit zu vernehmen, wie er ihm Anweisungen zuschrie. »Es hat dann mit kleinen Kämpfen angefangen und nach und nach wurden mir stärkere Gegner zugeteilt, bis ich schließlich an den größten Boxkämpfen der Gegend teilgenommen habe.« In seinen Ohren glaubte er, die Rufe der Zuschauer zu hören, und in seinem Mund schien sich plötzlich wie damals so oft ein eiserner Geschmack auszubreiten. Irritiert rieb er sich über die Lippen und betrachtete das helle Blut auf seiner Haut. Vor Anspannung musste er sich die Innenseite der Wange aufgebissen haben.

»Und welche Rolle haben die Lads bei der Sache gespielt?«, drang Archies Stimme zu ihm durch.

»Sie haben die Wetten organisiert. Über die Jahre habe ich Don so einiges an Geld in die Taschen gespült«, murmelte Connor und betrachtete weiterhin das Blut.

»Und wie verflucht nochmal hast du es geschafft, dass dieser Mann dir einen Gefallen schuldet?« Archies Anerkennung war nicht zu überhören. Das alles hier war für seinen Kameraden vermutlich genau das Abenteuer, nach dem er sich im ruhigen Foxgirth sehnte. Connor wusste, dass es wenig Sinn hatte, Archie zu erklären, dass in Wahrheit alles hier beschissen war.

»Ein paar Tage, bevor ich ausgerückt bin, stand ein letzter Kampf an«, erinnerte Connor sich. »All die Jahre war ich beinahe ungeschlagen durch die Kämpfe gekommen und es war absehbar, dass die Leute viel auf mich setzen würden.« Er wischte seine Hand an der dunklen Stoffhose ab, die von Keillan stammte und deren Bund unangenehm eng war. »Jedenfalls wussten Don und ich beide nur zu genau, dass ich vielleicht nie wieder nach Hause kommen würde.« Connor stützte sich auf den Ellenbogen auf und sah zu Archie, der ihm mit glänzenden Augen zuhörte. »Don wollte noch mal richtig abkassieren. Also hat er mir den Auftrag erteilt, in der dritten Runde k. o. zu gehen.«

»Warum sollte er das tun?«, fragte Archie und zog die Augenbrauen zusammen. Connor nahm genau den Moment wahr, als er selbst auf die Antwort kam. Mit zuckenden Mundwinkeln sah sein Kamerad ihn an. »Don hat gegen seinen eigenen Boxer gesetzt.«

»Das hat er. Einen ganzen Haufen Geld.«

»Und du hast dabei mitgemacht?« Archies Gesicht spiegelte wider, was dieser über ihn zu denken schien. Dass so etwas nicht zu dem Mann passte, den er nach mehreren gemeinsamen Jahren zu kennen glaubte. Aber sein Kamerad kannte ihn nicht, zumindest nicht diesen Teil von ihm. Und damals war das alles Connor wie eine verflucht gute Idee vorgekommen.

Er wandte den Blick ab. »Die Chancen standen gut, dass ich in Frankreich falle. Ich dachte mir wohl, dass ich einfach noch mal richtig abkassieren könnte, falls ich am Ende doch überlebe und es irgendwie aus der Gang rausschaffe.« Es fühlte sich so endlos lange her an, dass Connor Schwierigkeiten damit hatte, sein damaliges Ich vor sich zu sehen. Den Mann, der nur ein Ziel hatte: auf Teufel komm raus von den Lads wegzukommen. Und dann war da der Krieg gewesen. Gefechte, die ihn an der Menschlichkeit zweifeln ließen, reihenweise Leichen, die sie vergraben mussten, und ein Kamerad nach dem anderen, der von einem Moment auf den anderen aus dem Leben gegangen war. Plötzlich waren seine eigenen Probleme weit weg gewesen. Connor hatte kaum noch an früher gedacht. Und jeden Tag damit gerechnet, dass es sein letzter sein würde. Doch nun war er zurück, äußerlich und innerlich gezeichnet von der Zeit, die zwischen früher und jetzt lag.

»Aber er will dich nicht gehen lassen«, fasste Archie das Gespräch mit Don zusammen.

Connor nickte abgelenkt. »Nein, das will er ganz sicher nicht. Und ich bin mir nicht sicher, ob ich einen Weg finde, es doch zu schaffen.«

»Warum willst du überhaupt aufhören?«

Ein Blick in Archies Gesicht verriet ihm, dass die Frage ernst gemeint war. Sein Kamerad musste das hier für ein wahrhaft aufregendes Leben halten. »Du weißt nicht, wie das ist«, brummte Connor. »Als ich jung war, fand ich das Ansehen und die Macht, die die Lads haben, großartig«, gab er zu und hätte beinahe über sich selbst gelacht. Er sah vor sich, wie er in diese Welt reingerutscht war. Beim Betteln war er einem von Dons Männern begegnet, der ihm die Hälfte von seinem belegten Brot abgegeben hatte. Im Gegenzug hatte Connor einige Straßen weiter eine Nachricht für ihn abgeben sollen, was er für die Nahrung nur zu gerne getan hatte. Danach hatte er sich immer öfter in der Nähe des *The Black Bear* aufgestellt, stets in der Hoffnung einen weiteren Auftrag zu erhalten. Damals war sein Vater schon rund ein halbes Jahr verschwunden gewesen und Connor bleich und dünn. Er hatte keine Schuhe mehr gehabt und sich vor dem nächsten Winter gefürchtet. Als er immer wieder kleine Botengänge für die Lads erledigen und im Gegenzug danach die Reste in der Küche des *Black Bears* hatte essen dürfen, war wieder Hoffnung in ihm aufgekeimt, der Straße zu entrinnen. Und so war es dann auch gekommen. Connor hatte in den Stallungen schlafen dürfen und nach und nach war aus ihm, dem schmächtigen Kerlchen, mehr geworden.

Der Wirt hatte gescherzt, die Essensreste würden bei ihm wohl wie Dünger wirken, und Connor war irgendwann größer und breiter als die meisten Jugendlichen gewesen. Etwa zu diesem Zeitpunkt war es irgendwie passiert, dass Donald Mac Conallta ihn als zuverlässigen Überbringer seiner Nachrichten auserkor. Und als Connor einmal mit zwei anderen Kerlen aneinandergeraten war und sie ordentlich vermöbelt hatte, weil hier eben nur das Recht des Stärkeren galt, hatte

Don ihn zu dem alten Trainer geschickt, der seine beiden Boxer trainierte. Connor biss sich erneut auf die Wange und fluchte. Dann fiel ihm ein, dass er eigentlich gerade dabei gewesen war, Archie begreiflich zu machen, warum diese Straßen Gift waren. »Wenn sich dein Leben jahrelang nur noch hier abspielt, du verstehst, nach welchen Regeln es funktioniert und was nötig ist, um die Macht zu behalten, dann hältst du das irgendwann nicht mehr aus.« Er atmete schwer ein. »Jedenfalls war es bei mir so. Es hat mich fast zerstört.«

»Du hast also nicht nur für sie geboxt?«

Archie wollte alles wissen. Jede verfluchte Einzelheit seines Lebens. Und vielleicht tat es gut, endlich auszusprechen, was seine Seele belastete. »Nein, das war nur nebenbei. Ich habe, wie die anderen Männer auch, Dons Befehlen gehorcht, um den Laden am Laufen zu halten. Schutzgeld kassieren, für Ordnung sorgen, wenn jemand Ärger macht oder nicht zahlt. Solche Dinge eben.«

»Verstehe.« Archie sprang auf, lief zum Fenster und spähte hinaus. »Und was war jetzt mit dem Gefallen?«

Archie jagte ihn gerade im Zickzack durch seine Erinnerungen und plötzlich fühlte Connor sich schwer und müde. »Ich war nicht gleich von der Idee überzeugt, bei dem Kampf einen K.o. vorzutäuschen, aber Don meinte, dass ich dann etwas bei ihm guthätte. Ich dachte mir, so ein Gefallen könnte nützlich sein, wenn ich Frankreich tatsächlich überleben sollte. Also habe ich es getan und all meine Ersparnisse gegen mich selbst gesetzt.«

»Und jetzt besorgt er uns tatsächlich eine Kutsche und ein Gespann?« Archie sah ihn zweifelnd an.

Connor lachte auf. Archie verstand offensichtlich noch

immer nicht, wie die Welt der Lads funktionierte. »Don wird heute Nacht eine stehlen lassen. Vermutlich lackieren sie das Teil neu und schneiden den Pferden die Mähne. Es wird ihn nichts kosten, mir diesen Gefallen zu tun.«

»Und du nimmst das an?« Archie schüttelte den Kopf. »Irgendwie dachte ich, du wärst zu gut für so etwas.«

»Zu gut? Hast du mich nicht erst kürzlich gefragt, ob ich wirklich ein guter Mann sei?«

»Das habe ich damit nicht gemeint«, gab Archie mit rauer Stimme zurück.

Connor setzte sich wieder auf und betrachtete den Rücken seines Kameraden. »Es passt mir auch nicht, aber so wie ich es sehe, haben wir keine andere Wahl. Du willst den Whisky verkaufen und ich will verhindern, dass die Lads rausfinden, wo ihr lebt.«

Archie nickte. »Du löst diesen Gefallen für mich und meine Familie ein.«

»Es gibt sonst nichts, was ich von Don will. Eigentlich will ich mit diesem Kerl nichts mehr zu tun haben, aber das liegt nicht in meiner Hand.«

»Ein Boxer«, murmelte Archie. »Darauf wäre ich nie gekommen.«

»Blaire hat es erraten.«

»Ach tatsächlich?« Archie drehte sich um und schmunzelte. »Das Weib ist doch einfach gerissen.«

»Das kann man wohl sagen, und ich ahne, von wem sie das hat.« Connor zog die Augenbrauen zusammen. »Was sollte die Sache mit dem Gin? Ihr hättet mich zumindest einweihen können.« Noch immer störte es ihn, dass Archie selbst mit Don verhandelt hatte.

»Mehr Geld.«

»Und das ist es dir wert, mit einem Mann wie Don dauerhaft Geschäfte zu machen?«

Archie sah ihn fest an. »Du weißt nicht, wie das ist, wenn man sich um eine Familie kümmern muss.«

Nein, das wusste Connor nicht. Die Lads waren seine Familie gewesen. Die einzige, die ihm geblieben war. Ein Jugendlicher ohne Eltern, der sich nach Struktur und Anerkennung sehnte, etwas, das die Gang geboten hatte. Was war er damals dumm gewesen. »Lass uns was essen gehen«, forderte er Archie auf, um das Gespräch endlich zu beenden. Für heute hatte er genug in seinen Erinnerungen herumgestochert.

»Nicht anfassen, die Farbe ist noch nicht richtig durchgetrocknet«, knurrte Scott.

»Danke für den Hinweis.« Connor ging um die beeindruckend große Kutsche herum, um sie in Augenschein zu nehmen. Ganz offensichtlich wollte Don, dass der Whisky heil bei ihm ankam, und seine Männer hatten sogar neue Räder aufgezogen. Connor hob die Plane an und sah auf die Ladefläche, auf der sich Säcke mit Zucker stapelten. Don würde selbst dann, wenn es wirklich zur Rationierung kommen sollte, weiterhin Wege finden, das zu besorgen, was er brauchte.

Archie trat an Connor heran. »Blaire wird ganz aus dem Häuschen sein, wenn sie den Zucker sieht. Tommy und sie sind gerade dabei, eine weitere Anlage für den Gin zu bauen.«

»Das alles hattest du schon ausgeheckt, etliche Tage ehe wir losgefahren sind, oder?«

Archie grinste nur.

»Dir ist klar, dass Blaire nicht erfahren darf, mit wem wir Geschäfte machen?«

»Das ist mir bewusst. Ich würde sie nie in Gefahr bringen.« Zufrieden betrachtete Archie das Gefährt. »Ich habe selten so kräftige Pferde gesehen. Die können eine ganze Menge Fässer ziehen.« Er lachte leise. »Ich denke, es gibt Schlimmeres, als alle zwei Monate einen Ausflug in die Stadt zu machen und dabei noch ordentlich abzukassieren.«

»Für dich vielleicht.« Connor humpelte auf Scott zu. »Sag Don, wir bringen die erste Lieferung Mittwoch in einer Woche nach Sonnenuntergang.«

»Wird gemacht.« Scott nickte, steckte sich eine Kippe an und stapfte davon.

»Archie!« Mit dem Kopf bedeutete Connor seinem Kameraden, ihm weiter nach hinten in den Hof zu folgen.

»Was gibt's?«

»Ich muss noch was abholen und vier Augen sehen mehr als zwei.« Connor schaute sich um. Nur wenige Fenster der umliegenden Häuser gingen zum hinteren Teil des Hofs, und eine breite Mauer versperrte den Blick von der Straße. Zielstrebig arbeitete er sich an der Backsteinmauer des Pubs vor und zählte lautlos die Steine. Erneut schaute er sich um. »Stell dich hinter mich und verhalte dich unauffällig«, brummte er Archie zu, dann sank er stöhnend auf sein gesundes Knie, während er das verletzte Bein ausstreckte.

Aus den Augenwinkeln sah Archie einen kurzen Moment lang zu ihm, ehe er wieder die Einfahrt zum Hof im Blick behielt. »Was zum Teufel machst du da?«

»Sei still. Ich muss fast da sein.« Connor konzentrierte sich auf das Geräusch, das seine Fingerknöchel beim Klopfen gegen die Backsteine erzeugten, und folgte so der zweituntersten Reihe. »Und wir sind richtig«, murmelte er, dann zog er sein Messer aus dem Stiefel und schob es zwischen den losen Mörtel. Ein klein wenig gab der Stein bereits nach. Seine Blicke glitten an Archie vorbei über die Fenster an den dunkel verdreckten Hauswänden, dann hebelte er den Stein heraus und schob seine Hand in das Loch. Eine verrostete Blechdose kam zum Vorschein, und Connor ließ sie in der Manteltasche verschwinden, ehe er den Stein an seinen angestammten Platz zurückschob. So verkommen wie diese Gegend war, würde die Hoffnung auf ein kleines Vermögen gewisse Leute nicht davon abhalten, sogar einen Lad während der Kutschenfahrt zu überfallen. Er wollte kein Risiko eingehen.

Archie half ihm auf und schaute auf die Manteltasche hinab. »Sag nicht, du hast deinen Gewinn von dem Boxkampf damals ausgerechnet hier versteckt?«

Connor zuckte mit den Schultern. »Vor aller Augen und keiner hat es bemerkt.«

»Du bist gerissener, als du wirkst.« Sein Kamerad schlug ihm auf die Schulter.

»Danke sehr. Das muss das erste Kompliment sein, das du mir machst, und es ist nicht mal besonders gut.« Er klopfte Archie ebenfalls auf die Schulter. Dann mal los.« Connor warf die Krücken hinter den Sitzbock auf die Ladefläche und zog sich hoch. Er konnte es kaum erwarten, aus diesem Dreckloch herauszukommen. Zwei Wochen auf dem Land hatten ihn von dessen Vorzügen überzeugt. Die Gerüche und Geräusche von Edinburgh waren für Connor kaum mehr zu ertragen, erinnerten sie ihn doch bei jedem Atemzug daran, dass er in einigen Monaten wieder Dons Befehle auszuführen hatte. All die hohen Häuserfronten drohten ihn zu ersticken.

Er sehnte sich nach dem Grün jenseits der Stadtgrenze, nach der Stille dort. Hier gab es kaum Vögel, die zwitscherten, nur fette Tauben. Das Leben hier war ungesund, davon war er überzeugt. Und dann war da noch die Sache mit Bonnie, die sich zwar in der gleichen Stadt und doch in einer ganz anderen Welt befand. Sie war das Gute und er das Böse. Während er die Zügel aufnahm, hallte Bonnies Lachen durch Connors Kopf und dann ihre tränenerstickte Stimme. Wenn der Krieg im April nicht gewonnen wäre, würden sie sich einmal mehr gleichzeitig in Edinburgh aufhalten. Mühsam schluckte er die Vorwürfe herunter, die er sich machte, seit sie durch sein Fenster geklettert und in die Dunkelheit verschwunden war. Niemals durfte sie erfahren, wer er wirklich war. Weil er es nicht ertragen würde, wenn sie ein noch schlechteres Bild von ihm bekommen würde als jetzt schon. Connor konnte nur hoffen, dass Archie vorhatte, seinen Mund zu halten.

* * * * *

»Schwester Bonnie, kommen Sie bitte schnell. Wir brauchen Ihre Hilfe!«, rief die Oberschwester.

Bonnie legte die Medikamente weg und folgte ihrer Vorgesetzten durch den Gang.

»Wir müssen einem Patienten die Augenhöhle säubern und brauchen Sie, um ihn festzuhalten«, erklärte diese atemlos, während sie Bonnie in einen anderen Teil des Gebäudes führte.

»Festhalten?« Bonnie sah sie überrascht an. »Ist der Mann gewalttätig?«

»Nein, nichts dergleichen. Sie sehen gleich, worum es geht.« Schwester Magret hielt bei einer Tür an, vor der bereits ein Assistenzarzt und eine Schwesternschülerin warteten.

»Bereit?«, fragte der junge Arzt.

»Bringen wir es hinter uns«, sagte ihre Chefin und drückte die Klinke herunter.

Irritiert sah Bonnie sich in dem kleinen Raum um, an dessen Wänden hochkant Matratzen aufgereiht standen. Nur wenig Licht fiel durch ein schmales Fenster unter der Decke herein. Auf einem Lager am Boden ruhte ein Mann mit Kopfverband. Sein Anblick erinnerte Bonnie an Archie, als sie ihn damals in London das erste Mal erblickt hatte. Doch anstatt ruhig zu liegen, zuckten die Gliedmaßen des Mannes unkontrolliert. *Granatenschock*. Bonnie verspürte augenblicklich Mitleid mit dem Mann, der zwischen den Personen vor sich hin und her sah und dann versuchte, sich aufzurappeln. Schon das Sitzen fiel ihm schwer, so heftig wie seine Beine seitlich ausschlugen. Ganz sicher war er durch den Tremor unfähig zu gehen.

»Legen Sie sich einfach wieder hin«, sprach der Arzt auf ihn ein.

Stotternd erkundigte der Mann sich nach seiner Augenverletzung und lauschte den Ausführungen des Assistenzarztes. Als er wieder auf die Matratze sank, schlug sein Arm gegen die gepolsterte Wand und Bonnie unterdrückte ein Seufzen. Hin und wieder hatte sie in London Patienten mit Anzeichen eines Granatenschocks gesehen, doch längst nicht in solch einer schlimmen Form wie dieser hier. Zitterer wie er waren leider keine Seltenheit, und Bonnie hatte diese Soldaten stets bedauert. In den ersten Jahren des Krieges hatte man Männer in dem Zustand, der vor allem durch ständig dröhnenden Artilleriebeschuss ausgelöst wurde, als feige betrachtet. Betroffene wurden wie Deserteure vor Gericht gestellt und häufig zum Tode verurteilt, um den Truppen keinen Anreiz zu geben, Schwäche zu zeigen. Ein grausiges Vorgehen, das Bonnie wütend machte. Doch nach und nach hatten sich Ärzte und Wissenschaftler mit dem Thema beschäftigt und erkannt, dass diese Kriegsneurosen durchaus ernst zu nehmende Erkrankungen waren. Inzwischen gab es sogar psychiatrische Kliniken, die sich auf diese Patienten spezialisiert hatten und sie therapierten. Ein »Kriegszitterer« zu sein, wie es im Volksmund genannt wurde, war kein einfaches Schicksal. Zu viele Menschen sahen darin auch weiterhin nichts anderes als den Versuch, sich dem Dienst an der Front zu entziehen.

»Schwester Bonnie, fassen Sie bitte mit an«, riss die Oberschwester sie aus ihren Gedanken.

Eilig kniete Bonnie sich ebenfalls auf den Boden und griff nach einem Arm, den sie fest auf die Matratze drückte, während Schwester Magret es auf der anderen Seite ebenso tat.

»Schon gut, wir haben es gleich«, redete Bonnie auf den Mann ein.

Zögernd beugte sich die Schwesternschülerin hinunter und machte sich an dem Verband zu schaffen. Doch da sie immer wieder vor dem Mann zurückwich, zog sich das Ganze unnötig in die Länge.

Bonnie fasste mit einer Hand an die Bandage und löste die Klammer. Der Mann sollte diese Situation keine Sekunde länger als nötig ertragen müssen. Ehe sie erneut den Arm ergreifen konnte, wurde der Soldat von einem heftigen Zittern erfasst und sein Handrücken schlug gegen Bonnies Augenbraue. Bonnie zuckte unter dem stechenden Schmerz zusammen und sah, wie Blut auf ihre weiße Schürze tropfte.

»Entschuldigen Sie bi... bi... bitte«, stotterte der Mann und sah trotz der Muskelzuckungen, die auch sein Gesicht erfasst hatten, unglücklich zu ihr auf.

»Das macht nichts.« Bonnie lächelte und fasste wieder nach dem Arm. »Wir machen jetzt ganz schnell, damit wir Sie dann in Ruhe lassen können.«

Schwester Magret beugte sich vor und betrachtete Bonnies rechte Augenbraue. »Das muss wohl nicht genäht werden, Sie haben Glück gehabt«, befand sie.

»Das ist nur eine Kleinigkeit«, murmelte Bonnie und war in Gedanken noch immer bei dem Soldaten in dem abgelegenen Raum. »Wissen Sie, was den Schock bei ihm ausgelöst hat?«

Schwester Magret nickte. »In seiner Akte steht, der Schützengraben, in dem er sich mit seiner Einheit aufhielt, sei bombardiert worden und eingestürzt. Es dauerte bis zum nächsten Tag, ehe die Soldaten geborgen werden konnten. Unser Patient lag so lange unter den leblosen Körpern seiner Kameraden. Als man ihn herauszog, hatte er das große Zittern. Er wurde zu uns gebracht, da er zusätzlich einen Splitter im Auge hatte. Und nun müssen wir zusehen, wie wir mit ihm zurechtkommen.«

Bonnie schluckte und schüttelte den Kopf. »Sollte der Mann nicht schleunigst in eine entsprechende psychiatrische Einrichtung?«

»Das sollte er. Wir sind hier nicht für solche Fälle ausgerüstet, daher haben wir ihn in der ehemaligen Kleiderkammer untergebracht. Er hat sich nach seiner Anlieferung an den Möbeln auf den Stationszimmern versehentlich selbst verletzt. Sobald die Augenhöhle etwas ausgeheilt ist, wird er verlegt werden, damit man ihm umfassend helfen kann.«

Bonnie nickte. Im Ambulanzzug hatte sie kleine Abteile entdeckt, die gepolsterte Wände hatten, um Granatenschock-Patienten transportieren zu können. »Wird er wohl wieder werden?«, fragte sie leise.

»Es gibt vielversprechende Behandlungsansätze. Es wird sich auf jeden Fall verbessern, auch wenn es wohl nicht gänzlich verschwinden wird.« Schwester Magret tupfte etwas Salbe auf Bonnies Platzwunde.

»Kann er überhaupt selbst essen und trinken?«, hakte Bonnie nach.

»Nein. Er muss gefüttert werden, was zusätzlich an seinem Selbstbewusstsein nagt und es nicht besser macht.« Schwester Magret seufzte. »Einige Schwestern wagen sich nicht zu ihm in den Raum, da sie fürchten, verletzt zu werden.« Sie richtete sich auf. »Wenn sich das mit Ihnen herumspricht, wird es noch schwieriger, jemanden zu finden, der es übernimmt.«

»Ich mache es«, entfuhr es Bonnie.

»Sie wollen einige seiner Mahlzeiten übernehmen?«

»Ich übernehme alle, wenn Sie mich für diese Zeiten von meinen anderen Pflichten entbinden«, schlug Bonnie vor. Der Mann brauchte Hilfe und befand sich in einem schrecklichen Zustand. Wenn es ihr gelingen sollte, seine Situation auch nur ein klein wenig zu erleichtern, würde es ihr einmal mehr zeigen, warum sie einst Krankenschwester geworden war. Vermutlich brauchten der Soldat und auch Bonnie gleichermaßen dringend ein Erfolgserlebnis.

»Sie müssen Herausforderungen wirklich lieben und das an Ihrem ersten Tag hier«, scherzte Schwester Magret und nickte zustimmend. »In Ordnung, sehen Sie zu, dass Sie das Essen in ihn hineinbekommen, damit er uns nicht auch noch vom Fleisch fällt.«

»Darf ich gleich nach ihm sehen?«, bat Bonnie. »Er wird sich schreckliche Vorwürfe machen, und das muss nicht sein.«

»Natürlich. Nehmen Sie seinen Lunch mit und kommen Sie danach wieder auf die Station zurück.«

»Danke.« Bonnie stand auf und lief in den Gang.

Sie klopfte an und trat ein. Der Soldat sah sie überrascht an und wollte etwas sagen, doch sein Kopf kippte immer wieder zur Seite. Anscheinend hatte er in beinahe allen Körperteilen mit einem Tremor zu kämpfen. Bonnie stellte das Tablett auf dem Boden ab und kniete sich daneben.

»Sie haben dafür gesorgt, dass ich auch einmal in den Genuss einer professionellen Wundpflege komme«, sagte sie und zwinkerte dem Mann zu. »Wie heißen Sie?«

»Robert Du... Dunn«, stieß er hervor. »Entschuldigen Sie bitte vielmals.«

»Das ist Berufsrisiko. Machen Sie sich keine Sorgen.« Sie betrachtete ihn. »Ich habe mich einteilen lassen, um Ihnen von jetzt an bei jeder Mahlzeit zu helfen«, erklärte sie.

»Warum das?«, brachte er abgehackt hervor.

Bonnie legte den Zeigefinger auf ihre Lippen. »Verraten Sie mich nicht, aber so kann ich immerhin täglich mindestens drei Pausen machen.«

Er lachte und griff sich mit einer Hand an die andere, um die Zuckungen unter Kontrolle zu bringen. »Das hier wird keine Pause«, sagte er.

»Wir kriegen das schon hin.« Sie lächelte. »Denken Sie

immer daran, dass ich das hier gerne mache und es keinen Grund gibt, sich zu schämen. Ich habe so viele schlimme Geschichten gehört und Männer gesehen, die daran zerbrochen sind. Sie glauben vielleicht, ein Einzelfall zu sein, aber das sind Sie nicht. Andere leiden still, Ihr Körper hingegen spielt Ihnen einen Streich, aber Ihre Seele kann ihn überlisten.«

»Glauben Sie das wirklich?« Zweifelnd sah er sie an.

»Ja, Robert. Das glaube ich.« Sie griff nach dem Teller. »Sollen wir anfangen?«

»Ich bin am Verhungern!« Er lachte und sah auf das Tablett.

»Die Rouladen heute sind auch wirklich gut«, sagte Bonnie und zerteilte eine. »Ich wette, Sie werden alles komplett aufessen.«

Kapitel 10

Die ersten Monate in Edinburgh hatten Bonnie einmal mehr aufgezeigt, wie furchtbar dieser Krieg und alles, was damit zusammenhing, waren. Unzählige ihrer Patienten hatten das Augenlicht auf einer Seite verloren, manche besonders bemitleidenswerte Männer sogar auf beiden. Oft waren nicht nur die Augen betroffen, sondern auch die Gesichter entstellt. Wie Bonnie aus den Gesprächen mit ihren Patienten und Kolleginnen erfahren hatte, lag der Grund dafür in der Art der Kriegsführung, die auf dem Festland tobte. Viele Soldaten waren beim Hinauslinsen aus den Schützengräben getroffen worden oder in liegender Position beim Feuern. Kein Krieg zuvor hatte derart viele Augenverletzungen nach sich gezogen wie dieser. Der Einsatz von Handgranaten und Minen beförderte Splitter oder Erdklumpen in die empfindlichen Sinnesorgane.

An Tagen, an denen sie sich müde und ausgelaugt fühlte, dachte sie an Robert Dunn zurück, der vor einigen Wochen endlich in ein psychiatrisches Krankenhaus verlegt worden war. Regelmäßig hatte sie sich umziehen müssen, da das Essen, das eigentlich in Roberts Mund landen sollte, größtenteils auf ihrer Tracht endete. Sie hatte fieberhaft nach einem Weg gesucht, den Mann zu beruhigen. Meist hatte sie ihm Dinge von daheim erzählt, um ihn während des Fütterns abzulenken, doch das hatte kaum geholfen. An einem Tag hatte sie unbewusst ein Lied gesummt und festgestellt, dass sich die Zuckungen der Melodie anpassten. Von da an hatte sie während des Essens stets gesungen. Lustige Balladen, die sie in der Jugend mit ihren Freundinnen gesungen hatte. Es war, als hätte die Melodie den Tremor gelenkt und so berechenbarer gemacht. Robert hatte allmählich wieder zugenommen und auch glücklicher gewirkt. Und er hatte Bonnie von ihren trüben Gedanken an Connor abgelenkt. Tatsächlich hatten sich in dem neuen Krankenhaus, in das Robert verlegt worden war, gleich mehrere Schwestern gefunden, die ihm nun ebenfalls vorsangen, und wie seine Schwester Bonnie in Roberts Auftrag geschrieben hatte, verbesserte sich sein Zustand allmählich. Bonnie hoffte, auch weiterhin ab und zu von ihm zu hören und so seine Genesung verfolgen zu können.

Die Stimmung am Second Scottish General Hospital war nicht nur gedrückt, wie Bonnie es an einem Ort wie diesem und der Schwere der Verletzungen erwartet hatte. An den wenigen sonnigen Tagen versammelten sich die Männer im winterlichen Garten, und soweit es die Zeit zuließ, leisteten Bonnie und die anderen Schwestern ihnen hier und da Gesellschaft. Es gab Spieleabende und andere Aktivitäten, die die Männer gerne annahmen. Oberschwester Magret führte die Schwestern zwar mit ihrer zur Schau getragenen Autorität, war auf den zweiten Blick aber nicht annähernd so streng, wie Bonnie anfangs befürchtet hatte. Die Oberschwester wurde respektiert und hatte sich ein erstaunliches Wissen um die Pflege von verletzten Augen angeeignet. Bonnie sog alles, was sie von ihr lernte, wie ein Schwamm auf. Und Schwester Magret ließ sich sogar hin und wieder dazu hinreißen, Bonnie zu loben. Regelmäßig wechselten sie sich dabei ab, die

Pakete für Keillan und Magrets Neffen aufzugeben. Zwar waren die Männer in verschiedenen Lagern untergebracht, doch der Versand lief über die gleiche gemeinnützige Organisation.

Eines Tages entdeckte Bonnie einen Brief, der während ihrer Schicht unter ihrer Zimmertür durchgeschoben worden war. Sie rechnete mit einer Nachricht von ihrer Ma, Christie oder Roberts Schwester und dachte sich nichts dabei. Doch als sie Keillans Handschrift erkannte, die den Umschlag in geschwungenen Lettern zierte, war sie auf einmal hellwach. Dabei hatte sie eigentlich geglaubt, nach dem Dienst beinahe im Stehen einzuschlafen.

Mit trockenem Mund betrachtete Bonnie die Zeilen in ihren Händen und glaubte zu erkennen, dass Keillan sich bemüht hatte, ihren Namen besonders schön zu Papier zu bringen. Es war der erste Brief seit jenem, den er vor vielen Wochen an die Familie geschickt hatte. Zumindest war es der erste, den sie selbst erhielt. Bisher war Bonnie sich nicht sicher gewesen, ob ihre Päckchen ihren Bruder tatsächlich erreichten, doch nur durch die Nachrichten, die sie ihnen beilegte, konnte dieser wissen, dass sie nun in diesem Krankenhaus arbeitete. Mit zitternden Fingern öffnete sie den Umschlag und zog das schmale Stück Papier heraus, das Keillan in winziger Schrift beschrieben hatte.

Meine liebe Bonnie,

ich kann dir nicht genug für deine Pakete danken. Die dicken Socken erweisen mir einen guten Dienst. Der Winter hier ist eisiger als bei uns in Schottland, wenn auch der Wind nicht annähernd so schneidend ist. Ein weiteres Weihnachtsfest ist

vorübergegangen, bei dem unsere Familie nicht beisammen war. Es hat mich gefreut zu lesen, dass ihr im Krankenhaus mit den Verwundeten ein wenig gefeiert habt. So liebreizend, wie ich dein Gesicht in Erinnerung habe, müssen die Männer glauben, ein Engel würde sie umsorgen. Die Versorgung bei uns ist schlecht und einige Männer sind krank. Die britischen Soldaten werden gut mit den Vorräten aus England versorgt, doch wir haben auch einige russische Männer hier, und die können auf diesen Luxus nicht hoffen. Wir teilen, was wir können, doch es reicht nicht. Ich habe mich mit einem Kerl namens Pjotr angefreundet. Er kann einige Brocken unserer Sprache, und ich lerne tatsächlich etwas Russisch von ihm. Wir unterhalten uns mit Händen und Füßen, und ich weiß noch immer nicht, wie alt er tatsächlich ist. Für mich scheint er fast sechzig zu sein und seine Gesundheit leidet zusehends mit jeder Woche, die vergeht. Ich glaube, Pjotr hat Arthritis, zumindest wirken seine Finger, seit es so kalt ist, steif und auch, wenn er sich nicht beschwert, sind ihm die Schmerzen anzusehen. Ich weiß, es ist viel verlangt, wo du dich schon so gut um mich kümmerst und ich einen Teil meines Essens an Pjotr abgebe – hast du nicht eine Salbe, die ihm helfen kann? Er ist ein merkwürdiger Kerl. Ich bin mir nicht sicher, ob ich ihn richtig verstanden habe, aber ich glaube, er hat mir für die Lebensmittel die Hand seiner Tochter angeboten – natürlich habe ich höflich abgelehnt.
Bei jedem deiner Briefe habe ich Sorge, eine schlechte Nachricht über Ian zu lesen. Und jedes Mal fällt mir ein Stein vom Herzen, wenn du ihn nicht erwähnst. Ich habe diesen Jungen auf meinen Schultern getragen, und jetzt kämpft er, während ich hier in diesem miesen Loch versacke und in Arbeitseinsätzen Steine schleppen muss oder andere wenig

glorreiche Dinge vollbringe, die die Deutschen sich einfallen lassen, um uns noch ein wenig mehr zu zermürben. Wir versuchen, die Moral aufrechtzuerhalten, aber das Gefühl des Versagens nagt an jedem von uns. Ich bin froh, dass Archie wieder in Foxgirth ist, auch wenn ich mir lebhaft vorstellen kann, dass ihm das so gar nicht passt. Und es wird wohl so sein, wie du es beschreibst – ein fehlender Arm wird unseren hitzköpfigen Bruder nicht bremsen. Mein Gott, was vermisse ich euch alle!

Wir haben hin und wieder die Gelegenheit, Briefe zu schicken, und ich habe einige an Ma verfasst, doch ich glaube, sie kommen nicht alle dort an, wo sie hingehören. Verzeih mir, dass ich dir erst heute schreibe, aber ich wollte, dass Ma so oft wie möglich von mir hört, und meist dürfen wir nur eine Nachricht abgeben. Falls du diesen Brief bekommst, dann schreibe ihr doch bitte, dass es mir gut geht. Und was ist das für eine Sache mit dem Whisky, von der Archie mir geschrieben hat? Hat Blaire wirklich eine Brennerei in der Kapelle konstruiert? Er sagt, er hätte einen Geschäftspartner mit guten Kontakten und dass er plant, eine richtige Destillerie aufzubauen. Ich bin mir unsicher, was ich davon halten soll, also hoffe ich einfach, dass unsere Geschwister wissen, was sie da tun.

Sei gedrückt, meine kleine Schwester, und achte gut auf dich.

Keillan

Bonnie faltete das Papier zusammen und legte es sorgsam in die oberste Schublade der Kommode. Sie kaute auf ihrer Unterlippe und atmete durch. Wie gut es tat, von Keillan zu hören. Über drei Wochen lang war sein Brief unterwegs gewesen. Inzwischen war schon Februar, und sie konnte nur hoffen, dass es ihm noch immer zumindest einigermaßen gut ging. Sie würde sich am besten sofort umziehen und zur Apotheke laufen, um dort eine Salbe nach ihrem eigenen Rezept anrühren zu lassen. Und sie würde eine Teemischung beilegen, falls die Männer sich eine ernstliche Erkältung zuziehen sollten. In Gedanken versunken löste sie die Nadeln aus ihren Haaren, die die Haube dort hielt, wo sie hingehörte, als es energisch an der Tür klopfte. Musste sie etwa doch noch einmal zurück in den Dienst? Sie öffnete und starrte in ein grinsendes Gesicht. »Archie ...«

Er drückte ihr einen Kuss auf die Wange und schob sich an ihr vorbei in den Raum. Dann sah er sich um. »Schick ist das hier ja nicht gerade«, befand er und betrachtete ihre Uniform. »Immerhin, die sieht besser aus als die weiten Fetzen in London. Damals dachte ich, die ausladenden Klamotten würden an dir herunterrutschen.«

»Was machst du denn hier?« Bonnie strahlte und forderte ihn auf, sich auf den Stuhl zu setzen, während sie selbst auf dem Bett Platz nahm. Zwei Monate lang hatten sie sich nicht mehr gesehen, und Bonnie wollte alles hören, was zu Hause vor sich ging. In regelmäßigen Abständen schickte Archie ihr Geld, doch nie hatte den Scheinen ein Brief beigelegen. Archie schrieb nicht gerne, das wusste sie. Aber immerhin hatte er wohl einen an Keillan gesendet. In einigen Wochen würde sie sich vielleicht für einige Tage freinehmen können, doch momentan gab es dafür einfach zu viele Verwundete.

»Ich war in der Stadt und wollte nach dir sehen. Das letzte Mal war die Zeit zu knapp.« Er kramte in der Hosentasche und lehnte sich zu ihr hinüber, um ihr einige Scheine in die Hand zu drücken.

Archie war zwischenzeitlich in Edinburgh gewesen? Erstaunt sah Bonnie auf das Geld. »Das ist eine Menge, Archie! Woher hast du so denn nur so viel?«

»Der Whisky verkauft sich glänzend«, antwortete er und wich ihrem Blick aus.

»Selbstverständlich.« Rasch stand sie auf, legte das Geld in die Schublade und reichte ihm den Brief. »Der kam heute von Keillan.«

Während ihr Bruder die Zeilen las, beobachtete sie dessen gerunzelte Stirn. Schließlich gab er den Brief an sie zurück. »Schick ihm, so viel du kannst, ja?«

»Das mache ich«, sagte sie, ehe sie zögernd weitersprach. »Connor ist also noch in Foxgirth?« Sie konnte Archie beinahe nicht in die Augen sehen aus Furcht, dass er ihre Gedanken erriet.

»Noch für eine Weile«, antwortete Archie. »Connor ist draußen und wartet bei der Kutsche. Wir haben heute eine Lieferung abgegeben.«

»Wie geht es ihm?« Zitterte ihre Stimme oder bildete sie es sich nur ein?

Archies Augen wurden schmal. »Was interessiert dich das?«

»Das Bein!« Bonnie trat ans Fenster, um ihre glühenden Wangen zu verbergen. »Ich wollte nur hören, ob es heilt, wie es soll.«

»Ma sagt, das täte es, und Connor kann es schon etwas belasten. Braucht jetzt nur noch eine Krücke.«

»Das freut mich für ihn«, flüsterte Bonnie. Nicht weit von ihr war der Mann, den sie trotz aller Vorsätze einfach nicht vergessen konnte. Und noch immer schmerzte Connors Zurückweisung wie am ersten Tag.

»Ich muss dann mal wieder.« Sie hörte, wie Archie aufstand und zur Tür stapfte.

»Wollt ihr um diese Zeit noch nach Hause fahren? Es wird längst dunkel sein, wenn ihr ankommt.«

»Mach dir keine Gedanken, Bonnie, wir haben Frankreich und Flandern überlebt.« Archie zwinkerte ihr zu und drückte die Klinke herunter.

»Warte.« Schnell lief sie zu ihm und schlang ihre Arme um seinen Nacken.

»Ist alles in Ordnung?« Er musterte ihr Gesicht.

»Es ist einfach schön, dich zu sehen. Mir fehlen die anderen, und der Brief von Keillan stimmt mich wohl etwas melancholisch.« Vermutlich lag es auch an Connors unmittelbarer Nähe, doch das durfte Archie nicht erfahren. Jedenfalls wurde ihr in diesem Moment das Herz schwer.

»Solltest du es hier nicht mehr aushalten, dann schreib mir, und ich komme sofort und hole dich zurück.«

»Das wird nicht nötig sein«, antwortete Bonnie rasch. Es war nur ein Moment der Schwäche. Sie musste sich zusammenreißen.

Er küsste sie auf die Stirn. »Ich komme bald wieder«, versprach Archie und verschwand ebenso schnell, wie er reingeschneit war.

Bewegungslos stand Bonnie da und starrte auf den abgenutzten Dielenboden. Dann eilte sie in den Flur und lief die Treppe hinunter. Gerade als sie unten ankam, sah sie Archie auf eine Kutsche zugehen. Überrascht stellte sie fest, dass es nicht die ihrer Familie war. Diese hier war größer und augenscheinlich teuer, so wie auch das Gespann davor. Wie war ihr Bruder nur an solche Pferde gekommen? Sie drückte sich an die Wand, so dass man sie nicht sah, und kniff die Augen zusammen. Auf dem Kutschbock saß Connor und ließ den Blick über das Gebäude streifen. Bonnie hielt die Luft an. Er trug einen kurzen Vollbart und, soweit sie es aus der Entfernung erkennen konnte, stand ihm dieser ausgezeichnet. Sie schluckte und schaute zu dem Mann, der sich gegen ihren Willen in ihr Herz geschlichen hatte. Und das, obwohl er es ganz offensichtlich nicht wollte. Hatte sie alle seine Nettigkeiten falsch gedeutet? In den letzten Monaten war sie in Gedanken jeden gemeinsamen Moment mit ihm so oft durchgegangen. Nein, Connor hatte sich um sie bemüht. Doch warum hatte er sie dann abgewiesen? Lag es wirklich an ihrer Jungfräulichkeit? Und an Archie? Wie peinlich ihr dieser Moment auch heute noch war. Und wie gerne sie mit Christie darüber gesprochen hätte. Mit ihrer Jugendfreundin hatte sie immer offen über alles geredet. Doch mehr, als sich regelmäßig Briefe zu schreiben, war momentan nicht möglich. Und über so etwas konnte Bonnie nicht schreiben, es auszusprechen, wäre schon schwer genug gewesen. Aber Christie hatte gerade selbst genug um die Ohren. Vor zwei Wochen erst hatte sie mit Maireads Unterstützung ihr Baby zur Welt gebracht. Ein dunkelhaariges zerknittertes kleines Mädchen mit beinahe unstillbarem Durst, wie ihre Freundin schrieb.

Archie hatte inzwischen die Kutsche erreicht und kletterte zu Connor hinauf. Für einen letzten Augenblick hafteten ihre Augen auf Connors Gesicht, dann fuhr die Kutsche los. *Noch für eine Weile.* Wollte Archie damit sagen, dass Connor Foxgirth nun bald verlassen würde? Bonnie wusste nicht, ob sie erleichtert oder traurig deswegen sein sollte. Doch nach Erleichterung fühlte es sich nicht an.

* * * * *

Noch einmal suchten seine Augen das Gebäude ab, aber Connor fand nicht, was er sich erhofft hatte. Warum hätte Bonnie auch mit nach draußen kommen sollen, um ihm guten Tag zu sagen? Sie hatte jeden Grund, ihn zum Teufel zu wünschen.

Von hinten schob sich ein breiter Kopf neben seinen. Connor schielte auf den Hund, der auf der Ladefläche hockte und schnaufend an seiner Hose schnüffelte. Als Archie ihm gesagt hatte, dass er sich in der Stadt nach einem Hund umsehen wollte, hatte Connor nicht mit so einem Monstrum gerechnet. Mit dem zotteligen braunen Fell und der beeindruckenden Größe glich das Tier mehr einem Bären denn einem Haustier. Archies Pläne für das wuschelige Prachtexemplar eines Neufundländers waren, dass er den Pub bewachen sollte. Connors Zweifel, weil der Hund dafür viel zu freundlich erschien, hatten Archie nicht vom Kauf abgehalten. »Er muss nicht böse sein, er soll nur was hermachen«, hatte Archie gebrummt und bezahlt. Connor wischte den Sabber ab, den die Hundeschnauze auf seinem Bein hinterlassen hatte, und schob den breiten Schädel zurück nach hinten. »Na los, mach schon Platz.«

Mit grimmigem Gesicht setzte Archie sich neben ihn und bedeutete ihm anzufahren. Irgendetwas stimmte nicht, das war kaum zu übersehen.

»Ist mit Bonnie alles in Ordnung?«, fragte Connor beiläufig.

»Es ist heute ein Brief von Keillan angekommen, der scheint sie traurig zu stimmen«, sagte Archie und tätschelte den Hund.

»Geht's deinem Bruder nicht gut?«

»Doch, ich denke schon. Aber Bonnie ist viel zu sensibel.

Sie leidet mit jedem mit und sie weiß, dass Keillan sich gerade den Hintern abfriert.«

Connor nickte. »Hast du ihr meine Grüße ausgerichtet?«

»Nein.« Ohne mit der Wimper zu zucken, sah Archie ihn an.

Oh, wie er sich manchmal wünschte, diesem Mistkerl den Hals umzudrehen. Zu gerne hätte Connor Bonnie wiedergesehen. Es gab so vieles, was er ihr sagen wollte, und doch wären ihm die richtigen Worte beim Anblick ihres Gesichts vermutlich nicht eingefallen. Und Archie hatte deutlich gemacht, dass Connor keinen Grund hatte, ebenfalls die Schwesternunterkunft zu betreten, nachdem er selbst sich an der Pforte den Weg dorthin hatte erklären lassen. Und wenn Connor ehrlich zu sich war, tat Archie gut daran, ihn von seiner Schwester fernzuhalten. Schon früher war sein Kamerad alles andere als begeistert von Connors Interesse an Bonnie gewesen und jetzt, da Archie wusste, wer er wirklich war, würde er ihn vermutlich nie wieder in Bonnies Nähe lassen.

In zwei Monaten würde Connor erneut seinen Platz bei den Lads einnehmen müssen. Die nächste Lieferung sollte ihn zurück in die Gassen befördern, die ihn abstießen. Er mochte sich gar nicht ausmalen, was Bonnie über ihn denken würde, wenn sie die Wahrheit über ihn erführe. Und doch sehnte er sich nach ihr. Nach der hellen Haut, die sich unter seinen Fingern so weich angefühlt hatte und ihn für einen Moment alles hatte vergessen lassen: Wer er war. Und was er getan hatte – in Edinburgh und im Krieg. Connor sah auf seine Hände hinab, die getötet hatten. Doch sie hatten auch Bonnie gestreichelt.

Archie stieß ihm in die Rippen. »Du musst hier abbiegen.«

Hektisch lenkte Connor die Pferde um die Kurve. Eigentlich hatte Archie die Nacht in Edinburgh verbringen und das Nachtleben dort erkunden wollen. Nur mit Mühe hatte Connor ihn davon abbringen können. Ein betrunkener Archie im Revier der Lads war gefährlich. Und so hatte er es ihm auch gesagt, was seinen Kameraden sichtlich amüsierte. »Ich werde mich schon nicht der Gang anschließen«, hatte Archie gebrummt, und doch war Connor bei seinem Vorsatz geblieben, direkt zurückzufahren. Seit Archie wusste, wer er war, schien er mehr Wert auf Connors Meinung zu legen. Er behandelte ihn nicht mehr wie einen unliebsamen Gast oder einen Angestellten im Pub. Er nannte ihn sogar seinen Geschäftspartner. Und er bestand darauf, Connor einen Anteil von jedem Verkauf zu geben. *Noch mehr Geld von den Lads.* Die gut gefüllte Dose, die die Jahre in der Mauer überstanden hatte, würde heute Abend wieder ein wenig voller werden. Lauter Geld, von dem Connor nicht wusste, was er damit anfangen sollte. Es wäre genug, um sich damit abzusetzen. Vielleicht nach England oder Irland, wo Don wohl kaum nach ihm suchen würde. Einfach still und heimlich zu verschwinden und sich ein neues Leben aufzubauen, klang verlockend. Doch es wäre feige, so etwas zu tun, und auch wenn er vieles war, ein Feigling war Connor nicht. Obwohl er es damals, nach der Rückkehr aus Frankreich, ernsthaft in Betracht gezogen hatte. Doch dann waren da die Dennons gewesen und Archies Wunsch, für seine Familie zu sorgen. Connor war sich nach wie vor nicht sicher, ob Archies Geschäftsbeziehung mit Donald Mac Conallta nicht ein riesengroßer Fehler war. Aber sein Kamerad hatte es sich in den Kopf gesetzt, ein kleines Whiskyimperium aufzubauen, und vermutlich wäre er auch ohne Connors Zutun an zwielichtige Händler geraten. Wenn Connor sich jetzt absetzen sollte, wusste Don, dass er lebte. Das Blatt hatte sich gegen ihn gewendet, und seine Chancen standen schlecht. Don würde alles daransetzen, ihn zu finden, und Archie würde all seinen Ärger abkriegen. Connors Gelegenheit abzuhauen, war längst vertan.

Es war, wie es war. Er würde sich seinen Problemen stellen und die Konsequenzen aushalten. Und das bedeutete, wieder ein Lad zu werden, so abstoßend er diesen Gedanken auch fand. »Hast du inzwischen einen Namen für den Hund?«, fragte er, um sich auf andere Gedanken zu bringen.

»Das werde ich wohl Arch entscheiden lassen.« Die Andeutung eines Lächelns zeigte sich auf Archies Lippen. »Der Bursche wird sich sicherlich über den Hund freuen.« Er nickte. »Ein Junge braucht einen Hund, findest du nicht?«

»Ich wollte auch immer einen, als ich klein war«, stimmte Connor zu. Dass Archie Vikas Bengel mochte, war kaum zu übersehen. Vermutlich hatte sein Kamerad das Vieh nur gekauft, um Arch eine Freude zu machen. Nett zu sein, stand Archie gut. Schade, dass er es so selten war.

»Es soll eine Überraschung sein, also verrate nichts. Ich nehme den Hund heute Abend mit ins Cottage und bringe ihn morgen irgendwann in den Pub. Dann kann Arch den Namen aussuchen.«

Vermutlich würde die Versorgung des Tiers in der nächsten Zeit also an ihm hängen bleiben, überlegte Connor. Aber letztlich konnte es bei seiner gedrückten Stimmung nicht schaden, den kleinen Arch glücklich zu sehen. Und eigentlich schien das sabbernde Ungeheuer ganz umgänglich zu sein, auch wenn das Tier dringend ein Bad benötigte. Er würde den Hund als Erstes im Hinterhof einseifen, nahm er sich vor.

Endlich gelang es Connor, im Dunkeln das Schloss zu treffen und die Tür zu öffnen. Wie immer um diese Zeit stank es im Barraum nach Rauch und abgestandener Luft. Darauf bedacht, nirgends anzustoßen, bahnte er sich mit der Krücke den Weg zwischen den Tischen hindurch. Er hörte, wie eine Tür im oberen Stock geöffnet wurde, und nutzte das einfallende Licht, um zielstrebig auf sein Zimmer zuzugehen.

»Du bist schon wieder da?« Shona huschte barfuß und im Nachthemd die Treppe hinunter. »Archie meinte, ihr würdet erst morgen wiederkommen.«

»Wir haben uns entschieden, doch nicht in der Stadt zu übernachten.«

Ehe er die Tür erreichte, hatte sie ihn eingeholt und schob sich vor ihn. »Hast du Hunger? Ich kann dir was aufwärmen.«

»Mach dir meinetwegen keine Mühe.«

Connor wollte weitergehen, doch Shona blieb, wo sie war. »Ist alles in Ordnung? Du siehst bedrückt aus«, fragte sie.

»Es ist nichts. War nur ein langer Tag.«

Trotz des Dämmerlichts erkannte er das Lächeln auf ihrem Gesicht, als sie ihre Hand an seine Wange legte. Als sie sich gegen ihn lehnte, schloss er die Augen. Warum stieß er diese Frau nicht von sich? Er roch Shonas Parfüm und spürte gleich darauf ihren Mund auf seinem. Sie knabberte an seiner Unterlippe und Connors Gedanken überschlugen sich.

Die Nähe tat gut und doch stieß sie ihn gleichzeitig ab. Hastig machte Connor einen Schritt zurück. »Nicht!« Er streckte die Hand wie einen Schutzschild aus.

Mit schmalen Augen sah Shona ihn an. »Ist es wegen dem, was ich bin?« Sie klang verletzt und verärgert.

Wieso geriet er schon wieder in solch eine Situation? Es war zum Verrücktwerden. Anscheinend hatte er von Frauen tatsächlich keine Ahnung. »Nein. Wegen dem, was ich bin«, brummte er.

»Schämst du dich für dein Bein?« Erneut trat sie auf ihn zu. »Ich habe es doch schon einmal gesehen, nach der Schlägerei an deinem ersten Tag hier. Es stößt mich nicht ab, falls du das befürchtest.«

»Es ist nicht das Bein.«

Shona verschränkte die Arme vor der Brust. »Du willst die Krankenschwester, obwohl sie dich nicht will.« Ihre Stimme war spitz, beinahe schrill, und Connor befürchtete, sie würde Vika wecken. Plötzlich lachte sie auf. »Denkst du, ich habe nicht gehört, wie ihr euch damals hier mitten in der Nacht gestritten habt und Bonnie durch dein Fenster abgehauen ist? Archie hält seine kleine Schwester ja für ach so perfekt, aber sie ist auch nicht besser und schleicht sich nachts zu einem Mann.«

Connor rieb sich über den Nacken und schaffte es gerade so, sich zusammenzureißen und diese Frau nicht anzubrüllen. Wenn Shona hier mit Anschuldigungen um sich warf, war es nur eine Frage der Zeit, ehe Archie von Bonnies Besuch bei ihm erfuhr. Niemals würde sein Kamerad ihm glauben, dass er nicht mit Bonnie geschlafen hatte, obwohl sie in seinem Zimmer gewesen war. Und genau das war es ja auch gewesen, was Connor mehr als alles andere gewollt hatte. »Es ist nichts passiert damals«, sagte er matt.

»Bist du ihr an die Wäsche und sie wollte es nicht? Vermutlich hat sie einen Rückzieher gemacht.« Wieder lachte Shona spitz. »Das passiert eben mit Frauen, die sich für besser halten als andere.«

Connor griff in die Hosentasche und zog die Scheine heraus, die seinen Anteil an der heutigen Lieferung darstellten. Er drückte sie Shona in die Hand. »Es war nichts, hast du das verstanden?«, knurrte er. »Ich bin mir ziemlich sicher, dass du noch nie so einfach Geld verdient hast. Also behalte für dich, was immer du zu wissen glaubst.« Ohne auf eine Antwort zu warten, schob er sie zur Seite und warf die Zimmertür hinter sich zu.

Connor hörte, wie sie Verwünschungen ausstieß und dann die Treppe hochging. Shona war in ihrer Art so viel direkter als ihre Schwester. Manchmal vergaß er beinahe, dass die beiden wirklich verwandt waren. Vika war herzensgut und zog ihren kleinen Sohn mit einer Hingabe auf, die ihn rührte. Und er sah die Blicke, die sie Archie zuwarf, auch wenn dieser sie nicht wahrnahm. Aber auch Archie schien aus der Entfernung auf Vika zu achten. Sollte der kleine Arch vielleicht doch das Kind seines Kameraden sein? Allerdings hatte Archie bisher nur indirekt zugegeben, in Shonas Bett gelandet zu sein. Und ausgerechnet diese Frau hatte es nun tatsächlich auf ihn abgesehen, wie Blaire bereits vermutet hatte. Er konnte nur hoffen, dass sie keinen weiteren Vorstoß wagen und ihren vorlauten Mund halten würde.

Connor warf die Krücke auf den Boden und zog Mantel und Hemd aus. Shona wollte ihn, Don hatte ihm die freie Auswahl bei seinen Töchtern gelassen, doch die einzige Frau, an die Connor denken konnte, war für ihn unerreichbar. »Verfluchter Mist.« Er donnerte seine Faust gegen die Wand. Es schnürte ihm die Luft ab, und er konzentrierte sich auf den Schmerz an seinen Fingerknöcheln. Aber auch das half nichts gegen die überwältigende Sehnsucht, Bonnie endlich wiederzusehen und sich bei ihr zu entschuldigen. Wie gut ihm ihr Lachen in diesem Moment getan hätte. Stattdessen umgab ihn nichts als bleierne Stille.

»Es ist Zeit zum Aufstehen, mein Junge.« Die warme Stimme passte nicht zu dem erbarmungslosen Aufreißen des Vorhangs.

Connor hielt sich eine Hand über die Augen und rappelte sich auf. War Mairead tatsächlich in seinem Zimmer, oder träumte er noch? Er ließ die Hand sinken und sah blinzelnd auf die ordentlich eingeflochtenen und hochgesteckten grau gesträhnten Haare. »Wie komme ich zu der Ehre?«, brummte er und setzte sich auf die Bettkante.

Mairead löste sich vom Fenster und lächelte ihm zu. »Ich mache heute Vormittag Hausbesuche und du stehst auf meiner Liste«, sagte sie.

»Das Bein braucht doch keine Pflege mehr, alles gut verheilt.« Hastig klaubte er das knittrige Hemd vom Vortag vom Boden auf und zog es sich über.

»Genau deshalb bin ich hier.« Sie kam auf ihn zu und Connor glaubte, Aufregung in Maireads Gesicht zu erkennen. »Es ist an der Zeit nachzuschauen, ob du alleine gehen kannst.«

Auf einmal war seine Müdigkeit wie weggewischt. Wie lange hatte er auf diesen Moment gewartet und die alte Frau bei jeder Gelegenheit angebettelt, das Bein endlich voll belasten zu dürfen? »Etwa jetzt gleich?«, fragte er ungläubig.

»Es warten noch andere Patienten auf mich, also ja. Archie sagt, du würdest bald nach Edinburgh zurückkehren, und es scheint mir sinnvoll, dass du das ohne Krücke tust.« Ihr volles Lachen hallte durch den Raum, während sie ihm ihren Arm als Stütze anbot. »Nun komm schon, sehen wir mal, wie es klappt.«

»In Ordnung«, flüsterte Connor und atmete tief durch.

»Ganz langsam und erst einmal nur auf das gesunde Bein stützen«, wies sie ihn an. Wohlwollend nickte sie, als er neben ihr stand.

Es war ein Gefühl wie damals vor dem ersten Schultag. Als würde er etwas tun, was er nie zuvor getan hatte.

»Und jetzt das Gewicht auf beide Füße verteilen.«

Connor tat, wie sie ihn geheißen hatte. Als Mairead einen Schritt tat, wagte er es, das gesamte Körpergewicht auf das verwundete Bein zu verlagern, und trat vorwärts. Ein dumpfer Schmerz zog durch seinen Oberschenkel, aber es war auszuhalten.

»Sehr gut. Gleich noch einen«, forderte sie ihn auf.

Erneut machte er einen Schritt, doch noch ließ sich das steife Knie nicht richtig biegen. Er zog den Fuß nach. »Ich gehe wie ein alter Mann«, knurrte er.

»Ich bin mir ziemlich sicher, dass ein Teil der Beweglichkeit zurückkommen wird, wenn du nur Geduld hast und regelmäßig Übungen machst.« Sie tätschelte seine Hand an ihrem Arm. »Die Narben sehen besser aus, als ich es angenommen hatte. Das hast du Bonnie zu verdanken.«

»Das habe ich wohl.« *Bonnie.* Connor hatte eine unruhige Nacht hinter sich. In seinen Träumen war er immer wieder von den feuchten Schützengräben in Bonnies Arme gewechselt. Mehr als einmal war er schweißnass aufgewacht und gleich darauf erneut in einen wirren Schlaf gesunken. Dass Mairead ausgerechnet nach dieser Nacht auftauchte, war merkwürdig. Als hätte sie geahnt, dass er so etwas wie einen Hoffnungsschimmer gut gebrauchen konnte.

»Kannst du mir einen Gefallen tun und nach Bonnie sehen, wenn du in Edinburgh bist?«, fragte sie.

»Ich?« Erschrocken sah er sie an.

Ihre dunklen Augen blickten ihn ruhig an. »In ihren Briefen schreibt meine Tochter, dass sie furchtbar viel arbeitet. Und Archie hat vorhin angedeutet, dass sie niedergeschlagen wirkt. Vielleicht kannst du sie etwas aufheitern.« Mairead schmunzelte. »Ich wette, das bekommst du ganz wunderbar hin.«

»Es wäre Archie nicht recht, wenn ich Bonnie besuche«, hielt Connor dagegen.

Mairead neigte ihren Kopf ein wenig zu ihm. »Archie muss es ja nicht erfahren«, flüsterte sie verschwörerisch.

»Bonnie wird mich wohl kaum sehen wollen«, murmelte er und machte noch einen Schritt.

Verständnisvoll nickte die Frau. »Und wenn du das nur glaubst und es tatsächlich anders ist?«

»Es ist besser, wenn ich mich von ihr fernhalte.« Sie hatten das Fenster erreicht, und Connor stützte sich an der Wand ab.

»Denkst du, ich hätte nicht bemerkt, wie du meine Tochter angesehen hast?« Maireads Hand rutschte auf seine Schulter. Die Erinnerung an seine Mutter war mit den Jahren verblasst. Doch die gleiche Geste hatte auch sie gemacht, wenn sie ihn als Kind getröstet hatte. Wärme spendend schien Maireads Handfläche sein Innerstes zu berühren. Wie sehr er die Dennons vermissen würde. Maireads gutherzige Art, Tommys aufgekratztes Wesen und die Begeisterung in Blaires Augen, wenn sie ihm ein Glas von ihren Ginexperimenten reichte. Und tatsächlich sogar Archie. Mit diesem Mann hatte er die schlimmste Zeit seines Lebens durchgestanden. »Ich werde das alles hier vermissen«, murmelte er.

»Und wir dich.« Mairead löste die Hand von ihm und sah ebenfalls hinaus in die Morgensonne, die es allmählich zwischen den Wolken hindurchschaffte. »Du bist uns immer willkommen. Ich hoffe, du weißt das.«

Connor schluckte. Diese Frau hatte es verdient, die Wahrheit zu erfahren. Seit Bonnie im Krankenhaus war, kontrollierte sie pflichtbewusst in regelmäßigen Abständen sein Bein und brachte ihm jede Woche die Teemischung. »Das würdest du nicht sagen, wenn du die Wahrheit darüber wüsstest, warum ich überhaupt erst hierhergekommen bin«, sagte er und wagte es nicht, sie anzusehen.

»Dass mein Sohn seinen Arm verloren hat, weil er dein Leben rettete?«

Connor drehte den Kopf und sah sie sprachlos an.

»Also ist es tatsächlich so.« Sie nickte und lächelte in sich hinein. »Das habe ich mir von Anfang an gedacht.«

»Du bist deshalb nicht wütend auf mich?«

»Es war nur ein Arm, Connor. Dein Leben war deutlich mehr wert, und Archie hat damals die richtige Entscheidung getroffen. Ich wäre enttäuscht von ihm gewesen, wenn er sich anders verhalten hätte.«

»Er hatte dir doch versprochen, auf Ian zu achten. Nur meinetwegen kann er das nun nicht mehr tun«, murmelte Connor. Wie jedes Mal, wenn er daran dachte, breitete sich ein bitterer Geschmack in seinem Mund aus. Schuld schmeckte schlecht, dass wusste Connor inzwischen zu gut.

»Ach, diese Sache …«, sagte sie leise und schüttelte kaum merklich den Kopf. »Ich wollte nie, dass Archie mir dieses Versprechen gibt. Aber der Sturkopf wollte ja nicht hören und hat mir immer wieder versichert, er würde dafür sorgen, dass Ian zu mir zurückkommt.« Sie machte eine Pause und sah mit zusammengezogenen Augenbrauen in den Himmel. »Ich hätte ihm nie diese Bürde auf die Schultern gelegt. Aber Archie halst sich gerne die Last der ganzen Familie auf.« Sie trat in die Mitte des Raumes. »Auch wenn du es nicht glauben magst, aber deine Anwesenheit hat Archie gutgetan. Und du unterstützt meine Kinder bei ihren Plänen. Ich will gar nicht so genau wissen, wie ihr zu der Kutsche und dem Gespann gekommen seid, aber ich gehe davon aus, dass ihr wisst, was ihr tut.«

Daran habe ich meine Zweifel. Connor wagte nicht, etwas zu sagen.

»Nimm die Krücke wieder, für heute war das genug. Geh jeden Tag ein paar Schritte mehr und dann werden wir sehen, wie schnell du sie ganz weglassen kannst.«

»Ich werde das Teil verbrennen, wenn ich es nicht mehr brauche«, entfuhr es ihm.

»Was auch immer dir guttut, Junge.« Mairead lächelte ihm ein letztes Mal zu, schnappte sich ihren Weidenkorb und verschwand.

Nachdem Connor sich gewaschen und frische Kleidung angezogen hatte, ging er in den Barraum hinüber. An einem der Tische saß trotz der frühen Stunde Archie, rauchte und hielt eine Tasse Tee in der Hand. Sein Blick ruhte auf dem kleinen Arch, der neben dem riesigen Hund am Boden hockte und diesen hinter den Ohren kraulte. Vermutlich hatte sein Kamerad es kaum erwarten können, dem Burschen das Vieh zu zeigen.

»Die beiden haben sich angefreundet, wie ich sehe.« Connor setzte sich ebenfalls an den Tisch.

Archie nickte. »Arch hat keine Scheu gezeigt«, berichtete er mit einem Anflug von Stolz in der Stimme, »und dem Hund seine Bettdecke geholt. Hat sie quer durch das Erdgeschoss geschleift und sich dann mit dem Vieh dort niedergelassen. Seitdem sitzen sie da.« Er schmunzelte. »Vika hat ihm eine Standpauke gehalten, weil er das gute Federbett genommen hat. Aber ich habe ihr versprochen, nachher Ersatz im Laden zu besorgen.«

»Du kümmerst dich um Vika und den Jungen«, brummte Connor.

Archie schielte einen Moment lang zu ihm hinüber. »Nein, ganz und gar nicht.«

Was war das nur mit seinem Kameraden und dieser Frau? Noch immer durchschaute Connor nicht, was zwischen den beiden lief. Aber etwas war da, egal, wie sehr Archie es auch leugnen mochte.

Wie aufs Stichwort kam Vika mit ihrem wunderbaren Lächeln aus der Küche und stellte eine Schale mit Haferbrei vor Connor hin. Sie wischte sich gründlich die Hände an der Schürze ab, sah zu Kind und Hund und seufzte. »Der ist viel zu groß, Archie. Der wird uns noch die Haare vom Kopf fressen.«

»Dein Sohn oder der Hund?« Grinsend blickte Archie sie an.

»Eine Katze, die sich um die Mäuse kümmert, wäre mir lieber gewesen. Dieser Hund erscheint mir durch und durch unnütz. Aber für Arch war es wohl Liebe auf den ersten Blick.« Sie lachte leise und legte eine Hand auf Archies Schulter.

Connor beobachtete, wie das Gesicht seines Freundes erstarrte. Archie presste die Zähne aufeinander, und seine Muskeln spannten sich an.

Vika schien es ebenfalls wahrzunehmen und zog ihre

Hand zurück. Ihr Blick ging zu Connor, dann sah sie zu Boden und eilte in die Küche.

»Was war das denn?«, fuhr Connor seinen Kameraden an. Vika war verletzt und das musste selbst Archie bemerken.

»Das geht dich nichts an«, knurrte Archie.

»Du lässt einfach niemanden an dich ran, oder?« Frustriert legte Connor den Löffel beiseite. Wie konnte dieser Mistkerl nur derart unsensibel mit einer liebreizenden Frau wie Vika umgehen?

Archie kniff nur die Augen zusammen.

»Du bist ein Heuchler, Archie. Machst selbst zwielichtige Geschäfte und gibst vor, kein Problem mit Shonas Arbeit und Vikas unehelichem Kind zu haben, aber das hast du sehr wohl.« In diesem Moment war Connor danach, Archie eine zu verpassen. Vielleicht war er tatsächlich nicht Archs Vater und warf Vika, ohne es auszusprechen, vor, dass sie sich in diese Situation gebracht hatte. Und das, obwohl Archie Dennon ganz sicher umtriebig gewesen war.

Archie stand ruckartig auf, und sein Stuhl kippte nach hinten um. Mit einem dumpfen Schlag kam er auf dem Boden auf, und der Hund hob müde den Kopf. Einen Moment lang maßen sie sich mit Blicken, dann stapfte Archie auf die Decke zu und streckte seine Hand nach Arch aus. »Na komm, wir zeigen deinem neuen Freund mal die Umgebung.«

Der Junge sprang auf und griff nach der Hand. »Connor auch!«, rief er aus und strahlte diesen an.

»Connor kann nicht so weit gehen«, brummte Archie und pfiff nach dem Hund. Das Tier erhob sich gemächlich und trottete hinter den beiden zur Tür.

Connor schüttelte den Kopf. *Wie Vater und Sohn.* Jeder konnte es sehen. Nur Archie hatte sich entschieden, es nicht erkennen zu wollen. Das gleiche Blut machte keine Familie, Zuneigung tat es aber sehr wohl, schoss es ihm durch den Kopf. Er konnte nur hoffen, dass Archie dies eines Tages erkennen würde.

Kapitel 11

Shona schien ihm seit ihrer unsäglichen Auseinandersetzung aus dem Weg gehen zu wollen. Kaum, dass sie Connor sah, verschwand sie in ein anderes Zimmer. Seit drei Wochen ging dieses Spiel schon so, und womöglich bedeutete es tatsächlich, dass sie sich zurückhalten würde und nicht vorhatte, Archie zu erzählen, was sie für die Wahrheit hielt.

Connor versuchte, sich nicht zu viele Gedanken zu machen, und konzentrierte sich stattdessen auf sein Bein. Jeden Morgen, direkt nach dem Aufstehen, dehnte er es, wie Mairead es ihm gezeigt hatte, und allmählich konnte er zumindest einige Schritte halbwegs schmerzfrei gehen. Noch immer lag ein weiter Weg vor ihm, doch Aufgeben war keine Option. Wie satt er es hatte, ein Krüppel zu sein.

Connor stand hinter dem Tresen und schenkte aus. Zu seinen Füßen schnarchte der Hund, den der kleine Arch auf den Namen Bobby getauft hatte, was zum gutmütigen Wesen des Tiers bestens passte. Und Archie hatte wieder einmal richtiggelegen: Das Kind liebte den zotteligen Bären, der ihm folgte, wann immer es im Hof hinter dem Pub spielte. Allerdings wusste ganz Foxgirth, dass Bobby gutmütig war und nicht einmal bellte. Niemand würde sich, wie Archies Plan vorgesehen hatte, von dem monströsen Hund abhalten lassen, hier einzusteigen – wenn dies überhaupt je einer vorhaben sollte. Bobby verdrückte dafür jeden Abend eine volle Schüssel mit den Essensresten des Tages, sabberte beim Schlafen Pfützen auf die Dielen und schnarchte schlimmer als ein alter Mann. Arch kümmerte sich jedoch so gut um seinen vierbeinigen Freund, dass er sogar die gewaltigen Haufen, die Bobby im Hof hinterließ, mit einer Schaufel beseitigte, die größer war als er selbst. »So lernt er, Pflichten zu erfüllen«, hatte Archie es kommentiert und den Burschen wieder einmal verdammt stolz betrachtet. Connor versetzte dem Hund einen leichten Stoß mit dem Fuß, woraufhin das Schnarchen vorübergehend leiser wurde.

Dann sah er sich im Barraum um. Inzwischen kannte er beinahe jeden hier beim Namen. Die Männer, die regelmäßig abends kamen, waren gute, hart arbeitende Kerle mit Schwielen an den Händen und wettergegerbten Gesichtern. Obwohl sie wenig besaßen, schienen sie mit sich und ihrem Leben weitgehend zufrieden zu sein. Ganz anders als die Männer der Lads, die immer darauf aus waren, mehr zu bekommen. Connors Uhr tickte. Sie tickte so laut, dass er manchmal glaubte, es tatsächlich zu hören. Mit jedem Tag, der verging, lief seine Zeit hier ein wenig mehr ab. Wie ein Countdown, an dessen Ende seine Freiheit verloren sein würde.

Er sah hinaus und runzelte die Stirn. Vor dem Fenster erblickte er Vika, die mit jemandem sprach. Etwas in ihrer Mimik alarmierte Connor. Doch nicht nur ihre Augen waren ihm ein Warnzeichen, auch die vor dem Körper verschränkten Arme.

Er trat hinter dem Tresen vor und ging zur Tür, um zu schauen, wer sich in dem toten Winkel befand, den er vom Tresen aus nicht einsehen konnte. Zu seiner Überraschung sprach sie mit Willie Glenn. Seit der denkwürdigen Feier im

Pub war Connor dem Mann nicht mehr begegnet, der sich offensichtlich entschieden hatte, sich vom Pub und Archie fernzuhalten.

Connor vergrub die Hände in den Hosentaschen und lehnte sich gegen den Türrahmen. Zur Sicherheit wollte er die Situation im Auge behalten. Immer wieder hob Vika abwehrend die Hände, und Willie sprach leise auf sie ein. Connor konnte kein Wort verstehen, doch dass sich die beiden uneinig waren, war nicht zu übersehen. Und Willie kam ihr dabei sehr nahe. *Zu nahe.* Schließlich nickte Willie starr und machte auf dem Absatz kehrt. Mit großen Schritten stapfte er zur anderen Straßenseite und verschwand in einer Gasse.

Einen Augenblick lang starrte Vika ins Nichts, dann drehte sie sich um. Als sie Connor erblickte, zuckte sie zusammen.

»Ist alles in Ordnung?«, rief er.

Vika umklammerte den Griff ihres Korbs und kam zögernd auf ihn zu. »Ja, schon gut, kein Grund, sich Sorgen zu machen. Ich war nur rasch Besorgungen machen, und Willie hat mich gesehen.«

»Wenn er dir Probleme machen sollte, dann kommst du sofort zu mir, in Ordnung?«, forderte er sie ernst auf.

Vikas Augenlider flatterten, und sie wich seinem Blick aus. »Er macht mir keine Probleme.« Sie atmete tief durch. »Kannst du etwas für dich behalten?«

Ein Lächeln zuckte in Connors Mundwinkeln. Seit Monaten schon lebten sie unter einem Dach und mit jeder Woche, die verstrich, gingen sie vertrauter miteinander um. Er mochte Vika, das hatte er vom ersten Tag an getan. »Glaub mir, ich bin geübt darin, Dinge für mich zu behalten«, beteuerte er mit einem Zwinkern.

»Also gut.« Sie nickte. »Willie umwirbt mich.«

»Du meinst ...«, ihm fehlten die Worte. Sprachlos sah er sie an. »So richtig?«, brachte er heraus, was wohl ziemlich dämlich klang. Wie bitte warb man auch nicht richtig um eine Frau? Doch das alles kam ziemlich überraschend.

Vika rollte mit den Augen und seufzte. »Es mag schwer vorstellbar sein, aber ja, der Mann bittet um meine Hand.«

»So habe ich das nicht gemeint.« Connor griff sie bei den Schultern und lächelte sie an. Vika nahm an, er wolle nicht glauben, dass ein Mann ernste Absichten haben könnte, da es um sie ging. »Ausnahmsweise hat der Kerl wohl mal eine gute Idee«, scherzte er.

»Die hat er schon länger.« Vika ging neben ihm in den Pub hinein und trug den vollen Korb in die Küche.

Connor folgte ihr in der Hoffnung, dass sie ein wenig mehr preisgeben würde. »Wie lange geht das denn bereits?«, fragte er.

Vika räumte die Einkäufe mit geröteten Wangen in den Vorratsschrank. »Schon fast vier Jahre etwa.«

»Seit vier Jahren möchte Willie Glenn dich heiraten?« Connor lachte leise. »Der Mann hat Durchhaltevermögen, würde ich sagen.«

»Willie gibt wirklich nicht so schnell auf.« Vika schmunzelte.

»Das scheint mir ganz so.« Abwartend blickte er Vika an.

Sie stellte den Korb beiseite und seufzte. »Jetzt möchtest du wissen, ob ich Interesse habe, ist es nicht so?«

Connor schüttelte den Kopf. »Dass er sich seit Jahren die Zähne ausbeißt, sagt mir alles. Du willst den Kerl nicht.« Er musste sich auf die Zunge beißen, um nicht auszusprechen, warum er glaubte, dass sie Willie abwies. Dass es etwas mit einem gewissen einarmigen Mistkerl zu tun hatte, war unschwer zu erraten.

»Genauso ist es. Nur leider sieht Willie das nicht ein. Alle paar Monate fängt er erneut mit dem Thema an.« Sie seufzte.

Connor zog die Augenbrauen hoch. »Soll ich es ihm deutlich machen? Glaub mir, dann wird er dich in Ruhe lassen.«

Vika hob die Hände. »Aber nein, das ist nicht notwendig. Willie Glenn ist eigentlich ein guter Kerl, auch wenn er es einem schwer macht, das zu erkennen. Ich kriege das schon hin.«

»In Ordnung.« Connor wollte die Küche verlassen, blieb jedoch noch einmal stehen. »Ich vermute, dass Archie nichts davon weiß?«

Vika streckte den Rücken durch. Sicher tat sie es unbewusst, doch Connor entging es nicht. »Das geht Archie nichts an. Und du wirst es schön für dich behalten, Connor Fletcher.« Sie hatte den gleichen strengen Ton angestimmt, wie wenn sie Arch etwas deutlich machen wollte.

»Natürlich.« Er zwinkerte ihr erneut zu und ging in den Barraum zurück.

Kaum stand er wieder an seinem angestammten Platz, öffnete sich die Tür, und Blaires Lockenkopf tauchte auf, dicht gefolgt von Tommys sommersprossigem Gesicht. Beide kamen auf ihn zu und ließen sich auf Barhocker fallen. Tommy war zu früh, um die Abendschicht zu übernehmen, und beide warfen sich Blicke zu und waren außer Atem. Da war definitiv etwas im Busch.

»Ihr grinst so dämlich, gibt es dafür einen Grund?«, fragte Connor. Prüfend sah er von einem zur anderen.

»Wir haben es geschafft!«, verkündete Blaire, und Tommy nickte energisch.

»Was habt ihr geschafft?«

Blaire stellte eine Leinentasche auf den Tresen und öffnete sie. Dann reichte sie ihm die Flasche daraus. »Der perfekte Gin. Hast nie einen besseren getrunken. Kling vielleicht überheblich, ist aber die reine Wahrheit.« Um ihre Worte zu unterstreichen, legte sie sich eine Hand aufs Herz.

»Jetzt schon? Ich dachte, ihr würdet dafür länger brauchen.« Connor öffnete die Flasche und atmete den Geruch ein. Tatsächlich roch der Inhalt vielversprechend. Er nahm ein Glas aus dem Regal und schenkte sich ein.

Erwartungsvoll beobachteten die beiden jede seiner Bewegungen.

Er setzte das Glas an.

»Und?« Blaire stützte sich auf dem Tresen auf. »Der ist gut, oder?«

Connor leckte sich über die Lippen und setzte das Glas ab. »Der ist verflucht gut.«

Die Geschwister schlugen lachend ein. Kein Wunder, dass er Blaire so wenig sah. Beinahe Tag und Nacht trieben sie sich bei der Kapelle herum und hatten immer etwas zu tun. Die Anlage sah inzwischen noch abenteuerlicher aus als damals im November, und Archie kam kaum damit hinterher, die nötigen Rohstoffe aufzutreiben. »Übrigens habe ich den Verdacht, dass längst der ganze Ort weiß, was ihr hier treibt.« Connor beugte sich zu den beiden hinunter und stützte die Ellenbogen auf dem Tresen auf. »Einige Männer fragen inzwischen nicht nach Whisky, sondern nach *Dennon-Whisky*.«

Blaire zuckte mit den Schultern. »Das ist ein kleiner Ort, Connor. So ist das hier. Geheimnisse kann man schlecht für sich behalten.« Sie warf ihm einen Blick zu, den er nicht zu deuten wusste.

»Archie sagt, ihr bringt die erste Ginlieferung schon übermorgen nach Edinburgh«, erzählte Tommy. »Der Zucker ist bald aus, könnt ihr noch welchen auftreiben?«

»Schon übermorgen?«, rutschte es Connor etwas zu laut heraus.

»Wir brauchen Platz. Durch die Fässer, die wir lagern, wird es zunehmend enger. Wir werden wohl anbauen müssen. Ich hatte die Idee nachzufragen, ob die Kirche uns die Kapelle nicht verkaufen möchte.« Blaire nickte. »Laut Archie haben wir jetzt das Geld dazu. So teuer kann die Baracke ja auch nicht sein, und wer will schon eine Kapelle haben? Sie werden wohl das erste Angebot annehmen, möchte ich meinen, und froh sein, dass es nicht mehr ihr Problem ist.«

Connor griff nach der Flasche und schenkte sich erneut ein. Er leerte das Glas in einem Zug und stellte es knallend auf den Tresen. Statt in drei, vier Wochen würde er also schon übermorgen für immer nach Edinburgh zurückkehren müssen. Noch einmal würde Don ihn mit Sicherheit nicht ziehen lassen. Bei der letzten Geldübergabe hatte ihm der Chef der Lads klar gesagt, dass er von Connor erwartete, seinen angestammten Platz schnellstmöglich wieder einzunehmen. Und auf keinen Fall wollte Connor, dass Don Leute losschickte, um ihn zu suchen.

»Du wirst nicht mit Archie zurückkommen«, murmelte Blaire und schien in seinem Gesicht nach einer Regung zu suchen.

»So ist es.«

Sie nickte, griff sich sein Glas, füllte es und nahm einen Schluck. »Ich habe mich beinahe an dich gewöhnt.« Krächzend lachte sie über ihren eigenen Witz.

»Das kann ich nur zurückgeben«, brummte er.

Sie bedeutete ihm, näher zu kommen. »Was ist mit Bonnie?«, flüsterte sie, während Tommy etwas entfernt mit einem jungen Kerl sprach.

Ein Kopfschütteln musste reichen.

»Komm uns doch besuchen, wenn der Krieg vorüber ist«, schlug sie vor.

»Wirst du etwa weich, Blaire?« Erneut lehnte Connor sich neben ihr auf die Holzplatte.

»Soweit ich es beurteilen kann, bist du der erste Mann, in den meine Schwester sich verliebt hat. Bonnies Latte hängt sehr hoch, das kann ich dir versichern. Komm noch einmal, wenn sie wieder hier ist.«

Zu hören, was Bonnie vielleicht tatsächlich für ihn empfand, war verwirrend. Natürlich war sie ihm zugetan gewesen, aber Liebe? Blaire wollte, dass er später noch einmal wiederkam, um herauszufinden, ob mehr zwischen ihm und Bonnie sein konnte. Wie verlockend das klang! Und dennoch würde es nur Schmerzen verursachen, denn ein Ende des Krieges würde seine eigenen Probleme nicht lösen. Damals, ganz am Anfang, als er sich auf den ersten Blick in diese Frau verliebte, hatte er noch mit dem Gedanken gespielt, einfach nie nach Edinburgh zurückzukehren. Im Geheimen hatte er sich ausgemalt, wie es sein musste, eines Tages zu heiraten und endlich eine Familie zu haben. Nur deshalb war er so dumm gewesen, sein Herz an Bonnie zu verlieren. Es war die Hoffnung gewesen. Und dann, als festgestanden hatte, dass er Archie zu Don bringen würde, hatte er sich das mit dem Verliebtsein nicht abgewöhnen können. Wie ein sechzehnjähriger Bursche hatte er sich nur nach Bonnies Lippen gesehnt.

Connors Augen wurden schmal. »Du hast mir mal gesagt, dass es ein Leben nach dem Krieg geben wird«, brummte er.

»Ich kann mich erinnern.«

»Für mich gibt es keins. Ich bin ein Mann ohne Zukunft, und Bonnie verdient etwas Besseres. Alles, worauf ich hoffen kann, ist ihre Vergebung. Weil ich mich nicht von ihr fernhalten konnte, obwohl ich es besser wusste.«

»Das Herz will, was es will«, sprach Blaire und machte dazu eine theatralische Geste. »Habe ich auf jeden Fall gehört.« Für einen Augenblick sah sie ihn noch einmal so prüfend an wie eben. »Ein Mann ohne Zukunft also. Archie hat mir versichert, dass er dich weiterhin sehen wird, wenn er die Touren nach Edinburgh macht, auch wenn er einfach nicht damit herausrücken will, was ihr dort treibt.« Sie legte den Kopf schief. »Ich würde ja zu gerne wissen, was er verschweigt. Aber ich nehme nicht an, dass du mich einweihen willst?«

»Lass es einfach sein, Blaire. Du kannst weiterhin dein Gesöff brauen und euch damit ein gutes Auskommen sichern. Das ist alles, was zählt.« Dass er den Preis dafür mit seiner Freiheit bezahlt hatte, schluckte Connor hinunter. Archie hatte ihm das Leben gerettet, und Connor hatte sich im Gegenzug zurück in eine vermutlich lebenslange Abhängigkeit begeben. Er wollte endlich dieses verfluchte Gefühl von Schuld loswerden. Für den Rest seines Lebens würde er jeden Tag dafür büßen, was Archie bei Cambrai für ihn getan hatte. Das musste ausreichen, oder nicht? Mehr zu geben, war kaum möglich.

»Du bist ein Rätsel, Connor. Das habe ich schon damals gespürt, als Archie dich hier angeschleppt hat«, sinnierte Blaire.

»Deshalb hast du mich damals so merkwürdig angesehen?« Zu gut erinnerte er sich an Blaires Blicke nach seiner Ankunft.

»Da war eine Anspannung zwischen euch, die ich nicht deuten konnte. So, als ob das Schicksal euch einfach in die gleiche Richtung gestoßen hätte, ob ihr es wolltet oder nicht.«

»Das trifft den Nagel auf den Kopf, würde ich sagen.«

»Aber dann hat es sich verändert. Ihr seid Freunde geworden.« Sie machte eine Pause und sah an die Wand mit den Spirituosenflaschen. »Archie hat eigentlich keine Freunde. Er kann Menschen gut um den Finger wickeln, um sie dazu zu bringen zu tun, was er will, aber er schließt keine Freundschaften. Für ihn steht die Familie über allem. Er wäre bereit, jeden über die Klippe zu stoßen, der uns schadet.«

Perplex starrte Connor in Blaires Gesicht, das so anders war als das ihrer Schwester. Stimmte es etwa, was sie sagte? »Du meinst, Archie betrachtet mich als Freund, nicht nur als Kameraden?« Wenn es wirklich so war, dann gab Archie sich alle Mühe, es zu verbergen.

»Nein, nicht nur.« Entschieden schüttelte sie den Kopf. »Du bist für ihn mehr, auch wenn er es dich vermutlich nicht spüren lässt. Du bist Familie für Archie. Ein weiterer Bruder sozusagen.«

Was Blaire da aussprach, berührte Connor auf eine ungewohnte Art. Vielleicht war es sogar, wie sie sagte, immerhin waren ihm die Dennons allesamt ebenfalls ans Herz gewachsen. Selbst Archie, wenn er ehrlich war. »Und warum entscheidet Archie dann, früher nach Edinburgh zu fahren, als es geplant war? Den Gin hättet ihr doch wohl noch einige Wochen länger lagern können. Er weiß, dass ich dieses Mal dortbleiben werde.«

»Ich nehme an, er will es hinter sich bringen. Ich habe Archie vorhin gefragt, ob er dich nicht bitten will, den Pub mit allen Aufgaben und Pflichten dauerhaft zu führen, damit er uns mit der Brennerei mehr unterstützen kann.«

Connor sah sie regungslos an. Scheinbar konnte sie ihn tatsächlich etwas leiden.

Blaire zuckte mit den Schultern. »Archie meinte, dass er es längst getan hätte, wenn es eine Möglichkeit dazu gäbe. Und dass ich mir die Idee aus dem Kopf schlagen soll. Dabei ist sie doch eigentlich ziemlich gut, finde ich.« Sie trank das Glas leer und wischte sich mit dem Ärmel ihrer Bluse wenig elegant den Mund ab. »Archie will nicht, dass du gehst, Connor. Aber er würde dir das nie sagen, deshalb mache ich es. Ich liebe meinen Bruder und ich will nicht, dass er seinen einzigen Freund verliert.«

Langsam, aber sicher kam in Connor der Verdacht auf, dass die Frau vor ihm angetrunken war. Zwar hatte Blaire ein loses Mundwerk, aber wie Archie ließ sie sich ungern in die Karten schauen. Nie hatte Connor sie in all der Zeit hier derart ehrlich erlebt. »Es ist, wie Archie sagt: Es gibt keine Möglichkeit«, antwortete er knapp.

»Ich wollte es zumindest versuchen.«

»Und ich weiß es zu schätzen.« Er lächelte ihr zu. Ja, es rührte ihn wirklich.

»Spielen wir eine Runde Karten? Tommy kann die Theke übernehmen. Noch mal bekomme ich nicht die Chance, dich abzuzocken.« Breit grinste sie ihn an.

»Warum nicht?« Connor ignorierte die Krücke am Tresen und humpelte auf den nächsten freien Tisch zu.

»Wird jeden Tag besser, was?« Wohlwollend nickte ihm Blaire zu und griff nach dem Kartenspiel. Auch wenn seine innere Uhr noch lauter tickte als eben, freute Connor sich über ihre ungewohnte Offenheit. Monate hatte er gebraucht, um die harte Schale dieser Frau zu knacken, und etwas sagte ihm, dass nicht nur Archie ihn inzwischen als Freund betrachtete, sondern Blaire ebenfalls. Zwar hätte er die Anwesenheit der zweiten Schwester dieser hier vorgezogen, doch Connor mochte Blaire. Tatsächlich schienen die Frauen an diesem Ort anders zu sein als überall sonst. Mairead, Bonnie, Blaire und auch Vika standen für sich ein. Keine von ihnen ließ sich bevormunden, und alle taten, was sie für richtig hielten. Wenn der Krieg erst einmal zu Ende war und eine neue Zeitrechnung begann, würde die Zeit dieser Frauen kommen, das spürte er. Und so musste es im ganzen Land sein. Wie viele Frauen hatten jahrelang ohne Männer zurechtkommen müssen? Es fiel ihm schwer zu glauben, dass sie sich einfach wieder unterordnen würden, nur weil diese zurückkamen. Eine Zukunft, die von Frauen mitbestimmt wurde, erschien ihm vielversprechend. Kriege wurden von Männern gemacht. Vielleicht sollten sie hin und wieder dem anderen Geschlecht Gehör schenken. Er schmunzelte. Bonnie hatte ihn verändert und Foxgirth auch. Es war, als hätte er einen neuen Blick auf manche Dinge gewonnen.

Connor nahm die Karten auf, die Blaire ausgeteilt hatte, und lehnte sich zurück. Und jetzt würde diese vorlaute Göre ein letztes Mal gegen ihn verlieren – sie wusste es nur noch nicht.

»Schone dich noch. Nicht zu viel laufen, ja?« Mit feuchten Augen lächelte Mairead ihn an.

»Danke für alles.« Mehr brachte Connor nicht heraus.

»Du bist hier immer willkommen.« Sie strich über seine Wange.

»Ich wollte mitfahren, aber Archie hat was dagegen«,

sagte Tommy und streckte ihm die Hand hin. »Alles Gute für dich. Vielleicht sehen wir uns ja mal wieder. Ist bestimmt mehr los in Edinburgh.« Auf seinem Gesicht zeichnete sich Enttäuschung ab. Bestimmt hatte er Archie ununterbrochen mit seinem Wunsch mitzufahren in den Ohren gelegen.

Connor lächelte dem jungen Kerl zu. »Glaub mir, hier draußen ist das Leben schöner.« In Tommys Alter hatte er selbst seine Zeit in Boxhallen verbracht und auf Dons Anweisungen gehört. Immerhin besaß Archie genug Vernunft, um seinen Bruder von den Verlockungen auf der anderen Seite fernzuhalten. Ob Archie diesen überhaupt selbst widerstehen würde, stand noch in den Sternen.

Connor trat vor Blaire, die ihn mit schmalen Lippen ansah. Statt ihm die Hand zu schütteln, warf sie sich gegen ihn und umarmte Connor. »Behalte Archie im Auge«, brummte er ihr ins Ohr.

»Das mache ich schon, seit wir klein waren. Keine Sorge.« Als er von ihr abließ, boxte sie ihm gegen den Oberarm. »Mach, dass du wegkommst, und pass auf dich auf.«

Es kostete Connor Überwindung, auf die Kutsche zuzugehen, die ihn in ein anderes Leben bringen sollte. In eines, das er nur zu gut kannte.

Archie saß auf dem Kutschbock und sah ihn nicht an. Wortlos fuhr er an, nachdem Connor hinaufgeklettert war.

Ein letztes Mal ließ Connor den Blick über das Häuschen am Rande der Klippen schweifen, um sich jedes Detail einzuprägen. Wenn es einen Ort gab, der ein wunderbares Leben versprach, dann war es dieser. In seinen Träumen würde er es wiedersehen, da war er sich sicher. Ebenso wie Bonnie.

Auf der Ladefläche lag neben den Fässern mit dem Gin auch der Rucksack, der Connor im Februar 1915 nach

Frankreich begleitet hatte. Und dann, nach Jahren, die sich wie Jahrzehnte angefühlt hatten, nach London, wo er das erste Mal Bonnies Stimme gehört hatte. Als wäre es gestern gewesen, erinnerte er sich an den Moment, in dem sie hinter dem Vorhang auftauchte und trotz der ausladenden Tracht himmlisch schön ausgesehen hatte.

»An was denkst du?«, brummte Archie, als hätte er seine Gedanken erraten.

»An deine Schwester.« Connor würde Bonnie nie wiedersehen. Warum sollte er nicht einfach ehrlich zu dem Mann sein, mit dem ihn so viel verband?

»Welche?« Argwöhnisch schielte Archie zu ihm hinüber.

»Du weißt welche.«

»Liebst du sie?«

»Da bin ich mir ziemlich sicher.«

Archie schüttelte den Kopf. »Wenn du das wirklich tust, dann halte dich von Bonnie fern.«

»Das habe ich vor. Ich weiß nur zu gut, wer ich bin.«

»Wenn du so die Schnauze voll hast von den Lads, wie es mir vorkommt, dann verstehe ich nicht, warum du nicht abgetaucht bist. Kein Mensch hätte mitbekommen, dass du zurückgekehrt bist, wenn du nicht nach Edinburgh gegangen wärst. Einfach ein Mann mehr, den jeder für tot hält. Ich hätte es getan, nehme ich an.«

Connor rieb sich über den Bart und atmete den frischen Wind ein, den er bald nicht mehr riechen würde. »Es wäre gelogen zu behaupten, dass mir dieser Gedanke nicht gekommen ist.«

»Warum hast du es nicht durchgezogen?«

»Weil Blaire mit allem recht hatte, was sie damals am ersten Tag sagte: dass ihr mit dem Whisky für eure Familie eine Zukunft aufbauen könnt. Ohne Don wäre es dir nie gelungen, das Zeug derart gewinnbringend zu verkaufen, und ich bin mir sicher, du wirst hier noch ein kleines Imperium erschaffen.« Connor machte eine Pause und sah zu Archie. »Es war mein Weg, um meine Schuld zu begleichen. Wir sind jetzt quitt, so wie du es damals im Büro meintest. Nichts steht mehr zwischen uns, das uns gegen unseren Willen miteinander verbindet.«

Archie antwortete nicht. Seine Augen ruhten fest auf dem Horizont. Doch Connor ahnte, dass hinter der gerunzelten Stirn ein Sturm tobte. Es vergingen Minuten, bis Archie sich schließlich räusperte. »Wenn der Whisky nicht gewesen wäre, wärst du also vielleicht gar nicht zurückgegangen«, stellte er fest.

»Ich weiß es ehrlich gesagt nicht. Vielleicht schon.« Connor lachte trocken auf. »Du weißt doch: die Sache mit der Ehre und so. Immerhin habe ich mich vor vielen Jahren freiwillig dafür entschieden, ein Lad zu werden, und meine Gefolgschaft geschworen.«

»Und dann hast du dich freiwillig für den Einsatz gemeldet.« Archie sah zu ihm hinüber. »Bist du in einen verdammten Krieg gezogen, weil es die einzige Möglichkeit war, von dort wegzukommen?«

»Ich würde gerne behaupten, ich hätte es aus den richtigen Gründen getan. Weil es anständig war, für unser Land, für die Freiheit, für die Sache zu kämpfen. Aber vermutlich habe ich einfach nur die Chance ergriffen, die Lads hinter mir zu lassen. Und wenn ich ehrlich bin, hatte ich zeitweise vermutlich darauf gehofft zu sterben. Aber du musstest mir ja einen Strich durch die Rechnung machen«, sagte Connor lachend.

»Du hast dein Leben aufs Spiel gesetzt. Du wirst es in Edinburgh wirklich gehasst haben.« Archie atmete tief ein. »Und meinetwegen gehst du nun zurück.«

»Ich habe schon vor vielen Jahren die falsche Entscheidung getroffen. Es ist, wie es ist. Wir alle bezahlen für das, was wir getan haben. Die Vergangenheit lässt sich nun mal nicht leugnen.«

Archie zog die Zigaretten aus seiner Brusttasche. »Wir werden uns alle zwei Monate sehen. Ich werde jedes Mal über Nacht bleiben und dann gehen wir was trinken, mein Freund.«

»Das klingt gut.« Connor schlug ihm auf die Schulter. *Mein Freund.* Das erste Mal nannte Archie ihn so. »Ich muss dir was sagen, auch wenn ich versprochen habe, es für mich zu behalten«, begann Connor. Manchmal war es wohl doch richtig einen Schwur zu brechen. Jedenfalls hoffte er das inständig.

»Was denn?«

»Es geht um Vika.«

»Ich habe dir schon mal gesagt, dass dich das nichts angeht«, knurrte Archie.

Connor gab sich einen Ruck. »Willie Glenn wirbt um sie.«

Archie starrte geradeaus. Keine Regung war in seinem Gesicht zu erkennen, auch wenn Connor glaubte, dass die Narbe einen dunkleren Ton annahm.

Connor stöhnte. »Verflucht, Archie, hast du mich verstanden? Der Mann will sie heiraten! Noch willigt sie nicht ein, aber wenn du Vika nicht endlich zeigst, was sie dir bedeutet, dann wird sie es vielleicht irgendwann tun.«

»Es wäre besser für sie, Willies Angebot anzunehmen«, brachte Archie scheinbar gleichgültig hervor.

Hatte er sich verhört? »Spinnst du jetzt völlig?« Das konnte doch nicht wahr sein! »Du hasst diesen Mann, hast dich mit ihm geprügelt und jetzt willst du einfach zuschauen, wie er Vika heiratet?«

»Es geht hier nicht um mich«, antwortete Archie barsch.

»Aber es geht um Vika. Und es sollte für dich eine Rolle spielen, ob sie glücklich wird.«

»Willie liebt sie. Sie wird es bei ihm gut haben, ganz egal, was ich von dem Mann halte. Vika wäre dumm, wenn sie diese Chance ausschlägt.«

Oh, wie er Archie schütteln wollte. »Woher willst du wissen, dass er Vika ehrlich liebt?«, zischte Connor. »Vielleicht macht er ihr ja nur etwas vor.«

Archie sah ihn einen Augenblick lang an und dann wieder auf die Straße.

Connor nickte. »Weil du sie ebenso liebst und daher weißt, dass es ihm wie dir geht.«

Sein Freund schluckte. »Willie wird Vika anständig behandeln, da bin ich mir sicher.«

»Und was ist mit Arch?«, brachte Connor seinen letzten Einwand vor.

»Wenn er den Jungen auch nur einmal anpackt, bringe ich ihn um.« Finster blickte Archie ihn aus seinen beinahe schwarzen Augen an. »Und Willie weiß das ganz sicher, also gibt es nichts, worüber du dir Sorgen machen müsstest. Notfalls werde ich ihn daran erinnern, bevor er vor den Traualtar tritt.«

Connor gab sich geschlagen. Was auch immer in Archies Kopf vor sich ging, er verstand es nicht. Immerhin wusste er jetzt, dass Archie tatsächlich Gefühle für Vika hegte. Tief in der dunklen Seele seines Freundes gab es noch einen

Hoffnungsschimmer. Doch Vika hatte keine Ahnung davon.

Connor starrte in das Ale vor sich.

Auch Archie brauchte auffallend lange, um seins zu leeren. Er hatte dank Blaires Arbeitswut die Taschen voller Geld und wirkte dennoch nicht annähernd so zufrieden, wie Connor es erwartet hatte.

»Nun denn.« Archie stand auf und sein Stuhl ruckte quietschend über den Boden.

Connor tat es ihm gleich und betrachtete Archies von der Narbe gezeichnetes Gesicht, die diesen für alle Zeiten an den Tag erinnerte, der sie bis ans Ende verbinden würde. Ob sie es wollten oder nicht. »Wir sehen uns dann in zwei Monaten.« Er streckte seine Hand aus.

Archie zögerte einen Moment lang, ignorierte schließlich die Geste und umgriff ihn mit seinem Arm. Überrascht über die unerwartete Umarmung klopfte Connor ihm auf den Rücken. »Du packst das«, brummte Archie, ehe er sich von ihm löste, und dann aus dem Gastraum stapfte, ohne sich noch einmal umzusehen. Die Glastür fiel hinter ihm zu. So laut, wie Archie damals in sein Leben gestolpert war, so still verschwand er nun vorerst aus diesem.

Connor trat ans Fenster und beobachtete, wie er in den Hof abbog, wo die Kutsche stand. »Alles Gute, mein Freund«, murmelte er. Seit der Grundausbildung 1914 war er beinahe jeden Tag mit diesem Mann zusammen gewesen und hatte ihn doch erst in den letzten Monaten richtig kennengelernt. Und heute auf der Kutschfahrt hatte er zum ersten Mal hinter Archies sorgsam aufgebaute Fassade geblickt. Nun fuhr sein Kamerad, nein, sein Freund, nach den gemeinsamen Jahren alleine zurück in seine Welt. Und Connor war wieder in seiner angekommen.

»Don will dich sprechen«, riss Murrons Stimme ihn aus seinen Gedanken.

»Willkommen zurück«, spukte es durch seinen Kopf. Connor machte auf dem Absatz kehrt und schritt in den dunklen Flur. Durch die offene Tür sah er seinen Boss, der über einem Stapel Papiere brütete. Nachdem er an den Rahmen geklopft hatte, trat Connor ein und setzte sich. »Du wolltest mich sehen?«

Mit der Hand fegte Don die Papiere zur Seite und lehnte sich in seinem Stuhl zurück. »Ich habe darüber nachgedacht, was ich jetzt mit dir anfange, Connor.«

»Ach ja?« Bemüht, sich sein ungutes Gefühl nicht anmerken zu lassen, verschränkte Connor die Arme. Die Frage, womit er seine Zeit von nun an verbringen würde, hatte auch ihn beschäftigt. Schutzgeld einkassieren stand ganz oben auf seiner Liste der Abscheulichkeiten, die am wahrscheinlichsten waren. Wie er es früher gehasst hatte, kleinen Ladenbesitzern ihr hart verdientes Einkommen abzuknöpfen.

»Über deine neue Rolle bei uns«, bestätigte er Connors Verdacht. Don zwirbelte seinen Bart und sah ihn aus wachen Augen an. »Du läufst ohne Krücken, das ist gut. Ein Lad mit Krücken macht keinen guten Eindruck.«

Connor entschied sich, nichts zu sagen und weiter abzuwarten.

»Ich habe einen jungen Kerl entdeckt mit guten Veranlagungen. Ausgesprochen flinke Beinarbeit und ein linker Haken, der seinesgleichen sucht.«

»Wie alt ist er?«, fragte Connor.

»Neunzehn oder so. Ganz genau weiß er das selbst nicht.

Ich lasse ihn in der Halle trainieren, aber ihm fehlt die richtige Anleitung.«

Das war es also, was Don von ihm wollte. Connor sollte den Lads zu einem neuen Champion verhelfen. Wetten waren nach wie vor eine Haupteinnahmequelle der Gang. Auch wenn es Connor mit dem unbefriedigenden Zustand seines eigenen Körpers konfrontieren würde, wäre es doch eine Möglichkeit, um anderen weniger angenehmen Aufgaben zu entgehen. »Ich soll ihn trainieren?«

»Deine Erfahrung und sein jugendlicher Biss sollten zusammen einen exzellenten Boxer hervorbringen.« Don wirkte sehr zufrieden mit sich und seinem Einfall.

»Hatte er schon Kämpfe?«, fragte Connor nach, um mehr über den Burschen zu erfahren, mit dem er in Zukunft viel Zeit verbringen würde.

»Einige kleine. Ich halte ihn noch zurück. In dem Moment, in dem du mir sagst, dass er so weit ist, stelle ich ihn auf.« Don lehnte sich vor und sah ihn mit zusammengezogenen Augenbrauen an. »Bring den Burschen an den Rand seiner Reserven, er soll lernen, über sich selbst hinauszuwachsen. Und sei nicht zimperlich mit ihm, er muss einstecken können. Er soll so gut werden wie du einst!« Don schnitt eine Grimasse. »Nein, er soll besser werden, als du es warst.«

Connor unterdrückte ein Brummen. Er wusste nur zu gut, was dazu nötig war, um an die Spitze zu kommen. Und er selbst hatte damals einen erfahrenen Trainer gehabt, der ihm mehr abverlangt hatte, als Connor glaubte leisten zu können. Doch hatte er überhaupt das Zeug dazu, ein Trainer zu sein? So wie er die Situation einschätzte, hatte er kaum eine andere Wahl als genau das herauszufinden. »Wenn er es wirklich will, bin ich dabei.«

»Er will es, das garantiere ich dir. Ich beobachte ihn seit zwei Jahren und bin mir sicher, dass er die Investition wert ist.« Don deutete an die Decke. »Habe ihn oben untergebracht und dir auch ein Zimmer herrichten lassen.«

Don wollte ihn in seiner Nähe wissen. Sicherlich ahnte er nach wie vor, dass Connor nicht gerade begeistert davon war, seinen Platz in der Gang wieder einzunehmen. Nicht einmal nachts würde Connor aus dieser Güllegrube flüchten können.

»Er hat Zimmer fünf und du die Sieben. Mach dich mit ihm bekannt, ab morgen fangt ihr mit der Arbeit an.«

»In Ordnung.« Connor stand auf und nickte Don zu.

Treppen waren mit dem Bein noch immer mühsam für ihn, aber auch das wurde besser. Kraftvoll zog Connor sich am Geländer hoch und trat vor das Fenster in dem breiten Gang.

Alles dahinter war, wie es immer gewesen war. Wobei das nicht ganz stimmte. In seiner Kindheit war die Gegend noch wesentlich schlimmer und die Armut kaum auszuhalten gewesen. Viele Kinder waren wie seine Geschwister in den schlechten Verhältnissen viel zu früh gestorben.

Connor legte die Hand an das Glas. Die dunkel verfärbten großen Steinplatten in der abschüssigen Gasse waren die gleichen, über die schon die Generationen zuvor gegangen waren. Sie fiel weiter hinten ab, ehe sie bald darauf wieder etwas bergauf führte. Gab es hier überhaupt eine Straße, die nicht auf und ab ging? Ganz Edinburgh war so verdammt uneben, dass man andauernd außer Puste geriet. Und für die Fuhrwerke war es eine stetige Herausforderung, schwere Ladung zu transportieren.

Connor kannte hier jede Ecke und die Regeln, nach denen

diese Welt funktionierte, und doch fühlte er sich in diesem Moment wie ein Fremdkörper. Er sah in den hellblauen, wolkenlosen Himmel. Die ungewöhnlich lauen Temperaturen, die ein Vorgeschmack auf den bald beginnenden Frühling waren, weckten keine Vorfreude in ihm. Bonnie war nur wenige Meilen von ihm entfernt und dennoch unerreichbar. Was würde sie über ihn denken, wenn sie wüsste, was er hier trieb? Mit welchen Leuten er zusammenlebte und dass er ihren Bruder mit Donald Mac Conallta bekannt gemacht hatte, obwohl sie von Anfang an gegen das Geschäft mit dem Whisky gewesen war? Connors Magen zog sich zusammen. Bonnie würde ihn verachten. Erkennen, wer er wirklich war. Ja, es war gut gewesen, dass sie nicht miteinander geschlafen hatten. So lange, wie sie sich aufgespart hatte, verdiente sie einen Mann, der ebenso gut war wie sie, und keinen Kriminellen, der vor lauter Gewissensbissen nicht einmal nachts zur Ruhe kam.

Connor ging auf die Zimmertür mit der goldenen Nummer fünf am Holz zu und klopfte an.

Ein Rumpeln war zu hören, dann wurde sie aufgerissen. Ein Bursche mit dunkelblonden strohigen Haaren sah ihn abwartend an. »Ja?«

Connor streckte die Hand aus. »Connor Fletcher, ich soll dich trainieren.«

Die Augen des jungen Kerls wurden groß, als er seine Hand drückte. »Der Champion«, sagte er beinahe ehrfürchtig.

»Diese Zeiten sind vorbei.« Connor trat an ihm vorbei in den Raum, in dem Chaos herrschte. Klamotten und Teller mit Essensresten lagen verteilt am Boden, und der Junge grinste entschuldigend. Connor betrachtete ihn. Sie hatten fast die gleiche Größe, doch der Bursche war etwas schmaler als er selbst. Vermutlich gerade so an der Grenze zum Mittelschwergewicht, was die vielen Teller erklärte. Don ließ seinen neuen Hoffnungsträger gut versorgen. »Wie heißt du?«, fragte Connor.

»Ryan Finch.«

»Hast du Eltern?«

»Vater gefallen, Mutter schon seit Jahren tot«, sprach der Junge so nüchtern, wie er es auch stets getan hatte. Es war beinahe, als würde er nur seine Adresse nennen.

Connor presste die Zähne aufeinander. Don verstand es wahrhaftig, sich die richtigen Kerle auszusuchen. Die, die sonst nichts hatten, was sie von den Lads ablenken konnte. Dieser Junge war wie er selbst damals, als Connor nach Orientierung und Halt gesucht hatte und dies bei den Lads zu finden glaubte. »Wenn du das wirklich machen willst, dann wirst du tun müssen, was ich dir sage«, brummte er.

»Selbstverständlich.« Bekräftigend nickte Ryan. »Ich weiß diese Chance zu schätzen. Wirklich.«

»Es wird kein Spaß. Es wird das Gegenteil davon. Es wird Momente geben, in denen du glaubst, Blut spucken zu müssen, und ich werde dir alles abverlangen, was du zu geben hast.« Connor trat auf ihn zu und suchte in den dunkelblauen Augen des Jungen nach etwas. Was genau er darin zu finden hoffte, wusste er nicht. In seinen Augen erkannte er die Leichtigkeit der Jugend. *Noch.* »Wenn du hier anfängst, gibt es kein Zurück«, flüsterte Connor. »Sie werden dich nie gehen lassen, das muss dir klar sein. Es wird kein Leben außerhalb der Lads für dich geben. Wenn du nur den kleinsten Zweifel hast, dann rate ich dir, deine Sachen zu packen und heute Nacht auf Nimmerwiedersehen zu verschwinden. Ich werde Don nicht warnen. Du bist einfach morgen früh weg, und das war es dann.« Connor musste die Worte loswerden, die er damals selbst hätte hören sollen. Ob er sie ernst genommen hätte? Vermutlich nicht.

»Warum sollte ich hier weg?«, fragte Ryan und sah ihn verwirrt an.

»Weil dich dieses Leben früher oder später kaputtmachen wird.« Connor fasste ihm mit einer Hand unters Kinn und zwang ihn so, ihn anzusehen. »Der Preis ist hoch. Nicht nur deine Gesundheit steht auf dem Spiel. Auch deine Seele.«

»Ich will boxen. Es ist das Einzige, das ich wirklich gut kann.« Ryan baute sich zu seiner vollen Größe auf und funkelte ihn an.

»In Ordnung.« Connor ließ die Hand sinken. »Wir fangen morgen früh um sieben an. Nüchtern. Frühstück gibt es nach der ersten Runde.«

»Ja, Sir.« Begeisterung spiegelte sich in seinen blauen Augen.

»Nenn mich nicht Sir«, knurrte Connor und stapfte auf die Tür zu. »Und räum diesen Saustall hier auf, damit du abends Platz hast, um Liegestütze zu machen. Die ersten zweihundert sind jetzt fällig!« Krachend warf er die Tür ins Schloss.

Dieser Bursche erinnerte ihn an Tommy, und es drehte ihm fast den Magen um, so ein junges Leben an einen Mann wie Donald Mac Conallta verschwendet zu sehen. Doch andere Burschen in diesem Alter starben gerade im Krieg oder waren längst verscharrt. Das Leben war nun mal beschissen. Und auch wenn er erst neunzehn war, so war Ryan doch ein Mann und hatte seine Entscheidung getroffen. Und er würde damit leben müssen, so wie Connor. Sie konnten beide nur versuchen, das Beste aus der Sache zu machen.

* * * * *

Bonnie sog die laue Luft ein und drehte sich um. »Na, habe ich etwa zu viel versprochen?«

Die Männer, von denen die meisten heute zum ersten Mal seit ihrer Verwundung einen Ausflug machten, schüttelten die Köpfe. »Ist noch schöner, als Sie gesagt haben, Schwester Bonnie«, rief einer von ihnen.

»Danke sehr, Lieutenant Duff«, entgegnete Bonnie und deutete den Weg entlang. »Hopphopp, wir haben unser Ziel fast erreicht«, trieb sie die kleine Traube von Patienten an, die sie heute einer spontanen Eingebung folgend auf diesen Ausflug mitgenommen hatte. Oberschwester Magret hatte zwar eine Augenbraue hochgezogen, als Bonnie ihr von ihrer Idee erzählte, dann aber mit einem Nicken und einem »frische Luft ist gesund« zugestimmt. Ein jeder der sieben Männer trug entweder große Pflaster über einem Auge oder aber einen Verband um den Kopf, um die empfindlichen Wunden zu schützen. Doch sie waren allesamt ansonsten nicht weiter verwundet und gut zu Fuß. Andauernd in den Krankenzimmern zu sitzen, tat niemandem gut, fand Bonnie. Zwar gab es auch einen Aufenthaltsraum und den Garten, aber das hier war für alle etwas Besonderes.

Bonnie hatte zwei Kutschen zum Krankenhaus bestellt, die sie durch die feinen Wohnstraßen mit den großen Stadtvillen gefahren hatten, die Bonnie jedes Mal in Erstaunen versetzten. Die steinernen Verzierungen über den Fenstern und Türen brachten sie innerlich zum Schwärmen. Wie es sein musste, in solch einem Haus zu wohnen? Vermutlich waren zwei Zimmer im Erdgeschoss bereits so groß wie das ganze Cottage, in dem sie aufgewachsen war. Und dann waren da noch die kleinen gepflegten Vorgärten.

»Was ist denn nun die Überraschung, Schwester Bonnie?«, fragte ein anderer Patient und bot ihr seinen Arm an.

Bonnie hakte sich lächelnd ein. »Wir sind gleich da. Wir müssen nur noch diesem Weg folgen. Gedulden Sie sich noch ein wenig, Michael.«

»All die Pflanzen und Bäume hier sind erhebend«, seufzte er. »Ich wette, mit zwei Augen ist es noch viel schöner.«

Bonnie konnte sich ein Lachen nicht verkneifen. »Seien Sie glücklich über das eine, das Ihnen geblieben ist«, gab sie bemüht ernst zurück.

»Meiner Frau würde es hier ebenfalls gefallen.« Er drehte den Kopf, um auch in die andere Richtung sehen zu können. Sein hellbraunes Haar war teilweise von einem Verband bedeckt, doch Bonnie wusste, dass dieser in wenigen Tagen abkommen würde. Alles heilte zu ihrer Zufriedenheit.

»Sie freuen sich bestimmt, dass Sie bald nach Hause können.«

»Sie können sich gar nicht vorstellen, wie sehr. Meine zwei kleinen Jungs müssen kaum wiederzuerkennen sein, nach all der Zeit.« Ein Schmunzeln zeichnete sich in seinen Mundwinkeln ab, als er sich ihr wieder zuwandte. »Nächste Woche werde ich endlich entlassen, und dann ist dieser Krieg, was mich angeht, vorüber. Ich werde keine Zeitung mehr aufschlagen und stattdessen die Gesellschaft meiner Söhne und meiner Frau genießen.« Er seufzte leise. »Und zusehen, dass ich Arbeit finde«, setzte er hinzu.

»Was haben Sie denn vorher gemacht?«, fragte Bonnie. Es

war immer interessant, wenn sie ihre Patienten etwas näher kennenlernte. Und dieser Michael Cameron war einer der sympathischeren.

»Buchhalter.« Er lachte auf. »Ob ich kleine Zahlen mit nur einem Auge wohl weiterhin gut erkennen werde?«

Die Leichtigkeit, mit der er seine Situation annahm, war ansteckend. »Sie werden schon etwas finden«, bemühte Bonnie sich, ihn aufzubauen. Doch wer wusste schon, ob das stimmte? Die Zeiten waren hart, und Arbeit lag nicht auf der Straße. Auf der anderen Seite gab es immer Bedarf an Männern mit guter Ausbildung, und ein Buchhalter hatte diese zweifelsohne.

Bonnie deutete nach vorne. »Wir sind da«, verkündete sie.

Michael ließ ein anerkennendes Pfeifen hören. »Und was genau ist das?«, fragte er, während er das beeindruckende Gebäude musterte.

Bonnie drehte sich um und wartete, bis alle Männer zu ihnen aufgeschlossen hatten. »Hier sehen Sie das älteste Palmenhaus in Großbritannien«, verkündete sie. »1858 erbaut und noch immer so schön wie am ersten Tag!«

Zustimmendes Brummen war zu hören, dann spazierte die Gruppe um das steinerne Haus mit der geschwungenen Glaskuppel und den hohen, halbrunden Fenstern.

Wie Bonnie es hier liebte! Nicht ohne Grund war der *Royal Botanic Garden* schon während der Ausbildung ihr liebstes Ausflugsziel gewesen. Sie bummelte nicht gerne, um Dinge anzusehen, die sie sich wohl niemals würde leisten können. Hier über die Wege zu schlendern und dann zur Krönung des Tages die schwüle Luft des Palmenhauses einzuatmen und all die exotischen Pflanzen zu bewundern, war für sie so viel schöner.

»Sollen wir hineingehen?«, fragte sie in die Runde und erntete allgemeines Kopfnicken. »Na, dann folgen Sie mir, werte Herren«, rief Bonnie und ging auf die gläserne Eingangstür zu.

»Das war eine ausgezeichnete Idee«, raunte ihr Lieutenant Duff zu, als er ihr seine Hand reichte, um ihr die Kutsche hinaufzuhelfen, die sie zurück zum Krankenhaus bringen würde. »Es hat uns alle auf andere Gedanken gebracht.«

Er setzte sich ihr gegenüber und fing den Blick eines älteren Mannes auf, der mit seinem edlen Mantel und Spazierstock an der Kutsche vorüberging und den Männern zunickte.

Bonnie lächelte. Den ganzen Nachmittag schon ging es so. Die Menschen, denen sie begegneten, zollten den verwundeten Männern ihren Respekt, was ohne Frage dem Selbstbewusstsein ihrer Patienten guttat. Sie wusste, dass sich viele von ihnen als Krüppel oder Versager fühlten, doch dabei war ein jeder in ihren Augen ein Held. Nicht auf diese überzogene Art, in der in den Zeitungen über die Kriegshelden des Landes berichtet wurde, sondern einfach, weil Bonnie das Opfer, das sie gebracht hatten, nur zu gut kannte. Sie hatten ihre Familien und Lieben in der Heimat zurückgelassen und Dinge erlebt, die sie sich kaum ausmalen konnte. Und nun mussten sie mit Verletzungen und ihrem angeknacksten Ehrgefühl zurechtkommen.

Bonnie nahm sich vor, in Zukunft regelmäßig solche Ausflüge zu machen, wenn der Dienstplan es zuließ. Die Kutsche fuhr an und ihre Haube flatterte im Wind. Sie schloss den Mantel über ihrer Schwesterntracht und ließ den Blick über die Stadthäuser schweifen. Das alles hier war auch für sie eine gute Ablenkung.

TEIL DREI

Oktober 1918

Kapitel 12

»Nun wollen wir mal sehen, ob alles gut heilt.« Bonnie lächelte den jungen Soldaten an, der seit gestern auf ihrer Station lag. Dann löste sie behutsam die Binde ab, die die leere Augenhöhle bedeckte. Anfangs hatte Bonnie beim Anblick dieser Wunden Übelkeit verspürt, doch wie immer hatte bald Gewohnheit eingesetzt, auch wenn sie Gesichtsverletzungen selbst jetzt noch nur schwer ertrug. Etwas an ihnen traf sie tief im Innersten. Die Männer, die mit ihnen heimkehrten, wirkten oft stärker traumatisiert als die, die andere Verwundungen erlitten hatten. Entstellungen dieser Art trafen das Selbstbewusstsein.

»Ich wollte so gerne bei der Truppe sein, wenn wir den Krieg gewinnen«, sagte der schmale Mann vor ihr und zuckte zusammen, als sie die Wunde säuberte.

»Sie leben, Nathan. Das ist es, was zählt«, bemühte Bonnie sich, ihn aufzubauen. Das Ende des Kriegs schien inzwischen in greifbare Nähe zu rücken und die Nachrichten in den Zeitungen überschlugen sich mit Vorhersagen, wann mit Deutschlands Kapitulation zu rechnen wäre. Aus den Augenwinkeln sah Bonnie auf den trüben Oktoberhimmel hinter der Fensterscheibe. Über vier Jahre dauerte dieser Irrsinn nun schon an. Und erneut hatte sie ihre Familie seit Monaten nicht gesehen. Eine Woche Urlaub im Frühling hatte reichen müssen, um ihre allmählich schwindenden

Reserven wieder aufzufüllen. Der Sommer hatte sich an ihr vorbeigestohlen, ohne dass Bonnie ihn richtig wahrgenommen hatte. Noch immer zehrte sie von den Tagen in der Heimat. Immer wenn dunkle Wolken ihr Gemüt zu verdunkeln drohten, erinnerte sie sich an die Stunden dort. Sie hatte mit Ma und den Geschwistern beisammengesessen, hatte Christies entzückend rundes Baby geschaukelt und war stundenlang spazieren gegangen. Connor hatte Foxgirth tatsächlich bereits vorher verlassen gehabt, und niemand hatte ihn erwähnt, auch wenn Archie und Blaire sie immer wieder merkwürdig angesehen hatten. Hatten die beiden bemerkt, wie sehr sie sich bemühte, diesen Mann zu vergessen, und es ihr doch nicht gelingen wollte? Seit dem Tag, an dem der Brief von Keillan eingetroffen und Archie bei ihr aufgetaucht war, hatte sie Connors Namen nicht mehr ausgesprochen. Archie schaute immer dann bei ihr vorbei, wenn er geschäftlich in der Stadt zu tun hatte, doch meist hatte er nicht mehr als eine halbe Stunde Zeit. Und natürlich war es jedes Mal unerwartet, da Archie sich grundsätzlich nicht ankündigte.

»Wie sieht es aus, Schwester?«, holte der Soldat sie in die Gegenwart zurück.

Hatte sie etwa gerade minutenlang aus dem Fenster gestarrt?

Irritiert sah der Mann sie mit seinem unverletzten Auge an. »Entschuldigung, ich bin etwas abgelenkt. Aber die Wunde entwickelt sich gut. Ich bin mir sicher, es wird, sobald alles verheilt ist, möglich sein, ein künstliches Auge einzusetzen, damit Sie den Mädels den Kopf verdrehen können.«

Eine gesunde rote Farbe zeichnete sich auf den Wangen des schmalen Mannes ab, während er auflachte. Er war ausgezehrt und abgekämpft wie die meisten hier eingeliefert worden.

Wie Keillan wohl aussah? Bonnie konnte nur hoffen, dass er dank der Pakete einigermaßen bei Kräften blieb. Wenn Gott wollte, sollte er hoffentlich bald wieder frei sein.

»Würden Sie mit mir ausgehen, wenn ich entlassen werde?«, fragte Nathan leise und schielte unsicher zu ihr hoch. Diesem Patienten schien sein Zustand nicht die Lust aufs Flirten zu nehmen, stellte Bonnie fest. Ein gutes Zeichen, auch wenn es sie in die Lage brachte, ihn abweisen zu müssen.

Sie beugte sich hinunter, um ihn nicht vor seinen Kameraden in Verlegenheit zu bringen. »Ich gehe grundsätzlich nicht mit Patienten aus«, flüsterte Bonnie, während sie eine neue Binde um seinen Kopf rollte.

»Dann bin ich kein Patient mehr«, gab er zurück.

»Sie dürfen bald nach Hause, ich bin mir sicher, die Mädchen dort werden sich um einen gut aussehenden Kerl wie Sie reißen«, scherzte sie und betrachtete die rotbraunen Haare des Mannes, die die Farbe von Herbstlaub hatten. Immer wieder wies sie derartige Angebote von Männern zurück. Und dabei gab es eigentlich keinen Grund dazu. Warum sollte sie nicht einfach mit einem wie Nathan tanzen gehen? Er war ein netter Kerl, daran bestand kein Zweifel. Vielleicht würde es sogar helfen, Connor endlich aus ihren Träumen zu verbannen. Obwohl sie ihn bei Tage zum Teufel jagte, lud sie ihn nachts in ihre Gedanken ein. Seufzend richtete Bonnie sich auf und reichte Nathan ein Schmerzmittel. Nein, keiner der Männer hier, egal wie zuvorkommend sie auch waren, würde es schaffen, die Erinnerung an Connors Küsse in ihr auszulöschen.

Bonnie trat zum Rollwagen und schob ihn zum Bett des nächsten Patienten. Hieß es nicht immer, die Zeit würde alle Wunden heilen? Warum heilte ihr Herz dann nicht? Es war schon ein Dreivierteljahr vergangen, seit sie Connor das letzte Mal gesehen hatte, abgesehen von dem heimlichen Blick, den sie auf ihn erhascht hatte, als er damals auf dem Kutschbock saß, während er auf Archie wartete. Bald würde es ein Jahr her sein, seit Connor sich geweigert hatte anzunehmen, was sie ihm hatte schenken wollen: sich selbst, mit allem, was sie war. »Verfluchter Mistkerl«, entfuhr es ihr.

»Was haben Sie gesagt?« Entsetzt starrte der Patient sie vom Metallbett aus an.

»Du meine Güte, ich habe natürlich nicht Sie gemeint«, entschuldigte Bonnie sich. Offensichtlich hatte auch sie das lose Mundwerk ihrer Familie geerbt. Doch es brauchte viel, um dieses in ihr freizusetzen. Ausgerechnet Connor Fletcher schaffte es, obwohl er nicht mal hier war.

Noch ehe sie sich dem Patienten zuwenden konnte, rauschte die Oberschwester in den Raum. »Besuch für Sie, Bonnie«, rief sie. Schwester Magret näherte sich. »Ein Mann«, zischte sie.

Bonnie strich die Schürze glatt. »Bestimmt mein Bruder«, beeilte sie sich zu sagen, denn sie wusste, wie unlieb ihrer Vorgesetzten Männerbesuche der Schwestern waren.

»Wenn das so ist, übernehme ich für eine Viertelstunde.« Mit einem Zeichen bedeutete sie Bonnie hinauszugehen.

»Danke, ich beeile mich natürlich.«

Eilig lief Bonnie die Gänge entlang. Als sie um die Ecke bog und der Eingang in Sichtweite kam, versagten ihre Beine den Dienst. Keinen Schritt weiter wollte sich ihr Körper bewegen. Erneut vergewisserte sie sich, richtig zu sehen, doch es bestand kein Zweifel. In ihren Ohren begann es zu rauschen.

Sein Blick fand sie. Zögernd kam er auf sie zu und schien nicht recht zu wissen, wie er sie begrüßen sollte.

»Connor ...« Bonnie hob die Hände und ließ sie wieder sinken.

»Ist lange her«, sagte er kaum hörbar und strich sich über den Bart.

Sie atmete tief ein und schalt sich in Gedanken, da sie vermutlich wie ein verängstigtes Kaninchen aussah. Dann reckte Bonnie das Kinn vor. »In der Tat.« Sie sah an ihm hinab. »Du gehst ohne Krücken«, stellte sie fest. Ein leichtes Nachziehen des Beins hatte sie wahrgenommen, doch Connor lief wesentlich besser, als sie es vorhergesagt hatte. Es war längst nicht so steif, wie befürchtet.

»Es wird mit jedem Monat.« Er zeigte auf eine Bank an der Wand. »Können wir uns setzen?«

»Ich habe Dienst«, protestierte Bonnie. Connors unerwartete Nähe war ihr unangenehm und drohte ihr die Luft abzuschnüren. Und sie wusste nicht, wie lange sie sich noch würde aufrecht halten können. Auf keinen Fall wollte sie ihn merken lassen, dass sie seine Abweisung auch jetzt noch schmerzte.

»Es ist wichtig«, brummte er. Da sie sich nicht von der Stelle bewegte, griff er nach ihrem Arm und zog sie mit sich. Die Wärme seiner Hand kroch durch ihre Bluse, und Bonnie überlegte, ob sie seine Finger abschütteln sollte, doch schon hatten sie die Bank erreicht. Hilflos ließ sie sich darauf sinken und wich seinem Blick aus.

Er setzte sich neben sie. »Ich muss dir was geben.« Aus der Westentasche zog er ein Telegramm hervor und reichte es ihr.

Bonnies Finger zitterten, als sie danach griff. War es etwa eine Nachricht über Keillan oder Ian? Aber warum um Himmels willen sollte Connor so eine haben? Es ergab keinen Sinn, dass er hier war. Sie faltete das Blatt auseinander.

Krankheit in Foxgirth. Viele Kranke, drei Tote. Ma ebenfalls erkrankt. Bring Bonnie her, falls kein Transport vom Krankenhaus möglich. Ich kann nicht kommen. A. D.

Die Buchstaben verschwammen vor Bonnies Augen. Sie wusste, was sie gelesen hatte, doch es war kaum möglich, es zu begreifen.

Connor legte die Hand auf ihre. »Ich bin hier, um dich nach Hause zu fahren«, brummte er.

Endlich konnte Bonnie wieder atmen, und gleich darauf überschlugen sich ihre Gedanken, während sie Connors Hand wegstieß. *Drei Tote.* War es das, was sie befürchtete? »Wir müssen zu Dr. Morris!« Bonnie sprang auf und stürzte in den Gang zurück. Hinter sich hörte sie Connors schwere Schritte, doch sie achtete nicht darauf, ob er ihr folgen konnte. Endlich erreichte sie die Bürotür des Stationsarztes, klopfte an und öffnete sie gleich darauf.

»Schwester Bonnie.« Überrascht sah der ältere Mann sie an.

Entgegen ihrem sonstigen Benehmen ging sie, ohne abzuwarten, auf ihn zu und reichte ihm das Telegramm. »Das wurde mir eben überbracht, Sir. Mein Bruder hat es gesendet.«

Mit zusammengekniffenen Augen las der Arzt den Text und schüttelte den Kopf.

»Haben Sie die gleiche Vermutung wie ich, Sir?«, fragte sie mit bebender Stimme.

»Ich fürchte ja.« Er seufzte. »Die Spanische Grippe.« Der Arzt warf das Papier auf den Schreibtisch. Dann schaute er zur Tür. »Gehört der Mann zu Ihnen?«

Bonnie blickte sich um. »Connor Fletcher. Ein Freund der Familie.« War Connor das? War er ein Freund der Familie? Bonnie wusste es in diesem Moment nicht. Aber es gab immerhin eine vernünftige Begründung ab, warum eine junge Krankenschwester von einem Mann aufgesucht wurde, mit dem sie nicht verwandt war.

»Dann treten Sie ein, Mr. Fletcher«, forderte Dr. Morris ihn auf.

Connor setzte sich auf einen der beiden Stühle vor dem Schreibtisch, und Bonnie tat es ihm gleich.

»Was wissen Sie über diese Krankheit?«, fragte Bonnie. Natürlich hatte sie von den wiederkehrenden Ausbrüchen gehört, die es seit einiger Zeit auf dem Festland und auch in Großbritannien gab. Doch bisher war das Second Scottish General Hospital davon verschont geblieben. Die Menschen hatten Angst vor der Spanischen Grippe, die bisher unzählige Leben dahingerafft hatte. Hoffentlich war ihre Vermutung falsch. Der Gedanke, dass diese Krankheit in Foxgirth wüten könnte, ließ Übelkeit in ihr aufsteigen.

»Nur das, was mir Kollegen berichten und was in entsprechenden Publikationen abgedruckt wird.« Er seufzte und lehnte sich zurück. »Es scheint eine zweite Welle zu geben, nach der, die im Frühjahr ausgebrochen ist. Da hat sich die Erkrankung meist auf drei Tage Schüttelfrost und Fieber beschränkt, und der Spuk war vorbei. Wie es aussieht, ist es dieses Mal wesentlich fataler. Es gibt Patienten, die am Morgen die ersten Anzeichen zeigen und am Abend tot sind. Man erzählt sich hinter vorgehaltener Hand, dass auf jedem Schiff des US-Militärs, dass an europäischen oder afrikanischen Häfen anlegt, eine erschreckende Anzahl Tote an Bord ist. Die Truppen sind infiziert und stecken andere Soldaten ebenso wie die Zivilbevölkerung an.« Er seufzte. »Ich fürchte, uns werden gerade die Grenzen unseres medizinischen Wissens aufgezeigt, und wir haben wenig, was wir dieser Epidemie entgegensetzen können.«

Bonnie schluckte. Archie hatte nicht geschrieben, wer gestorben war. Hatte er es mit Absicht verschwiegen? Wenn er nach ihr schickte, musste die Situation ernst sein. »Helfen Medikamente?«, fragte sie mit kraftloser Stimme.

»Nein, soweit ich weiß. Aspirin ist das Einzige, was vermag, vierzig Grad Fieber zu senken, aber einige Ärzte berichten, dass die Patienten unter der Gabe der Tabletten noch schneller zu versterben scheinen. Es lassen sich lediglich die Symptome etwas lindern, aber heilen können wir diese Krankheit zum gegenwärtigen Zeitpunkt nicht. Es ist tückisch, die Menschen ersticken und sterben an akutem Lungenversagen. Und es ist nicht der übliche Krankheitsverlauf, keine U-Kurve, sondern ein W, was uns Rätsel aufgibt.«

»Was bedeutet das?«, mischte Connor sich in die Unterhaltung ein.

»Bei Grippeerkrankungen sind in der Regel vor allem sehr junge und alte Patienten gefährdet«, sagte Bonnie, ohne ihn anzusehen. »Ein W bedeutet, dass hier die jungen Erwachsenen stärker betroffen sind.« Um sich zu versichern, dass sie das Richtige gesagt hatte, wartete sie auf eine Reaktion ihres Chefs.

»Genauso ist es. Und bisher wissen wir nicht, warum das ausgerechnet bei dieser Krankheit so ist. Es gibt hohe Verluste bei den Truppen auf dem Festland. Die Ansteckungsgefahr ist enorm und steigt, je näher die Menschen beieinander sind.«

»In den Schützengräben sind die Männer dicht an dicht«, murmelte Connor. Bonnie beobachtete, wie er sich scheinbar unbewusst den Oberschenkel rieb.

Sie wandte sich wieder dem Arzt zu. »Wie ist diese Krankheit nur nach Foxgirth gekommen?«

»Die Kriegsheimkehrer verbreiten sie in ganz Europa«, erklärte der Arzt. »Die Männer überleben Krieg und Verwundungen, sterben dann nach all dem an der Spanischen Grippe und stecken zuvor noch ihre Familien an. Jedenfalls ist es mir so berichtet worden.«

Neben ihr seufzte Connor.

»Ich muss nach Hause«, sagte Bonnie matt.

Dr. Morris nickte. »Sie sind eigentlich Gemeindekrankenschwester, und Ihre Gemeinde braucht Sie jetzt mehr denn je. Allerdings kann ich momentan keinen Transporter entbehren, der Sie heimbringt. Es tut mir wirklich leid, aber wie Sie wissen, sind wir dabei, Patienten zu verlegen.«

»Das ist kein Problem. Ich habe eine Kutsche vor dem Gebäude und werde Miss Macay nach Hause bringen«, hörte sie Connor sagen.

»Gut.« Dr. Morris stützte sich auf dem Schreibtisch auf. »Wir sind nicht sicher, wie sich diese Krankheit genau verbreitet, aber sie ist hochansteckend. Ein Atemschutz hat sich als nützlich erwiesen. Isolieren Sie die Erkrankten und reinigen Sie alles gründlich, aber das wissen Sie vermutlich selbst. Es kann mehrere Wochen dauern, bis alles vorüber ist.« Er machte eine Pause und sah Bonnie an. »Ich werde Ihnen einige Medikamente mitgeben, auch wenn ich wenig

Hoffnung habe, dass diese helfen, wenn es sich tatsächlich um die Spanische Grippe handelt.«

»Ich danke Ihnen.« Bonnie stand auf und nickte ihm zu. »Ich werde meine Sachen packen und Sie informieren, sobald sich absehen lässt, wann ich meine Stelle hier wieder besetzen kann.«

»Tun Sie das. Wir nehmen Sie selbstverständlich lieber heute als morgen zurück. Ich bitte Schwester Magret, Ihnen die Medikamente bereitzustellen. Sie können Sie im Schwesternzimmer abholen, sobald Sie gepackt haben.«

Bonnie zog die Hände in die Mantelärmel zurück und schlang die Arme um den Oberkörper. Unerbittlich umtoste sie der Wind, seit sie vor über zwei Stunden die Häuser Edinburghs hinter sich gelassen hatten. Bisher hatte sie kein Wort mit Connor gewechselt und fokussierte den Horizont, um ihn nicht doch noch unbeabsichtigt anzusehen. Neben den Medikamentenfläschchen lagen im hinteren Teil der leichten und modernen Kutsche auch einige Bettpfannen, die Schwester Magret ihnen in weiser Voraussicht aus den Beständen des Krankenhauses zu leihen bereit gewesen war. Die Oberschwester hatte mit ernster Miene versichert, sich in Bonnies Abwesenheit um die Pakete für Keillan zu kümmern, und so hatte Bonnie der Frau das restliche Geld gegeben, das noch von Archies letztem Besuch übrig war. Aus dem Augenwinkel hatte sie gesehen, wie Connor ihr ebenfalls unauffällig Geld zusteckte, ehe er sich die Kiste mit der Medizin geschnappt hatte. »Du musst das nicht tun«, hatte Bonnie gezischt, und Connor hatte sie nur aus zusammengekniffenen Augen angesehen, ehe er vorangegangen war.

Vermutlich empfand er ihre Reaktion als kränkend, da er

einem Kameraden helfen wollte und sie das nichts anging. Oder was auch immer Männer eben dachten. Aber das alles war jetzt egal. Bonnie betrachtete die unwirtliche Landschaft mit den sturmgepeitschten dürren Büschen. Hier gedieh nur, was etwas aushalten konnte. Hoffentlich galt das auch für die Menschen in diesem Landstrich. Bonnie verbat sich den Gedanken daran, was geschehen würde, wenn sich die Grippe hier wirklich ausbreiten sollte.

»Dir ist kalt«, stellte Connor neben ihr mit rauer Stimme fest, und sie spürte seinen Blick auf ihrem Gesicht.

»Ich bin mir nicht sicher, ob es am Wind liegt oder doch eher an der Furcht vor dem, was mich daheim erwartet.« Sie brachte es noch immer nicht über sich, ihn anzusehen. War es, um zu verbergen, dass alles in ihr verrücktspielte, oder aus Sorge davor, was in seinen Augen zu lesen sein würde?

»Wir fahren noch etwa eine halbe Stunde, und dann suchen wir uns eine Unterkunft. Es dämmert bereits, und wir sollten nichts riskieren.«

»Kommt nicht in Frage!« Bonnie wollte nach Hause. So schnell wie möglich. Um zu sehen, was dort vor sich ging. Und auf keinen Fall würde sie die Zeit, die sie alleine mit Connor verbrachte, auch noch verlängern. »Wir fahren weiter.« Sie schob ihr Kinn vor und fixierte einen imaginären Punkt am Ende der Straße.

»Das ist zu gefährlich in der Dunkelheit. Die Wege werden bald schmal, und wenn das Pferd sich vertritt, dann kommen wir nie an.«

»Du und Archie, ihr seid die Strecke schon mal nachts gefahren«, hielt Bonnie dagegen und hörte den trotzigen Klang ihrer Stimme.

»Glaub mir, es war kein Vergnügen. Und immerhin war

damals Vollmond. Diese Nacht wird rabenschwarz sein.« Er deutete auf den wolkenverhangenen Himmel. »Wir suchen uns eine Unterkunft.« Connor machte eine Pause und wieder meinte sie, seine Augen auf ihrer Haut zu spüren. »Wenn wir mitten in der Nacht ankommen, werden wir sowieso nicht viel ausrichten können. Sammle etwas Kraft. Ich nehme an, die nächste Zeit wird anstrengend werden.«

»Es ist immer anstrengend als Krankenschwester.« Bonnie presste die Lippen aufeinander. Natürlich hatte Connor recht, und doch wollte sie zu Ma und den anderen.

»Du siehst müde aus.«

»Danke. Nettes Kompliment.« Unauffällig schielte sie nun doch zu ihm hinüber. War das ein dunkler Schatten unter seinem Auge? Warum war ihr das nicht zuvor aufgefallen? *Weil du es kaum über dich bringst, ihn anzusehen.* Ja, tatsächlich: Connor hatte ein Veilchen. Bonnie unterdrückte ein Schnauben. Er hatte sich erneut geprügelt.

»So war es nicht gemeint. Ich mache mir Sorgen um dich. Du siehst ausgezehrt aus«, sagte er.

»Du musst dich nicht um mich sorgen. Ich komme zurecht.«

»Das bezweifle ich nicht.«

»Was ist mit deinem Auge passiert?«, rutschte es ihr heraus. Nun hatte sie auch noch eine Frage gestellt, obwohl sie sich vorgenommen hatte, ihn zu ignorieren. Vermutlich würde Connor nun glauben, dass sie sich mit ihm unterhalten wollte. Dabei lag nichts der Wahrheit ferner.

Connor fuhr sich mit der Hand über die Stelle, die sie angesprochen hatte. »Man könnte wohl sagen, dass mein jüngeres Ich langsam besser wird als das Original.«

»Was soll das denn bedeuten?«

»Unwichtig. Vergiss es.«

Bonnie seufzte. Im letzten Jahr hatten Connor und sie sich mit einer Leichtigkeit unterhalten, die ihnen nun abhandengekommen war. Alles in ihr wollte ihm trotz all der Zeit, die vergangen war, eine Ohrfeige verpassen, weil die Verletzung über das, was er in jener Nacht ausgesprochen hatte, noch immer schmerzte. Und dennoch fühlte sie sich gleichermaßen zu ihm hingezogen, was sie maßlos ärgerte. Aber jetzt war wohl kaum der richtige Moment, um sich über so etwas Gedanken zu machen. Sie versuchte zu erkennen, wo sie waren. »Kurz vor Port Seton kommt ein Gasthaus, das ich noch von früher kenne. Vielleicht haben sie dort Zimmer frei.«

»Gut.« Connor nickte.

Wieder breitete sich eine unbehagliche Stille aus. Dieses Mal konnte Bonnie sie nicht ertragen. »Wo hast du denn nur diese Kutsche her?« Das Pferd, das angespannt war, sah edler aus als jedes, das sie zuvor gesehen hatte. Hoch erhoben wippte der rabenschwarze Schweif hin und her, während die Schritte federnd leicht waren. Und auch die elegante Kutsche wirkte teuer mit ihrem glänzenden dunklen Holz und der aufwendig gepolsterten Sitzbank.

»Hat mir mein Boss geliehen.«

»Sieht unbezahlbar aus, der Hengst«, stellte Bonnie fest.

»Ist ein ehemaliges Rennpferd. Zu alt für die Bahn, aber macht vor der Kutsche noch was her.«

Nachdenklich sah sie auf den Fuchs. »Und wo genau arbeitest du jetzt?«

Augenblicklich schien seine Miene starr zu werden. »In einem Familienunternehmen«, brummte er.

Das konnte so gut wie alles bedeuten. Warum sagte Connor nicht einfach, was er tat? Vielleicht wollte er ebenfalls eine Unterhaltung vermeiden. Er hatte sie nie besucht, obwohl er seit Monaten in der gleichen Stadt lebte wie sie. Nicht, dass Bonnie es sich gewünscht hätte, aber insgeheim hatte sie wohl auf ein Lebenszeichen von Connor gehofft, obwohl sie sich ein ums andere Mal eingeredet hatte, dass sie diesen Mann nie wiedersehen wollte. Und Connor war auch nicht gekommen, sondern erst jetzt, da Archie ihm den Auftrag dazu gegeben hatte. Gut möglich, dass er nur hier war, weil er noch immer eine Verpflichtung ihrem Bruder gegenüber empfand. Archie hätte von einem Besuch nie etwas erfahren. Connor hatte sie nicht sehen wollen, das war die einzige Erklärung.

Bonnie zog die Hände noch ein wenig weiter in den Stoff zurück. Dann würde sie eben einfach wieder schweigen. Vermutlich war das so oder so das Beste.

Bonnie zupfte an Connors Ärmel, und sie traten einige Schritte von der Theke des Wirtshauses weg. »Das geht auf keinen Fall. Wir brauchen zwei Zimmer«, zischte sie.

Connor rieb sich über den Nacken. »Ich weiß, aber es ist eben nur eines frei, und es ist auch schon dunkel geworden. Wir müssen es wohl nehmen.«

Weiterfahren war keine Möglichkeit. Und Bonnie wollte so schnell wie möglich ins Bett, um im Morgengrauen erneut aufbrechen zu können. Dennoch sträubte sich alles in ihr dagegen, weiter in Connors Nähe zu sein. Und dann auch noch über Nacht! Fieberhaft suchte sie nach einer Lösung, doch da war keine.

»Ich schlafe auf dem Boden«, brummte Connor und führte sie zurück zu dem rotgesichtigen Wirt. »Wir nehmen das Zimmer.«

Der Mann mit den strähnig zurückgekämmten Haaren sah zwischen ihnen hin und her und schien zu zögern. Bonnie schalt sich in Gedanken, ihr Unbehagen derart deutlich gezeigt zu haben. »Auf welchen Namen?«, fragte er mit hochgezogenen Augenbrauen.

»Mr. und Mrs. Fletcher.« Demonstrativ legte Connor den Arm um sie und Bonnie hielt die Luft an.

Wenig überzeugt musterte der Wirt das Paar vor sich. *Er ahnt, dass wir nicht verheiratet sind.* Bonnie spürte, wie ihre Wangen heiß wurden.

Connor deutete auf Bonnies Arbeitskleidung, die sie nach wie vor trug. »Wie Sie sehen, ist meine Frau Krankenschwester. In den letzten Monaten hat sie unermüdlich im Krankenhaus gearbeitet und nun einige Tage frei.« Connor lehnte sich auf den Tresen und zwinkerte dem Wirt zu. »Ich schnarche, deshalb habe ich ihr zwei Zimmer versprochen. Sie muss sich dringend erholen, und mit mir im Bett wird das schlecht klappen.«

Ein lautes Lachen brach aus dem untersetzten Mann heraus. Amüsiert wischte er sich über die glänzende Stirn. »Meine Frau hat mich aus dem gleichen Grund aus dem Schlafzimmer verbannt. Leider ändert das nichts daran, dass ich Ihnen nur ein Zimmer anbieten kann.« Er drehte sich um und nahm einen Schlüssel aus einer Schublade. »Zimmer drei.«

Connor tippte sich an die Kappe, schnappte sich Bonnies Koffer und stapfte die Treppe hinauf.

Unwillig folgte Bonnie ihm in das winzige, einfach ausgestattete Zimmer. Sie schluckte und betrachtete das Bett in der Mitte des Raums. Zu beiden Seiten war kaum eine Armbreit Platz. Hatte Connor nur so dahergesagt, auf dem Boden schlafen zu wollen, um sie zu überzeugen? Nein, das würde er nicht wagen. Niemals würde sie noch einmal mit diesem Kerl in ein Bett steigen.

Als hätte er ihren Gedanken erraten, schlug Connor die Decken zurück, nahm sich eine davon und breitete sie in dem schmalen Zwischenraum zwischen Bett und Wand aus. »Wird schon gehen«, murmelte er vor sich hin, kramte in der Hosentasche und zählte sein Geld. »Ich lasse dir etwas Ruhe, damit du dich bettfertig machen kannst, und bitte den Wirt, uns ein paar Brote zu belegen.«

Ehe sie antworten konnte, war er schon verschwunden. Hektisch knöpfte Bonnie die Tracht auf und legte sie ab. Mit von der Fahrt klammen Fingern öffnete sie den Koffer und suchte das leinene Schlafhemd heraus. Die Tür stets im Blick schlüpfte sie hinein und wickelte sich das dicke Wolltuch um die Schultern, um ihre Haut zu bedecken. Prüfend sah sie an sich hinab. Sie wollte sich Connor nicht in dieser Aufmachung zeigen, doch sie hatte keine Wahl, wenn sie nicht in Tagesbekleidung schlafen wollte.

Natürlich war das Wasser im Krug ebenso kalt wie die Temperatur in dem ungeheizten Raum. Trotzdem schüttete sie etwas davon in die Waschschüssel, um wenigstens die Hände und das Gesicht zu reinigen. Schließlich löste sie noch die Haarklammern und kroch dann unter die dicke, Wärme versprechende Decke, die sie bis zum Hals hinaufzog. Abwartend sah Bonnie auf die Tür. Um zu ihrer kranken Mutter zu kommen, verbrachte sie die Nacht in einem Raum mit Connor. Ausgerechnet mit dem Mann, der sie aus seinem Bett gestoßen hatte. Sie würde ihm nicht zeigen, wie sehr er sie verletzt hatte.

* * * * *

Connor balancierte das Tablett die Treppe hinauf und klopfte an.

»Kannst reinkommen«, drang Bonnies Stimme durch die Tür.

»Na dann«, raunte er und trat ein. Beinahe bis zur Nasenspitze verborgen lag Bonnie unter der Decke, die sich wie eine Wolke über ihr auftürmte. Connor unterdrückte ein Schmunzeln und stellte das Tablett auf dem Nachttisch ab. »Sobald der Morgen graut, wird der Stallbursche das Pferd füttern und anspannen.«

»Sehr gut.« Bonnies Augen wanderten zum Tablett und zurück zu ihm. Dann setzte sie sich auf und zupfte das Tuch um ihre Schultern zurecht. Es schmerzte ihn, zu sehen, wie bemüht sie war, ihren Körper vor ihm zu verstecken. Vor knapp einem Jahr war sie bereit gewesen, sich ihm hinzugeben, und nun versuchte sie krampfhaft, seinen Blicken auszuweichen.

Connor ließ sich auf der Decke am Boden nieder und griff nach einem Brot.

Bonnie nahm sich ebenfalls eines und biss gierig ab.

Er wollte mit ihr sprechen. Ihr sagen, wie leid ihm alles tat, was zwischen ihnen vorgefallen war. Und doch wagte er es nicht. So sehr er sich auch bemühte, Bonnies Gedanken an ihrem Gesicht abzulesen, gelang es ihm nicht. Er hatte keine Ahnung, was sie über ihn dachte.

»Was Archie angeht, hatten wir zwei Zimmer«, zischte Bonnie und sah ihn ernst an.

»Ich bin sicherlich nicht lebensmüde und werde ihm das hier erzählen.« Connor zeigte in das Zimmer hinein, um auf die abstruse Situation hinzudeuten, in der sie sich unfreiwillig befanden. Und doch war es wunderbar, sie wiederzusehen. Leider schlug sein Herz bei Bonnies Anblick nach wie vor schneller, dabei hatte er gehofft, dass dies vergangen sei. Dafür hatte er Bonnie wohl zu sehr gemocht, überlegte Connor kauend.

»Gut.« Sie nickte. »Fährst du direkt wieder zurück, wenn du mich abgeliefert hast?«

»Soll ich das denn?«

»Das ist natürlich deine Entscheidung. Aber vermutlich solltest du gehen, ehe du dir die Grippe auch noch einfängst.«

»Und was ist mit dir?« Er sah zu ihr auf dem Bett hinauf. »Was ist, wenn du ebenfalls krank wirst?«

»Das ist eben das Risiko bei meiner Arbeit. So wie ihr es riskiert habt, erschossen zu werden.«

Da die Stimmung sowieso schon eisig war, konnte er ebenso gut fragen, was ihn beschäftigte. »Hast du was von Ian gehört?« Archie hatte er seit beinahe zwei Monaten nicht mehr gesehen. Jedes Mal, wenn sein Freund ihn besuchte, fürchtete Connor, schlechte Neuigkeiten zu hören.

Ihr Blick wanderte augenblicklich zur gegenüberliegenden Wand. »Das letzte Mal vor etwa drei Monaten. Mein kleiner Bruder war schon immer schreibfaul, aber Ma schickt er hin und wieder ein paar Zeilen, die sie dann an mich weitersendet.«

»Ich nehme an, das alles ist bald vorbei.« Er wartete darauf, dass sie zu ihm schaute, um sie anzulächeln.

Doch sie sah ihn nicht an, sondern fegte mit der Hand einige Krümel von der Decke. »Wir werden sehen. Ich glaube erst, dass dieser Krieg enden wird, wenn es geschehen ist.«

Connor legte den Rest seines Brotes zurück auf das Tablett, streckte sich aus und zog den Teil der Decke, auf dem er nicht lag, so weit wie möglich über sich. Dies versprach eine kalte Nacht zu werden, nicht nur die Temperaturen waren frostig. Bonnie wollte nichts mit ihm zu tun haben, das war mehr als deutlich zu erkennen. Und er konnte es ihr nicht verübeln. Er wollte auch nichts mit sich zu tun haben, doch gab es keine Möglichkeit, sich selbst zu entkommen.

Als Connor den Kopf ablegte, schmerzte die Stelle unterhalb seines Auges. Eineinhalb Wochen war es schon her, dass Ryan seine Deckung durchbrochen und ihm diesen mordsmäßigen Hieb verpasst hatte. Der Bursche wurde mit jedem Monat noch wendiger und kräftiger, als er es ohnehin schon war. Don würde seinen Champion bekommen und Connor würde bald in seiner Ringecke stehen und zusehen, wie sich die nächste Generation für Geld prügelte. Und währenddessen würden Bonnies Hände weiterhin andere Menschen heilen. Es war so, wie es immer gewesen war und immer bleiben würde. Ein Kreislauf, dem er nicht entkommen würde.

Connor hörte, wie sie die Lampe löschte und sich in die Bettdecke einkuschelte. In der Dunkelheit hörte er Bonnies leise Atemzüge. Er sollte ihren Klang genießen, jeden einzelnen davon. Noch einmal würde diese Frau nicht im gleichen Raum schlafen wie er. Beim Zuhören sank er in den Schlaf.

Ein Geräusch ließ ihn aufwachen. Es dauerte einen Moment, bis Connor begriff, wo er war. Die Decke war fast komplett von ihm heruntergerutscht, und er fröstelte, während sein Nacken knackte, als er sich nur ein wenig streckte. Dann entdeckte er Bonnie.

Sie saß mit dem Rücken zu ihm und schloss die Knöpfe an ihrem schlichten Rock. Wie hypnotisiert betrachtete er die helle Haut ihrer Schultern und das eng anliegende Unterhemd. Aus Sorge, dass sie ihn bemerken könnte, wagte er nur flach zu atmen. Ihr Anblick vor dem Fenster war zu reizend, durch das das erste Dämmerlicht des Tages hereinfiel. Sie beugte sich hinunter und schlüpfte in Wollstrümpfe, die sie geschickt nach oben abrollte. Ihre Haare leuchteten in dem trostlosen Raum wie Feuer. Der Anblick war so lebendig wie kaum etwas, das er in letzter Zeit gesehen hatte. Schließlich zog sie eine Bluse über und begann sich zu kämmen.

Wie oft kam es vor, dass er wie ein Stein schlief und nicht mitten in der Nacht schweißgebadet aufschreckte und sich in einem verdammten Schützengraben glaubte? Letzte Nacht war nichts dergleichen geschehen. Hatten ihn Bonnies Atemzüge und ihre Anwesenheit beruhigt? Als sie die Bürste zurück in den Koffer legte und sich umdrehte, kniff er reflexartig die Augen zu. Ihre Schritte kamen näher und hielten vor seinen Füßen an. Connor horchte, doch nichts passierte. Er linste durch die fast geschlossenen Lider und sah in ihr Gesicht.

Mit einem melancholischen Ausdruck erwiderte sie seinen Blick. »Es wird Zeit. Wir sollten los und herausfinden, was in Foxgirth vor sich geht.« Sie drehte sich um und trat zum Waschtisch.

»Bin gleich fertig.« Connor rappelte sich auf und rieb sich das Bein, das nach der Nacht auf dem Boden ebenso schmerzte wie sein Rücken und sein Nacken. Da er noch die Kleidung vom Vortag trug, musste er nur in die Schuhe steigen und wartete dann ab, bis Bonnie sich das Gesicht gewaschen hatte, um es ihr gleichzutun. Beißend kalt benetzte das Wasser seine Haut, doch immerhin war er nun wieder ganz bei sich. »Ich werde uns ein Frühstück einpacken lassen, dann können wir direkt los«, sagte er, während er sich abtrocknete.

Sie nickte und verstaute ihre Sachen im Koffer. Als Letztes

strich sie die Decken auf dem Bett glatt. Nichts erinnerte mehr daran, dass es diese Nacht gegeben hatte.

»Ich kann das selbst«, protestierte Bonnie, als er sich ihren Koffer schnappte. Argwöhnisch beobachtete sie, wie er ihn zur Tür trug.

Statt einer Antwort hielt er ihr diese auf und ging hinter ihr die Treppe hinunter. Beinahe hatte er vergessen, wie verflucht starrsinnig die Frauen der Dennon-Familie doch waren.

Schweigend hatten sie während der Fahrt das Frühstück zu sich genommen und auch seitdem nicht gesprochen. Bald würden sie Foxgirth erreichen, und die Sorge, was sie dort erwarten würde, bereitete Connor zunehmend Magenschmerzen. Wenn Archie es zuließ, dass er alleine Bonnie nach Hause brachte, musste etwas ganz und gar nicht stimmen. Archie wusste, was er für Bonnie empfand und würde das Risiko, ihn mit seiner Schwester alleine zu lassen, nur im absoluten Notfall eingehen. Durch Maireads Erkrankung stand der Ort ohne Krankenschwester da, und sein Gefühl sagte Connor, dass das Chaos ausgebrochen war.

Der Anblick von Bonnies zitternden Lippen, als sie am gestrigen Nachmittag das Telegramm gelesen hatte, war nur schwer auszuhalten gewesen. Sie musste sich fürchterlich um ihre Mutter sorgen und war doch darauf bedacht, vor ihm keine Schwäche zu zeigen. War das noch die Frau, mit der er über seine Zeit im Krieg gesprochen hatte? Vor der er keine Scheu verspürt hatte, über das zu reden, was sich in seine Erinnerung eingebrannt hatte? Statt ihres engelgleichen Lächelns waren nur schmale blasse Lippen zu sehen, die fest aufeinandergepresst ohne Regung verharrten. Bonnie hatte schon ausgezehrt gewirkt, als er sie im Krankenhaus erblickt hatte. Sie erschien ihm müde und unglücklich. Doch lag es nur an der anstrengenden Arbeit, oder hatte sie sich noch immer nicht von dem erholt, was vor einem Jahr zwischen ihnen vorgefallen war?

Connor umfasste die Zügel fester. Egal, wie viel Zeit er in der Trainingshalle oder mit anderen Aufträgen von Don zugebracht hatte, es war kein Tag vergangen, an dem seine Gedanken nicht zu Bonnie gewandert waren. Immer war da diese Verlockung gewesen, sie im Krankenhaus aufzusuchen. Sich für das zu entschuldigen, was er getan hatte. Doch jeden Tag hatte er sich gesagt, dass es keinen Sinn ergab. Dass sie ihm vergab, war ein selbstsüchtiger Wunsch, und Bonnie hätte davon nichts gehabt. Um ihretwillen hatte er der Versuchung widerstanden. Um keine heilenden Wunden bei ihr aufzureißen. Doch inzwischen war nicht zu übersehen, dass diese Wunden im Gegensatz zu seinem Bein wohl nie verheilt waren.

Connor zog die Zügel an und deutete erst auf die Abzweigung nach Foxgirth und dann geradeaus, wo der Weg zum Cottage führte. »In den Ort oder nach Hause?«

»Ich denke, sie sind im Cottage.« Unsicher sah Bonnie sich um. »Fahren wir erst einmal dort hin.«

Er schnalzte und ließ das Pferd erneut antraben. Nur noch wenige Minuten und er würde vermutlich nie wieder alleine mit Bonnie sein. Er sollte etwas sagen, und zwar jetzt. Doch was? Seine Hand griff nach ihrem Arm, der in dem dicken Mantel steckte. Sanft fuhr er darüber. Das erste Mal glaubte er, die Andeutung eines Lächelns bei ihr zu sehen.

»Danke, dass du mich nach Hause bringst«, flüsterte sie und sah dann weg.

»Jederzeit wieder.«

Das Dach des Häuschens kam in Sicht, und man hörte das Rauschen des Meeres. Unruhig rutschte Bonnie neben ihm hin und her. Er hatte noch nicht einmal gänzlich angehalten, da sprang sie schon ab und stürzte auf die Eingangstür zu. Sollte Connor ihr folgen oder ihr zuerst etwas Zeit mit ihrer Familie lassen? Auch er wollte wissen, was mit Mairead war, doch sie war Bonnies Ma, nicht seine. Stattdessen ließ er das Pferd zur Scheune laufen, spannte es ab und entließ es auf die Koppel. Dann nahm er Bonnies Koffer und trug ihn zum Haus.

Archie streckte den Kopf zur Tür heraus und entdeckte ihn. Er kam auf Connor zu und begrüßte ihn. Connor bemerkte die wirr abstehenden Haare und die dunklen Schatten unter den Augen seines Freundes.

»Wie ist die Lage?«

Archie grummelte besorgt. »Gestern Abend ist noch jemand gestorben. Ma ist schwach, aber ich glaube, sie hält durch.«

»Jemand aus der Familie?« Connor hielt die Luft an.

Energisch schüttelte Archie den Kopf. »Die Tochter eines Fischers.« Er sah zum Himmel hinauf. »Sie war erst neunzehn Jahre alt.«

Connor wusste nicht, was er sagen sollte. Er legte seinen Arm einen Augenblick auf die Schulter seines Freundes und trug dann den Koffer zur Haustür.

Als sein Fuß die Schwelle betrat, tauchte Bonnie im Flur auf und hob die Hand. »Nicht!«

»Du lässt mich nicht rein?«, fragte er überrascht. War sie ihm derart böse?

»Ich fürchte, es ist tatsächlich die Spanische Grippe. Jeder hier könnte anstecken sein.«

Connor setzte den Koffer ab und trat einen Schritt zurück. »Wie kann ich helfen?«

Sie bedeutete ihm, noch weiter auf den Weg zurückzuweichen, und kam dann selbst hinaus. Bonnie kaute auf der Unterlippe und sah zwischen ihrem Bruder und ihm hin und her. »Wir müssen die Kranken isolieren und dafür brauchen wir ein Gebäude, das groß genug ist.«

»Der Pub?«, schlug Archie vor.

»Ja, das müsste gehen. Jemand muss die Farmen abfahren und Bescheid geben, dass sie eventuell Erkrankte dorthin bringen sollen.«

»Ich spanne das Pferd wieder an und übernehme das.« Connor wollte sich abwenden.

»Halt.« Bonnie machte einen Schritt auf ihn zu. »Du betrittst kein Haus. Halte davor und rufe, damit die Leute rauskommen. Und sag ihnen, sie sollen alle Decken auf deine Kutsche legen, die sie entbehren können.«

»Wird erledigt.«

»Sollen wir Ma auch in den Pub bringen?«

Bonnie nickte Archie zu. »Keine Ausnahmen. Auch Ma.«

»Ich bereite die Kutsche vor.« Kaum hatte er gesprochen, übermannte ihn ein Hustenanfall.

Connor wollte ihn stützen, doch Bonnie schob sich zwischen sie. »Abstand«, sagte sie und drehte sich zu ihrem Bruder um.

Angespannt beobachtete Connor, wie sie Archies Stirn befühlte.

»Du hast Fieber. Ist dir das denn nicht aufgefallen?«, rief sie.

»Bin nur etwas schlapp«, brachte Archie hervor, ehe er erneut hustete. »Und mein Kopf platzt fast.«

»Du hast es«, flüsterte Bonnie. »Du wartest hier draußen, bis Tommy die Kutsche angespannt hat und ich einige Dinge zusammengesucht habe. Dann fahren wir in den Ort.«

Archie blickte finster drein. »Connor, geh bitte als Erstes beim Pub vorbei und sag Shona und Vika, dass sie mit Arch das Haus verlassen sollen.«

»Und wohin soll ich sie schicken?«

»Verflucht.« Archie schlurfte zur Holzbank an der Hauswand und sackte auf ihr zusammen. »Keine Familie hier wird bereit sein, die drei aufzunehmen.«

»Das fürchte ich auch.« Bonnie schien zu überlegen, dann wandte sie sich an Connor. »Sag den Frauen, sie sollen hierherlaufen. Sobald wir das Haus verlassen, wird Blaire alles gründlich schrubben und durchlüften. Sie sollen das obere Stockwerk nehmen und die Bezüge auskochen, ehe sie die Betten benutzen. Blaire wird es wohl überleben, eine Weile im Stall zu schlafen. Wir wissen nicht, ob sie sich ebenfalls angesteckt hat.« Bonnie schüttelte den Kopf. »Wir wissen so gut wie nichts über diese Krankheit. Tommy bleibt bei mir, ich werde ein starkes Paar Arme gebrauchen können.«

Sollte er vorschlagen, dass er diese Rolle ebenso gut übernehmen konnte? Doch vermutlich würde sie ablehnen, und so entschied Connor sich, es für sich zu behalten. Obwohl Bonnie noch vor einer Stunde müde und abgekämpft gewirkt hatte, war sie nun wieder ganz die Krankenschwester aus seiner Erinnerung. Routiniert hatte sie das Zepter übernommen und schien genau zu wissen, was zu tun war. »Ich werde es Vika und Shona sagen.« Er sah zu Archie, der schon wieder hustete, und stapfte dann auf die Koppel, um das Pferd einzufangen.

* * * * *

Mairead lag in Decken gewickelt auf der Ladefläche der Kutsche, und Archie saß neben ihr. In Windeseile hatte Bonnie ihre Kräuter zusammengesucht und mit den Medikamenten aus dem Krankenhaus auf die Kutsche geschafft. Einige Bettdecken, Tücher und ihr Koffer waren ebenfalls aufgeladen worden, und immer wieder musste sie sich selbst vorsagen, dass alles gut werden würde. Dass sie wusste, was zu tun war, auch wenn diese Krankheit unvorhersehbar schien. Es gab keine andere Möglichkeit, als anzupacken und zu hoffen. Ihre Ma war schwach und blass und fieberte seit zwei Tagen, auch Archie sah minütlich schlechter aus. Tommy, der die Kutsche lenkte, war nicht annähernd so unbekümmert, wie sie es von ihm gewohnt war. Jeder machte sich Sorgen. Und sie alle hatten in den Zeitungen von dieser Grippe gelesen.

Der Pub kam in Sicht, und Bonnie entdeckte Connor vor der Eingangstür auf einem Stuhl. Auf seinem Schoß zappelte Arch, während Connor auf ihn einredete. Neben seinen Füßen lag dieses Ungetüm von einem Hund, das Archie hier angeschleppt hatte.

»Was ist los?«, rief Bonnie, als das Pferd stoppte.

»Es gibt eine Planänderung.« Mit dem Kind auf dem Arm stand er auf. »Vika und Shona haben seit heute Nacht Fieber.«

»Und das Kind?« Besorgt musterte sie Archs kleines Gesicht.

»Der ist voller Energie.« Connor sah sie an und schüttelte den Kopf. »Was machen wir denn jetzt mit ihm?«

»Blaire soll ihn nehmen«, vernahm sie Archies raue Stimme.

Bonnie drehte sich um. »Blaire und ein kleines Kind? Glaubst du, sie kann das?« Ihre Schwester hatte kein Händchen für Kinder. Arch würde seine Mutter vermissen und vielleicht sogar selbst krank werden. Angestrengt suchte Bonnie nach einer Alternative.

»Connor, bring ihr das Kind. Richte Blaire von mir aus, dass sie für Arch verantwortlich ist.« Archies Stimme ließ keinen Widerspruch zu.

»Wie du willst«, murmelte Connor und trug den Jungen zu seiner Kutsche.

»Bobby soll mit!«, krähte Arch.

Connor zuckte mit den Schultern. »Dann eben auch der Hund.« Er pfiff, und da der Hund sich allem Anschein nach noch an ihn erinnern konnte, erhob er sich und trottete den beiden nach.

»Wie auch immer«, murmelte Bonnie und zwang sich dazu, sich zu konzentrieren. »Dann geht es jetzt los, Tommy. Wir beide tragen alles rein, richten ein Lager für Ma und Archie her, und ich sehe nach den Mädchen.« Aus ihrer Manteltasche zog Bonnie zwei Tücher, die sie daheim eingepackt hatte, und reichte ihm eines. »Binde dir das vor Mund und Nase. Und achte darauf, dass es nicht verrutscht, wenn du im Gebäude bist, ja?«

»Und das wird gegen eine Ansteckung helfen?« Zweifelnd betrachtete ihr jüngerer Bruder den Stoff.

»Ich weiß es nicht sicher, Tommy. Aber wir müssen es versuchen.« Rasch band sie sich ihres vors Gesicht und trug die Dinge aus der Kutsche in den Pub, während Tommy die Tische in eine Ecke des Raums schob und die Stühle aufeinanderstapelte. Bald darauf lagen ihre Ma und Archie auf improvisierten Deckenlagern auf dem Boden.

Bis heute hatte Bonnie das obere Stockwerk des Pubs nicht betreten. Sie wusste, was dort vor sich ging, und ignorierte das Treiben sonst. Jetzt allerdings hatte sie keine Wahl. Zaghaft klopfte sie an eine der Türen und hörte Vikas matte Stimme. Diese lag in einem breiten Bett in dem mit grünem Teppich ausgelegten Raum. Eine hübsche Blumentapete zierte die Wände, und kleine Gemälde verschönerten den Raum zusätzlich. Sogar einige frische Blumen lugten aus einer filigranen Vase auf dem Kaminsims. Nie hatte sie darüber nachgedacht, wie Vikas Zimmer wohl aussehen mochte, aber diese hatte sich allem Anschein nach viel Mühe gegeben, eine heimelige Atmosphäre zu schaffen. »Wie geht es dir?« Bonnie trat ans Bett und setzte sich auf den Rand der Matratze.

»Nicht gut. Ich schaffe es kaum aufzustehen.«

»Wir richten unten ein Krankenlager ein. Ich möchte, dass auch ihr nach unten kommt, damit ich euch alle im Auge behalten kann.«

Vika setzte sich auf und Bonnie wickelte ihr den Morgenmantel um, der auf einem Stuhl neben dem Bett lag. Ihre Zähne klapperten vom Schüttelfrost hörbar aufeinander. »Hast du hier noch zusätzliche Decken?«

Vika zeigte auf den Schrank.

Bonnie schnappte sich mehrere Strickdecken und forderte Vika auf, sich bei ihr einzuhaken. Langsam half sie ihr die Treppe hinunter.

Kaum, dass er sie sah, rappelte Archie sich auf. »Wie geht es dir?« Besorgt musterte er Vika und nahm sie beim Arm.

»Wo ist Arch?« Suchend schaute sie sich um.

»Connor bringt ihn zu Blaire. Sie wird sich um ihn kümmern, bis es dir besser geht«, sagte Archie beruhigend, während Bonnie überlegte, an welcher Stelle sie einen Platz für Vika schaffen sollte. Einen Moment lang betrachtete sie ihren

Bruder und die Frau und glaubte, einen Anflug von Zärtlichkeit in Archies Blick zu sehen. Was auch immer da zwischen Vika und Archie war, es bestand kein Zweifel daran, dass ihr Bruder diese Frau mehr schätzte als die meisten Menschen, die nicht zur Familie gehörten. Lächelnd breitete Bonnie die Decken nur zwei Schritte von Archies Platz entfernt aus. Damit der Körper die Kraft fand zu heilen, musste es der Seele gut gehen. Und irgendetwas sagte ihr, dass Archies Seele die Nähe dieser Frau guttat.

Bonnie wischte sich mit dem Ärmel der Bluse über die Stirn und trat auf den Holzsteg vor dem Pub. Tief atmete sie die erfrischende Luft ein und streckte ihren schmerzenden Rücken durch. Den ganzen Tag waren Tommy und sie hin und her geeilt, hatten die Betten im oberen Stockwerk abgezogen und die Stoffe hinter dem Hof in einem Kessel ausgekocht. Sie waren fast schon trocken, und Bonnies momentaner Plan sah vor, dass sie und ihr Bruder jeweils abwechselnd die Hälfte der Nacht oben schlafen würden, während der andere bei den Erkrankten blieb. Neun Menschen standen inzwischen unter ihrer Aufsicht. Neben Ma, Archie und den Mädchen hatten nach Connors Rundfahrt durch die Gemeinde drei weitere Familien Angehörige vorbeigebracht. Und tatsächlich bestätigte sich das Bild von Dr. Morris' genanntem W-Schema. Alle waren junge Leute in den Zwanzigern sowie ein fünfzehnjähriger Bursche. Mairead war die Einzige, die nicht in dieses Muster passte. Doch sie hatte die vier Menschen, die der Krankheit bereits erlegen waren, besucht und sie mit den ihr zur Verfügung stehenden Möglichkeiten versorgt. Der erste Erkrankte war in der Tat ein Soldat auf Heimaturlaub gewesen, was einmal mehr Dr. Morris recht gab.

Mit Argusaugen beobachtete Bonnie die Kranken, kontrollierte ihre Temperatur, verabreichte ihnen die Medikamente und Tee, den sie in gleich mehreren Töpfen in der winzigen Küche des Pubs ansetzte.

Das Geräusch von Hufen erklang, und Bonnie sah, wie sich Blaire mit der großen Kutsche näherte, die Archie zum Transport der Fässer nutzte. Auf ihrem Schoß thronte ein strahlender Arch. Knirschend kam die Kutsche vor ihr zum Stehen.

»Hab dir was mitgebracht«, rief Blaire und schob das Kind von sich runter auf den Kutschbock.

Bonnie linste unter die Plane und entdeckte stapelweise Decken und einige Töpfe. Sie öffnete einen der Deckel und roch hinein. »Hühnersuppe.«

»Hab unter den Leuten hier eure Versorgung mit Essen organisiert. Jede Familie übernimmt einen Tag, und ich konnte noch einen Haufen Bettzeug einfordern.« Blaire lachte. »Natürlich geben die einem Fremden wie Connor nicht ihre Sachen. Der arme Kerl kam mit leeren Händen zurück.«

»Und trotzdem haben sie auf ihn gehört und ihre Kranken hergebracht.« Immerhin hatte ihre Schwester nicht lockergelassen. »Wie läuft es mit dem Jungen?«

Blaire schielte zum Kutschbock und zuckte mit den Schultern. »Wird schon irgendwie funktionieren, auch wenn es alles etwas komplizierter macht. Der Hund hat aber, kaum dass er im Haus war, den Eimer mit den Resten aus der Küche umgekippt und alles restlos aufgefuttert. Arch hat dann auch noch den ganzen frischen Brotlaib an ihn verfüttert, ehe ich eingreifen konnte.« Sie seufzte. »Ich habe keine Ahnung, wie Vika das macht, da kann man sich ja nicht mal für eine Minute umdrehen. Die Kutsche findet Arch immerhin toll.

Solange ich ihn da oben sitzen lasse, ist er zufrieden und baut keinen Mist. Und den Hund habe ich zur Sicherheit hinter dem Haus angeleint.«

»Mir fällt leider niemand ein, der sich sonst um ihn kümmern würde. Nur Christie und sie hat ihr Baby. Falls Arch ansteckend ist, würde er Mutter und Kind gefährden.« Wie falsch es doch war, dass die Männer dieses Ortes ohne schlechtes Gewissen Shonas Dienste in Anspruch nahmen, dann aber in der Not nicht bereit waren, sie oder ihre Schwester zu unterstützen. Doch natürlich hatten die meisten Ehefrauen, die von ihren gelegentlichen Ausflügen in das obere Stockwerk des Pubs nichts erfahren sollten. Und keine Ehefrau wollte das Kind einer Prostituierten in ihrem Haus haben. Wieder einmal erschien Bonnie Shonas Arbeit unverständlich.

Blaire lehnte sich gegen die Ladefläche. »Archie möchte, dass ich mich um den Kleinen kümmere, also werde ich es tun.« Sie machte eine Pause und sprach leise weiter. »Könnte sein, dass es daran liegt, dass diese kleine Rotznase unser Neffe ist? Was meinst du?«

»Um ehrlich zu sein, kam mir der Gedanke auch schon.« Bonnie betrachtete die dunklen Locken des Jungen. Er sah Vika ähnlich, aber lag auch etwas von ihrem Bruder in Archs Gesichtszügen? »Ich nehme an, ganz Foxgirth glaubt, Archie sei der Vater, und er hat bisher nichts gesagt, um es zu widerlegen.« Bonnie sah sich um, doch niemand war zu sehen. »Hast du ihn denn mal darauf angesprochen?« Wenn Archie jemandem die Wahrheit zu diesem Thema sagen würde, dann wohl seiner Zwillingsschwester.

Abwehrend hob Blaire die Hände. »Archie soll seine Geheimnisse haben, so wie jeder von uns. Auch wenn es mich in der Tat interessieren würde.« Sie zwinkerte Bonnie zu und griff nach einem der Töpfe. »Lass uns die Sachen abladen, es wird bald dunkel, und der Hosenscheißer muss schon Hunger haben. Ich habe das ganze Haus gescheuert und möchte nur noch ins Bett.« Sie hielt inne und überlegte. »Arch schläft in diesem Alter doch hoffentlich schon durch, oder?«

Bonnie lachte auf und schnappte sich einen Arm voll Decken. »Arch wird seine Ma vermissen und muss in einem fremden Haus schlafen. An deiner Stelle würde ich mit einer unruhigen Nacht rechnen.«

»Na großartig.« Blaire stellte die Töpfe neben der Eingangstür ab und streckte den Kopf in den Raum. »Wie geht's, Ma?«, rief sie.

»Auf jeden Fall nicht schlechter«, antwortete Mairead mit schwacher Stimme.

»Bonnie bringt euch gleich Suppe!« Blaire nickte ihrer Schwester zu. »Ich komme morgen früh wieder vorbei. Sag mir dann, was ich noch tun kann. Ich nehme nicht an, dass du Tommy noch einmal aus dem Haus lässt?«

»Nein, er bleibt hier. Er hatte zu viel Kontakt mit den Erkrankten. Und du näherst dich abgesehen von Arch bitte auch niemandem mehr als ein paar Schritte.«

»Ich bin vorsichtig.« Blaire machte eine Pause und schielte zu Bonnie. »Connor wird übrigens in der Scheune übernachten, während ich mir mit Arch das Cottage teile.«

Bonnie schluckte. »Ich nehme an, er wird morgen wieder abfahren.«

»Davon hat er nichts gesagt.« Ihre Schwester machte auf dem Absatz kehrt, und Bonnie sah ihr hinterher, während sie aufstieg und den Jungen wieder auf ihren Schoß zog. Als die Kutsche losrollte, jauchzte das Kind. Bonnie konnte ein Lachen nicht unterdrücken und bückte sich nach den Töpfen.

Die Suppe roch geradezu himmlisch, und seit dem kargen Frühstück während der Fahrt hatte sie nichts mehr in den Magen bekommen.

Die Nacht war unruhig gewesen. Nachdem Tommy sie abgelöst hatte, war es Bonnie kaum geglückt, in Vikas Zimmer Schlaf zu finden. Jedes Geräusch aus dem unteren Stockwerk hatte sie hochschrecken lassen. Im Morgengrauen hatte Bonnie sich angekleidet und die Bettpfannen derer geleert, die inzwischen zu schwach waren, um aufzustehen. Vor der Eingangstür hatte jemand einen Topf Haferbrei abgestellt, was bedeutete, dass immerhin Blaires Essensorganisation funktionierte und es eine Sache weniger gab, um die sie sich kümmern musste. Nur mit großer Überredungskunst brachte sie ihre Patienten dazu, etwas zu essen. Einzig Mairead überwand sich selbst, etwas zu sich zu nehmen, da sie als Krankenschwester nur zu genau wusste, wie wichtig Nahrung für die Genesung war. Endlich füllte Bonnie auch sich eine Schale auf und hockte sich mit dem Rücken an die Wand gelehnt zwischen Archie und Vika. Ihr Bruder sah schlechter aus als gestern, doch er jammerte nicht. Stattdessen ruhten seine Augen unablässig auf Vika, die immer wieder in einen Dämmerschlaf fiel.

»Sag mir Bescheid, wenn du Probleme mit der Atmung bekommst«, flüsterte Bonnie ihm zu, um die anderen Patienten nicht zu wecken.

»Ist das eines der Anzeichen, dass es dem Ende zugeht?« Er sprach die Worte klar und ohne jede Gefühlsregung aus.

»Soweit ich weiß, ja.«

»Ich habe den Krieg überlebt, ich werde nicht an einer beschissenen Grippe sterben«, knurrte er.

Bonnie gluckste trotz der ernsten Lage. Ihren Bruder würde niemals der Kampfgeist verlassen.

»Ihr habt wenigstens etwas mit eurem Leben angefangen«, murmelte Vika und sah aus glasigen Augen zu Archie. »Was wird nur aus meinem Jungen, wenn mir etwas geschieht? Ich habe kaum etwas, das ich ihm hinterlassen könnte.«

»Dir wird nichts passieren, hör auf, so etwas zu sagen«, gab er grimmig zurück.

»Aber wenn, Archie. Was ist dann? Du weißt, was Shona auf sich genommen hat, um uns damals in Glasgow vor dem Armenhaus zu bewahren. Ich kann ihr nicht auch noch meinen Sohn aufhalsen. Sonst wird sie nie aufhören mit dem, was sie tut«, sprach sie schwach.

Bonnie legte den Löffel in die Schale und musterte Shona, die ein Stück entfernt schlief. Natürlich gab es eine Vorgeschichte zu ihrem Leben hier, und allem Anschein nach hatte Shona für ihre jüngere Schwester gesorgt. Die Not musste damals groß gewesen sein, schloss Bonnie aus Vikas Worten.

»Ich werde mich um ihn kümmern, wenn es das ist, was du willst«, brummte Archie, und Bonnie sah überrascht zwischen den beiden hin und her.

Vika nickte kaum merklich. »Ja, das möchte ich.« Sie machte eine Pause, um Kraft zu sammeln. »Irgendwann wird Arch verstehen, dass er ein Bastard ist, und dann wird er mich mit anderen Augen sehen. Sorg dafür, dass er mich nicht hassen wird. Versprich es, ja?« Eine einzelne Träne rann über ihre Wange, und Bonnie senkte den Blick.

Archie presste die Lippen aufeinander und starrte die Frau an. »Du bist eine wunderbare Mutter. Das ist alles, was zählt. Und ich werde ihn immer daran erinnern. Aber es wird so oder so nicht nötig sein, weil du das alles hier überstehen wirst. Hast du verstanden?«

»Außer Arch gibt es nichts, auf das ich stolz sein könnte«, flüsterte sie und drehte sich zur Wand.

Hilflos sah Archie zu Bonnie auf.

Bonnie stellte die Schüssel mit dem Haferbrei weg und legte Vika eine Hand auf den Arm. »Es wird alles wieder gut. Du musst einfach nur durchhalten.« Doch die zuckenden Bewegungen unter den geschlossenen Augenlidern verrieten ihr, dass Vika bereits wieder schlief.

»Was meinte sie damit, was Shona auf sich genommen hat?«, fragte Bonnie flüsternd nach. War es wirklich so, wie sie vermutete?

»Na, was wohl.« Archie sah sie an, als würde sie sich in diesem Moment lächerlich machen. »Die Mutter der Mädchen ist früh verstorben, und Shona musste sich und Vika alleine durchbringen. Was glaubst du, wie sie in die Prostitution geraten ist? Als ich Shona kennenlernte, standen sie kurz davor, aus ihrer winzigen runtergekommenen Wohnung zu fliegen. Also habe ich angeboten, dass sie hier leben und arbeiten können.«

»Schau an.« Bonnie schmunzelte. »Dann steckt ja doch ein guter Kerl in dir«, sagte sie, woraufhin Archie mit den Augen rollte. So war Shona also in dieses Leben gerutscht. Plötzlich empfand Bonnie Scham, weil sie Shona so schlecht eingeschätzt hatte. Hatte sie wirklich geglaubt, dass eine Frau sich freiwillig auf diese Arbeit einließ?

Von draußen war ein Pfiff zu hören, und Archie versuchte, sich aufzurappeln, sank jedoch fluchend zurück ins Kissen. »Das ist Connor«, brummte er.

»Ich mache das schon. Bleib liegen und ruh dich aus.«

Bonnie stand auf. Als sie nach draußen trat, lehnte Connor an der Kutsche und lächelte sie an. »Guten Morgen, Schwester Bonnie. Wie sieht es da drin aus?«

»Sie sind allesamt sehr krank.«

Er seufzte. »Hast du Schlaf bekommen?«

»Etwas.« Sie sackte auf den Stuhl neben der Tür und fuhr sich mit den Fingern durch die offenen Haare. Sicherlich sah sie so furchtbar aus, wie sie sich fühlte. »Und wie läuft es bei euch?«

»Blaire schickt mich. Sie hat Arch für einen Moment aus den Augen gelassen, und der Bengel hat sich hinter dem Cottage in eine Matschpfütze gesetzt. Jetzt sind seine Sachen dreckig, und er rennt mit nacktem Hintern durchs Haus. Der Hund musste sich natürlich ebenfalls darin wälzen, aber den habe ich mit einigen Eimern wieder sauber bekommen. Blaire flucht wie ein Kesselflicker, sage ich dir.« Er lachte brummelig.

Bonnie konnte sich ein Kichern nicht verkneifen und stand auf. »Ich sehe nach, wo Vika seine Sachen hat, und bringe sie dir gleich.«

Eilig lief sie die Stufen hoch und zu der dritten Tür, hinter der sie das Zimmer des Kindes vermutete. In all dem Stress war sie nicht dazu gekommen, den Raum zu inspizieren. Als sie eintrat, hielt sie den Atem an. Der Raum war klein und ein schmales Bett stand unter dem Fenster. Die Wände waren über und über mit Zeichnungen bedeckt. Galoppierende Pferde auf einer Wiese, plüschige Schafe und Enten, die auf einem kleinen See schwammen. Bonnie legte andächtig ihre Hand an eine der Malereien. Hatte Archie nicht erzählt, dass Vika zeichnen konnte? Hatte sie diese lebensechten Tiere für ihren Sohn auf die Tapete gezaubert? Nie zuvor hatte Bonnie etwas Derartiges gesehen. Es war berührend, wie sorgfältig jeder Strich geführt worden war. Das alles hier musste viel Zeit und Mühe gekostet haben. Und nun lag Vika unten und hatte panische Angst, ihren Sohn zu verlassen. Ihn in einer Welt zurückzulassen, in der die meisten Menschen wenig von ihr hielten und ebenso wenig von ihrem Sohn. Was Bonnie hier sah, war das Werk einer liebenden Mutter, die ihrem Sohn alles gab, was ihr zur Verfügung stand. Die eine Traumwelt für ihn erschaffen hatte, wenn er schon an einem Ort wie diesem aufwachsen und nachts bei den Geräuschen des Pubs einschlafen musste. Nein, das Leben war nicht schwarz und weiß. Bonnie nahm sich vor, Vika besser kennenzulernen, wenn das hier erst überstanden wäre. Sie öffnete die Schubladen der Kommode und nahm mehrere Kleidungsstücke heraus. Obenauf legte sie einige geschnitzte Holzfiguren, die auf dem Boden verstreut waren. Der kleine Junge sollte in der nächsten Zeit wenigstens etwas aus seinem Zimmer haben.

»Das wird für eine Weile reichen.« Mit Abstand ging sie um Connor herum und legte alles auf der Ladefläche ab.

Neben ihnen hielt eine Kutsche, auf der Willie Glenn neben seiner Schwester hockte. Angespannt betrachtete er Connor und schien ihn als den Mann zu erkennen, der bei der Schlägerei im letzten Jahr auf der anderen Seite gestanden hatte. Schließlich wandte er sich an Bonnie. »Kate ist seit heute Nacht krank. Blaire kam gestern vorbei und sagte, wir sollen alle herbringen, die Symptome zeigen.«

Bonnie ging auf die gleichaltrige Frau zu, der sie meist aus dem Weg gegangen war. Die Glenns und die Dennons waren keine gute Kombination, und bisher hatte Bonnie es vorgezogen, sich aus den Reibereien herauszuhalten. Kate und sie waren früher gemeinsam zur Schule gegangen, und für Bonnie war Kate seit damals eine eingebildete Pute. Aber das spielte in dieser Situation keine Rolle. »Hast du Fieber?«, fragte sie und betrachtete das bleiche Gesicht und die blassen Lippen.

Kate nickte. »Und Schüttelfrost und Kopfschmerzen. Mir ist so elend wie nie.«

»Und damit nehme ich dich in das Foxgirth Notfall-Lazarett auf«, sagte Bonnie und hielt ihr lächelnd die Hand hin.

»Ich bringe sie rein.« Willie wollte ebenfalls absteigen.

»Nein.« Vorsichtig half Bonnie der geschwächten Kate hinab. »Keiner, der gesund ist, betritt das Gebäude. Die Ansteckungsgefahr ist einfach zu hoch.«

Murrend ließ sich Willie zurück auf den Sitz fallen. »Die *Leute*, die im Pub leben, wie geht es denen?«

Leute? Meinte Willie die Mädchen und wollte es vor seiner Schwester nicht aussprechen? »Ebenfalls krank.«

Willie nickte und legte die Hände mit den Zügeln in den Schoß. »Meinst du, sie werden es überstehen?«

»Das kann ich noch nicht sagen, Willie. Aber du kannst helfen: Wir sind auf Essen angewiesen, am besten Suppen. Und wir brauchen Decken. Also bring her, was ihr entbehren könnt.«

»Sollten wir keinen Arzt holen?« Zweifelnd sah er sie an.

Bonnie unterdrückte ein Stöhnen. »Was meinst du, warum es das Programm gibt, uns Gemeindeschwestern auszubilden? Wir hatten im ländlichen Raum schon vor dem Krieg kaum Ärzte. Wenn es dir gelingt, einen aufzutreiben, nehme ich die Unterstützung gerne an.« Sie machte eine Pause. »Allerdings hat mir der leitende Oberarzt im Second General gesagt, dass es bisher kein Heilmittel gegen diese

Krankheit gibt. Alles, was wir tun können, ist, die Betroffenen zu isolieren und zu hoffen. Ein Arzt würde uns also nicht viel nützen.«

»Ich hoffe, du weißt, was du tust«, knurrte Willie, woraufhin Connor verächtlich schnaubte.

»Nein, Willie, das weiß ich nicht. Diese Krankheit breitet sich gerade auf der ganzen Welt aus, und niemand hat bisher ein Heilmittel gefunden. Ich tue, was ich kann, aber es liegt in Gottes Hand.« Ohne ihn noch einmal anzusehen, führte sie Kate in den Pub.

Zögernd blieb die junge Frau stehen, ließ den Blick über die Reihe von Körpern wandern, die auf den Deckenlagern am Boden schliefen, und hielt bei Shona und Vika inne. »Mit denen werde ich mich nicht in einem Raum aufhalten«, sagte sie spitz.

Bonnie sah, wie Shona sich aufrappelte und Kate anfunkelte.

»Du wirst keine andere Wahl haben, es sei denn, du willst deine ganze Familie anstecken«, erklärte Bonnie und bemühte sich, gelassen zu klingen.

»Du weißt, was das für eine Frau ist«, gab Kate zurück und hustete, während sie auf Shona deutete.

»Ja, eine kranke Frau. So wie du ebenfalls.« Bonnie glaubte, gleich schreien zu müssen. Nicht genug damit, dass sie nun zehn Patienten hatte und mit noch deutlich mehr rechnete, jetzt musste sie sich auch noch mit derartigen Problemen rumschlagen. Und dabei war es kein Geheimnis, dass vermutlich irgendwer aus Kates Familie ihren Stiefvater in dem kleinen Bach ertränkt hatte. Jedenfalls war Archie davon überzeugt, und so sehr sich alles in Bonnie dagegen sträubte, diese fürchterliche Geschichte zu glauben, hielt sie es dennoch für möglich. Und jetzt hackte Kate auch noch auf den Mädchen vom Pub herum, obwohl ihr eigener Vater hinter vorgehaltener Hand immerhin ein Mörder genannt wurde.

»Sicherlich haben diese beiden die Krankheit hier verbreitet«, platzte es aus Kate heraus.

»Wenn es so wäre, dann kannst du dich bei deinem Bruder dafür bedanken, dass du sie jetzt hast.« Trotz ihres Fiebers lachte Shona, woraufhin Kate rot anlief und den Blick abwandte.

Bonnie führte sie zu einem vorbereiteten Platz an der anderen Seite des Zimmers. Vermutlich war es klug, so viel Abstand wie möglich zwischen die Frauen zu bringen. Bonnie musste sich zusammenreißen, um nicht zu lachen. Willie war also Kunde bei Shona. Und natürlich hatte Kate dies nicht gewusst. Oder aber Shona war schlicht schlagfertig und tischte diese Geschichte als Revanche für Kates Spruch auf. Bonnie konnte es Shona jedenfalls nicht verdenken.

Kapitel 13

»Magst du nicht zum Frühstück reinkommen?«, rief Blaire ihm zu, als er wie jeden Morgen vor der Haustür auf seinen Anteil wartete.

»Bonnie meinte doch, ich soll nicht ins Haus gehen«, hielt Connor dagegen.

»Es sind drei Nächte vergangen, und ich fühle mich wie immer. Glaube nicht, dass ich mich angesteckt habe.« Mit dem Kopf deutete sie in Richtung Küche. »Ist deutlich wärmer hier drin als im Stall.«

Vermutlich hatte sie recht. Weder Blaire noch Arch wirkten krank und langsam, aber sicher war Connor es leid, seine Mahlzeiten in der Scheune einzunehmen. Die Nächte auf dem Strohhaufen, der ihm als Bett diente, waren lausig kalt, und die Tiere machten allerhand Geräusche, die ihn immer wieder aus dem Schlaf rissen. Connor stapfte ins Haus und hielt die Hände über den Küchenherd. Die Wärme kribbelte angenehm auf seiner Haut.

»Du bist ein ungezogener Junge«, schimpfte Blaire und stemmte die Hände in die Hüften. Mit roten Wangen und einem Grinsen im Gesicht verteilte Arch seinen Haferbrei auf der Tischplatte, die wiederum von dem Riesenhund abgeleckt wurde, der ohne Probleme im Stehen seinen Schädel darauf ablegen konnte. »Ich teile mit Bobby«, rief er und leckte sich die Finger ab. »Jetzt sind wir satt.«

»Ich werde ganz sicher niemals Kinder haben«, stöhnte Blaire und schnappte sich einen Lappen, dann scheuchte sie den Hund hinaus, dem die Haferflocken überall im Fell hingen.

»Der Junge langweilt sich«, brummte Connor und setzte sich neben das Kind. »Ich fahre gleich ins Dorf und nehme ihn dir eine Weile ab.«

Blaire sah ihn dankbar an. »Das passt mir gut in den Kram, um ehrlich zu sein. Ich muss unbedingt zur Kapelle gehen, hab dort schon seit Tagen nicht nach dem Rechten gesehen. Nicht, dass uns noch ein Kessel um die Ohren fliegt. Das wäre ein schönes Malheur.«

»Was denkst du, junger Mann? Sollen wir deiner Ma durch das Fenster zuwinken?«

»Ma winken«, gab das Kind lachend zurück und leckte sich weiter die breiverklebten Finger ab.

»Ich hoffe, es gibt keine neuen Fälle«, murmelte Blaire und griff nach dem Löffel. »Bonnie wird sich wohl kaum um Dutzende Erkrankte kümmern können.«

Erst gestern war der Sohn eines Farmers der Krankheit erlegen. Morgens war er noch auf seinen eigenen Beinen in den Pub gelaufen, und abends hatte Tommy den leblosen Körper nach draußen getragen. Connor hatte es aus der Ferne beobachtet und auch, wie Bonnie sich weinend an ihren jüngeren Bruder schmiegte. Wie sehr Connor sich in diesem Moment gewünscht hatte, sie in den Armen zu halten! Es war kaum vorstellbar, was diese zierliche Frau dort leistete. Wann immer Connor vorbeikam und pfiff, um nachzufragen, ob er etwas tun konnte, wirkte sie ein wenig ausgezehrter als am Tag zuvor.

Bonnies Kräfte schwanden zusehends, und doch gönnte

sie sich keine Pause. Connor glaubte nicht an Gott. Zumindest nicht mehr, seit er an der Front gewesen war. Kein Gott, an den er glauben wollte, würde so etwas zulassen. Doch um Bonnies willen wollte er hoffen, dass es einen gab. Und dass er sah, was sie leistete, und sie verschonte.

Mit Arch auf dem Arm trat er an ein Fenster und klopfte dagegen.

Bonnie erschien und schob es einen Spalt nach oben.

»Hier hat jemand Sehnsucht nach seiner Ma«, sagte Connor und musterte Bonnies ausgelaugtes Gesicht.

Ein Lächeln zeichnete sich auf ihren blassen Lippen ab. »Und seine Mutter nach ihm. Vika ist vorhin tatsächlich das erste Mal aufgestanden, es geht ihr etwas besser. Wartet kurz, ich hole sie.«

Mit rudernden Armen reagierte der Junge auf den Anblick seiner Mutter.

Vikas Wangen waren eingefallen und ihre Haut beinahe weiß, aber das Strahlen beim Anblick ihres Sohnes rührte Connor. »Bald komme ich zu dir, mein Schatz. Und dann spielen wir miteinander.« Sie legte eine Hand an die Scheibe, und Connor hob Arch hoch, der seine Hand ebenfalls an die Scheibe patschte.

»Ich darf mit Connors Kutsche fahren«, erzählte Arch aufgeregt.

»Ja, wir fahren gleich wieder.« Connor setzte ihn ab, und augenblicklich begann das Kind Steine vom Boden aufzusammeln. »Wie geht es Archie?«, fragte er.

»Besser«, drang die Stimme seines Freundes durch das Fenster.

»Danke, dass du Arch hergebracht hast, Connor. Das bedeutet mir viel. Richte Blaire bitte meinen Dank aus.« Vika ging vom Fenster weg, und Archie trat an ihre Stelle.

»So wie es aussieht, ist meine Zeit noch nicht abgelaufen.« Trocken lachte Archie auf. »Ma geht's auch schon besser. Ich habe zwar keine Ahnung, wann Bonnie uns hier rauslässt, aber irgendwann wird es so weit sein.«

Connor atmete auf. »Das ist gut zu hören.«

»Was machst du noch hier? Ich dachte, du wärst längst zurück in Edinburgh?«

»Glaubst du, ich fahre, ohne zu wissen, ob du überlebst?«

»Wartet dort nicht jemand auf dich?«, fragte Archie nach, ohne eventuellen Zuhörern zu viel zu verraten.

Alles, was Connor in den letzten Tagen verdrängt hatte, kam mit der Wucht eines Fausthiebs zurück. Natürlich saß Don ihm im Nacken und hatte ihm lediglich erlaubt, für ein, zwei Tage zu fahren. »Könnte doch sein, dass ich mich angesteckt habe«, sagte Connor und zuckte mit den Schultern. »Wäre unverantwortlich, die Grippe mit nach Edinburgh zu bringen.«

»Bau keinen Mist, Connor. Ich will nicht, dass du Ärger bekommst.«

»Ich kann hier nicht weg«, knurrte er.

»Und warum? Bisher funktioniert die Organisation. Wir schaffen das auch ohne dich.«

»Wegen *ihr*.«

Hinter der Scheibe zogen sich Archies Augenbrauen zusammen. »Was soll das bedeuten?«

Connor stützte sich an der Wand ab und senkte die Stimme. »Bonnie könnte sich anstecken, und ich würde nichts davon mitbekommen. Kannst du nicht verstehen, dass ich erst wissen muss, dass es ihr gut geht, ehe ich gehe?«

»Hast du dir Bonnie noch immer nicht aus dem Kopf geschlagen? Du weißt doch, dass du mit deinem Leben nicht für sie in Frage kommst.« Archie schüttelte den Kopf.

»Das ist mir klar. Ich will nur wissen, dass sie das hier unbeschadet übersteht.«

»In Ordnung, wenn es deinem Seelenfrieden dient, dann mach, was du willst. Aber schreib Don zumindest, dass hier die Grippe ausgebrochen ist und du ansteckend sein könntest. So wird er dir hoffentlich nicht den Hintern versohlen.«

Connor nickte.

»Und schreib ihm auch, dass er von mir einen Rabatt auf die nächste Lieferung kriegt, weil ich dich gebeten habe, Bonnie herzubringen, und ihm deshalb nun sein Trainer fehlt.«

Archie war allem Anschein nach wirklich in Sorge. In Sorge, dass Donald Mac Conallta Connor Probleme bereiten würde, weil er hierblieb. Offensichtlich lag Blaire tatsächlich richtig mit ihrer Vermutung: Archie betrachtete ihn als Freund und setzte sich nun für ihn ein. »Werde ich machen«, brummte Connor.

Archie sah zu dem Jungen, der die Steine inzwischen auf einen Haufen stapelte. »Wie kommt Blaire mit Arch zurecht?«

»Es kostet sie einige Nerven, aber es klappt schon. Ich finde es eigentlich ganz nett, mich um ihn zu kümmern, und werde heute noch ins Haus ziehen.«

Archie nickte und betrachtete weiter das Kind.

Connor lachte leise. »Keine Einwände, weil ich mit deiner Schwester alleine unter einem Dach leben werde? Hast du nicht wenigstens vor, mir zu drohen, oder etwas in diese Richtung?«

Archie schaute ihn wieder an. »Wir reden hier von Blaire.

Ich bin mir sicher, bei ihr würdest du dir schön die Zähne ausbeißen.«

»Ja, das vermute ich ebenfalls.« Connor klopfte zum Abschied aufs Fensterbrett und nahm Arch an der Hand. Doch der Junge blieb wie angewurzelt stehen und weigerte sich weiterzugehen. Connor beugte sich hinunter. »Wir kommen deine Ma morgen wieder besuchen, ja?«

»Ich will mit Archie reden«, rief der Bursche und deutete auf das Fenster.

Connor lächelte. Dann hob er den Jungen auf den Arm und trug ihn noch einmal zurück. »Er will sich von dir verabschieden«, rief er Archie zu.

»Ach ja?«

»Du musst deine Backe herhalten«, sagte Arch, kaum dass sie das Fenster erreicht hatten.

»Was will er?«, fragte Archie.

Connor grinste. »Ich glaube, du sollst deine Wange an die Scheibe legen.«

»Warum denn das?«

»Herrgott, Archie, jetzt mach halt, sonst komme ich hier nie weg und ich muss dringend Archs und meine Wäsche waschen, wir haben nämlich beide keine sauberen Sachen mehr.«

Archie murmelte einen Fluch, tat aber, wie ihm geheißen.

Connor hob Arch etwas weiter an, der die Stelle tätschelte, hinter der sich Archies Gesicht befand. »Bis bald, Archie«, sagte der Kleine und schien endlich zufrieden.

Archie richtete sich auf und betrachtete den Jungen. Hatte Connor Archies Blick je so offen gesehen? Er lächelte das Kind an, dann sah er zu Connor. »Sorg dafür, dass Blaire sich gut um ihn kümmert.«

Connor wollte sagen, es sei vielleicht an der Zeit, dass Archie in sich ging und über die Sache mit Vika, sich und dem Kind nachdachte. Doch schon war sein Freund verschwunden. Besser, er brachte den Brief an Don schnell auf den Weg.

»Den Daumen so, wie ich es dir gezeigt habe«, forderte er den Jungen auf und hob die Hände erneut an.

Mit angestrengtem Gesichtsausdruck formte Arch seine Finger zu Fäusten und schlug gegen Connors Handflächen.

»Genau so, gut! Gleich noch mal.«

Blaire stakste ins Wohnzimmer und sah dem Schauspiel einen Moment lang zu. »Was machst du da?«

»Arch hat zu viel Energie. So ist das mit kleinen Jungen. Wenn man sie nicht müde macht, kommen sie auf dumme Ideen. Das hier hilft hoffentlich, damit er nachher besser schläft.«

»Der Bursche ist gerade mal dreieinhalb und du bringst ihm Boxen bei?« Sie sank aufs Sofa und zog die Augenbrauen hoch.

»Kann nicht schaden, wenn er sich zu wehren weiß.«

»In seinem Fall trifft das wohl zu. Arch wird es später nicht leicht haben bei seiner Abstammung.«

»Das denke ich mir auch.« Connor forderte den Jungen erneut auf, einen Schlag zu führen, und der Kleine reagierte mit einem Freudenschrei auf seinen Treffer.

»In welchem Alter hast du mit dem Boxen angefangen?«

Aus den Augenwinkeln sah Connor zu Blaire, die die Frage scheinbar gleichgültig geäußert hatte. »So richtig etwa mit fünfzehn.«

»Ich nehme an, du warst gut?«

»Kann man so sagen.«

»Weiß Bonnie es?«

»Habe es ihr nicht erzählt.«

»Sie würde es vermutlich nicht gut finden.«

Connor lachte leise. »Davon gehe ich aus.«

»Ich will an den Strand!«, verkündete Arch und strahlte Blaire an. »Ich will Muscheln sammeln!«

»Herrje. Das mit dem Müdemachen hat wohl nicht geklappt.« Blaire seufzte und sah zu dem Jungen, der auf eine Antwort wartete. »Um diese Zeit ist Flut, da findest du keine Muscheln. Aber ich werde morgen früh mit dir hinuntergehen, ja?« Sie wandte sich an Connor. »Der ist noch viel zu aufgedreht. Bald ist es schon an der Zeit fürs Abendessen«, flüsterte sie.

»Sollen wir ihn ums Haus rennen lassen?«, schlug Connor vor.

Blaire beugte sich vor und zog Arch zu sich. »Kannst du schon bis drei zählen?«

Arch warf ihr einen überlegenen Blick zu. »Ich kann sogar bis zehn zählen.«

»Er ist schlau für sein Alter, oder?«, fragte Blaire an Connor gewandt.

In der Tat hatte sich Arch, seit Connor ihn vor Monaten das letzte Mal gesehen hatte, ganz schön entwickelt. Das hier war nicht mehr das Kleinkind, das er damals in den Wochen nach seiner Ankunft zuweilen beaufsichtigt hatte. »Macht mir ganz den Eindruck«, stimmte er zu. »Vielleicht hat er das von seinem Vater?«, raunte er und musterte Blaire. Vielleicht hatte Archie sich ja ihr gegenüber geöffnet.

»Falls sein Vater der cleverste Mistkerl von ganz Foxgirth sein sollte, wird dieser Bursche womöglich ein kleines Genie«, gab sie lachend zurück.

Nein, Blaire hatte ebenfalls keine Ahnung, ob Archie nun der leibliche Vater war. Wahrscheinlich würden sie es nie herausfinden. Connor beugte sich zu dem Jungen hinunter. »Gut, dann gehen wir jetzt raus, und du flitzt, so schnell du kannst, dreimal ums Haus.«

Arch nickte, baute sich im Flur auf und stürmte dann hinaus.

Sie folgten dem Jungen und feuerten ihn mit Rufen an.

»Mir hat damals in Frankreich ein Arzt gesagt, dass ich vermutlich nie wieder laufen kann«, brummte Connor.

»Und was hast du geantwortet?«

»Dass ich wieder rennen werde.« Als wäre es gestern gewesen, sah er das Lazarett vor sich und glaubte, das faulige Fleisch der anderen Soldaten zu riechen.

»Und hast du es je versucht?«

Er schüttelte den Kopf. »Hatte wohl Angst, dass ich es nicht kann. Keiner versagt gerne.«

Blaire deutete auf Arch, der eben in die zweite Runde startete. »Na los. Fang ihn! So schnell ist er mit seinen kurzen Beinen nicht. Ich wette, das schaffst du.«

Zweifelnd sah Connor auf das Kind, das hinter der Hauswand verschwand. »Du wettest in diesem Fall wohl kaum auf einen Gewinner«, seufzte er.

»Ich sage auch niemandem was, wenn es nicht klappt.« Blaire grinste. »Bleibt unser kleines Geheimnis.«

»Ach, was soll's.« Connor setzte sich unsicher in Bewegung und wurde schneller. Die Muskeln in seinem Oberschenkel reagierten mit einem Stechen, und doch war es auszuhalten. Sicherlich eierte er gewaltig, aber was er hier tat, war schon fast als Rennen zu bezeichnen. Connor sog die windige Luft ein und wurde noch etwas schneller. Früher, als er noch regelmäßig im Ring gestanden hatte, war er beinahe jeden Morgen durch die Straßen Edinburghs gerannt – so wie er es jetzt von Ryan erwartete. Gelegentlich begleitete er seinen Schützling auf einem Pferd, um Ryans Ausdauer zu überprüfen. Und nun stellte die Herausforderung, ein Cottage zu umrunden, beinahe so etwas wie einen Befreiungsschlag dar: vom Krieg, seiner Verwundung, dem Gefühl, in einem gebrochenen Körper zu stecken. Ehe Connor um die letzte Hausecke bog, holte er Arch ein und schleuderte ihn hoch und in seine Arme.

Als Blaire sie erblickte, feierte sie diese beinahe lächerliche Leistung mit Pfiffen und Klatschen.

Lachend setzte Connor den motzenden Jungen ab, der daraufhin mit Bobby erneut losflitzte, und rieb sich das Bein. »Allzu oft werde ich das sicherlich nicht machen, aber es ist gut zu wissen, dass es im Notfall geht.«

»Einen Krieg könntest du in diesem Tempo vermutlich nicht überleben, aber um ein Kind zu fangen, reicht es immerhin aus.« Sie schlug ihm auf die Schulter. »Darauf einen Whisky?«

»Ein guter Vorschlag.« Connor war sich ziemlich sicher, dass Arch ihm schon in einem weiteren Jahr davonlaufen würde, doch es fühlte sich dennoch nach einem dringend benötigten Erfolg an. Er atmete ein und ließ den Blick über die Gegend schweifen, ehe er Blaire ins Cottage folgte. Wie verdammt gut es doch tat, endlich wieder hier zu sein.

* * * * *

Bonnie starrte in den zierlichen Spiegel, der auf Vikas Kommode stand. Über eineinhalb Wochen lang waren sie nun schon in diesem Haus gefangen. Mit dem Zeigefinger strich sie über ihre Haut, die unter den feuerroten Haaren noch blasser wirkte als sonst. Drei neue Fälle waren am Morgen eingeliefert worden, und sie hatte Vika und Shona mit ihrer Ma und Archie in Shonas Zimmer verlegt, da alle vier zu ihrer Erleichterung auf dem Wege der Besserung waren. Ständig musste sie Mairead davon abhalten, aufzustehen und sich ebenfalls um die neuen Erkrankten zu kümmern. Doch ihre Mutter hatte viel Gewicht verloren und war wackelig, wenn sie denn auf die Beine kam. Noch einige Tage mehr, dann sollten zumindest diese vier die Erkrankung überstanden haben. Allerdings ging es Kate unverändert schlecht. Ihr Zustand verbesserte sich nicht, aber er verschlechterte sich auch nicht.

»Bonnie!« Sie hörte Schritte auf der Treppe, und Tommy stürzte in den Raum.

»Was ist?« Hektisch trat sie auf ihn zu.

»Sheila. Sie bekommt plötzlich keine Luft mehr«, rief er, und sie sah Panik in seinen Augen.

Bonnie rannte die Treppe hinab und ließ sich neben die junge Frau sinken, die mit Tommy zusammen in die Schule gegangen war. Die hellbraunen Haare klebten nass an ihrer Stirn, und sie rang japsend nach Atem. Ihre Haut wies einen merkwürdigen Grauton auf, den Bonnie nie zuvor gesehen hatte und der ihr gespenstisch vorkam. Sheilas Lungen versagten ihren Dienst, die Lungenentzündung musste sich erschreckend schnell verschlechtert haben.

»Was sollen wir nur tun?« Hilflos stand Tommy zu Sheilas Füßen.

Bonnie legte das Gesicht an die Brust der Frau und horchte. »Flüssigkeit in den Lungen«, murmelte sie. Noch gestern hatte das Mädchen keine Symptome der Krankheit gezeigt. Diese rapide Verschlechterung war beängstigend.

Sheila griff nach ihrer Hand und versuchte zu sprechen, was jedoch in einem heftigen Hustenanfall endete.

Bonnie schloss die Augen. Ihr musste dringend etwas einfallen. »Lass sie uns dick einwickeln und raustragen. Wir legen sie in dem überdachten Bereich vor dem Pub ab. Sie braucht dringend Sauerstoff im Blut, vielleicht hilft ja die kühle Luft.«

Gemeinsam legten sie zwei weitere Decken über den zerbrechlich wirkenden Körper und trugen sie vorsichtig hinaus. So sehr der Wind Bonnie wegen Sheilas Fieber beunruhigte, so hoffte sie doch auf eine Entlastung der Lungen. Gewissenhaft schlang sie ein Tuch um die verschwitzten Haare des Mädchens und sprach beruhigend auf sie ein.

»Und jetzt?« Tommy sackte neben ihr auf den Boden und lehnte sich an die Hauswand.

»Jetzt warten wir ab und hoffen.«

Er rieb mit einer Hand über Sheilas Bein, doch Bonnie glaubte nicht, dass diese es noch wahrnahm. Trotz der Atemnot schien sie das Bewusstsein verloren zu haben. »Ich weiß nicht mehr, was ich machen soll«, flüsterte sie. »Ich habe die Patienten mit heißem Wasser und verschiedenen Kräutern inhalieren lassen, habe versucht, sie aufrecht zu lagern. Ihnen die Medikamente gegeben, doch nichts nützt.« Was war das nur für eine Krankheit, die binnen kürzester Zeit die Kräftigsten aus der Bevölkerung dahinraffte? Es ergab alles keinen Sinn. Nichts, was Bonnie über Grippeerkrankungen gelernt hatte, brachte etwas. Es war ein Kampf gegen Windmühlen, den sie nur verlieren konnte.

»Du tust, was du kannst.« Tommy legte seinen Arm um

sie und zog sie zu sich ran. »Ich habe mal versucht, Sheila zu küssen«, sagte er kaum hörbar.

»Wirklich?« Lächelnd sah sie ihn an.

»Ist drei oder vier Jahre her. Sie war schon immer so hübsch. Selbst jetzt ist sie es.« Zärtlich betrachtete ihr Bruder das Gesicht des Mädchens.

»Das ist sie allerdings.«

»Sie hat mir eine Ohrfeige verpasst und mich beschimpft.« Leise lachte er auf. »Ich habe es nie wieder gewagt.« Noch immer ließ seine andere Hand Sheilas Bein nicht los. »Wenn sie wieder gesund wird und das alles hier vorbei ist, dann werde ich es noch einmal versuchen.«

»Und wenn sie dir wieder eine scheuert?«

»Das ist es mir wert.«

Bonnie ertrug es kaum, Tommy anzusehen. Sanft zog sie die Decke über Sheilas Gesicht.

Tommys Lippen formten ein tonloses Gebet.

Wenn Sheilas Eltern später, so wie die Angehörigen der anderen Patienten, vor dem Pub erscheinen würden, um sich nach ihren Familienmitgliedern zu erkundigen, würde Bonnie ihnen die Nachricht überbringen müssen, die niemand jemals über sein Kind hören wollte. Wie lange sollte das noch so weitergehen? Immerhin hatten die Bewohner des Ortes eingesehen, dass es in dieser Situation nicht ratsam war, Foxgirth zu verlassen. Blaire hatte ihr durch das Fenster berichtet, dass an der Zufahrtsstraße und allen Wegen, die in den Ort führten, inzwischen Warnschilder angebracht worden waren. Niemand sollte Foxgirth betreten oder verlassen. Selbst der Ladenbesitzer verzichtete auf Warenlieferungen und auch die Post kam nicht mehr. Und das, obwohl viele

Familien Männer an der Front hatten und sehnsüchtig auf Neuigkeiten von ihnen warteten. So wie auch Bonnie auf ein Lebenszeichen von Ian und Keillan hoffte.

Sie fühlte sich schuldig, da sie nicht wie üblich jeden Tag an ihre Brüder dachte. Warum auch immer, es fühlte sich tröstlich an, täglich einige Minuten ihrer Konzentration auf die beiden zu richten. Manchmal erwischte sie sich dabei, wie sie in Gedanken mit Keillan sprach. Dann, wenn alles zu viel zu werden drohte. Aber nun war das letzte bisschen Kontakt zwischen ihnen abgebrochen. Archie hatte während der Fieberschübe im Schlaf hin und wieder nach Ian gerufen und wirres Zeug gestammelt. Bonnie mochte sich gar nicht vorstellen, welche Bilder durch den Kopf ihres Bruders gegeistert waren.

»Ich werde nicht einmal zu Sheilas Beerdigung gehen können, weil ich in diesem verfluchten Haus festsitze«, platzte es aus Tommy heraus.

Bonnie griff nach seiner Hand. »Ich hätte dich nicht in diese Sache reinziehen dürfen«, sagte sie. Tommy war zu jung, um die Last der Pflege und des Todes auf seinen Schultern zu tragen. Nun hatte er eine Freundin sterben sehen und würde diese Erfahrung niemals vergessen.

»Du hast Hilfe gebraucht, und ich hatte Kontakt zu Ma und Archie. Es war logisch, mich zu nehmen.« Sein Daumen fuhr über ihren Handrücken. »Du warst noch ein Kind, als du Ma mit den Kranken geholfen hast. Ich bin immerhin schon erwachsen.«

»Und trotzdem mute ich dir damit viel zu.«

Tommy sah sie plötzlich mit gerunzelter Stirn an. »Nicht mehr als dir selbst. Du siehst nicht gut aus, Bonnie. Ich mache mir Sorgen um dich. Du bekommst kaum Schlaf und bist den ganzen Tag auf den Beinen.«

»So wie du.« Sie lächelte, in der Hoffnung, dass er seine Sorge um sie vergessen möge. »Wir schaffen das schon, wir haben keine andere Wahl. Und irgendwann wird auch diese Zeit vorüber sein.«

Er sah zur Eingangstür hinüber. »Wir müssen es den anderen sagen.«

Bonnie nickte und stand auf. Jeder weitere Todesfall schlug noch mehr aufs Gemüt ihrer Patienten. Kate weinte ständig, und jeden Tag musste Bonnie Willie Rede und Antwort stehen, warum es ihr noch nicht besser ging. Dabei hatte sie nicht die Antworten, nach denen er verlangte. Gestern erst hatte er angedeutet, wie auffällig es sei, dass es den Erkrankten aus ihrer Familie besser ginge, während andere starben. Der Vorwurf in seiner Stimme war nicht zu überhören gewesen. Seufzend trocknete Bonnie mit dem Blusenärmel der Bluse die Feuchtigkeit auf ihren Wangen. Es half nichts, sie musste weitermachen. Auch, wenn ihr danach war, sich unter der Bettdecke zu verstecken und einfach nur noch zu heulen.

Die Tage verstrichen, und Bonnie verlor mit jedem weiteren mehr das Zeitgefühl. Oft wusste sie nicht einmal, welcher Wochentag es war. Patienten versorgen, Essen austeilen, Wäsche kochen – alles verschwamm zu einem merkwürdigen Zustand, in dem sie zwischen Leben und Tod schwankten.

»Kann ich kurz mit dir sprechen?« Mit einem zerknirschten Gesichtsausdruck bat Shona sie in ihr Zimmer.

Bonnie folgte ihr und schloss die Tür. Endlich konnten ihre Ma, Archie und die Mädchen das Haus verlassen. Immerhin vier Patienten, die ihr nicht unter den Händen weggestorben waren. Und auch mit Kate ging es seit ein paar Tagen bergauf. Doch es war noch zu früh, um aufzuatmen.

Seit heute Morgen fühlten sich Bonnies Beine seltsam schwach an. Sicherheitshalber setzte sie sich auf den Stuhl in der Ecke des Raums und sah die Frau an, die gleich mit den anderen ins Cottage fahren würde. Wie gerne würde auch Bonnie diesen Ort verlassen. Sich hinter dem Häuschen auf die Bank setzen und sich den Wind um die Nase wehen lassen. Oder hinunter zu ihrem Lieblingsplatz an den Strand gehen, wo es bei Ebbe immer ein wenig fischig roch, weil dunkelgrüner Seetang zurückblieb und sein Aroma verströmte.

»Bonnie?«

»Entschuldige, ich war in Gedanken.« Sie schaute auf.

Shona presste die Lippen aufeinander. »Ich möchte mich bei dir entschuldigen«, sagte sie leise.

Bonnie zog die Augenbrauen hoch. »Wofür denn?« Ihr kam nichts in den Sinn, was eine Entschuldigung erfordern würde.

»Um ehrlich zu sein, habe ich vor einer Weile etwas über dich gesagt, das nicht sehr nett war.«

Fragend sah Bonnie die Frau an, die zögerte weiterzusprechen.

»Ich schätze, ich war eifersüchtig.«

»Eifersüchtig? Auf was denn?« Noch immer hatte Bonnie nicht die geringste Ahnung, um was es ging.

»Darauf, dass Connor sich für dich interessiert. Vermutlich mochte ich ihn etwas zu sehr, und als er mich abwies, habe ich unschöne Dinge über dich gesagt.«

Lag es daran, dass sie müde war? Nur langsam drangen Shonas Worte zu Bonnie durch. »Das spielt keine Rolle. Zwischen mir und Connor ist nichts«, beeilte sie sich zu sagen.

»Das glaube ich dir nicht, aber es spielt so oder so keine

Rolle, was ich denke. Du kümmerst dich hier seit über zwei Wochen um alle, auch um mich. Du hast mich gepflegt, obwohl ich es nicht verdient habe. Daher möchte ich mich bei dir entschuldigen und mich bedanken.«

Ein Lächeln huschte über Bonnies Lippen. Sich zu entschuldigen, erforderte Größe. Und auch Bonnie hatte sich in der Vergangenheit vorschnell eine Meinung über Shona gebildet, die sie inzwischen bedauerte. »Lass uns einfach neu anfangen«, schlug Bonnie vor.

»Danke. Sehr gerne«, hauchte Shona und griff nach ihrer Tasche. »Dann gehe ich jetzt rasch zu den anderen. Ich kann's kaum erwarten, meinen Neffen endlich wiederzusehen. Vika konnte vor Aufregung die ganze Nacht nicht schlafen und wird den armen Burschen vermutlich den Rest des Tages nicht mehr loslassen, wenn sie ihn erst einmal in die Arme geschlossen hat.«

Bonnie lachte. »Aber macht noch etwas langsam in den nächsten Tagen, ihr müsst euch weiter erholen.« Vor allem um Archie machte Bonnie sich Sorgen. Auch er brauchte Ruhe, ob er es einsah oder nicht. Aber Vika hatte beteuert, ein Auge auf ihn zu haben, was Bonnie zumindest etwas beruhigte.

Sie ging hinter Shona die Treppe hinunter und blieb einige Schritte vor der Tür stehen.

Draußen lud Connor die Taschen der anderen auf und scherzte mit Archie, der mit einer Zigarette zwischen den Lippen an der Kutsche lehnte. Keine fünf Minuten war ihr Bruder aus dem Haus und schon steckte er sich eine Kippe an. Das war doch nicht zu fassen!

Shona lächelte ihr zu und huschte hinaus.

Ein Pfeifen erklang in Bonnies Ohren. Die Menschen, die

auf die Kutsche stiegen, verschwammen vor ihren Augen. Bonnie versuchte, sich auf die Wand zu konzentrieren, doch es war zu spät. Ihre Knie gaben nach und mit einem Schlag, der ihren Kopf zu zerschmettern schien, kam sie auf dem Boden auf. Wie aus der Ferne hörte sie Tommys Stimme und spürte, wie er an ihr rüttelte, doch ihre Augen weigerten sich, sich zu öffnen. In ihrem Schädel summte es. Jemand rief nach ihr, und dann wurde ihr Körper vom Boden hochgezogen. Connors Geruch schwirrte durch die Dunkelheit, und Archies Stimme dröhnte in ihren Ohren. Doch ihr Bruder war nicht neben ihr. Die Arme, die sie hielten, hatten sie schon einmal gehalten. »Ich mache das schon«, brummte Connor, und Archie fluchte. Dann hörte sie nichts mehr.

Das Hämmern in ihrem Kopf war kaum auszuhalten. Ein Flüstern kam hinzu, und Bonnie bemühte sich, es zu verstehen. Jemand sprach mit ihr, doch ihr Körper wollte sich nicht rühren. Allmählich wurden die Worte klarer und drangen zu ihr durch.

»… das musst du mir glauben. Aber es geht nicht. Mein Leben ist so verflucht beschissen, da kann ich dich einfach nicht reinziehen. Egal, wie sehr ich dich bei mir haben möchte.«

Bonnie wollte die Augen aufschlagen. *Nichts.* Noch einmal befahl sie ihrem Körper, auf sie zu hören. Und wieder war es vergebens.

»Ich wollte zu dir. Jeden Tag. Ich habe es sogar ausgesprochen, aber nicht vor dir. Archie weiß, dass ich dich liebe. Aber er weiß auch, dass ich es dir nie sagen werde. Weil ich es nicht darf.«

Die Dunkelheit umhüllte sie erneut. Das Summen wurde

lauter und überdeckte das Flüstern. Bonnie wollte um Hilfe rufen, doch kein Laut drang aus ihrer Kehle. Dann war da nur noch Stille. Stille und das Rauschen ihres Blutes.

Sie versuchte zu schlucken, aber ihr Mund war wie ausgedörrt. Das Licht schmerzte in ihren Augen, als diese sich endlich öffneten. Blinzelnd sah Bonnie von der Nachttischlampe weg zur Fensterscheibe, in der sich die Umrisse der Möbel spiegelten. War es Nacht? Vorsichtig drehte sie ihren schmerzenden Schädel. Auf dem Stuhl saß Connor, den Hinterkopf gegen die Wand gelehnt, und schien zu schlafen. Schlaff hingen seine Schultern herab, und Bonnie befürchtete, dass er jeden Moment zur Seite kippen würde. Sie wollte etwas sagen, doch ihr Hals schmerzte. Langsam rutschte sie hoch und griff mit zitternder Hand nach dem Glas auf dem Nachttisch. Wohltuend und kühl befeuchtete das Wasser ihren Mund. Jetzt erst begriff sie, was hier nicht stimmte. Connor war in diesem Haus. Bei ihr. *Er darf nicht hier sein.* War er auch krank? Warum lag sie im Bett? Mit einem Schlag spürte sie die Kopfschmerzen. Hatte sie etwa das Bewusstsein verloren?

Verlegen sah sie erneut zu Connor. Zu dem Knick in seinem Nasenrücken und dem kurzen roten Bart, der ihr schon damals in London so gut gefallen hatte. Der kleinen Narbe in seiner Augenbraue und den hellbraunen Haaren, die dringend einen Schnitt nötig hatten. Ihr Herz zog sich zusammen. *Archie weiß, dass ich dich liebe.* Die Worte hallten in ihren Gedanken nach. War es ein Traum gewesen, oder hatte Connor es tatsächlich geflüstert? Ihr gestanden, dass er sie liebte? Nein, das war unmöglich. Er hatte sie nicht gewollt und sie fast ein Jahr lang nicht besucht. Würde er etwas für sie empfinden, so wäre er nicht erst nach Archies Telegramm zu ihr gekommen. *Ich wollte zu dir.* Mit der Hand fuhr sie sich über die pochenden Schläfen. »Connor?« Ihre Stimme war kratzig. Er rührte sich nicht. »Connor!«

Mit einem Murren reckte er sich und gähnte. Dann sah er sie an und sprang augenblicklich auf. »Wie geht es dir?« Er trat neben sie, setzte sich auf die Bettkante und musterte ihr Gesicht.

»Was ist denn passiert?«

»Du bist ohnmächtig geworden. Ich fürchte, du hast dich angesteckt.«

»Nein.« Sie schüttelte den Kopf und bereute es unverzüglich. Das Pochen war kaum auszuhalten. »Kein Fieber. Es muss ein Schwächeanfall gewesen sein.« Bonnie schloss die Augen und fuhr sich über die Stirn.

»Aber du hast Kopfschmerzen?«

»Ja. Aber nicht von der Grippe. Die machen mir schon eine Weile zu schaffen, weil ich kaum Schlaf bekomme.« Fragend sah sie ihn an. »Habe ich mir den Kopf gestoßen? Es ist schlimmer als heute Morgen.«

Er nickte. »Hat 'nen ordentlichen Rums gegeben.« Dann legte er den Kopf schief. »Bist du sicher, dass es nicht die Grippe ist?«

»Das bin ich.«

Er stieß Luft zwischen den Zähnen aus und lächelte. »Was bin ich froh.«

Das brachte sie zurück zu ihrer Frage. »Was machst du hier? Bist du krank?« Connor wirkte nicht krank. Seine Gesichtshaut wies eine gesunde Farbe auf, und es war kein Anzeichen von erhöhter Temperatur zu erkennen.

»Na, du bist plötzlich umgefallen …«

»Und da bist du einfach ins Haus gekommen? Weißt du nicht, wie gefährlich das ist?« Der Klang ihrer Stimme hallte in ihrem Kopf wider. Matt sank Bonnie ins Kissen zurück.

»Das war mir in diesem Moment egal«, brummte er. Genauso hatte die Stimme geklungen, die sie im Schlaf zu hören glaubte. Connor hatte mit ihr gesprochen. Es waren seine Worte gewesen. Also empfand er doch etwas für sie.

Bonnie wusste nicht, was sie sagen sollte. »Meine Patienten!« Die Erinnerung an ihre Verpflichtungen kam plötzlich zurück.

Als sie sich aufsetzen wollte, drückte Connor sie auf die Matratze. »Du bleibst, wo du bist. Tommy hat das ganz gut im Griff, er hat sich einiges bei dir abgeschaut. Ich werde ihm helfen, bis es dir wieder besser geht.«

»Gibt es neue Fälle?«

»Nein, heute kam niemand.«

»Leben noch alle?«

»Ja.« Er zog die Bettdecke hoch, bis sie unter ihrem Kinn lag. »Ich hole dir jetzt Suppe und du bleibst liegen. Wenn ich sehe, dass du das Bett verlässt, schließe ich dich hier ein. Verstanden?«

»Das sind meine Patienten! Ich muss nach ihnen sehen«, protestierte Bonnie.

»Heute nicht mehr. Vielleicht morgen.« Er stand auf, warf ihr einen letzten Blick zu und ging hinaus.

* * * * *

Mit einem Ausdruck, der dem eines trotzigen Kleinkinds gleichkam, löffelte Bonnie ihre Suppe.

Connor hatte Mühe, nicht zu grinsen. Von seinem Stuhl

aus beobachtete er, wie sie im Bett kauerte und aß. Es passte ihr nicht, dass er ihr untersagte aufzustehen, doch sie musste selbst ebenso gut wie er wissen, dass sie dazu nicht kräftig genug war. Tommy hatte seine Befürchtungen bestätigt: Bonnie hatte so viel gearbeitet, dass sie sich am Rand der Erschöpfung befand. Zwei Wochen rund um die Uhr schwerkranke Menschen zu versorgen, deren Laken auszukochen, sie zu füttern und für alles verantwortlich zu sein, war auch für Bonnie zu viel gewesen. Vor allem nach Jahren ohne wirkliche Pausen von ihrer Arbeit in den Krankenhäusern. Natürlich wusste er von dem Schwur, den die Geschwister sich unausgesprochen gegeben hatten: Keillan, Archie und Ian wollten für ihr Land kämpfen und Bonnie verwundete Soldaten pflegen, bis jeder ihrer Brüder wieder dort war, wo er hingehörte. Doch auch Archie hatte seinen Schwur, bis zum Ende auf Ian zu achten, nicht halten können und es akzeptiert. Und nun würde Bonnie ebenfalls einsehen müssen, dass auch sie genug getan hatte. Dass es für sie Zeit wurde kürzerzutreten. Doch stattdessen war diese heimtückische Krankheit ausgebrochen.

Wie verflucht erleichtert Connor war, dass sie sich bisher nicht angesteckt hatte. Als er vor Stunden den Aufschlag ihres Körpers auf dem Holzboden und Tommys Rufe gehört hatte, war ihm das Blut in den Adern gefroren. Mit einem Sprung war er an der Tür gewesen und hatte sie gepackt. Fluchend hatte Archie versucht, ihn zurückzuhalten, doch er hatte das Brüllen seines Freundes ignoriert. »Du wirst dir den Tod holen, du Dummkopf«, hatte Archie gemurrt, ehe er die anderen zurück zum Cottage gefahren hatte. »Pass wenigstens gut auf sie auf«, waren seine letzten Worte gewesen.

Und genau das würde Connor tun. Aufpassen und nicht

zulassen, dass Bonnie sich weiter übernahm. War es bescheuert gewesen, in ein Haus zu rennen, in dem die Spanische Grippe grassierte? Vermutlich nicht bescheuerter, als in einen Krieg zu ziehen, nur um von den Lads wegzukommen. Trocken lachte er auf.

»Warum lachst du?« Missmutig linste Bonnie zu ihm hinüber.

»Über mich selbst, nehme ich an.«

Sie nickte und löffelte weiter. Seit er ihr die Suppe gebracht hatte, bemerkte er immer wieder, wie sie ihn unauffällig musterte. Einmal hatte er geglaubt, dass sie etwas sagen wollte, doch dann hatte sie die Lippen fest aufeinandergepresst und den Kopf geschüttelt. Lächelnd betrachtete er ihr Gesicht. Selbst jetzt, müde und bleich, war sie wunderschön. Es hatte ihn Kraft gekostet, dem Wunsch zu widerstehen, ihre Haut zu berühren, als sie ohnmächtig gewesen war, doch sie gegen ihren Willen anzufassen, wäre nicht anständig gewesen. Und es war auch nicht anständig, sie zu berühren, wenn sie wach war. Ganz egal, wie sehr er es sich auch wünschte. Wenigstens hatte er die Gelegenheit gehabt auszusprechen, was seit einem Jahr seine Seele belastete. Er hatte es ihr zugeflüstert und sich damit davon befreit. Und sich dafür entschuldigt, sich in sie verliebt und ihr das Herz gebrochen zu haben. Das war immerhin etwas.

»Du musst mir nicht beim Essen zuschauen.«

»Hab nichts anderes zu tun. Unten schlafen alle.«

»Wie viel Uhr ist es?«, fragte sie.

»Vermutlich bald Mitternacht.«

»Du wirst jetzt hierbleiben müssen, bis alles vorüber ist«, nuschelte sie mit vollem Mund.

»Ich weiß.« Er hatte dem Schicksal noch etwas Zeit mit

Bonnie abgerungen. Gut möglich, dass es ihn sein Leben kosten würde, doch er hatte gehandelt, ohne nachzudenken. So wie Archie, als er seinen Körper über Connors geworfen hatte, um ihn damit vor der Granate zu schützen. »Was wir für die Menschen machen, die uns wichtig sind«, brummte er, ohne es wahrzunehmen.

»Was sagst du?« Mit geweiteten Augen sah sie ihn an.

Ertappt wich er ihrem Blick aus. »Du bist mir wichtig. Deshalb bin ich hier.« Sollte sie wissen, dass es so war. Dass sie ihm auch dann etwas bedeutete, wenn es für sie keine gemeinsame Zukunft geben durfte.

»Ich weiß nicht, was ich darauf antworten soll.« Sie ließ den Löffel in die Schale sinken und starrte auf die Bettdecke. Er konnte sie schlucken sehen.

»Du musst nichts sagen.«

Sie nickte und stellte die Schale weg. »Ich glaube, ich sollte jetzt schlafen.«

Connor nickte, dann stand er auf. »Ich bin nebenan in Shonas Zimmer und lasse die Tür angelehnt. Ruf einfach, wenn etwas ist.«

»Danke.« Sie rutschte ins Kissen und drehte ihm den Rücken zu.

Für einen Moment betrachtete er die leuchtenden Haare, die in seiner Erinnerung so gut rochen. Leise ging er hinaus.

Kapitel 14

Zwei Tage. Gerade einmal zwei Tage war es möglich gewesen, Bonnie mit viel Überredungskunst im Bett zu halten, ehe sie erklärt hatte, dass es ihr bestens gehe und er sie gefälligst ihre Arbeit machen lassen solle. Seitdem ging Connor ihr und Tommy zur Hand. Spülte Geschirr, erwärmte das Essen, unterhielt sich mit den Kranken, um sie auf andere Gedanken zu bringen, und erstattete, wie ein Informant, Archie Bericht, der täglich vor dem Fenster erschien. Beinahe war es zum Lachen, dass sie ihre Rollen getauscht hatten. Sogar Arch kam hin und wieder mit und erzählte ihm ausgedachte Abenteuergeschichten von Bobby und sich. Inzwischen hatte Archie aufgehört, sich darüber aufzuregen, dass er zu Bonnie gestürmt war. Connor glaubte sogar, dass er im Grunde froh darüber war, dass seine Schwester nun mehr Unterstützung hatte. Und nicht ein Mal hatte Archie ihn daran erinnert, die Finger von Bonnie zu lassen. Konnte man das als Fortschritt bezeichnen? Oder hatte Archie begriffen, dass auch Connor längst klar war, dass er nie wieder Bonnies Nähe suchen durfte? Tatsächlich bemühte er sich, ihr aus dem Weg zu gehen. Nicht mit ihr alleine in einem Raum zu sein. Um sich selbst davor zu schützen, sein Herz noch mehr an diese Frau zu verlieren – sofern das überhaupt möglich war.

»Zwei weitere Patienten können morgen nach Hause«, hörte er Bonnie hinter sich sagen.

Connor sah nicht von den Schüsseln auf, die er in dem Spülbecken wusch. »Dann haben wir noch drei.«

»Auch denen geht es besser. Könnte sein, dass wir es bald überstanden haben.«

»Ich bin froh, hier rauszukommen«, brummte er und rieb mit der Bürste über ein Messer.

»Das wird noch etwas dauern. Wir sollten noch ein paar Tage warten, um sicherzugehen, dass sich keiner von uns doch noch angesteckt hat.« Bonnie zog sich das Tuch vom Gesicht und schenkte sich aus dem Krug ein Glas Wasser ein. »Und wir müssen das ganze Haus von oben bis unten schrubben. Jede Ecke und jede Ritze.«

Er lachte auf. »Das ist dann also unsere Belohnung?«

Bonnie gluckste und nahm einen Schluck. »Und dann kannst du wieder fahren.« Als er aufsah, erkannte er, dass sie die Luft anhielt. Wartete sie auf eine Reaktion?

»Ja.«

Sie schlug die Augen nieder. »Was wäre, wenn ich nicht will, dass du gehst?«

Hatte er sich verhört? Meinte sie wirklich das, was er dachte? »Ist es denn so?«

»Vielleicht.«

Mit einem Platschen warf er die Spülbürste ins Becken und trocknete sich die Hände an der Hose ab. »Bonnie, ich muss zurück. Wenn es nicht so wäre, dann wäre ich nie weggefahren und hätte hier auf dich gewartet.«

»Ist das auch der Grund, warum du mir nicht gesagt hast, dass du mich liebst?«

Sprachlos sah er sie an. Bonnie wusste, dass er sie liebte? »Woher ...?«

»Du hast es mir zugeflüstert, als ich bewusstlos war.« Sie

machte einen Schritt auf ihn zu. »Seit Tagen denke ich darüber nach, ob ich es mir nur eingebildet habe. Aber so ist es nicht, oder?«

Connor betrachtete die Maserung der Dielen. Nur einen Schritt von ihm entfernt befanden sich Bonnies Füße. Er wagte nicht hochzusehen. »Es ist die Wahrheit.«

»Und warum hast du mich dann von dir gestoßen?« Die Schuhe kamen einen halben Schritt auf ihn zu. »Sieh mich an«, forderte Bonnie ihn auf.

Connor folgte ihrer Bitte und schaute in ihre blaugrünen Augen, in denen Unverständnis stand.

»Weil wir uns nicht lieben dürfen.«

»Und wer entscheidet das?« Ihre Stimme bebte. »Archie etwa?«

»Es geht nicht nur um Archie«, brachte Connor hervor.

»Du hast Angst vor ihm!«, rief Bonnie. »Du kuschst vor Archie und willst deshalb nicht mit mir zusammen sein.« Sie stemmte die Hände in die Hüften. »So groß kann deine Liebe zu mir wohl nicht sein. Ich würde mir nie von jemandem verbieten lassen, meinem Herz zu folgen.«

»Zweifle nicht an meinen Gefühlen, Bonnie«, flüsterte er.

Sie war wütend auf ihn und ließ es endlich raus. Statt wie auf der Kutschfahrt seinen Blicken auszuweichen, starrte sie ihn jetzt an. Wurden ihre Augen feucht? Brachte er Bonnie zum Weinen?

»Es ist nicht nur wegen Archie. Es ist auch meinetwegen. Da sind Dinge, die du nicht verstehst.« Das machte es vermutlich auch nicht besser.

»Dann erklär sie mir.« Sie verschränkte die Arme vor der Brust.

»Dann wäre das Bild, das du von mir hast, kaputt und

das könnte ich nicht ertragen. Behalte mich einfach in Erinnerung, so wie ich damals am Strand mit dir war. Mein wahres Ich.«

Ruckartig machte sie auf dem Absatz kehrt, griff die Küchentür und warf sie zu. Dann kam sie auf ihn zu. »Du verdammter Mistkerl!« Das Aufstampfen ihres Fußes dröhnte durch den kleinen Raum. »Ich sage dir, dass ich dich liebe, und das bedeutet, dass ich dich so liebe, wie du bist. Und du begreifst es einfach nicht. Du machst es schon wieder: Du stößt mich von dir weg. Mit irgendeiner Ausrede.«

»Es tut mir leid.« Mehr brachte er nicht heraus.

»Sag mir wenigstens den Grund, Connor.«

»Das geht nicht.«

»Aber du warst es, der mir schöne Augen gemacht hat. Du hast alles getan, damit ich mich in dich verliebe, und dann lässt du mich fallen wie eine heiße Kartoffel?« Sie brüllte beinahe.

»Das war ein Fehler, den ich bereue. Das musst du mir glauben. Ich habe einfach nicht widerstehen können, dich zu reizen. Du hast mich vom ersten Moment an fasziniert. Ich wünschte, das alles wäre nie passiert.«

Der Schlag kam unvermittelt. Ein stechender Schmerz breitete sich an seinem Auge aus.

Bonnie schimpfte und rieb sich die Hand. »Ich habe noch nie jemanden geschlagen, aber du hast es verdient!«, brüllte sie, und Tränen liefen über ihre Wange.

Connor rieb sich das Jochbein. Endlich war der Bluterguss von Ryans Schlag verschwunden, und nun hatte Bonnie ihn an ebendieser Stelle erwischt.

»Du bist ein Lügner, Connor!«, schrie Bonnie sich in Rage.

Vermutlich nützte es wenig, dass sie die Tür geschlossen

hatte. Die anderen mussten hören, was hier vor sich ging, doch das interessierte Connor nicht die Bohne.

»Es war gelogen, dass du Gefühle für mich hast, sonst wärst du nie gegangen!«, warf sie ihm vor und funkelte ihn an.

Connor sprang nach vorne und packte sie am Arm. Ganz nah kam er mit seinem Gesicht an ihres heran. »Du hast recht: Ich bin ein Lügner. Vielleicht sogar der größte, der dir je begegnet ist. Aber dass ich dich liebe, war nicht gelogen.«

Ihre Unterlippe zitterte, und sie starrte ihn an.

»Willst du einen Lügner zum Mann haben, Bonnie? Willst du das wirklich?«

»Ich will nichts mehr mit dir zu tun haben. Verschwinde dorthin, woher du gekommen bist, Connor.« Sie schüttelte seine Hand ab und stürzte aus dem Raum.

Connor versuchte, das Brennen in seinen Augen zu ignorieren. Bonnies Schmerz zu sehen, tat mehr weh, als es die verdammte Verwundung getan hatte. Keiner der unzähligen Schläge, die Connor in seiner Profilaufbahn einstecken musste, hatten auch nur annähernd so sehr geschmerzt wie ihre letzten Worte. Mit einem Schrei trat er gegen den Vorratsschrank, in dem die Gefäße schepperten.

Resigniert lehnte er sich gegen die Wand. Bonnie liebte ihn tatsächlich. Seine Befürchtung hatte sich bewahrheitet. Er hatte Bonnie das Herz gebrochen, und er würde es sich nie verzeihen. Und nun hasste sie ihn endgültig.

* * * * *

In Bonnies Erinnerung waren die Tage der vergangenen Wochen zu einem einzigen Durcheinander verschwommen. Sie wusste nicht einmal mehr, wie lange genau sie sich in diesem Haus aufgehalten hatte. Was spielte das auch für eine Rolle, wenn Menschen starben? Bonnie strich sich mit dem Handrücken eine Haarsträhne aus dem Gesicht und wusch den Schmutz von ihren Händen. Die kleine Küche war der letzte Raum, der noch zu reinigen gewesen war. Sie zwang sich, das Gespräch mit Connor, das sie hier vor einigen Tagen geführt hatte, nicht erneut in Gedanken durchzugehen. Seitdem hatten sie nur dann ein paar Worte miteinander gewechselt, wenn es sich nicht verhindern ließ. Die Wut auf ihn schien unter ihrer Haut zu brennen und drohte sie aufzufressen. Aber sie hatte nicht vor, sich von Connor zerstören zu lassen. Connor hatte ein falsches Spiel mit ihr gespielt. Wenn sie ihn doch einmal ansah, dann schien er zu leiden. Doch das interessierte Bonnie nicht. Zumindest versuchte sie, sich das einzureden.

Es war endlich geschafft. Einen Augenblick lang lehnte sie sich an die Wand und genoss die Gewissheit, dass sie keinen weiteren Patienten verloren hatte. Vor wenigen Tagen waren die letzten beiden, zwei Söhne eines Schafzüchters, blass und noch etwas wackelig auf den Beinen nach Hause gegangen. Blaire hatte eine Runde in der Gemeinde gedreht, die Warnschilder abgenommen und den Bewohnern die gute Nachricht verkündet: Foxgirth hatte die Spanische Grippe vorerst überstanden.

Sie hörte, wie das Rumpeln aus dem Barraum, in dem die Männer die Möbel wieder an ihren angestammten Platz rückten, verstummte und Archie ihren Namen rief. Auch wenn sie sich noch nicht wieder so kräftig wie üblich fühlte und die Kopfschmerzen gelegentlich zurückkamen, hatte sie dennoch durchgehalten. Bonnie warf die verschmutzte

Schürze in den Wäschekorb und folgte dem Ruf ihres Bruders.

Der Raum sah aus, wie er es immer getan hatte. Nichts erinnerte mehr an das, was sich hier in den letzten Wochen abgespielt hatte. Keine Decken und Körper lagen auf dem Boden, kein Geruch nach Krankheit hing in der Luft. Stattdessen duftete es nach Seife.

»Ich glaube, hier war es noch nie so sauber wie heute«, sagte Archie grinsend und deutete auf den Tisch, an dem Blaire, Tommy und Connor mit Vika und Shona warteten. »Setz dich zu uns, wir wollen anstoßen. Darauf, dass wir überlebt haben, und auf dich.« Er machte eine Pause, wie er es immer tat, wenn er etwas Wichtiges sagen wollte.

Bonnie wollte mit den Augen rollen, unterließ es jedoch.

»Du hast alles gegeben in den vergangenen Wochen. Ohne dich hätte sich diese Krankheit hier vermutlich noch weiter verbreitet, und wir hätten mehr Menschen verloren.« Archie griff nach einem der gefüllten Gläser, die auf der Tischplatte neben einer Flasche Single Malt standen. »Auf Bonnie.« Er hob sein Glas und nickte ihr zu.

»Auf Bonnie«, riefen auch die anderen.

Bonnie sah in die müden, ausgelaugten und dennoch zufriedenen Gesichter. Sicherlich war ihres verräterisch gerötet, wie meist, wenn ihr mehr Aufmerksamkeit zuteilwurde, als ihr lieb war.

Arch flitzte mit einem Holzpferd in der Hand an ihr vorbei und stürmte die Treppe hinauf. Bobby folgte ihm hechelnd.

Lachend setzte Bonnie sich neben Blaire und nahm sich ebenfalls ein Glas. Endlich fiel all der Stress von ihr ab.

»Wann machst du den Pub wieder auf?«, wollte Vika von Archie wissen.

Er zuckte mit den Schultern. »In ein paar Tagen vermutlich. Morgen müssen Connor und ich eine Lieferung ausfahren, und wenn ich zurück bin, gibt's noch ein paar Dinge in der Brennerei zu erledigen, die liegen geblieben sind.«

Wenn ich zurück bin. Bonnie sah zu Connor. Er würde Foxgirth schon morgen verlassen.

Connor fing ihren Blick auf, und sein grimmiges Gesicht bestätigte ihre Annahme.

Bonnie leerte den Whisky in einem Zug, und er rann brennend ihre Kehle hinunter. Zwischen ihnen war alles gesagt worden. Sie schämte sich nicht dafür, ihm ihre Liebe gestanden zu haben. Sie hatte es einfach loswerden müssen. Wann genau sie ihr Herz an Connor verloren hatte, wusste sie nicht. Vermutlich schon viel früher, als sie glaubte. Vielleicht damals, als der Brief über Keillans Verschwinden angekommen war und Connor sie aufgefangen hatte? Oder schon Stück für Stück ein wenig eher? Ganz sicher war sie bei dem ersten Kuss bereits bis über beide Ohren verliebt gewesen. Es hatte nichts genützt, sich einzureden, dass sie sich nicht in einen Patienten verlieben wollte. Connor war nicht wie andere Patienten gewesen. Er war nicht wie andere Männer. Aber offensichtlich sollte Archie recht behalten: Connor passte nicht zu ihr. Frustriert atmete sie aus und setzte das Glas ab.

Auf einmal ging die breite Eingangstür auf, und zwei Männer stapften hinein. Irritiert blieben sie in der Mitte des Raums stehen und sahen sich um. »Was ist denn hier los?« Die Männer starrten auf die am Tisch Versammelten, und Bonnie wurde bewusst, welch einen erbärmlichen Anblick sie in diesem Moment abgeben mussten. Allesamt waren sie entweder noch von der Krankheit gezeichnet oder von der vielen Arbeit der letzten Wochen. Und nach der Reinigungsaktion des heutigen Tages zudem auch noch durch die Bank weg dreckig und verschwitzt.

»Wir hatten die Grippe«, antwortete Archie.

Unwillkürlich trat der Mann einen Schritt zurück.

»Die Gefahr ist vorüber, wir haben die Isolation des Ortes aufgehoben«, führte Bonnie eilig aus, um ihn zu beruhigen.

»Isolation?« Der zweite Mann sah sie fragend an. »Dann wisst ihr es noch gar nicht?«

Archie lehnte sich im Stuhl zurück und zog die Augenbrauen zusammen. »Was wissen wir noch nicht?«

Die beiden Männer wechselten einen Blick. »Wir sind extra aus Gullane hergeritten, weil du immer die besten Feiern schmeißt, und wir dachten, hier würde dieses Wochenende richtig was los sein.«

»Warum sollte es das?«, knurrte Archie.

Ein merkwürdiges Gefühl beschlich Bonnie. Sie hing an den Lippen des Mannes und wartete darauf, dass er weitersprach.

»Der Krieg ist gewonnen.«

Es dauerte, bis die Bedeutung dieser Worte zu Bonnie durchdrang. Wie betäubt starrte sie den Mann an.

»Wann?« Selbst Archie schienen die Worte zu fehlen.

»Vor vier Tagen. Am elften November.«

»Es ist schon November?«, rutschte es Bonnie heraus. Sie hatte tatsächlich jegliches Zeitgefühl verloren.

»Ja. Es ist November.« Der Mann lachte, ehe er erneut zu Archie sah. »Also keine Feier?«

»Kommt nächstes Wochenende wieder, und ihr erlebt die größte, die es hier je gegeben hat«, brummte er.

Die Männer nickten in die Runde und stapften hinaus. Als die Tür zufiel, breitete sich Stille aus. Bonnie schluckte. Der Krieg war vorbei. Einfach so. Nach allem, was sie gegeben hatten, war dieser Moment an ihnen vorbeigezogen. Sie drehte den Kopf und bemerkte, wie Archie und Connor sich schweigend ansahen. Beinahe wirkte es, als würden die Freunde in Gedanken ein Gespräch miteinander führen.

»Ich brauche eine zweite Runde«, durchbrach Blaire die Stille und schnappte sich die Flasche.

»Das bedeutet, dass Keillan und Ian nach Hause kommen?« Mit weit aufgerissenen Augen sah Tommy Archie an.

»Nicht heute und nicht morgen. Aber bald.« Archies Blick löste sich von Connor, und er schüttelte den Kopf. »Ich fasse es nicht!«

Mit einem Mal fühlte Bonnie sich leer. Immer hatte sie angenommen, dass dies der großartigste Moment ihres Lebens werden würde. Dass sie und die Menschen, mit denen sie diese Neuigkeit teilen würde, sich vor Freude weinend in den Armen lägen. Doch stattdessen waren sie alle wie vor den Kopf gestoßen. Zu erledigt und ausgebrannt, um sich richtig freuen zu können. Stand sie unter Schock? Sie versuchte, in sich hineinzuhorchen. *Keillan. Ian.* Ein Schluchzen drang gegen ihren Willen aus ihrer Brust. Blaire lachte kratzend und zog sie an sich. Ihr Gesicht in Blaires Bluse gedrückt, lauschte Bonnie, wie sich mit Lachen auch die Anspannung der anderen auflöste.

»Ich laufe los und erzähle es allen. Die Leute müssen es erfahren!«, rief Tommy, und man sah nur noch die Tür hinter ihm zufallen, so schnell war er losgelaufen.

Blaire griff sie an den Schultern und fiel ihr um den Hals. »Sie kommen wieder, Bonnie. Alle beide.«

Bonnie nickte sprachlos.

»Wir müssen zu Ma!« Ihre Schwester umfasste ihr Handgelenk und zog sie zur Tür.

»Warte!« Bonnie löste sich aus Blaires Griff und drehte sich um. Sie sah zu Connor, der sie wehmütig anblickte. »War es das jetzt? Du fährst morgen früh?«

Er warf Archie einen Blick zu, dann stand er auf und kam auf sie zu. »Pass auf dich auf, Bonnie.« Statt ihr wie beim letzten Abschied die Hand zu reichen, beugte er sich vor und küsste ihre Wange. Sein Bart hinterließ ein Kribbeln auf ihrer Haut.

Bonnie schaute ein letztes Mal in seine warmen hellbraunen Augen. Egal, wie wütend sie auf ihn war, sie musste ihn noch ein einziges Mal berühren. Sie fuhr ihm mit der Hand über die stoppelige Wange und zwang sich dann, sich umzudrehen und Blaire zu folgen. Sollte Archie doch einen Wutanfall bekommen. Es würde auch nichts ändern. Connor Fletcher würde aus ihrem Leben verschwinden. Und dieses Mal für immer.

»Ich verstehe es einfach nicht.« Blaire schielte zu ihr, während sie das Pferd aus dem Ort hinaus Richtung Haus lenkte.

»Was?« Bonnie wischte sich eine Träne aus dem Gesicht. Heulte sie jetzt, weil Keillan und Ian wiederkommen würden oder weil Connor ging? Sie wusste es nicht.

»Selbst mir fällt auf, dass ihr zwei etwas füreinander empfindet. Warum könnt ihr es nicht endlich durchziehen und zusammen sein? Wegen Archie?« Blaire schüttelte den Kopf. »Ich hätte Connor mehr Rückgrat zugetraut.«

»Ich auch.« Bonnie schniefte und wickelte sich das Tuch

fester um die Schultern. »Aber er sagt, er sei ein Lügner und nicht gut für mich. Er verheimlicht irgendwas.«

»Und was?«

»Ich weiß es nicht. Es muss mit Edinburgh und seinem Leben dort zusammenhängen. Warum sagt er es mir nicht einfach? Ich würde es verstehen, was immer es ist.« Ihr Kopf sank an die Schulter ihrer Schwester.

»Ach Bonnie.« Blaire legte eine Hand auf Bonnies Rock. »Ich glaube, ich weiß, was er vor dir verstecken will.«

Bonnie glaubte, ihren Ohren nicht zu trauen. Augenblicklich streckte sie den Rücken durch. »Woher?«

»Es ist mir doch schon damals im Pub aufgefallen. Die Schlägerei mit Willie und seinen Leuten.«

Bonnie ließ den Abend vor ihrem inneren Auge Revue passieren. Wie sie mit Blaire am Tresen gesessen hatte und diese sie über Connor ausgehorcht hatte, nachdem Bonnie die Wunden der Männer versorgt hatte. »Du meintest damals, dass er dich an die Boxer erinnert.«

»Und er ist tatsächlich Profiboxer. Oder vielmehr ist er es gewesen.«

»Woher weißt du das?«

Blaire zuckte mit den Schultern. »Haben uns in letzter Zeit etwas besser kennengelernt, und irgendwann hat er wohl entschieden, dass er mich nicht weiter für dumm verkaufen will.«

Bonnie dachte nach. »Natürlich finde ich eine Sportart wie Boxen furchtbar. Diese sinnlose Gewalt will mir einfach nicht einleuchten. Aber deshalb würde ich ihn doch nicht ablehnen.«

»Ich glaube auch nicht, dass das alles ist«, murmelte Blaire und ließ das Pferd antraben.

»Was denn noch?«

»Er hat den Kontakt zwischen Archie und dem Händler hergestellt, der uns den Whisky abnimmt, und ich bekomme aus Archie einfach nicht heraus, an wen er verkauft. Du weißt, dass er kaum Geheimnisse vor mir hat. Nur über Arch und diese Sache verliert er kein Wort. Irgendwas stimmt da nicht.«

»Es spielt keine Rolle mehr. Ich habe akzeptiert, dass Connor mich nicht will«, flüsterte Bonnie. Wie weh ihr dieser Gedanke tat.

»Wie wichtig ist Connor dir?« Blaire sah sie offen an. Sie sprachen selten miteinander über Gefühle. Ihre Schwester war eher mehr wie ein weiterer Bruder für Bonnie gewesen. Doch jetzt schien Blaire ihre Verzweiflung zu spüren.

»Ich liebe ihn, auch wenn ich es nicht will. Mehr, als mir recht ist.«

»Hast du ihn schon geliebt, als du nach Edinburgh gegangen bist?«

Bonne nickte und zog die Nase hoch.

»Wenn du nach einem Jahr noch immer Gefühle für Connor hast, dann muss es dir wirklich ernst sein.« Blaire schenkte ihr ein mitleidiges Lächeln.

»Was mache ich denn jetzt?«

Blaire seufzte und sah zu dem Haus, das vor ihnen auftauchte. »Wir Dennons machen in der Regel verrückte Sachen, wenn wir unseren Gefühlen folgen. Nur du bist immer bedacht. Ich würde alles daransetzen herauszufinden, was dahintersteckt, oder aber Connor vergessen und mir verbieten, noch einmal an ihn zu denken.«

»Connor will, dass ich ihn vergesse«, gab Bonnie leise zurück. »Das hat er mich schon vor meiner Abreise nach Edinburgh spüren lassen.«

»Ein Mann hat kein Recht zu entscheiden, was du zu tun hast. Nicht einmal dann, wenn er es gut meint. Archie nicht, und Connor auch nicht. Hör auf deine Intuition.« Das Pferd kam zum Stehen und Blaire sah auf die Haustür. »Bist du bereit, Ma zu sagen, dass sie ihre Söhne wiederbekommt?«

»Ich glaube, das ist genau das, was ich jetzt brauche.« Müde lächelte sie ihre Schwester an. »Wir werden alle wieder zusammen sein, Blaire.«

»Ja, das werden wir.«

Bonnie trat fest in die Pedale, um gegen den Wind anzukommen, der ihr unerbittlich entgegenschlug. Es lag nicht nur am Wind, dass sie so schlecht vorankam, sondern auch daran, dass sie auch nach der ersten Nacht in ihrem eigenen Bett noch längst nicht all ihre Kraft zurückhatte. Zudem war die Nacht unruhig und kurz gewesen. Der gestrige Tag hatte zu viele widerstreitende Gefühle mit sich gebracht, und kaum dass sie im Bett lag, waren diese wie eine Welle über sie hinweggerollt. Die Grippe war zumindest in Foxgirth zu diesem Zeitpunkt überstanden, der Krieg beendet, ihre Brüder hoffentlich bald auf der Heimreise – und Connor hatte sich von ihr verabschiedet und sie damit endgültig aus seinem Leben gestrichen. All dies schien ihr genug an Aufregung für ein ganzes Leben, doch das Schicksal hatte sich einen einzigen Tag dafür ausgesucht, und Bonnie fühlte sich einfach überwältigt. Freude und Trauer wechselten sich ab und ließen ihr keine Zeit zum Verschnaufen.

Noch vor dem Morgengrauen war sie aufgeschreckt und hatte nicht wieder in den Schlaf gefunden. Schließlich hatte sie es aufgegeben, sich angezogen und war nach einem kurzen Frühstück in der einsamen Küche aufgebrochen, noch ehe die anderen erwachten, um eine Runde durch den Ort zu drehen. Ihr erster Weg hatte sie zu Christie geführt. Die Fischerfamilie war stets früh auf, und so war Bonnie wie immer warmherzig in Empfang genommen und mit einem wohltuenden heißen Tee versorgt worden.

Die Neuigkeiten hatten sich auch bis zu ihrer Freundin herumgesprochen, und alle in dem kleinen Häuschen waren unbeschwert gewesen. Bonnie hatte das Baby gewiegt, und es hatte mit den Armen gerudert und gegluckst. Es war wie ein Versprechen der Zukunft gewesen: dass alles wieder gut werden würde. Bald würde Bonnie erneut dabei helfen, Kinder auf die Welt zu bringen. Doch vorerst musste sie zurück ans Krankenhaus nach Edinburgh. Es gab noch immer Verwundete zu pflegen. Und vermutlich kämen bald die ersten Kriegsgefangenen frei, von denen niemand wirklich wusste, in welchem Zustand sie sich befanden und ob sie ebenfalls gepflegt werden müssten. Das Ende des Kriegs würde die Probleme der Gegenwart nicht über Nacht lösen. Bonnie hatte fest vor, so lange ihre Pflicht zu erfüllen, bis man sie im Krankenhaus nicht mehr brauchte.

Bonnie plante, noch zwei Wochen lang in Foxgirth zu bleiben, um sich weiter zu erholen und etwas länger nach den ehemaligen Grippeerkrankten zu sehen. Natürlich hatte ihre Ma am gestrigen Abend bereits verkündet, sie sei fit genug, um dies zu übernehmen, daher hatte Bonnie einen Kompromiss vorgeschlagen: Sie würden sich die Patienten vorerst aufteilen. Es kam nicht in Frage, dass sie unnütz herumsaß und noch mehr an Connor dachte.

Nach dem Besuch bei Christie war sie bei Kate vorbeigegangen und hatte diese unter Willies wachsamen Blicken untersucht. Bonnie hatte ihr eine Teemischung zur Genesung übergeben, über die Kate die Nase gerümpft hatte, was Bonnie fast dazu verleitet hätte, die Beherrschung zu verlieren. Am Nachmittag wollte sie nach zwei weiteren Patienten sehen, doch nun zog es sie erst mal nach Hause, an die Wärme des Herds und in den Schoß ihrer Familie. Ihr Magen verlangte nach einem Mittagessen, und sie wollte Maireads Lachen hören, das in Erwartung der baldigen Heimkehr ihrer Söhne durchs Haus schallte. Angesichts der Hoffnung, Keillan und Ian demnächst an ihre Brust drücken zu können, waren bei ihrer Ma die Spuren der überstandenen Krankheit schon gestern Abend wie weggewischt gewesen.

Etwas abseits des Feldwegs tauchte die Kapelle auf. In den Nebelschwaden des Morgens lag sie unweit der Steilklippe und Bonnie hörte das pfeifende Geräusch des Windes, der unter die alten Steinschindeln fuhr. Vor dem Gebäude standen zwei Kutschen. Unwillkürlich hielt sie an und stieg ab. Die Kutsche, mit der Connor sie nach Foxgirth gebracht hatte, parkte neben der schweren mit den kräftigen Pferden, die Archie nutzte, um die Fässer zu transportieren. Gerade rollten die beiden Männer ein Whiskyfass über Planken hinauf.

Bonnie schluckte, als sie sah, wie Connor sich mit Wucht dagegenwarf, um es bis nach oben zu rollen. Warum musste sie ihn noch einmal sehen? Connor bemerkte sie nicht und stapfte mit Archie zurück in die Kapelle. Wut bahnte sich den Weg durch ihre Adern. Connor hatte ihr auch dann nicht die Wahrheit gesagt, nachdem sie ihm ihre Liebe gestanden hatte. Er erwartete von ihr, dass sie sich mit Ausflüchten abfand. Dieser Kerl war ein Boxer, damit konnte sie leben, auch wenn er es vielleicht nicht annahm. Doch was, wenn Blaire richtiglag, und da noch viel mehr war? Etwas, das er vor ihr verheimlichte, weil es in seinen Augen furchtbar war, und das selbst Archie dazu brachte, seiner Zwillingsschwester gegenüber Geheimnisse zu haben? Steckte Connor in Problemen? Oder war er am Ende bereits verheiratet? Bonnie verwarf den Gedanken, Untreue passte nicht zu ihm. Aber was war es dann? Connor war nicht glücklich, das zu übersehen war unmöglich. Alles in Bonnie sagte ihr, dass dieser Mann sich danach sehnte, in Foxgirth zu bleiben. Und dennoch kehrte er ihnen allen und ihr erneut den Rücken.

Bonnie schob das Fahrrad über das Gras und lehnte es an einen blattlosen Baum unweit des Gebäudes. Aus Gewohnheit griff sie nach ihrer Tasche auf dem Gepäckträger. Ohne darüber nachzudenken, lief sie zur Rückseite der Kapelle. Das Herz schlug ihr bis zum Hals, als sie sich an die Steinwand presste. Was tat sie hier nur? Sie schloss die Augen und versuchte, ihre Gedanken zu ordnen. *Ich würde alles daransetzen herauszufinden, was dahintersteckt, oder aber ihn vergessen und mir verbieten, noch einmal an ihn zu denken.* Blaires Worte geisterten durch ihren Kopf. Connor einfach zu vergessen, war ihr unmöglich, das hatte sie das vergangene Jahr gelehrt.

»Was würde Blaire tun?«, flüsterte Bonnie und linste um die Hausecke zu der großen Kutsche. War es an der Zeit, aus ihrer Haut zu schlüpfen und so zu handeln, wie es in ihrer Familie üblich war? Unüberlegt und ohne Angst vor den Folgen? Aus dem Innern hörte sie Rumpeln und Stimmen. Nur noch ein Fass würde auf die Ladefläche passen. In wenigen Minuten sollte Connor aus Foxgirth und ihrem Leben verschwinden. Und wenn er und Archie es nicht wollten, gab es keine Möglichkeit für sie, ihn jemals wiederzufinden. »Trau dich«, zischte Bonnie sich zu und rannte geduckt los. Sie balancierte über die Planken auf die Kutsche und zögerte für einen Moment. Dann entdeckte sie eine freie Stelle zwischen den Fässern ganz hinten. Der Rock erschwerte das Klettern über die Holzgefäße, und sie musste ihre Tasche ein Stück weit schleudern, doch schließlich rutschte sie in den engen Raum und kauerte sich auf die Bretter. Im letzten Moment zog sie die Tasche von einem Fass herab und platzierte sie auf ihren Knien.

Die Stimmen kamen näher, und Bonnie zog den Kopf ein. Das Ächzen der Männer verriet, dass sie das letzte Fass hinaufrollten. Es rumste, was wohl bedeutete, dass es seinen Platz gefunden hatte. Dann hörte Bonnie, wie die Klappe zugeschlagen und die Plane an der Rückseite hinabgelassen wurde. Beinahe sah sie die Hand vor Augen nicht mehr. Beide Männer stiegen auf den Kutschbock, doch ihr Gespräch ging im Knirschen der Räder auf dem Feldweg unter, als die Pferde anzogen.

Bonnie verbarg ihr Gesicht in den Händen. Was hatte sie getan? Wie war sie nur auf die Idee gekommen, sich wie ihre Schwester zu verhalten, die sich regelmäßig in Schwierigkeiten brachte? Gefangen zwischen den Fässern, musste sie nun die viele Stunden andauernde Fahrt nach Edinburgh ausharren. Und wofür? Damit Connor und Archie sie beim Entladen entdecken würden? Ihr Bruder würde ausflippen und Connor sie vermutlich für völlig übergeschnappt halten. Was ihr eben noch wie eine gute Idee erschienen war, kam ihr jetzt wie der größte Fehler ihres Lebens vor. Anstatt mit erhobenem Kopf aus der Sache mit Connor herauszugehen, hatte sie sich wie ein dummes kleines Mädchen aufgeführt und sich auf einer Kutsche versteckt.

Bonnie seufzte und lehnte sich gegen das Fass hinter ihr.

Die Beine auszustrecken, war nicht möglich, und die Stöße der unebenen Straße waren schon nach wenigen Minuten unangenehm. *Du hast dich in Teufels Küche begeben.*

Kapitel 15

Gegen Nachmittag fuhren sie in den Hinterhof ein. Murron lehnte am Tor der großen Lagerhalle und rauchte. Connor sah, wie er ihn entdeckte und jemandem ein Zeichen gab. Sicherlich stand Scott an der Tür und würde unverzüglich Don von seiner Rückkehr berichten.

Auf seiner Schulter spürte er Archies Hand. Sein Freund sagte nichts, die Geste war genug. Archie wusste inzwischen nur zu genau, wo er ihn zurücklassen würde. Und wie schon beim letzten Mal glaubte Connor zu erkennen, dass es seinem Freund ganz und gar nicht passte.

»Habt ihr die Grippe überstanden?«, fragte Murron, als er neben ihn trat.

»Sieht so aus.« Connor stieg ab und streckte den Arm aus.

Mit seiner schwieligen Hand ergriff der Mann die seine. »Don hat getobt, als du nach zwei Tagen nicht zurückgekommen bist.«

»Wir hatten Tote«, brummte Archie. »Bin sicher, darauf kann er hier verzichten.«

Wie aufs Stichwort eilte Don in einem blütenweißen Hemd und mit Zigarre im Mundwinkel auf ihn zu. Angespannt fasste sein Boss sich an die Hosenträger, während er eine Rauchwolke ausstieß. Mit zusammengekniffenen Augen musterte er Connor einen Moment lang, ehe er die Zigarre nahm und sie am Kutschrad ausdrückte. »Verflucht, Fletcher, was sollte das? Du meldest dich für zwei Tage ab und kommst erst nach Wochen wieder. Musste jemanden suchen, der Ryan so lange trainiert.« Don reckte sich zur Seite und entdeckte hinten an der Ladefläche angebunden sein Pferd, das die teure leichte Kutsche zog. Er nickte knapp angesichts der Tatsache, dass Connor ihm sein Eigentum zurückbrachte.

»Tag, Don.« Connor streckte seinen Rücken durch. »Hab dir 'nen Brief geschrieben, kam der nicht an?«

»Doch. Kam an. Die Spanische Grippe also?« Argwöhnisch blickte er von ihm zu Archie. »Siehst du deshalb so beschissen aus?«, knurrte Don seinen Freund an.

»Hab den Krieg überlebt und wäre fast an der Grippe verreckt«, stieß Archie hervor und stieg ab. »Connor hatte Kontakt zu Erkrankten und die Gemeindekrankenschwester hat den Ort unter Quarantäne gestellt.«

»Ganz Foxgirth?«, sagte Don scheinbar beiläufig und doch hörte Connor die Drohung heraus. Donald Mac Conallta hatte anscheinend längst herausgefunden, wo sich die Brennerei befand, die ihn belieferte. Und wo die Dennons lebten. Er unterdrückte einen Fluch und bemühte sich, entspannt zu wirken.

Ein Bursche führte auf ein Zeichen von Don das edle Pferd in Richtung Stall, während Scott und Murron begannen, die Fässer abzuladen und in die Lagerhalle zu rollen.

»Sie bekommen einen Rabatt auf die heutige Lieferung. Wegen der Unannehmlichkeiten, die Connors Abwesenheit ausgelöst hat«, sagte Archie.

Don nickte und steckte die Hände in die Hosentaschen. »Der 18. Zusatzartikel soll in den Staaten bald ratifiziert werden, heißt es«, berichtete er.

»Und was bedeutet das?«, fragte Archie. »Wir haben länger keine Zeitungen gekriegt.«

»Die Prohibition wird kommen. Und dann wird es unzählige Kneipen geben, die beliefert werden müssen.« Dröhnend hallte Dons Lachen von den Hauswänden wieder. »Wir werden ein Vermögen machen, Jungs. Deshalb bin ich auch bereit, Connor seinen kleinen Ausflug ausnahmsweise zu verzeihen. Ein zweites Mal wird so etwas aber nicht vorkommen.«

Connor glaubte, ein Blitzen in Archies Augen zu sehen.

Sein Boss strich sich zufrieden über den Schnurrbart. »Ich bin bereits dabei, ein Schmuggelnetzwerk mit meinen Verbündeten in den Staaten aufzubauen. Wir werden verschieben, was wir in die Finger kriegen können. Die Nachfrage wird groß sein.«

»Wir haben vor, uns zu vergrößern«, antwortete Archie. »Wir bauen an und können bald die doppelte Menge liefern.«

Dons Gesichtszüge erhellten sich ebenso schnell, wie sich Connors verfinsterten. Archie ritt sich immer mehr in die Abhängigkeit mit den Lads hinein.

»Du kannst liefern, was du hast, Dennon.« Don schlug Archie auf die Schulter und wandte sich dann an Connor. »Und du musst dringend Ryan weitertrainieren. Ich habe seinen ersten großen Kampf organisiert und will einen Gewinner sehen.«

Connor nickte und sah in den Himmel. Es würde immer so weitergehen. So, wie es schon seit seiner Jugend war. Dreckige Hinterhöfe, graue Straßen und stinkende Luft. Dazu als Abwechslung hin und wieder das Johlen der Zuschauer in den vollbesetzten Hallen bei den Wettkämpfen und der Geruch nach Schweiß und Menschen, die ihr sauer verdientes Geld setzten. Die Boxkämpfe waren ihm früher wie ein brodelnder Suppentopf vorgekommen, und sicherlich hatte sich daran wenig geändert. Das hier war seine Welt und er sollte es endlich akzeptieren. Mit etwas Glück würde er sich wieder ein wenig daran gewöhnen und vielleicht sogar darauf achten können, dass Archie nicht zu großen Mist baute.

»Was haben wir denn da?«, hörte er Scott ausrufen.

Archie stapfte um die Kutsche herum. »Verflucht nochmal! Was zum Teufel machst du hier?«, brach es aus ihm heraus.

Connor und Don folgten ihm. Wie betäubt starrte Connor auf die hellroten Haare. Zusammengekauert zwischen zwei Fässern hockte die Frau, die hier definitiv nichts zu suchen hatte. »Bonnie«, seufzte er und schüttelte den Kopf.

»Komm sofort da raus«, rief Archie und fuchtelte mit dem Arm herum.

Während sie Connors Blick auswich, stand Bonnie auf, ging zum Ende der Ladefläche und ließ sich von ihrem Bruder hinunterhelfen.

»Wer ist das?«, donnerte Connors Boss ungehalten.

»Meine Schwester, die allem Anschein nach eine wirklich dumme Idee hatte«, knurrte Archie.

»Deine Schwester?« Dons Stimme wurde ruhiger. Mit einem breiten Lächeln reichte er Bonnie die Hand. »Guten Tag, junge Dame. Donald Mac Conallta. Angenehm, Sie kennenzulernen.«

Der Moment, in dem Bonnie begriff, wer da vor ihr stand, war nicht zu übersehen. Blitzartig weiteten sich ihre Augen, ihr Mund öffnete sich etwas, ehe sie ihre Lippen fest aufeinanderpresste. Flüchtig traf ihr Blick auf Connor, ehe sie ihre Hand aus Dons Griff befreite. Sie musste etwas über ihn in der Zeitung gelesen haben, anders war Bonnies Reaktion nicht zu erklären. Und sicherlich hatte sie eben jedes Wort der Unterhaltung mit angehört. Wusste, dass Connor ihren Bruder mit diesem Mann in Kontakt gebracht hatte und dass Archie plante, zukünftig nicht nur den Boss der Edinburgher Unterwelt, sondern auch einen Schmuggelring zu beliefern.

Einen Moment lang wünschte Connor sich, er hätte es nie aus Flandern herausgeschafft. Denn dann wären sowohl Bonnie als auch Archie in diesem Augenblick dort gewesen, wo sie hingehörten, anstatt hier.

»Was soll denn das nur?«, brummte Archie erneut und umfasste das Handgelenk seiner Schwester.

»Connor...« Bonnie stockte und schlug die Augen nieder. »Ich wollte wissen, was er verheimlicht.«

Connor musste gegen das Bedürfnis ankämpfen, sie an sich zu ziehen.

»Connor?« Don sah erst ihn an und dann Bonnie. Sein Boss schien zu begreifen, was hier vor sich ging. Dass es mehr als Archie gab, was ihn immer wieder nach Foxgirth zog. »Connor ist ein Lad und gehört hierher. Nicht aufs Land zu Schafzüchtern.« Dons Lachen wurde von den Wänden ringsherum zurückgeworfen, und Bonnie zuckte zusammen. »Natürlich haben wir hier für solch ein hübsches Gesicht immer Verwendung...«

»Schaff sie auf den Kutschbock und bring sie sofort von hier weg«, zischte Connor Archie zu. Er war kurz davor, nach Dons Hals zu greifen und fest zuzudrücken. Doch in Wahrheit war er nicht auf seinen Boss, sondern auf sich selbst wütend. Er war es, der Bonnie einmal mehr das Herz gebrochen und sie jetzt auch noch dazu gebracht hatte, ihn zu verachten.

Archie nickte und zog am Handgelenk seiner Schwester, als Rufe und Schritte durch den Hof hallten.

»Pa!« Eine junge Frau stürzte auf sie zu und hielt sich die Seite. Keuchend kam sie vor ihnen zum Stehen.

»Isabella!« Don wandte sich zu ihr. »Was ist los? Was tust du hier?«

»Mary«, rief sie und schnappte nach Luft. »Mary liegt in den Wehen.«

Jahre waren vergangen, seit sie zum letzten Mal miteinander gesprochen hatten, aber Isabella wirkte noch wie damals. Ein wenig älter natürlich, vermutlich war sie inzwischen Mitte zwanzig. Dadurch, dass er sich meist bei der Boxhalle aufhielt, waren sie sich bisher kaum begegnet. Er dachte, wie merkwürdig es war, dass er hier zugleich mit der Frau stand, die ihm von seinem Boss als Eheweib angeboten worden war, und mit Bonnie, die er in einem anderen Leben ohne Umschweife geheiratet hätte. Obwohl einige hellblonde Strähnen aus der ordentlichen Frisur gerutscht waren und ihre Wangen glühten, war Isabella hübsch anzusehen wie eh und je. Ein wenig zu wild, aber das stand ihr eigentlich ganz gut und passte wohl auch zu ihrem Charakter. Und doch verblasste sie in ihrem teuren und aufwendigen Kleid geradezu neben Bonnie, die wie stets praktische und schlichte Kleidung trug. Wenn nicht einmal diese Schönheit es ihm antun konnte, dann war Hopfen und Malz verloren und er Bonnie in der Tat vollkommen verfallen. Connor blickte zu ihr, doch Bonnie beachtete ihn nicht.

Ein Grinsen zeichnete sich unter Dons Schnurrbart ab. »Mein erstes Enkelkind«, sagte er mit Stolz in der Stimme. »Wird ein Junge, das habe ich im Gefühl.«

»Pa!« Sie zog an seinem Hemd. »Ma sagt, es gibt Probleme, und die Hebamme ist bei einer anderen Geburt. Es ist wohl schon zu weit, als dass wir sie noch ins Krankenhaus bringen können.« Sie sah ihn mit bebenden Lippen an. »Ma hat Angst, dass Mary oder das Kind sterben werden. Sie hat mich zu dir geschickt. Was in Himmels Namen machen wir denn nur?«

Jegliche Farbe wich aus Dons Gesicht. »Murron!«, brüllte er. »Sieh zu, dass du irgendwo eine verdammte Hebamme auftreibst, und schaff sie zu mir nach Hause! Und wenn du sie von einer anderen Geburt wegzerren musst, dann tu es verflucht nochmal!«

Hatte Connor Don jemals panisch gesehen? Wütend und aufgebracht ja, aber nie besorgt.

»Ich kann helfen.« Bonnie trat neben seinen Boss und reckte das Kinn vor. »Ich bin Krankenschwester und Hebamme. Wenn Sie mich zu Ihrer Tochter führen, dann werde ich mein Bestes tun, um das Kind gesund auf die Welt zu bringen.«

»Sind Sie das wirklich?« Mit schmalen Augen musterte Don sie.

Bonnie deutete auf die Ladefläche, wo ihre Tasche bei den Fässern lag. »Ich habe meine Ausrüstung dabei, da ich heute Morgen nach meinen Patienten gesehen habe.«

»Connor, hol die Tasche«, befahl Don ihm und zog Bonnie mit sich.

Missmutig stieg Connor auf die Ladefläche und griff nach der Ledertasche.

Als er abstieg, sah Archie ihn mit stechendem Blick an. »Was passiert, wenn Bonnie nicht helfen kann und Dons Tochter bei der Geburt stirbt?«, raunte er.

Connor atmete scharf ein. »Don würde sich nie an einer

Frau vergreifen. Du und ich, wir werden dafür bezahlen, da bin ich mir sicher.«

Archie nickte. »Besser wir als sie.«

* * * * *

Stolpernd folgte Bonnie dem Mann. Die Leute auf den Gehwegen sprangen zur Seite, sobald sie Mr. Mac Conallta sahen. Er walzte geradezu durch die Gassen, ehe er sie durch die Eingangstür eines großen Hauses schob. Bonnie fand sich in einem elegant eingerichteten Flur wieder. Bewegungslos verharrte sie auf der Stelle und versuchte, ihre Gedanken zu ordnen. Sie hatte offensichtlich das Haus des berüchtigtsten Kriminellen von Edinburgh betreten. Um sie herum hingen Ölgemälde, und mit weichen Knien stand sie auf einem aufwendig gewebten Berberteppich. *Connor ist ein Lad.* Mühsam brachte sie ihre Atmung wieder unter Kontrolle.

Ein heller Schrei riss sie aus ihrer Starre. Sie sah in das bleiche Gesicht des Mannes, der sie noch immer am Handgelenk hielt. Jetzt gerade wirkte er einfach nur wie ein besorgter Vater. »Nun gehen Sie schon rauf!«, dröhnte seine Stimme in ihren Ohren.

Bonnie raffte den schweren Leinenrock und stürzte die Treppe nach oben. In einer offenen Tür sah sie die junge Frau von eben stehen, die ihnen vorausgeeilt war. »Hier herein«, rief sie Bonnie zu sich.

Mehrere jüngere Frauen und Mädchen standen um ein breites Bett herum, auf dessen Bettkante eine ältere Frau saß und der Gebärenden mit einem feuchten Tuch die Stirn abtupfte.

Bonnie ließ ihre Tasche auf einen Sessel fallen und beugte

sich über die Schwangere. »Ich bin Bonnie und werde dir helfen«, sprach sie auf sie ein.

»Sie sind Hebamme?« Die ältere Frau, deren Haare das gleiche kühle Blond aufwiesen wie die der meisten Töchter, musterte sie, und Bonnie konnte Besorgnis in ihren Augen lesen, weil sie keine Krankenschwesterntracht trug.

Statt einer Antwort nickte sie nur und machte sich sogleich daran, den gerundeten Bauch abzutasten.

»Sie schickt der Himmel«, flüsterte die elegant gekleidete Frau, in der Bonnie Mrs. Mac Conallta vermutete.

Bonnies Handflächen fuhren über die Rundung unter dem Nachthemd. »Schicken Sie bitte Ihre anderen Töchter raus«, sagte Bonnie. »Wir brauchen hier Ruhe.«

Mit einem Zeichen scheuchte Mrs. Mac Conallta die jungen Frauen aus dem Zimmer und schloss die Tür.

»Also?« Mit schmalen Lippen wartete sie auf Bonnies Urteil.

»Das Kind liegt richtig, aber es scheint mir ungewöhnlich groß zu sein.« Bonnie schenkte der Gebärenden ein Lächeln. »Ihre Tochter ist schmal gebaut, was ihr jetzt unter der Geburt Probleme bereitet.«

Stöhnend bäumte sich die junge Frau in dem Bett auf und griff nach ihrer Hand.

Bonnie hielt dem Druck stand, bis die Wehe nachließ.

»Können wir sie nicht doch noch ins Krankenhaus bringen?«, fragte Mrs. Mac Conallta und sprang auf.

»Das Fruchtwasser ist bereits abgegangen.« Bonnie deutete auf die nassen Laken. »Ich würde sie ungerne transportieren, wenn das Köpfchen, wie ich vermute, schon im Geburtskanal liegt. Es könnte schlimme Folgen haben.«

Mrs. Mac Conallta machte eine zustimmende Geste. Im

Ansatz ihrer aufwendig frisierten Haare glänzten Schweißperlen.

Bonnie legte ihre Hand auf das Bein der Schwangeren. »Du heißt Mary?«

Die Gebärende nickte und kniff die Augen zusammen, während sie ein weiteres Stöhnen hören ließ.

»Ich werde mir das jetzt genauer ansehen, Mary, damit wir wissen, wie weit dein Kind es schon geschafft hat.« Aus ihrer Tasche holte Bonnie ein Fläschchen, öffnete den Verschluss und setzte es an Marys Lippen. »Das wird deine Wehen unterstützen.«

»Danke«, hauchte die junge Frau.

»Du hast einen groß gebauten Ehemann, wie ich annehme?«

Mary nickte. »Philipp ist für ein paar Tage geschäftlich in Glasgow.« Ihre Lippen bebten. »Der Arzt sagte, ich hätte wohl noch zwei, drei Wochen bis zur Niederkunft.«

»Zum Glück nicht.« Bonnie verschloss das Fläschchen und stand auf, um sich an der Waschschüssel die Hände zu reinigen. »Bei solch einem großen Kind ist es ein Segen, wenn es vor dem Termin kommt.«

Hinter sich hörte sie Schritte und Mrs. Mac Conallta trat neben sie. »Sagen Sie mir ehrlich: Bekommen Sie das hin?«, flüsterte sie.

»Es ist nicht das erste Kind dieser Größe, das ich auf die Welt hole. Aber Ihre Tochter wird viel Kraft brauchen.«

»Es muss überleben«, flüsterte die Frau. »Und meine Tochter auch.«

»Das werden sie beide«, versprach Bonnie. Als Mrs. Mac Conallta wieder ans Bett eilte, schloss Bonnie die Augen. Sie durfte den Frauen nicht zeigen, wie besorgt sie war. Mary brauchte Zuversicht, um zu überstehen, was ihr bevorstand. Auch wenn es selbstsüchtig war, so konnte Bonnie nicht anders, als daran zu denken, was passieren sollte, wenn sie diesem Kind nicht unbeschadet auf die Welt helfen konnte. Connors entsetzter Gesichtsausdruck, als er sie eben entdeckt hatte, drängte sich in ihre Gedanken. Warum hatte er so geschockt reagiert? Weil sie nun sein Geheimnis kannte, oder etwa, weil er sie in Gefahr wähnte? Es spielte keine Rolle. Alles, was jetzt zählte, war das ungeborene Leben und das der Gebärenden. Bonnie trocknete ihre Hände an dem feinen Handtuch mit den hübschen Stickereien ab und atmete tief durch.

* * * * *

Hinter Archie trat Connor ins Haus. Aus dem ersten Stock drangen laute Schreie, und Don ging mit festen Schritten im Flur auf und ab. Die Erde schien unter seinen Füßen zu beben. Mit blutleerem Gesicht wandte er sich zu Archie um. »Ich hoffe, dass deine Schwester weiß, was sie tut.«

»Sie hat eine hervorragende Ausbildung«, sagte Archie und sah sich unschlüssig um.

Connor tat es ihm gleich. Sie sollten nicht hier sein in diesem Moment, es stand ihnen nicht zu. Und doch würden weder Archie noch er von hier weggehen, ehe die Sache vorüber war. Ihretwegen war Bonnie in eine Situation geraten, die ihm mehr Sorge bereitete als so mancher Kampfeinsatz. Fahrig fuhr Connor sich durch die Haare und bedeutete seinem Freund, durch eine Tür auf der rechten Seite zu gehen.

Archie sah sich in dem elegant eingerichteten Salon um.

»Ich habe noch nie solch ein Zimmer gesehen«, raunte er. Beeindruckt betrachtete er die Möbel, die ein Vermögen gekostet haben mussten, und Dekorationen wie filigrane Vasen und wuchtige Gemälde an den Wänden. Wer so ein Haus sein Eigen nannte, hatte es geschafft.

Auf einem Sofa saßen Isabella und ihre Schwestern in hübschen Kleidern wie die Orgelpfeifen und starrten wortlos vor sich hin. Es kam Connor einmal mehr wie ein schlechter Witz vor, dass Don ihm eine der älteren Töchter als Ehefrau angeboten hatte. Sicherlich hatte er keine von ihnen um ihre Meinung gefragt.

»Die Hebamme«, hörte er eine helle Stimme.

Er wandte sich den jungen Frauen zu.

»Wie kam es dazu, dass sie ausgerechnet im Hinterhof bei meinem Vater war, als ich ankam? Und warum lag ihre Tasche zwischen den Fässern auf der Ladefläche?« Isabella blickte ihn fragend an.

»Weil sie eine Dummheit gemacht hat und sich da hinten versteckte«, sagte Connor matt.

»Und niemand hat sie dort entdeckt?«

Connor seufzte. »Wer kommt denn schon auf die Idee, dass eine Frau sich auf der Ladefläche einer Kutsche versteckt?« Wie er sich wünschte, Bonnie rechtzeitig bemerkt zu haben. Doch vielleicht hatte das Schicksal sie in dieses Haus gebracht, um ein oder gar zwei Leben zu retten.

Isabella schmunzelte. »Sie sind also wieder zurück, Mr. Fletcher«, sagte sie.

»Das bin ich wohl«, brummte Connor. Er wollte fragen, ob sie sich noch immer bei ihr verbotenen Kundgebungen herumtrieb, aber das war wohl nicht für die Ohren ihrer kleinen Schwestern gedacht.

Archie ging auf einen Sessel in der anderen Zimmerecke zu und nahm Platz.

Connor rückte einen zweiten daneben und setzte sich ebenfalls. Seine Kiefer mahlten aufeinander. »Ich übernehme die volle Verantwortung für das hier«, brummte er. Immerhin waren sie weit genug von den Mädchen entfernt, um leise miteinander sprechen zu können.

»Für ein Kind, das schwer auf die Welt kommt?«

»Du weißt, was ich meine.« Connor warf ihm einen frustrierten Blick zu. »Du hast mich mehr als einmal gewarnt, Bonnie nicht zu nahe zu kommen, und ich konnte es doch nicht lassen.« Er schüttelte den Kopf und vergrub das Gesicht in den Händen.

»*Wie* nah warst du ihr denn?«, brachte Archie hervor.

Connor sah auf. »Nicht so nah, wie sie es gerne gehabt hätte«, gab er matt zurück.

Archie zog die Augenbrauen hoch. »Dieses Früchtchen«, zischte er. »Ich hätte mir mit meinen Warnungen wohl eher Bonnie vornehmen sollen als dich.«

Connor musste trotz der ernsten Lage leise lachen.

»Du hast sie also nicht angefasst?«, fragte Archie kaum hörbar nach.

»Ich habe Bonnie geküsst, das ist alles. Dafür kannst du mir gerne eine reinhauen, sobald wir hier raus sind.«

»Ich werde darüber nachdenken«, knurrte Archie.

»Mach, was du willst, ich werde mich nicht wehren.« Connor lehnte sich zurück. »Du hattest recht, die ganze Zeit: Ich bin nicht gut für Bonnie. Meinetwegen ist sie jetzt im Haus eines Kriminellen, und noch dazu wird sie mich hassen.« Er war kurz davor, wahnsinnig zu werden. Das alles war zu viel für ihn.

Archie lachte trocken auf. Er reckte sich vor und klopfte Connor auf den Arm. »Wir wären nicht hier, wenn ich nicht mit Don Geschäfte machen würde. Es liegt nicht nur an dir, ich bin keinen Deut besser.« Er sah sich erneut um. »Diesem Mann ist Geld wichtig, vermutlich zählt neben seiner Familie nur sein wachsendes Vermögen für ihn. Durch die Prohibition wird er sich eine goldene Nase verdienen. Ich glaube nicht, dass er uns Probleme machen wird. Er braucht unseren Alkohol.«

»Du bist von seinem Schlag und denkst wie er«, sagte Connor. »Ich hoffe, du liegst richtig.«

Archie runzelte die Stirn. »Siehst du in mir einen Mann von Dons Schlag?«

Connor zuckte mit den Schultern. »Euch beiden ist abgesehen von der Familie nur eines wichtig: Erfolg.«

Archie atmete hörbar ein. »Gewisse Parallelen kann ich nicht verleugnen. Don imponiert mir«, gab er zu. »Er hat es mit eiserner Hand und Gespür für Geschäfte geschafft, sich vom Sohn eines einfachen Arbeiters an die Spitze der Edinburgher Unterwelt hochzuarbeiten.« Er machte eine Pause. »Allerdings habe ich bisher nicht die Gesetze gebrochen. Whisky herzustellen, ist kein Verbrechen. An einen Gangster zu verkaufen, vielleicht schon. So genau weiß ich es nicht, aber es spielt auch keine Rolle, weil ich es trotzdem tun würde. Ich hoffe einfach, das ich mich clever genug anstelle, um nicht aufzufliegen.«

»Aber jetzt willst du Alkohol an einen Schmuggelring verhökern und wirst vermutlich ebenfalls in den Bau gehen, falls die Sache herauskommt«, flüsterte Connor. »Ich rate dir, gründlich nachzudenken, ob es das wert ist.«

»Das werde ich tun, sobald Bonnie heil hier rausgekommen ist«, brummte Archie und lehnte sich zurück. »Sollten wir vielleicht beten oder so?«, fragte er grummelnd.

»Wir haben nicht einmal gebetet, als sie uns eins ums andere Mal aus den Gräben und ins Niemandsland gejagt haben. Kein Grund, heute damit anzufangen«, antwortete Connor, woraufhin Archie leise auflachte.

Connor sah auf die Uhr. Es war bereits nach sechs Uhr abends, und hinter der Fensterscheibe hatte sich längst die Dunkelheit über die Stadt gesenkt. Nur die Laternen erhellten die Straße vor dem Haus etwas.

Don lief inzwischen im Salon auf und ab und scheuchte immer wieder eine seiner Töchter nach oben, um nachzufragen, wie es voranging. Doch jedes Mal kamen sie mit vagen Antworten zurück, und er wurde zusehends unruhiger.

Die Schreie gingen Connor durch Mark und Bein und weckten die Erinnerungen an verwundete Soldaten. Doch hier würde mit Glück immerhin etwas Gutes am Ende der Schmerzen warten. »Hast du je eine Geburt miterlebt?«, fragte er Archie, damit die Zeit rascher verstrich.

Archie nickte. »Die von Tommy. Wir Geschwister haben in der Küche gesessen und den Geräuschen im oberen Stockwerk gelauscht. Doch von Ma war längst nicht so viel zu hören. Als sechstes Kind ist Tommy beinahe von alleine herausgeflutscht, wie sie uns danach berichtete.« Er machte eine Pause und schien sich zurückzuentsinnen. »Bonnie hat damals der Geburt beigewohnt, obwohl sie eigentlich zu jung dafür war. Mit strahlenden Augen ist sie zu uns in die Küche gestürmt und hat uns von einem weiteren Jungen berichtet.«

»Du hast Glück, solch schöne Erinnerungen zu haben«,

murmelte Connor. Er konnte nur an die Beerdigungen seiner Geschwister zurückdenken.

»Ja, das vergesse ich zu oft. Tommys Geburt hat nach dem tragischen Tod meines Stiefvaters endlich wieder fröhlichere Zeiten ins Haus gebracht.« Er schmunzelte. »Wer hätte gedacht, dass ein winziger rothaariger Säugling genau das war, was wir alle gebraucht haben.«

Die Schreie wurden lauter, und Connor kämpfte gegen seine Gefühle an. Unentwegt fuhr er mit der Hand über den Stoff seiner Hose, der die Narben an seinem Bein bedeckte. Es musste einfach gut gehen. Er wollte sich nicht ausmalen, was sonst passieren würde.

Die Töchter auf dem Sofa murmelten Gebete. Plötzlich verstummten die Schreie. Don schickte Isabella nach oben, doch sie kam einmal mehr unverrichteter Dinge zurück. »Keine Ahnung, Pa. Sie machen die Tür nicht auf«, sagte sie und setzte sich wieder zu ihren Schwestern.

Regungslos stand Don in der Mitte des Zimmers und die Minuten verstrichen. Keiner wagte, etwas zu sagen. Dann glaubte Connor, Schritte auf der Treppe zu hören, und Bonnie trat mit einem Bündel im Arm ein. Ein Blick auf ihre roten Wangen und die glänzenden Augen ließ alle Anspannung von ihm abfallen. Er konnte Bonnies Gesichtsausdruck lesen, und was er ihm verriet, war gut.

Sprachlos sah Don auf das in Tücher eingeschlagene Kind, das Bonnie ihm reichte.

»Ihr erster Enkelsohn, Mr. Mac Conallta«, sprach sie ruhig. »Er hatte nach der schweren Geburt Probleme, ordentlich zu atmen, aber jetzt geht es ihm gut.«

Behutsam entfernte der Mann das Tuch ein wenig. »Ein großes Kind«, befand er, und seine Gesichtszüge entspannten sich.

»Ein kräftiger Junge«, stimmte Bonnie zu. »Das muss der schwerste Säugling sein, bei dessen Entbindung ich geholfen habe.«

»Ein richtiger Kämpfer.« Don machte eine Pause. »Und meine Tochter?«

»Mary wird sich erholen, braucht jedoch in nächster Zeit Ruhe.«

Er nickte und bedeutete seinen Töchtern, zu ihm zu kommen. Die Freude auf den Gesichtern zu sehen, tat sogar Connor gut.

»Isabella, lauf rasch in die Küche und sag der Köchin, sie soll eine Hühnersuppe für Mary aufsetzen.« Dann schaute er zu den anderen Mädchen. »Und ihr macht euch bettfertig und sprecht ein Gebet für euren Neffen.«

Connor beobachtete, wie Isabella Bonnie eine Hand auf die Schulter legte und »danke« hauchte, ehe sie durch die Flügeltür verschwand.

Das Zimmer leerte sich, und Connor sah zu Bonnie, die verträumt auf das Baby blickte. Gerade als sie erneut nach oben gehen wollte, kam Mrs. Mac Conallta die Stufen hinab. Connor hatte die Frau nur wenige Male getroffen, da sie sich meist von den Geschäften ihres Mannes fernhielt, ebenso wie vom *The Black Bear*, und bisher kein Wort mit ihr gewechselt. Ebenso wie die meisten ihrer Töchter hatte sie eisblaue Augen und helle Haare, auch wenn sich in Letztere bereits das erste Grau mischte. Trotz ihres Alters war sie nach wie vor eine schöne Frau mit eleganten Bewegungen und aufrechter Haltung. Sie stellte sich neben ihren Mann und nahm ihm das Kind ab. »Schwester Bonnie hat das ganz wunderbar gemacht«, sagte sie und lächelte ihr zu. »Ich fürchte, ohne sie hätte es kein gutes Ende genommen.«

»Ich danke Ihnen.« Don nickte anerkennend.

»Das ist mein Beruf«, gab sie zurück und suchte Archies Blick.

Kaum merklich nickte er seiner Schwester zu.

»Ich möchte mich bei Ihnen erkenntlich zeigen«, hörte er Don sagen. Der Mann zog ein Bündel Scheine aus der Hosentasche und Connor erwartete, dass er einige abzählen würde. Stattdessen griff er nach Bonnies Hand und legte es komplett hinein.

Fassungslos starrte sie auf die Scheine. »Das kann ich nicht annehmen, Mr. Mac Conallta. Das ist mehr, als ich in einem Jahr verdiene«, stammelte Bonnie und hielt ihm das Bündel entgegen.

»Meine Familie ist mir das Wichtigste und dank Ihnen habe ich endlich einen Erben.« Sein Lachen dröhnte durch den Raum. »Sie haben ja alle meine Töchter gesehen – so oft habe ich auf einen Burschen gehofft, doch es sollte erst heute ein Enkelsohn werden.« Er steckte die Hände in die Hosentasche. »Nehmen Sie das Geld, ehe ich es mir anders überlege, ich bin heute großzügig.«

Etwas in Bonnies Augen ließ Connor unsicher werden. Er betrachtete ihre schmalen Lippen und wie sie die Nase kräuselte. *Was hast du vor?*

»Ich möchte das Geld nicht«, sagte sie. »Aber ich möchte Sie um einen Gefallen bitten.«

Neben ihm rutschte Archie angespannt im Sessel hin und her. Sie tauschten einen Blick, wagten es aber nicht, etwas zu sagen.

»Was kann ich dann für Sie tun?«, fragte Don mit einer ungewöhnlichen Milde in der Stimme.

»Bitte lassen Sie Connor gehen.«

Connor starrte in Bonnies Gesicht und rührte sich nicht. Nicht einmal zu atmen wagte er.

»Connor ist ein Mitglied unseres Unternehmens, wie Sie vermutlich inzwischen wissen«, gab Don zurück.

»Ja, das ist mir bewusst. Aber wie ich vermute, ist er damit nicht mehr glücklich.« Sie sah schüchtern zu Don auf. »Was nützt Ihnen ein Mann, der eigentlich gar nicht hier sein will? Ein unzufriedener Arbeiter leistet kaum die Arbeit wie einer, der seine Stelle gerne innehat. Vermutlich ist das auch in Ihrer Art Unternehmen ähnlich.«

Don zwirbelte seinen Schnurrbart und wandte sich um. »Hat die Frau recht, Fletcher?«

»Ja.« Connor sprang auf und trat vor ihn. »Don, ich bin dir dankbar für alles, was du für mich getan hast. Und ich habe mich immer voll für unsere Sache eingesetzt. Aber ich bin müde. Fünfzehn Jahre bei den Lads und dieser Krieg reichen. Ich will endlich ein normales Leben. Eins ohne Aufregung und all das, was nötig ist, um ein Lad zu sein.«

Don ließ ein Brummen hören. »Du weißt zu viel über uns, als dass ich dich einfach gehen lassen könnte.«

»Aber Sie wissen, wo mein Bruder und ich wohnen. Das ist doch Ihre Sicherheit?«, sagte Bonnie leise und sah Don wach an. »Meine Familie ist Connor sehr wichtig, er würde uns nie in Gefahr bringen. Und wie ich meinen Bruder kenne, wird er nicht davon abzubringen sein, weiter mit Ihnen Geschäfte zu machen.« Der Blick, mit dem sie Archie bedachte, war schneidend. Connor konnte nicht anders, als sie zu bewundern. Es war furchtbar dumm, was sie hier versuchte, aber es war auch verflucht mutig.

Mrs. Mac Conallta räusperte sich, um die Aufmerksamkeit ihres Mannes auf sich zu ziehen.

»Was ist?«, fragte Don.

»Lass ihn gehen, Schatz.«

Connor starrte die ältere Frau an, dann sah er zu seinem Boss.

»Connor ist mir ein ergebener Mann gewesen, so einen lässt man nicht ziehen«, antwortete er barsch. »Kommt nicht in Frage! Er hat einen Schwur geleistet und muss damit leben, so wie alle anderen auch.«

Connors Schultern sackten nach unten. Hatte er wirklich geglaubt, dass Don es sich anders überlegen würde?

»Sieh dir die beiden an«, sagte Mrs. Mac Conallta mit ruhiger Stimme. »Sie sind einander verfallen, so wie wir beiden damals vor über siebenundzwanzig Jahren.«

»Das ist ihre Sache«, wischte er ihren Einwand beiseite.

Mrs. Mac Conallta zog die Augenbrauen zusammen. »Erinnerst du dich, wie mein Vater dagegen war, dass ich einen Kleinkriminellen heirate?«, rief sie.

Don wurde beinahe purpurrot im Gesicht. »Das geht niemanden etwas an, Frau!«

»Ich bin von daheim getürmt, um dich heimlich in dieser winzigen Kapelle zu heiraten. Einen Mann, der weder Geld noch eine vernünftige Anstellung hatte, und doch habe ich etwas in dir gesehen.« Sie holte Luft. »Diese Frau hat nicht nur deinen Enkel gerettet, sie sieht auch etwas in deinem ehemaligen Champion.« Sie schmiegte sich an ihren Mann, der Connor einen finsteren Blick zuwarf. »Du hast damals meine Hand gegen alle Widrigkeiten bekommen, also danke dem Schicksal und tu einmal in deinem Leben etwas Ehrenwertes, und zeig mir, dass ich damals wirklich die richtige Entscheidung getroffen habe.« Don sah nicht, wie sie Bonnie zuzwinkerte.

Connor glaubte, seine Brust würde explodieren, so rasend hämmerte sein Herz.

Don zwirbelte seinen Bart. »Du verkaufst weiterhin an mich?«, fragte er an Archie gerichtet.

Archie stand ebenfalls auf. »Selbstverständlich. Und wir erhöhen die Produktion wie abgesprochen. Wenn ich einen Deal mache, dann halte ich ihn auch.«

Don nickte. »Dann macht, dass ihr rauskommt, ich möchte nach meiner Tochter sehen.« Er nahm Bonnie die Scheine ab und ging, ohne ein weiteres Wort zu sagen, aus dem Raum.

Mrs. Mac Conallta lachte leise und nickte ihm und Bonnie dann zu. »Ich wünsche Ihnen alles Gute.« Sie küsste das Köpfchen des Säuglings und folgte ihrem Mann.

Stille breitete sich aus. Schmal und mit verwuschelten Haaren stand Bonnie noch immer an der gleichen Stelle. Irgendwie hatte sie eben geschafft, was bisher niemandem gelungen war: Donald Mac Conallta hatte einen seiner Männer aus dem Dienst entlassen. *Ihn.* Langsam, aber sicher kam in Connor der Verdacht auf, dass es nicht einzig die Männer waren, die den Lauf der Welt bestimmten, wie er immer angenommen hatte. Die Dennon-Frauen hatten ihm mehr als einmal gezeigt, dass sie sich durchzusetzen wussten, und nun hatte auch Mrs. Mac Conallta ein Machtwort gesprochen. Die Zeiten änderten sich, daran gab es kein Rütteln.

»Zum Teufel nochmal«, platzte es aus Archie heraus. »Das hätte mächtig schiefgehen können. Was hast du dir nur gedacht, Bonnie?« Er schüttelte den Kopf. »Aber wenn nicht einmal Donald Mac Conallta es schafft, dich von Connor fernzuhalten, dann sollte wohl auch ich dir endlich deinen Willen lassen.«

Hieß das etwa, dass Archie nicht mehr gegen ihre Liebe war? Connor starrte ihn fassungslos an, was Archie zum Schmunzeln brachte.

»Bonnie ...«, Connor machte einen Schritt auf sie zu, doch Bonnie wich zurück.

Plötzlich war all die Sanftheit verschwunden, mit der sie eben das Kind in den Raum getragen hatte. Funkelnd wanderten ihre Augen zwischen ihm und Archie hin und her. »Ist das euer Ernst? Die Edinburgh Lads?«, zischte sie. »Und dann auch noch Alkoholschmuggel?

»Ist ein gutes Geschäft.« Archie zuckte mit den Schultern.

»Ich war jung, als ich damals bei den Lads eingestiegen bin ...«, setzte Connor zu einer Erklärung an.

»Und das konntest du mir nicht sagen? Ich hätte es zumindest verdient, den Grund zu kennen, weshalb du mich von dir wegstößt.« Connor hörte das Zittern in ihrer Stimme.

»Ich dachte ...« Er rieb sich über den Nacken und suchte fieberhaft nach den richtigen Worten.

»Es interessiert mich nicht, was du dachtest. Du kennst meine Familie inzwischen gut genug, um zu wissen, dass es für mich nichts Neues ist, wenn sich jemand in die Kacke reitet.« Sie wandte sich an Archie. »Und du bist vermutlich auch noch stolz auf deine neuen Kontakte, oder?« Sie stemmte die Hände in die Hüften, und obwohl sie zierlich war, wirkte sie in diesem Moment so respekteinflößend, wie Connor es nie für möglich gehalten hätte. »Wage es nie wieder, über mein Leben bestimmen zu wollen, Archie. Du bist ganz sicher der Letzte, der es sich erlauben sollte, anderen Ratschläge zu erteilen.«

»Beruhige dich doch, Connor ist jetzt raus aus der Nummer und offensichtlich liebst du ihn wirklich, das sehe nun auch ich. Lass uns in ein Hotel gehen und morgen zurück nach Foxgirth fahren. Dann könnt ihr Pläne für eure Zukunft schmieden.«

Connor legte seine Hand auf Bonnies Schulter. Auch wenn er sie viel lieber an sich gezogen und in die Arme geschlossen hätte, wagte er es nicht. Die Katze war aus dem Sack, und vielleicht war es gut so. Bonnie hatte ihn tatsächlich aus der Gang gerettet, und Archie stand ihnen nicht mehr im Wege. Alles würde gut werden. Sie würde nur etwas Zeit brauchen, um die Wahrheit über seine Vergangenheit zu verdauen.

Mit einem Satz wich Bonnie zur Seite und verschränkte die Arme. »Du hast mir nicht vertraut, Connor. Du hast all das hier vor mir verborgen, obwohl ich dich gebeten habe, mir die Wahrheit zu sagen.«

»Es tut mir leid. Alles. Ich dachte, du könntest es nicht verstehen und würdest mich verurteilen für das, was ich in der Vergangenheit getan habe.«

Bonnie presste die Lippen aufeinander und sah von ihm weg. Dann wandte sie sich an Archie. »Bring mich zum Krankenhaus, ich werde meinen Dienst morgen früh antreten. Ma kann nach meinen Patienten sehen und sie soll mir meine Sachen senden.«

Er warf Archie einen hilflosen Blick zu.

»Pass auf, Bonnie, das ist alles wirklich ungeschickt gelaufen. Connor hätte dir vielleicht sogar die Wahrheit gesagt, wenn ich ihm nicht von Anfang an eingeredet hätte, dass er nicht gut genug für dich ist.« Archie seufzte. »Ich weiß nicht einmal mehr, warum ich so dagegen war, dass ihr Zeit miteinander verbringt, ich bin doch auch selbst kein Stück besser als Connor. Meinetwegen ist er überhaupt erst zurück nach Edinburgh gegangen, dabei war mir wohl schon seit

Monaten klar, dass er dich von ganzem Herzen liebt. Vermutlich wollte ich nur deshalb nicht, dass sich zwischen euch etwas entwickelt, weil das bedeutet hätte, Connor dauerhaft in meinem Leben zu haben.« Archie sah ihn an und Connor nickte.

Er wusste, wovon sein Freund sprach. Davon, dass es schwerer war zu vergessen, wenn ein Kamerad einen an all die schrecklichen Dinge erinnerte, die man erlebt oder getan hatte. Frankreich und Flandern hatten zwischen ihnen gestanden, bis sich ihre Beziehung eines Tages gewandelt hatte und sie Freunde geworden waren. Ob er es wollte oder nicht, dieser einarmige Mistkerl war längst wie ein Bruder für ihn. Nachdem er einst am Grab seiner kleinen Geschwister gestanden hatte, hatte er nicht geglaubt, noch einmal ähnlich für jemanden zu empfinden. Und nun unterstützte Archie sogar Connors Liebe zu seiner Schwester. Die Zukunft sah plötzlich viel weniger beschissen aus. Ein Kribbeln kroch in seinem Innern herauf. Jetzt musste Bonnie nur noch erkennen, was sie zusammen haben könnten.

»Komm mit nach Hause und denk in Ruhe darüber nach«, sagte Archie zu Bonnie.

»Nein.« Sie sah ihn fest an. »Ich werde meine Pflicht erfüllen und am Krankenhaus arbeiten, solange sie mich dort brauchen.« Ihr Blick wanderte zu Connor. »Und wenn ich zurückkomme, bist du verschwunden. Du wolltest mich nicht in deinem Leben, jetzt will ich dich nicht in meinem.« Sie machte auf dem Absatz kehrt und stürzte aus dem Raum.

Das Kribbeln wich Übelkeit. »Das kann doch nicht wahr sein!« Connor sah Archie fassungslos an. »Endlich komme ich aus diesem Sumpf raus, und jetzt will sie mich nicht mehr?« So konnte es nicht enden. So durfte es nicht enden.

»Vielleicht braucht sie einfach Zeit, um alles zu verdauen.« Archie klopfte ihm auf die Schulter.

Alles in ihm krampfte sich zusammen. Der Schmerz drohte ihn zu überwältigen. »Bonnie wird ihre Meinung nicht ändern. Sie kann mich ja nicht einmal mehr ansehen.« Connor steckte die Hände in die Hosentaschen und stapfte hinaus.

* * * * *

Es war eisig und dunkel. Bonnie lief den Weg zurück zu dem dreckigen Hinterhof, ignorierte Mac Conalltas Männer, die an der Wand lehnten und rauchten.

»Ist das Kind da?«, rief einer von ihnen.

»Ein Sohn«, antwortete Bonnie und kletterte hastig auf den Kutschbock. Sie bekam kaum Luft. Es war, als wäre ihr Brustkorb von einem unsichtbaren Band eingeschnürt. Sie versuchte, das Zittern ihrer Hände zu unterdrücken und schob sie unter ihre Oberschenkel. Kam es von der Kälte oder von allem, was sie erfahren hatte? Kurz darauf stieg Archie neben sie, während Connor sich auf die Ladefläche verkroch. Sehen konnte sie ihn dank der Plane nicht, was ihr nur recht war. Ein Kloß schien ihre Kehle zu blockieren und das Schlucken unmöglich zu machen. Archie nickte den Männern zu und ließ die Pferde antraben. Schweigend fuhren sie durch die schummrigen Straßen.

Das hier war also Connors Heimat. Kohlegeruch, der aus unzähligen Schornsteinen drang, lag in der Luft, und beinahe an jeder Ecke gab es eine Kneipe, vor der Männer herumlungerten und Frauen in wenig sittlicher Aufmachung umherspazierten. Schreie und Rufe hallten durch die Nacht, weiter entfernt war das Fauchen und Jaulen streitender Katzen zu hören. Bonnie fröstelte heftiger. Es war eine gänzlich andere Welt als die ihre. Hart und unwirsch und scheinbar ohne viel Freude. Kein Wunder, dass Connor nicht hierher zurückwollte. Wer würde das schon wollen? Immerhin war er jetzt frei zu gehen, wohin das Schicksal ihn führen würde. Doch es war sein Weg, nicht ihrer. Zu sehr hatten sie seine Zurückweisungen verletzt. Und Connor hatte recht gehabt: Er war ein Lügner. Natürlich war sie entsetzt gewesen, als sie begriffen hatte, dass Connor ein Lad war. Doch endlich ergab alles an seinem Verhalten einen Sinn. Blaires Verdacht war richtig gewesen. Ihre Schwester kannte sich mit Männern so viel besser aus als sie selbst. Blaire hatte geahnt, dass Connor etwas verbarg. Doch Bonnie hatte sich trotz aller Warnzeichen in einen Mann verliebt, der unehrlich war. Und ein Krimineller noch dazu.

»Er liebt dich«, brummte Archie.

»Das spielt keine Rolle mehr.« Für Connor hatte es auch keine Rolle gespielt, dass sie ihn liebte. Er hatte sie aus seinem Bett vertrieben, aus Angst vor Archie oder davor, dass sie hinter sein Geheimnis kam. Was auch immer es gewesen war, es hatte ihr Herz gebrochen.

»Was soll ich denn jetzt mit ihm machen?« Archie sah sie fragend an.

»Er ist *dein* Freund, was fragst du *mich*? Sonst interessiert dich meine Meinung doch auch nicht«, sagte sie.

»Du hast jedes Recht, auf mich sauer zu sein. Aber dieser unglückliche Kerl da hinten ist dir mit Haut und Haar verfallen. Du hast auf einen Haufen Geld verzichtet, um ihn da freizukaufen, und jetzt willst du ihn einfach wegjagen?«

Bonnie schluckte. Der Gedanke, Connor nie wiederzusehen, schmerzte sie unerträglich. Und doch war es notwendig.

Ein weiteres Mal würde sie es nicht riskieren, dass er ihr Herz brach. Noch immer war sie damit beschäftigt, die vielen kleinen Teile zusammenzukleben, in die es zersprungen war. »Können wir nicht einfach schweigen?«, fragte sie leise.

»Ist gut.« Archie nickte.

Sie musste ihre Beine zwingen zu gehorchen und sie ins Krankenhaus zu tragen. Ohne sich umzusehen, ging Bonnie auf den Eingang zu. In ihrem Rücken spürte sie Connors Blick. Sie wusste, dass er sie beobachtete. Bonnie war von der Kutsche gesprungen, kaum, dass Archie die Pferde zum Stehen gebracht hatte. Auf keinen Fall wollte sie Connor noch einmal sehen. Seine warmen hellbraunen Augen würden sie bis ins Mark treffen, so wie sie es immer taten, und das konnte sie kein weiteres Mal aushalten.

Eilig schritt sie durch den Flur auf die Treppe zu, die zu den Schwesternquartieren führte. Als sie um die Ecke bog, wäre sie beinahe mit der Oberschwester zusammengestoßen.

»Bonnie!« Mit hochgezogenen Augenbrauen betrachtete Schwester Magret sie. »Wir haben Sie noch nicht zurückerwartet.«

»Kann ich meinen Dienst früher antreten?«, brachte Bonnie hervor und sah auf den Boden.

»Natürlich, wir brauchen jede Hand. Es kommen täglich Kriegsheimkehrer und Männer zu uns, die in den Lagern waren.« Ihre Stimme wurde weicher. »Sie sehen erschöpft aus. Ihr Ort hat also die Grippe überstanden?«

Bonnie nickte und kämpfte gegen das Brennen in ihren Augen an.

»Es wird bald alles besser.« Die Oberschwester legte ihr die Hand auf den Arm.

»Nichts wird besser. Alles ist ein riesengroßes Chaos«, schluchzte Bonnie.

Schwester Magret verschränkte die Arme vor ihrer ausladenden Brust. »Wann immer ich eine junge Schwester in Ihrem Zustand sehe, steckt ein Mann dahinter. So ist es doch, oder?«

Bonnie zog geräuschvoll die Nase hoch und nickte.

»Herrje. Nun gehen Sie auf Ihr Zimmer, heulen Sie sich kräftig aus, und morgen ist ein neuer Tag. Die Arbeit wird Sie ablenken.« Sie schenkte Bonnie ein mildes Lächeln. »Das wird schon wieder. Sie sind nicht die erste und auch nicht die letzte Schwester, der es so geht.«

Bonnie nickte und rannte die Stufen hinauf. Sie stolperte in ihr Zimmer, schmiss die Tür zu und warf sich aufs Bett. Ihre Finger griffen in den groben Stoff der Decke, während sich die Tränen ihren Weg bahnten. Nur noch einmal wollte sie wegen dieses Mannes heulen. Sie würde Connor aus ihren Gedanken verbannen und Archie gleich mit ihm. Ihr verrückter Bruder hatte sie von dem Moment an in den Wahnsinn getrieben, als er in London aufgetaucht war. Mit Archie war nichts leicht und unkompliziert. Wenn nur Keillan hier wäre. Doch noch wussten sie nicht, wann ihr Ältester endlich nach Hause käme. In den Wirren des Kriegsendes brauchten Briefe noch länger als üblich.

Ian würde wohl noch Monate auf dem Festland bleiben, um dort mit den anderen Soldaten die Infrastruktur zumindest teilweise aufzubauen. So hatte es jedenfalls in der Zeitung gestanden, die bei Christie heute Morgen auf dem Tisch gelegen hatte. Nur die, denen es zu schlecht ging, kamen jetzt schon nach Hause. Ganz sicher hatte Keillan vor, sich wieder seiner Einheit anzuschließen, wenn er denn noch in einer guten körperlichen Verfassung war. So wie sie ihren ältesten Bruder kannte, erwartete Bonnie von ihm, dass er zu seiner Einheit zurückkehrte. Wie sehr sie sich jetzt gerade nach Keillan und seiner sanften Art sehnte. Zu gerne hätte sie ihm alles, was in den Jahren seit seiner Abreise geschehen war, erzählt. Wie unglaublich müde sie war und wie sehr sie Archie eine scheuern wollte. Und Connor. Keillan hätte es verstanden. Er hätte ihr übers Haar gestreichelt und beruhigend auf sie eingeredet.

»Nicht mehr lange«, flüsterte sie. Nur noch ein paar Wochen, vielleicht einige Monate. Demnächst würde man sie und die anderen Gemeindeschwestern und Freiwilligen nach Hause schicken, um wieder die Gesundheitsversorgung der Landbevölkerung sicherzustellen. So wie vor dem Krieg. Alles wäre wieder so wie immer. Und irgendwann würde auch Connor nicht mehr als eine blasse Erinnerung sein.

* * * * *

Seit Stunden hockte Connor hinter dem Cottage auf der Bank und sah auf das Meer hinaus. In der einen Hand hielt er einen Bleistift, in der anderen ein Blatt Papier. Seit sie Bonnie gestern Abend vor dem Krankenhaus abgesetzt und dann die halbe Nacht nach Hause gefahren waren, durchlebte er die Momente in Dons Haus immer und immer wieder in Gedanken.

Jedes von Bonnies Worten hatte sich in seine Erinnerung eingebrannt. Und immer wenn er glaubte, sie erneut zu hören, fühlte es sich an, als würde ein Teil von ihm sterben. So wie damals an der Front, als er die ersten Male getötet hatte. Mit jedem Treffer war ein Stück von ihm erloschen.

Dabei hatte es stets geheißen, dass das Töten zur Routine wurde. Doch für Connor war es das nie geworden. Jeder einzelne Treffer hatte seine Seele geschmerzt. Ihn für immer verändert. Er gedachte regelmäßig der Männer, die einst seine Gegner gewesen waren und denen er den Lebensatem genommen hatte, um selbst nicht zu sterben. Auch sie hatten geliebt. Familien, Frauen und Kinder gehabt. Seine Aufmerksamkeit wanderte wieder zu Bonnie zurück. Und auch bei ihren Worten war es ähnlich. Jedes Mal, wenn sie durch seinen Kopf geisterten, löste sich ein weiterer Teil von ihm auf. Was war er überhaupt noch? Bald bliebe nichts weiter als die Hülle eines leeren Mannes über. Ohne Seele und ohne Leidenschaft. Das armselige Überbleibsel eines Lebens, das auf dem falschen Fuß begonnen hatte. Er würde keine Versöhnung mit sich selbst finden. Mit Bonnie an seiner Seite wäre es ihm womöglich gelungen. Aber so fehlte ihm die Kraft, um noch für sich selbst einzustehen.

Die Tür flog auf, und Blaire und Archie stapften hinaus. Blaire hielt die Arme vor sich verschränkt und sah ihn kopfschüttelnd an. »Ein Edinburgh Lad«, nuschelte sie. »Darauf wäre ich nun nicht gekommen.«

Connor legte den Stift weg. »Was hat der Familienrat entschieden?«, fragte er nüchtern. Archie hatte darauf bestanden, ihn mit nach Foxgirth zu nehmen, obwohl Connor sich anfangs geweigert hatte. Er wollte nicht noch einmal in Bonnies Zuhause eindringen. Doch Archie hatte einfach die Kutsche aus der Stadt gelenkt und ihn sogar mit ins Haus genommen, anstatt ihn am Pub abzusetzen. Connor hatte seinen Protest schließlich aufgegeben, aber im Gegenzug verlangt, den Dennons endlich die Wahrheit zu sagen. Vor allem Mairead gegenüber wollte er ehrlich sein. Ruhig hatte sie seiner Erzählung gelauscht, während Blaire und Tommy beinahe die Augen aus dem Kopf gefallen waren. Dann war er aufgestanden und hinausgegangen, um der Familie die Möglichkeit zu geben zu entscheiden, was mit ihm passieren sollte.

»Du wirst geteert und gefedert aus Foxgirth gejagt«, knurrte Archie. Dann grinste er und setzte sich neben ihn. »Du kannst natürlich bleiben, bis du weißt, wie es weitergehen soll.«

»Und das ist Mairead wirklich recht?«

»Ma trägt es mit Fassung, einen Lad in ihrem Haus zu haben.« Archie lachte trocken auf. »Ist schon eine besondere Frau, unsere Mutter.«

Blaire nickte. »Sie hat sich solche Sorgen gemacht, als Bonnie gestern nicht nach Hause kam. Zum Glück habe ich am frühen Abend ihr Fahrrad hinter der Kapelle entdeckt und eins und eins zusammengezählt. Ich nehme an, Ma ist einfach froh, dass du da nun raus bist und Bonnie wohlauf im Krankenhaus ist.« Sie gluckste. »Unsere Ma beurteilt Menschen nach dem, was sie in ihnen sieht, und nicht danach, was sie getan haben. Bei ihr bekommt jeder eine zweite Chance. Wenn nicht, hätte sie Archie wohl schon als Kleinkind im Badezuber ersäuft.«

»Es tut mir leid, Blaire. Ich hätte dir die Wahrheit über Connor und unsere Geschäfte sagen sollen«, brummte Archie.

Blaire trat vor ihren Bruder. »Wir hatten nie Geheimnisse voreinander, Archie. Fang jetzt nicht damit an. Die Zeiten sind zu verrückt, um nicht zusammenzuhalten. Erst recht, da wir jetzt Geschäftspartner sind.«

»Na dann: Was denkst du über diese Sache?«, fragte Archie.

»Über die Zusammenarbeit mit den Lads?« Sie fuhr sich über das Tuch auf ihren Haaren. »Die Sache mit der Prohibition klingt interessant. Ich habe lange getüftelt, um einen vernünftigen Gin hinzubekommen, es wäre eine Schande, den nicht zu verkaufen. Und wenn er es bis in die Staaten schafft, dann ist das schon wirklich verdammt besonders.«

Connor stöhnte und schüttelte den Kopf. »Ihr seid zwei vom gleichen Schlag.«

»Also machen wir weiter?«, wollte Archie wissen.

»Wir haben gerade erst angefangen.« Eine gesunde Farbe überzog Blaires Wangen. »Tommy und ich haben eine Zeichnung angefertigt. Einen Plan, wie wir an die Kapelle anbauen können. Wir wollen noch einen weiteren Kessel und mehr Lagerplatz.«

»Das alles, obwohl du jetzt weißt, mit wem ihr Handel treibt?«, fragte Connor.

»Ich vertraue Archie. Er hat diesen Don kennengelernt. Wenn er sich sicher ist, die Sache im Griff zu haben, dann ziehen wir es durch. Ich will nicht noch einmal erleben, dass wir zu wenig zu essen haben. Wenn wir gut verdienen, können wir irgendwann ein paar Männer aus dem Ort anstellen und ihre Familien mitversorgen.« Sie legte den Kopf schief und zwinkerte ihrem Bruder zu. »Ich bin sicher, du holst das Beste aus der Sache für dein kleines Königreich und die Menschen darin raus.«

Die meisten Familien in Foxgirth waren mäusearm, das war Connor nicht entgangen. Ganz Schottland war es, um genau zu sein. Eine funktionierende und gut laufende Destillerie würde dem Ort zugutekommen. Fässer mussten gebaut werden, und sie würden mehr Getreide brauchen.

»Ich bin es leid, magere Kinder ohne Schuhe zu sehen.

Ich habe nie den Plan gehabt, zu einer zentralen Person der Gemeinschaft hier zu werden, und doch war es vor Kriegsausbruch so. Der Pub, die Geschäfte, die ich gemacht habe – alles, was ich getan habe, ist für die Familie gewesen. Aber du hast recht, Schwesterchen: Es hat häufig auch anderen genutzt, und womöglich ist das so etwas wie ein Zeichen.«

»Aus irgendeinem Grund sehen die Leute in Foxgirth entweder zu dir auf, oder aber sie hassen dich. Menschen wie du verändern etwas. Vielleicht ist das Bild größer. Vielleicht geht es nicht nur um unsere Familie, sondern um den ganzen Ort«, dachte Blaire laut nach. »Stell dir nur vor, was wir für alle hier erreichen können, wenn wir es richtig anstellen!«

»Ziehen wir es durch«, brummte Archie.

Blaire klatschte in die Hände. »Wenn wir gerade dabei sind, ehrlich zu sein ...«

»Was willst du wissen, Blaire?«, fragte Archie gereizt.

»Ist Arch mein Neffe?«

Connor linste zu Archie hinüber, der schmunzelte.

»Wie lange denkst du wohl schon über diese Frage nach?« Archie grummelte amüsiert. »Es ist mir recht, wenn du Arch als deinen Neffen betrachtest«, sagte er.

»Das ist keine klare Antwort.« Unzufrieden schob Blaire das Kinn vor und zum ersten Mal erkannte Connor eine Ähnlichkeit zu Bonnie. Auch diese konnte einen so wunderbaren Schmollmund ziehen. Wie sehr er wünschte, dass alles anders gekommen wäre.

»Klarer wird es heute auch nicht mehr«, brummte Archie.

»Dann eben nicht.« Sie zuckte mit den Schultern und sah zu Connor. »Und was machen wir jetzt mit dir, du vermaledeiter Lad?«

»Connor muss erst mal zur Ruhe kommen. Er soll nachdenken und sich nicht gehetzt fühlen«, brummte Archie.

Connor stöhnte. »Genau das ist es, was Bonnie an euch so nervt«, sagte er. »Ihr glaubt wirklich, dass ihr Entscheidungen für andere treffen könnt, oder?«

»Alte Angewohnheiten lassen sich schlecht ablegen.« Archie deutete auf die rostige Blechdose, die neben Connors Bein lag. »Wie viel Geld ist da eigentlich inzwischen drin?«

»Zu viel.« Die Scheine, die all die Jahre versteckt in der Mauer auf ihn gewartet hatten, waren nichts weiter als Blutgeld, für das er den letzten Rest seiner Ehre verhökert hatte. Was für ein Mann ging schon für Geld k. o.? Damals war es ihm schlau vorgekommen, vor seiner Abreise aufs Festland noch einmal richtig Kohle zu machen. Connor hatte geglaubt, mit diesem Geld neu anzufangen, sofern er den Krieg überleben sollte. Und dann waren ihm die Dennons passiert. Nun war die Zeit für einen Neuanfang doch noch gekommen, und er hatte keinen Plan.

»Und was hast du damit nun vor?«

Seufzend steckte Connor die Dose in seine Brusttasche und lehnte sich zurück.

»Du könntest in die Brennerei investieren.« Grinsend sah sein Freund ihn an.

»Sicher nicht.« Connor lachte auf. »Ich wünsche dir und deinen Geschäften nur das Beste, aber ich bin durch mit dieser Sache. Ein für alle Mal. Ich möchte damit was Gutes machen.«

»Und was wäre das?«

Connor hielt das Blatt hoch. »Ich habe ebenfalls einen Plan gezeichnet.«

Sein Freund und Blaire betrachteten das Bild. Archie zog

die Augenbrauen hoch. »Und du denkst, dann nimmt Bonnie dich zurück?«

Die Worte trafen Connor, und er musste sich zusammenreißen, um es sich nicht anmerken zu lassen. »Darauf kann ich nicht mehr hoffen. Aber es soll eine Wiedergutmachung sein.«

»Und dann?« Zweifelnd sah Archie ihn an, und auch Blaire schaute unerträglich mitleidig. »Dann ist dein Geld weg, und du wirst ein armer Schlucker sein. Was willst du danach machen?«

»Sehen, wohin der Wind mich trägt, schätze ich.« Connor blickte hinaus aufs Meer. Wild schäumten die Wellen, und hin und wieder schaffte es ein leuchtender Sonnenstrahl durch die dicken Wolken und traf das saftig grüne Gras. »Ich laufe einfach los und sehe, wohin das Schicksal mich führt. Fange noch mal ganz von Neuem an. Ohne meine Vergangenheit und ohne das Geld der Lads.«

»Wie weit wirst du mit deinem Bein schon laufen können?« Das heisere Lachen seines Freundes wurde vom Wind davongetragen, und Blaire stimmte mit ein.

»Vielleicht kaufe ich mir ein Pferd. Dafür etwas von dem Geld zu nehmen, wäre wohl zu verkraften«, überlegte Connor laut.

»Du meinst das wirklich ernst?« Archie lehnte sich vor und sah ihn eindringlich an.

»Ja, das tue ich.«

»Okay. Wollte nur sichergehen.« Sein Freund schien zu überlegen. »Du wirst Hilfe brauchen, ich glaube nicht, dass du überhaupt schon mal was gebaut hast, geschweige denn so etwas.«

»Das sehe ich auch so«, murmelte Blaire. »Ich werde mich

im Ort umhören. Bonnie und Ma haben hier schon jeder Familie mit ihren Fähigkeiten geholfen, ich bin mir sicher, dass ich Männer auftreiben kann, die nur zu gerne einmal etwas für sie tun wollen.«

Connor atmete die salzige Luft ein. »Bonnie hat mir mal erzählt, dass ein Mann es ihr nie vergessen würde, wenn sie ihm sein Kind in die Arme legt. Ich habe damals nicht wirklich verstanden, was sie damit meint, aber dann habe ich Dons Blick gesehen.«

»Bonnie wollte kein Geld, sondern deine Freiheit. Sie liebt dich«, brummte Archie.

»Und doch hasst sie mich.« Connor faltete das Papier mit Bedacht zusammen, um es in die Dose zu stecken. »Ich hätte auf dich hören und mich von Bonnie fernhalten sollen. Aber ich konnte einfach nicht anders.«

»Nein.« Archies Stimme klang fest. »Du hättest nie auf mich hören sollen. Wie sich herausgestellt hat, kann ich durchaus falschliegen mit meinen Einschätzungen. Ich wollte immer nur das Beste für meine Schwester und habe sie stattdessen bevormundet.« Er schüttelte den Kopf und fischte das Zigarettenpäckchen aus seiner Brusttasche. »Bonnie ist mit siebzehn für die Ausbildung nach Edinburgh gezogen, obwohl sie nie zuvor aus Foxgirth rausgekommen ist. Und dann ist sie nach Chelsea gegangen, um sich um Kerle wie uns zu kümmern. Sie wirkt so zerbrechlich, dass ich immer glaubte, sie beschützen zu müssen, aber ich schätze, Bonnie kann sehr gut auf sich selbst aufpassen. Keillan war damals derjenige, der sie nach Edinburgh gefahren hat, während ich mich nicht einmal von ihr verabschiedet habe, weil ich überzeugt davon war, dass die Stadt ihr nicht guttun würde. Ich war mir sicher, sie würde ihre Jungfräulichkeit verlieren, sobald sie einen Fuß von der Kutsche setzt.« Grummelnd lachte er in sich hinein.

»Die hat sie noch«, sagte Connor und sah Bonnie vor sich, wie sie an jenem Abend vor einem Jahr durch sein Fenster geklettert war.

Blaire brach in ein kratziges Gelächter aus.

Aus den Augenwinkeln blickte Archie ihn an. »Ich frage lieber nicht, woher du das weißt.«

»Das geht dich auch nichts an.«

»Schon gut, das ist mir jetzt alles klar.« Beschwichtigend hob Archie die Hand.

»Also helft ihr mir mit meinem Plan?«, fragte Connor.

»Wenn es das ist, was du machen willst, dann ja.«

»Das ist es, was ich will.«

Archie richtete sich auf und zündete die Zigarette an. »Dann lasst uns gleich in den Ort fahren und schauen, ob wir ein paar Männer auftreiben können, die uns zur Hand gehen.«

Connor nickte. Sein Plan war richtig, davon war er überzeugt. Zum ersten Mal in seinem Leben würde er etwas tun, auf das er stolz sein konnte.

Kapitel 16

Der schneidend kalte Dezemberwind kroch ihm in jede Ritze. Connor streckte den schmerzenden Rücken durch. Seine Finger in den löchrigen Handschuhen waren steifgefroren, zumindest fühlte es sich so an. Er sah sich um und betrachtete die Mauern und Holzbalken, die schon bald das Dach tragen sollten. Trotz der Kälte kam er gut voran. Es war eine anstrengende Arbeit, doch es war genau das, was er brauchte. Nur wenn er sich bis an den Rand der Erschöpfung brachte, fand er nachts wenigstens etwas Schlaf. Dennoch verfolgte ihn Bonnies enttäuschtes Gesicht in seinen Träumen. Ihr Anblick hatte in den meisten Nächten die Bilder der Schlachtfelder vertrieben. Stattdessen verfolgten ihn ihre milchig weiße Haut und ihre blaugrünen Augen.

Auch Archie schien allmählich ruhiger zu schlafen. Seit sie im November aus Edinburgh zurückgekommen waren, lebte Connor im Cottage der Familie. Es machte keinen Sinn, im Pub zu übernachten, wenn er doch den ganzen Tag auf dem Grundstück der Dennons schuftete. Und da Bonnie weg war, hatte Archie nichts dagegen. Vermutlich hätte es seinen Freund auch nicht gestört, wenn Bonnie hier gewesen wäre. Tatsächlich schien Archie sich plötzlich sicher zu sein, dass die Liebe zwischen Connor und seiner Schwester eigentlich gar nicht so übel war. Nur leider hatte Bonnie dazu eine ganz andere Meinung. Und das hatte Connor längst akzeptiert.

Er würde sie nicht unter Druck setzen, damit sie ihn zurücknahm, und ihr damit noch mehr zumuten.

Er runzelte die Stirn und sah auf das unruhige Meer hinaus. *Zurücknahm*. Nein, Bonnie und er waren nie zusammen gewesen.

»Connor!«

Er drehte sich um und entdeckte Archie, der mit hochgeschlagenem Mantelkragen und eingezogenem Kopf auf das halbfertige Gebäude zustapfte. Dann trat er durch das Loch in der Außenwand, das bald zur Haustür werden sollte.

»Kommst du endlich helfen?«, brummte Connor und bückte sich nach einem weiteren Stein. Der Mörtel würde in spätestens einer halben Stunde zu einem unnützen Klumpen gefroren sein.

»Nicht bei diesen Temperaturen. Es reicht aus, wenn du dir hier den Tod holst.« Archie sah sich um und klopfte scheinbar fachmännisch gegen die Wand, an der Connor seit den frühen Morgenstunden arbeitete. Dabei hatte sein Freund ebenso wenig Ahnung davon, wie man ein vernünftiges Cottage baute, wie er selbst. Doch die Männer aus dem Dorf hatten es Connor gezeigt und packten in jeder freien Minute mit an. Sie taten es nicht für ihn, sie taten es für Bonnie.

»Was ist denn?«, fragte er, während er den Stein an die richtige Stelle schob.

»Bonnie hat Ma geschrieben. Ich soll sie übermorgen in Edinburgh abholen.« Archies grimmiges Gesicht sprach Bände.

Connor ließ den Stein los und schloss die Augen. »Weihnachten ist doch erst in zwei Wochen, warum hat sie schon so früh Urlaub?« Er sah sich in dem Rohbau um. Diese zwei verbleibenden Wochen, auf die er gesetzt hatte, waren schon knapp bemessen gewesen, um all das hier fertigzustellen. Aber innerhalb von zwei Tagen wäre es ein aussichtsloses Unterfangen.

Archie räusperte sich. »Es wird wohl allmählich ein wenig ruhiger im Krankenhaus, also hat ihr der Stationsarzt eine Ruhepause verordnet. Ich schätze, jeder sieht, wie überarbeitet Bonnie ist.«

»Das wird ihr guttun.«

Sein Freund nickte. »Anscheinend brauchen sie auch bald nicht mehr alle Krankenschwestern, die von außerhalb ans Second Scottish General Hospital gekommen sind, und die Gemeindeschwestern sollen sich demnächst wieder um ihre Distrikte und die Kriegsheimkehrer und Einwohner in ihren Dörfern kümmern.« Archie deutete auf die Wände um sich herum. »Bonnie wird das alles hier sehr bald nutzen können.«

»Sie hat es fast geschafft«, murmelte Connor. Bonnie hatte bis zum Ende durchgehalten und nicht aufgegeben. Doch sein Plan hatte vorgesehen, dass Bonnie, wenn sie heimkehrte, ihre Zukunft hier vorfand und nicht nur eine Baustelle. »Was mache ich denn jetzt?«

»Bleib doch einfach, bis sie sich das hier angeschaut hat.«

Energisch schüttelte Connor den Kopf. »Bonnie hat deutlich gesagt, dass sie mich nicht sehen will, wenn sie das nächste Mal nach Hause kommt. Ich möchte ihr das erste Weihnachtsfest seit Jahren mit ihrer Familie nicht mit meiner Anwesenheit verderben. Das ist das Letzte, was ich für sie tun kann.«

»Ganz, wie du meinst.« Archie zog sich die Schieberkappe tiefer ins Gesicht. »Ich fahre in den Ort und trommle für morgen früh alle Männer zusammen. Schauen wir mal, wie viel wir hier in einem Tag noch schaffen können.«

Connor sah ihm nach, wie er zur Scheune hinüberging, um sein Pferd zu holen. Auch Connor hatte inzwischen eines im Stall der Dennons. Seinen eigenen dunkelbraunen Wallach. Nicht annähernd so wertvoll und elegant wie die Pferde von Donald Mac Conallta, aber ein gesundes und robustes Tier, das ihn weit weg von hier bringen würde.

Mit der Kelle klopfte er auf den Mörtel und murmelte einen Fluch. Ihm blieb keine halbe Stunde mehr; die Masse war bereits zu hart, um noch verarbeitet zu werden. Connor entschied sich stattdessen, die restlichen Bretter, die hinter dem Cottage aufgestapelt lagen, auf die richtige Länge zurechtzusägen, damit sie dies morgen nicht mehr tun mussten. Ein wenig Tageslicht blieb ihm noch, ehe die Dunkelheit sich herabsenkte und ihn wieder der Stille und seinen Gedanken überließ. Sie hatten noch den nächsten Tag und vermutlich noch folgenden Vormittag, ehe Archie hier mit Bonnie auftauchen würde. Connor griff nach der Säge und setzte sie an. Mit kräftigen Bewegungen trieb er das Sägeblatt in das Holz, bis seine Stirn trotz der Kälte mit Schweiß benetzt war. Würde Bonnie verstehen, was er ihr mit diesem Gebäude sagen wollte? Er konnte es nur hoffen.

Beim Mittagessen hatte keiner ein Wort gesprochen. Mairead, Blaire und Tommy hatten ebenso lustlos ihren Eintopf gelöffelt, wie er selbst. Der Abschied schien nicht nur ihm schwerzufallen.

Connor sah sich ein letztes Mal in dem winzigen Schlafzimmer um, in dem er damals die erste Nacht nach der Entlassung aus dem Krankenhaus verbracht hatte und ebenfalls die vergangenen Wochen. Er zog die Decke ordentlich auf Ians Bett zurecht, das vorübergehend seines gewesen war. Insgeheim hatte Connor darauf gehofft, seine Rückkehr mitzuerleben, doch nun musste er abreisen, ohne Ian noch einmal gesehen zu haben. Aber Connor hatte sein Versprechen Archie gegenüber erfüllt: Er hatte ihm zur Seite gestanden, bis Ian den Krieg überstanden hatte. In seinem letzten Brief an Mairead hatte der Rotschopf berichtet, dass er vermutlich noch bis zum Frühjahr mit seinem Bataillon auf dem Festland sein würde. Sie waren damit beschäftigt aufzubauen, was der Krieg zerstört hatte. Telefonleitungen mussten gezogen, Brücken wieder errichtet und Straßen von Minen gesäubert werden. Keillan war ebenso noch nicht zurückgekehrt, und auch ohne ihn getroffen zu haben, glaubte Connor inzwischen beinahe, den Mann zu kennen. Aus den Erzählungen der anderen hatte er sich in seiner Vorstellung ein Bild von Keillan gemacht.

Mit der Hand klopfte er auf die Matratze, stand auf und warf sich seinen Rucksack über die Schulter. Er ging die schmalen, knarzenden Stufen in den Eingangsbereich hinunter, wo Mairead bereits auf ihn wartete.

Mit feuchten Augen reichte sie ihm ein Bündel. »Abendessen und noch etwas für morgen früh, mein Junge.«

Connor brachte kein Wort heraus und griff nach der Wegzehrung.

Mairead streckte den Arm aus und tätschelte ihm die Wange. »Pass gut auf dich auf«, flüsterte sie und verschwand dann in der Küche.

»Jetzt ist es so weit«, sprach er zu sich selbst und öffnete die Haustür. Tommy und er hatten sich schon nach dem Mittagessen verabschiedet, da der Junge zu viel in der Kapelle zu tun hatte. Connor sah zu dem Häuschen hinüber, das seit zwei Stunden immerhin ein dichtes Dach besaß. Connor hatte die letzten Scheine des Geldes von den Lads unter den Männern aufgeteilt, die ihm hier in den vergangenen Wochen immer wieder geholfen hatten. Im Gegenzug hatten diese versprochen, das Gebäude fertigzustellen.

Wie gerne hätte Connor es in seinem endgültigen Zustand gesehen. Würde es tatsächlich so aussehen wie auf seiner Zeichnung? Connor zog das abgewetzte Stück Papier aus seiner Hosentasche und lief die wenigen Schritte zum Cottage hinüber. Auch die Tür hing seit vorhin in den Angeln. Er klaubte einen Nagel und den Hammer vom Boden auf und legte das Blatt gegen das Holz. Mit einem Schlag versenkte er den Nagel und betrachtete das an der Tür befestigte Bild ein letztes Mal.

Auf dem Weg zur Scheune sah er sich um. Blaire war nirgends zu erkennen. Doch so, wie er sie einschätzte, waren Abschiede nicht ihr Ding. Sicherlich hatte sie sich heimlich davongeschlichen.

Connor führte das Pferd aus der Box und sattelte es. Als er nach dem Zügel griff, um es hinauszubringen, hörte er einen Pfiff. Er trat ein paar Schritte zur Seite und entdeckte Blaire in der hinteren Ecke der Scheune mit einem Glas in der Hand und an Archies Fass gelehnt.

Mit schmalen Lippen sah sie ihn stumm an.

Auch Connor wusste nicht, was er sagen sollte. Er wollte sie bitten, ein Auge auf Bonnie und Archie zu haben, doch das hatte Blaire sowieso immer. Ihre Miene zeigte ihm, dass diese verrückte Frau ihn tatsächlich vermissen würde. Genau wie er sie. Connor nickte ihr zu und Blaire hob ihr Glas. Dann führte er das Pferd nach draußen und saß auf. Auch wenn er keine Ahnung hatte, wohin er wollte, stand die Richtung doch fest: eine andere als die, aus der Bonnie kam. Es konnte nicht mehr lange dauern, bis sie hier auftauchen würde. Er drückte dem Pferd die Fersen in die Flanken und wendete den Blick von dem kleinen Cottage ab.

* * * * *

»Man sollte meinen, du wärst zur Abwechslung ein wenig gesprächiger«, beschwerte Bonnie sich und zog sich die Decke, die Archie für die Fahrt eingepackt hatte, fester um die Beine. Doch selbst der dicke Stoff schützte sie bei dem schneidenden Wind nicht vor der Kälte. Ihre Finger schmerzten, und immer wieder hauchte sie sich in die Handflächen.

Geistesabwesend sah ihr Bruder sie an und zog die Augenbrauen hoch.

»Na, wir feiern das erste Mal seit Jahren zusammen Weihnachten, und ich habe ganze zwei Wochen Urlaub. Und Ian und Keillan werden bald nach Hause kommen. Dieses Jahr geht gut zu Ende«, sagte sie.

»Ist es das, was du dir einredest?«, brummte Archie.

Bonnie kniff die Augen zusammen. »Was soll das heißen?«

»Du siehst nicht glücklich aus. Als ich dich abgeholt habe, hätte ich schwören können, du hättest kurz zuvor geheult.«

Bonnie hielt die Luft an und sah von ihm weg. Ja, sie hatte geweint. Das erste Mal seit Wochen, in denen sie die Tränen zurückgehalten hatte. Den Koffer zu packen und dabei zu wissen, dass sie zurück nach Foxgirth fuhr und Connor nicht da sein würde, war schmerzlich. Aber es war nur ein kurzer Augenblick der Schwäche gewesen. Bonnie war froh, dass dieser Kerl aus ihrem Leben verschwunden war. Dass sie nicht mehr fürchten musste, er könnte ihr erneut das Herz brechen. Und auch, wenn es noch eine Weile dauern sollte, bis die Traurigkeit in ihr endlich nachließ, so war es doch die richtige Entscheidung gewesen. Archie sollte lieber seine Zunge hüten und froh darüber sein, dass sie überhaupt mit ihm sprach. Doch eigentlich hatte sie im Haus von Donald Mac Conallta ein für alle Mal klargestellt, dass ihr Bruder kein Recht hatte, ihr ins Leben zu pfuschen. Bonnie war sich sicher, dass Archie sich von nun an zurücknehmen würde.

»Die ersten Soldaten kommen nach Hause«, brummte Archie. »Sie holen die Minenarbeiter zurück, damit es mit der Wirtschaft endlich wieder aufwärtsgeht.«

»Ja, das habe ich in der Zeitung gelesen.« Bonnie überlegte. »Was glaubst du, wann alle wieder da sein werden?«

Ihr Bruder zuckte mit den Schultern. »Keillan ist erneut bei seinem Bataillon und er schrieb kürzlich, dass es wohl noch einige Monate dauern wird, bis sie entlassen werden. Frühsommer, würde ich vermuten. Bei Ian wird es ähnlich sein. Ein wenig müssen wir uns noch gedulden.«

Bonnie stellte sich vor, wie sie im Sommer alle zusammen hinter dem Haus sitzen und reden würden. Beinahe glaubte sie, die Sonnenstrahlen auf ihrer Haut zu spüren. Doch dann klapperten ihre Zähne aufeinander, und sie fand sich in der Wirklichkeit wieder.

Archie bog am Ortsschild links ab, und die Kutsche rumpelte auf den schmalen Weg, der zum Cottage führte. Wie viel besser diese Heimkehr doch im Vergleich zu ihrer letzten war. Und bisher war die Spanische Grippe auch nicht erneut in Foxgirth ausgebrochen, obgleich sie in vielen anderen Ortschaften wütete. Noch immer hatte Bonnie diese schrecklichen Wochen der Angst und Erschöpfung nicht gänzlich verarbeitet.

Sie runzelte die Stirn und sah nach vorne. Neben dem Cottage, das soeben zwischen den Hügeln aufgetaucht war, stand ein weiteres Gebäude. »Verlegt ihr eure Brennerei zu uns ans Haus?«, fragte sie irritiert.

Archie schüttelte den Kopf und wich ihrem Blick aus.

Nein, das Häuschen war viel zu klein für die Anlage, die Blaire in der Kapelle aufgebaut hatte. »Baust du dir ein Haus?«, unternahm sie einen erneuten Anlauf.

Wieder schüttelte ihr Bruder nur den Kopf.

»Jetzt sag doch endlich, was das hier sein soll!«, rief Bonnie aus und trat unsanft gegen seinen Fuß.

»Schau es dir einfach an.« Archie brachte die Kutsche zum Stehen und half ihr hinunter.

Bonnie blickte zum Küchenfenster und entdeckte ihre Ma und Blaire, die hektisch die Köpfe zurückzogen, doch sie kamen nicht wie von ihr erwartet an die Haustür. »Was ist denn hier los?«, murmelte sie und trat durch das Tor in der Steinmauer auf den Weg. Mit einem mulmigen Gefühl ging sie auf das Häuschen zu. Hing da etwas an der Tür? Bonnie streckte die Hand aus, um das Blatt, das im Wind flatterte, anzusehen. Es war die Zeichnung eines Cottage, das diesem glich. Nur die Fensterläden fehlten noch, ebenso wie die Steinplatten davor. Und sollte das ein Kräutergarten auf der linken Seite sein? Bonnie betrachtete das Schild, das auf der Zeichnung über der Haustür angebracht war, beim echten Haus jedoch noch fehlte. *Gemeindekrankenschwester.* Sie trat rückwärts und stieß gegen Archie. Ohne dass sie es mitbekommen hatte, war er ihr gefolgt. »Was ist das hier?«, flüsterte sie und sah ihn fragend an.

»Das ist dein Cottage und deine Praxis. Damit die Einwohner von Foxgirth dich hier aufsuchen können und du einen Ort hast, um deine Medizin anzumischen und deine Patienten zu behandeln.« Er deutete auf die linke Seite des Häuschens. »Im Untergeschoss wird es eine Küche mit genug Platz geben, die gleichzeitig als Behandlungsraum dienen soll, und eine kleine Stube daneben. Und oben unter dem Dach zwei Schlafzimmer. Sie sind winzig, etwa so groß wie die in unserem Haus, aber es wird reichen. Und wenn man durch die Haustür eintritt, befindet man sich gleich in deinem Behandlungsraum.« Archie wirkte wenig euphorisch angesichts dieser unglaublichen Überraschung. »In ein paar Wochen wird alles fertig sein.«

Fassungslos sah Bonnie auf das Schindeldach und die Fenster, in denen noch die Scheiben fehlten. »Das hast du wirklich für mich getan?«

»Connor hat dieses Haus gebaut und bezahlt«, brummte ihr Bruder.

Bonnie glaubte, ihren Herzschlag zu hören. Unerbittlich pochte es von innen gegen die Brust. »Connor?«, fragte sie mit trockenem Mund.

Archie nickte. »Hat das ganze Geld, das er noch von den Lads hatte, dafür ausgegeben. Er sagte, er wollte endlich einmal was Gutes im Leben tun.« Archie lachte dumpf. »Man sollte meinen, dass es ausreicht, sich für sein Land das Bein zerfetzen zu lassen, doch Connor wollte etwas für dich machen. Als Abschiedsgeschenk.«

»Warum hat er das getan?« Mit feuchten Augen sah sie Archie an, der sie in seinen Arm zog.

»Weil er dich wirklich liebt, Bonnie. Ich glaube, ich habe nie jemanden gesehen, der so verliebt war. Der Kerl hat mir verdammt leidgetan in den letzten Wochen. Er hat rund um die Uhr hier geschuftet und seinen letzten Penny für dieses Haus ausgegeben«, nuschelte Archie in ihre Haare.

»Und das alles für mich?« Bonnie zog die Nase hoch und blickte erneut auf das Cottage. Ihre eigene kleine Praxis. Von so etwas hätte sie nicht einmal zu träumen gewagt. Wie gut sie damit für ihre Patienten sorgen könnte, sobald sie zurück wäre. Connor musste erkannt haben, welchen Nutzen ein solches Haus für sie und die Menschen hier haben würde. Bonnie versuchte, tief einzuatmen, doch es wollte ihr nicht gelingen. Sie hatte sich nicht geirrt, als sie Connor damals gesagt hatte, er sei ein guter Kerl, und er darauf so verhalten reagiert hatte. Er hatte vielleicht kein gutes Leben geführt, aber diese Tat zeigte, dass er nicht schlecht war. Er war weit davon entfernt. Und er liebte sie. »Weißt du, ich liebe ihn auch. Ich kann es mir einfach nicht abgewöhnen«, flüsterte Bonnie.

Archie stieß einen Schrei aus, und Bonnie zuckte zusammen. »Das ist doch zum Verrücktwerden!« Wütend sah ihr Bruder sie an, während er von ihr wegtrat. »Du hast dem Kerl gesagt, dass du ihn nie wiedersehen willst und er hier verschwinden soll. Wochenlang wird Connor von Schuldgefühlen aufgefressen, baut dir als Wiedergutmachung ein Haus, und jetzt sagst du, dass du ihn auch liebst?«

»Ich wollte ihn ja auch nicht wiedersehen.« Bonnie schob die Unterlippe vor. »Aber das bespreche ich besser mit Connor und nicht mit dir, sobald ich mich für all das hier bedankt habe.« Sie würde nicht mit Archie diskutieren, der von Dingen wie der Liebe keine Ahnung hatte. Eilig lief sie auf das Cottage zu. Sicherlich saßen alle in der Küche und wollten hören, wie sehr sie sich über die Praxis freute. Und sie sollten es hören. Vor allem Connor.

»Bonnie!«

Sie drehte sich um und sah in die dunklen Augen ihres Bruders. »Was?«

»Er ist weg.«

»Connor?«

Archie nickte.

Ein ungutes Gefühl breitete sich in ihr aus. »Ist er im Pub?«

»Er ist weg. Für immer.«

Bonnies Kinn sackte nach unten. Sie zeigte auf das Häuschen. »Aber er war doch hier und hat das alles gebaut«, sprach sie beinahe tonlos.

»Und er ist weggeritten, ehe wir zurückkamen. So, wie du es wolltest.«

Bonnie schnappte nach Luft und stürmte auf ihren Bruder zu. »Dann holst du ihn zurück!«

»Ich weiß nicht, wo er hin ist.« Archie zuckte mit den Schultern. »Er hat mir kein Ziel genannt, weil er keins hat. Connor will einfach sehen, wohin es ihn verschlägt.«

»Dann geh ihn suchen!«, schrie sie ihrem Bruder entgegen. »Bring ihn zurück zu mir.« Bonnie schmeckte das Salz der Tränen auf ihren Lippen. »Ich brauche ihn doch«, brachte sie mit erstickter Stimme hervor. Es war die Wahrheit. Sie konnte sich einreden, so oft sie wollte, dass Connor Fletcher ihr egal war, und es gelang ihr dennoch nicht. Sie hatte ihr Herz verloren, und wenn Connor nicht für alle Zeiten damit verschwinden sollte, dann mussten sie ihn aufspüren.

»Bonnie.« Archie wollte nach ihr greifen, doch sie wich ihm aus. »Es gibt hier unzählige Wege. Ich habe keine Ahnung, wo ich anfangen soll.«

Schluchzend sackte Bonnie auf dem eisigen Boden zusammen. Die Kälte kroch erbarmungslos in ihre Kleidung. Sollte das das Ende sein? Nach allem, was Connor und sie durchgemacht hatten, nachdem sie nun endlich erkannte, dass sie diesen Mann niemals vergessen würde, war er jetzt einfach auf und davon? Bei allem, was sie Connor in Donald Mac Conalltas Salon an den Kopf geworfen hatte, würde er ihre Aufforderung zu verschwinden ernst nehmen und nie wiederkommen, da war Bonnie sich sicher.

»Er ist nicht weit«, hörte sie Blaire.

Durch einen Tränenschleier sah sie zu ihrer Schwester, die an der Hauswand lehnte.

»Was sagst du da?« Archie stapfte auf Blaire zu.

Sie deutete nach Osten. »Er ist dort lang. Connors Pferd wird ziemlich genau jetzt ein Hufeisen verlieren. Er kann es höchstens bis nach North Berwick schaffen, dann muss er dort zum Hufschmied. Wenn ihr fahrt wie der Teufel, dann holt ihr ihn vielleicht noch ein, ehe der Schmied das Eisen neu befestigt hat.«

»Du hast die Nägel gelöst«, knurrte Archie.

Blaire grinste nun bis über beide Ohren. »Hab irgendwie damit gerechnet, dass Bonnie doch noch erkennt, dass sie Connor will.«

Archie packte Blaire mit der Hand im Nacken und drückte ihr einen Kuss auf den Mund. »Du bist die verdammt beste Zwillingsschwester, die ein Mann sich wünschen kann!«

Blaire fluchte und rieb sich mit dem Jackenärmel über die Lippen. »Mach das noch mal, und du fängst dir eine«, blaffte sie Archie an, der zur Kutsche stürmte. Mit einem Satz war er auf dem Kutschbock und sah zu Bonnie. »Kommst du jetzt endlich oder hast du es dir schon wieder anders überlegt und hasst Connor jetzt wieder?«

Als wäre Satan höchstpersönlich hinter ihr her, sprang Bonnie auf, raffte ihren Rock und rannte zur Kutsche. Sie ließ sich von Archie hochhelfen und plumpste neben ihn. »Wir kommen erst zurück, wenn wir Connor gefunden haben!«, rief sie und winkte Blaire zu.

Archie ließ das Pferd antraben, und Bonnie klammerte sich am Sitzbrett fest. »Und was machen wir, wenn er doch in eine andere Richtung abgebogen ist und wir ihn nicht finden?«, fragte Archie.

»Wir finden Connor, und wenn wir ganz Schottland nach ihm absuchen müssen.« Bonnie wusste nicht, ob sie wieder weinen oder nicht doch besser lachen sollte. Sie liebte Connor, und es tat gut, es endlich ohne Wenn und Aber zuzugeben.

* * * * *

»Sehr merkwürdig«, murmelte der Hufschmied und drehte das Eisen in seiner Hand. Dann griff er nach dem Hinterlauf des Pferdes und hob ihn an. Er betrachtete den Huf. »Die anderen sitzen fest. Das Pferd wurde sauber beschlagen.« Er richtete sich auf und stützte sich mit dem Arm am Pferd ab.

»Ich habe es erst vor gut einer Woche machen lassen.« Connor zuckte mit den Schultern. Wenn er ehrlich war, hatte er keine wirkliche Ahnung von Pferden. Er konnte einigermaßen reiten und eine Kutsche lenken, aber er kam aus der Stadt und verstand nicht viel von derlei Dingen.

»Haben Sie die Eisen überprüft, ehe Sie losgeritten sind?«, brummte der untersetzte Mann, vor dessen ausladendem Bauch ein Lederschurz hing.

»Sollte ich das?«

Die Mundwinkel des Mannes zuckten. Offensichtlich

hatte Connor sich gerade als Städter zu erkennen gegeben. »Vor jedem längeren Ritt.« Er kratzte sich am Kopf. »Wo kommen Sie her?«

»Foxgirth.«

Der Mann steckte das Eisen in eine Zange und dann in den Glutofen. »Ich würde alles drauf setzen, dass das schon vorher locker war«, brummelte er und suchte neue Nägel aus einer Schachtel. »Ist schnell erledigt, dann können Sie weiter.«

»Gut.« Connor lehnte sich neben das offene Tor der Schmiede und beobachtete, wie der Mann ans Werk ging. Er musste dringend weiter, um Abstand zwischen sich und Foxgirth zu bringen. Zu groß war die Versuchung, zurückzureiten und zu hoffen, von weitem einen Blick auf Bonnie zu erhaschen. Ob ihr das Cottage gefiel? Oder würde sie es am Ende als Eingriff in ihre Selbständigkeit betrachten?

»Kannst dich bei Blaire bedanken. Sie hat dem Gaul die Nägel gelockert«, hörte er eine raue Stimme hinter sich.

Connor schloss die Augen und unterdrückte einen Fluch. Dann drehte er sich um. »Was willst du hier, Archie?«, brachte er hervor.

»Hab mir den Hintern abgefroren, um dich einzuholen, und das ist der Dank dafür?«

»Ich hab dich nicht drum gebeten, mir hinterherzurennen.« Wollte sein Freund ihm den Abschied noch schwerer machen, als er es ohnehin schon war? »War nicht nötig, mir nachzufahren, nur um mir zu sagen, dass Blaire mir einen Streich gespielt hat.«

»Du hast was vergessen«, brummte Archie, und Connor glaubte, den Ansatz eines Schmunzelns zu erkennen.

»Kann nicht wichtig sein, ich hab alles, was ich brauche.«

»Bist du dir da auch sicher?«

Connor nickte.

»Dann nehme ich es wieder mit. Es sei denn, du willst es doch.« Archie streckte den Arm aus, zog an etwas, und Bonnie stolperte neben ihm ins offene Tor hinein.

Ihre Lippen waren beinahe blau, und die Haare hingen unordentlich unter dem Kopftuch heraus.

Connor glaubte, seinen Augen nicht zu trauen. »Was …?« Mehr brachte er nicht heraus. Ihm wurde ganz heiß, und seine Handflächen wurden feucht.

Bonnie sah auf ihre Füße und schien ebenfalls um Fassung zu ringen.

»Jetzt sag doch was«, brummte Archie ihr zu.

Sie nickte hektisch. »Danke, Connor. Ich weiß nicht, was ich sagen soll«, flüsterte sie.

»Das Cottage gefällt dir?« Er beruhigte sich ein wenig. Sie hatte es also verstanden. Alles, was er ihr mit seinem Geschenk hatte sagen wollen. Endlich hatte er etwas richtig gemacht.

»Es ist wunderbar. Viel wunderbarer, als ich es mir in meinen Träumen hätte ausmalen können.«

»Es ist noch nicht fertig, aber bald. Ich habe alles mit den Männern besprochen, und wenn du etwas anders haben möchtest, dann sag es ihnen einfach. Sie werden alles so umsetzen, wie du es dir wünschst.«

»Nein.« Endlich sah Bonnie auf, doch ihr Blick verwirrte ihn.

»Sie sollen es nicht fertig bauen?« Gefiel es ihr doch nicht? Connor seufzte. Er hatte nicht nur keine Ahnung von Pferden, sondern ganz offensichtlich auch keine von Frauen.

»Nein, sie sollen es nicht fertig bauen. Das sollst du machen.«

»Ich?« Connor schielte zu Archie, doch dessen dämliches Grinsen half ihm auch nicht weiter.

»Archie sagt, du willst endlich was Gutes in deinem Leben tun, und ich finde, dann solltest du es auch zu Ende bringen.« Connor bemerkte, wie sich ihr Gesichtsausdruck veränderte. Eben noch hatte Bonnie schüchtern und blass gewirkt, jetzt stand sie erhobenen Hauptes vor ihm.

»Vermutlich hast du recht. Ich dachte nur, ich sollte besser verschwinden, ehe du zurückkommst, so wie du es wolltest.« Er nickte. »Ich werde es fertig bauen und dann gehen.«

»Nein.« Bonnie gluckste und das wunderbare Lächeln, in das er sich schon am ersten Tag verliebt hatte, trat auf ihre Lippen. »Und wenn das Haus fertig ist, dann heiraten wir und ziehen dort gemeinsam ein.«

»Das meinst du nicht ernst«, flüsterte Connor und sah ihr unsicher in die Augen.

»Am besten heiraten wir im Frühling, wenn es schon etwas wärmer ist. Vielleicht sind dann auch Ian und Keillan zurück.« Sie wandte sich ihrem Bruder zu. »Oder was meinst du?«

»Frühling klingt gut«, brummte Archie, kramte in seiner Jackentasche und angelte die Zigaretten heraus. Er schob sich eine in den Mundwinkel und entzündete das Streichholz am Holztor.

Fassungslos starrte Connor auf die Flamme. Als Archie inhalierte und den Rauch in die Luft blies, löste Connor sich aus seiner Starre. »Wenn ihr mich verarschen wollt, dann reite ich zurück und reiße das verdammte Haus ein!«

Bonnie trat auf ihn zu, bis sie direkt vor ihm stand. Sie reckte den Kopf nach oben und sah ihn frech an. »Ich liebe dich, Connor Fletcher von den Edinburgh Lads«, sagte sie leise und stellte sich auf die Zehenspitzen. Kaum merklich berührten ihre Lippen die seinen.

Connor schloss die Augen und atmete ihren Duft ein. Nein, Bonnie würde nie mit seinem Herzen spielen. Sie war die liebenswürdigste und wunderbarste Frau, der er je begegnet war. Stürmisch schloss er seine Arme um sie und hob sie an.

Bonnie schmiegte sich glucksend an seinen Hals und küsste ihn dort.

»Denkt dran, dass ihr noch nicht verheiratet seid«, hörte er Archie knurren und setzte Bonnie wieder ab. »Du hast recht. Wird Zeit, dass sich das ändert.« Er beugte sich vor und küsste Bonnie erneut. Dann sah er sie ernst an. »Bis zum Frühling ist es viel zu lange hin. Ich baue dir das schönste Haus der Welt, aber bitte heirate mich so schnell es geht.«

»Was hältst du von nächstem Wochenende?«

»Klingt gut.«

»Fragt mich denn hier keiner?«, brummte Archie.

»Nein!«, antworteten Bonnie und Connor wie aus einem Mund.

Lachend zog er sie an sich.

»Schätze, damit kann ich leben.« Archie nickte. »Ich warte bei der Kutsche auf euch, ehe mir von dem ganzen Gesülze schlecht wird.« Mit schnellen Schritten stapfte er davon.

»Du willst mich wirklich?«, fragte Connor. Er musste es einfach hören. Mindestens einmal noch.

»Ich will dich so, wie du bist.« Bonnie griff nach seiner Hand. Ihre Hand fühlte sich nach der stundenlangen Fahrt eiskalt an. Wärmend umschloss er sie mit den Fingern.

»Ich habe mich damals in dein Lachen verliebt, noch ehe ich dich gesehen habe. Versprich mir, dass ich dieses Lachen für den Rest meines Lebens hören werde.« Die Vorstellung, an jedem Morgen, der ihm auf dieser Welt gegeben sein sollte, als Erstes in Bonnies Gesicht zu sehen, war einfach zu schön. Ihren Atemzügen in der Nacht zu lauschen, von denen er sich sicher war, dass sie auch die finstersten Erinnerungen aus seinen Träumen verbannen würden.

»An jedem Tag für den Rest unseres Lebens«, sagte sie. »Und jetzt holen wir dein Pferd und fahren nach Hause.«

Nach Hause. Connor rieb sich mit der Hand über den Oberschenkel. Zum ersten Mal seit Frankreich war er froh, dass Archie ihm das Leben gerettet hatte. Damit er von nun an dessen Schwester auf Händen tragen konnte. Er würde Bonnie glücklicher machen, als sie es jemals gewesen war. So, wie sie es mit ihm machen würde.

* * * * *

In Connors kräftigen Arm geschmiegt saß Bonnie auf der Eckbank und lauschte den Stimmen. Mairead, Blaire, Archie und Tommy schienen geradezu überzulaufen vor Freude. Nur nach dem Eintreffen des Briefes von Keillan aus dem Lager damals hatte er die Stimmung in dieser Küche ähnlich ausgelassen seit Ausbruch des Krieges erlebt. Archie war einen Umweg über das Pfarrhaus gefahren und sie hatten direkt mit Pastor Gilroy über die Trauung gesprochen und den Termin auf den nächsten Sonntag gelegt. In wenigen Tagen schon würde sie Mrs. Fletcher werden. Bonnie legte den Kopf an Connors Brust und seine Finger fuhren zärtlich über ihren Rücken. Sicherlich saßen sie schon zwei Stunden hier und keiner von ihnen hatte seitdem ein Wort gesprochen. Beide genossen es, sich endlich nahe zu sein.

Allerdings hatte Bonnie Connor nach dem Besuch beim Pastor eine letzte Bedingung genannt: dass sie trotz der Eheschließung nach Weihnachten für die letzten Wochen oder Monate nach Edinburgh zurückgehen dürfte.

»Natürlich wirst du das«, hatte Connor gesagt und sie angelächelt. Weil er verstand, was für sie wichtig war, und Bonnie es ihm nicht erklären musste. Es war ihr Schwur und ihre Entscheidung und Connor respektierte das.

Er spielte mit einer ihrer Haarsträhnen und legte den Kopf schief. »Was mache ich eigentlich, wenn das Haus fertig ist?«, fragte er so leise, dass die anderen es nicht mitbekamen.

»Was meinst du?« Bonnie sah zu ihm hoch.

»Mein Geld ist aufgebraucht. Ich schätze, ich muss lernen, auf ganz normale Art Geld zu verdienen.« Er lachte auf. »Ich glaube kaum, dass es hier draußen junge Boxer auszubilden gibt.«

»Du kannst Archie und den anderen mit dieser furchtbaren Brennerei helfen«, überlegte sie.

Wieder lachte er und schüttelte den Kopf. »Ich werde ihnen vielleicht mal unter die Arme greifen, aber ich wünsche mir ein normales Leben. Eine richtige Arbeit.«

»Hmm.« Bonnie setzte sich auf.

»Ich habe mich damals auf die Schafe gefreut«, brummte Connor.

Bonnie zog die Augenbrauen hoch. »Auf welche Schafe?«

»Die, von denen ich annahm, dass Archie sie züchtet.«

»Du willst Schafe züchten?«

»Man kann wohl lernen, wie das geht, oder nicht?«

Bonnie kuschelte sich wieder an ihn. »Dann werden wir uns also Schafe zulegen.«

»Brauchen wir dann auch einen Hund?«, fragte er.

»Willst du denn einen?«

»Ich hab mir immer einen gewünscht.«

»Dann auch noch einen Hund.« Bonnie schmiegte ihr Gesicht in sein Hemd und atmete tief ein. Einen Schwur hatte sie gebrochen: den, sich nie in einen Patienten zu verlieben. Und nie hatte sie etwas glücklicher gemacht.

Epilog

Den letzten Abend des Jahres 1918 verbrachten sie noch nicht in ihrem eigenen Haus, sondern in Connors altem Schlafzimmer im Pub, so wie jeden Abend seit der Hochzeit. Das Cottage nahm jeden Tag mehr Gestalt an und in zwei, spätestens drei Wochen würde es fertiggestellt sein. Bonnie lauschte dem Stimmengewirr hinter der verschlossenen Tür. Ein klirrendes Geräusch war zu hören, dann Gegröle. Irgendjemandem war wohl das Ale aus der Hand gerutscht. Bonnie hörte Archies raues Lachen und seufzte.

Sie legte das Buch über Kräuterkunde beiseite und rieb sich die Augen. Als sie aufsah, bemerkte sie, dass Connor sie schmunzelnd von seinem Stuhl in der Zimmerecke aus beobachtete.

»Ich habe dir gesagt, dass ich es verstehe, wenn du lieber bei deiner Mutter wohnen willst, anstatt hier.«

»Und ich habe dir erklärt, dass das nicht in Frage kommt.« Bonnie lauschte und schüttelte den Kopf. Und nun sang Shona auch noch, und irgendwelche Kerle stimmten mit ein.

Connor stand auf, warf die Zeitung, in der er bis eben gelesen hatte, auf den Stuhl und kam auf sie zu. »Ich weiß schon, warum du das alles hier erträgst«, brummte er.

»Ach ja?« Bonnie linste ihn an und setzte sich im Bett auf.

»Allerdings.« Connor begann, sein Hemd aufzuknöpfen.

Rasch stellte Bonnie sich hin und half ihm dabei. »Ich habe keine Ahnung, wovon du sprichst.«

Er lachte leise. »Es ist schön, dass du bei mir bist. Jede Nacht.«

Bonnie hatte darauf bestanden, dass sie auf keinen Fall in getrennten Zimmern bei ihrer Ma und den Geschwistern wohnen würden. »Ich bin deine Frau, ich gehöre an deine Seite.«

»Wenigstens noch für heute«, brummte Connor und zog sie an sich.

Bonnie legte ihre Wange an seine nackte Brust und lauschte seinem Herzschlag. »Wenn ich wiederkomme, liegt ein ganzes Leben vor uns«, flüsterte sie.

Der erste Tag des neuen Jahres würde sie erneut nach Edinburgh führen. Dass sie verheiratet war, änderte nichts daran, dass sie Krankenschwester mit Leib und Seele war und noch etwas gebraucht wurde.

»Ich kann's kaum erwarten.« Er rieb mit der Hand über ihren Rücken und Bonnie räkelte sich wohlig und schmiegte sich an ihn. Verheiratet zu sein, hatte durchaus seine Vorteile.

Die Tür sprang auf, und Archie stolperte ins Zimmer. Wie angenagelt blieb er in der Mitte des Raums stehen und starrte sie an. »Verdammt«, brummte er. »Ich habe glatt vergessen, dass ihr hier wohnt, und wollte heute hier schlafen, um mir den Weg nach Hause zu ersparen.«

»Du hast schon wieder vergessen abzuschließen«, murrte Bonnie und versetzte Connor einen Klaps. »Es ist schon das zweite Mal, dass das passiert.« Sie rückte ihr Schlafhemd zurecht und ging auf ihren Bruder zu. »Nun verschwinde schon, Archie. Schlaf deinen Rausch woanders aus.«

Ihr Bruder kniff die Augen zusammen. »Habt ihr ein Glück, dass ihr verheiratet seid. Ich sehe doch genau, was hier vor sich geht.« Er warf Connor einen finsteren Blick zu, der daraufhin lachte.

»Herrgott, Archie.« Shona tauchte in der offenen Tür auf. »Nun lass die beiden Turteltauben doch in Ruhe.« Sie nahm Archie beim Arm und zog ihn trotz seiner Flüche hinaus. Ehe sie die Tür schloss, zwinkerte sie Bonnie zu.

Bonnie schüttelte den Kopf, drehte den Schlüssel im Schloss und wandte sich um.

In Connors Gesicht zeichnete sich Belustigung ab. »Ich verspreche dir, das Haus wird fertig sein, wenn du zu mir zurückkommst, genau wie die Möbel.«

»Wehe, wenn nicht.« Bonnie trat erneut vor ihn und betrachtete, wie das flackernde Licht der Öllampe auf seiner Haut tanzte.

»Darf ich bitten, Mrs. Fletcher?« Er streckte die Hand nach ihr aus.

»Sie dürfen.«

Ende

Danksagung

Im Januar 2020 begann ich, einer Eingebung folgend, dieses Manuskript zu schreiben. Ich verbrachte Tage, dann Wochen mit Recherche. Ließ mir von meiner englischen Verwandtschaft Bücher über die legendäre Dandy Ninth (das neunte Bataillon der Royal Scots) und den ersten Weltkrieg schicken und las alles, was das Internet zur Spanischen Grippe hergab – was zu diesem Zeitpunkt weitaus weniger war als heute. YouTube wurde mein bester Freund, ich sah mir unzählige wackelige Kriegsaufnahmen an. Ich war so Feuer und Flamme für dieses Projekt, dass wir für Ende März Flüge buchten, um in Schottland auf Recherchereise zu gehen. Nun, wir alle wissen, was im März 2020 geschah. Es sollte noch eineinhalb Jahre und zwei Manuskripte dauern, bis mein Mann und ich endlich ein Flugzeug bestiegen. Obwohl er während der Reise krank war und nur Zwieback bei sich behalten konnte, hat er mich souverän quer durch East Lothian (früher Haddingtonshire) und Edinburgh gefahren, damit ich jede Einzelheit in mich aufnehmen und mir Notizen machen konnte. Das ist wahre Liebe, nehme ich an. Danke, Patrick! Die Manuskripte musste ich dann übrigens noch mal kräftig überarbeiten, so eine Recherchereise zeigt einem all die Fehler auf, die man zuvor beim Schreiben gemacht hat. Aber das ist wieder ein anderes Thema …

Ein besonderer Dank gilt meiner wunderbaren Lektorin Ilona Jaeger, die zu meinem Glück bereit war, mir von Australien (meiner *Firefly-Creek*-Serie) nach Schottland zu folgen, und eine weitere Buchreihe in Angriff zu nehmen. So viel von dem, was ich über das Schreiben weiß, habe ich von dir gelernt. Danke für deine Geduld und deine stets trefflichen Hinweise.

Der richtige Partner in Crime für diese Reihe waren einmal mehr die S. Fischer Verlage, was mich überglücklich macht. Wieder bekam ich Rückendeckung von Menschen, ohne die das alles nicht möglich wäre.

Ich danke von Herzen:

Carla Grosch, der die Dennons ihren Programmplatz verdanken. Ich freue mich sehr, auch weiterhin ein Teil der S.-Fischer-Familie sein zu dürfen.

Katinka Bock, die diese mir so am Herzen liegende Reihe phantastisch betreut und mir schon jetzt eine liebe Ansprechpartnerin geworden ist.

Ein dickes Dankeschön geht an:

Alle Mitarbeiterinnen und Mitarbeiter des Verlags, die auf vielfältige Weise zu dieser Veröffentlichung beigetragen haben. Insbesondere hervorzuheben ist das Bücherliebe-Dreamteam bestehend aus Milena Kahlcke, Birgit Eisenbeis und Verena Wälscher. Was habt ihr da nur für eine tolle Idee gehabt!

An die drei weiteren Bücherliebe-Autorinnen Isabell May, Lisa Keil und Lisa Kirsch, mit denen ich so viel Spaß habe.

Meine lieben Autorenfreundinnen, die immer für Austausch zu haben sind – unseren Stammtisch möchte ich nicht missen.

Julie Hübner und Tim Rohrer von der Leselupe Literaturagentur für ihre professionelle Arbeit und Vermittlung.

Natürlich darf auch meine Familie nicht unerwähnt bleiben: Meine liebe Schwiegermutter, die Kind und Kegel hütet, während wir uns auf Recherche rumtreiben, meine Eltern, die derweil den Enkelhund betreuen und unsere zu vielen Hühner füttern. Danke für euren Rückhalt und Zuspruch!

Und selbstverständlich all die fabelhaften Buchhändlerinnen und Buchhändler, ohne die unsere Geschichten nie zu ihrer Leserschaft finden würden!

*Hat Ihnen der erste Band der
Sturmjahre-Saga von Lia Scott gefallen?
Dann finden Sie hier eine Leseprobe
aus dem nächsten Buch.*

»Sturmjahre – Das Versprechen einer neuen Zeit«

*Der zweite Band rund um die Familie Dennon
erscheint im Herbst 2023.*

Kapitel 1

März 1919

Der Stoff glitt wie Wasser durch ihre Hände. Zärtlich berührten Vikas Fingerspitzen das blaue Seidentuch, das ihr so kostbar vorkam wie kaum je etwas zuvor.

Sie sah auf und blickte in das strenge Gesicht der Ladenbesitzerin. Mrs. Malloy zog eine Augenbraue hoch, und Vika machte sich daran, das feine Kleidungsstück ordentlich zu falten und ins Regal zurückzulegen. Ein Seufzen entwich ihr, als sie es ein letztes Mal betrachtete. Dann trat sie an den Tresen und stellte den Weidenkorb darauf ab. Ehe sie um das Mehl bitten konnte, wurde die Ladentür geöffnet. Augenblicklich setzte Mrs. Malloy ein Lächeln auf und eilte zu der neuen Kundin, um ihre Hilfe anzubieten. Vika sah zur Seite und bedeutete ihrem Sohn, sich neben sie zu stellen. Stets war sie besorgt, dass Arch etwas hinunterstoßen würde.

Er schmiegte sich an sie und schielte auf die Gläser mit den Bonbons, die genau auf seiner Augenhöhe auf der Ladentheke lockten.

Vika schalt sich in Gedanken dafür, den Jungen nicht daheimgelassen zu haben. Nicht einmal für ein Bonbon hatte sie Geld über.

Dann näherten sich schwere Schritte, und Mr. Malloy stellte sich neben die Kasse. Sein Hemd spannte ein wenig über dem Bauch und die grauen Haare wirkten zerzaust. »Wie mir scheint, ist meine Frau beschäftigt, das ist ein guter

Vorwand, um eine Pause von der Inventur des Lagers zu machen«, sagte er und sah Vika mit einem warmen Ausdruck an. »Was darf ich für Sie tun, Miss Fairbairn?«

Es war Vika ein Rätsel, wie die kratzbürstige Mrs. Malloy, die sie stets als Letzte bediente, zu diesem gutherzigen Mann gekommen war. Mit den straff zu einem Dutt zurückgebundenen Haaren und dem dunklen, beinahe wie ein Trauerkleid wirkenden Gewand machte sie nicht den Eindruck auf Vika, als wäre sie vor Jahrzehnten einmal eine einnehmende junge Frau gewesen, in die sich ein Mann Hals über Kopf hatte vergucken können. Vermutlich hatte es geholfen, dass sie den Laden mit in die Ehe eingebracht hatte, überlegte Vika, ehe sie dem Gemischtwarenhändler ein Lächeln schenkte. »Das Mehl ist mir ausgegangen.« Ob der Mann seine Wahl bereute? Der Laden lief gut, es ließ sich ganz sicher recht sorgenfrei davon leben. Selbst jetzt, da die Zeiten hart waren und die Menschen ihr weniges Geld mehr beisammenhielten. Einige Dinge brauchte man jedoch immer, und was Foxgirth anging, so gab es nur dieses eine Geschäft.

Mr. Malloy streckte den Arm nach einem kleinen Sack im Regal aus und ließ ihn in den Korb plumpsen. »Sonst noch etwas?«

Vika sah einen flüchtigen Moment lang auf das bezaubernde Seidentuch und schüttelte dann den Kopf. »Mehr brauche ich heute nicht.«

»Wie alt bist du jetzt?«, fragte Mr. Malloy und stützte die Ellenbogen auf der Holzplatte auf.

Arch hob eine Hand, zeigte vier Finger, und seine Brust schien anzuschwellen.

»Schau an.« Mr Malloy schmunzelte und öffnete den Deckel eines der Gläser. Geduldig reihte er vier rosa Bonbons auf dem Tresen auf, und Arch schien vor Vorfreude zu zerspringen.

Vika sah ihn mahnend an, und ihr Sohn steckte die Hände in die Hosentasche.

»Nächstes Jahr bekommst du schon fünf.« Der Mann schob die Bonbons zu Arch hin.

»Danke sehr«, brachte dieser heraus, ehe er sich schon das Erste in den Mund steckte.

»Das ist sehr großzügig, vielen Dank.« Vika zählte die Münzen ab und reichte sie dem Händler. »Einen guten Tag noch, Mr. Malloy.«

»Ihnen ebenso, Miss Fairbairn.«

Vika griff nach dem Korb, während Arch seinen Schatz in den Handflächen verschwinden ließ. »Ihnen auch einen guten Tag, Mrs. Malloy«, rief sie, ehe sie die Tür öffnete, doch die ältere Frau sah sie nur verkniffen an. »Alte Schreckschraube«, murmelte Vika und stieß gegen die Schulter eines Mannes, als sie sich vor dem Laden umwandte.

»Das ist sie ohne Frage«, hörte sie ihn sagen und dann auflachen.

»Lauf rasch heim, ich komme gleich nach«, wies Vika ihren Sohn an. Dann sah sie auf. »Guten Morgen, Willie.«

»Gut, dass wir uns treffen. Ich wollte mir dir reden«, raunte er und zog sie von der Tür weg.

Vika machte einen großen Schritt über eine Pfütze. Wie sie sich freute, dass der Frühling bald beginnen würde. Nach dem Winter glich die unbefestigte Hauptstraße von Foxgirth einer Schlammsuhle, und Vika war es leid, nach jedem Gang zum Laden die Schuhe zu putzen. Doch noch ungelegener als der Matsch kam ihr Willie Glenns Wunsch, mit ihr zu sprechen. »Was ist denn?«, entfuhr es ihr, als er endlich stehen blieb.

»Hast du nachgedacht?«, fragte er ohne Umschweife. Seine hellbraunen Augen ließen nicht von ihr ab und sie beobachtete, wie er scheinbar reflexhaft den Hemdkragen zurechtrückte. Der offene Mantel, der seine besten Zeiten schon hinter sich hatte, aber stets gepflegt wurde, reichte ihm fast bis zu den Knien, und in der Seitentasche war eine Ausbeulung zu erkennen, in der sie Willies Pfeife vermutete. Seine Hose war sauber und faltenfrei, und seine Haare waren ordentlich mit Pomade in Form gebracht. Man konnte Willie Glenn durchaus als angenehme Erscheinung bezeichnen, und doch wollte sie dieses Gespräch vermeiden, das sie schon so oft zuvor geführt hatten.

Vika brachte den Korb vor sich, und Willie rückte ein wenig von ihr ab. »Ich habe dir meine Meinung dazu bereits gesagt, Willie.«

»Und ich habe dir gesagt, dass du es dir gründlich überlegen sollst.« Er verschränkte die Arme vor der Brust und schaute auf sie hinab.

Vika wandte den Blick ab.

Arch hüpfte auf der anderen Straßenseite die Stufen zum Pub hinauf und verschwand dann im Innern des großen Hauses.

»Vika!«

»Schon gut.« Eilig drehte sie sich wieder zu ihm um. »Willie, ich habe dir meine Entscheidung schon mehr als einmal mitgeteilt. Und daran wird sich auch nichts ändern.« Alle paar Monate fing der Mann erneut von dieser Sache an. Anfangs hatte es Vika geschmeichelt, doch nun wurde es langsam unangenehm. Willie musste inzwischen an die dreißig Jahre alt sein, und ihr war klar, dass er wohl endlich eine Familie gründen wollte. Sie war immer ehrlich gewesen, wenn es um dieses Thema ging. Vermutlich war es an der Zeit, noch deutlicher zu werden. »Du weißt, dass ich dich schätze, aber das ist zu wenig. Für eine glückliche Ehe braucht es Liebe von beiden Seiten, und das kann ich dir nicht geben.«

Willie schluckte, dann schnellte sein Arm vor, und er deutete auf den Pub. Das Sandsteingebäude thronte zwischen den kleineren, wenig eindrucksvollen Häusern. »*Er* wird dich niemals heiraten, Vika. Das hätte er längst getan, wenn er es vorhätte.« Seine Stimme bebte.

Vika schnappte nach Luft. Ihre Hände umklammerten den Griff des Korbs, während Willies Gesichtsfarbe einen ungesunden Rotton annahm.

»Der verdammte Mistkerl hätte sich in Flandern erschießen lassen sollen!«, brach es aus ihm heraus.

»Wie kannst du nur!« Vika trat einen Schritt zurück und stieß gegen eine Kiste Äpfel. Strafend schüttelte Mrs. Malloy hinter der breiten Scheibe den Kopf, doch Vika ignorierte sie. »Ich würde dich in hundert Jahren nicht heiraten. Das hat nichts mit *ihm* zu tun«, zischte sie.

»Er ist ein schlechter Mensch, Vika. Das wissen wir doch beide.« Ihre Worte hatten ihn getroffen, das war kaum zu übersehen.

Vikas Herz raste und ihr Blick verharrte auf der Pubtür. Starrte sie dorthin, um nicht zu Willie sehen zu müssen, oder weil sie herausfinden wollte, wie viel Wahrheit in seinen verbitterten Worten lag?

»Wer ist ein schlechter Mensch?«, hörte sie eine Frauenstimme herausfordernd fragen. *Bonnie, Gott sei Dank.* Vikas Blick wurde von dem der jungen Frau aufgefangen. Kaum merklich nickte Bonnie ihr zu, dann stellte sie sich neben Vika und hakte sich bei ihr unter.

»Guten Morgen, Willie. Also, worum geht es hier?«

»Vergiss es«, presste er zwischen den Zähnen hindurch. Seine Abneigung gegen Bonnie war nicht zu übersehen. Und das, obwohl die aufopferungsvolle Krankenschwester doch sonst von jedem im Ort geschätzt wurde. Nur nicht von den Glenns. Daran hatte auch die Tatsache, dass Bonnie im vergangenen Jahr vermutlich das Leben von Willies Schwester Kate gerettet hatte, als diese wie so viele in Foxgirth an der Spanischen Grippe erkrankt war, wenig geändert. Die Glenns und die Dennons, zu denen Bonnie nun einmal gehörte, verband ein glühender Hass, den Vika bis heute nur ansatzweise verstand. Sie kannte die Gerüchte darüber, was Willies Vater angeblich getan hatte, doch ob diese hinter vorgehaltener Hand erzählte Geschichte wirklich stimmte, das konnte Vika nicht beurteilen. Wer wusste schon, was vor einem halben Leben wirklich vorgefallen war? Bonnie jedenfalls hatte nie offen die Abneigung gezeigt, die einige ihrer Geschwister gegenüber den Glenns an den Tag legten, was Vika Respekt abnötigte. Willie hingegen war heute zu weit gegangen. Manche Dinge sprach man nicht aus. Man dachte sie nicht einmal.

Willie wandte sich noch einmal an Vika, die sich zwang, erhobenen Hauptes aus diesem unglückseligen Gespräch herauszugehen, und das Kinn vorreckte. Für einen verschwindend kurzen Moment sahen sie sich an, dann stapfte Willie wie eine Dampflok davon.

»Fehlt nur noch der Rauch, der ihm aus den Ohren steigt«, murmelte Vika und sah ihm über die Schulter nach.

»Wie treffend«, sagte Bonnie lachend.

»Zum Glück bist du gekommen.« Vika lächelte sie dankbar an.

»Du weißt, ich bin ein friedfertiger Mensch, aber wenn

dieser Kerl noch einmal sagt, dass mein Bruder hätte fallen sollen, dann scheuer ich ihm eine.« Bonnie stemmte die Hände in die Hüften und schnaufte.

»Wenn du es tust, dann muss ich es nicht machen.« Nun musste auch Vika lachen, und ihre Anspannung löste sich auf.

»Seit viereinhalb Jahren spreche ich jeden Tag ein Gebet, damit meine Brüder allesamt heil nach Hause zurückkehren, und dann so etwas. Hätte dieser Kerl nur etwas Anstand, dann hätte er sich ebenfalls freiwillig für den Kriegsdienst gemeldet, aber das haben ja weder Willie noch sein Bruder gewagt.« Bonnie schnaufte erneut, dann zuckte sie mit den Schultern. »Entschuldige bitte, dass ich mich so aufrege. Ich bin diese ganze Sorge nur allmählich wirklich leid. Nun ist der Krieg endlich vorüber, und Keillan und Ian sind trotzdem weiterhin mit ihren Einheiten auf dem Festland stationiert, um die vom Krieg zerstörte Infrastruktur wieder aufzubauen. Ich werde erst wieder ruhig schlafen, wenn unsere Ma sie an ihre Brust drücken konnte.«

Mit einem flauen Gefühl im Magen sah Vika erneut zum Pub hinüber. »Willie kann sagen, was er will, einer deiner Brüder ist dennoch bei uns und hat überlebt.«

»Unkraut vergeht nicht, das trifft auf keinen besser zu als auf Archie Dennon.« Bonnie zuckte mit den Schultern, dann musterte sie Vika. »Warum habt ihr überhaupt über Archie gesprochen?«

»Es ging eigentlich um ein anderes Thema«, antwortete Vika ausweichend. »Was machst du denn hier, du müsstest doch schon nach Edinburgh unterwegs sein, oder?«, lenkte sie das Gespräch in eine andere Richtung. Gestern war Bonnie im Pub vorbeigekommen, um sich von ihrem Bruder zu verabschieden, und Vika hatte sie auf eine Tasse Tee eingeladen. Während die Spanische Grippe in Foxgirth gewütet hatte, waren sie vertrauter miteinander geworden, und Vika schätzte Archies jüngere Schwester, die so ganz anders war als er. Doch eigentlich war jeder anders als Archie, wenn Vika es genau bedachte. Jedenfalls hatte Bonnie ihr erzählt, dass sie nach einer Woche Urlaub erneut zurück ans Second Scottish General Hospital musste. »Ganz bestimmt werde ich nächstes Mal für immer heimkommen, da dieser irrsinnige Krieg endlich vorüber ist. Ich bleibe höchstens noch für ein paar Monate in Edinburgh«, hatte Bonnie gesagt, dann genickt und den restlichen Tee ausgetrunken.

Vika hoffte inständig, dass das stimmte. Bonnie würde heimkehren, wenn die Krankenhäuser nicht mehr unzählige Soldaten zu pflegen hatten. Vermutlich dann, wenn auch die Männer endlich vom Festland in die Heimat aufbrechen würden. Noch gab es zu viele Schwerverletzte, deren Genesung, wie Bonnie ihr erzählt hatte, oft langwierig war. Doch immerhin kamen kaum noch neue Patienten nach. Vika seufzte und verdrängte den Gedanken daran, dass die Rückkehr der Soldaten für sie selbst vermutlich zu spät kommen würde. Der Krieg hatte schlicht zu lange gedauert. Länger, als sie es sich hatte leisten können.

Bonnie linste zur Morgensonne hinauf, die schwach hinter Schleierwolken glomm. »Ich wollte noch ein letztes Mal nach einer Patientin sehen, ehe ich aufbreche. Daher fahren wir erst jetzt gleich. Mr. Malloy muss für seinen Laden Waren in Edinburgh einkaufen und wird mich mitnehmen, meinen Koffer habe ich schon im Morgengrauen bei ihm abgestellt. So muss Connor nicht extra die Strecke fahren, um mich beim Krankenhaus abzuliefern.«

»Und Mrs. Malloy erlaubt, dass ihr Mann mit einer hübschen jungen Frau mehrere Stunden auf einer Kutsche verbringt?« Vika kicherte. »Das überrascht mich in der Tat ein wenig. Aber du hast auch einen besseren Ruf als ich. Mich würde sie vermutlich, ohne mit der Wimper zu zucken, den ganzen Weg zu Fuß gehen lassen.«

Bonnie lachte und neigte sich ein wenig zu ihr herüber. »Ich habe Mrs. Malloy mit ihren schlimmen Ischiasschmerzen geholfen, dafür schuldet sie mir was.«

Vika schmunzelte, da sie nun doch eine Ähnlichkeit zu Archie bei Bonnie entdeckte. Immerhin das Verhandlungsgeschick schienen die Geschwister gemeinsam zu haben. »Ich nehme an, du und Connor habt die gemeinsamen Tage genossen?« Wie schön es für die beiden gewesen sein musste, sich das erste Mal seit der Hochzeit kurz vor Weihnachten zu sehen. Jeder im Foxgirth war von der scheinbar übereilten Eheschließung nach nur rund einwöchiger Verlobungszeit überrascht gewesen. Und dann war Bonnie im neuen Jahr auch noch erneut zu ihrem Dienst im Krankenhaus aufgebrochen. Die Gerüchteküche hatte gebrodelt, vor allem im Gemischtwarenladen. Doch für Vika und Bonnies Familie war nichts an dieser Ehe übereilt gewesen. Viel zu lange hatten Bonnie und Connor sich ihre Liebe nicht eingestehen können, die für Vika so offensichtlich gewesen war. Umso mehr hatte es sie gefreut, die beiden endlich vor dem Altar zu sehen. Es war einer dieser herrlichen Tage gewesen, von denen sie schon lange viel zu wenige erlebt hatten. Und natürlich gab eine Vollblut-Krankenschwester wie Bonnie ihre Arbeit nicht wegen eines Mannes auf. Connor würde sich noch ein wenig gedulden müssen, bis seine Liebste dauerhaft bei ihm lebte und wieder als Gemeindekrankenschwester von Foxgirth arbeiten würde.

Bonnies Wangen zeigten einen rosa Schimmer. »Es war wirklich schön«, sagte sie und lächelte versonnen. Was dieser Gesichtsausdruck zu bedeuten hatte, war eindeutig.

Vika glaubte einen leichten Stich in ihrem Innern zu verspüren. Nein, sie gönnte Bonnie und Connor ihr Glück von Herzen, ermahnte sie sich in Gedanken.

»Vielleicht feiern wir ja bald eine weitere Hochzeit?«

»Wie bitte?« Irritiert sah sie die Krankenschwester an.

»Hat *er* etwa was zu dir gesagt?«, rutschte es Vika heraus, ehe sie sich auf die Zunge beißen konnte. Ihr Herz schlug plötzlich noch schneller als bei diesem unliebsamen Aufeinandertreffen gerade.

»Willie spricht kein Wort mehr als notwendig mit mir, das weißt du doch.«

»Willie, ja …« Vika sah ertappt auf ihre Schuhe.

»Dachte ich's mir doch. Wenn so gestritten wird wie bei euch eben, dann sind Gefühle im Spiel.« Bonnie grinste. »Ich kann ihn ja nicht besonders leiden, und das gerade war wirklich unangemessen, aber vermutlich ist Willie gar nicht so übel.« Bonnie strich ihr über den Arm. »Ich habe lange Zeit geglaubt, dass du für jemand anderes mehr empfindest, doch was das angeht, hat sich ja nun wenig getan. Daher wünsche ich dir, dass sich für dich und Willie alles so entwickelt, wie du es dir erhoffst. Und lass dich nicht von der Meinung anderer Leute beeinflussen. Das gilt auch für die meiner Familie. Es ist deine Entscheidung, wem du dein Herz schenkst, und wenn das ausgerechnet Willie Glenn sein soll, dann ist es eben so.«

Ehe Vika antworten konnte, umarmte Bonnie sie schon und verschwand dann im Laden.

Es stimmte: Es hatte sich wenig getan. Dabei hatte Vika,

ähnlich wie Bonnie, auch jeden Abend ein Gebet gesprochen. Doch manche Männer kehrten nie zurück, und andere nur als ein Schatten ihrer selbst. Der ein oder andere hatte das, was ihn einst ausgemacht hatte, an der Front für immer verloren. Was davon für den Kerl zutraf, dem ihre Gebete gegolten hatten, darüber dachte Vika quälend oft nach.

Erfahren Sie mehr über die Autorin auf
https://www.instagram.com/die.landschreiberin/
https://www.facebook.com/Die.Landschreiberin
www.die-landschreiberin.de

Susanne Popp
Die Teehändlerin
Die Ronnefeldt-Saga

Frankfurt 1838: Als Kaufmannstochter und Ehefrau des Teehändlers Tobias Ronnefeldt genießt Friederike es sehr, ab und an hinter der Theke ihres Geschäfts zu stehen – sie liebt den blumigen Duft der dunklen Teeblätter. Doch tiefere Einblicke in den Handel bleiben ihr verwehrt. Das ändert sich, als Tobias 1838 nach China aufbricht. Ausgerechnet jetzt, wo sie schwanger ist. Bald merkt sie, dass sie dem neuen Prokuristen nicht trauen kann. Das ganze Unternehmen ist in Gefahr. So bleibt Friederike nichts anderes übrig, als die Geschicke des Hauses selbst in die Hand zu nehmen. Um diese Herausforderung zu bestehen, muss sie neue Kräfte entwickeln – und den Mut, sich zu behaupten.

560 Seiten, Klappenbroschur

Weitere Informationen finden Sie auf
www.fischerverlage.de